LUCY DIAMOND

Der Sommer mit meiner Schwester

AUS DEM ENGLISCHEN
VON ULRIKE THIESMEYER

Roman

ROWOHLT TASCHENBUCH VERLAG

Die Originalausgabe erschien 2012 unter dem Titel «Summer With My Sister» bei Pan Books/Pan Macmillan, London.

Deutsche Erstausgabe
Veröffentlicht im Rowohlt Taschenbuch Verlag,
Reinbek bei Hamburg, März 2013

Redaktion Anne Fröhlich
Umschlaggestaltung any.way, Cathrin Günther
(Foto: Anna Peisl/Corbis; thinkstockphotos.de)
Satz aus der Adobe Garamond Pro (InDesign)
bei Pinkuin Satz und Datentechnik, Berlin
Druck und Bindung CPI – Clausen & Bosse, Leck
Printed in Germany
ISBN 978 3 499 25963 0

rororo

rororo

Lucy Diamond stammt aus Nottingham und hat für das Fernsehen und diverse Verlage gearbeitet. Seit ihren ersten erfolgreichen Kinderbüchern widmet sie sich heute nur noch dem Schreiben. Zusammen mit ihrem Mann und den drei Kindern lebt Lucy Diamond in der Nähe von Bath. Im Rowohlt Taschenbuch Verlag ist bereits «Diät-Pralinen» (rororo 25607) lieferbar.

Für meine Schwestern Ellie Brothwell und
Fiona Mongredien, in Liebe

Prolog

Sobald sie hörte, wie sich das Auto ihrer Eltern draußen auf der Straße entfernte, griff sie zum Telefon und rief ihn an. Sie hatte Herzrasen vor Aufregung. «Sie sind weg», sagte sie. «Hast du Lust vorbeizukommen?»

«Klaro», sagte er, und spontan loderte Hitze in ihr auf wie eine Stichflamme, als würde ein brennendes Streichholz in Benzin geworfen. «Bin schon unterwegs.»

Sie legte auf und lief nervös im Wohnzimmer auf und ab, während sie auf ihn wartete. *Beeil dich, beeil dich, beeil dich.* Wenn er nicht bald auftauchte, würde sie noch den Mut verlieren.

Zwei Minuten später war er da, ließ sein Fahrrad achtlos auf das Pflaster der Auffahrt fallen und klopfte an die Haustür, während sich das Vorderrad noch drehte. Unterwegs zur Tür warf sie einen Blick in den Flurspiegel: Ihre Augen glänzten, ihre Wangen glühten. Jetzt oder nie.

Eine ganze Weile standen sie in der offenen Tür und knutschten ungeniert, gut sichtbar für alle Nachbarn. Es fühlte sich aufregend und gefährlich an. Wie ein Spiel mit dem Feuer. Bei Mrs. Lindley auf der anderen Straßenseite bewegten sich die Gardinen, sie spähte kopfschüttelnd zu ihnen herüber, aber das war Polly egal. Trotzig und voller Übermut zeigte sie der neugierigen alten Schachtel den zum V gestreckten Zeige- und Mittelfinger und küsste ihn einfach weiter, während sich in ihr immer heftigeres Verlangen regte.

Im Haus ihrer Eltern hatten sie noch nie miteinander geschlafen. Heute Abend war es endlich so weit.

Schließlich lösten sie sich voneinander. «Hallo, meine Schöne», sagte er. Seine Stimme klang heiser, seine Pupillen waren geweitet vor Lust.

«Hi», sagte sie, ganz außer Atem. «Komm rein.»

Sie nahm ihn an der Hand und zog ihn durch den Flur ins Wohnzimmer, während ihr Herz Purzelbäume schlug und ihre Haut heftig kribbelte. Sie war siebzehn Jahre alt, und was an diesem Abend noch geschehen sollte, würde alles in ihrem Leben verändern.

1

ZWANZIG JAHRE SPÄTER

Es war sieben Uhr an einem Morgen im April, und über der City von London ging gerade die Sonne auf. Der Himmel glühte in allen Schattierungen zwischen grellem Pink und zartestem Lachsrosa, während unterhalb der Straßen die ersten U-Bahnen des Tages dahinrollten, ein dumpf dröhnendes Rumoren zwanzig Meter unter der Erde. Oben in den schimmernden Büropalästen ging hinter einem Fenster nach dem anderen das Licht an, als würde eine gewaltige Maschine zum Leben erwachen, während in unpersönlichen, nahezu austauschbaren Korridoren Putzfrauen surrende Staubsauger über beigefarbene Auslegeware schoben. Anderswo, in den Häusern und Mietwohnungen im übrigen London, außerhalb des pulsierenden Finanzbezirks in der City, drehten sich Millionen von Menschen noch einmal im warmen Bett herum, schnarchten, schmiegten sich an ihre Partner, schlugen auf die Schlummertaste ihres Weckers oder machten schlaftrunken blinzelnd Kinder, die bereits hatten aufstehen müssen, für die Schule fertig.

Polly Johnson war ihnen mindestens einen Schritt voraus und bereits zum Kampf gerüstet. Nach einer frühmorgendlichen Power-Dusche rundum porentief rein, trug sie nun einen streng geschnittenen dunkelgrauen Hosenanzug und eine schneeweiße Hemdbluse. Ihr schulterlanges karamellbraunes Haar war zu einem betont sachlichen Dutt frisiert. Ihr Gesicht war eine Maske aus Make-up und Abdeckstift – verflixt, diese dunklen Ringe unter ihren Augen ließen sich immer schwieriger überschminken –, ergänzt durch knallroten Lippenstift als Kriegsbemalung. Laptop, hohe Stöckelschuhe und eine schicke Handtasche rundeten das Bild ab.

Sie schritt in das Glasatrium, das als Empfangsbereich der Waterman Financial Corporation fungierte, hob zur Begrüßung der Empfangskräfte hinter dem Tresen flüchtig die Hand, klatschte ihre Code-Karte auf die Lesefläche der Drehsperre und trat durch die klackernde Metallbarriere, die einzige Form von Umarmung, die es in ihrem Leben gab. Dann ging sie zielstrebig in Richtung Aufzug. Nach oben.

Polly Johnsons glänzender beruflicher Aufstieg hatte sich über die Jahre in einem harmonisch orchestrierten Crescendo vollzogen. Nein, das klang ja so, als wäre ihr alles in den Schoß gefallen. Das war es ganz und gar nicht. Auf dem Weg nach oben hatte sie kämpfen und sich ins Zeug legen müssen, hatte die Ellbogen eingesetzt, um all die anderen Überflieger beiseitezustoßen, hatte ihrem Ehrgeiz zuliebe bedenkenlos alles ausmanövriert, was schwächer und langsamer war als sie. Sie hatte Überstunden ohne Ende gemacht, verbissen geackert und gerackert, ohne Urlaub, ohne Wochenenden, ohne Partys; ohne Privatleben im eigentlichen Sinne, offen gesagt. Nahezu ohne eine Atempause hatte sie zielstrebig und beharrlich eine Sprosse nach der anderen auf der Karriereleiter erklommen. Andere Kolleginnen waren zwischenzeitlich ausgeschieden, um Mutter zu werden, nur um festzustellen, dass für ihre Karrieren an den Türen der Entbindungsstationen Endstation war. Das kam für Polly nicht in Frage. Die Arbeit hatte Vorrang vor allem, vor Familie und Freunden und Geliebten. Nie und nimmer hätte sie ihre Karriere aus freien Stücken geopfert, für nichts und niemanden.

Inzwischen spielte sie in der Oberliga der Firma, war Senior Product Consultant für Bilanzstrukturmanagement und Geldtransferverrechnung in der Abteilung Risikomanagement. Ein ziemlicher Bandwurmtitel für eine einzelne Visitenkarte, zugegeben. Als sie ihrer Familie bei ihrem letzten Besuch, an Weihnachten, die Bezeichnung ihres neuen Postens verkündete, hatten alle mit verständnislos glasigem Blick reagiert, als ob sie Chinesisch reden würde. Ihre Verwirrung hatte sich allerdings restlos gelöst, sobald sie ihnen verriet, wie viel sie verdienen würde.

«*Wie* viel?», hatte ihr Vater entgeistert geschnauft und wäre um ein Haar vornüber in das Sherry-Trifle gekippt.

«Mein lieber Scholli», hatte ihre Mutter fast andächtig gehaucht. «Gut gemacht, Liebes. Das ist großartig.»

Es war für Polly ein erlösender Augenblick gewesen, als wäre damit alles, was in der Vergangenheit schiefgelaufen war, vergeben und vergessen. Ein Goldsternchen im Fleißbuch für Polly!

Clare hatte natürlich querschießen und alles mit einer spitzen Bemerkung über die «maßlos überzogenen Bonuszahlungen» in der Finanzbranche verderben müssen, aber Polly war gar nicht darauf eingegangen. *Ich hab's geschafft und du nicht*, hatte sie voll Schadenfreude gedacht, während sie sie kalt musterte. Neid war so unattraktiv. «Noch

Champagner?», hatte sie mit süßer Stimme in die Runde geflötet und dabei die grüne Magnumflasche geschwenkt. Auf diese Frage gab es natürlich immer nur eine Antwort.

Die Anerkennung ihrer Eltern hatte ihr mehr bedeutet, als sie erwartet hatte. Erst beim Anblick ihrer geradezu ehrfürchtig staunenden Gesichter war ihr klar geworden, wie viel sie aller Welt, und ihnen vor allem, hatte beweisen wollen. Die Kohle war nicht zu verachten, sicher. Letzten Endes aber war es vor allem der Erfolg als solcher, der für sie zählte: Renommee, Leistung, ein beruflicher Lebenslauf, der sich sehen lassen konnte. Es ging darum, allen zu zeigen, was sie draufhatte, dass sie etwas leisten konnte. Seit Michaels Tod … nun ja, hatte sich ihr Ehrgeiz, mal so gesagt, verdoppelt.

Und, überlegte Polly jetzt, als sie ihr Büro betrat und sah, wie sich der Himmel über der Kuppel der St. Paul's Cathedral von Rosa zu Blau aufhellte und das klare Licht der Morgensonne auf den Fenstern und Dächern der Stadt vor ihr glitzerte, sie hatte ihre Tüchtigkeit unter Beweis gestellt. Hatte jedes ihrer Ziele treffsicher erreicht, hatte sich die Belobigungen, Gehaltserhöhungen und Beförderungen wahrlich sauer verdient, ganz zu schweigen von dem Luxusapartment an der Southbank mit Blick auf die Themse, der Mitgliedschaft in den exklusivsten Clubs von London, dem silbernen Mercedes Cabrio-Sportwagen, der ihr die neidvollen Blicke so manches jungen Autonarren eintrug, und einem riesigen Kleiderschrank voll traumhafter Designerklamotten. Ach, und nicht zu vergessen den gigamäßigen Bonus, der ihr in Kürze ins Haus flattern würde. Und der ihr, offen gesagt, auch mehr als willkommen war, denn sie hatte sich kürzlich mit einer Reihe gewagter Aktienankäufe finanziell gehörig überhoben. Aber wer nicht wagt, der nicht gewinnt, nicht wahr?

Pollys Assistent Jake kam an diesem Morgen um Punkt acht Uhr mit ihrem gewohnten Espresso in ihr Büro. Er war groß, stets schick in Schale und nett anzusehen, und er wusste nur zu gut, dass es nicht ratsam war, sich zu verspäten, wenn es um etwas so Lebensnotwendiges wie Kaffee ging. Sie hatte Leute schon aus nichtigerem Anlass gefeuert.

Er stellte die Tasse vorsichtig vor ihr ab, und sie brummte nur, ohne den Blick von ihrem Bildschirm zu wenden. «Ähm … Polly, da wäre einiges, was ich mit Ihnen klären müsste», sagte er, das Clipboard vor sich in der Hand, den Stift gezückt. «Es gibt eine Anfrage, ob Sie nächsten Monat bei der Konferenz ‹Risikomanagement: Herausforderungen und Lösungen› sprechen wollen …»

«Sagen Sie ab. Ich hätte zu viel zu tun», schnitt sie ihm das Wort ab und fluchte leise, während sie eine weitere Berichtigung auf dem Bildschirm vornahm. Sie überprüfte gerade das Recherchedossier für ein wichtiges Meeting in der kommenden Woche, das Marcus Handbury, ein Junior Consultant, für sie zusammengestellt hatte. Schon auf der ersten Seite hatte sie diverse Zeilen völlig neu schreiben und drei grobe Grammatikschnitzer ausbessern müssen. Nachlässig, nachlässig, nachlässig. Marcus war einer dieser gelackten jungen Schnösel aus gutem Hause, denen im Leben immer alles auf dem Silbertablett serviert wurde. Aber bloß weil er über die richtigen Beziehungen verfügte, hatte er noch lange nicht das Recht, bei der Arbeit zu schlampen.

«Zweitens, Henry Curtis hat wieder angerufen, er würde sich gerne mit Ihnen zum Essen …»

Polly war sofort hellwach. «Mittags oder abends?» Henry Curtis war ein hohes Tier bei einem großen Hedgefonds und hatte in letzter Zeit durchblicken lassen, dass er sie gerne abwerben würde. Bei einer Konferenz neulich in New York war er schnurstracks auf sie zugesteuert und hatte sie mit Aufmerksamkeit überschüttet. Schmeichelhafterweise war er bestens im Bilde über den Coup, den sie gelandet hatte, als sie Carlson International einen bedeutenden internationalen Kunden vor der Nase weggeschnappt hatte, und hatte ihr auch sonst eifrig Honig um den Bart geschmiert. Wobei er jedoch Pollys Figur so unverhohlen und wohlgefällig mit seinen blutunterlaufenen Augen musterte, dass sie sich im Stillen fragte, ob er womöglich auf mehr aus war als bloß ihre Berufserfahrung. Hmmm. Obwohl er mehrere Kriterien erfüllte, die Polly von einem idealen Partner erwartete – wohlhabend, erfolgreich, attraktiv –, war er mit seinen 46 Jahren offiziell zu alt für eine romantische Verbindung. (44 war die Altersobergrenze, die Polly sich bei Männern gesetzt hatte. Alle, die darüber lagen, näherten sich bereits gefährlich der fünfzig und damit der Midlife-Crisis, womit sie aus dem Rennen waren. Bei Männern, wie auch sonst in ihrem Leben, kam nur das Beste in Frage. Nicht dass sie Zeit für eine Beziehung gehabt hätte, selbstverständlich.)

«Abends», erwiderte Jake, den Stift schreibbereit über dem Papier. «Soll ich irgendetwas reservieren?»

«Richten Sie ihm aus, es geht nur mittags», sagte sie kühl. «Nächste Woche vielleicht? Reservieren Sie was in einem Restaurant hier in der Nähe.» Sie würde Curtis ihre Bedingungen diktieren, entschied sie, damit er unter Beweis stellte, wie interessiert er tatsächlich an ihr war. Nicht dass sie es eilig hatte, den Arbeitgeber zu wechseln, aber es war ja trotzdem nett, umworben zu werden, nicht wahr?

Jake ging noch einige weitere Punkte durch, darunter einen Liquiditätsrisikobericht, der noch genehmigt werden musste, diverse Themen auf der Tagesordnung der Vorstandssitzung und einen potenziell interessanten neuen Klienten, der sich an die Firma gewandt hatte. «Oh, und als Letztes», fügte er hinzu, «Ihre Nichte hat am Mittwoch Geburtstag. Schwebt Ihnen irgendetwas Bestimmtes vor, das ich ihr als Geschenk schicken soll?»

Polly winkte lässig ab. «Einfach … irgendwas Hübsches», sagte sie. Wie alt Clares Tochter Leila genau wurde, wusste sie nicht recht – zehn vielleicht? –, aber Jake hatte immer ein gutes Händchen für Geschenke. Letzten Monat hatte er für Clare zu ihrem Geburtstag ein hinreißendes Kleid von einem namhaften Modelabel ausgesucht, und als ihr Vater in Rente ging, hatte er als Geschenk zu diesem Anlass hochelegante Manschettenknöpfe von Paul Smith ausgesucht. Er würde schon etwas Passendes finden. Schließlich hatte er Zeit, sich ausgiebig in Geschäften umzusehen, im Gegensatz zu Polly.

«Das war dann alles, danke», sagte Jake und neigte leicht den Kopf, als er das Büro verließ.

«Kein Problem», antwortete Polly reflexhaft. Diese Floskel war über die Jahre zu ihrem persönlichen Mantra geworden. So etwas wie Probleme gab es für sie nicht – man musste nur logisches Denken oder Entschlossenheit einsetzen (oder die richtigen Mitarbeiter engagieren, die über die erforderlichen Fähigkeiten verfügten), dann ließ sich alles lösen. Jake zum Beispiel nahm Polly viele ihrer Probleme ab. Er kümmerte sich darum, wenn ihre Garderobe in die Reinigung musste, führte ihren Terminkalender, bezahlte ihre Rechnungen, schickte Leuten in ihrem Namen Blumen und Glückwunschkarten zum Geburtstag, meldete ihr Auto zu Inspektionsterminen an … wie kamen andere bloß ohne einen Jake in ihrem Leben zurecht?

«Prost!»

«Prost!»

Zwölf Stunden später war Polly im Red House, einem Club nur für zahlende Mitglieder unweit der Liverpool Street, in dem sich hauptsächlich Angestellte aus dem Finanzdistrikt trafen, um sich bei Cocktails und sündhaft teurem Wein über die Arbeit zu unterhalten. Sie hielt sich in der Bar im vierten Stock auf, wie an den meisten Abenden in letzter Zeit, weil sie sich nach einem hektischen Zwölfstundentag schlicht außerstande fühlte, direkt nach Hause zu fahren, ohne vorher ein Glas oder auch drei getrunken zu haben.

Die Runde, mit der Polly an jenem Abend die Champagnergläser klirren ließ, bestand aus den beiden Sophies, Richenda, Josh, Matt und Johnny. Als Freunde hätte sie sie nicht gerade bezeichnet, aber sie waren allesamt nützliche Kontakte, Stammgäste im Red House wie sie, smarte Durchstarter aus der Banken- und Finanzwelt, die, ganz wie sie, täglich mit Milliardensummen jonglierten, ohne mit der Wimper zu zucken. Sie alle hatten, ebenfalls genau wie sie, ihr Smartphone vor sich auf dem Tisch liegen, um blitzartig in Aktion treten zu können, sobald eine E-Mail eintraf, als würde der gesamte Finanzsektor von ihrer gepardenhaften Reaktionsschnelligkeit abhängen. Mit der blonden Sophie hatte Polly mal bei der HSBC zusammengearbeitet, und Richenda kannte sie von einer anstrengenden, schwülheißen Schulungswoche in Singapur, die sie zu Beginn ihrer jeweiligen Karriere schwitzend zusammen absolviert hatten.

«Zur Mitte, zur Titte», Johnny hob sein Glas und zwinkerte der brünetten Sophie anzüglich zu, «husch, husch, zur Mu…»

«Also *Johnny*!», kreischte Sophie und stieß ihn so heftig mit dem Ellbogen an, dass er beinahe seinen Schampus verschüttet hätte.

Igitt. Johnny war ein richtiges Ferkel. Einmal hatte er es auch bei Polly versucht, hatte sie nach einem besonders feuchtfröhlichen Abend grob an sich gezogen und ihr seine grässliche, fleischige Zunge in den Hals gesteckt. Wäre er für sie als Mann mit seinem schütteren Haar und dem feisten, krebsroten Gesicht nicht schon von vornherein indiskutabel gewesen, hätte er sich spätestens durch seine schauderhaften Manieren und diese ekelhaft zudringliche Zunge aus dem Rennen gekegelt. Er war ein Widerling, keine Frage, als Leiter im Bereich Kommunikation bei einem bedeutenden Konkurrenten aber zugleich jemand, den sie nicht verprellen durfte. Also stimmte sie pflichtschuldig in das gezwungene Gelächter der anderen ein, damit Johnny ja nicht auf die Idee kam, ihr mangelnden Sinn für Humor vorzuwerfen.

Die andere Sophie, eisblond, schmallippig-verkniffen und mit einem sonderbar eingedellt wirkenden Gesicht, als hätte jemand versehentlich die Luft herausgelassen, kam auf die anstehende Konferenz «Risikomanagement: Herausforderungen und Lösungen» zu sprechen und ließ durchblicken, dass sie eingeladen worden war, die programmatische Eröffnungsrede zu halten.

«Von denen bin ich auch angerufen worden wegen einer Rede», sah Polly sich genötigt einzuwerfen. «Musste ich aber leider absagen. Zu viel zu tun.»

Sophie zog eine ihrer strichdünn gezupften Augenbrauen in die Höhe. «Ja, man musste kurzfristig noch eine Lücke im Rednerprogramm füllen, habe ich gehört», entgegnete sie kühl. «Julian Leighton war eigentlich fest eingeplant, musste aber absagen. Dann hat man also dich angerufen, ja?»

Polly zuckte leicht zusammen. Sophie stellte es ja glatt so hin, als wäre sie bloß als Notlösung in Betracht gezogen worden. «Na ja, ist ewig her», log sie. «Hatte ich schon beinahe vergessen, ehrlich gesagt. Bei all diesen Anfragen verliere ich so leicht die Übersicht.»

«Oh, das kenne ich», warf Richenda kopfnickend ein, wobei ihre dunklen Korkenzieherlocken heftig wippten. «Seit mein Team den Preis für die beste Brückenfinanzierung gewonnen hat, werde ich förmlich belagert.»

«Du hast einen *Preis* gewonnen?», murmelte die boshafte Sophie spöttisch. «Hättest du doch mal erwähnen können.»

«Meine Assistentin muss mittlerweile zwei Terminkalender für mich führen, es ist verrückt», fuhr Richenda fort, als hätte sie die Stichelei gar nicht mitbekommen. «Aber was soll man machen?»

Allerdings, was sollte man machen. Alle blickten kurz

nachdenklich drein, dabei hätte nicht einer von ihnen seinen hektischen Alltag missen mögen. Die Aufregung der Jagd, der Adrenalinkick, die schwitzigen Hände und das wilde Herzklopfen, wenn der Wertpapiermarkt im Aufwind war – man konnte süchtig danach werden, dafür nahm man jeden Stress in Kauf.

Ein BlackBerry piepste, und sofort huschten wieder alle Blicke auf den Tisch, weil alle in der Runde wegen neuester Geschäftsnachrichten aus den Niederlassungen in Amerika in ständiger Alarmbereitschaft waren. Immer dasselbe, immer dasselbe, dachte Polly und lächelte verstohlen. Ganz so, wie es ihr am liebsten war.

Später, es war schon zwei Uhr früh, stolperte Polly in ihre Wohnung, schleuderte ihre Pumps von den Füßen und rieb sich die schmerzenden Waden. Am Wochenende musste sie wirklich dringend Schlaf nachholen, gelobte sie sich und merkte, wie hundemüde sie nach einem weiteren langen, stressigen Tag war. In einem Job wie dem ihren konnte man nun einmal nicht um fünf Uhr den Hammer fallen lassen und nach Hause gehen. Ebenso unerlässlich war es, als Akteur Präsenz zu zeigen, sich in Clubs wie dem Red House sehen zu lassen, Kontakte zu pflegen, sich auf dem Laufenden zu halten. Und das Treffen heute Abend hatte sich gelohnt. Matt wusste interessante Neuigkeiten über GlobalGo zu berichten, den Sportartikelhersteller, der zu Beginn im Rekordtempo in schwindelnde Erfolgshöhen durchgestartet war, sich jetzt aber im freien Fall befand. Matts Einschätzung nach standen Insolvenz und Abwicklung unmittelbar bevor, was für einige von Pollys Kunden recht unerfreuliche Folgen haben könnte. «Beißt eben der Nächste ins Gras», hatte Johnny vielsagend eingeworfen. Geschäft war nun einmal Geschäft.

Sie taumelte in ihr Luxusbadezimmer, das mindestens so geräumig war wie ein durchschnittliches Schlafzimmer, und schaltete die Punktstrahler an. Uuh. Hübsch siehst du nicht aus, Polly, dachte sie, während sie sich in dem riesigen rechteckigen Spiegel über dem Natursteinbecken betrachtete. Irgendwie hatte ihre Haut in letzter Zeit eine leicht graue Färbung angenommen. Erste Fältchen zeichneten sich unter ihren Augen ab, oberhalb der dunklen Ringe, die gar nicht mehr verschwinden wollten. Sie musterte den Spiegel genauer und schnalzte missbilligend mit der Zunge. Diese verwünschte Putze hatte schon wieder einen Schmierfleck auf dem Glas hinterlassen. Schlampig. Darüber müsste sie mal ein Wörtchen mit der Agentur wechseln. Die Putzfrau, das hätte Polly schwören können, ging ihrer Arbeit in letzter Zeit auffallend nachlässig nach. Auch das Bett hatte sie neulich erst alles andere als akkurat hergerichtet. Außerdem, da war sich Polly sicher, hatte sich jemand frech an ihrer Crème-de-Mer-Feuchtigkeitscreme bedient. So konnte das nicht weitergehen.

Sie streifte ihren Seidenpyjama über, dimmte das Licht in ihrem Schlafzimmer herunter und schlüpfte in ihr mehr als großzügig dimensioniertes Bett mit den weichen Daunenkissen, den Laken aus feinster ägyptischer Baumwolle und der dicken, luftigen Bettdecke. Nachdem sie ihren Wecker gestellt hatte, zog sie sich die kühlende Schlafmaske über die Augen und ließ sich erschöpft in die Umarmung ihres Bettes sinken. Sie war im Nu eingeschlafen.

Der Dienstag fing an wie jeder x-beliebige andere Tag: Um sechs Uhr klingelte der Wecker. Polly duschte rasch, warf eine Kopfschmerztablette gegen ihren heftigen Brummschädel ein, kippte einen schwarzen Kaffee herunter, kleidete sich an und schminkte sich und machte sich dann auf den Weg zur U-Bahn, mit einem Zwischenstopp im Feinkostimbiss, wo sie sich wie jeden Morgen ein Frühstück für unterwegs besorgte.

«Müde sehen Sie aus, Liebes», sagte der Mann hinter dem Tresen voll Mitgefühl, während er ihren Espresso braute. «Sie sollten wirklich mal Urlaub machen.»

Polly lachte nur wegwerfend. Urlaub, das war etwas für Warmduscher. Sie nahm ihr Frühstück in Empfang und ging zur U-Bahn-Station, wobei sie im Geist das Tagespensum durchging. Um elf tagte der Vorstand, um zwei hatte sie ein Kunden-Meeting, um fünf war ein Stehempfang wegen einer PR-Sache anberaumt, und abends speiste sie mit Klienten im Ivy. Ach ja, und Hugo Warrington hatte sie für zehn Uhr zu einem Plausch in sein Büro bestellt. Sicherlich wollte er ihr dazu gratulieren, dass sie vergangene Woche den Großanleger Spelman als Kunden gewonnen hatte. Vielleicht würde er ja deswegen sogar ihren Bonus noch erhöhen! Hugo Warrington war der Vorstandschef der Firma, das schlagende Herz von WFC. Er war fünfzig Jahre alt, schwerreich und so skrupellos, dass man unter seinem maßgeschneiderten Sakko von der Savile Row förmlich eine Haifischflosse zu erahnen meinte. Die Vorstellung, sich mit ihm einmal gemütlich unter vier Augen zu unterhalten, gefiel ihr. Es war höchste Zeit, ihm deutlich zu machen, was für ein unschätzbarer Aktivposten Polly Johnson für das Haus war.

Hinein in die U-Bahn, heraus aus der U-Bahn, dann der Gang durch die Eingangshalle und die Fahrt nach oben in dem Privataufzug, der Führungskräften vorbehalten war. Ein weiterer hektischer, aufreibender, knallharter Tag mit Transaktionen in Millionenhöhe stand bevor. Sie war bereit.

Hugo Warrington residierte eine Etage höher als Polly. Auf der Führungsetage. Hier oben war der Teppichboden so dick, dass vermutlich ein Krieg hätte ausbrechen können, ohne dass in den Etagen darunter jemand etwas davon mitbekommen hätte. Hier oben vermittelten einem die mit dunklem Holz getäfelten Wände den Eindruck, sich in den Räumlichkeiten eines exklusiven Privatclubs zu befinden – was auch mehr oder weniger zutraf. Warringtons Team von Sekretärinnen wirkte wie geklont: hyperelegante, gertenschlanke Frauen mit perfekt manikürten Fingernägeln und der stahlharten Ausstrahlung, die mit der Position als Torhüter der Festung einherging.

«Er erwartet Sie», sagte die humorlose Rothaarige, deren Schreibtisch vor Warringtons Büro stand. «Gehen Sie rein. Kann ich Ihnen einen Kaffee bringen, oder –?»

«Nein danke», erwiderte Polly, während sie zielstrebig an dem Klon vorbeistolzierte. Im Stillen hoffte sie, mit etwas Prickelndem bewirtet zu werden, wenn sie erst die Türschwelle überschritten hatte. Gerüchten zufolge verfügte Hugo Warrington in seinem Büro über einen erstklassig bestückten Getränkekühlschrank.

Sie klopfte an die Tür und trat ein. In Warringtons Allerheiligstem mit den dunkelgrünen, von Bücherregalen gesäumten Wänden, den stilvollen Ziergegenständen und nicht zuletzt seinem monumentalen Mahagonischreibtisch herrschte eine heimelige Atmosphäre, noch clubmäßiger als schon im Vorraum. Hinter seinem Kopf glänzte eine pompöse Golftrophäe, und zu seiner Linken, gerade noch in Reichweite, stand ein spiegelblankes Silbertablett mit einer bauchigen Karaffe voll rubinroter Flüssigkeit und einer Anzahl Kristallgläser.

Er saß an seinem Schreibtisch, den Blick seiner kleinen Schweinsäuglein in dem aufgeschwemmten Gesicht missvergnügt auf einen Computerbildschirm gerichtet. Als Polly eintrat, winkte er sie zu sich heran. «Nehmen Sie Platz.»

«Danke.» Polly setzte sich auf den schwarzen Ledersessel ihm gegenüber. Ein distinktes Aroma von Zigarrenrauch, scharfem Rasierwasser und Reichtum ging von ihm aus.

«Nun, Polly, ich weiß, dass Sie über die Jahre schwer für uns gearbeitet haben», fing er ohne Umschweife an und kratzte sich dabei mit seinen feisten Stummelfingern an den fleischigen Wangen. «Sie haben einen festen Kundenstamm aufgebaut, Sie haben enormen Einsatz und Professionalität gezeigt, und Ihren Platz im Vorstand haben Sie sich mehr als verdient.»

Polly merkte, wie ihr eine Gänsehaut über die Arme lief, während sie ihm zuhörte. O mein Gott. Lob von Hugo Warrington höchstpersönlich. Triumph! Er würde ihr einen satten Bonus zubilligen, das konnte sie förmlich riechen. Vielleicht sogar eine Beförderung. Immer gern!

«Allerdings», fuhr er fort, und dieses einzige Wort reichte aus, um ihre Träume von herabregnenden Geldscheinen und Luxusanschaffungen jäh zerplatzen zu lassen. Hatte sie recht gehört? *Allerdings?*

«Wie Sie wissen, leben wir in schwierigen Zeiten», fuhr er fort. «Die Finanzwelt hat sich verändert. Die Gesamtlage ist instabil wie nie zuvor, und viele Unternehmen sehen sich zu Kürzungen gezwungen.»

Polly schnürte es unwillkürlich die Kehle zusammen, während sie die Tragweite seiner Worte erfasste. Eine dumpfe Unruhe machte sich in ihr breit. Warum erzählte er ihr das? Was genau führte er im Schilde?

«Wir hier bei WFC mussten unsere Zahlen einer nüchternen, gründlichen Analyse unterziehen, und leider fallen sie nicht so günstig aus wie erhofft», stellte er sachlich fest. Er hätte ebenso gut übers Wetter reden oder den Seewetterbericht verlesen können, dachte Polly voll dunkler Vorahnungen. «Daher sehen wir uns zu unserem Bedauern zu einer Umstrukturierung der Firma gezwungen, die leider auch weitreichende Entlassungen unumgänglich macht.»

Entlassungen. Mist. Das hatte sie nicht kommen sehen. Wollte er vielleicht ihr Urteil über mögliche Kandidaten dafür einholen, oder …?

«Es tut mir aufrichtig leid, Polly, aber wir können Sie hier in der Firma nicht länger beschäftigen», sagte er. «Wir setzen Sie frei.»

2

Clare Berry war im Begriff zu ertrinken. So heftig sie auch gegen das Wasser anstrampelte, so verzweifelt sie auch mit den Armen ruderte, sie wurde unwiderruflich in die Tiefe gezogen, ohne je an das rettende Tageslicht zu gelangen, das nur wenige Handbreit über ihrem Kopf verlockend, aber für sie unerreichbar durch die Wasseroberfläche schimmerte. Ihre Lunge war zum Zerbersten angespannt, ihr Herz pochte wie wild, schwarze Punkte tanzten ihr vor den Augen, doch sie durfte nicht aufgeben, musste weiter versuchen, an die Oberfläche zu gelangen, um endlich Luft holen zu können …

Dann wachte sie unvermittelt auf. Sie lag in ihrem Bett, nassgeschwitzt, keuchend und japsend, hilflos mit den Händen in der Luft rudernd. Ein unwillkürliches Schluchzen entrang sich ihr. Lieber Gott. Schon wieder dieser Albtraum. Wie oft hatte sie den jetzt schon gehabt?

Sie sah auf den Wecker. Viertel nach fünf, draußen war es noch dunkel. Sie musste versuchen, wieder einzuschlafen und diesmal etwas Schönes zu träumen, etwas Harmloses und Erfreuliches, von süßen Kätzchen oder blühenden Rosen oder … stopp. Sie war dabei, sich in Julie Andrews mit ihrer Liste von «Lieblingssachen» zu verwandeln. Wenn sie nicht aufpasste, würde sie als Nächstes noch die Vorhänge in Stücke schneiden, um Spielanzüge für die Kinder daraus zu nähen, und dann wäre sie offiziell übergeschnappt.

Clare knuffte das Kopfkissen in etwas bequemere Form, drehte sich auf die Seite und schloss die Augen, fand aber keinen Schlaf, weil ihr ungebeten die gewohnten Sorgen durch den Kopf gingen. Steve hatte ihr in den letzten beiden Monaten keinen Unterhalt für die Kinder überwiesen – sie musste ihn wohl persönlich deswegen zur Rede stellen, und das führte immer zu so unschönen Szenen. In den letzten Tagen waren Mahnungen wegen ihrer ausstehenden Gas- und Stromrechnungen im Briefkasten gelandet, und sie wusste noch immer nicht, wie sie die begleichen sollte. Morgen hatte Leila Geburtstag, und das Fahrrad, das Clare auf eBay für sie hatte erbeuten wollen, war ihr in der letzten hektischen Sekunde von jemand anderem, der ein höheres Gebot abgegeben hatte, vor der Nase weggeschnappt worden. Alex hatte wieder Ärger in der Schule, weil er eine Rauferei angefangen hatte, und von der Lehrerin hatte Clare sich die gönnerhafte Belehrung anhören dürfen, das komme nur daher, «weil er im familiären Umfeld kein gutes männliches Rollenmodell» habe. Um das Maß vollzumachen, hatte auch noch der Hund Würmer.

Kein Wunder, dass sie so häufig vom Ertrinken träumte. Um diesen Traum zu deuten, müsste man wohl kaum Dr. Freud bemühen. Weil sie ja im übertragenen Sinne tatsächlich ertrank – in Stress, in Schuldgefühlen, in der bangen Sorge, als Mutter zu versagen. Das Dach ihres kleinen Häuschens war undicht, eine Schneckenplage suchte ihr Gemüsebeet heim und dezimierte den Salat, und die Hühner, Babs und Marjorie, litten seit Neuestem an irgendeiner scheußlichen Infektion, in deren Folge sie massenhaft Federn verloren und ihre Augen ganz gelb und triefig aussahen. (Warum hatte sie sich bloß dazu überreden lassen, Jay Holmes die elenden Viecher abzunehmen? Weil die beiden Hennen aus einer Legebatterie befreit worden waren und sie sich zudem schwer damit tat, anderen etwas abzuschlagen, deswegen.)

Ein Außenstehender, der nichts von Clares Leben wusste, hätte beim Anblick des Häuschens, des Gemüsegartens und der Hühner womöglich annehmen können, dass sie in einer urigen, ländlichen Idylle lebte. Clare dagegen empfand ihr Leben als kein bisschen idyllisch. Eher führte sie ein Leben, in dem immerzu alles schiefging, das traf es besser. Ihr war, als könnte jeden Augenblick der sprichwörtliche Wolf durch die Tür gestürmt kommen, mit Messer und Gabel in den Pfoten, der sich hungrig die Lippen leckte, während hinter ihm einige Hühnerfedern aufwirbelten.

Clare stöhnte und zog sich die Bettdecke über die Ohren. Die vergangenen zwölf Monate waren nicht leicht gewesen, seit Steve ihr in klassischer Midlife-Crisis-Manier eröffnet hatte, dass er sie für eine Friseuse namens Denise verlassen würde, die in Basingstoke lebte. Anscheinend hatte er sie im Internet kennengelernt, und es war Liebe auf den ersten Mausklick gewesen. Tja, damit war sie den Idioten los. Es war ein Fehler gewesen, dass sie ihn überhaupt geheiratet hatte.

Ach, es war sinnlos. Einschlafen würde sie jetzt ohnehin nicht mehr. Sie würde aufstehen und sich einen Tee kochen, beschloss Clare, würde sich bemühen, positiv zu denken, dankbar für die guten Dinge in ihrem Leben zu sein, statt im Bett zu liegen und sich den Kopf über Dinge zu zerbrechen, auf die sie keinerlei Einfluss hatte. Sie streifte ihren Morgenmantel über und tapste hinunter ins Erdgeschoss.

Gründe, froh und dankbar zu sein … Na schön. Also, sie hatte zwei tolle Kinder, die sie von Herzen und über alles liebte. Ihre Eltern waren beide noch kerngesund und wohlauf, und sie sah sie häufig, weil sie sozusagen gleich um die Ecke wohnten. Das Dorf selbst – auch dies war ein Grund zur Dankbarkeit. Sie wohnte schon ihr Leben lang in Elderchurch und verspürte nicht den Wunsch, je von hier fortzuziehen. Warum auch? Das Dorf war das reinste Postkartenidyll mit seinen putzigen, windschiefen alten Häusern aus rotem Hampshire-Backstein. Hier gab es den besten Pub der Welt und all ihre Freundinnen. Freundinnen – ein weiterer Grund, warum sie sich glücklich schätzen sollte. Denn egal was auch geschah, Debbie und die Mädels standen ihr bei, darauf konnte sie sich blind verlassen. Und sie hatte eine Arbeit! Die Tätigkeit als Sprechstundenhilfe in der Gemeinschaftspraxis mochte geistig nicht übermäßig anspruchsvoll sein, aber sie war gut mit den Schulzeiten der Kinder zu vereinbaren, die Kollegen waren (großteils) sehr nett, und zumindest war kein Tag dort wie der andere.

Dass ihr das Fahrrad bei eBay durch die Lappen gegangen war, das Leila sich gewünscht hatte, war ebenfalls kein Beinbruch. Am Vorabend hatte sie stattdessen liebevoll und mit viel Mühe eine Schokoladencremetorte gebacken – Leilas Lieblingskuchen –, und ihr Vater hatte gesagt, er hätte neulich eine Kleinanzeige in der Zeitung gesehen, in der ein Gebrauchtfahrrad angeboten wurde.

Das käme vielleicht als Ersatz in Frage. Es würde schon alles gut werden.

Als sie das kochende Wasser in die Teekanne goss, war ihr schon bedeutend leichter ums Herz. Kinder, Eltern, Freundinnen, ein Dach über dem Kopf, ein Job … Sicher, momentan mochte bei ihr einiges nicht optimal laufen, aber alle wichtigen Dinge, die Dinge, auf die es ankam im Leben, konnte sie letzten Endes auf der Habenseite verbuchen. Rechnungen, ein Ex, der ihr den Unterhalt schuldig blieb, kränkelnde Haustiere, rücksichtslose eBay-Konkurrenten … im großen Ganzen doch letztlich Lappalien, die zu verschmerzen waren. «Eigentlich können wir nicht klagen, nicht wahr, Fred?», sagte sie zum Hund der Familie, eine betagte Promenadenmischung, der zusammengerollt auf seiner Decke in einer Küchenecke lag. Er klopfte schlaftrunken mit dem Schwanz, wie um ihr zuzustimmen. «Es könnte auch viel schlimmer sein.»

Da fiel ihr die Spur brauner Kuchenkrümel auf dem Schieferboden ins Auge und die Kuchendose aus Blech, die ohne Deckel unter dem Tisch stand. «O nein, Fred», sagte sie entgeistert und stürzte zum Tisch. «Fred, du hast doch wohl nicht die Torte gefressen, oder?»

Vor Schreck über ihren veränderten Tonfall legte Fred kleinlaut die Ohren an und schien sich tiefer in seinen Korb zu ducken. Clare wusste nicht, ob sie vor Wut schreien oder in Tränen ausbrechen sollte, als sie feststellte, dass es ihm irgendwie gelungen war, den Deckel mit der Nase von der Dose zu hebeln, deren Inhalt er sodann restlos vertilgt hatte. «Na, großartig. Einfach großartig!»

Clare merkte, wie ihr die Tränen kamen. «Ich sollte dich ins Tierheim geben, du verwurmtes altes Mistvieh», stieß sie wutentbrannt hervor, während sie vor ihm die Hände in die Hüften stemmte. «Der beste Freund des Menschen, ja, von wegen», jammerte sie, der Verzweiflung nahe. «Ich dachte, du solltest mir immer treu zur Seite stehen?»

Fred jaulte und sah sie mit feuchten, seelenvollen Augen bekümmert an. Dann drang ein langgezogenes, ungutes Gurgeln aus seinem Leib … und ehe sie noch eingreifen konnte, hatte er sich auch schon auf breiter Front erbrochen – eine übelriechende, schokoladenbraune Masse, die Clare bis auf die Füße spritzte.

Eindeutig, dieser Tag stand unter keinem guten Stern. Wieder mal.

Zwei Stunden später herrschte im Haus die alltägliche Morgenroutine. Leila, noch neun, saß verschlafen am Küchentisch und löffelte mit abwesendem Blick ihre Frühstücksflocken. Körperlich mochte sie anwesend sein, aber geistig schien sie ganz weit weg, vielleicht noch im Reich der Träume. Morgens nach dem Aufstehen war ihr blondes Haar immer heillos zerzaust, ein Gewirr von Strähnen, das aussah, als hätte sie es sich die ganze Nacht hindurch hektisch aus der Stirn gekämmt.

Alex, acht, hatte unterdessen entschieden, dass er keine einzige Sorte ihrer Frühstücksflocken mehr mochte. Auch den Vollkorntoast verschmähte er, der gefürchteten «Stückchen» wegen, mit denen das Brot gesprenkelt war. «Kann ich stattdessen Nudeln haben?», fragte er.

«Nein», fauchte Clare, die es inzwischen bereute, so früh aufgestanden zu sein. Warum hatte sie sich nicht etwas mehr bemüht, wieder einzuschlafen? Nun würde sie den ganzen Tag übermüdet und reizbarer Stimmung sein.

«Es gibt nur eins von beidem, Toast oder Frühstücksflocken.»

«Wie wäre es, wenn ich sie mir selbst koche?»

«Nein, Alex, ich habe nein gesagt. Toast oder Frühstücksflocken?»

«Ich will WEDER Toast NOCH Frühstücksflocken. Ich will NUDELN, hörst du mir nicht zu!» Er versetzte dem Tischbein einen unbeherrschten Tritt und sah sie mit seinen braunen Augen unter dem dichten, dunklen Haar finster an. Oje, wenn er wütend war, sah er genauso aus wie sein Vater.

«Doch, ich höre dir zu», sagte Clare geduldig. «Ich weiß, dass du gern Nudeln hättest und habe gehört, dass du weder Toast noch Frühstücksflocken willst. Zum Frühstück gibt es hier bei uns aber Toast und Frühstücksflocken, und zwar jeden Morgen. Also, was hättest du nun gern?»

«Nudeln.» Er blickte sie herausfordernd an. «Die hätte ich gern.»

Mary Poppins, bitte kommen … Mary Poppins, bitte kommen, hallte es Clare leise durch den Kopf. Ja, schön wär's. Sie warf einen Blick aus dem Fenster, in der vagen Hoffnung, das adrette, freundliche Kindermädchen mit seinem aufgespannten Schirm vom Himmel herabschweben zu sehen. Leider schwebte dort gar nichts. Das Einzige, was gerade vom Himmel herunterkam, war der Graupelregen. Na prächtig.

Sie atmete tief durch und bemühte sich, nicht daran zu denken, was Steve und Denise gerade in ihrem Haus treiben mochten, einem Kasten im imitierten Tudorstil mit kitschigen apricotfarbenen Rüschengardinen in den Fenstern. Da sie (noch) keine Kinder hatten, schliefen sie wohl noch, eng aneinandergekuschelt, sie in einem hässlichen Nylonhemdchen, er in seinen Boxershorts von Marks & Spencer, ein dunkel behaartes Bein mannhaft über sie gehakt. Er war äußerst behaart, Steve; an Brust, Rücken, Beinen – insgeheim hatte Clare das immer ziemlich abstoßend gefunden. Wie Denise dazu wohl stand? Hatte sie möglicherweise aus dem Frisiersalon einen Satz Wachsstreifen zur Körperenthaarung mit nach Hause gebracht, um ihn von seinem Pelz zu befreien und stattdessen ein gerupftes Huhn aus ihm zu machen?

Pfui. Auf was für Abwege war sie in Gedanken geraten. Jetzt stand ihr das Bild ihres Exmannes vor Augen, nackt und picklig, und …

Sie blinzelte, um diese Horrorvision zu verscheuchen, und merkte, dass Alex sie nach wie vor herausfordernd anstarrte. Beinahe rechnete sie damit, gleich das Tröten einer Hupe zu hören, die verkündete, dass die tägliche Schlacht ums Frühstück soeben ein Patt erreicht hatte.

«Nun, dann musst du eben Kohldampf schieben», fauchte sie. Heute Morgen hatte sie einfach keinen Nerv dazu, dieses Theater zum siebenhundertsten Mal mitzumachen. Sollte er eben mal mit leerem Magen zur Schule gehen, das würde ihn schon nicht umbringen. Vielleicht lernte er ja sogar etwas daraus und sah künftig davon ab, diese lachhaften Wünsche zum Frühstück zu äußern. «Leila, Liebes, könntest du dich mit dem Essen etwas beeilen? Es ist schon fast acht.» Wieder einmal hatte ihre Tochter es geschafft, beinahe eine halbe Stunde an einer Schale Cornflakes herumzulöffeln. Das war doch sicher auch eine Art Kunst? Wenn sie nicht achtgab, würde sie noch als Installation in der Tate Modern enden.

«Ich geh duschen», murmelte Clare, zog ihren Morgenrock enger um sich und machte sich auf den Weg ins Obergeschoss. Auf der Treppe bekam sie gerade noch Alex' Antwort mit – «Also, NA GUT. Dann nehme ich eben Cornflakes. Wenn es nicht anders GEHT» – und lächelte vor sich hin. Eines schönen Tages würde sie mit ihm herzlich über diese Episode lachen. Vorausgesetzt natürlich, dass sie bis dahin noch miteinander sprachen.

In der Praxis herrschte an diesem Morgen Hochbetrieb. Derzeit machten in der Gegend zwei Krankheitserreger die Runde; die eine Sorte Patienten im Wartezimmer drückte sich leidend die Hand gegen den Bauch und sah hohlwangig aus, während die andere Sorte sich förmlich die Seele aus dem Leib hustete. «Morgen», sagte Clare, setzte sich an ihren Schreibtisch hinter dem Empfangstresen und schaltete den Computer an.

«Morgen», erwiderte Roxie, die erst zweiundzwanzig war und ihr weißblondiertes Haar heute zu zwei Zöpfchen gebunden hatte. Sie trug eine kurzärmelige Bluse aus lachsfarbenem Chiffon mit einer riesigen Schleife am Hals und einen kurzen pfauenblauen Rock, der mit einem bunten Sammelsurium von Knöpfen verziert war. Roxie hatte Modedesign studiert und sparte nun auf eine längere Reise in exotische Gefilde, die sie mit Freundinnen in nicht allzu ferner Zukunft plante. Um ihre Ausgaben so gering wie möglich zu halten, nähte sie sich ihre Kleidung selbst, bleichte sich das Haar mit Domestos und nutzte für ihre ausufernden Telefon- und Internetbedürfnisse den Breitbandanschluss der Praxis. «Na, alles klar?»

Clare überlegte kurz, ob sie mit einer Jammertirade über

die morgendliche Magenentleerung ihres verfressenen Köters antworten sollte, bemerkte aber dann noch rechtzeitig den Schokoladen-Muffin, den Roxie sich zum Frühstück mitgebracht hatte, und entschied sich aus Rücksicht dagegen. «Ja, kann nicht klagen», sagte sie. «Und, wie geht's dir?»

«Verkatert und hundemüde und untenrum ein bisschen wund, wenn du verstehst, was ich meine.» Roxie zwinkerte ihr zu. «Richard hat es gestern Nacht gleich dreimal treiben wollen. Erst er auf mir, dann ich auf ihm, dann noch von hinten. Er war unersättlich, konnte gar nicht genug bekommen von mir, ich kann dir sagen. Ja, was kann ich für Sie tun?»

Clare staunte jedes Mal von neuem darüber, wie übergangslos Roxie es fertigbrachte, Patienten gegenüber in die Rolle des hilfsbereiten Unschuldsengels zu schlüpfen, obwohl sie eben noch von heißen erotischen Erlebnissen berichtet hatte. Ein älterer Herr stand am Tresen, der sich mit zittrigen, altersfleckigen Händen seinen Schal abwickelte; seine Augen hinter den dicken Brillengläsern trieften und tränten.

«Benson», sagte er. «Halb zehn bei Dr. Aardvark.»

Roxie presste die Lippen zusammen, als müsste sie mit aller Gewalt ein Kichern zurückhalten, deshalb sprang Clare rasch ein. «Mr. Benson für Dr. Arkwright, ja, in Ordnung. Nehmen Sie doch bitte noch Platz.»

Er schlurfte davon und ließ sich auf einem der blauen Kunststoffstühle nieder, nur um gleich darauf in ein großes weißes Taschentuch zu niesen.

«Weiter», drängte Clare. «Du warst gerade bei Richard stehengeblieben. Um welchen Richard genau geht es?»

«Oh, der sportliche aus *Im Visier des MI5*, du weißt schon», erwiderte Roxie. «Ganz schön versaut, der Typ, aber hallo. Enormes Stehvermögen. Schon nach fünf Minuten hatte er mich so weit, dass ich geschrien habe wie am Spieß. Sogar die Nachbarn haben gegen die Wand gewummert, weil es ihnen irgendwann zu bunt wurde.»

«Ah», sagte Clare, die gerade den Teekessel aufsetzte. «Klingt gut. Apropos, hast du *Coronation Street* gesehen?»

«Ja», räumte Roxie ein. «Und danach *Kochduell*. Dann bin ich ins Bett gegangen und habe noch im neuesten Roman von Jilly Cooper geschmökert. Mein Gott, das wirkliche Leben kann so langweilig sein manchmal.»

«Da sagst du was», stimmte Clare zu. «Für dich auch einen Tee?»

«Ja, gern.»

Die Arztpraxis, in der Clare und Roxie arbeiteten, befand sich in der Kleinstadt Amberley, ein paar Meilen von Elderchurch entfernt. Es war eine Gemeinschaftspraxis mit insgesamt fünf Ärzten und zwei Arzthelferinnen, die an festgelegten Tagen auch von verschiedenen Kliniken genutzt wurde. Dienstags – heute also – war die Säuglingsklinik an der Reihe, und es war auch der einzige Tag der Woche, an dem Clare in der Praxis Vollzeit bis achtzehn Uhr arbeitete. An diesem Tag sprang immer Clares Mutter ein und holte Leila und Alex von der Schule ab, um sie danach drei Stunden lang nach Strich und Faden zu verwöhnen. Das war eine Regelung, mit der alle gut leben konnten.

«Morgen, die Damen», ließ sich eine Stimme vernehmen, gerade als das Telefon klingelte.

«Guten Morgen, Ärztehaus Amberley, was kann ich

für Sie tun?», meldete Clare sich am Apparat und errötete heftig, als Luke Brightside in den Empfangsbereich trat.

«Morgen, Luke», flötete Roxie und klimperte kokett mit den Wimpern. «Sie sehen ja heute wieder besonders gut aus, wenn ich so sagen darf.»

«Sie sehen … auch sehr farbenfroh aus, Roxanne», gab er gut gelaunt zurück und verdrehte scherzhaft die Augen in Clares Richtung, ehe er mit seiner Sporttasche über der Schulter in den Tiefen der Praxis verschwand. Bei seinem Lächeln wurde Clare ganz warm ums Herz. Roxies Geflirte war natürlich nicht ernst gemeint, aber er sah wirklich gut aus. Und zwar immer. Luke war einer der Allgemeinärzte, und er war ein richtiger Schatz. Er hatte ein so nettes Gesicht, so geduldige, verständnisvolle Augen und eine so angenehme, männlich tiefe Stimme, dass sie vollauf verstand, warum die Patientinnen ihm förmlich die Türe einrannten. Clare hätte ohne weiteres auch eine Krankheit vorgetäuscht, um einmal in den Genuss von Dr. Brightsides fürsorglicher Betreuung zu kommen. Schon bei dem Gedanken daran merkte sie, wie ihr auf einmal warm wurde …

«Hallo? Sind Sie noch dran?», ließ sich eine ungeduldige Stimme am anderen Ende der Leitung vernehmen und holte Clare unsanft ins Hier und Jetzt zurück.

«Entschuldigung, ja, ich höre», sagte sie hastig. «Sie wollten gern einen Termin, richtig? Ich schaue mal, wann wir Sie noch unterbringen können.»

Am Vormittag rief Debbie an, genau abgestimmt, um Clare in ihrer Frühstückspause zu erwischen. Debbie war Clares beste Freundin, seit sie sich mit fünf Jahren an ihrem ersten Schultag in der Grundschule von Elderchurch kennengelernt hatten. Auch sie lebte immer noch im Dorf, mit ihrem Mann Will, vier Kindern, einem Pferd und zwei Hunden. Anders als bei Clare konnte bei ihr tatsächlich von ländlich idyllischen Lebensverhältnissen die Rede sein, bezeugt durch den nostalgischen alten Aga-Herd in ihrer Küche, die beiden Labradore und ihren Status als vollauf akzeptiertes Mitglied in den gehobenen Kreisen der Pferdebesitzer der Gegend, von ihrem erfolgreichen Ehemann und den vier glücklichen Kindern ganz zu schweigen. In Debbies Leben war aber nicht immer alles so glattgelaufen – Lydia, ihre erste Tochter, hatte sie mit gerade einmal sechzehn Jahren bekommen und war deswegen der Schule verwiesen worden. Dann hatte ihr damaliger Freund sie sitzengelassen, um Berufssoldat zu werden, und Debbie war mit der Kleinen ganz auf sich gestellt. Glücklicherweise hatte sich für sie alles zum Guten gewendet, als Will in ihr Leben trat, aber sie war klug genug, ihr Glück nie als etwas Selbstverständliches zu betrachten.

«Hallöchen», sagte sie jetzt. «Ich wollte bloß fragen, brauchst du am Samstag noch Hilfe, oder kommst du allein klar? Ich kann dir gern als glamouröse Assistentin zur Hand gehen oder Alex bei mir Asyl gewähren, wenn ihm vor der Invasion einer Meute kreischender Mädchen bei euch zu Hause graut, oder …»

Clare lachte. Am Samstag feierte Leila ihren Geburtstag, und sie hatte für den Nachmittag sieben Schulfreundinnen zu sich eingeladen. Eigentlich hätte sie am liebsten ihre gesamte Schulklasse zu einer Rollschuhdisco im Gemeindesaal eingeladen, doch obwohl Mr. Button, der für die Vermietung der Räume zuständig war, Clare den Saal zum halben Preis angeboten hatte und Debbie ihr versicherte, dass Will als DJ einspringen würde, waren die Kosten letztlich doch zu hoch gewesen, da ja auch noch eine Lichtanlage hätte angemietet werden müssen, von der Beköstigung von dreißig Kindern ganz zu schweigen. Clare hatte sich mit Leila darauf geeinigt, in etwas kleinerem Rahmen zu feiern, deshalb fand die Party nun bei ihnen zu Hause statt. Um den kleinen Gästen etwas zu bieten, würde Clare mit ihnen Badekugeln herstellen, und zusätzlich hatte sie günstige Plastikboxen besorgt, die sie mit Acrylfarben bemalen und dann mit den selbstgemachten Badezusätzen füllen konnten.

«Gegen eine glamouröse Assistentin hätte ich nichts einzuwenden», gestand sie. «Wäre super, wenn du noch mithelfen würdest. Irgendwie habe ich aber das Gefühl, dieser Geburtstag steht unter keinem guten Stern …» Dann erzählte sie Debbie alles, erst von dem Fehlschlag mit dem Fahrrad und dann von der Torte, und von ihrer Sorge, dass Steve womöglich den Geburtstag seiner Tochter vergessen würde, und dass sie nicht wusste, ob sie ihn anrufen und daran erinnern sollte, weil er sich ja womöglich doch erinnerte und ihren Anruf dann als Beleidigung auffassen könnte.

«Ach, herrje», sagte Debbie mitfühlend. «Ruf den Hirni doch an, da hätte ich keine Skrupel. Was soll schon passieren, außer dass er verschnupft reagiert. Und selbst wenn, na und? Immer noch besser, als wenn Leila sich aufregt, weil sie denkt, ihr Papa hätte sie vergessen, oder?»

«Stimmt auch wieder», erwiderte Clare. Sie sah auf die Uhr. «Du, ich muss Schluss machen. Mach's gut, Debbie, bis morgen.»

Gleich darauf kam ihr die Erleuchtung: Sie würde Steve später einfach eine SMS schicken. So könnte er wenigstens nicht die Verzweiflung in ihrer Stimme hören. Und so bräuchte auch *sie* nicht seine Stimme zu hören, die sie immer schmerzlich daran erinnerte, wie glücklich sie einmal mit ihm gewesen war. Schau immer nach vorn, ermahnte sie sich. Die Zukunft ist rosig. Auch wenn es momentan noch nicht so aussieht.

Als Clare am Abend mit ihren beiden zuckergesättigten Kindern im Schlepptau nach Hause kam, fand sie vor ihrer Tür gleich zweierlei vor.

Einen flachen rosaroten Karton, den der Paketbote hinter die Mülltonne geklemmt hatte. Clare zog ihn heraus. Auf dem Adressaufkleber prangten die Worte «Little Miss Luxury», woraus sie mit einem Stöhnen schloss, dass es sich um das Geburtstagsgeschenk ihrer Schwester für Leila handelte. Kleine Luxusmadame, das passte ja. Was würde es sein, wieder ein teures Kleid mit von Hand perlenbesticktem Saum? Vielleicht auch irgendein protziges Schmuckstück, das Leila dann fraglos bei nächster Gelegenheit bei einer Freundin gegen eine Packung Filzstifte eintauschte. Aber mit Sicherheit war es nichts – dafür hätte Clare ihre Hand ins Feuer gelegt –, wofür der ponyverrückte Wildfang Leila sich auch nur im Mindesten erwärmen konnte. Ach, na ja. Das war eben Polly, wie sie leibte und lebte.

Außerdem stand eine verbeulte Quality-Street-Blechdose vor ihrer Tür, versehen mit einer gelben Haftnotiz, auf der in Debbies Handschrift zu lesen stand: «Bitte öffnen, wenn Leila nicht in der Nähe ist.» Clare trug die

Dose in die Küche und sah Fred streng an. «Lass ja die Pfoten davon, wenn dir dein Leben lieb ist», warnte sie ihn, während sie den Deckel von der Dose entfernte. Im Inneren erblickte sie eine Biskuittorte mit dickem Buttercremeüberzug, verziert mit Schokoknöpfen und bunten Zuckerstreuseln, gefüllt mit Marmelade und Schlagsahne.

Am liebsten wäre sie zu Debbie hinübergelaufen, um sie abzuküssen. Nur gut, dass sie ihre Freundinnen hatte, wenn in ihrem Leben schon sonst alles drunter und drüber ging.

3

Wie es ihr nach Hugo Warringtons vernichtendem Tiefschlag gelungen war, den demütigenden Gang von seinem Büro zurück an ihren eigenen Schreibtisch zu bewältigen, war Polly ein Rätsel. Irgendwie hatten ihre Beine sie mechanisch dorthin zurückbefördert, Schritt für Schritt.

Vor lauter Panik überschlugen sich die Gedanken in ihrem Kopf. O mein Gott, o mein GOTT. Sie hatte ihren Job verloren. Sie hatte ihren *Job* verloren. Wie hatte Warrington es noch gleich ausgedrückt? Sie wurde «freigesetzt», genau. Frei, wie ein Tier, das in die freie Wildbahn entlassen wurde. Als würde man ihr mit dieser Maßnahme die Freiheit schenken. Als sollte sie dafür auch noch dankbar sein! Das Dumme war nur, sie wollte gar nicht in die freie Wildbahn entlassen werden. Sie wollte nirgendwohin. Sie wollte in ihrem sicheren, warmen Käfig bleiben – ihrem Büro vielmehr. Ihr Computer, ihr Telefon, ihr Aktenschrank … dies waren die Eckpfeiler ihrer Welt. Diese Sachen *waren* ihre Welt. Was blieb ihr denn noch, ohne diesen Ort? Sie verbrachte hier mehr Zeit als in ihrer eigentlichen Wohnung; aß nicht selten hier zu Abend, hatte sogar schon auf dem stilvollen grauen Sofa genächtigt, wenn sie wegen drohender Fristen unter Zeitdruck stand. Und dies nun alles entzogen zu bekommen, förmlich den Boden unter den Füßen zu verlieren …

Ihr wurde so schwindelig, dass sie sich am Schreibtisch festhalten musste. Mist. Damit hatte sie nun wirklich nicht gerechnet. Das hatte sie eiskalt erwischt. Normalerweise trafen einen schlechte Neuigkeiten in der Firma nicht aus heiterem Himmel – man hatte einfach ein Gespür dafür, einen sechsten Sinn, bekam es ja auch mit, wenn Kollegen die Köpfe zusammensteckten und tuschelten. Diesmal – nichts. Kein vielsagender Blick, gar nichts. Zwölf Jahre ihres Lebens hatte sie diesem Laden geopfert, und nun setzte man sie an die Luft, einfach so, ohne jede Rücksicht. Diese Schweine. Bekam sie jetzt überhaupt noch ihren Bonus? Allmächtiger! Sie brauchte dieses Geld, dringend; hatte das meiste davon schon fest eingeplant. Wehe, man wollte sie um den Zaster prellen, dann …

Sie verzog das Gesicht. Was, *dann*? Dunkel schwante ihr, dass sie nicht mehr allzu viele Möglichkeiten hatte.

Sie drückte die Taste ihrer Gegensprechanlage. «Ich hätte gern einen Kaffee», wies sie Jake kühl an. «Aber einen starken, wenn ich bitten dürfte.»

Verdammt. Was sollte sie nun tun? Sie hätte eine Stunde, hatte Warrington ihr eröffnet, um ihre Sachen zu packen und das Büro zu räumen. Eine lumpige Stunde. Zehn Minuten hatte sie bereits mit sinnlosem, panischem Umherstarren vertan, außerstande, sich vom Fleck zu rühren, als hätte bereits die Leichenstarre eingesetzt.

Ihre Tür ging auf, und ein kräftiger Typ vom Wachdienst kam mit einem leeren Karton herein. «Für Sie, Schätzchen?», fragte er. «Brauchen Sie Hilfe beim Einräumen?»

Polly richtete sich zu voller Größe auf, die in ihren aktuellen Stöckelschuhen immerhin einen Meter achtzig betrug. «Nein», erwiderte sie frostig.

Er zuckte die Achseln und stellte den Karton auf ihren Tisch. «Wie Sie meinen. Nur Ihre privaten Sachen, okay? Alles andere gehört der Firma. Das kontrollieren wir unten an der Tür noch mal.»

Er würde den Karton noch einmal kontrollieren. Polly schoss das Blut in den Kopf. Als wäre sie eine dahergelaufene Kriminelle, die Firmengeheimnisse und explosive Dossiers nach draußen zu schmuggeln versuchte. Was maßte der Kerl sich an! Am liebsten hätte sie ihm den Karton mitten in seine schweinchenrosa Visage gepfeffert. Das würde ihm eine Lehre sein.

Die Tür schloss sich, und Polly musterte den Karton. Wie bitte? Sie sollte ihr Hab und Gut, das sich in zwölf Jahren angesammelt hatte, in diesem mickrigen Ding unterbringen? Sollte das ein Witz sein? Wusste dieser Kerl denn nicht, wie lange sie schon hier arbeitete? Den Karton hätte sie mühelos fünfmal vollpacken können. Sie ballte die Fäuste, schloss kurz die Augen. Dann atmete sie tief durch. Es half nichts, sie sollte wohl besser anfangen.

Als Jake mit ihrem Kaffee hereinkam, stutzte er heftig und starrte sie an. «Was … was ist denn los?»

Polly, die gerade eine gerahmte Urkunde von der Wand nahm, hielt inne. Die edle Garderobe, die sonst immer für Notfälle hinten an der Tür hing, für außerplanmäßige Geschäftsessen etwa oder spontane Einladungen zu festlichen Anlässen, hatte sie bereits heruntergenommen. Nun lagen die Sachen auf ihrem Schreibtisch – das weinfarbene Kleid, der schwarz glitzernde Bolero und die schiefergraue Jacke aus Bouclé – ein bisschen wie aufgebahrte Leichname. «Ich bin gefeuert worden.» Sie lachte trocken. «Wegen hausinterner Kürzungen.»

Jakes Blick wanderte von Polly zu dem Karton und wieder zu ihr. «Wirklich?»

Sie nickte und kam sich sehr klein vor. Nein, schlimmer noch, unwichtig, überflüssig, wie ein kleines Rädchen, das aus der Maschine entfernt wurde, nachdem es darin eine halbe Ewigkeit zuverlässig gesurrt und geschnurrt hatte. «Ja. Bis elf muss ich draußen sein, hat Warrington gesagt.»

«Heiliger Strohsack. Und ... wie geht es jetzt weiter?»

«Na ja ...» Sie hielt inne, warf ihr Haar zurück. Er durfte nicht sehen, wie sehr ihr die Sache an die Nieren ging. «Tja, ich werde mir natürlich was Neues suchen. Mit all meinen Kontakten wird sich da sicher bald –»

«Sie habe ich nicht gemeint», fiel er ihr brüsk ins Wort. Schwang da etwa Geringschätzung in seiner Stimme mit? «Sondern, wie es jetzt in der Abteilung weitergeht. Was bedeutet das für mich, für die restlichen Kollegen?»

«Für Sie?» Entgeistert sah sie ihn an. Nicht zu fassen, was für ein Egoist. «Tja, keine Ahnung. Über Sie habe ich mir leider noch keine Gedanken gemacht», sagte sie, nicht ganz ohne Ironie. «Aber ich denke mal, man wird schon eine Aufgabe für Sie finden ...»

Doch er hörte gar nicht zu. Sein Blick war merkwürdig abwesend, als würde er von irgendwo aus dem Gebäude Signale telepathischer Art empfangen. Dann klärte sich seine Miene, er lächelte. «Ah, alles klar, jetzt verstehe ich. Marcus hat neulich noch zu mir gesagt, wir wären ein gutes Team, er und ich. Hat was von einem neuen Posten angedeutet, den er demnächst bekäme. Jede Wette, dass er befördert wird, jetzt, wo Sie gehen.»

Polly erstarrte. «Marcus Handbury?»

«Ja. Er tut ziemlich geheimnisvoll seit ein paar Tagen. Denke mal, dass Warrington ihn als Nachfolger für Sie vorgesehen hat.»

«Er kann doch nicht einfach meinen Job übernehmen, wenn ich Kürzungen zum Opfer gefallen bin!», rief sie. «So läuft das doch nicht.»

Er zuckte mit den Schultern. «Tja, dann wird der Job eben einfach umbenannt, nicht wahr?»

Polly war erschüttert über seine Taktlosigkeit. «Jake … ich bin entlassen worden», stellte sie entnervt fest. «Ein wenig Mitgefühl könnten Sie schon zeigen.»

Seine Miene verhärtete sich. «Mitgefühl?», wiederholte er. «*Mitgefühl?* Soll das ein Scherz sein?» Er kräuselte abfällig die Oberlippe. «Das ist die beste Neuigkeit, die ich dieses Jahr bekommen habe.»

Verwirrt wich sie einen Schritt zurück. Verwirrung war ihr sonst fremd, es war eine Erfahrung, die sie zutiefst verunsicherte. Warum war Jake denn so schroff? «Ich … ich …», krächzte sie hilflos. «Ich verstehe nicht ganz.»

Er setzte ein eisiges Lächeln auf. «Ich habe mir in den letzten Jahren für Sie den Allerwertesten aufgerissen», fing er voller Verachtung an. «Ich bin nicht nur Ihr persönlicher Assistent gewesen, sondern durfte Ihnen auch die gesamte private Drecksarbeit abnehmen – mich um die Reinigung Ihrer verfluchten Klamotten und die Bezahlung Ihrer blöden Rechnungen kümmern, Geschenke für Ihre liebe Nichte, Ihren Neffen und den verflixten Onkel Tom Cobley auftreiben …» Er schüttelte den Kopf, ohne sie aus den Augen zu lassen. «Die Arbeit für Sie war kein Zuckerschlecken, aber ich habe sie klaglos erledigt. Obwohl das alles, streng genommen, nicht zu meinem Aufgabengebiet gehörte. Und trotzdem haben Sie niemals bitte oder danke gesagt. Haben mich niemals gefragt, wie es mir geht, mich immer von oben herab behandelt. Sie sind die reinste Replikantin, so sieht es aus. Es tut mir also nicht leid, dass Sie gehen. Auf Nimmerwiedersehen, kann ich da nur sagen, und adios.»

Damit stürmte er hinaus. Polly starrte ihm sprachlos nach und schluckte mühsam. «D-d-danke für den Kaffee», stammelte sie, aber die Worte verhallten sinnlos in dem stillen Büro.

Nach einer halben Stunde hatte Polly alles eingepackt. Es ging schneller als vermutet, denn ihre persönliche Habe war tatsächlich verblüffend überschaubar. Einige Becher. Eine Reserve-Strumpfhose. Eine angebrochene Tüte Gummibärchen. Kaugummi. Eine Packung Kopfschmerztabletten. Kleidung. Diplome. Eine Anzahl Grußkarten, die zufriedene Kunden ihr geschickt hatten. Das war die Summe der zwölf Jahre, die sie hier gearbeitet hatte. Der Karton war nicht einmal annähernd voll geworden.

Nachdem alles verstaut war, ließ sie den Blick über die Aktenschränke schweifen, gefüllt mit allerlei Dokumenten von ihrer Hand, Berichten, die sie mühevoll erstellt, Briefen, die sie diktiert, Verträgen, die sie unterzeichnet hatte … Alles umsonst. Sie hatte ihre Schuldigkeit getan. All diese Akten und Unterlagen würde nun offenbar dieser verfluchte Schnösel Marcus Handbury von ihr übernehmen.

Rachelust stieg in ihr auf. Wie leicht es wäre, überlegte sie, einen Schwung brisanter Dokumente an sich zu nehmen, einen USB-Stick mit den Protokollen geheimer Absprachen und Verhandlungen, einen Ordner voll belastender E-Mails, die Passwörter verschiedener Kundenkonten … Kein Problem, im Grunde. Sie könnte Waterman's mühelos die unangenehmsten Scherereien bereiten, und warum auch nicht, nach der miesen Behandlung, die man ihr hatte zukommen lassen?

Dann kam ihr die Warnung des Wachmannes in den Sinn, dass er den Inhalt des Kartons am Ausgang kontrollieren würde. Ernüchtert ließ sie den Kopf hängen. Deswegen.

Ein USB-Stick aber war doch klein genug, um ihn am Körper verborgen hinauszuschmuggeln, oder? Sie könnte ihn in ein Kleenex gewickelt in die Jackentasche stecken, oder in ihren Schuh. Pah, selbst in der Unterhose könnte sie ihn verbergen; man würde sie ja wohl kaum einer Leibesvisitation unterziehen, oder?

Sie zögerte. Polly war es in ihrem Beruf seit jeher gewohnt, Risiken einzugehen, kalkulierte Risiken, die in der Regel einen Riesengewinn abwarfen. Die große Frage lautete also: Hatte sie den Mumm dazu, ihre eigene Firma übers Ohr zu hauen?

Ja. O ja. Diesen Mumm hatte sie allemal. Polly Johnson würde sich von niemandem die Butter vom Brot nehmen lassen. Mal sehen, wer als Letztes lachte, dachte sie, während sie auf die Maus klickte, um den schlummernden Computer zu reaktivieren. Sie würde haufenweise Material an ihre private E-Mail-Adresse schicken, und dann …

Oh. Das war ja eigenartig. Sie gelangte nicht mehr in das firmeninterne Mail-System. Ein Kasten mit den Worten «unberechtigter Benutzer» war auf dem Bildschirm aufgetaucht. Unberechtigter Benutzer … hatte man sie etwa schon aus dem Mail-System ausgeschlossen? Offensichtlich. Drecksbande!

Schön. Auch sie konnte mit harten Bandagen kämpfen, kein Problem. Sie würde aufs Ganze gehen und einen USB-Stick vollpacken. Wer A sagt, muss auch B sagen. Als sie jedoch ein Dokument öffnen wollte, erschienen erneut die Worte «unberechtigter Benutzer». Sie lehnte sich resigniert im Sessel zurück, während ein Gefühl von Mutlosigkeit in ihr aufstieg. Man hatte sie aus dem gesamten System ausgesperrt, begriff sie. Es war, als stünde sie draußen vor der Fensterscheibe des Gebäudes, zu dem ihr nun der Zutritt verwehrt war. Autsch, das tat weh. Warum dieses kränkende Misstrauen, warum diese Vorsichtsmaßnahmen? Sie hatte doch nun wirklich nicht vor, Firmengeheimnisse zu stehlen, um ihren alten Arbeitgeber aus Rache zu schädigen, oder?

Nun ja. Also gut. In Versuchung war sie schon geraten. Aber daraus wurde ja nun nichts. Kurz kam ihr die verrückte Idee, einige der Ordner aus dem Aktenschrank aus dem Fenster zu werfen und zuzusehen, wie sie hinunter nach Bishopsgate segelten, mit weiß flatternden Seiten, wie Tauben aus dem Hut eines Zauberers. Danach könnte sie husch, husch nach unten hetzen, die Ordner vom Gehsteig aufsammeln, und …

«Na, sind Sie fertig?»

Vor ihr stand wieder der Wachmann; er war einfach in ihr Büro spaziert, ohne anzuklopfen. Ein scharfer Verweis lag ihr auf der Zunge, den sie sich aber verbiss, denn zu sagen, fiel ihr ein, hatte sie hier nichts mehr.

«So gut wie.» Hoffentlich hatte er nicht mitbekommen, wie sie mit irrem Blick den Aktenschrank gemustert hatte.

«Gut, dann begleiten Sie mich jetzt bitte.»

Sie verdrehte die Augen, lud sich den Karton auf die Arme und folgte ihm, innerlich brodelnd. Er würde sie doch tatsächlich aus dem Gebäude eskortieren. Schlimmer noch, er führte sie geradezu ab wie eine Kriminelle, schien sich vorzukommen wie ein lässiger Cop, dabei war er bloß ein mieser kleiner, schadenfroher Wachmann. Armselig.

Immerhin aber hatte er weiter einen Job.

Der Gang durch das Großraumbüro der Abteilung kam Polly vor wie ein Spießrutenlauf. Alle starrten sie an. «O mein Gott, verlassen Sie uns? Sind Sie *gefeuert* worden?», rief Gloria, eine ältliche Sekretärin, die den Eindruck erweckte, als gehörte sie schon seit Gründung der Firma im neunzehnten Jahrhundert zum lebenden Inventar.

«Entlassen», presste Polly zwischen zusammengebissenen Zähnen hervor.

Ein Tuscheln ging von Assistentin zu Assistentin, wie ein Windstoß, der durch den Raum fegte. *Entlassen? Hat sie gerade entlassen gesagt?*

Jake stand am Kopierer, als sie sich dem Aufzug näherte. Sie würde direkt an ihm vorbeigehen müssen. Sollte sie hocherhobenen Hauptes an ihm vorbeirauschen oder ihm noch kurz für seine Arbeit danken und sich von ihm verabschieden?

Sie war unschlüssig. Da aber blickte er auf und sah sie mit unverhohlener Schadenfreude in den Augen an. «Tschüs, Polly», sagte er und grinste hämisch.

Jeglicher Dank, den sie hätte äußern wollen, erstarb ihr auf der Zunge; der Olivenzweig verdorrte ihr förmlich in der Hand. Auf Dank konnte er nun lange warten. Sie übersah ihn komplett und ging mit Herzklopfen auf den Aufzug zu.

«Miststück», hörte sie ihn murmeln und merkte, wie ihr das Blut in die Wangen schoss.

Nie zuvor war sie so froh gewesen wie in dem Moment, als sich vor ihr endlich die Aufzugtüren öffneten. Sie trat in die Metallkabine und stand sehr aufrecht da, bis sich die silbernen Türen schlossen und sie nach unten rauschten.

«Abwärts», verkündete die körperlose Stimme.

Leb wohl, sechster Stock, dachte Polly benommen. Lebt wohl, Jake und Gloria und all die anderen Assistenten, deren Namen ich mir nie gemerkt habe. Leb wohl, Einzelbüro, leb wohl, umwerfende Aussicht auf London. Ich werde dich nie wiedersehen.

«Erdgeschoss», drang die Durchsage aus dem Lautsprecher, und die Türen glitten wieder auseinander.

Polly fühlte sich etwas wackelig auf ihren Absätzen, als sie aus dem Aufzug in den Empfangsbereich trat und dem Wachmann in ein kleines Seitenbüro folgte. Lebe wohl, mein Leben, dachte sie, du wirst mir fehlen.

Nachdem der Inhalt ihres Kartons gefilzt worden war – oh, diese Demütigung –, musste sie ihre Code-Karte aushändigen, ihren Laptop, ihre Firmenkreditkarte sowie – das war am schlimmsten – ihren BlackBerry. Es fühlte sich an, als würde ihr ein Körperteil amputiert. Lebe wohl, BlackBerry. Ich habe dich wirklich geliebt.

«Hier unterschreiben bitte, Miss Johnson.» Der Wachmann reichte ihr einen Kugelschreiber und deutete auf die gestrichelte Linie. «Danke», sagte er, nachdem sie zittrig ihren Namen aufs Papier gekrakelt hatte. «Das war's dann.»

Das war alles? Polly blinzelte. Sie war aus ihrem Büro entfernt worden, hatte ihre Besitztümer – na gut, das alles gehörte der Firma – abgeben müssen und wurde nun vor die Tür gesetzt, alles innerhalb weniger Stunden? Wie unmenschlich waren diese Leute? Wie konnte man sie so Knall auf Fall entlassen, als wäre sie rein gar nichts wert?

Siedend heiß kam ihr die letzte Runde Entlassungen in den Sinn, vor zwei Jahren. Sie hatte ungerührt zur Kenntnis genommen, wie ein mittlerer Manager, ein Junioranalyst und einige Assistentinnen ihren Job verloren hatten, alle an einem Vormittag. Eine beklommene Stille hatte über der Abteilung gelegen, während sie schniefend ihre Sachen packten und dann abzogen. Erst nach einigen Stunden löste sich die gedrückte Stimmung, und eine fast übermütige Fröhlichkeit hatte sich unter den verbliebenen Angestellten breitgemacht – noch über den kleinsten Scherz wurde viel zu laut gelacht, alle waren sichtlich froh, dass der Kelch der Entlassung noch einmal an ihnen vorübergegangen war. Polly für ihren Teil hatte der Sache keine übermäßige Beachtung geschenkt, bloß ein ernstes Gesicht gemacht, als die Stellenstreichungen zuvor bei Vorstandssitzungen zur Sprache gekommen waren. So etwas kam nun einmal vor, na und. Im Lauf der Jahre hatte sie doch selbst etlichen Unternehmen zu unzähligen Stellenstreichungen geraten, ohne sich darüber groß Gedanken zu machen. Für sie waren das bloß Zahlen auf Papier.

Jetzt, wo es sie selbst erwischt hatte, schienen diese Zahlen unvermittelt menschliche Gestalt anzunehmen, jede einzelne davon, und ihr Schicksal für Schicksal vor

Augen zu stehen. Im sechsten Stock, dachte sie bitter, herrschte vermutlich gerade die gleiche nervöse Stimmung wie vor zwei Jahren, dasselbe Gefühl von «Besser die als ich», dasselbe Aufatmen darüber, selbst noch einmal davongekommen zu sein. Lange würde man sich mit ihrer Entlassung nicht aufhalten, schon am Nachmittag, wenn Marcus mit großem Hallo ihr Büro bezog, würde sie vergessen sein. Marcus Handbury, dieser Schuft. Spontan bekam sie größte Lust, sich an dem Wachmann vorbeizudrängen und den Lackaffen im Flur vor seinem Büro zu Boden zu ringen und mit Fausthieben zu traktieren.

«Miss Johnson?», riss der Wachmann sie unsanft aus ihren Gedanken.

«Ja», sagte sie hastig. «Das … war's dann also? Keine Verabschiedung mehr oder sonst was?»

Er schüttelte den Kopf. «Die Personalabteilung meldet sich wegen der Abfindung bei Ihnen und informiert Sie auch darüber, wie Sie Leistungen beantragen oder …»

Polly brachte ihn mit einem vernichtenden Blick zum Schweigen. Leistungen beantragen? Was redete der Kerl denn da? «Gut, danke», sagte sie knapp. «Vielleicht könnten Sie mir jetzt ein Taxi rufen.» Ihr Tonfall duldete keinen Widerspruch; das war das Mindeste, was dieser Saftladen ihr schuldig war, jetzt, wo man ihr alles genommen hatte.

«Selbstverständlich», sagte er, wählte eine Nummer und wechselte ein paar Worte über Telefon. Er drehte sich zu ihr um. «Ihre Postleitzahl?»

«SE1», erwiderte sie, so hochmütig es nur ging. Auf einmal erschien ihre Wohnung am Themseufer ihr wie eine verlockende Zufluchtsstätte, in der sie sich verschanzen könnte. Sie würde sich ins Bett legen und tief unter der

Decke verkriechen; den Rest der Welt aussperren, solange es nur ging.

Vielleicht stellte sich dieser gesamte Vormittag ja als böser Traum heraus, wenn sie aufwachte. Hoffentlich.

In dem Taxi, das sie über die Themse nach Hause beförderte, nahm sie die draußen vorbeiziehenden Straßen Londons kaum wahr. Sie starrte benommen die Sachen in dem Karton an – die Strumpfhose, die Süßigkeiten, die edle Garderobe – und konnte noch immer nicht fassen, was da gerade passiert war. Als der Fahrer vor ihrem Haus anhielt, fragte sie sich kurz, ob sie wohl die Fahrt bezahlen müsste – Waterman's würde ihr doch zumindest das Taxi spendieren, oder? –, aber zum Glück hielt ihr der Fahrer bloß einen Beleg zum Quittieren hin, und damit war die Sache erledigt.

Sie vergaß nicht, ihm zu danken – schaurig hallten ihr Jakes Worte in den Ohren wider –, schloss dann die Haustür auf und nahm den Aufzug in ihre Etage. Verdammt. Sie hatte zittrige Beine, ihr war schwindelig, und jetzt kamen ihr auch noch die Tränen. Sie blinzelte energisch. *Nicht weinen*, befahl sie sich im Geist. Die Klitsche konnte sie mal. Wenn man sie dort nicht zu schätzen wusste, gab es genügend andere, die sich um sie rissen. Henry Curtis zum Beispiel, der Typ, der sich laufend bei ihr gemeldet hatte, um sie zu einem Abendessen zu bewegen. Jawohl. Ihn würde sie gleich als Ersten von ihrer Liste von Kontakten anrufen. Er würde sie mit Kusshand nehmen.

Mit dem Karton, den sie etwas unbeholfen seitlich an die Hüfte stemmte, war es nicht ganz einfach, den Schlüssel in ihr Wohnungsschloss zu bekommen. Alles in allem hatte sie sich höchst achtbar geschlagen. Kein Schniefen, keine Tränen, kein einziges Lamento. Würdig und gefasst hatte sie die Sache durchgestanden. Dann aber trübten leise Zweifel das rosige Bild. Warum hatte sie sich nicht gewehrt? Wieso hatte sie Warrington nicht mit Nachdruck all die Gründe dargelegt, warum sie für die Firma unersetzlich war? Aber nein. Vor Schockstarre hatte sie alles klaglos hingenommen. Dämlich. Wie konnte sie nur so dämlich sein!

Nun, das Erste, was sie jetzt tun würde, dachte sie, als es ihr endlich glückte, die Tür aufzuschließen und in die Wohnung zu treten –

Jemand schrie auf. Auch Polly schrie auf und ließ vor Schreck den Karton fallen, der mit einem dumpfen Aufprall auf dem Teppich landete. Vor ihr stand eine Fremde, die ihr mit grimmiger Miene eine Staubsaugerdüse entgegenreckte, offenbar zur Abwehr entschlossen. Dann schlug sich die Frau eine Hand vor die Brust und lachte vor Erleichterung. «Ah! Sie hier wohnen? Sind Sie Dame, Miss Johnson?»

Polly sammelte sich kurz. O Gott, nein. Die Putzfrau. Wenn sie eins jetzt nicht gebrauchen konnte, dann eine Fremde in ihrer Wohnung, die nur gebrochen Englisch sprach. «Ja, ich bin Miss Johnson», sagte sie übertrieben laut und deutlich, wie immer, wenn sie es mit Ausländern zu tun hatte. Sie bückte sich und hob den Karton auf. «Hören Sie», sagte sie müde, «gehen Sie einfach, ja? Ich möchte allein sein.»

«Ich bin Magda», stellte sich die Putzfrau ungefragt vor, eine schmale, zierliche Person, vielleicht Mitte, Ende zwanzig, die eine graue Röhrenjeans und dazu violette

Crocs trug. Eine Strähne in ihrem kinnlangen dunklen Haar war knallrot eingefärbt, und sie trug Unmengen silberner Ohrringe. «Bald bin fertig.»

«Nein, Sie sind *jetzt* fertig», beharrte Polly gereizt. So etwas Renitentes! Gerade heute sollte sich diese Person lieber hüten, sich mit ihr anzulegen.

Magda zuckte die Achseln. «Ich noch nicht Boden gewischt», sagte sie. «Und warum Sie hier, Miss Johnson? Sie Urlaub heute?»

«Nein, ich habe keinen – hören Sie zu, schwirren Sie einfach ab, in Ordnung? Gehen Sie! Wischen hin oder her, das ist mir schnuppe. Lassen Sie mich einfach allein.»

Magda musterte gelassen die Frau mit der schrillen Stimme in Hosenanzug und Pumps, die mit zorngerötetem Gesicht vor ihr stand. Die hielt sich also für etwas Besseres als sie, ja? Bloß, weil Magda das Pech hatte, ihre Toilette putzen und ihre Dusche schrubben zu müssen? Was fiel ihr ein, sich hier als große Dame aufzuspielen, Magda gegenüber, die sich von früh bis spät abrackerte, und das für einen Hungerlohn? Ha!

Magda verschränkte trotzig die Arme vor der Brust. «Ich hier bin für drei Stunden», stellte sie klar. «Ich auch bleibe drei Stunden.»

«Oh, Herrgott noch mal», schrie Polly. «Geht es um Ihre dämliche Bezahlung? Schön, rechnen Sie für drei Stunden ab. Sehe ich so aus, als würde ich mich wegen einer fehlenden halben Stunde, oder wie lange, groß anstellen? Nun, das tue ich nicht. Also …»

Doch Magda hörte ihr anscheinend schon gar nicht mehr zu. Sie hatte das Staubsaugerrohr kurzerhand fallen lassen, mitten im Flur, und streifte gerade eine Jeansjacke über, die sie zusammen mit einer kleinen khakigrünen Umhängetasche auf dem Flurtisch abgelegt hatte.

«Okay, ich gehe», sagte sie und blieb vor dem großen Wandspiegel kurz stehen, um ihre Frisur zu prüfen. «Kein Grund, mich anzubrüllen, Miss Johnson. Ich nur will meine Arbeit machen.»

Und damit spazierte sie seelenruhig und hocherhobenen Hauptes an Polly vorbei und aus der Wohnung. Aufatmend schloss Polly die Tür hinter ihr und merkte erst dann, dass sie keine Ahnung hatte, wo sie den Staubsauger hinräumen sollte.

Sie lehnte sich an die Wohnungstür und schloss kurz die Augen. Wie ging es nun weiter?

An einem Dienstag zu Hause zu sein, fühlte sich komisch an. Es war erst halb zwölf, und der ganze restliche Tag lag noch vor ihr. Rastlos streifte sie in den leeren Zimmern ihrer Wohnung umher und sah auf einmal alles mit ganz neuen Augen. Ihre wuchtigen schwarzen Ledersofas, der große Flachbildfernseher … beides hatte sie kaum je benutzt, fiel ihr jetzt auf. Weil sie nicht so armselig war, abends allein vor dem Fernseher zu hocken; sie war immer unterwegs, entweder mit den anderen im Red House oder bei festlichen Anlässen, Vernissagen oder Umtrünken in Cocktailbars, um fleißig Beziehungen zu pflegen und auf die neuesten Erfolge anzustoßen. Auch an Wochenenden hielt sie sich kaum je hier auf; oft war sie ins Büro gefahren um dort noch ein, zwei Stündchen etwas zu erledigen, bloß um dann auf die Uhr zu sehen und blinzelnd festzustellen, dass es irgendwie schon sieben Uhr abends geworden war und sie wieder einmal den ganzen Tag gearbeitet hatte.

Ab jetzt würde jeder Tag beängstigend leer sein, einfach so. Ein Zweiminutengespräch mit diesem Dickwanst Warrington, und ihr ganzes Leben lag in Trümmern. Was sollte sie jetzt tun?

Sie ließ sich versuchsweise auf einem der Sofas nieder. Ziemlich bequem, eigentlich. Sie streifte ihre Pumps ab, um die Füße hochzuziehen. Noch besser. Staunend sah sie sich im Zimmer um. Was stellten Leute den ganzen Tag mit sich an, wenn sie keinen leistungsintensiven Job in der City hatten? Clare zum Beispiel, ihre Schwester. Sie arbeitete nur ein paar kümmerliche Stunden am Tag und verbrachte die übrige Zeit zu Hause. Was tat sie da genau? Putzen? Waschen? Die Schuluniformen der Kinder bügeln?

Polly schauderte. Die Ärmste. Ein schlimmeres Leben schien ihr kaum vorstellbar. Sie stand auf, um ihre E-Mails zu checken, als ihr verspätet einfiel, dass sie ja keinen BlackBerry mehr hatte. Und auch keinen firmeneigenen Laptop. O nein! Sie ließ sich wieder aufs Sofa sacken und stützte den Kopf in die Hände. Damit waren all ihre Kontakte perdu, von jetzt auf gleich – wenn das kein Tiefschlag war. Warum hatte sie nie daran gedacht, diese Daten extern zu speichern? Ein neuer BlackBerry musste baldmöglichst her, unbedingt.

Aber zunächst … verdammt, das war ihr erster freier Tag seit Monaten. Wie funktionierte noch mal der Fernseher?

4

«Happy birthday to you,
Happy birthday to you,
Happy birthday, liebe Leila,
Happy birthday to you.»

«Wünsch dir was!», drängte Clare, sobald sie, Alex und ihre Eltern das Ständchen beendet hatten. Leila beugte sich zu den zehn brennenden Kerzen vor, von denen ihr Gesicht sanft erhellt wurde, und pustete sie dann nacheinander mit einem einzigen Atemzug aus.

Leila schloss die Augen, und Clare sah, wie sich ihre Lippen bewegten, während sie lautlos etwas vor sich hin murmelte. Was mochte sie sich wünschen? Frieden auf Erden, das größte Stück Torte oder etwas noch Wichtigeres, wie etwa diese Turnschuhe, die neulich im Sportgeschäft ihr größtes Interesse erregt hatten?

Clare schniefte, unversehens gerührt vor Liebe zu ihrer wunderhübschen zehnjährigen Tochter, die genau hier, in dieser Küche, zur Welt gekommen war, in dem eigens zu diesem Zweck gemieteten Gebärbecken. Steve wäre es lieber gewesen, wenn sie in dem kleinen Krankenhaus zwölf Meilen entfernt entbunden hätte – er wollte all das Blut und so weiter nicht hier bei sich zu Hause sehen, sagte er –, aber Clare hatte ihm energisch widersprochen. Seit dem Geschehen damals um Michael hatte sie eine heftige

Aversion gegen Krankenhäuser. Sie würde ihrem Kind hier das Leben schenken, basta.

Und so war Leila Grace Berry hier in der warmen, von Kerzenlicht schummrig erhellten Küche zur Welt gekommen, im Herzen des Hauses. Als sie endlich zwischen Clares Beinen herausgeglitten kam, hatte Clare sie umgehend aus dem Wasser gehoben, damit sie ihren ersten Atemzug tun konnte. «Hallo», hatte sie halb lachend, halb weinend gesagt, während sie das nasse, weiche Köpfchen ihres Babys behutsam an sich drückte. «Ich bin's, deine Mami. Hallo.»

Noch bei der Erinnerung schossen Clare die Tränen in die Augen, und sie lächelte ihrem Mädchen zu, dem Baby, das zu diesem zauberhaften blondlockigen Geschöpf mit katzenhaft grünen Augen und einer von Sommersprossen wie von Feenküssen gesprenkelten Nase herangewachsen war. Ihr Mädchen, das jetzt seit zehn Jahren bei ihr auf der Welt war. Clare nahm ihre Tochter in die Arme und drückte sie ganz fest. «Alles Gute zum Geburtstag, mein Schätzchen.»

«Oweia», warnte Alex, «Mama fängt gleich an zu heulen. Achtung, es geht los: buh-hu, waa, waa.» Er tat, als würde er weinen, und rieb sich mit den Fäusten an den Augen herum wie ein Kleinkind. Alle lachten, und Clare strubbelte ihm übers Haar.

«Gott sei Dank haben wir diese Torte, die heitert mich wieder auf», scherzte Clare. «Also, wer möchte ein Stück?»

«Ich!», schrien die Kinder wie aus einem Munde und mit solcher Begeisterung, dass Clares Vater Graham sich an das eine Ohr griff, als wäre er davon taub geworden.

«Meine Güte», brummelte er, «das war ja fast so laut

wie Omas Schnarchen. Schneid mir ein großes Stück ab, ich brauche jetzt was Süßes gegen den Schock.»

Karen, Clares leidgeprüfte Mutter, verdrehte die Augen. «Beachtet Opa gar nicht, den alten Muffelkopf. Er erzählt wieder Unsinn; er wird nun im Alter wohl doch langsam senil, fürchte ich. Für mich bitte auch ein Stück, Clare. Dass die älteste Enkelin zehn Jahre alt wird, erlebt man schließlich nicht alle Tage, oder?»

«Ganz richtig», bestätigte Clare, die ihrerseits mit einem großen Stück Torte liebäugelte, denn Debbie konnte sagenhaft backen. Vor ihrem inneren Auge tauchte mahnend das Bild einer kurzen Jeanshose auf, das sie entschlossen verdrängte, ebenso wie den Gedanken an ihre wabbeligen Oberschenkel und ihren weichen, nicht mehr ganz flachen Bauch, den sie nie wieder in einem Bikini vorzeigen würde. Heute war ein ganz besonderer Tag, und da gehörte Torte einfach mit dazu. Und bislang war heute alles erfreulich glattgelaufen. Jay Holmes, der Lebenskünstler des Dorfes, dem irgendwie, vermutlich über Debbie, zu Ohren gekommen war, dass Clare Leila gern ein Fahrrad zum Geburtstag geschenkt hätte, war am Vorabend mit einem ziemlich ramponiert aussehenden Bonanzarad für Mädchen an ihrer Tür aufgetaucht.

«Es sieht nicht besonders toll aus, ich weiß», hatte er entschuldigend eingeräumt, während Clare zweifelnd die mitgenommene, schlammbespritzte blaue Lackierung und den bedenklich abgefahrenen Vorderreifen musterte. «Aber ich denke, wir könnten es noch ganz nett herrichten, meinst du nicht?»

«Wie, jetzt?», hatte Clare gefragt, noch immer nicht ganz überzeugt.

Er hatte die Achseln gezuckt. «Warum nicht? Wir säubern es erst mal gründlich, und ich habe noch etwas alten Lack, den wir aufbrauchen könnten – lila, rosa, türkis …» Er brachte die Dosen nacheinander aus einer Tüte zum Vorschein wie ein Zauberer, der Karnickel aus dem Hut zieht. «Könnte doch was werden, oder?»

«Und wie viel soll es kosten?» Clare verschränkte die Arme vor der Brust und lehnte sich an den Türrahmen. Dass Jay hier nicht nur selbstlos als guter Samariter handelte, konnte sie sich ausrechnen.

Er zuckte mit den Schultern. «Fünfzig Pfund? Wenn du es mit in Schuss bringst, fünfundvierzig.»

Clare zögerte. Fünfundvierzig Pfund waren immer noch recht happig. «Vierzig?», versuchte sie ihr Glück.

Er bot ihr so eifrig die Hand zum Einschlagen, dass sie es umgehend bereute, den Preis beim Feilschen nicht noch zehn Pfund niedriger angesetzt zu haben. «Abgemacht», sagte er und schüttelte ihr kräftig die Hand. Seine dunklen Augen funkelten im Schein der Lampe, die über der Haustür hing. Auf seine Art sah Jay ganz gut aus, aber Clares Typ war er nicht. Er war ihr etwas zu lässig, zu unrasiert und salopp, mit seiner löchrigen Jeans und dem welligen schwarzen Haar, das dringend mal geschnitten werden musste. «Also, lässt du mich rein, oder soll ich den ganzen Abend hier draußen vor der Tür stehen bleiben?»

Sie lachte. Jay, vier Jahre älter als sie, war ein unverbesserlicher Charmeur, und sie traute ihm nicht über den Weg, aber mögen musste man ihn trotzdem. «Komm an die hintere Tür», sagte sie. «Dieses schlammbespritzte Teil schiebst du mir nicht durchs Haus.»

«Verstanden», sagte Jay und verschwand mit dem Fahrrad im Dunkeln.

Sie ließ ihn durch die Hintertür herein. In der Küche lehnten sie das Fahrrad an den Tisch, und Clare säuberte den Rahmen, während Jay die Reifen aufpumpte.

«Wie geht's deiner Schwester?», brach er nach einigen Minuten das einträchtige Schweigen. Polly und Jay waren nämlich früher einmal, als beide in der Oberstufe waren, ein Paar gewesen, fast ein Jahr lang, was heutzutage natürlich ganz und gar unglaublich schien. Pollys Naserümpfen, wenn sie Jay heute mal zu Gesicht bekäme, konnte Clare sich nur allzu lebhaft vorstellen.

«Nicht schlecht, denke ich mal», sagte Clare wegwerfend. «Sie ist in London und scheffelt Unsummen Geld. Hab sie seit Monaten nicht mehr gesehen, das letzte Mal an Weihnachten. Da hat sie die ganze Zeit nur von der Arbeit geredet, sehr langweilig, und unsere Mutter bei *Gavin und Stacey* gestört, weil sie laufend wichtige Telefonate führen musste.»

Jay schüttelte den Kopf, sichtlich belustigt. «Also eine richtige Londonerin inzwischen, ja?»

«Das kannst du aber laut sagen», schnaubte Clare. «Über uns Landeier rümpft sie nur noch die Nase.»

Das Fahrrad machte sich zusehends. Die schmutziggrauen Lenkergriffe wurden langsam wieder weiß, als sie ihnen mit einer Wurzelbürste zu Leibe rückte. Jay ölte die Kette, sodass sich die Räder wieder drehten wie geschmiert. Der Ledersattel aber, alt und rissig, schien nicht mehr zu retten. «Hm … ob das wohl geht …», murmelte Clare, während sie auf den Fußballen wippte und nachdachte. Oben hatte sie noch eine alte Tasche aus lila

Plüsch, die sie längst einmal für Leila hatte umarbeiten wollen. Nun aber war ihr der Gedanke gekommen, dass sich das Plüschgewebe doch ideal als Sattelüberzug eignete. «Bin gleich wieder da», sagte sie und eilte aus der Küche.

Es dauerte seine Zeit, aber um kurz nach zehn hatten sie ihr Werk schließlich vollbracht: Der Fahrradrahmen glänzte frisch lackiert in Metalliclila, die Reifen waren aufgepumpt, und den alten Sattel zierte der Plüschüberzug, den Clare aus ihrer alten Tasche genäht hatte. «Demnächst wären mal neue Mäntel fällig», stellte Jay fest, während er die Reifen eingehend begutachtete. «Der vordere ist ziemlich abgenutzt, aber ein Weilchen tut er's schon noch. Ich werde mal sehen, wo ich günstig welche bekomme.»

«Danke», sagte Clare und wäre ihm spontan am liebsten um den Hals gefallen. Stattdessen nahm sie zwei Zwanzigpfundnoten aus ihrem Portemonnaie und gab sie ihm. «Du warst mein Retter in der Not.»

Bis zum Morgen war der Lack getrocknet, und als Leila das Fahrrad in der Küche erblickte, hallte ihr Freudenschrei durch das ganze Haus. «Oh, wow, was für ein cooles Fahrrad», sagte sie. «Was für ein cooles … ähm … abgedrehtes Fahrrad», fügte sie hinzu, während sie den typischen, langgezogenen Bonanzaradrahmen und den plüschbezogenen Sattel musterte.

Ja, dachte Clare, während sie ihrer Tochter ein Stück Geburtstagstorte reichte, so war doch letzten Endes alles noch einmal gutgegangen. Trotz ihres schmalen Geldbeutels hatte sie einen weiteren Geburtstag zufriedenstellend über die Bühne gebracht, auch wenn einige der «Geschenke», die Leila auswickelte, lediglich in Versprechen bestanden, die Clare auf Pappkärtchen geschrieben und hübsch in buntes Glitzerpapier verpackt hatte.

Ich verspreche … mit dir eine richtig lange Radtour zu unternehmen, mit einem köstlichen Picknick anschließend!
Ich verspreche … dass du nächstes Wochenende DREI Freundinnen zum Übernachten einladen darfst. Pizza und ein Kinofilm auf DVD inbegriffen!

In einem Second-Hand-Laden in Amberley hatte sie einige Pferdebücher gefunden, die noch so gut wie neu waren, sowie ein hübsches Armband mit Glücksbringern als Anhänger für gerade mal zwei Pfund. Um die Sache aufzupeppen, hatte sie die Geschenke wie bei einer Schnitzeljagd überall im Haus versteckt, und Leila, noch in Schlafanzug und Bademantel, hatte sichtlich Spaß daran, die Rätselfragen zu lösen und zum nächsten Versteck zu stürmen. Um einen schönen Geburtstag zu gestalten, musste man kein Vermögen ausgeben.

Als sie eben ihren ersten Bissen Torte zu sich nehmen wollte, klingelte das Telefon. «Möchtest du drangehen, Geburtstagsmädchen?», fragte Clare.

Leila sprang auf. «Das ist bestimmt Papa», sagte sie. «Oder Tante Polly.»

Clare und ihre Mutter wechselten einen Blick. «Erwarte lieber nicht zu viel», murmelte Clare, während Leila zum Telefon flitzte. Polly hatte an der Geburtstagsfront diesmal mit einem Seidenkleid von Roberto Cavalli aufgetrumpft, rosarot, mit Rüschen, einer riesigen Schleife und einem kunstpelzbesetzten Saum. Leila hatte am Morgen vor

Lachen losgeprustet, als sie die Schachtel auspackte; das Kleid war ihrem Geschmack nahezu diametral entgegengesetzt, denn sie trug am liebsten sportliche, unkomplizierte Sachen. Geizig war Polly zwar wirklich nicht – einmal hatte Clare den Preis für ein Ensemble recherchiert, das sie Leila zu einem früheren Geburtstag geschickt hatte, und festgestellt, dass allein das Kleid über dreihundert Pfund kostete (was hätte man von dieser Summe alles bei H & M kaufen können!) –, dafür aber als Tante ein Totalausfall. Mit einem Anruf von ihr, um ihrer Nichte persönlich zu gratulieren, war nicht zu rechnen, darauf konnte man die perlenbestickten Pumps verwetten, die zu dem Cavalli-Kleid gehörten.

«Hi, Papa», hörte sie Leila sagen und blickte zu ihrer Tochter hinüber, die vor Freude strahlte. «Danke. Wir essen gerade Torte.»

Clare versetzte es einen kleinen Stich. So zäh sie auch darum bemüht war, den Alltag mit den Kindern alleine zu bewältigen, ihr Mann fehlte ihr noch immer. Besonders an Tagen wie diesem hätte sie ihn gerne dabeigehabt, um an der Geburtstagsfreude seiner Tochter teilzuhaben. Dass er all dies aufgegeben hatte, um sich stattdessen mit dieser Denise zusammenzutun, brach ihr schier das Herz. Sie griff nach ihrem Tortenstück und legte es dann wieder auf den Teller zurück. Urplötzlich war ihr der Appetit vergangen.

Aber, nun ja. Leila lächelte. Steve hatte daran gedacht anzurufen. Nur darauf kam es an, oder?

Der Samstag begann wie üblich mit dem Schwimmkurs der Kinder in Amberley. Wenn Clare das dortige Hallenbad betrat und den intensiven Chlorgeruch im Eingangsbereich wahrnahm, fühlte sie sich jedes Mal in ihre Jugend zurückversetzt. Sie war von Anfang an eine ausgezeichnete Schwimmerin gewesen und verfügte damit über ein Talent, mit dem sie ihren beiden Geschwistern überlegen war. Was ihrem Selbstbewusstsein als drittes und jüngstes Kind der Familie gehörig Auftrieb gab.

Sie war dem Schwimmverein in Amberley beigetreten, hatte dort zwischen ihrem neunten und vierzehnten Lebensjahr vier Abende die Woche trainiert, an ihrer Technik gefeilt und ihre Bestzeiten kontinuierlich gesteigert. Sie lernte das richtige Atmen, perfektionierte ihren Schmetterlingsstil, die Rollwende, den Startsprung. Mit elf schwamm sie für den Verein bei Bezirksmeisterschaften, und mit dreizehn wurde sie in die Bezirksauswahl aufgenommen. Von Einzeltraining war die Rede gewesen, optimistische Stimmen deuteten sogar an, dass sie das Zeug dazu hatte, später einmal bei internationalen Wettbewerben anzutreten, wenn nicht sogar bei den Olympischen Spielen.

Dann war Michael gestorben, und damit hatte sich alles geändert. Sie war nie wieder geschwommen, von einem einzigen Notfall abgesehen, der für ihr Leben weitreichende Folgen haben sollte.

«Zweimal für den Schwimmkurs, bitte», sagte sie und hielt ihre Dauerkarten in die Höhe, als sie an der Kasse an der Frau mit dem teigigen Gesicht vorbeigingen, die gerade telefonierte.

Sie half Leila und Alex beim Umkleiden, übergab sie ihrem Lehrer und begab sich dann auf die Zuschauertribüne, um ihnen zuzusehen. Leila war eine gewandte, selbstbewusste Schwimmerin. Sie bewegte sich flink und sauber im Wasser und hatte von Natur aus eine gute Technik. Ben, ihr Lehrer, hatte schon das Thema Schwimmverein für sie ins Gespräch gebracht, aber eine Entscheidung darüber hatte Clare bisher noch aufgeschoben. Vielleicht, wenn sie zehn ist, hatte sie sich das letzte Jahr hindurch beruhigt. Nun musste sie sich wohl eine neue Ausrede einfallen lassen.

Alex tat sich im Wasser ungleich schwerer als seine Schwester. Er neigte zur Ängstlichkeit und geriet rasch in Panik, woraufhin seine Arm-Bein-Koordination völlig durcheinandergeriet und er seinen schmalen, blassen Körper nur noch mit Mühe über Wasser zu halten vermochte. Clare behielt ihn stets wachsam im Auge, um im Notfall sofort den Bademeister alarmieren zu können. Heute aber schlug er sich recht wacker, wie sie beruhigt feststellte.

Durch das Schwimmen hatte sie auch Steve kennengelernt, damals bei jener schicksalhaften Ferienreise nach Gran Canaria mit den Mädels. Sie waren gerade einmal zwanzig gewesen, sie, Debbie und Maria, und es war Debbies erste Reise ohne die kleine Lydia, die in der Zeit selbst Ferien verlebte, mit Debbies Eltern in Bournemouth nämlich. Zu dritt waren sie mit ihren Bikinis, Ausgehklamotten und Stöckelschuhen im Gepäck nach Gran Canaria gejettet, wo sie es dann allabendlich in der Altstadt gehörig krachen ließen, Sangria schlürften und ausgelassen tanzten und flirteten, mit den dunklen Spaniern ebenso wie mit volltrunkenen, von der Sonne krebsrot verbrannten Briten. Ein dunkelhaariger Typ aus Manchester hatte es Clare eines Abends besonders angetan – stundenlang hatte sie mit ihm in einer Ecke der lauten, stickigen Disco geknutscht, ein Erlebnis, das sie dringend zu wiederholen hoffte.

Am Abend darauf machten sie und die Mädels sich wie gewohnt auf den Weg in ihre Lieblingsdisco. Ein Duft nach Mandelblüten lag in der noch warmen Luft, als sie mit ihren Pumps über die gepflasterten Gehwege im Poolbereich des Hotels stöckelten. Und da fiel Clares Blick auf den Körper im Wasser.

Um diese Uhrzeit, gegen neun, war der Poolbereich wie immer menschenleer – die weißen Sonnenliegen waren seitlich zu einem Stapel aufgetürmt, bereit für die spärlich bekleideten Körper des morgigen Tages, im Kinderplanschbecken trieb einsam ein orangerotes Armband, die sonst immer rauschende Wasserrutsche war ausgeschaltet und schwieg. Und dort im Hauptbecken trieb ein Mann leblos im Wasser, mit dem Gesicht nach unten.

«Ach du Kacke», rief Clare, während ihr Adrenalinpegel sogleich in die Höhe schoss. Gleich darauf hatte sie ihre Schuhe abgestreift und sprang, ohne lang zu überlegen, ins Wasser.

Sechs Jahre war es her, seit sie das letzte Mal geschwommen war, aber ihr Körper hatte nichts vergessen. Mit drei raschen Schwimmzügen war sie bei dem Mann und versuchte ihn umzudrehen, damit sein Kopf nicht länger unter Wasser war. Der reglose, vollständig bekleidete Mann war so bleischwer, dass dieses Manöver zunächst ein Ding der Unmöglichkeit schien, aber der Schock durch das empfindlich kalte Wasser und die Dringlichkeit der Notlage verliehen ihr ungeahnte Kräfte. Ganz am Rande bekam sie mit, dass Debbie und Maria laut um

Hilfe schrien, und dann, nach mehreren zunehmend verzweifelten Anläufen, gelang es Clare endlich, den Mann herumzuwuchten, sodass er auf dem Rücken lag. Seine Augen waren geschlossen; sie wusste nicht zu sagen, ob er atmete oder nicht. Und er war schwer, ungeheuer schwer.

Sie fing an, ihn in Richtung Beckenrand zu ziehen, wobei sie darauf achtete, dass sein Kopf über Wasser blieb. Sein Gewicht drohte sie immer wieder in die Tiefe zu ziehen. O nein, ging es ihr grimmig durch den Kopf. Wir werden dieses Becken beide verlassen, und damit basta.

Da kamen glücklicherweise Leute angelaufen, alarmiert durch die Hilferufe. Restaurantgäste, ein Kellner, einige andere Männer. Sie halfen Clare dabei, ihn aus dem Wasser auf den grünen Kunstrasen am Beckenrand zu hieven, wo der Kellner sogleich niederkniete und den Kopf des Mannes in den Nacken zurückbog, um mit einer Herz-Lungen-Wiederbelebung zu beginnen. Clare tanzten inzwischen schwarze Flecken vor den Augen herum, ihr Atem ging kurz und heftig, sie war einer Panikattacke nahe … eben noch rechtzeitig packten starke Hände sie unter den Achseln und zogen sie ebenfalls aus dem Wasser, und sie landete auf dem Trockenen, heftig bibbernd und zitternd. Ihr Minikleid aus schwarzer Seide klebte ihr klatschnass am Leib wie eine zweite Haut. Mist, dachte sie in dem Augenblick noch benommen, der Fummel war nicht gerade billig gewesen. Dann legte ihr jemand eine Decke um die Schultern, und sie verlor die Besinnung.

Nur Clares beherztem Eingreifen war es zu verdanken, dass der Mann am Leben blieb. Wie sich herausstellte, hatte er den ganzen Tag gebechert und dann beschlossen, noch eine Runde zu baden, unbemerkt von seinen Kumpels. «Sie haben mir das Leben gerettet», sagte er später mit zittriger Stimme zu Clare, als sie ihn im Krankenhaus besuchte. «Bitte erlauben Sie, dass ich Sie dafür zu einem tollen Essen einlade. Es ist das Mindeste, was ich Ihnen schuldig bin. Steve heiße ich übrigens.»

«Ich bin Clare», erwiderte sie.

Debbie und Maria waren sogleich mit einer Theorie zur Stelle, nämlich dass diese Rettung als Buße betrachtet werden könnte, als Wiedergutmachung für das, was mit Michael passiert war. Clare teilte diese Auffassung nicht. Eine gute Tat konnte eine solche Schuld nicht tilgen. Nicht einmal annähernd.

Trotzdem, schon merkwürdig, wie Menschen durch das Schicksal mitunter zusammengeführt werden. In dem Hotel waren in jener Woche Hunderte Urlauber zu Gast – wenn nicht sogar tausend. Möglich also, dass Clare ihm niemals begegnet wäre, wenn sie an jenem Abend nicht gerade diesen Weg über das Hotelgelände gewählt hätten, wenn Maria sich nicht wieder einmal im letzten Augenblick noch einmal umgezogen hätte, sodass sie zehn Minuten später losgezogen waren als sonst immer, wenn … wenn …

Es hätte auch alles ganz anders kommen können. Wer weiß, sie hätte dauerhaft mit dem Schnuckel aus Manchester anbandeln können, dann würde sie jetzt mit ihm und einer Schar dunkelhaariger, breiten Manchesterdialekt sprechender Kinder oben im Norden leben. Vielleicht hätte sie sich auch unsterblich in einen Einheimischen verliebt (jenen heldenhaften Kellner etwa) und ihm zuliebe beschlossen, sich dauerhaft auf Gran Canaria niederzulassen. Aber dann hätte sie natürlich Leila und Alex niemals bekommen, und die beiden wogen alles, was Steve ihr an ehelicher Enttäuschung zugefügt hatte, mehr als auf.

Für diese beiden zumindest war sie ihm dankbar. Unendlich dankbar dafür, sie zu haben, von Herzen zu lieben und ihre Mutter zu sein. Dennoch, sollte sie ihren Exmann zufällig noch einmal in einer Situation drohenden Ertrinkens antreffen, konnte es gut sein, dass sie diesmal einfach weiterginge.

5

Polly hatte das Gefühl, in einem Paralleluniversum gelandet zu sein. Aus dem Badezimmerspiegel starrte zwar dasselbe Gesicht zurück wie immer, aber Polly war sich nicht mehr sicher, wer diese verhuscht wirkende Person eigentlich war.

So viele Jahre hatte sie sich über ihren Job definiert und ihr Leben ganz danach ausgerichtet. Die Überstunden, die Bürokluft, die Meetings, die Analyse und Auswertung von Zahlen, die Konferenzen, die Anerkennung, der Glamour, das Spitzengehalt – das alles machte sie aus. Es gab immer ein Büro, in dem sie Platz nehmen konnte, ihr Terminkalender war stets Monate im Voraus lückenlos gefüllt.

All das war ihr nun, von jetzt auf gleich, weggenommen worden. Was war ihr jetzt noch geblieben? London, Paris, New York, Hongkong … plötzlich war die Welt auf die Dimension ihrer Wohnung zusammengeschrumpft.

An ihrem ersten Tag ohne Job hatte sie versucht, so zu tun, als wäre alles ganz normal. Aufs Fernsehen hatte sie verzichten müssen, weil die Fernbedienung unauffindbar war (bestimmt hatte diese Putze sie irgendwo versteckt), und beschlossen, stattdessen die Initiative zu ergreifen. Sieh das Ganze als Herausforderung, hatte sie sich Mut gemacht. Schwing dich sofort wieder in den Sattel, ehe dich das Pferd am Boden zertrampeln kann. Sie hatte ihren Computer angeschaltet und ihren Lebenslauf aufgestöbert, den sie dann eine Stunde lang auf Hochglanz aufpolierte, indem sie alles, was sie an Erfahrung und Expertise aufzubieten hatte, hineinpackte. In ihrem Beruf hatte sie über die Jahre Hunderte Lebensläufe und Bewerbungsschreiben anderer Leute begutachtet. Sie wusste, wie ein 1-a-Lebenslauf auszusehen hatte.

Am Ende überflog sie das Ergebnis und nickte zufrieden. Mann, war sie gut, allein schon auf dem Papier. Und in Person war sie sogar noch besser. Einen neuen Job zu finden, würde für Polly Johnson ein Klacks sein, allein schon auf Grundlage dieses Dokuments.

Die nächste Aufgabe bestand darin, den idealen neuen Arbeitgeber auszuwählen. Die großen vier mit ihrem enormen Personalverschleiß suchten eigentlich immer neue Leute, und dank ihrer jahrelangen unermüdlichen Kontaktpflege hatte sie die Namen etlicher Ansprechpartner in petto. Sie würde ein paar Strippen ziehen, ihre Kontakte nutzen und so dafür sorgen, dass ihr Lebenslauf in die richtigen, maßgeblichen Hände gelangte, das wäre doch gelacht.

Es war nur eine Frage der Zeit.

«Ja, hallo, könnten Sie mich zu Alison Rothman durchstellen. Hier ist Polly Johnson.» Sie saß unruhig auf der Stuhlkante und klopfte nervös mit dem Stift herum, während sie darauf wartete, verbunden zu werden. «Alison, hi, hier Polly Johnson von Wa– hier Polly Johnson», berichtigte sie sich hastig. Sie war nicht länger «Polly Johnson von Waterman's». Ohne das gewohnte Attribut fühlte ihr Name sich sonderbar nackt an, geradezu amputiert.

«Wollte bloß mal vorfühlen und anmerken, dass mich

eine neue Herausforderung bei einem anderen Unternehmen reizen würde», fuhr sie forsch fort, «und da wollte ich hören, ob – oh.» Die Worte erstarben ihr auf der Zunge. «Ach ja? In Ordnung. Meinst du denn – oh. Ach so, gut. Danke, Alison. Wir sollten uns bald mal wieder treffen, ja? Wiedersehen.»

Verdammt. CVDS suchte derzeit keine neuen Leute. Im Gegenteil, berichtete Alison, es wurden gerade Mitarbeiter entlassen, weil auch bei ihnen intern umstrukturiert wurde. Kein guter Zeitpunkt, um die Pferde zu wechseln, Süße, hatte Alison in ihrem versnobten Tonfall gehaucht. Dass man sie bereits aus dem Sattel gestoßen hatte, ließ Polly dezent unter den Tisch fallen.

Einerlei, sie würde ihre Bewerbung trotzdem mal an die Personalabteilung schicken, im Anschreiben ihre alte Freundschaft mit Larry Truman erwähnen, dem Vizedirektor der Abteilung Europäisches Investment-Banking, um zu sehen, ob das vielleicht etwas bewirkte. Diese alte Freundschaft war natürlich reine Fiktion, sie waren in Zürich mal bei einem festlichen Konferenz-Dinner Tischnachbarn gewesen, es mochte fünf Jahre her sein, aber es war besser als nichts.

Sie griff zum Telefon und wählte erneut. «Ja, ich hätte gern mit Henry Curtis gesprochen», sagte sie so kurz angebunden wie möglich. Mit Empfangskräften musste man so sprechen, hatte sie gelernt, sich nicht lange mit liebedienerischem Bitte und Danke aufhalten, sonst wurde man von denen nicht ernst genommen. «Polly Johnson hier.»

Sie hörte erst ein Summen in der Leitung, dann das Läuten. Sie hatte ein gutes Gefühl. Sie war annähernd sicher, dass Henry Curtis sie hatte abwerben wollen – er würde entzückt sein, zu hören, dass sie wieder zu haben war. Sie grinste, malte sich schon aus, wie sie ihn aufforderte: Führ mich zum Schotter, Henry. Führ mich zum gottverdammten Schotter!

Eine junge weibliche Stimme meldete sich. «Büro Henry Curtis, Sasha am Apparat, was kann ich für Sie –?»

«Stellen Sie mich bitte zu ihm durch. Polly Johnson hier», schnitt sie ihr das Wort ab.

Kurz blieb es still. Polly malte sich aus, wie das kleine Mäuschen Sasha zitternd auf seinem Drehstuhl saß. «Äh … ja», fing sie zaghaft an. «Wir sind von Waterman's schon über die Änderung in Hinblick auf das Meeting unterrichtet worden, deshalb …»

Polly runzelte die Stirn. «Wie bitte?»

«Mr. Curtis hat nächste Woche nun einen Termin mit … äh … Marcus Handbury. Aber es ist sehr nett, dass Sie sich in der Sache noch mal persönlich melden, danke.»

Polly öffnete den Mund, aber das Sprechen fiel ihr auf einmal schwer. «Öh … Falls Henry gerade frei ist, könnte ich vielleicht mit ihm –»

«Mr. Curtis ist leider *sehr* beschäftigt», sagte Sasha. Tippte sie etwa nebenher? Unverschämt. «Aber danke für Ihren Anruf. Auf Wiederhören.»

«Ich …», setzte Polly an, doch da klickte es auch schon in der Leitung, und sie hörte nur noch das Freizeichen. Kurz saß sie da wie betäubt. Jake, dieser treulose Wendehals! Hatte er also Curtis, dem großen Zampano, ihre Entlassung unverzüglich weitergetratscht. Und auch seine Sekretärin konnte sie gar nicht schnell genug abwimmeln!

Pah, das machte ihr gar nichts aus. Sie würde Curtis ihren Lebenslauf trotzdem zuschicken. Er würde sicher aus allen Wolken fallen, wenn er wüsste, wie unprofessionell seine Tippse sich gerade verhalten hatte. In der Zwischenzeit … Sie rief eine weitere Telefonnummer auf dem Bildschirm auf und wählte. Mal sehen, ob Alan March bei Ernst & Young nicht bessere Neuigkeiten für sie hatte.

Am späten Nachmittag hatte Polly jeden einzelnen ihrer Kontakte abtelefoniert, mit deprimierendem Ergebnis: Nirgendwo wurde geheuert, überall wurde gefeuert. Oder vielmehr «Personal freigesetzt», wie Hugo Warrington es so überaus taktvoll ausgedrückt hatte. «An deiner Stelle würde ich erst mal abwarten, Poll», hatte Hilary Armstrong von Andersen ihr geraten. «Könnte ein Jährchen dauern, bis sich der Markt wieder beruhigt hat.»

Aber ich habe kein Jahr, hätte Polly am liebsten in den Hörer gebrüllt. Ihr graute davor, auch nur eine Woche ohne Arbeit dazustehen, geschweige denn noch länger. Irgendjemand musste sie einstellen; eine Spitzenkraft wie sie durfte man sich einfach nicht durch die Lappen gehen lassen. Sie war ein Arbeitstier, schon ihr Leben lang, und langjährige Erfahrung wie die ihre war in der unbeständigen Bankenwelt mit Gold nicht aufzuwiegen. Unverblümt ausgedrückt, sie brauchte den Schotter, verflucht noch mal, jetzt, wo sie ihren Bonus abschreiben musste.

Sie schaltete ihren PC aus. Nach den angespannten Stunden vor dem Bildschirm taten ihr die Schultern weh, ihre Augen waren gerötet und brannten. Gott, wie still es hier war. Auf einmal sehnte sie sich nach Gesellschaft, wollte um sich herum Gelächter und Stimmengewirr hören und sich über den rabenschwarzen Tag ausjammern, den sie hinter sich hatte. Genauer gesagt, sie hoffte jemanden zu treffen, der ihr einen Tipp geben könnte, in welche Richtung sie ihren Karriereweg fortsetzen konnte.

Kurz entschlossen bestellte sie sich per Telefon ein Taxi zum Red House, ehe sie es sich anders überlegen konnte.

Die Atmosphäre im Red House empfing sie wie eine tröstliche Umarmung – der Duft von Parfüm und Cocktails, das Knallen von Champagnerkorken, das Johlen und Lachen einer Gruppe Jungs aus der City … genau das brauchte sie jetzt. Die nobel mit rotem Samt bespannten Wände umfingen sie wie eine schützende Gebärmutter; nach den verstörenden Erlebnissen des Vormittags verspürte sie wieder sicheren Boden unter den Füßen. Hier schien es, als wäre der Tag, der hinter ihr lag, womöglich nur eine Halluzination, herbeigeführt durch zu viel Arbeit und zu wenig Schlaf. Während sie auf die Bar zuging, hatte sie für kurze Zeit das Gefühl, als wäre die Welt nach wie vor in Ordnung, als würde doch noch alles gut werden.

Sie wartete am Tresen und war dankbar dafür, dass hier alles beim Alten war. Die Gesichter der Tresenmannschaft waren ihr vertrauter als die ihrer eigenen Familie, das Speisen- und Getränkeangebot kannte sie in- und auswendig. Sie wusste auch schon genau, was sie bestellen würde – eine Flasche Jahrgangs-Taittinger, einen Caesar Salad mit Geflügel und dazu pikant gewürzte Kartoffelschnitze, eine Spezialität des Hauses. Sie würde sich ein Glas Champagner einschenken und auf den Neuanfang trinken. Auf ein neues Kapitel. Wie dieser Neuanfang konkret aussehen würde, stand zwar noch in den Sternen, aber einen Grund zum Feiern bot er allemal, fand Polly. Wandel war doch etwas Positives, oder?

Oder wollte sie etwa nur ihren Kummer ertränken? Sie bemühte sich nach Kräften, diesen Gedanken zu verdrängen, während sie auf ihre Bestellung wartete.

Also, wer war denn alles da; irgendwer, den sie kannte? Sie durchforstete den Raum mit Argusaugen. An einem der Ecktische, auf dem ein Sektkübel stand, war eine Runde ihr unbekannter Anzugträger, Banker offenbar, in ein ernstes Gespräch vertieft. Eine Frau mit silbergrauem Haar und Raubvogelgesicht und ihr Begleiter, ganz in Tweed – beide irgendwie einschüchternd, unnahbar. Ah – dort war ein Trio von Leuten, die sie aus der Wirtschaftspresse kannte: der rotbackige Charles Quarry, ein schwerreicher, bestens vernetzter Krösus; Selina Constable mit ihrer helmähnlichen Frisur, die respektgebietende Geschäftsführerin der Londoner Filiale von Hartson International; und Elliot McCarthy, der langgliedrige, dynamische New Yorker Bank-Mogul, der derzeit bei Drake & Foreman für kreative Unruhe sorgte.

Im nächsten Moment hatte Polly auch schon einen Plan gefasst. Ganz einfach: Sie würde zu den dreien hinübergehen und sich vorstellen, ihnen der Reihe nach ihre Visitenkarte in die Hand drücken und mindestens einen, wenn nicht gar alle drei, davon überzeugen, soeben Bekanntschaft mit dem neuen Star ihres Unternehmens gemacht zu haben. Hauptgewinn!

Vorher würde sie nur rasch ein Glas trinken, entschied sie, als die Bedienung eine schmale Sektflöte und einen Eiskübel vor sie auf den Tresen stellte und den Taittinger entkorkte. Sie würde Mut sammeln, sich ein paar passende, überzeugende Worte zurechtlegen und dann die Gelegenheit beim Schopf ergreifen. O ja.

Polly postierte sich an einem Tisch ganz in der Nähe von Charles Quarry und Konsorten und nippte nachdenklich an ihrem Champagner. Ah, tat dieser erste Schluck gut – kalt, trocken und auf der Zunge prickelnd.

Hi, gestatten Sie, dass ich mich vorstelle, übte sie im Geist. *Ich heiße Polly Johnson und bin seit zwölf Jahren bei Waterman's Financial im Bereich Investment-Banking tätig, zuletzt in leitender Funktion. Mit Vergnügen würde ich mit Ihnen einmal die Möglichkeit erörtern, meine Expertise künftig Ihnen zur Verfügung zu stellen, darf ich Ihnen meine Karte geben?*

Nein. Viel zu vage und unbestimmt. Vielleicht sollte sie sich besser auf nur einen der drei konzentrieren, statt alle auf einmal anzusprechen. Elliot McCarthy reizte sie in der Runde eindeutig am meisten – er ging eigene Wege, ein Geschäftsmann durch und durch, der nicht zimperlich war und Risiken einging, am Ende aber immer mit blütenweißer Weste dastand. Und mit Geld. Mit Unsummen von Geld.

Am besten schmeichelte sie ihm zunächst ein wenig. *Schon lange bewundere ich Ihr Geschäftsethos* – halt, nein, besser nicht. Sie meinte sich dunkel an gewisse nicht ganz saubere Geschäftspraktiken zu erinnern, die von seinen Leuten unter den Teppich gekehrt worden waren.

Ihre Energie und Ihr Ehrgeiz haben mir schon immer imponiert; wirklich fabelhaft, dass Sie jetzt in Großbritannien tätig sind. Und Ihre Anlagestrategie seinerzeit für Hudson Link, einfach nur genial! Etwas gruselig, aber ihrer Erfahrung nach hörten Millionäre derlei Lobgesänge für ihr Leben gern. Vor allem die Erwähnung des Kunden war gut, als greifbarer Nachweis dafür, dass sie wirklich

Bescheid wusste und nicht bloß hohle Phrasen drosch. Schmeichelei *und* Sachkenntnis – bestens. Damit stand die Einleitung. Wie weiter?

«Caesar mit Hühnchen und Kartoffelschnitze?»

Sie hob den Blick. Eine Kellnerin servierte ihr soeben ihr Essen. Beim Duft der pikant gewürzten Kartoffelschnitze und des köstlichen Salatdressings ließ Pollys Magen ein heftiges Knurren vernehmen, denn tatsächlich hatte sie seit dem Frühstück nichts mehr zu sich genommen. An Essen hatte sie den ganzen Tag vor Aufregung gar nicht gedacht. Dafür stand ihren Geschmackspapillen jetzt ein Hochgenuss bevor. Gut. Okay. Dann würde sie jetzt erst mal essen und dann zu den hohen Tieren ein paar Tische weiter gehen. Sie wagte einen Blick und sah, dass Elliot McCarthy gerade reihum Champagner nachschenkte, während alle über irgendetwas lachten. Prima. Sie waren also guter Dinge. Hoffentlich erhöhte das ihre Bereitschaft, sie nicht gleich abzuwimmeln, wenn sie später bei ihnen Klinken putzte.

Sie spachtelte heißhungrig ihr Essen in sich hinein, fast ohne jeden Genuss, während sie sich den Kopf darüber zerbrach, was sie genau zu Elliot sagen sollte. Bei ihm einen Job zu ergattern, wäre sagenhaft, erste Sahne. Das würde Hugo Warrington zeigen, dass mit ihr zu rechnen war. Was für eine Vorstellung: Wenn sie dann Elliot irgendwie dazu überreden könnte, Waterman's aufzukaufen, wäre sie am Drücker und könnte – nein, *würde* einige Entlassungen anregen. Ganz oben auf der Liste: Warrington, sonnenklar. Hochkant vor die Tür mit dem reichen Fettsack, auf Nimmerwiedersehen. Entlassung Nummer zwei: Marcus Handbury, dieser elende Schnösel, der sich den Nachmittag über vermutlich schmierig grinsend in *ihrem* Büro eingerichtet hatte. Den Verräter Jake würde sie eventuell verschonen, dafür aber gründlich demütigen, indem sie ihm fortan nur noch niederste, stumpfsinnigste Arbeit auferlegte. Sie würde ihn unter ihren Ferragamo-Pumps zermalmen, aber hallo.

Polly winkte, als sie die beiden Sophies, Johnny und Richenda entdeckte, die soeben hereinkamen, beladen mit Laptops und Aktentaschen. Sie hatte weder das eine noch das andere dabei, ein sonderbares Gefühl. Den ganzen Tag hatte sie das Piepsen und Vibrieren ihres BlackBerry schmerzlich vermisst, hatte immer wieder reflexhaft danach greifen wollen, um einen Blick darauf zu werfen, ehe ihr einfiel, dass er ihr ja abgeknöpft worden war. Im Geist machte sie sich einen Vermerk: Gleich morgen besorgst du dir als Erstes einen neuen. Sie durfte nicht den Anschluss verlieren, musste allen zeigen, dass sie weiter ganz oben mitspielte. Wie sollte sie den Umstand erklären, dass sie heute ohne hier saß? Bestimmt würde doch den anderen sofort auffallen, dass ihr Smartphone nicht wie üblich vor ihr auf dem Tisch lag. Welche Blamage, fast so, als säße sie hier ohne Make-up oder ohne Schuhe.

«Hi», rief sie hinüber. «Kommt, setzt euch zu mir.»

Schon gleich darauf bereute sie ihre Worte. Beim Anblick ihrer Gesichter stieg Panik in ihr auf. Brachte sie es über sich, ihnen von ihrer Entlassung zu erzählen? Könnte sie die mitleidigen Blicke ertragen, die hämische Schadenfreude, die vielleicht in den Augen der blonden Sophie aufblitzen würde? Sie würden sie mit Fragen bombardieren, und es wäre eine Tortur, dabei den Schein zu wahren, unbeirrt eine gefasste Zuversicht zur Schau zu tragen, zumal bei ihren noch völlig ungewissen Aussichten. Am besten tat sie so, als wäre nichts geschehen, dann würde alles laufen wie immer. Oder?

Dann fiel ihr wieder ihr ergebnisloses Herumtelefonieren vom Nachmittag ein, die wachsende Verzweiflung, mit der sie eine E-Mail nach der anderen mit ihrem Lebenslauf und einem höflichen Anschreiben verschickt hatte. Sie war auf alle Kontakte angewiesen, die sie ergattern konnte.

Verstohlen sah sie zu dem Trio großer Tiere hinüber. Die Stimmung war nicht mehr ganz so heiter, offenbar wurde ein intensives Gespräch geführt, bei dem alle ernste Gesichter machten. Sie musste unbedingt bald ihre Charme-Offensive starten, ermahnte sie sich. *Hi, gestatten Sie, dass ich mich vorstelle?* Sofort spürte sie einen Adrenalinschub. Sie würde es tun. Es war eine Fügung des Schicksals. Oh, wie würde sie später darüber lachen! *Tja, meine Firma hat mich Knall auf Fall rausgeworfen – ja, es war ein Riesenschock –, aber schon am Abend desselben Tages habe ich einen viel besseren Posten an Land gezogen. Ihr kennt mich doch!*

«Hi, Polly, du bist aber früh dran heute.» Die blonde Sophie setzte sich neben sie und musterte mit scharfem Blick die halbgeleerte Champagnerflasche, als würde sie bereits Verdacht schöpfen. «Jetzt sag bloß nicht, du hättest früher Schluss gemacht, das kaufe ich dir nämlich nicht ab.»

Polly setzte ein künstliches Lächeln auf. «Delegieren heißt das Zauberwort», sagte sie und tippte sich seitlich gegen die Nase. Die anderen lachten, nur Sophie blieb ernst, aber sie war ohnehin ein Roboter ohne Humor und lachte nie. Polly atmete insgeheim auf. Damit war sie wohl erst mal aus dem Schneider. Nun würde sie den Fokus ganz auf die anderen lenken. Ja, Taktik war immer schon ihre Stärke gewesen. «Und, Leute, alles klar?», fragte sie unbefangen. «Wie ist deine Präsentation heute gelaufen, Richenda?»

Richenda griff die Frage nur zu begierig auf und fing an, haarklein ihre Präsentation bei einem wichtigen neuen Kunden zu schildern, den sie schon seit Wochen beharrlich umgarnte. Johnny wollte sich nicht lumpen lassen und berichtete von dem eindrucksvollen Geschacher, bei dem er heute seine Zauberkräfte hatte walten lassen, und die nettere Sophie steuerte neuesten Branchenklatsch über die Bank Santander bei, den sie aufgeschnappt hatte. Bla, bla, bla, bla. Günstig für Polly, dass sie alle sich so gern selbst reden hörten und vor eitler Selbstdarstellung ganz vergaßen, auch sie nach ihrem Tag zu fragen.

Läuft doch bestens, dachte Polly, als sie ihr letztes Glas Champagner leerte. Himmel, hatte sie tatsächlich schon die ganze Flasche intus? Ihr war zumute, als hätte sie eben erst angefangen. Vielleicht sollte sie jetzt mal rasch den Plausch mit den drei Branchengrößen hinter sich bringen, ehe sie sich danach noch ein zweites Fläschchen gönnte. Nur Mut. Was hatte sie schon zu verlieren. Auch ihren Freunden würde es gehörig Respekt einflößen, wenn sie einfach zu den dreien hinüberspazierte und lässig das Wort an sie richtete. Ihr ungläubiges Staunen konnte sie sich jetzt schon lebhaft ausmalen. *Ist das nicht Elliot McCarthy, mit dem Polly da gerade redet? Ich wusste gar nicht, dass sie den kennt.*

Sie erhob sich unvermittelt, aber leider so schwungvoll, dass sie dabei ihr leeres Glas umriss. «Hoppla», kicherte sie und stellte es wieder hin, unbeholfen, als hätte sie plötzlich zwei linke Hände. Mist, um sie herum schwankte ja alles. Sie musste sich am Tisch abstützen, um nicht aus dem Gleichgewicht zu geraten.

«Alles okay, Polly?», fragte die nette Sophie und sah sie besorgt an. (Polly hatte schon öfter gerätselt, was die nette Sophie eigentlich in der gnadenlosen Geschäftswelt verloren hatte. Sie war dafür viel zu … na ja, nett eben.)

Polly wollte eben antworten, ja doch, alles prima, alles bestens, als sie direkt in die Augen von Marcus Handbury blickte, der gerade hereingekommen war. Sie erstarrte wie das sprichwörtliche Kaninchen vor der Schlange, vermochte aber nicht ihren Blick abzuwenden. Ihr wurde eiskalt, und die Bar schien auf einmal zur Seite wegzukippen, als wäre sie auf einem Schiff. Der verfluchte Marcus Handbury. Der hatte ihr gerade noch gefehlt.

Er setzte sich in Bewegung. Kam tatsächlich auf sie zu, o nein!, ohne sie aus den Augen zu lassen. Sie fühlte sich wie in der Falle, eingezwängt zwischen den anderen, konnte nicht fliehen, der Tisch versperrte ihr den Weg. Aaah. Was sollte sie sagen, wie sollte sie sich verhalten? Panik stieg in ihr auf, sie bekam weiche Knie, was ihr sonst so gut wie nie passierte.

Es half nichts, Augen zu und durch. Am besten, sie gab dem arroganten Fatzke, der ihr den Job weggeschnappt hatte, all die Verachtung zu spüren, die er verdiente.

«Polly, hi», sagte er, endlich am Tisch angelangt. Das Gespräch der anderen verstummte abrupt, und aller Augen wandten sich ihm zu.

Polly merkte, wie ihr vor Verlegenheit die Röte am Hals hochkroch und auf ihr Gesicht übergriff. «Hi», erwiderte sie kühl.

«Ich wollte nur sagen, tut mir leid wegen heute, wie alles gelaufen ist», sagte er. Marcus war ein muskulöser Hüne, Typ Rugby-Spieler. Die Sorte Mann, die jeden noch so wuchtigen Rempler regungslos wegsteckte. Er hatte ein fleischiges Allerweltsgesicht und rotblondes, bereits lichter werdendes Haar, wie sie mit gehässiger Genugtuung feststellte. «Riesenpech für dich, tut mir wahnsinnig leid, aber nichts für ungut, ja?»

Nichts für ungut. Er hatte sie gerade aus dem Job gekickt und wagte es jetzt, «nichts für ungut» zu säuseln? Hielt er sie für einen Roboter, der keine Gefühle hatte?

Vor Zorn hatte sie einen dicken Kloß im Hals, den sie mühsam herunterschluckte. *Bleib ganz ruhig.* «Was soll's.» Sie zuckte betont beiläufig die Achseln und sah demonstrativ an ihm vorbei.

Die anderen blickten verwirrt zwischen Marcus und Polly hin und her. «Worum geht's denn?», fragte Richenda. «Was ist passiert?»

Die blonde Sophie, die offenbar Blut witterte, beugte sich zu ihr vor. «Ja, was ist passiert?», flötete sie mit geheuchelter Anteilnahme, so aufrichtig und glaubwürdig wie ein Politiker.

Marcus reagierte verdattert. «Oh», sagte er. «Na ja … Polly ist entlassen worden, und ich bin auf ihren Posten befördert worden. Also, schon dumm gelaufen, irgendwie …»

Sein Bedauern über die Situation wirkte echt, nicht gespielt, immerhin. Aber was sollte Polly erst sagen: Sie zitterte vor Scham und Empörung. «Schon dumm gelaufen», wenn das nicht die Untertreibung des Jahres war.

«Wie bitte – du bist *entlassen* worden?», fragte Richenda

bestürzt. Ihre Stimme schien durch den ganzen Raum zu hallen – *entlassen-entlassen-entlassen* –, und Polly starb innerlich tausend Tode. «Wann denn?»

«Warum hast du denn nichts gesagt?», fragte die nette Sophie, sichtlich fassungslos. «Verdammte Kacke, Polly. Was für ein Albtraum!»

«Alles halb so wild», wiegelte Polly mit einer, wie sie hoffte, betont lässigen Handbewegung ab. Richenda rettete eilig ihr Glas vom Tisch, ehe auch das noch Polly zum Opfer fallen konnte. «Unter uns gesagt, ich habe schon etwas viel Spannenderes in Aussicht», log sie und klopfte sich erneut mit dem Finger gegen die Nase. Langsam wuchs sich das bei ihr zur Marotte des Abends aus. Wenn sie die Geste das nächste Mal wiederholte, würde sie wahrscheinlich feststellen, dass ihre Nase zwanzig Zentimeter in die Länge geschossen war, à la Pinocchio.

«Ach wirklich? Was denn genau?»

Der ungläubige Tonfall, den die gemeine Sophie anschlug, missfiel Polly ganz gewaltig. Sie deutete mit einem Nicken hinüber zu Elliot McCarthys Tisch. «Ich habe bei Elliot einen Fuß in der Tür», erklärte sie von oben herab. «Als ihr vorhin reingekommen seid, war ich eben drauf und dran, rüberzugehen und alles mit ihm zu besprechen, wenn ihr mich also kurz entschuldigen würdet …»

«Wie – jetzt?» Die nette Sophie klang ehrlich besorgt. «Mit Elliot McCarthy? Polly, meinst du nicht, du bist ein bisschen zu …» – sie zauderte, sichtlich unschlüssig, ob sie Polly die ungeschminkte Wahrheit sagen sollte, um sie vor Unheil zu bewahren – «… na ja, schon ein bisschen zu blau, um jetzt mit ihm zu reden?»

«Ach, i wo», fauchte Polly, während sie sich bereits hinter dem Tisch hervorkämpfte. Sie reckte die Nase in die Luft und vermied jeden Blickkontakt mit den anderen. Die konnten sie mal, wer waren die denn schon. Mal hersehen, ihr Versager, befahl sie ihnen im Geist, während sie auf Elliot McCarthy zustolperte. Hier könnt ihr noch was lernen. So zieht Polly Johnson ihr Ding durch: Sie wittert Blut und tritt dann sofort in Aktion.

«Hi», sagte sie und erlitt dann einen totalen geistigen Blackout, als die drei hohen Herrschaften sich ihr mit unbeteiligtem Wer-sind-*Sie*-denn-Blick zuwandten. Mist. Wie hieß er noch mal? «Emily McCartney?», platzte sie hilflos heraus. «Gestatten Sie, ich bin Ihr größter Fan, Polly Johnson. 'n Abend.» Und dann geriet sie, mit erstklassigem Timing, auf ihren hohen Absätzen ins Schwanken und plumpste ihm mitten auf den Schoß.

Stunden später schlug Polly die Augen auf und schloss sie sofort wieder, weil grelles Sonnenlicht sie blendete. Aua. AUA.

In ihrem Kopf wummerte es dumpf. Ihr Mund fühlte sich an, als wäre sämtlicher Speichel herausgesogen und die Mundhöhle dafür mit Pelz ausgeschlagen worden. Ihr Magen grummelte und rumorte, als müsste sie gleich …

O Gott. Polly kämpfte sich hektisch aus dem Bett – irgendwie war es ihr offenbar gelungen, nach Hause zu kommen – und schaffte es mit knapper Not ins Bad, wo sie den Kopf über die Kloschüssel hängte und sich heftig übergab. Pfui. Sie erbrach einen weiteren Schwall und würgte mehrmals, während sie die letzten Fitzel Halbverdautes auszuspeien bemüht war, die noch hinter ihren Zähnen steckten. Ekelhaft.

Wimmernd ließ sie sich auf den steingefliesten Fußboden sinken, der sich an ihrer glühenden Wange wohltuend kühl anfühlte. Sie lag da, ohne sich auch nur dazu aufraffen zu können, die Klospülung zu betätigen oder sich den Mund auszuspülen. Ihr war so hundeelend, als stünde ihr ihr letztes Stündlein bevor, hier auf dem Fußboden. Hilfe. Wie hatte es so weit kommen können?

Mühsam versuchte sie den Vorabend aus ihrer lückenhaften Erinnerung zu rekonstruieren und zuckte zusammen, als eine Abfolge schrecklicher Bilder an ihr vorbeizog. Marcus, der sie vor ihren Freunden bloßstellte. Danach ihre peinliche Vollblamage vor Elliot McCarthy und seinen Begleitern, die zufällig zu den einflussreichsten Leuten der Londoner Finanzwelt gehörten. Dann – o Gott, nein – war sie von der Geschäftsführung des Red House zum Verlassen des Lokals aufgefordert worden, nachdem Elliot McCarthy sich über sie beschwert hatte.

Mit Grausen fiel ihr wieder ein, wie man sie schließlich kurzerhand unsanft zur Tür eskortiert hatte, weil sie nicht freiwillig gehen wollte. Verdammt. Dort könnte sie sich nie wieder blickenlassen. Und wie ging es dann weiter? Dunkel entsann sie sich, in irgendeiner anderen Bar (welcher?) gelandet zu sein, wo sie einen Gin nach dem anderen kippte und jemandem (dem Barmann? einem Wildfremden?) ihr Herz ausschüttete, aber alles weitere – die Einrichtung der Bar, die Gesichter der übrigen Gäste – war aus ihrem Gedächtnis wie ausgelöscht. Wie sie nach Hause gekommen war, war ein unlösbares Rätsel. Mist.

So blieb sie eine Zeitlang vor der Toilette liegen, unsicher, ob ihr vielleicht noch einmal übel werden würde, aber seltsam getröstet durch die kühlen Fliesen an ihrem

Gesicht, als könnte sie jetzt nicht mehr tiefer fallen. So fühlt es sich an, wenn man am Nullpunkt angelangt ist, überlegte sie und schloss die Augen.

Der gesamte Tag war für sie gelaufen. Statt weiter, wie geplant, Personalleiter mit ihrer Bewerbung samt Lebenslauf zu bombardieren, zog sie sich, schwerst verkatert, mit ihrer Bettdecke aufs Sofa zurück, wo sie einige Stunden lang trübsinnigen Gedanken nachhing: Wie könnte sie sich nach diesem Abend je wieder im Red House blickenlassen? Und wie sollte sie den beiden Sophies, Richenda und Johnny je wieder gegenübertreten, ohne vor Scham in Tränen auszubrechen? Es war wohl unvermeidlich, den Tatsachen ins Auge zu blicken: Ihre Karriere war fürs Erste gelaufen.

Ein Erfolgserlebnis allerdings brachte der Tag, sie fand nämlich endlich die Fernbedienung, säuberlich verstaut in der Schublade am Couchtisch. So konnte sie sich immerhin gemütlich vom Fernseher berieseln lassen, erst von *This Morning* mit Phil und Holly, dann von Klatsch und Tratsch bei *Loose Women* und schließlich von Paul O'Grady und seinen Talkgästen. Nach einigen Stunden konnte sie sich endlich dazu aufraffen, sich Tee zu kochen. Davon abgesehen aber bestand ihre einzige Aktivität darin, mit der Fernbedienung umzuschalten. Was sollte sie sonst auch groß tun?

In dem Stil ging es einige Tage weiter, wenn auch zum Glück nicht länger verkatert und vom Alkohol benebelt. Gewiss, zwischendurch checkte sie auch immer wieder ihre E-Mails, nur für den Fall, dass jemand ihre Bewerbung mit der Einladung zu einem Vorstellungsgespräch beantwortet oder sie gar vom Fleck weg engagiert hatte. Stattdessen aber fand sie nur maschinell erstellte Absagen vor, die ihr mitteilten, dass zurzeit keine entsprechenden Stellen frei seien.

Um nicht den Anschluss zu verlieren und aus alter Gewohnheit klickte sie mehrmals am Tag die Online-Ausgabe der *Financial Times* an, doch jedes Mal, wenn sie ihr Anlageportfolio überprüfte, schien es weiter im Wert gesunken zu sein. *Sie müssen schon einen langen Atem haben*, hatte sie Kunden über die Jahre selbst immer wieder belehrt. *Auf die Schnelle erzwingen lässt sich am Anlagemarkt gar nichts*. Jetzt aber begann sie langsam an der Sinnhaftigkeit ihrer Worte zu zweifeln. Seit ihr Bonus ihr in letzter Minute durch die Lappen gegangen war, brachte sie für einen langen Atem nicht mehr die Geduld auf. Ihre Aktien mussten unbedingt wieder an Wert gewinnen, und zwar fix, sonst sah es für sie zappenduster aus.

Von diesen Ausflügen an ihren PC abgesehen, lag sie hauptsächlich lang ausgestreckt auf dem Sofa und sah fern. Warum hatte ihr nie jemand gesagt, was tagsüber für tolle Sachen im Fernsehen liefen? Phil und Holly vom Frühstücksfernsehen kamen ihr schon jetzt vor wie alte Freunde, und die vier Frauen, die bei *Loose Women* über den neuesten Promiklatsch palaverten, waren die humorvollen, warmherzigen besten Freundinnen, die sie selbst nie gehabt hatte. Auch beim Aufspüren der Schnäppchen bei *Bargain Hunt* entwickelte sie immer größeres Geschick. Und war es nicht gemütlich, den ganzen Tag im Schlafanzug zu faulenzen? Alles in allem gefiel ihr das Dasein als Arbeitslose gar nicht so übel.

Am dritten Tag ging sie das drängende Problem an, dass sie kaum etwas zu essen im Haus hatte. Da sie sich der Welt da draußen noch nicht gewachsen fühlte, bestellte sie sich online Lebensmittel bei einem Lieferservice, vor allem Speisen und Gerichte, die sie besonders gern mochte. Und was sprach auch dagegen? Dass sie es mal ruhig angehen ließ und gründlich ausspannte, war längst überfällig. Nach beinahe zwanzig Jahren rastloser Plackerei im Finanzgewerbe hatte sie sich eine Auszeit sauer verdient, und spätestens Ende kommender Woche, davon war sie felsenfest überzeugt, hätte sie ja ohnehin wieder einen neuen Job.

Am Freitag, sie trug mittlerweile am vierten Tag in Folge denselben Schlafanzug, hatte soeben wieder einmal Cornflakes zu Mittag gegessen (den Boten des Lieferservices erwartete sie mit wachsender Ungeduld) und überlegte gerade, ob ein Uhr wohl zu früh war, um sich ein klitzekleines Gläschen Wein zu gönnen, während sie sich an *Loose Women* ergötzte, traf sie vor Schreck fast der Schlag, als sie auf einmal einen Schlüssel in ihrer Wohnungstür hörte. Was zum Teufel …?

Sie schleuderte die Bettdecke von sich und sprang vom Sofa auf. Ihr Herz pochte wie verrückt. «Na *hören* Sie mal», fing sie an, als sich die Tür öffnete, «aber was …»

Dann sah sie, wer der Eindringling war, und verstummte abrupt. Diese verflixte Putze schon wieder.

Magda wich heftig vor Polly zurück, die barfuß und mit strähnigem Haar vor ihr stand, in Bademantel und darunter einem, wie es schien, nicht mehr ganz taufrischen Pyjama. «Miss Johnson, Sie hier sind?», fragte sie verwirrt. «Wieder?» Blinzelnd nahm sie die benutzten Cornflakes-

Schalen auf dem Couchtisch zur Kenntnis, die Tassen mit Resten von kaltem Kaffee, den Plasmafernseher, auf dem soeben lärmend eine weitere Folge von *Loose Women* anfing. «Sie krank sind?»

Polly antwortete erst mit kurzer Verzögerung. «Ja.»

«Sie wollen, ich gehe? Oder ich putzen?»

Wieder zögerte Polly. Einerseits wollte sie jetzt niemanden in der Wohnung haben, wo sie es sich gerade so schön gutgehen ließ. Sie hatte entschieden, sich den Rest der Woche freizunehmen, ehe sie am Montag wieder mit der Jobsuche begann. Wenn die Putzfrau jetzt hier mit dem Staubsauger herumfuhrwerkte, wäre der Zauber gebrochen, die Seifenblase, in der sie sich eingerichtet hatte, würde jäh zerplatzen, und der Alltag hätte sie wieder.

Andererseits war die Wohnung inzwischen einigermaßen verschmuddelt.

«Sie können bleiben», sagte Polly großmütig, wandte sich wieder dem Fernseher zu und zog sich die Decke bis ans Kinn. Wenn sie die Putzfrau nicht beachtete, könnte sie vielleicht so tun, als wäre sie gar nicht da. Sie würde sich voll auf die Sendung konzentrieren, zumal heute Colin Firth als Gesprächsgast angekündigt war.

«Soll ich machen Ihnen was zu trinken? Oder zu essen?»

Die Putzfrau – ihr Name war Polly entfallen – stand vor ihr und blockierte die Sicht auf den Fernseher. Polly verzog unwillig das Gesicht und wollte sie schon wegscheuchen, doch dann überlegte sie es sich anders. Wollte sie etwas zu essen oder zu trinken? Ehrlich gesagt, ja. Immerhin bezahlte sie die Tussi ja. «Eine Tasse Tee wäre wunderbar», sagte sie. «Leider habe ich nichts mehr zu essen im Haus. Ach – und machen Sie sich ruhig auch einen», setzte sie spontan hinzu. «Aber trinken Sie ihn besser ohne Milch, die riecht nämlich schon ziemlich säuerlich.»

Die Putzfrau machte sich daran, die herumstehenden Cornflakes-Schalen aufzustapeln, die teils schon etwas streng rochen. «Sie niemand haben, der um Sie sich kümmert, ja? Das nicht gut. Jetzt ich hier. Magda sich kümmert um Sie, ja?», sagte sie und warf Polly einen Blick von der Seite zu.

Polly lächelte gequält. Konnte diese Magda – richtig, so war ihr Name – nicht endlich die Klappe halten und aus dem Zimmer verduften, damit sie in Ruhe fernsehen konnte? Nach Plaudern war ihr wirklich nicht zumute, schon gar nicht mit einer Putzfrau. Sie sagte nichts, blickte bloß demonstrativ starr zum Fernseher, bis Magda den Wink endlich verstanden hatte und in die Küche verschwand.

Magda setzte den Teekessel auf und wollte dann das benutzte Geschirr in die Spülmaschine räumen. Als sie die Tür aufklappte, schlug ihr ein übler Geruch entgegen. In der Maschine befanden sich ein einsamer Teller und diverse Tassen, die bereits schwarzen Schimmel angesetzt hatten. Wie lange stand das Zeug schon hier drin? *«Mój boże»*, murmelte sie. «Mein Gott, diese Frau ist ja eine Katastrophe.»

Sie ließ ihren Blick durch die unterkühlte weiße Designerküche wandern: über die Arbeitsflächen aus Granit, auf denen vermutlich noch nie frisches Gemüse oder Ähnliches klein geschnitten worden war; zum Kühlschrank, in dem immer, bis auf eine Tüte Milch oder mal eine Flasche Champagner, gähnende Leere herrschte; über die Schränke, in denen kaum etwas stand. Was für eine Vergeudung, dachte sie kopfschüttelnd. Vielleicht täuschte sie sich ja – vielleicht hatte Miss Johnson abends oft Gäste, Freunde, mit denen sie zu Abend aß, Freundinnen, mit denen sie quatschte und lachte, einen Geliebten, der sie bekochte –, doch dafür hatte sie noch nie den geringsten Anhaltspunkt vorgefunden. Mitunter stand mal ein Weinglas in der Spüle, ein Teller mitsamt Besteck, oder im Abfalleimer lag die Verpackung eines Fertigmenüs für eine Person, aber das war es auch schon. Würde Magda hier wohnen – ah! Dann sähe es hier anders aus, dann wäre diese Wohnung ein Zuhause.

Sie dachte an ihre eigene Küche – klein und beengt zwar, aber dafür liebevoll geschmückt mit selbstgemalten Bildern ihrer Kinder und Ehrenurkunden aus der Schule, und immer erfüllt von appetitlichen Gerüchen, nach einem der Eintöpfe etwa, die sie an kalten Tagen kochte, oder nach Apfelkuchen, den ihre Kinder so gerne mit ihr buken. Während Tomasz an dem kleinen Tisch seine Hausaufgaben machte, den dunklen Schopf eifrig über sein Heft gebeugt, saß Kasia auf der Arbeitsfläche, baumelte mit den Beinen und berichtete ihr fröhlich, was sie tagsüber alles erlebt hatte.

Magda schloss kurz die Augen und dachte an ihre Kinder. An ihre lächelnden, wie Blümchen zu ihr emporgereckten Gesichter, an die Wärme ihrer jungen Körper, wenn sie sie stürmisch umarmten, daran, wie friedlich sie aussahen, wenn sie schliefen. Diese Frau – Miss Johnson – mochte ja ein Luxusapartment ihr Eigen nennen, in das Magdas kleine Wohnung zwanzigmal hineinpasste, mochte Geld in Hülle und Fülle und einen wichtigen Job haben, aber was zählte all das schon, wenn man nicht einmal jemanden hatte, der sich um einen kümmerte, wenn man krank war. Arme Miss Johnson. Magda hätte nie und nimmer mit ihr tauschen mögen. *Wcale nie.* Ganz und gar nicht.

6

Es war Samstagnachmittag, und Leilas Geburtstagsfeier war in vollem Gang. Am Vormittag hatte Clare die Küche festlich mit Papiergirlanden geschmückt, ihre schönste gepunktete Wachsdecke über den Tisch gebreitet und Rührschüsseln sowie Holzlöffel für Leila und ihre sieben Gäste bereitgestellt, die sie dabei anleiten wollte, selbst Badekugeln und Seife herzustellen. Jetzt verrührten die Mädchen gerade Backsoda mit Zitronensäure, wobei einige von ihnen so eifrig zu Werke gingen, dass Pulver in weißen Wölkchen aus ihren Schüsseln aufstäubte. Clare machte die Runde und sprühte nacheinander Zaubernuss in alle Schüsseln, und nachdem die Mädchen diese Zutat mit verrührt hatten, ließ sie ein Kästchen mit einer Auswahl Duftölen in braunen Fläschchen am Tisch herumgehen.

«Ihr könnt unter verschiedenen Düften auswählen», erklärte sie. «Himbeere, Lavendel, Zitrone, Heckenrose, Meeresfrische … da dürfte für jede etwas dabei sein. Sucht euch was aus, dann füge ich eurer Mischung ein paar Tröpfchen hinzu. Aber nehmt euch mit den Fläschchen in Acht, manche dieser Öle sind nicht billig.»

«Wir beobachten euch mit Argusaugen», witzelte Debbie, stemmte die Hände in die Hüften und ließ zum Spaß einen strengen Blick um den Tisch wandern. «Wer was verschüttet, fliegt raus.»

Die Mädchen schnupperten vorsichtig an den Fläschchen, hielten sie einander unter die Nase, riefen oh und ah. Clare experimentierte schon eine ganze Weile mit selbstgemachten Badezusätzen und stellte für ihr Leben gern Badekugeln, Schaumbäder und Seife her. Auf die Idee war sie vergangenes Jahr an Weihnachten gekommen, als sie so abgebrannt war, dass ihr Geschenkebudget nur für ihre Kinder gereicht hatte. In einer der Zeitschriften in der Praxis war sie auf einen Artikel über simple Handwerkstechniken gestoßen, die man bei sich zu Hause ausprobieren konnte, und dort hatte sie auch das Rezept für Badekugeln gefunden. Sie waren so kinderleicht herzustellen – und obendrein spottbillig –, dass sie gleich am Abend ans Werk ging. Der Mischung hatte sie Lavendel und getrocknete Rosenblütenblätter beigefügt und die Badekugeln zum Schluss in buntes Seidenpapier eingewickelt, das sie mit einer hübschen Schleife aus Geschenkband verzierte.

Eigentlich hatte es eine einmalige Sache sein sollen, aber dann hatten mehrere der Beschenkten sie angesprochen, wo es denn diese tollen Badekugeln gäbe, sie wollten welche nachkaufen. Als Clare erklärte, dass sie Marke Eigenbau waren, hatten sie umgehend Nachschub bestellt. Daraufhin hatte sie angefangen, sich auch an die Herstellung von Schaumbad, Seifen und Shea-Körperbutter zu wagen. Ihre Erzeugnisse hatte sie hauptsächlich an Freundinnen und ihre Mutter verschenkt, zum Ausprobieren – eine so hartgesottene Geschäftsfrau wie ihre Schwester war sie ganz und gar nicht –, doch Debbie, Tracey und noch andere ihrer Mädels hatten schon begeistert Nachschub bei ihr bestellt, diesmal gegen Bezahlung. Reich würde sie davon nicht werden – der Preis deckte eben so ihre Materialkosten –, aber es machte ihr Freude, abends in der Küche ihre Salben und Badezusätze herzustellen und das ganze Haus mit köstlichem Duft zu erfüllen.

«Also, die Mischung muss sich anfühlen wie nasser Sand», erläuterte sie jetzt, während sie am Tisch ihre Runde drehte und die Mischungen in den Schüsseln begutachtete. Sie fügte die Düfte hinzu, die sich die Mädchen ausgesucht hatten, und holte dann Dosen mit getrockneten Blütenblättern, die sie noch hineinstreuen konnten. «Drückt mal einen Klecks davon in der Hand zusammen, um zu sehen, ob der Brei schon zusammenpappt – falls ja, könnt ihr ihn in die Form geben.»

«Das ist ja cool», sagte Anna, Leilas beste Freundin, während sie an ihrer Mixtur schnupperte. «Meins riecht so lecker nach Schokolade, dass ich Hunger kriege. Mjam!»

Clare strahlte und war heilfroh, dass Leilas Freundinnen so weit offenbar alle ihren Spaß hatten. Da manche ihrer Mitschülerinnen ihren Geburtstag gern mit riesigem Aufwand feierten – in dem eigens angemieteten Hallenbad in Amberley etwa oder mit Ponyreiten für alle –, hatte sie schon die leise Sorge gehabt, dass eine Feier zu Hause nicht allen Ansprüchen genügen könnte. Wie es aussah, erwiesen sich ihre Befürchtungen gottlob als unbegründet. Da aber meldete sich auch schon Carly Prince vorlaut zu Wort.

«Na, ich weiß ja nicht, ob meine Mama das gut findet», maulte sie mit einem naserümpfenden Blick in ihre Schüssel. «Sie kauft immer nur richtig teure Sachen. Nicht so selbstgemachtes Zeug.»

Aua. Clare wechselte einen Blick mit Debbie. Carly

Prince war das versnobteste Mädchen der Klasse, obendrein auch noch boshaft. Wenn sie nicht gerade mit irgendetwas Teurem angab, drangsalierte sie jemand anderen. Warum Leila mit ihr befreundet sein wollte, war Clare ein Rätsel, aber die Göre schien eine Art unwiderstehliche Anziehungskraft zu haben, denn die gesamte Klasse lag ihr zu Füßen.

Clare ließ Pillenbecher aus Papier herumgehen, in die die Mädchen ihre Mixtur füllen sollten. «Ich dachte, Badekugeln müssten rund sein?», nörgelte – natürlich – Carly umgehend. Sie gab zwar den Unschuldsengel, konnte aber ihr leises Naserümpfen nicht ganz verbergen. «Wie Kugeln eben?»

«Ah, das hier werden ganz besondere», warf Debbie eilig ein, ehe Clare zu einer Erklärung darüber ausholte, dass die runden Formen ziemlich knifflig in der Handhabung waren.

«Ja, die hier werden voll niedlich aussehen», meldete sich Anna, die liebe, loyale Anna, zu Wort, um Carly einen Dämpfer zu versetzen.

Carly presste die Lippen zusammen, Ärger blitzte kurz in ihren Augen auf. Nachdem sie ihre Mixtur lieblos in die Pillenbecher gefüllt hatte, sah sie sich im Raum nach einem neuen Opfer um. Ihr Blick landete auf Leila, wie Clare mit einem leisen Frösteln bemerkte.

«Ach, ich freue mich ja schon *so* auf meinen Geburtstag nächsten Monat», seufzte Carly und warf ihr langes honigblondes Haar zurück. «Papa hat gesagt, er kauft mir ein neues Pony. Ich bin schon so aufgeregt!»

Rund um den Tisch wurde neidvoll «Oooh» gerufen. Carly war an der Schule das einzige Mädchen aus so wohlhabendem Elternhaus; mit ihr konnte niemand mithalten. Nur noch anderthalb Jahre Grundschule, hielt Clare sich immer wieder zähneknirschend vor Augen, dann würden Carlys Eltern sie mit Sicherheit in irgendein teures Nobelinternat schicken, und die normalen Kinder konnten unbehelligt gemeinsam an die weiterführende Schule wechseln. Je eher es so weit war, desto besser.

«Und, Leila, was hast du zum Geburtstag bekommen?», fuhr Carly fort, ganz wie von Clare befürchtet.

«Ein supercooles Fahrrad», antwortete Leila mit einem Grinsen in Carlys Richtung. «Mama hat es extra in meiner Lieblingsfarbe lackiert und den Sattel mit Plüsch bezogen – sieht spitze aus.»

Beim stolzen Tonfall ihrer Tochter ging Clare förmlich das Herz auf. Ätsch, Carly Prince, dachte sie. Mit viel Geld kann man zwar ein Pony kaufen, aber kein cooles, individuell lackiertes Fahrrad mit einem Sattelüberzug aus Plüsch, den die eigene Mutter einem liebevoll von Hand genäht hat.

«Oh, toll, wo ist es denn?», fragte India, ein mit Sommersprossen übersätes, lebhaftes, hochaufgeschossenes Mädchen mit langen roten Haaren.

«Draußen. Darf ich es reinholen, Mama?», fragte Leila, während sie sich schon die pulverbestäubten Hände an der Jeans abwischte.

Clare lächelte. «Selbstverständlich, Süße.» Und schon flitzte Leila zur Hintertür hinaus, dass ihr blonder Pferdeschwanz nur so flog. «Also, wer braucht noch Hilfe? Ich glaube, dann wären wir fast so weit.»

Clare drückte gerade die letzten Krümel von Martha Stringers rosenduftender Badekugelmixtur in dem Pillenbecher zusammen, als Leila mit ihrem Fahrrad wieder auftauchte. Es sah schon ziemlich ulkig aus, dachte Clare, mit dem Glitzerband am Lenker, das Leila unbedingt hatte dranlassen wollen, und den neu angebrachten Aufklebern, aber bei dem stolzen, zahnlückigen Lächeln ihrer Tochter war es ihr ganz egal, was andere davon halten mochten.

«Wow», sagte India. «Sieht spitzenmäßig aus. Die Farbe ist ja der Oberhammer!»

«Den Sattel finde ich stark», warf Martha, die eine Brille trug, mit leuchtenden Augen ein. «Und auch die Form ist lässig. Mal was anderes, richtig ausgefallen.»

Leila strahlte. «Es ist toll, nicht wahr?»

Carly aber runzelte die Stirn. «Ich hatte mal genau so ein Fahrrad», sagte sie gedehnt, während sie das Fahrrad musterte. «Sah ganz ähnlich aus. Aber es ist vor ein paar Wochen geklaut worden – in unseren Schuppen ist eingebrochen worden, Papas Trekking-Fahrrad haben sie auch mitgenommen.»

Clare schluckte schwer. «Es … ist geklaut worden?», fragte sie matt.

«Ja.» Carly stand vom Tisch auf, um sich das Fahrrad aus der Nähe genauer anzusehen. «Also … die Reifen sehen ganz genauso aus», sagte sie. «Mein Fahrrad war zwar blau, nicht lila, aber davon abgesehen …»

Clare wurde ganz flau zumute. Richtig, das Rad war vorher blau gewesen, entsann sie sich. Aber das war doch sicher bloß ein Zufall?

«Der Sattel war auch anders.» Carly strich prüfend mit der Hand über Clares selbstgenähten Plüschüberzug. «Meiner war aus weißem Leder, aber schon ganz rissig, und …» Dann entfernte sie den Überzug und schnappte hörbar nach Luft. «O mein Gott. Das *ist* mein Fahrrad!», rief sie und zeigte auf den abgenutzten weißen Sattel, der zum Vorschein gekommen war. «Das ist mein altes Fahrrad, das die Einbrecher geklaut haben.» Sie fuhr herum und funkelte Clare aufgebracht an. Sie war erst neun, aber es war furchterregend. «Wo haben Sie es her?»

«Von einem Freund … da muss ein Irrtum vorliegen», stammelte Clare und merkte, wie sie knallrot anrief. O Gott. O nein.

Leila sah verwirrt drein. «Moment … willst du damit etwa sagen … Meine Mutter hat dein Fahrrad nicht geklaut!», wehrte sie sich empört. «Nicht wahr, Mama? Sag ihr, dass das nicht stimmt. Du hast es doch für mich gekauft, nicht wahr?»

Es war einer jener Momente, in denen es so scheint, als würde die Welt stillstehen. Clare spürte die Blicke aller Anwesenden schwer auf sich lasten. Das würde Jay Holmes ihr büßen. Sie würde ihn umbringen, wenn sie ihn erst ausfindig gemacht hatte!

Irgendwie stand sie den Nachmittag durch, ohne sich in die menschliche Version von Edvard Munchs Gemälde *Der Schrei* zu verwandeln. Doch es waren zwei zähe, unerquickliche Stunden, denn Carly blickte mit düsterer Miene unentwegt zwischen ihr und diesem verwünschten Fahrrad hin und her. Wirklich. Wie hatte sie Jay so blind vertrauen können? Er hätte das Rad gefunden, hatte er lapidar erklärt. Wieso hatte sie das einfach so geschluckt, ohne nachzufragen, wo genau? Wie hatte sie bloß so naiv und leichtgläubig sein können!

Um alles noch schlimmer zu machen, schellte es später

auch noch an der Tür, und als Clare öffnete, stand Steve vor ihr. «Dachte mir, ich überrasche das Geburtstagsmädchen mal», sagte er gut gelaunt, während Clare vor Bestürzung die Gesichtszüge entgleisten. «Darf ich ein bisschen mitfeiern?»

Mitfeiern? Clare verspürte kurz größte Lust, ihm ihre Schürze in die Hand zu drücken, kehrtzumachen und nach oben ins Schlafzimmer zu flüchten, um sich im Kleiderschrank zu verkriechen. Leila und Carly hatte sie vorerst mit der Erklärung beschwichtigt, das Fahrrad stamme aus zweiter Hand (korrekt), und dass sich sicherlich alles würde klären lassen (zweifelhaft), falls da ein Problem bestand (und ob da ein Problem bestand). Vor der Ankunft von Mrs. Prince aber graute ihr jetzt schon, davor, wie Carly ihrer Mutter mit sich vor Empörung überschlagender Stimme die Sachlage schildern würde, und das vermutlich im Beisein sämtlicher übriger Eltern.

Verflixt und zugenäht. Wieso musste sie immer so in die Patsche geraten? Und um dem Ganzen die Krone aufzusetzen, spazierte jetzt auch noch Steve locker-lässig an ihr vorbei ins Haus und rief: «Wo ist denn mein Geburtstagsmädchen?», als wäre er der sehnlich erwartete Ehrengast.

Clare hörte Leilas Freudenschrei, dann ihre eilig herantrappelnden Schritte, und gleich darauf fiel sie ihrem Vater um den Hals, der sie übermütig in der Luft herumwirbelte. Beide lachten vor Freude.

Schlimmer konnte diese Feier nicht mehr werden. Wäre es doch endlich schon fünf Uhr und damit alles vorbei, dann könnte sie ihren Kummer mit einer Flasche Wein ertränken.

«Dein Geschenk habe ich draußen stehen lassen müssen, es ist nämlich zu groß, um durch die Haustür zu passen», sagte Steve, während die beiden eingehakt in Richtung Küche gingen und Clare einfach stehen ließen, die innerlich brodelnd die Haustür schloss.

Zu groß? Was hatte er ihr denn besorgt, einen Elefanten? Dem Denise vermutlich die spärliche Körperbehaarung in Locken gelegt oder ein Schleifchen um den Schwanz gebunden hatte, dachte sie gehässig. Dann senkte sie schuldbewusst den Blick. Zumindest hat er ihr kein gebrauchtes Fahrrad besorgt, zirpte ein Stimmchen in ihrem Kopf. Ein gebrauchtes Fahrrad, das auch noch der Klassenprimadonna aus reichem Hause gestohlen worden ist.

«Wirf mal einen Blick durch die Hintertür, Schatz», hörte sie Steve sagen, als er die Küche betrat. «Hey! Hallo zusammen. Na, feiert ihr schön? Ah. Hallo, Debbie.»

«Tag.»

Clare hastete in die Küche und bekam so noch mit, wie Debbie Steve betont kühl und abschätzig musterte, wie um zu sagen: *Na, wen haben wir denn da?*

Steve überging es einfach und riss schwungvoll die Hintertür auf. «Ta-taaa!» Er breitete die Arme aus. «Wie findest du es?»

«Oh, wow.» Leila warf Clare einen leicht gequälten Blick zu und sah dann wieder nach draußen. «Noch ein Fahrrad.»

Steves Lächeln erstarb im Nu. «Noch ein Fahrrad?», wiederholte er.

Leila nickte. «Ja, Mama hat mir dieses hier geschenkt.» Sie deutete zu dem Bonanzarad, das Clare an die Küchenwand gelehnt hatte, ging dann nach draußen und schob gleich darauf ein mintgrünes, unzweifelhaft nagelneues Tourenrad in die Küche, das garantiert nicht aus irgendeinem Schuppen entwendet worden war. «Noch mal, wow», sagte sie, sichtlich entzückt. «Ein wunderschönes Fahrrad, Papa, danke!»

Clare sank der Mut. Hatte sie nicht eben erst gedacht, die Feier könnte schlimmer nicht mehr werden? Großer Irrtum. Schlimmer geht's immer.

«Hoppla», sagte Steve leichthin, während sein Blick erst zu dem Bonanzarad und dann zu Clare huschte. «Da hat offenbar die Kommunikation versagt. Ich hätte was sagen sollen. Aber ich wusste ja, wie sehnlich Leila sich ein Fahrrad wünschte, und ich dachte –» Er verstummte verlegen. Clare nahm ihm die Mühe ab und ergänzte den Satz im Geist: *Ich dachte, du könntest das Geld für ein Fahrrad nicht aufbringen, Clare.*

So weit richtig. Dieses Geld hatte sie tatsächlich nicht aufbringen können. Bis dann Jay Holmes mit einem Fahrrad dubioser Herkunft vor ihrer Tür aufkreuzte und sie ihm dafür volle vierzig Piepen bezahlt hatte.

«Nicht so schlimm, Papa, wirklich», versuchte Leila, diplomatisch wie immer, zu vermitteln. «Sie gefallen mir beide gleich gut. Außerdem kann ich jetzt eins davon Anna leihen, dann können wir zusammen auf Radtour gehen.»

«Obwohl eins der Fahrräder eigentlich mir gehört», ließ Carly sich halblaut vernehmen.

Steve bekam ihre gemurmelte Bemerkung mit – wie auch alle anderen Anwesenden, ganz wie von Carly beabsichtigt vermutlich – und sah Clare fragend an.

Sie schüttelte den Kopf und gab ihm per Lippensprache lautlos zu verstehen: «Später.» Später wäre noch genug

Zeit für Erklärungen, dachte sie grimmig, wenn sie erst Jay Holmes mit dem Nudelholz den Schädel eingeschlagen hatte. Immer schön eins nach dem anderen.

Endlich war es fünf Uhr, und die Eltern tröpfelten nach und nach ein, um ihre Töchter abzuholen. Clare hatte den Mädchen beim Bemalen der Boxen geholfen, in die sie ihre inzwischen getrockneten Badekugeln gepackt hatten, und hinterher noch alle hübsch mit Geschenkbändern versehen, während Leila und ihre Gäste sich Tee und Kuchen schmecken ließen.

«Mmmh, duftet das gut hier», schwärmte Marthas Mutter Imogen, als sie in die Küche kam. «Ich kann's kaum erwarten, eine dieser Badekugeln auszuprobieren. Alle Achtung, Clare, du kannst was.»

«Sie macht auch Seife, und richtig tolles Schaumbad», sagte Debbie wie aus der Pistole geschossen. «Sehr gut zum Verschenken geeignet, wenn du mal was Nettes suchst.» Sie zwinkerte verschwörerisch. «Nur so als kleiner Tipp, Im, weil Clare ja viel zu bescheiden ist, um für sich selbst die Werbetrommel zu rühren.»

Clare errötete. «Danke», sagte sie, sowohl an Debbie wie an Imogen gerichtet. Gottlob war ihr nicht alle Welt feindlich gesonnen.

«Gut zu wissen, danke», sagte Imogen. «Meistens vergesse ich nämlich, Geschenke rechtzeitig zu besorgen, und muss dann wie eine Blöde in der Gegend herumjagen, um kurz vor knapp noch irgendwas aufzutreiben. Schön, wo ist Martha? Na komm, Süße, wir müssen los. Bedanke dich schön bei Leila und Clare.»

Ist doch gar nicht so übel gelaufen, insgesamt, dachte

Clare innerlich aufatmend, während ein Mädchen nach dem anderen abgeholt wurde. Von der Pleite mit den Fahrrädern abgesehen, hätte sie den Nachmittag insgesamt als vollen Erfolg gewertet, mochte auch das verwöhnte Luxuskind Carly noch so sehr lästern.

Genau da hörte sie, wie Steve jemandem die Tür öffnete – dafür, dass er eigentlich nicht mehr hier wohnte, tat er sich herzlich wenig Zwang an, dachte sie säuerlich –, und gleich darauf drang die unverwechselbare Stimme von Mrs. Prince herüber. «Ist ja ein Albtraum, hier auf der Straße einen Parkplatz zu finden, nicht wahr? Ist mir ein Rätsel, wie Sie das aushalten, ohne eigene Auffahrt.»

Schauder.

Clare lauschte, während Steve ihr erklärte, dass er gar nicht mehr hier wohnte, aber sie habe recht, Parkplätze seien hier wirklich Mangelware und es täte ihm leid, wenn er mit seinem BMW draußen vor dem Haus alles blockiert habe.

Und noch mal Schauder. Clare sah Debbie an und raunte ihr mit einer Grimasse zu: «Achtung, sie kommt.»

«Mami!», rief Carly und stürmte ihrer Mutter durch den Flur entgegen. «Das errätst du nie, es ist was Superseltsames passiert. Leila hat mein Fahrrad! Du weißt schon, das neulich bei dem Einbruch geklaut worden ist?»

Debbie sah Clare an. «Wo hast du es her?», zischte sie.

«Von Jay», stieß sie zwischen zusammengebissenen Zähnen hervor. «Hallo, Stephanie», begrüßte sie Mrs. Prince höflich, als diese, in eine Wolke von Parfüm gehüllt, in die Küche gerauscht kam. «Hier ist offensichtlich ganz schön was schiefgelaufen, ich erkläre Ihnen alles der Reihe nach …»

7

Am Samstag rang Polly sich schließlich dazu durch, ihre Wohnung zu verlassen, um eine Zeitung und Schokolade zu besorgen (die sie, wie konnte das bloß passieren, bei der Bestellung bei dem Lieferservice ganz vergessen hatte). Die Welt, in die sie hinaustrat, kam ihr fröstelig kühl und unwirtlich vor, viel zu grelle, schreiende Farben und das dröhnende Lärmen von Omnibussen bestürmten sie von allen Seiten. Die Southbank wimmelte nur so von Passanten – Touristen, Familien, händchenhaltende Pärchen –, und nach der Stille und Zurückgezogenheit der letzten Tage fühlte sie sich von den Menschenmassen schier erdrückt, ein Umstand, der ihr nachdrücklich zu Bewusstsein brachte, wie isoliert und abgeschnitten von der Welt sie mittlerweile war. Waterman's hatte nichts mehr von sich hören lassen, bis auf einen floskelhaften Abschiedsbrief und eine Pro-forma-Bestätigung der mickrigen Abfindung, mit der sie abgespeist werden würde. Auch von den beiden Sophies und Richenda, ihren sogenannten Freundinnen, hatte sie seit dem Horrorabend im Red House nichts mehr gehört. Keinen Mucks. Bei denen war sie abgemeldet, so viel war klar.

Mit gesenktem Kopf hastete sie zu dem Kiosk an der Ecke, um die Sache schnellstmöglich hinter sich zu bringen und sich wieder zu Hause verkriechen zu können.

Dieser Abstecher nach draußen war Stress pur. Die Luft fühlte sich … viel zu frisch an, die durch kein getöntes Glas gedämpfte Sonne gleißte schmerzhaft grell. Wie hatte sie es je als normal empfinden können, sich allmorgendlich auf den Weg zur Arbeit zu machen, mit all diesen Menschen U-Bahn zu fahren, sich durchs Gewühl zu schieben und zu drängen, mit Hinz und Kunz zu *reden*? Nach der Rückkehr in ihre Wohnung fühlte sie sich wie erlöst. Hier war sie sicher.

Am Montag, gelobte sie sich, würde sie das Projekt Jobsuche gezielt fortsetzen. Sie würde früh aufstehen, sich richtig aufbrezeln und, bewaffnet mit ihrem mehr als aussagekräftigen Lebenslauf, den besten Headhunting-Agenturen ihre Aufwartung machen. Auch bei all den Firmen, bei denen sie sich bereits per E-Mail beworben hatte, würde sie noch einmal nachfassen, um auszuloten, ob sich nicht doch ein persönliches Gespräch erzwingen ließ. Sie würde nicht eher ruhen, bis sie eine neue Stelle hatte, ein neues Büro, in dem sie sich einrichten konnte.

Am Montag jedoch, als der Wecker losschrillte, drehte sie sich nur schlaftrunken auf die Seite, stellte ihn ab und schlief bis zehn Uhr weiter. Verdammt. Wie hatte ihr das passieren können? Mit schlechtem Gewissen stand sie auf und schlich ins Bad, um zu duschen. Also wirklich, Polly. Was war denn das für ein Schlendrian. Bei Waterman's saßen jetzt alle schon seit Stunden am Schreibtisch.

Also gut. Frisch ans Werk. Keine Ausreden mehr. Kaffee kochen, PC anschalten und das Telefon griffbereit neben sich legen. Auch Fernsehen war tabu, bis sie sämtliche Kontakte in der Stadt abgeklappert hatte, obwohl *This Morning* jetzt bald anfangen würde.

Sie hatte sich lange genug selbst bedauert. «Mit Polly Johnson ist wieder zu rechnen», murmelte sie, während sie die Nummer der ersten Agentur ins Telefon tippte.

Zwei Stunden später lag sie ermattet auf dem Sofa, während die Titelmelodie von *Bargain Hunt* aus dem Fernseher dröhnte. Diese Jobsuche machte sie fix und fertig. Es gab einfach nichts da draußen. Nichts! Sie hatte ihre Bewerbung jetzt an mindestens fünfzig Leute geschickt, ohne auch nur eine halbwegs ermutigende Antwort zu bekommen. Was erwartete man denn von ihr, sollte sie splitternackt durch Bishopsgate rennen, sich Gott Mammon zu Füßen werfen? Was musste denn passieren, damit jemand ihr eine Chance gab?

Bei Telefonaten klang sie langsam verzweifelt, der gequälte Unterton in ihrer Stimme war nicht zu überhören. Und immer wurde sie mit derselben Floskel abgewimmelt, «Im Moment besteht kein Bedarf, aber wir werden Ihre Unterlagen aufbewahren». Es kam ihr vor, als würde sie in einer Art Fegefeuer schmoren, und so langsam zermürbte sie das. Ein Vorstellungsgespräch, eine positive Resonanz, das war doch nicht zu viel verlangt?

Sie hörte den Schlüssel in der Wohnungstür und hätte am liebsten losgeschrien, als Magda hereinkam und einen vorsichtigen Blick ins Zimmer warf. «Sie noch immer krank sind, Miss Johnson?», fragte sie. «Ist schlimm, ja?»

Polly wollte erst ja sagen, um ihre Ruhe zu haben, hatte aber dann plötzlich keine Kraft mehr zum Lügen. «Ich habe meinen Job verloren», sagte sie dumpf. Wie schrecklich diese Worte klangen, jetzt, wo sie sie zum ersten Mal überhaupt laut aussprach.

Magda biss sich auf die Lippe. «Ist schlimm», bestätigte sie. «Tut mir leid. Mein Mann – dasselbe.»

Polly lag eine bissige Erwiderung auf der Zunge. Nein, Magda, das war nun eher nicht dasselbe. Oder hatte Magdas Mann etwa ebenfalls ein sechsstelliges Gehalt bezogen und war mit einer astronomischen Hypothek belastet? Wohl kaum. Nein, das war überhaupt nicht zu vergleichen. Doch Magda sah so kreuzunglücklich aus, dass sie sich noch rechtzeitig besann. «Tut mir leid, das zu hören», murmelte sie.

«Ja», sagte Magda. «Er Bauarbeiter ist. Derzeit aber kein Bedarf an Bauarbeitern. Ist schwer.»

«M-hm. Gibt kaum noch Jobs da draußen.»

Magda nickte nur wissend, während sie ihre Jeansjacke auszog. «Bald was Gutes kommt», sagte sie. «Das ich weiß. Was Gutes. Oh, Miss Johnson, Sie weinen? Nicht weinen, Miss Johnson. Bald was Gutes kommt.»

Dass sie sich nun schon an der Schulter der Putzfrau ausweinte, markierte einen neuen, bis dato unvorstellbaren Tiefpunkt. Magda hatte Polly tatsächlich in die Arme genommen und sanft gewiegt, während sie den Tränen freien Lauf ließ. Peinlich, einfach nur bodenlos peinlich.

Jetzt, als sie wieder allein war, hätte Polly vor Scham im Boden versinken mögen. Das war unannehmbar, ermahnte sie sich, das ging einfach nicht. Derart würdeloses Benehmen kam für sie, Polly Johnson, schlicht nicht in Betracht. Bei der Erinnerung an Magdas mitleidigen Blick wurde ihr ganz heiß und kalt, sie verachtete sich für ihre Schwäche. Wie hatte sie sich nur so gehen lassen können? Noch dazu vor einer Putzfrau, ausgerechnet?

Kurz entschlossen rief sie bei der Reinigungsfirma an, um sich zu beschweren. Magda, sagte sie mit bebender Stimme, habe sich ihr gegenüber respektlos verhalten, ganz und gar unprofessionell, das könne sie sich einfach nicht länger bieten lassen.

«Tut mir sehr leid, das zu hören», antwortete die Dame am anderen Ende der Leitung. «Nächste Woche schicken wir Ihnen jemand anderes.»

Polly zögerte. Konnte sie den Gedanken an eine weitere fremde Person ertragen, die in ihre Wohnung kam und Zeugin ihrer Misere wurde? Nein, unmöglich. Lieber würde sie im eigenen Chaos versinken, als noch einmal die mitleidigen Blicke einer Niedriglohnempfängerin über sich ergehen zu lassen. «Nein, ist nicht nötig, löschen Sie mich aus Ihrer Kundendatei», sagte sie kühl und nahm sich vor, jemand Neues zu engagieren, sobald sie wieder Arbeit fand.

Falls sie wieder Arbeit fand, irgendwann.

So zogen sechs zermürbende Wochen ins Land. Von Tag zu Tag, an dem sich wieder kein Jobangebot ergeben hatte, verstärkte sich bei Polly das Gefühl, immer tiefer in einem bodenlosen Loch zu versinken. Es fiel ihr zunehmend schwer, den Schein zu wahren und sich weiter um Arbeit zu bemühen. Niemand erhörte ihre Bitte um Rückruf. Niemand wollte sie. Dass sie Henry Curtis einmal nach einem besonders weinseligen Nachmittag angerufen und als Arschloch beschimpft hatte, schien sich in der Branche rasend schnell herumgesprochen zu haben. Langsam wurde sie zur Witzfigur. Es war unerträglich.

Kreditkartenrechnungen landeten in ihrem Briefkasten

wie Handgranaten. Aua. Es waren astronomische Beträge, die da von ihr gefordert wurden. Ein flegelhaftes Schreiben der Hypothekenabteilung ihrer Bank mahnte die noch ausstehende Hypothekenrate des abgelaufenen Monats an, innerhalb der nächsten sieben Tage, anderenfalls … Dann wurde ihr Auto abgeschleppt, weil sie in der Innenstadt im Halteverbot geparkt hatte, und als sie es gegen Bezahlung auslösen wollte, wurden ihre ersten beiden Kreditkarten nicht mehr akzeptiert. Nur gut, dass sie noch drei andere hatte, die weiter funktionierten.

Der Strom der Rechnungen riss nicht ab. Um sich der Realität ihrer wachsenden Schulden nicht stellen zu müssen, ging sie dazu über, die Umschläge ungeöffnet in eine Schublade wandern zu lassen. Aus den Augen, aus dem Sinn. Auch die Börsenmeldungen verfolgte sie nicht länger. Zwei der Unternehmen, in die sie einen Haufen Geld investiert hatte, waren pleite gegangen, und auch um die anderen stand es nicht zum Besten. Hätten diese Geier bei Waterman's sie nicht um ihren Bonus betrogen, wäre sie niemals in diese missliche Lage geraten. Aber dieser Gedanke half ihr leider auch nicht weiter.

In der Zwischenzeit brachte sie sich, um betont forsches, selbstsicheres Auftreten bemüht, weiter regelmäßig bei diversen Personalvermittlungen in Erinnerung. Zugleich aber lebte sie in der Furcht, dass der Wolf ihrer Tür nun nicht mehr fern war. Die Bank versuchte mehrfach, sie telefonisch zu erreichen, und sie sah sich gezwungen, so zu tun, als wäre sie nicht zu Hause. Auch die Hypothekenleute riefen an und forderten sie ein weiteres Mal schriftlich auf, ihnen dringend mitzuteilen, wann die nächste Zahlung erfolgen würde. Weil Magda nicht mehr kam, verstaubte die Wohnung zusehends, Flusen und Wollmäuse häuften sich, Oberflächen verklebten. Und nachts im Traum meinte Polly den heißen Atem des lauernden Wolfs schon im Gesicht zu spüren, der bereits Blut witterte.

Ihre einzige Hoffnung auf Rettung bestand darin, einen Job zu ergattern, und sei es nur zeitlich befristet. Sie musste sich mehr bemühen. Ihre Ansprüche herunterschrauben. Also suchte sie, der Verzweiflung nahe, das staatliche Jobcenter auf, wo man ihr jedoch achselzuckend erklärte, dass sie für die verfügbaren freien Stellen hoffnungslos überqualifiziert war. «Hören Sie, das ist mir egal, ich mache alles – na ja, alles ab einem Jahresverdienst von vierzigtausend aufwärts zumindest», sagte sie zu dem Mann hinter dem Tresen.

Er bedachte sie mit einem Blick, als würde er an ihrem Geisteszustand zweifeln, und drückte ihr wortlos einige Merkblätter zur Beantragung staatlicher Leistungen in die Hand. Sie brachte es nicht über sich, auch nur einen Blick darauf zu werfen. War die Lage wirklich schon so hoffnungslos?

Nein, entschied sie. Um Almosen würde sie nicht betteln. Da war Polly Johnson doch aus ganz anderem Holz geschnitzt. Sie verdoppelte ihre Bemühungen. Noch war sie nicht am Ende.

Anfang Juni hatte sie eine Unterredung mit ihrem Steuerberater, der ihr unverblümt eröffnete, dass eine Zwangspfändung ihrer Wohnung so gut wie unvermeidlich war, wenn sie nicht bald irgendeine Geldquelle erschloss. Bei der Vorstellung bulliger Gerichtsvollzieher mit kalten, mitleidlosen Augen überlief sie ein eisiger Angstschauer.

«Sie werden die Wohnung zu Geld machen müssen», sagte er stirnrunzelnd. «Werfen Sie sie auf den Markt und sehen Sie zu, dass Sie rasch einen Käufer finden. In Anbetracht der Marktabflachung ist zwar leider zu bezweifeln, dass der Immobilienwert seit Erwerb der Wohnung nennenswert gestiegen ist, aber mit dem Verkaufserlös und Ihrer Abfindung sollte eben genug Geld zusammenkommen, um Ihre Schulden zu tilgen und sich die Bank vom Hals zu halten.»

Es traf sie wie ein Schlag ins Gesicht. «Habe ich Sie richtig verstanden? Selbst wenn ich die Wohnung verkaufe … stehe ich praktisch mit leeren Händen da, bis ich wieder Arbeit finde. Korrekt?»

«Genau so sieht es aus», sagte er. «Ihr Aktienportfolio ist derzeit ziemlich schwach auf der Brust – an Ihrer Stelle würde ich die Aktien aber nicht abstoßen, sondern die Lage auf den Märkten erst mal abwettern. Mit der Wohnung aber müssen Sie rasch handeln – am besten sofort. Oh, und bei den Hypothekenleuten sollten Sie auch zeitnah vorstellig werden, ihnen versichern, dass Sie in der Sache am Ball sind und noch einmal kniefällig um Aufschub bitten. Einen Monat wird man Ihnen schon noch einräumen, ehe das letzte Mittel der Zwangsvollstreckung zum Einsatz kommt.»

Benommen und wie in Trance hatte Polly sein Büro verlassen. Noch immer begriff sie nicht ganz, wie ihr Leben so rasch eine so katastrophale Wendung hatte nehmen können. Musste sie tatsächlich schon ihre Wohnung verkaufen? Wo sollte sie dann hin? Sie hatte doch kein Geld, um sich irgendwas zu mieten, sie würde auf Kredit leben müssen … doch wie lange könnte sie das durchhalten?

So schlug also die Stunde der Immobilienmakler, einer deprimierenden Abfolge pickliger Typen in schlechtsitzenden braunen Anzügen, die in ihrer Wohnung ein übles Aroma von Schweiß und billigem Rasierwasser hinterließen. Gleich den ersten hatte sie in einem letzten Aufflackern von Hoffnung gefragt, wie viel sie an Miete verlangen könnte, wenn sie die Wohnung eben nicht verkaufte, sondern weitervermietete, aber die von ihm genannte Summe hätte nicht einmal annähernd zur Tilgung der mehr als happigen Hypothekenraten gereicht, die monatlich fällig wurden. Damit war auch ihr letzter Anflug von Optimismus restlos zerstoben. «Tja, dann werde ich wohl verkaufen müssen», sagte sie mit bebender Stimme.

Schaurig, wie sich ein Leben im Handumdrehen in einen Scherbenhaufen verwandeln konnte. All die Jahre zäher, verbissener Arbeit, um Karriere zu machen und ein Leben in Glanz und Gloria in der Hauptstadt zu führen … wie rasend schnell war ihr all das nun zwischen den Fingern zerronnen. Am Ende entschied sie sich für den Immobilienmakler, der ihr den höchsten Gebotspreis nannte und ihr versicherte, dass die Interessenten für Wohnungen wie diese bei ihm förmlich Schlange standen. Vince war sein Name, und genauso sah er auch aus, mit seinem schütteren Oberlippenbärtchen und den etwas zu dicht zusammenstehenden Augen. «Ich denke da besonders an einen Barzahlungskäufer, der ganz wild darauf ist, in der Gegend eine Wohnung zu finden», prahlte er, als sie ihm telefonisch den Auftrag erteilte. «Bei sofortiger Bezugsfertigkeit könnte die Sache so gut wie geritzt sein.»

«Sofortige Bezugsfertigkeit … heißt das, ich soll ausziehen?»

«Wenn Sie irgendwo anders hinkönnen, jawohl. Erhöht die Attraktivität einer Immobilie ganz enorm, verkürzt erheblich das Verkaufsverfahren.»

Wenn Sie irgendwo anders hinkönnen … O Gott. Aber sie konnte nirgendwo anders hin! Das ging alles viel zu schnell. «Ich gebe Ihnen Bescheid», sagte sie vorsichtig.

«Null Problem. Ich schlage morgen noch mal bei Ihnen auf, mit dem Vertrag, und mache ein paar Fotos. Keine Sorge, Miss Johnson, die Wohnung ist so gut wie verkauft.»

«In Ordnung. Danke.»

Damit war der Traum also ausgeträumt, endgültig. So gut wie mittellos und demnächst auch noch ohne Wohnsitz, senkte sich eine Art dumpfe Starre über sie. Ihre Glückssträhne war zu Ende, ihr Geld war futsch. Und jetzt?

Tja, eine letzte, demütigende Möglichkeit blieb ihr noch. Die nukleare Option, sozusagen. Nach tiefem Durchatmen tippte sie eine weitere Nummer ins Telefon ein. «Mama?», sagte sie. «Ich bin's, Polly. Ich hätte da ein kleines Anliegen …»

So war ihr Leben nicht geplant, dachte Polly bitter, als sie zwei Tage später den letzten Karton voll Kleidung aus der Wohnung und nach unten zum Lieferwagen schleppte. Das war noch nicht mal Plan B. Das war Plan Z, der allerletzte Notnagel. Ihre Möbel und sonstigen Besitztümer, auf die sie vorläufig verzichten konnte, hatte sie fürs Erste von einem Umzugsunternehmen einlagern lassen. Die Frage, wann sie die Sachen jemals wiedersehen würde, verdrängte sie mit aller Macht.

«War's das dann, Liebes?», fragte ihr Vater, als er ihr den Karton abnahm und hinten in dem Lieferwagen verstaute, den er eigens angemietet hatte.

«Ja», sagte sie leise. «Das war's dann.»

Er schlug schwungvoll die Hecktüren zu und nahm sie dann in den Arm. Es war ein suppiger, schwüler Tag, und er roch durchdringend nach Schweiß und nach der Zigarette, die er nach seiner Ankunft hastig geraucht hatte. Mit Herrendüften hatte Graham Johnson nichts am Hut, und ebenso fremd waren ihm die Feuchtigkeitscremes, Rasierlotionen und sonstigen Pflegeprodukte für den Mann, die ihn im Drogeriemarkt regelmäßig in Verwirrung stürzten. Seife, Deo und ein Klatsch Pomade fürs Haar, das war alles, was ein Mann brauchte.

Nun klopfte er Polly aufmunternd auf den Rücken und war bemüht, sich nicht anmerken zu lassen, wie sehr ihn ihr Zustand bestürzte. Er war immer so stolz auf seine Älteste gewesen, die in London so zielstrebig Karriere machte, hatte vor seinen Freunden damit angegeben, wie viel Geld sie verdiente, in welchem Luxus sie schwelgte. Sicher, ihre Eltern ließ sie an ihrem Leben kaum teilhaben – Karen rief sie sonntags immer an, um zu hören, wie es ihr ging, aber diese Gespräche verliefen anscheinend quälend zäh und mühsam. Karen und Clare, das wusste er, trugen es ihr bis heute nach, wie radikal sie sich seit dem Antritt ihrer ersten Stelle in der City von ihnen abgewandt hatte, aber er konnte das verstehen, sie war nun einmal sehr ehrgeizig. Wofür er sie im Stillen auch nicht wenig bewunderte.

Jetzt aber … sie war blass, entsetzlich abgemagert und seltsam lethargisch, als hätte sie jeden Antrieb verloren.

Ihr Haar war fettig, ungepflegt, die Haut rings um ihren Mund voller Pickel, ihre Augen stumpf und glanzlos. Wie ein geprügelter Hund wirkte sie auf ihn. Besiegt, am Boden, erledigt. Er wollte sie schützend in seinen Armen bergen, sich ihrer annehmen. Nun. Er würde sie heimbringen nach Elderchurch, dort konnte sie erst mal im Gästezimmer unterschlüpfen.

«Ich sehe nur noch mal rasch nach, ob ich auch nichts vergessen habe.» Sie ließ ihn stehen und lief eilig ins Haus zurück, um seinen mitleidigen, teilnahmsvollen Blick nicht länger ertragen zu müssen. Vor ihrem Vater als Versagerin dazustehen, das schmerzte.

Oben in der kahlen, hallenden Wohnung kamen ihr die Jahre hier bereits unwirklich vor wie ein Traum. Weil sie all das nie richtig gewürdigt hatte, die traumhafte Aussicht auf die Themse, das riesige Wohnzimmer. Beim Einzug hatte sie rauschende Partys und elegante Abendessen in geselliger Runde vor sich gesehen, die hier stattfinden würden, nicht zu vergessen den vorzeigbaren Geliebten, der sie auf ihr monumentales Bett warf, um dort mit ihr gehörig die Post abgehen zu lassen. Nichts davon hatte sich je verwirklicht. Irgendwie hatte sie immer zu viel zu tun gehabt, und nun war es zu spät. Das Apartment war bereits auf der Webseite des Immobilienmaklers zum Kauf ausgeschrieben, und für Samstag hatte Vince eine offene Besichtigung anberaumt, bei der Scharen von Interessenten staunend die hellen, luftigen Räume durchstreifen würden.

Sie lehnte sich an die kühle cremefarbene Wand und sah sich benommen ein letztes Mal um. War es das also? Würde sie je nach London zurückkehren, oder würde sie für den Rest ihres Lebens im Gästezimmer in dem Bungalow ihrer Eltern versauern?

Eine Träne rollte ihr über die Wange. «Ich hab's vermasselt», flüsterte sie in die Stille. «Voll und ganz vermasselt.» Ehe sie noch hemmungslos ins Schluchzen geriet und sich dann nicht mehr beruhigen konnte, atmete sie einmal tief durch und verließ die Wohnung, zum allerletzten Mal.

«Leb wohl», murmelte sie und zog behutsam die Tür ins Schloss. Nachdem sie noch einige Sekunden die Hand flach an das weiß lackierte Holz gedrückt hatte, wandte sie sich um und ging rasch davon. In der bedrückenden Gewissheit, dass es ein Abschied für immer war.

8

Clare war bei der Arbeit gewesen, als die Bombe vor ein paar Tagen platzte. Sie brachte gerade die Patientendatei auf den neusten Stand, eine ermüdend stumpfsinnige Arbeit, die sie und Roxie immer auf die ganz lange Bank schoben, als ihr Handy klingelte. «Das errätst du nie», hatte ihre Mutter durch die Leitung gekeucht. «Polly kommt den Sommer über nach Hause.»

«Wie bitte?», hatte Clare entgeistert ausgerufen.

«Ja! Es stimmt», hatte ihre Mutter bekräftigt, ganz außer Atem, als würde sie gerade gen London traben, um Polly persönlich abzuholen. «Anscheinend hat sie sich eine Weile beurlauben lassen, um irgendwelche Recherchen anzustellen – weiß der Himmel worüber, ich habe nur Bahnhof verstanden, als sie mir das zu erklären versuchte. Jedenfalls braucht sie dazu Ruhe und Frieden, hat sie gesagt. Deshalb kommt sie nun her, um einige Monate bei uns zu wohnen.»

«Mein Gott.» Clare war fassungslos. «Einige Monate? Wirklich?» Sie war so überrumpelt, dass in ihrem Kopf völlige Leere herrschte. «Wow.»

Sie wusste nicht recht, was sie davon halten sollte. Zum einen passte es kein bisschen zu ihrer nassforschen, im Geld schwimmenden Schwester, das pulsierende London gegen ihr ruhiges, verschlafenes Nest einzutauschen. Hinzu kam die Beurlaubung, gänzlich untypisch für Polly, die mit ihrem Job praktisch verheiratet war und ihren BlackBerry so gut wie nie aus der Hand legte. Wie würde sie es ohne ihre geregelte Arbeit aushalten? Das wäre, als würde eine Treibhausorchidee auf eine Wiese verpflanzt, den Elementen plötzlich schutzlos preisgegeben.

«Wieso will sie denn zu euch?», fragte sie. «Nichts für ungut, aber zu Polly würde es doch viel eher passen, sich irgendwo in ein Nobelhotel einzumieten, statt …»

Sie merkte, wie sehr sie sich gerade vergaloppierte, und verstummte verlegen, um ihre Mutter nicht vor den Kopf zu stoßen.

Karen Johnson lachte nur. «Statt mit unserer Bruchbude vorliebzunehmen, meinst du? Ja, das kam mir auch seltsam vor. Vielleicht hat sie ja Sehnsucht nach meiner Hausmannskost. An Weihnachten war sie doch so dürr, dass man die Kartoffeln förmlich ihre Kehle runterrutschen sah. Ach Gott, und die knochigen Handgelenke. Ich werde sie schon aufpäppeln, sollst mal sehen. Na ja», fuhr sie fort, «das wollte ich dir nur rasch sagen. Jetzt will ich mal das Gästezimmer gründlich putzen. Du weißt ja, wie heikel sie ist. Gehobene Ansprüche und was nicht alles.»

«M-hm», erwiderte Clare, die die Neuigkeit noch immer nicht ganz verdaut hatte. «Bist du sicher, Mama, dass ihr genug Platz für sie habt?» Der Bungalow ihrer Eltern war nämlich eher bescheiden dimensioniert, bot kaum genug Platz für sie beide und ihren Yorkshireterrier Sissy, von dem vielen Nippes ihrer Mutter ganz zu schweigen, der alle verfügbaren Regalflächen und sogar Tischchen zierte. Clare wusste, dass ihre Mutter ihre Nähmaschine im Gästezimmer stehen hatte; seit sie von der Bücherei in

Amberley, bei der sie früher gearbeitet hatte, aus Kostengründen in den Vorruhestand geschickt worden war, saß sie dort gerne an sonnigen Nachmittagen und arbeitete an einer neuen Patchwork-Decke oder an Vorhängen, während dazu das Radio lief.

«Nun … traulich wird es schon, mal so gesagt.» Karen musterte skeptisch das Sofa, auf dem sie gerade saß, und versuchte sich vorzustellen, wie dort allabendlich noch ein drittes Gesäß Platz finden sollte – oder ein viertes, wenn man Sissy mitzählte. Es würde Sissy tief kränken, wenn sie auf einmal auf den Teppich verbannt würde, sie hatte so eine spezielle Art, einen mit großen, traurigen Augen anzusehen, bei der Karen jedes Mal schwach wurde.

Die kleine Hündin legte den Kopf schräg, als könnte sie Karens Gedanken lesen, und jaulte leise. *Bitte verbannt mich nicht auf den Teppich.*

«Wenn es uns zu eng wird, muss dein Vater eben weichen und sich draußen in seinem Schuppen beschäftigen», scherzte Karen schließlich.

Clare spitzte unwillkürlich die Lippen. Dass ihr Vater, der jetzt sechsundsechzig war, der Leidtragende sein sollte, weil Gräfin Koks bei ihnen Quartier begehrte, fand sie nicht richtig. «Nun … wenn ihr irgendwie Hilfe braucht …», sagte sie schließlich. «Ich muss jetzt hier weitermachen, Mama. Bis dann.»

Sie legte auf. «Gott», murmelte sie noch einmal. Seit zwanzig Jahren hatte Polly nie länger als zwei Tage in Elderchurch Station gemacht. Es würde sehr merkwürdig sein, sie wieder zurückzuhaben. Drei volle Monate, ja? Reichlich Zeit für Polly, um ihr gewaltig auf den Wecker zu fallen.

«Fehlt dir was?», fragte Roxie und sah zu ihr herüber. «Du verziehst ja so komisch das Gesicht. Leidest du unter Blähungen?» Sie deutete fachmännisch mit ihrem Kuli auf Clare. «Versuch mal, den Hintern rauszustrecken und dabei die Knie zu beugen – um mal richtig einen fahren zu lassen, Clare, dann geht's dir nämlich gleich besser.»

Clare lachte. Trotz ihres Modediploms hielt Roxie sich zunehmend für eine Koryphäe in medizinischen Belangen, als würde das Fachwissen der Ärzte und Schwestern in der Praxis irgendwie auf sie abfärben. «Nein, Blähungen habe ich keine, bloß … Neuigkeiten», erwiderte sie und zog die Nase kraus. «Meine Schwester kommt für ein paar Monate nach Elderchurch zurück.»

«Deine Schwester? Ich wusste ja gar nicht, dass du eine Schwester hast», rief Roxie. Dann aber riss sie ihre türkis geschminkten Augen auf. «Ach, halt, ist das nicht die, von der du immer diese Wahnsinnsgeschenke bekommst? Die so stinkreich ist?»

Clare schnaubte. «Ja, genau die.»

«Hui. Die Rückkehr der verlorenen Tochter.» Roxie wippte aufgeregt auf ihrem Stuhl. «Was führt sie zurück, was will sie denn hier in diesem Kaff?»

Clare zog eine Augenbraue in die Höhe. «Du hast den Nagel auf den Kopf getroffen, Roxie. Genau das frage ich mich auch.» Sie wandte sich wieder ihrem Bildschirm zu, hatte aber Mühe, sich auf die Datenpflege zu konzentrieren. Polly kam zurück. Oje. Das hatte Clare gerade noch gefehlt.

«Schlimm, wie ich daherrede, oder? Wie eine bitterböse Rabenschwester. Es ist nur so, Debs, ich will wirklich nicht, dass sie wieder herkommt. Bin ich deswegen ein schlechter Mensch?»

Debbie warf Clare über ihren Becher hinweg einen langen Blick zu. Es war später am selben Tag, und Clare war auf einen Sprung bei ihr vorbeigekommen, ehe die Kinder von der Schule abgeholt werden mussten. Die beiden saßen in Debbies heimeliger Küche bei Kaffee und hausgemachtem Spritzgebäck zusammen, während zwei Hunde friedlich vor dem antiken Herd schlummerten. Debbie, typisch, hatte die Küche in warmem Lachsrosa gestrichen, und überall hingen selbstgemalte Bilder der Kinder an den Wänden. In den Fenstern standen dicht an dicht Grünpflanzen und farbenfrohe Vasen, und auf der alten Anrichte aus Holz war ein buntes Sammelsurium von Bechern, Teekannen und Tellern zu bewundern.

«Nein», sagte Clare schließlich. «Deswegen bist du kein schlechter Mensch. Eher ehrlich.» Sie trank einen Schluck Kaffee. «Wobei, sieh es doch mal positiv. Wenn sie eine Weile hier lebt, könnt ihr euch nach der langen Zeit wieder kennenlernen. Euer Verhältnis auf neue Füße stellen.»

Clare schnaubte. «Na, wohl kaum», sagte sie düster. «Das wird ein langer, stressiger Sommer.» Sie seufzte. «Ach, keine Ahnung … vielleicht sehe ich zu schwarz. Vielleicht hast du recht. Wie soll man zu seiner Schwester eine vernünftige Beziehung aufbauen, wenn man sich immer nur an Weihnachten sieht?» Sie verzog das Gesicht. «Jetzt bereue ich's schon irgendwie, ihre alljährlichen Protzgeschenke alle bei eBay vertickt zu haben. Meinst du, sie erwartet, dass Leila in dem affigen Fummel von neulich herumläuft? Ich will's mal nicht hoffen, den bin ich nämlich letzte Woche an eine Frau in Northampton losgeworden. Neunzig Pfund hat sie mir dafür bezahlt, die Wahnsinnige.»

Sie knabberte an ihrem Spritzkringel. Mit Orange und Schokostückchen, köstlich. Debbie konnte schon toll backen. «Jedenfalls, seltsamer Gedanke, dass meine Schwester ab Mittwoch wieder hier ist. Nicht auszudenken.»

«Na, wenn dir der Gedanke schon komisch vorkommt, stell dir mal vor, wie sie sich fühlen muss», wandte Debbie ein. «Wenn sich erst rumgesprochen hat, dass sie wieder da ist, werden sich doch alle vor Neugier auf sie stürzen. Die große Polly Johnson, zurück in Elderchurch. Wir sind unwürdig, wir sind unwürdig!»

Sie beugte sich mit ausgestreckten Armen vor, als würde sie einer Gottheit huldigen, und Clare kicherte. «Genau das befürchte ich im Stillen», gestand sie. «Dass es bald bei allen nur noch heißt, die Überfliegerin ist wieder da, und was hat sie in London für eine glänzende Karriere gemacht. Während Clare es gerade mal zur popeligen Sprechstundenhilfe in der Gemeinschaftspraxis in Amberley gebracht hat.» Sie erschrak selbst über ihren bitteren Unterton.

«Es geht nicht um einen Wettbewerb», ermahnte Debbie sie. «Wie ich es auch den Kindern ungefähr zwanzigmal am Tag einschärfe. Ehrlich, den Spruch muss ich mir demnächst mal auf ein T-Shirt drucken lassen.» Sie führte zum Spaß vor, wie sie warnend den Zeigefinger schwenkte. «Es geht nicht um einen Wettbewerb. Es ist kein Wettrennen. Wie heißt das Zauberwort? Hört auf, euch zu schlagen. Sitz still, lass das Gezappel. Habt ihr eure Hände gewaschen? Die Erbsen werden aufgegessen … Ach, manchmal erschrecke ich selbst über mein ewiges

Genörgel. Wie konnte das bloß passieren?» Sie verzog trübsinnig das Gesicht. «Vielleicht hatte deine Schwester ja die richtige Idee, als sie von hier abgehauen ist und aus ihrem Leben etwas Aufregendes gemacht hat. Immer noch besser, als so wie ich als langweilige alte Hausfrau zu enden.»

«Du und langweilig? Wie kommst du denn darauf?» Clare sah sie verblüfft an. Von Roxie mal abgesehen vielleicht, war Debbie die am wenigsten langweilige Person, die sie kannte. In der Schule war sie eine Punkerin mit pink gefärbten Haaren gewesen, die Pläne für ein Kunststudium schmiedete, bis dann unerwartet die kleine Lydia dazwischenfunkte. Auch heute noch, als sogenannte ehrbare Ehefrau und Mutter von vier Kindern, feierte Debbie für ihr Leben gern und war die unbestrittene Anführerin, wenn sie abends mit Freundinnen ausgingen. «Du bist toll und liebenswürdig. Und für mich bist du immer fast wie eine Schwester gewesen, anders als Polly, das steht mal fest.»

«Aber …»

«Kein Aber», widersprach Clare fest. «Denk ja nicht, du müsstest ihr irgendwie nacheifern. Großer Fehler. Wenn du sie erst wiedersiehst, wirst du merken, dass Polly nun wirklich niemand ist, dem man nacheifern sollte.»

Mittwochs arbeitete Clare immer in Frühschicht und betrat morgens um acht als Erste die Arztpraxis, nachdem sie Leila und Alex im «Frühstücksclub» der Schule abgeliefert hatte.

Sie fand es sehr angenehm, morgens in Ruhe alles vorbereiten zu können, ehe die ersten Patienten kamen. Sie ordnete die Zeitschriften, hörte den Anrufbeantworter auf eventuelle Notfälle hin ab und kümmerte sich dann um die Post, die sie in die Eingangskästen der Ärzte sortierte.

Nach und nach trudelten erst die Ärzte ein, gefolgt von Roxie, und dann begann sich das Wartezimmer zu füllen. Als Erster tauchte Frank Lullington auf, der auf der Warteliste für eine Leberverpflanzung stand, dann eine übernächtigt wirkende Mutter mit ihrer lockenköpfigen kleinen Tochter, die sich unter Schluchzen die Hand an das eine Ohr drückte, als hätte sie dort schlimme Schmerzen. Danach kam Ellen Cartwright herein, eine gebrechliche alte Dame, mit der es sichtlich bergab ging, seit ihr Mann letzten Winter einer Lungenentzündung erlegen war. Das Telefon stand kaum je still, und Clare merkte, wie sie bei dem Unterfangen, alle Termine zu koordinieren, langsam Kopfweh bekam.

Gegen ein Uhr, als sich die Lage allmählich entspannte, weil die Ärzte nun eine Mittagspause einlegten, traf auf ihrem Handy eine knappe SMS von ihrer Mutter ein: *Sie ist da*.

Wer «sie» war, stand außer Frage.

Und?, simste Clare zurück und ließ hastig das Handy auf ihrem Schoß verschwinden, als eine Hochschwangere auf den Tresen zugewatschelt kam. «Guten Tag, was kann ich für Sie tun?», fragte Clare.

«Ich habe einen Termin bei Dr. Copper, um zehn nach eins», keuchte die Frau, kurzatmig und mit vor Anstrengung geröteten Wangen. Die Ärmste. Clare war es bei ihren Schwangerschaften ähnlich ergangen – auch sie war beide Male in kürzester Zeit enorm aufgegangen, und gegen Ende waren sowohl ihre Lunge wie auch ihre Blase durch das Ungeborene starkem Druck ausgesetzt. Überaus unangenehm.

«Elizabeth Harris? Nehmen Sie kurz Platz», sagte Clare.

Wieder piepste ihr Handy. *Sieht furchtbar aus. Nur Haut + Knochen. Gesicht wie 7 Tage Regenwetter. Magst du nicht spaeter mit den Kindern vorbeikommen?*

Clare stieß die Luft aus. *Wow, Mama, das klingt ja verlockend*, wollte sie spontan zurückschreiben. *Wie könnte ich dazu nein sagen?*

Sie hatte den Finger schon an der Antworttaste, hielt aber gerade noch inne. Auf eine Tasse Tee vorbeizuschauen, würde eine größere Herausforderung sein, als ihre Schwester an Weihnachten zu ertragen. An Weihnachten konnte man sich die Stimmung zumindest mit Gin Tonic versüßen. An Weihnachten sorgten zumindest Geschenke, gefüllte Socken und rührselige Filme im Fernsehen dafür, dass erst gar keine Befangenheit aufkommen konnte. Aber da sie ihre Schwester ja ohnehin irgendwann sehen musste, konnte ihre erste Begegnung ebenso gut auf neutralem Gebiet stattfinden, zu Hause bei ihren Eltern.

«Wie wär's mit einem Tee?»

Roxies muntere Stimme ließ Clare unvermittelt aus ihren Gedanken aufschrecken. «Oh, nett, dass du –», fing sie an, aber Roxie ließ sie nicht ausreden.

«Fein, dann koch uns doch rasch einen, wenn du schon dabei bist, besten Dank. Auch einen Keks dazu? Danke, das wäre himmlisch. Wenn du darauf bestehst.»

«Roxanne Fetherington, du bist eine Landplage», sagte Clare lachend. «Na schön, dann will ich mal nicht so sein. Dir zuliebe, du freches Ding.»

Als sie aufstand, kam eben ein älterer Herr auf den Tresen zugeschlurft. Er kramte kurz in seinen Jackentaschen und brachte schließlich einen Probenbehälter zum Vorschein, den er Roxie auf dem Tresen direkt vor die Nase stellte. Der Inhalt war braun und absolut unverkennbar.

«Dann gehe ich mal Tee kochen», flötete Clare und musste bei Roxies angewidertem Naserümpfen spontan prusten vor Lachen, als sie sich in Richtung Küche entfernte.

Roxie hatte ihre Mimik im Nu wieder im Griff und sah den alten Mann lächelnd an. «Bringen Sie Ihren Freundinnen immer so schöne Geschenke mit?», scherzte sie. «Danke sehr. Ich werde es in Ehren halten.»

Der Greis zwinkerte ihr zu. «Habe ich eben erst frisch produziert, nur für Sie, Herzchen. Ist noch warm.» Damit wandte er sich um und schlurfte wieder hinaus.

«Na, ist ja entzückend», hörte Clare Roxie halblaut vor sich hin murmeln und kicherte, während sie Wasser in den Kessel laufen ließ.

«Wolltest du einen Schokoladenkeks zum Tee, Roxie?», fragte sie zuckersüß.

«Nächstes Mal koche ich den Tee, aber hundertpro», grummelte Roxie. Clare warf einen Blick aus der kleinen Teeküche und sah, wie sie den Behälter mit der Stuhlprobe mit spitzen Fingern in einen Umschlag steckte. «Ääh, dieser Job. Ehrlich, mitunter frage ich mich schon, warum ich mir das antue. Und nein, ich möchte keinen Schokoladenkeks. Darauf ist mir der Appetit soeben gründlich vergangen.»

Clare kehrte mit den Teebechern an ihren Arbeitsplatz

zurück und schrieb ihrer Mutter rasch eine SMS. *O.K. Kommen nach der Schule vorbei. X*

Schließlich war sie kein kleines Kind mehr. Das würde sie schon nicht umhauen.

9

Polly hatte ursprünglich bei der Wahrheit bleiben wollen, großes Ehrenwort. Doch als ihre Mutter sich am Telefon meldete und sich mit ihrer lieben, besorgten Stimme nach ihrem Befinden erkundigte, stand ihr blitzartig vor Augen, wie ihr Scheitern auf ihre Eltern wirken musste, und sie brachte es nicht mehr über sich, wahrheitsgemäß Farbe zu bekennen. Die Lügen, die sie stattdessen erzählte, dieser Unsinn mit der Beurlaubung, waren ihr leicht und locker über die Lippen gegangen, und im Handumdrehen, ehe sie noch «Quatsch» sagen konnte, war ihre Würde wiederhergestellt.

Sie würde Recherchen zu den Folgen anstellen, die sich für die Firma konkret aus einer neuen gesetzlichen Risikoregulierung ergaben, hatte sie erklärt, souverän und selbstsicher wie schon lange nicht mehr. In London hätte sie dazu nicht die nötige Ruhe, daher ihr Anliegen, eine Weile bei ihnen Station zu machen. Aus den gewonnenen Erkenntnissen würde sie am Ende ein Gutachten erstellen und beim Vorstand einreichen, durchaus möglich, dass dabei eine Beförderung heraussprang. Mit ein bisschen Glück wäre sie dann ab Oktober Abteilungsleiterin.

Ihre Mutter schien ihr die Geschichte ohne weiteres abzunehmen. «Oh, das wird schön, dich mal wieder bei uns zu haben», hatte sie sich gefreut. «Graham, Graham, wo steckst du denn? Das errätst du nie!»

Als ihr Vater dann mit dem gemieteten Lieferwagen zu ihr nach London kam, waren ihr die Lügen ebenso geschwind über die Lippen gegangen wie bei dem Telefonat mit ihrer Mutter. Sie hätte eine Agentur beauftragt, sich in ihrer Abwesenheit um ihre Wohnung zu kümmern, hatte sie ihm erzählt – was ja in gewisser Weise auch zutraf. Warum sie so blass sei? Oh, sie hätte viel gearbeitet, oft bis in die Nacht hinein, das Übliche. Sie freue sich schon darauf, es in Elderchurch mal ruhiger angehen zu lassen (das war die dickste Lüge).

Auch ihr Vater glaubte ihr aufs Wort, quittierte jede ihrer Antworten mit gutgläubigem Nicken. Nun, wie sollte er auch Verdacht schöpfen, was wusste er schon über ihr Leben hier? Großstadtbewohner waren in seinen Augen ohnehin ein fremdes, sonderbares Volk.

Und so hatte er ihre Sachen bereitwillig im Laderaum verstaut, und sie waren losgefahren, durch das Labyrinth der Londoner Straßen. Damit hatten die Lügen Wurzeln geschlagen, so gründlich, dass Polly langsam schon selbst daran glaubte. Eine gemütliche dreimonatige Beurlaubung, das klang doch gleich viel netter als «arbeitslos», oder? Im Stillen würde sie sich fleißig weiter bewerben, wenn alles gutging, bräuchten sie die Wahrheit also nie zu erfahren. Genau, mit ihren Flunkereien hatte sie sich lediglich eine Atempause verschafft, mehr nicht.

Viel zu bald schon fuhr ihr Vater von der M 3 auf die Landstraße ab, die tiefer ins ländliche Hampshire führte. In London hatte es noch genieselt, aber jetzt klarte der endlose Himmel auf, die Wolken wurden zusehends lockerer und heller, während die Sonne hinter ihnen hervorbrach. Polly blickte stumm durch die schlammbespritzte Windschutzscheibe. Diese Strecke legte sie sonst immer in ihrem schnellen kleinen Sportflitzer zurück, nicht in einem verdreckten alten Lieferwagen. Heftige Sehnsucht nach ihrem Wagen überkam sie, in dem sie so gerne, die Sonnenbrille auf der Nase, mit offenem Verdeck durch die Gegend brauste. Damals, als sie ihn kaufte, hatte sie sich ausgemalt, wie sie damit an Wochenenden aufs Land hinausfahren würde, um sich mit einem Geliebten zu treffen, in imposanten Herrenhäusern oder vornehmen Hotels, auf der Rennbahn. Tatsächlich aber war sie damit kaum je aus London herausgekommen, und selbst in der Stadt war sie meist per Taxi unterwegs.

«Jetzt sind wir bald da», sagte ihr Vater in die Stille hinein.

Sie sagte nichts. Dass sie bald da waren, sah sie auch, denn meilenweit im Umkreis waren nur noch Felder und Bäume und Hecken zu sehen, kein Geschäft, kein Wohnblock, kein Büroturm weit und breit. Eine seltsame Beklommenheit stieg in ihr auf. Nach dem Gewusel der Londoner Innenstadt und selbst noch der Außenbezirke wirkte die ländliche Gegend erschreckend fremdartig, und ihr wurde klar, dass sie Hampshire seit Jahren nicht mehr im Sommer gesehen hatte, weil sie ihre Familie immer nur an Weihnachten zu besuchen geruhte.

Sie sah den juckenden Ausschlag auf ihrer Haut förmlich vor sich. Ich bin allergisch gegen das Land, dachte sie säuerlich. Den Sommer in Elderchurch zu verbringen, würde ihr endgültig den Rest geben.

«Da wären wir schon», sagte ihr Vater und verlangsamte

das Tempo auf Ortsgeschwindigkeit, als sie auf die stille heckengesäumte Straße einbogen, die zum Dorf führte.

Polly spannte sich unwillkürlich an, als sie den besonders schmalen Abschnitt des Sträßchens zwischen den hohen Hecken passierten. Dort war das weiße Bauernhaus, etwas abseits am Rand des Dorfes, und dann kamen die ersten geduckten, strohgedeckten Häuschen aus dunkelrotem Backstein und mit winzigen Fenstern, manche davon uralt und bereits im fünfzehnten Jahrhundert erbaut. Jacky Garland von der Schule damals hatte in einem davon gewohnt, fiel ihr jetzt ein, sie war einmal nachmittags zum Tee dort gewesen, wie sie sich plötzlich ganz lebhaft erinnerte. Bei diesem Anlass hatte sie zum ersten Mal Ingwerbier getrunken, und Jackys Mutter hatte kleine Törtchen mit Buttercremeüberzug gebacken, verziert mit bunt schillernden Fruchtpastillen. Sie hatten zusammen auf der Hintertreppe gesessen und einträchtig schweigend ihre Pastillen gelutscht, der körnig auf Pollys Zunge zergehende Zucker hatte köstlich geschmeckt.

Dort war die Kirche mit der schweren Bohlentür, zu der ein Pfad aus abgetretenen Steinen hinführte, und daneben das alte, überdachte Friedhofstor aus Holz. Dort war der kleine Lebensmittelladen des Dorfes, wo sie mit sieben einmal beim Diebstahl eines Bazooka-Joe-Kaugummis ertappt worden war, was ihr einen tüchtigen Klaps auf die Finger eingetragen hatte. Dort war der Bach, in dem sie, Michael und Clare an heißen Tagen gebadet und sich kreischend mit Wasser bespritzt hatten.

O Gott. Es war wie eine Reise in die Vergangenheit. Mach, dass es aufhört, flehte Polly im Geiste, während sie die Umgebung bewusst auszublenden versuchte.

Graham drückte auf die Hupe und hob grüßend die Hand in Richtung einer alten Dame, die lächelnd zurückwinkte. Dann bemerkte sie Polly und riss verwundert die Augen auf. Polly wandte ruckartig das Gesicht ab, ihr Herz pochte. War dies ein erster Vorgeschmack darauf, was sie erwartete? Sie, der gefallene Stern, der von allen angegafft wurde? Vermutlich hatte ihre Mutter bereits im ganzen Dorf herumerzählt, dass sie zurückkam. Na prächtig.

Aber es wusste ja niemand, dass sie ein gefallener Stern war, beruhigte sie sich. Sie war *kein* gefallener Stern. Sie hatte sich beurlauben lassen, bitte schön, um ein sehr wichtiges, karriereförderliches Gutachten zu erarbeiten!

Sie reckte trotzig die Nase in die Luft und musterte finster die alte Schule mit dem sonnenverdorrten Sportplatz, den Pub, den Metzgerladen und die Bäckerei, die draußen am Fenster vorüberzogen. Nein, wie war hier doch alles putzig und überschaubar, dachte sie missmutig.

Graham bog in eine gewundene Straße ein. Hier war eine Ansammlung moderner Häuser erbaut worden, abseits des alten Dorfkerns. Scheußliche Sechziger-Jahre-Reihenhäuser, dachte Polly verächtlich, mit spießig gepflegten Vorgärten davor und klotzigen Wohnwagen in der Garagenauffahrt. Und dort war auch schon die Bungalowsiedlung am unteren Dorfende, in die es vor allem die älteren Dorfbewohner mit ihren Früchtekuchen und Treibhäusern und lächerlichen kleinen Fiffis zog.

Graham drosselte das Tempo und bog dann gekonnt in die gepflasterte Garagenauffahrt der Hausnummer vierzehn ein. Er zog die Handbremse und legte Polly die Hand aufs Knie. «Willkommen daheim, Liebes», sagte er. «Wie ich deine Mutter kenne, hat sie schon Teewasser aufgesetzt und etwas Feines zum Essen vorbereitet. Also, immer rein mit dir.»

Polly lächelte mühsam, dabei war ihr zum Weinen zumute. Das war kein Traum. Sie war tatsächlich wieder zurück in Elderchurch, am helllichten Tag, neugierig begafft von den Einheimischen. Sie schluckte schwer und reckte das Kinn in die Höhe. *Mach dich auf was gefasst, Elderchurch*, dachte sie trotzig und schwang sich aus dem Lieferwagen. *Ich bin immer noch besser als ihr alle zusammen.*

«Hallo, Liebes!» Karen Johnson strahlte vor Freude über das ganze Gesicht, als sie ihrer Ältesten um den Hals fiel. «Wie war die Fahrt, gut?»

«Danke, prima», murmelte Polly in das silbrige Haar ihrer Mutter. Bei jedem Wiedersehen mit ihren Eltern fiel ihr auf, dass sie von Mal zu Mal älter wurden. Dass sie inzwischen auch Großvater und Großmutter von Clares Kindern waren, war besonders bizarr. Am liebsten hätte sie sie für alle Zeit so konserviert, wie sie in den Siebzigern waren, in Schlaghosen, eng anliegenden Pullis mit U-Ausschnitt und, im Fall ihrer Mutter, einem streng riechenden, mit Schaffell gefütterten blauen Mantel mit Troddeln. Und jetzt waren sie beide schon richtig ältliche Leute.

«Komm rein, dass Essen ist fertig», sagte Karen und ließ Polly endlich wieder los. «Das Teewasser habe ich auch schon aufgesetzt.»

Graham zwinkerte Polly zu, und sie grinste verstohlen zurück. «Was ist denn so lustig, ihr zwei?», fragte Karen, dabei machte ihr die Neckerei der beiden gar nichts aus, im Gegenteil. Ganz wie in alten Zeiten, dachte sie, trotz ihrer heimlichen Bestürzung darüber, wie schlecht Polly aussah, ganz fahl und spindeldürr. Ich werde sie schon wieder aufpäppeln, gelobte sie sich und ging im Geist bereits die Süßspeisen und Pasteten durch, die sie in den kommenden Monaten für sie zaubern würde.

Polly folgte ihrer Mutter in die Küche. Es sieht ja so anders aus hier, dachte sie, bis ihr einfiel, dass sie den Bungalow ja sonst immer im vollen Weihnachtsschmuck zu sehen bekam. Diesmal also kein mickriges Bäumchen mit blinkender Lichterkette, keine quer unter der Decke entlang gespannte Krepppapiergirlande (dieselbe Krepppapiergirlande, die sie schon aus Kindertagen kannte), keine wackelig nebeneinander aufgestellten Weihnachtskarten, die umkippten wie Dominosteine, sobald man nur eine Tür öffnete oder schloss. Es wirkte alles ein bisschen nüchterner, was aber zu ihrer Stimmung ganz gut passte.

Sissy sprang ihr kläffend um die Füße, und Polly musste an sich halten, um dem kleinen Köter keinen Tritt mit ihren hochhackigen Sandalen zu verpassen. Sie presste die Lippen zusammen, um nicht irgendeine Bemerkung zu machen, die ihr dann leidtun könnte.

Auf dem Küchentisch war ein Mittagsbuffet angerichtet, mit Sandwiches, Würstchen im Blätterteigmantel, einer Rolle Pringles und selbstgebackenen Haferkeksen mit knubbligem Kirschgelee. Polly erbleichte bei dem Anblick. In letzter Zeit hatte sie kaum etwas gegessen; vor Stress war ihr, neben allem anderem, der Appetit vergangen. «Danke, Mama», sagte sie matt und ließ sich auf einen Stuhl sinken.

Aufgewachsen war sie nicht in diesem Haus – sie hatten

ein paar Straßen weiter weg in einem größeren Reihenhaus gewohnt, mit einer Schaukel und Drahtverschlägen mit Meerschweinchen hinten im Garten. Sie und Clare hatten sich ein Zimmer geteilt, während Michael ein kleines Zimmer für sich allein hatte. Wegen der Zimmerverteilung hatte es viel böses Blut gegeben, entsann sie sich, mit Türenschlagen und lautstarkem Protest, wie UNGERECHT das war. Sie und Clare waren sich mehr als einmal in die Haare geraten, meistens, weil Clare sich dreist an Pollys Sachen vergriff, ohne zu fragen. Ihr Wutanfall, als Clare mit ihren Freundinnen ihren korallenroten Nagellack benutzt und am Ende den Rest auf ihrem Schminktisch verschüttet hatte, war ihr bis heute unvergessen. «Es war ein VERSEHEN», hatte Clare mit in die Hüfte gestemmten Händen gebrüllt, als hätte das die Sache auch nur um einen Deut besser gemacht.

Sie schloss die Augen, um nicht noch mehr alte Erinnerungen ans Tageslicht zu befördern. Lieber ließ sie die Vergangenheit dort, wo sie hingehörte, verschüttet unter dem Jetzt.

«Müde, Liebes?», fragte ihr Vater und klopfte ihr auf die Schulter. «Ist anstrengend, so ein Umzug. Aber nach dem, was du erzählt hast, bist du ja auch so völlig ausgelaugt, von der vielen Arbeit in letzter Zeit.»

«M-hm.» Polly vermied es, ihn anzusehen. «Ich habe schon ziemlich rangeklotzt, die letzten Wochen. Aber so ist das eben in der City, Papa.» Kurz sah sie sich fernsehend und im Bademantel auf ihrem Ledersofa liegen und bekam sofort ein schlechtes Gewissen.

«Nun hau rein», sagte Karen, als sie eine Kanne frischgebrühten Tee vor Polly auf den Tisch stellte. «Lass es dir schmecken. Iss dich erst mal satt, danach kannst du in Ruhe auspacken.»

Polly verspeiste scheu ein Schinkensandwich und gab sich alle Mühe, dankbar auszusehen. Aber ach, wie unendlich fern die hektische Betriebsamkeit bei Waterman's hier schien. Die schimmernden Bürotürme, die Korridore der Macht, ihr Drehsessel, ihr Schreibtisch, ihr Telefon ... All das fehlte ihr, sie sehnte sich danach wie nach einem Exfreund, dessen Bild sich in der Erinnerung verklärte und plötzlich frei war von allen Schattenseiten.

Sie kaute mechanisch ihr Sandwich und nahm von dem Geschmack kaum etwas wahr, während sie darüber nachsann, wie um alles in der Welt sie diese Fassade drei Monate lang aufrechterhalten sollte. *Was mich nicht umbringt, macht mich härter*, ermahnte sie sich. Dabei fühlte sie sich gerade so schwach wie nie zuvor in ihrem Leben.

«Hallo, Polly.»

Polly schluckte. «Clare, hi, wie geht's?», fragte sie und unterdrückte noch die kleinste mimische Regung, die ihre Gefühle verraten hätte. Ihre Hände zitterten, als sie und ihre Schwester sich kurz und eher pro forma umarmten. Vor diesem Zusammentreffen hatte ihr gegraut.

Sie setzte den Kindern zuliebe ein Lächeln auf, die einen wüsten, fast schon verwahrlosten Anblick boten; Leilas Gesicht war umrahmt von zerzaustem blonden Haar, denn ihre beiden Zöpfe befanden sich längst in Auflösung, während Alex das Hemd aus der Hose seiner Schuluniform hing, die merklich Hochwasser hatte. Du lieber Himmel. «Hallo, Kinder, na, wie geht's? Wie läuft's in der Schule?»

Leila blickte sie unter langen Wimpern an. «Ganz gut», sagte sie höflich, fast unisono mit Alex, der «langweilig» brummte und mit dem Schuh am Boden herumscharrte. Gleich darauf fragte er mit erheblich mehr Eifer in der Stimme: «Hast du heute Kekse gebacken, Oma?»

Karen lächelte liebevoll. «Das kann schon sein. Also, gehen wir doch alle in die Küche, dann koche ich uns eine schöne Tasse Tee.»

Polly seufzte innerlich. Die nächste «schöne Tasse Tee». Vier hatte sie schon intus, dabei war sie seit kaum drei Stunden hier. Ihr Vater hatte ihr geholfen, alle Kartons ins Gästezimmer zu schleppen, das nun völlig damit zugestellt war. Das schmale Bett war mit derselben Snoopy-Bettwäsche bezogen, die sie schon als Kind benutzt hatte – mit Wehmut dachte sie an ihr luxuriöses Bett in London. Verwunderlich eigentlich, dass ihre Mutter nicht gleich noch ihre alten Stoffteddys dazugepackt hatte, um noch Salz in die Wunden zu streuen.

In der Küche durchbohrte Clare sie förmlich mit dem stechenden Blick ihrer kühlen blauen Augen. «Und, worum geht's bei dieser Recherche?», fragte sie.

Bei ihrem hämischen Tonfall zuckte Polly leicht zusammen. «Ist ziemlich kompliziert», entgegnete sie von oben herab. «Aber falls es dich interessiert: Ich werde analysieren, welche Folgen sich konkret für meine Firma aus einer neuen gesetzlichen Risikoregulierung ergeben, vor allem in Hinblick auf die Marktrisikobewertung.» Sie log das Blaue vom Himmel herunter – soweit sie wusste, gab es keine neuen Regulierungen dieser Art, die hätten analysiert werden müssen, aber was verstand Clare schon von der Materie. Zur Sicherheit zündete sie noch eine Nebelkerze extra. «Im Fokus wird dabei natürlich explizit unsere Versicherungsstrategie stehen, zumal unter Berücksichtigung der Entwicklungen an den Schwellenmärkten.» Ihr Fachchinesisch hatte seine Wirkung nicht verfehlt: Clare stierte mit leerem Blick vor sich hin, als hätte Polly soeben in Zungen gesprochen. Ha.

«Tja, ich verstehe zwar nur Bahnhof, aber klingt schon sehr interessant», sagte Clare trocken. «Extrem spannend. Ich freue mich schon darauf, das Meisterwerk eingehend zu studieren, wenn du fertig bist.»

Ihre Schwester machte sich über sie lustig, da war Polly sich fast sicher. Dennoch wurde ihr bei dem Gedanken umgehend heiß und kalt. Himmel. Sie musste ja tatsächlich irgendeinen Tinnef zusammenschmieren, damit ihre Geschichte glaubhaft blieb. «Geht leider nicht. Ist alles vertraulich», sagte sie schnippisch. Du mich auch, Clare.

Clare verzog enttäuscht das Gesicht. «Schade. Hatte mich schon auf die leichte Bettlektüre gefreut. Klingt ganz nach meinem Geschmack.»

«Nun streitet nicht, ihr zwei», sagte Karen reflexhaft, stellte die Teekanne auf den Tisch und schenkte den Kindern Fruchtsaft ein. «So. Ist das nicht schön?»

Keiner sagte etwas darauf. Leila und Alex waren zu sehr damit beschäftigt, sich gierig mit Keksen vollzustopfen und beim Kauen alles vollzukrümeln. Von ihren abstoßenden Mampfgeräuschen abgesehen, hing eine lastende Stille im Raum, und Polly merkte, wie sie unwillkürlich die Fingernägel in ihren Handteller grub. «Danke, Mama», presste sie angespannt hervor.

«Wunderbar», sagte Clare mit einem vielsagenden Blick zu Graham, der mit einem schiefen Grinsen antwortete.

Pollys Blick verfinsterte sich. Ach, so war das also? Clare war immer schon Papas Liebling gewesen. Polly hatte den Eindruck, dass hier gerade Fronten neu abgesteckt wurden, und stellte sich entsprechend darauf ein. Falls Clare hier eine Art Kleinkrieg entfesseln wollte, nur zu, bitte schön. Sie war mehr als bereit zum Kampf.

Polly staunte, wie gut sie in jener Nacht schlief. Kaum hatte ihr Kopf das Snoopy-Kopfkissen berührt, versank sie auch schon in tiefen, traumlosen Schlaf. Die letzten Wochen über hatte sie sich nachts meist ruhelos im Bett gewälzt, geplagt von schrecklichen Albträumen über Schuldenberge und Arbeitslosigkeit. Hier im Haus ihrer Eltern dagegen hatte sie das Gefühl, diesen Dämonen vorläufig entkommen zu sein; als wäre sie in einer sicheren Kammer, zu der sie keinen Zutritt hatten. Morgens um acht wurde sie von einem Geräusch geweckt, das sich anhörte wie gegen die Wand trommelnder Regen, drehte sich schlaftrunken noch einmal herum, mit weit ausgestrecktem Arm, und wäre dabei um ein Haar aus dem Bett geplumpst. Mit einem Mal hellwach, schaffte sie es eben noch mit knapper Not, sich an dem blau gepolsterten Kopfbrett festzuhalten, ehe sie über die Bettkante rollte.

Ach ja. Ein schmales Bett. Snoopy-Bettwäsche. Rosa Blümchentapete. Und das prasselnde Geräusch war vermutlich die Dusche, die gerade jemand benutzte, nebenan, gleich hier hinter dieser Wand.

Sie setzte sich auf und rekelte sich erst mal ausgiebig. Es war seltsam, mit dem Bewusstsein aufzuwachen, dass sich noch andere Menschen in denselben vier Wänden befanden. Klar, in dem Apartmentblock in London hatten noch andere Leute gewohnt, in den Wohnungen über und unter ihr, aber die Wände in dem Gebäude waren so massiv und schallschluckend, dass sie von ihnen akustisch nie das Geringste mitbekommen hatte.

Hier dagegen … sie stöhnte auf, als ihr Vater unter der Dusche gleich nebenan ein Lied zu schmettern begann: «Oh my darling, oh my darling, oh my DARLING Clementine.» Hier würde sie mit ihren Eltern auf engstem Raum zusammenleben. Bei dem Gedanken, dass ihr Vater soeben splitternackt hinter dieser dünnen Wand stand, lediglich durch fünf Zentimeter Putz und Kacheln von ihr getrennt, wich sie spontan zurück. Uuh.

«Not kennt kein Gebot» – wie sehr sie diese Redensart jetzt schon hasste.

Ihre Eltern waren beide Rentner, und Polly war verwundert, die beiden um diese frühe Uhrzeit schon auf den Beinen zu sehen. Sie hatte damit gerechnet, dass sie noch friedlich weiterschlummern würden, wenn sie morgens aufstand, allein frühstückte und sich dann an ihre sogenannte Arbeit machte. Was hatten Rentner überhaupt für einen Grund, morgens ihr Bett zu verlassen?

«Und, was habt ihr beide heute so vor?», fragte sie am Frühstückstisch, während sie sich ihr Rührei mit Schinkenspeck und Toast schmecken ließ. Mjam. Sie hatte ganz vergessen, wie gut ihre Mutter kochen konnte. «Werkelt ihr hier zu Hause herum, oder wie läuft das normalerweise …?» Beschämt stellte sie fest, dass sie keine blasse Ahnung hatte, was ihre Eltern den lieben langen Tag so trieben. Es war ihr nie in den Sinn gekommen, sie einmal danach zu fragen.

Die Frage schien sie zu belustigen. «Nun, dein Vater spielt heute Vormittag Golf mit den Jungs, und ich helfe in der Krabbelgruppe aus», erklärte Karen. «Angefangen habe ich damit, als Clare ihre Kleinen da untergebracht hatte, und es hat mir solche Freude gemacht, dass ich bis heute ein paar Mal die Woche dort aushelfe.»

«Oh», sagte Polly. «Dann bist du also den ganzen Vormittag außer Haus?»

«Ja, bis mittags», erwiderte ihre Mutter. «Dann treffe ich mich mit Jean zum Essen – Jean Garland, weißt du noch? Danach erledige ich den Haushalt und höre mir im Radio die Archers an. Später bin ich dann mit ein paar Freundinnen in Amberley auf einen Kaffee verabredet.»

«Oh», sagte Polly erneut, ganz verblüfft darüber, dass ihre Eltern ein so aktives Sozialleben pflegten, mit «Jungs» und «Freundinnen» und allem Drum und Dran.

«Dann koche ich uns Abendessen – heute gibt es Koteletts –, ehe ich zu meiner Bauch-Beine-Po-Gymnastik gehe. Kannst gerne mitkommen, wenn du Lust hast. Wir Mädels haben immer unseren Spaß zusammen.»

Graham schnaubte. «Bis du noch bei Trost, du dummes Huhn, da wäre sie ja die Einzige unter sechzig, wenn sie da mitkäme.» Er verdrehte scherzhaft die Augen und wandte sich zu Polly. «Sie hat sicher Besseres zu tun, als sich unter eine Horde arthritischer Omis zu mischen, stimmt's, Liebes? Wahrscheinlich möchte sie lieber alte Freundinnen von früher wiedersehen.»

Karen gab ihm einen Klaps. «‹Arthritische Omis›, ich darf ja wohl sehr bitten», protestierte sie. «Achte nicht auf deinen flegelhaften alten Vater», wandte sie sich zu Polly. «Mein Angebot steht, auch wenn es für dich natürlich viel lustiger wäre – da muss ich ihm ausnahmsweise mal recht geben –, dich mit alten Freundinnen von früher zu treffen. Ich werde Jean sagen, dass du wieder da bist – Jacky würde dich mit Sicherheit sehr gerne wiedersehen.»

Polly fröstelte unwillkürlich. Einen Abend mit Jacky verbringen, diesem langweiligen Pummel, der jahrelang mit einer Zahnklammer herumlaufen musste und mit sechzehn von der Schule abgegangen war, um abgeschnittene Haare in einem Frisiersalon in Amberley zusammenzukehren? Lieber würde sie ihr eigenes Grab ausheben, das wäre vermutlich «lustiger». «Mag sein.» Sie trank ihren Kaffee aus. «Danke», sagte sie und erhob sich von ihrem Stuhl. «Gut, dann dusche ich jetzt mal schnell, dass ich danach auch in die Gänge komme.»

Sie war schon fast zur Tür hinaus, als ihr Vater ein übertriebenes Hüsteln vernehmen ließ. Sie wandte sich um und sah ihn fragend an.

«Dein Teller.» Er deutete mit einem Kopfnicken darauf. «Vergiss nicht, den in die Spülmaschine zu räumen.»

Polly errötete und wollte eben zum Tisch zurückkehren, aber da fuhr ihre Mutter ihm auch schon in die Parade. «Nun lass doch, Graham, sie ist unser Gast. Darum kann ich mich gleich kümmern.»

«Es wird ja wohl nicht zu viel verlangt sein, wenn sie ihren benutzten Teller in die Spülmaschine räumt», sagte er, als wäre Polly Luft. Dann wandte er sich zu ihr um. «Viele Hände machen bald ein Ende, stimmt's nicht, Poll? Deine Mutter hat schon genug damit zu tun, mich zu umsorgen.»

Karen stieß ihn mit dem Ellbogen an. «Wenn du uns hier weiter so herumkommandierst, könnte es sein, dass ich mir das mit dem Umsorgen noch mal überlege», warnte sie ihn. «Lass nur, Polly. Das erledige ich schon.»

Unter dem strengen Blick ihres Vaters aber gab Polly lieber klein bei, nahm ihr Geschirr vom Tisch, räumte es in die Spülmaschine und verließ dann mit hochrotem Kopf die Küche. O Gott. Schon der erste Rüffel von ihrem Vater – dem Mann, der vierzig Jahre lang ungerührt die Beine hochgelegt und sich nach Strich und Faden von seiner Frau hatte bedienen lassen. Was war denn in ihn gefahren?

Sie konnte die Stimmen ihrer Eltern bis in das kleine beigebraune Badezimmer dringen hören, als sie dort ihr Shampoo und Duschgel auspackte. «Ein wenig freundlicher hättest du schon sein können, Graham. Sie muss sich doch erst einmal einleben. Meine Güte, es stört mich doch nicht, wenn sie ihren Teller stehen lässt.»

«Mich schon. Ich möchte nicht, dass sie dir zusätzliche Arbeit aufhalst. Solange sie hier unter meinem Dach wohnt, hat sie mit anzupacken, und damit basta. Clare hat gesagt, dass sie vermutlich mit der Erwartung anreist, sich den ganzen Sommer von vorne bis hinten von uns bedienen zu lassen – und es sieht ganz so aus, als hätte sie recht. Aber das dulde ich nicht, verstanden?»

«Schlag ja nicht diesen Befehlston bei mir an, Graham Johnson. Wir sehen Polly doch so selten. Jetzt ist sie hier, und da möchte ich es ihr schön machen und sie ein bisschen verwöhnen. Siehst du denn nicht, wie erschöpft sie ist? Hab doch ein wenig Nachsicht mit dem Mädchen.»

Graham schnaubte bloß abfällig, und Polly drehte eilig die Dusche auf, um seine Antwort nicht mehr mitbekommen zu müssen. Nicht nur ihre Ohren glühten. Clare hatte also schon vor ihrer Ankunft über sie gelästert, ja? So etwas Unschwesterliches. Clare war bloß neidisch, weil sie selbst aus ihrem Leben nichts gemacht hatte, mehr nicht. Clare hatte Angst, dass Polly ihr die Liebe ihrer Eltern abspenstig machen könnte, deshalb wollte sie sie nicht hier in ihrem geliebten Kaff haben.

Nachdem sie ihr Lieblingsschaumbad und ihre Bodylotion, die letzten Flaschen, die sie davon hatte, in den Badezimmerschrank gezwängt hatte, zwischen, iih, eine große Tube Hämorrhoidensalbe und eine Dose Fußpilzpuder, trat Polly unter die kraftlos tröpfelnde Dusche und mahlte vor Ärger mit den Zähnen. Clare sollte sich mal besser in Acht nehmen, mit ihr war nicht zu spaßen.

Als sie sich angekleidet hatte, waren ihre Eltern zum Glück beide auf dem Weg zur Tür hinaus. «Wenn du frierst, stell dir ruhig die Heizung an», bot ihre Mutter an und öffnete auch schon den Schrank, in dem sich der Boiler befand. Doch ehe sie das Thermostat aufdrehen konnte, hielt ihr Vater sie mit einem Klaps auf die Hand davon ab.

«So ein Unsinn, sie wird nicht frieren, wir haben Juni», sagte er gereizt. «Lass sie in Ruhe, sie möchte gar nicht, dass du so viel Wirbel um sie machst. Habe ich recht, Polly?»

Polly lächelte matt. «Ich komme sicher gut klar», sagte sie, um keine Partei ergreifen zu müssen. «Bis später.»

Die Haustür schloss sich, und Polly atmete auf. Endlich konnte sie eine Weile allein sein. Erst jetzt merkte sie, wie angespannt sie die ganze Zeit gewesen war. Ihre Eltern, so lieb und nett sie auch waren, setzten ihrer freien Selbstentfaltung schon gewisse Grenzen. All ihre sonderbaren kleinen Eigenarten – das ewige Teetrinken immer zur vollen Stunde, das tonlose Gepfeife ihres Vaters, das lästige Gekläff des Köters … Nur dumm, dass sie Sissy zu Hause gelassen hatten, dachte sie finster und bemerkte, wie das Hündchen sie von seinem Korb in der Küche aus im Auge behielt. Aber man konnte eben nicht alles haben.

Polly machte sich einen Kaffee und sah sich dann im Bungalow nach einem geeigneten Platz um, an dem sie arbeiten könnte, wobei Sissy ihr wie ein Schatten auf Schritt und Tritt folgte. Es fühlte sich an, als würde sie ein fremdes Land erkunden, in dem sie nicht willkommen war. In ihrem Schlafzimmer stand ein kleiner Tisch, den ihre Mutter anfangs als Arbeitsplatz ins Gespräch gebracht hatte, aber der war jetzt mit Kartons vollgeräumt und schied also aus. Auch der Küchentisch war nicht eben ideal, dort gingen ständig ihre Eltern ein und aus, sodass sie zum Arbeiten nicht die nötige Ruhe hätte. Wenn sie nicht gerade nach draußen in den Schuppen ausweichen wollte, müsste sie wohl im Wohnzimmer arbeiten.

«Adios, Fiffi.» Sie klinkte die Küchentür hinter sich zu, nachdem sie das Hündchen in seinen Korb zurückbefördert hatte. Sie wollte nicht, dass der kleine Yorkie mit seinen traurigen braunen Kulleraugen unentwegt zu ihr hochstarrte, während sie arbeitete. Sie musste sich konzentrieren, die Zeit nutzen, in der ihre Eltern außer Haus waren.

Wände und Decke des Wohnzimmers waren mit einem welligen Muster aus Strukturputz bedeckt, die Fenster zierten zu beiden Seiten zusammengeraffte Vorhänge aus ausgeblichenem weinroten Samt. Auch das weiche Polstersofa war weinrot, aber leider stimmte der Farbton nicht mit dem der Vorhänge überein. Tatsächlich bissen sich die Farben sogar, wie Polly naserümpfend feststellte, und die geblümten blauen Schondeckchen, die ihre Mutter über die abgenutzten Stellen der Armlehnen gelegt hatte, machten die Sache nicht gerade besser. An der Wand hing ein gerahmtes Gemälde, ein Seestück, und auf dem Kaminsims waren in einer langen Reihe die Tierfigürchen aus Porzellan aufgestellt, die Karen sammelte, zwischen einer Galerie von Fotos.

Polly betrachtete sie aus einiger Entfernung. Dort war ein Bild von Clares Hochzeit – Clare in ihrem kitschigen, unendlich billig wirkenden Hochzeitskleid mit Steve an ihrer Seite, der ein denkbar dümmliches Grinsen zur Schau trug. Was hatte sie in dem Schwachkopf je gesehen? Dass dieser Ehe kein Glück beschieden sein würde, war Polly von Anfang an klar gewesen. Einem Typen zuliebe alles aufgeben? Ha, so blöd würde *sie* niemals sein.

Beim Anblick der Brautjungfern in ihren langen dunkelroten Kleidern verzog sie unwillig den Mund. Clare hatte Polly nicht gefragt, ob sie Brautjungfer bei ihr werden wollte. Nicht dass Polly sich darum gerissen hätte, aber schwesterlich war das nicht gerade von Clare, oder?

Es gab auch einige Kinderfotos – Leila als pummeliges, noch kahlköpfiges Baby mit ihrem allerersten Zahn, und Alex als Kleinkind an einem windigen Strand, eine Plastikschaufel schwenkend. Ein Schwarz-Weiß-Foto von der Hochzeit ihrer Eltern. Sie alle, die komplette Familie, zu fünft auf einem Gruppenfoto, aufgenommen in Dorset, wo sie einen unbeschwerten Sommerurlaub verlebt hatten, als Polly etwa zehn war. Und Michaels allerletztes Schulfoto.

Polly wandte hastig den Blick ab, um nicht durch sein Gesicht und seine Augen daran erinnert zu werden, was damals geschehen war. Doch es war zu spät, unaufhaltsam stieg wieder alles in ihr auf, all die albtraumhaften Bilder aus jener Zeit, darunter ihr Vater, hemmungslos schluchzend bei der Beerdigung. Es war das erste Mal überhaupt, dass sie ihn weinen sah, und sein von unerträglichem Gram verzerrtes Gesicht hatte sich Polly unauslöschlich ins Gedächtnis eingebrannt.

Halte dich besser fern von den Familienfotos, Polly, dachte sie benommen.

Am anderen Ende des Zimmers stand der alte Schreibtisch ihres Vaters, ein Erbstück von seinem Urgroßvater. Es war ein prächtiges viktorianisches Möbelstück aus massivem Mahagoni, mit vier Schubfächern links und rechts und einer Schreibfläche aus grünem Leder. In einem Bungalow aus den Siebzigern wirkte er natürlich denkbar fehl am Platz, was jedoch seine Aura beruhigend solider Gediegenheit nicht schmälerte. Hier könnte sie vorläufig ihr Lager aufschlagen. Polly wandte sich von den Fotos ab und ging hinüber, um die auf dem Tisch verstreuten Briefe und Rechnungen einzusammeln und kurzerhand auf den Boden zu packen. Dann klappte sie ihren Laptop auf und schaltete ihn ein. Na also.

Während der Rechner surrend hochfuhr, blickte sie aus dem Fenster. Der Garten hinterm Haus war der ganze Stolz ihres Vaters, hier zog er Blumen und Gemüse. In dem Garten, der zu ihrem alten Haus gehörte, war sie ihrem Vater als Kind an Sonntagnachmittagen im Sommer oft zur Hand gegangen, wenn sie sich langweilte, weil Michael und Clare irgendein Spiel ausgeheckt hatten, in das sie nicht einbezogen war. Ihr Vater hatte sie klumpenweise weiß blühende Sternmiere ausjäten lassen, außerdem durfte sie das Gemüsebeet mit der großen grünen Gießkanne wässern, die ihr kühl und schwer gegen die nackten Beine schlug, wenn sie sie aus der Küche herüberschleppte, so randvoll, dass ihr immer wieder Wasser laut gluckernd über die Füße schwappte.

Schön. An die Arbeit. Wenn sie nur aus dem Fenster starrte, kam sie zu gar nichts. Polly aktivierte die Internetverbindung, und beim Öffnen des Browsers erschien die übliche Startseite, eine Stellenbörse. Auf ein Neues, dachte sie und war fest entschlossen, nicht wieder in pessimistische Stimmung zu verfallen, ehe sie überhaupt richtig gesucht hatte.

Na komm, Polly. Kopf hoch. Je eher du einen neuen Job findest, desto eher kannst du aus dem Kaff hier wieder raus.

Das allein war Motivation genug für sie, sich zu der Seite vorzubeugen und mit lange nicht gekanntem Eifer durch das Angebot zu klicken.

10

Zwei Tage darauf lehnte Polly sich auf dem Stuhl zurück, reckte die Arme über ihrem Kopf in die Höhe und seufzte. Es war Freitag um die Mittagszeit, und wieder hatte sie das Haus für sich; diesmal waren ihre Eltern zu einem Gartencenter aufgebrochen, aufgeregt über Beetpflanzen und Komposterde schnatternd. Ja, Langeweile kam in Elderchurch nie auf, aber hallo.

Die letzten achtundvierzig Stunden hatte sie jetzt hier an ihrem Laptop gesessen und nichts zuwege gebracht, während ihre Eltern eine Unternehmungslust an den Tag legten, die ihr widerstrebenden Respekt abnötigte. Die beiden waren überhaupt nie zu Hause! Statt sich um sie zu kümmern, ihre Älteste, ihren Gast, waren die beiden ständig auf Achse und gingen ihrem Vergnügen nach, ein Benehmen, das Polly überaus befremdlich vorkam. Wenn nicht sogar egoistisch.

Ihre Gedanken schweiften gen London, wie so oft, seit sie wieder hier in diesem Kaff gelandet war. Die Vorstellung ihrer leergeräumten Wohnung tat ihr in der Seele weh. Ob sich wohl schon ein Käufer gefunden hatte? Sie musste sich stark beherrschen, nicht im Stundentakt bei dem Makler anzurufen, um den neuesten Stand der Dinge zu erfragen.

Jetzt, wo sie hier war, in der Einöde, schien ihr die

Möglichkeit einer Rückkehr in die Stadt geringer denn je. Sie drehte sich im Kreis, besuchte mehrmals täglich die immer gleichen Stellenbörsen im Internet, nur um jedes Mal wieder dasselbe kümmerliche Angebot offener Stellen vor sich zu sehen, die großteils in keiner Weise ihrer Qualifikation entsprachen.

Ach, es war sinnlos. Das konnte sie sich heute einfach nicht antun. Nein. Sie würde eine Pause einlegen, sich endlich einmal ins Dorf wagen, ein wenig die Beine vertreten und etwas frische Luft schnappen – sofern davon bei diesem allgegenwärtigen Aroma von Kuhfladen die Rede sein konnte –, um sich einen Plan B einfallen zu lassen. Plan A, endlich einen neuen Job an Land zu ziehen, schien vorläufig gescheitert.

Sie stand auf und setzte sich sofort wieder hin. Holla, nicht so schnell – die Sache wollte gründlich durchdacht sein. Wenn sie ins Dorf ging, war dort mit Einheimischen zu rechnen. Mit denen sie reden müsste. Die ihr zudringliche Fragen stellen würden. «Und, was machst du so zurzeit, Polly?»

Sie müsste Lügen erzählen und dabei die ganze Zeit ein künstliches, aufgesetztes Lächeln zur Schau tragen. O Gott. Wäre sie dem wirklich gewachsen? Andererseits, was war die Alternative: den restlichen Tag hier vor ihrem Laptop zu sitzen und dabei einen langsamen Tod zu sterben.

Sei's drum. Sie würde es tun. Würde sich mit ihrer Sonnenbrille auf der Nase, damit niemand ihr in die Augen sehen konnte, ins Freie wagen und eine halbe Stunde zügig die Beine vertreten. Wer weiß, vielleicht kam ihr dabei ja sogar irgendein rettender Einfall. Und es war allemal besser, als hier noch stundenlang herumzuvegetieren, bis ihre Eltern, beladen mit Kapuzinerkresse und Primeln, nach Hause kamen und sie mit einem weiteren viel zu wässrigen Kaffee und Gebäck «verwöhnten».

Sie ging in die Diele, um ihre Schuhe anzuziehen, und wurde von der aufgeregt kläffenden Sissy abgefangen, die sich offenbar Hoffnungen auf einen Spaziergang machte. «Ja, ich mache einen Spaziergang, aber ohne dich, du nervende kleine Töle», murmelte Polly, während sie in ihre Converse-Turnschuhe schlüpfte. Verflixt. Das Wort «Spaziergang» hatte Sissy in einen wahren Freudentaumel versetzt, sie trippelte mit wedelndem Stummelschwänzchen vor Polly hin und her und blickte mit ihren braunen Kulleraugen voller Hoffnung zu ihr auf.

Polly machte einen Schritt über sie hinweg, um sich im Spiegel zu begutachten. Sie hatte wirklich schon mal besser ausgesehen, dachte sie innerlich seufzend; ihr Haar war zu einem achtlosen Pferdeschwanz gebunden, sie trug dieselben Sachen wie am Vortag, war blass und ungeschminkt. Doch wen wollte sie hier schon beeindrucken.

Sie ging zur Haustür, wo Sissy bereits lauerte und ihr hysterisch kläffend um die Knöchel herumwieselte, als sie eben nach der Klinke greifen wollte

«Oh, also gut», grummelte Polly. «Aber komm ja nicht auf falsche Gedanken. Das ist eine absolute Ausnahme, damit es so aussieht, als hätte ich was zu tun, kapiert? Bekommst du das in dein kleines Hundehirn?»

Sie hakte die Leine in das Halsband des Hündchens ein, dann traten sie aus dem Haus.

Es war ein warmer Tag, die Sonne strahlte vom wolkenlos blauen Himmel wie ein vorwurfsvolles Auge. Polly setzte ihre Sonnenbrille auf und ging los, begleitet von Sissy, die zufrieden neben ihr hertrottete.

Sie trug ein altes T-Shirt und eine indigoblaue Diesel-Jeans, die mittlerweile so locker saß, dass sie sie mit einem Gürtel zusammenzurren musste. Es war eine Wohltat, die Sonne an den Armen zu spüren, und schon nach wenigen Schritten wandte sie ihr unwillkürlich das Gesicht entgegen, wie eine aufblühende Blume. Herrlich. Wenn man die hässlichen Bungalows links und rechts und die scheußlichen Wohnwagen einmal ausklammerte, hätte sie sich ebenso gut in der Provence befinden können, mit einem Duft von Lavendel in der Nase, vor sich eine mit leuchtendem Mohn gesprenkelte Wiese, während sich neben ihr hohe Zypressen sanft im lauen Wind wiegten …

Es tat einen Ruck an der Leine, als Sissy unvermittelt stehen blieb. Polly drehte sich um: Die Hündin kackte soeben mitten auf den Gehsteig, ein Anblick, der ihre Traumvision vom sonnigen Süden jäh zerplatzen ließ. Pfui, das war ja widerlich. Was nun? Tüten für Hundehäufchen hatte sie nicht dabei, hatte daran überhaupt keinen Gedanken verschwendet. Sie kramte in den Taschen ihrer Jeans, in der Hoffnung, irgendetwas zu finden, in das sie den Kot einwickeln konnte, um ihn dann zu entsorgen. Solche Vorkommnisse wurden hier in der Siedlung sicher genauestens beobachtet, sie konnte sich lebhaft ausmalen, welche Entrüstung losbrechen würde, wenn sie Sissys Häufchen einfach auf dem Gehweg zurückließ, meinte das Kopfschütteln hinter den Gardinen schon vor sich zu sehen. Vielleicht tauchte abends sogar ein wachsamer Anwohner bei ihren Eltern auf: «Da wäre etwas, worauf ich Sie aufmerksam machen wollte …»

Scheibenkleister. Dämliche Töle! Warum hatte sie sich bloß von diesen bittenden braunen Augen erweichen lassen? Nun hatte sie den Salat!

Sie kramte weiter in ihren Hosentaschen – ein benutztes Kleenex, nein, zu klein –, bis sie schließlich einen langen Kassenbon über Speisen und Getränke zutage beförderte, aus dem Bluebird an der King's Road, mit Datum vom März, der letzte Anlass, zu dem sie diese Jeans getragen hatte. Genau, jetzt fiel es ihr wieder ein, es war ihr Geburtstag gewesen. Ausnahmsweise war sie an jenem Samstag mal nicht ins Büro gefahren und hatte sich mit einigen Kollegen in diesem Restaurant zum Mittagessen getroffen. Die Rechnung für alle hatte am Ende sie übernommen. Irgendwie ungerecht, oder, wo doch sie Geburtstag hatte? Über zweihundert Pfund hatte der Spaß sie gekostet, dem Bon zufolge. Damals hatte ihr das natürlich nichts ausgemacht, aber jetzt wurde ihr bei dem Gedanken regelrecht übel. Wie hatte sie so mit Geld um sich werfen können? Zweihundert Pfund, nur für ein Essen mit Leuten, die ihr noch nicht einmal sonderlich nahestanden. Ihre Eltern kamen ihr in den Sinn, die gewissenhaft jeden Rabattcoupon aus der Zeitung ausschnitten, immer auf der Jagd nach Sonderangeboten waren und Sachen, die kaputtgingen, eher wieder instand setzten, als einfach etwas Neues zu kaufen. Sie hatte sie dafür immer belächelt, wenn nicht gar, schlimmer noch, heimlich verachtet.

Der Kassenbon in ihrer Hand kam ihr vor wie etwas, das sie verstecken musste, das ihre Eltern auf keinen Fall zu Gesicht bekommen durften. Umso besser, in Anbetracht des Verwendungszwecks, dem sie den Papierstreifen nun zuführen würde.

«Für dein großes Geschäft, Sissy», murmelte sie, «ist dieser Fetzen gerade noch gut genug. Für sonst nichts.» Sissy wandte sich geradezu schamhaft ab, als Polly das Papier vorsichtig unter das Häufchen schob – iih, noch warm, ihr blieb aber auch wirklich nichts erspart. Nachdem sie es glücklich geschafft hatte, alles mit dem Papier vom Pflaster zu entfernen, klappte sie den Deckel der nächsten Mülltonne auf und ließ das anstößige Päckchen hineinfallen.

Pfui. Sie schauderte, fühlte sich beschmutzt und voller Bazillen. «Mach das ja nicht noch mal», warnte sie Sissy streng, während sie weitergingen. «Ist mein bitterer Ernst. Keine Häufchen mehr, verbindlichsten Dank. Anderenfalls habe ich schlechte Neuigkeiten für dich, dann gibt es heute Abend nämlich Hundefrikassee.»

Sissy antwortete mit einem fröhlichen Bellen, warum auch immer, und Polly schüttelte den Kopf. Diesen Spaziergang hatte sie sich irgendwie erholsamer vorgestellt.

Sie gingen weiter die Straße entlang und kamen in eine Gegend, die Polly noch von früher her gut kannte. Vorsichtig sah sie sich um, erkannte Häuser wieder, in denen sie in ihrer Jugend zu Besuch gewesen war. Dort war Catherine Woolleys Haus mit der weißen Garage und den eigenartig starrenden Fenstern. In dem Haus gegenüber, fiel ihr ein, hatte Peter Brooks gewohnt, ein Freund ihres Bruders, der ihr mit seinem sommersprossigen Gesicht und dem breiten, zahnlückigen Grinsen regelrecht zuwider war. Einmal, als Peter zum Spielen da war, hatten er und Michael sie im Garten mit Wasserbomben unter Beschuss genommen, und bis heute erinnerte sie sich lebhaft an den Schock des plötzlich in ihr Gesicht klatschenden

Wassers, an ihr T-Shirt und ihre kurze Hose, die im Nu pitschnass waren; hatte noch das schadenfrohe Gelächter der beiden im Ohr und ihr eigenes wutentbranntes «MA-MAA!». Die kleinen Dreckskerle.

Beim Gedanken an Michael keimte ein dumpfer Schmerz in ihrer Brust auf, unaufhaltsam anschwellend wie ein Luftballon. Genau deswegen zog sie es sonst vor, jeden Gedanken an ihren Bruder zu verdrängen. Hier aber, in Elderchurch, stiegen alle möglichen Erinnerungen in ihr auf, Dinge, an die sie seit Jahren nicht mehr gedacht hatte.

Er war immer fröhlich, Michael, vor allem das war ihr unvergesslich. Schon als Kleinkind hatte er gern gelacht, sie hatte nur selten jemanden so ausgelassen und unbeschwert lachen hören wie ihn. Unbekümmert, ein Bruder Leichtfuß, wurde ihm in seinen Schulzeugnissen bescheinigt. Er liebte das Leben, stand in dem Zeitungsartikel.

Sie schluckte, blinzelte die aufsteigenden Tränen fort. O Gott, Michael. Was würde er heute machen, wenn er noch am Leben wäre? Er war sehr sportlich, handwerklich begabt – er schraubte für sein Leben gern mit ihrem Vater am Motor ihres Autos herum, Stunden verbrachten die beiden zusammen in der Garage. «Ein richtiger kleiner Automechaniker», sagte Graham immer voller Stolz, wenn sie beide, ölverschmiert und zufrieden lächelnd, nach vollbrachter Arbeit wieder zum Vorschein kamen. Aber Michael war auch künstlerisch begabt, hatte eine Wand in seinem Zimmer großflächig mit einem wilden, wunderschönen Gewirr von Mustern und Motiven bemalt, in Rot, Schwarz und Silber.

«Weiß überstreichen musst du es am Ende, wenn wir

das Haus mal verkaufen wollen», hatten ihre Eltern ihn gewarnt, während das Wandbild immer größer und größer wurde.

Aber als sie das Haus zum Verkauf ausschrieben, lebte er schon nicht mehr. Und schuld daran war einzig Polly.

Sie wischte sich im Gehen die Tränen ab. *Denk nicht an ihn,* ermahnte sie sich. *Verdräng es einfach. Das ist Schnee von gestern – rühr nicht mehr dran.*

Inzwischen war sie fast im Dorfkern angelangt. Dort zu ihrer Linken waren die alte Kirche und der Friedhof, gleich danach kamen die paar Geschäfte. Sie wusste kaum noch, was sie eigentlich hier wollte. Die frische Luft empfand sie eher als erstickend.

Weiter weg sah sie eine ältere Frau auf sich zukommen, in einer verwaschenen blauen Hose und einem langärmeligen beigefarbenen Oberteil. Sie hatte einen silbergrauen Pagenkopf, trug eine eulenartige Brille und hatte einen munter wirkenden Jack-Russell-Terrier bei sich.

Polly bekam Herzklopfen, während sie die Frau durch ihre Sonnenbrille musterte. Sie kam ihr bekannt vor; sie war ihr auf jeden Fall schon mal irgendwo begegnet.

Die Dame spähte zu Sissy herüber, schien sie zu erkennen und sagte etwas zu ihrem Hund, vermutlich *Sieh nur, da kommt Sissy*. Leise Panik stieg in Polly auf. O nein. Hilfe. Die Augen der Dame funkelten, während sie jetzt Polly musterte, mit gerunzelter Stirn, als würde sie nachdenken, wo sie Polly einsortieren sollte.

Um dem zweifellos drohenden Verhör aus dem Weg zu gehen, bog Polly eilig nach links durch das Holztor ab, das auf den Friedhof führte. Puh, das war knapp. Verdammt knapp. Die alte Dame schien drauf und dran, den Mund zu öffnen, um ihr zuzurufen: *Bist du … bist du nicht Karens und Grahams Tochter? Ich habe gehört, dass du wieder da bist, wie reizend!*

Polly schlang sich erleichtert die Arme um den Leib und eilte den Weg entlang, der durch das penibel gemähte Gras führte. Der Friedhof war ein schöner, friedvoller Ort. In der Ecke links hinten breitete eine knorrige Eibe ihre Äste aus und ließ eine Art leises Seufzen vernehmen, als der Wind in ihre Zweige fuhr. Flechtenbewachsene Grabsteine ragten scheinbar wahllos verteilt aus dem Gras empor, manche in Form von Keltenkreuzen, andere wiederum waren massive, oben abgerundete, teils abgebröckelte Steinplatten. Die Namen auf den ältesten Steinen waren im Lauf der Jahrhunderte so stark verwittert, dass sie kaum noch zu entziffern waren, manche Steine aber ließen erkennen, dass sie aus dem achtzehnten Jahrhundert stammten.

All diese Menschen, die gestorben und hier an diesem Ort betrauert worden waren. All die Tränen, die auf diesem Flecken Erde vergossen worden waren, beim dunklen, traurigen Klang der Kirchenglocken, die zu einer Beerdigung nach der anderen läuteten, einen Verlust nach dem anderen bezeugten. Polly fröstelte bei der Vorstellung, trotz der heiß brennenden Sonne, und auf einmal wurde ihr mit Bestürzung klar, dass sie direkt auf den Garten der Erinnerung zusteuerte, in dem die Urne mit der Asche ihres Bruders beigesetzt worden war.

Sie wusste, dass ihre Eltern regelmäßig herkamen, um sich in den Garten zu setzen und Zwiesprache mit ihrem verlorenen Sohn zu halten, als wäre er nach wie vor Teil der Familie. Sie aber war seit jenem grässlichen Tag der Beerdigung nicht mehr hier gewesen. Jahr für Jahr an Weihnachten hatten ihre Eltern ihr gut zugeredet, doch einmal sein Grab zu besuchen, aber Polly hatte immer abgelehnt, denn das kam ihr kitschig und rührselig vor. Wo war der Sinn? Michael war tot. An der Stelle zu stehen, wo seine Asche begraben lag, würde daran nichts ändern. Er würde trotzdem nie zurückkehren.

«Entschuldigung? Äh … Entschuldigung?»

Polly wandte sich zu der Stimme um. Ein Mann mit rosigem Gesicht kam auf sie zugeeilt, sichtlich verlegen, sie stören zu müssen. «Hunde sind hier auf dem Friedhof leider nicht gestattet», sagte er und schlug die Hände vor der Brust zusammen. «Würde es Ihnen etwas ausmachen, ihn am Eingang fest–?» Er verstummte jäh und musterte den Yorkshireterrier. «Oh, ist das nicht Sissy? Sind Sie die Tochter von Karen und Graham?»

Verflucht.

«Ja», murmelte sie.

Er streckte ihr eine große, rosige Hand entgegen. «Joseph Mullins. Ich bin der Pfarrer hier in Elderchurch. Sehr erfreut, Sie kennenzulernen. Wollen Sie unserem Garten der Erinnerung einen Besuch abstatten?»

«Äh …» Er schüttelte ihr so energisch die Hand, dass ihr kurz die Worte fehlten. «Ja», murmelte sie schließlich. Alles andere wäre ihr unhöflich vorgekommen.

«Dann überlassen Sie Sissy ruhig mir», sagte er. «Ich binde sie vorne am Tor fest, in Ordnung? Den Garten können Sie gar nicht verfehlen, er ist direkt hinter der Kirche.» Er nahm ihr die Leine ab und schüttelte dann, scheinbar verärgert über sich selbst, den Kopf. «Was rede ich für einen Unsinn – als wüssten Sie nicht selbst längst, wo der Garten ist. Keine Sorge wegen Sissy, die ist vorne am Tor gut aufgehoben, ja?»

Und ehe sie etwas antworten konnte, hatte er auch schon kehrtgemacht und ging mit Sissy davon, sodass sie allein zurückblieb.

Na prächtig. Dann kam sie darum also jetzt nicht herum. Schönen Dank, Herr Pfarrer. Danke, dass Sie mich zu etwas nötigen, was ich auf jeden Fall vermeiden wollte. Ihr Magen rumorte. *Es ist nur ein Garten*, beruhigte sie sich. Sie würde sich dort zehn Minuten auf eine Bank setzen und dann wieder nach Hause gehen. Und, mal so gesehen, dort würde sie zumindest von niemandem behelligt.

Sie folgte dem Weg um die Kirche herum bis zu einem Holztor, das in einen ummauerten Garten führte, stieß das schwere Tor auf und ging hinein. Ihr Herz schlug wie verrückt, sie hatte Mühe, ihre Atmung unter Kontrolle zu halten. Es ist nur ein *Garten*, schärfte sie sich nochmals ein. Kein Grund auszuflippen.

Das Tor fiel klickend hinter ihr ins Schloss, doch sie nahm kaum Notiz davon, während sie reglos dastand, beide Hände wie zur Abwehr zu Fäusten geballt, und sich umsah. Der Garten war nicht allzu groß, vielleicht sechs mal sechs Meter, aber voll herrlicher bunter Blumen, die in ringsum angelegten Rabatten blühten. Es gab einen Apfelbaum und einen – vermutete sie zumindest – Pflaumenbaum, dazu einen offenen Pavillon aus Holz mit einer Bank, beides in einem matten Grünton gestrichen. Genau in der Mitte des Gartens stand eine Vogeltränke aus Stein, in der ein einsames weißes Blütenblatt auf dem Wasser trieb.

Sie schritt bedächtig den Weg entlang und bewunderte

die Blumen, hochaufgeschossene weiße Lilien, Jungfer im Grünen mit papierartigen blauen Blüten, kugelrunde Dahlien, die ersten gelben Rosen mit einem Hauch von Rosa in Kelchnähe und die überall üppig sprießenden blaulila Hortensien. Es war wunderschön. Himmlisch.

Am Pavillon angelangt, hielt sie kurz inne, trat aber dann doch hinein und setzte sich auf die Bank. Eine Weile saß sie da, sog tief die verschiedenen Blumendüfte ein und beobachtete die Bienen, die um die Blüten eines robust wirkenden Sommerflieders herumsummten.

Sie öffnete den Mund, ihre Lippen fühlten sich trocken an. «Hallo, Michael», flüsterte sie, die Hände krampfhaft im Schoß gefaltet. «Ent... Entschuldige, dass ich noch nicht so oft hier war. Aber ich habe nie aufgehört, an dich zu denken.»

Tränen rollten ihr übers Gesicht und landeten auf ihren Händen. Ihre Finger zitterten. *Wenn dieser Pfarrer jetzt hier aufkreuzt, drehe ich durch*, dachte sie zornig. Sie malte sich aus, wie sie ihn anschreien würde, er solle abhauen, sie in Ruhe lassen, sich um seinen eigenen Kram kümmern, das Ganze versetzt mit allerlei auf einem Friedhof ganz und gar unangebrachten Kraftausdrücken.

Doch er ließ sich nicht blicken. Nur das leise Geräusch des Windes war zu hören, das rhythmische Rascheln im Laub um sie herum, sonst war es völlig still.

Nach einigen Minuten ließ ihre Anspannung nach. Sie lehnte sich auf der Bank zurück und schloss die Augen. *Es tut mir leid, Michael,* beteuerte sie im Geist. *So unendlich leid. Du wirst mir immer fehlen, solange ich lebe.*

Der Wind fuhr ihr sanft übers Gesicht, kurz fühlte es sich so an, als würde sie von einer Hand gestreichelt. Sie schlug die Augen auf, doch sie war allein. Nur ein blassgelber Schmetterling flatterte vor ihr durch die Luft und huschte dann über die Mauer hinweg.

Michael war gerade einmal sechzehn, als er starb. Es geschah an einem Donnerstag im März, einem ganz normalen, nieseligen Tag im März, an dem nichts darauf hindeutete, kein grelles Blitzen am Himmel, kein unvermutetes Beben der Erde, dass es sein letzter Tag auf Erden sein würde. Er hatte seit etwa einer Woche über heftige Kopfschmerzen geklagt, die nicht besser werden wollten, und für den Freitag hatte Karen für ihn einen Termin beim Arzt vereinbart. «Ich habe selber schon öfter Migräne gehabt», hatte sie gesagt, während sie ihm noch eine Paracetamol verabreichte. «Das ist grauenhaft. Am besten, du bleibst schön im Bett und versuchst zu schlafen.»

Hätten sie doch bloß etwas geahnt. Hätte er doch nur schon früher zum Arzt gekonnt. Der Termin am Freitag nutzte ihm nichts mehr. Da war er bereits tot.

Polly hatte ihrem Bruder seine Beschwerden nicht ganz abgenommen. Seine Abschlussprüfungen an der Schule standen nämlich bevor, auf die er sich eigentlich hätte vorbereiten müssen, und sie argwöhnte insgeheim, ob das Ganze nicht bloß Schau war, um sich davor zu drücken. Voller Scham entsann sie sich ihres dummen Geredes, als er beim Abendbrot kaum etwas herunterbrachte. «Ach, sind wir auf Diät?», hatte sie spöttisch gefragt und übertrieben die Augen verdreht, während er vor Schmerzen die Hand an die Stirn presste und lustlos in seinem Essen herumstocherte. «Kann es sein, dass das irgendwie mit Julie Miles zu tun hat?»

«Ach, du kannst mich mal», hatte er geknurrt und ihr unter dem Tisch einen Tritt versetzt.

An jenem Abend nahm Clare an einem wichtigen Schwimmturnier teil. Clare war damals dreizehn und eine vielversprechende Sprintschwimmerin. «Wart's ab, du schaffst es bis in die Olympiamannschaft», hatte ihr Vater jedes Mal frohlockt, wenn sie wieder einmal bei einem Wettkampf Erste geworden war. Die Wände in ihrer Hälfte des Zimmers, das sie sich mit der siebzehnjährigen Polly teilte, füllten sich zunehmend mit Siegerurkunden, während auf dem Kaminsims im Wohnzimmer ihre vielen Pokale und Trophäen blinkten.

Diesmal standen die Bezirksmeisterschaften von Hampshire an, die in Waterlooville stattfanden, und ihre Eltern ließen es sich nicht nehmen, Clare beide dorthin zu begleiten. «Hab ein Auge auf Michael», hatte Karen sie auf dem Weg zur Tür noch gebeten. «Um zehn Uhr kann er noch mal zwei Paracetamol nehmen, in Ordnung? Mach's gut, bis später.»

«Klar», sagte Polly leichthin, horchte, bis sich das Motorgeräusch ihres Autos aus der Auffahrt entfernt hatte, und rief dann sofort bei ihrem Freund an. «Jay? Sie sind weg. Hast du Lust vorbeizukommen?»

Jay und Polly waren damals unzertrennlich gewesen. Und sie waren sich beide sicher, es war eine Liebe fürs Leben. Nach ihrem Abitur in jenem Sommer wollten sie zunächst bis Weihnachten jobben, um Geld zu verdienen – mit etwas Glück würde Jays Vater sie beide in der Brauerei unterbringen, bei der er arbeitete –, und dann ein halbes Jahr per InterRail auf Reisen gehen, sich einfach mit einem Rucksack auf dem Rücken auf den Weg machen und kreuz und quer durch Europa gondeln, nach Italien, Spanien, Deutschland ... Jay hatte den Ehrgeiz, in jeder einzelnen europäischen Hauptstadt mit ihr zu schlafen. «Den Rest der Welt gehen wir später an», versprach er. Kein Wölkchen trübte ihr Glück, sie blickten einer rosigen gemeinsamen Zukunft entgegen, verheißungsvoll, aufregend und voll lasziver Verrenkungen in ausländischen Jugendherbergen. Es würde sagenhaft werden, das stand jetzt schon fest.

Jay war sofort vorbeigekommen, und sie hatten den Abend über wild auf dem Sofa herumgemacht, während im Hintergrund «ihre» Platte lief, *Pills 'n' Thrills and Bellyaches* von den Happy Mondays. Sie hatten schon miteinander Sex gehabt – hastige Nummern im Stehen an der Mauer hinter dem Jugendclub, bei Jay zu Hause, tagsüber, wenn sie eigentlich in der Schule hätten sein müssen, und einmal sogar an einer Bushaltestelle, auf dem Heimweg von einer Party –, aber noch nie bei Polly zu Hause. Ihr war nicht ganz wohl dabei, vor allem weil Michael oben in seinem Zimmer lag.

«Er bekommt doch nichts davon mit», flüsterte Jay ihr immer wieder schwer atmend ins Ohr, während er ihr die Hand unters T-Shirt schob. «Wir müssen bloß ganz leise sein, dann merkt er nichts.»

Sie hatte gekichert. Und konnte nicht widerstehen. «Also gut. Aber wir müssen uns beeilen», murmelte sie.

Und so hatten sie sich gegenseitig eilig die Klamotten vom Leib gestreift, und Polly hatte sich nackt auf dem Sofa mit dem weinroten Kunstlederbezug ausgestreckt, der sich an ihrem Po ganz kühl anfühlte. Jay hatte etwas Mühe mit dem Kondom, und ausgerechnet da, während er gerade zittrig damit herumfummelte und Shaun Ryder weiter im Hintergrund nölte, hatte sie Michael rufen hören. «Polly? Polly!»

Sie erstarrte. «Das ist Michael.» Auf einmal fühlte sie sich entsetzlich entblößt und bekam ein mulmiges Gefühl bei der Sache. Wenn ihr Bruder jetzt nach unten kam und sie so sah – o mein Gott, sie würde sterben vor Scham. Das würde er ihr noch ewig unter die Nase reiben!

Jay aber grinste nur, während er mit wippendem, nunmehr gummiverhülltem Glied auf sie kletterte. «Vergiss ihn mal», hatte er geraunt. «Denk jetzt nur an das hier.»

Dann küsste er sie, und sie hatte Michael im Nu wieder vergessen. Und irgendwann im Lauf der nächsten Minuten, während Jay sich in sie stieß und sie leise stöhnte, war ihr Bruder oben in seinem kleinen Zimmer gestorben, einsam und allein, einfach so.

Festgestellt hatte sie es erst, als es längst zu spät war. Nachdem sie und Jay sich gesäubert hatten, mit noch hochroten Gesichtern, zerwühltem Haar und einander glücklich zulächelnd; nachdem die feuchten Papiertaschentücher tief im Abfalleimer in der Küche versenkt worden waren, damit ihre Eltern keinen Verdacht schöpfen konnten; nachdem sie das Sofa eilig einmal feucht abgewischt und die Kissen wieder ordentlich aufgeschüttelt hatte. Erst da entsann sie sich, dass ihr Bruder nach ihr gerufen hatte.

«Ich gehe mal rasch nachsehen, was der arme Kranke von mir wollte», sagte sie und konnte ihren Blick kaum von Jays Gesicht losreißen. «Bin gleich wieder da.»

Und danach war nichts mehr, wie es vorher war.

Polly klammerte sich vorne an der Bank fest, während sie mit aller Macht die Erinnerungen an jenen schrecklichen Abend zu verscheuchen versuchte, doch sie standen ihr so deutlich vor Augen, als wäre es erst letzte Woche passiert.

Es war ein Gehirnaneurysma gewesen. Die Wand eines prallgefüllten Blutgefäßes in seinem Kopf war gerissen, was eine sofortige massive Blutung zur Folge hatte. «Das war eine tickende Zeitbombe», hatte man ihnen später im Krankenhaus erklärt. «Unglaublich selten. Da hätte niemand mehr etwas für ihn tun können. Da kam jede Hilfe zu spät.»

Polly allerdings sah das anders. Wenn sie sofort zu ihrem Bruder hochgelaufen wäre, als er nach ihr rief, statt es mit Jay auf dem Sofa zu treiben, hätte sie womöglich noch etwas für ihn tun und ihm so möglicherweise das Leben retten können. Sie hätte dem Lauf der Dinge eine ganz andere Richtung geben können. Es war alles ihre Schuld.

Benommen stand sie von der Bank auf. Ihr Atem ging flach und keuchend, und sie drückte sich beim Gehen eine Hand an die Brust. Sie musste zurück in den Bungalow ihrer Eltern, musste dringend aus diesem Garten hinaus. Die Blumendüfte schienen auf einmal geradezu betäubend intensiv, ihr wurde regelrecht schwindelig davon.

Den Kopf noch immer voll ungebetener Erinnerungen, stolperte sie blindlings durch das Tor und den Weg entlang, der über den Friedhof führte, dem Ausgang entgegen, wo Sissy auf sie wartete. Kalter Schweiß rann ihr über den Rücken, ihr Mund war trocken, wie ausgedörrt, und ihre Zunge fühlte sich taub an, pelzig.

Es war ein Fehler gewesen, hierher zurückzukommen. Ein schrecklicher Fehler. Sie band Sissy vom Tor los und rannte förmlich mit ihr nach Hause zurück.

11

Am Freitagabend klopfte Karen an Clares Hintertür, ehe sie aufschloss und eintrat. «Juu-hu, der Babysitter ist da», rief sie fröhlich.

Clare war oben in ihrem Schlafzimmer und versuchte gerade zu entscheiden, was sie anziehen sollte. «Komme gleich», rief sie zurück, während unten die Kinder ihre Oma stürmisch begrüßten und auch Fred ein Willkommensgebell beisteuerte, und wandte sich wieder zum Spiegel um.

Nein, in der Jeans sah sie zu dick aus – in letzter Zeit hatte sie ein paar Pfund zugelegt. Typisch, gerade wenn sie sich etwas zu moppelig fühlte, musste ihre Schwester hier auftauchen, ranker und schlanker denn je. Sehr attraktiv aber sah sie nicht aus in ihrem abgemagerten, verhärmten Zustand, und Clare hatte sich schon bei der Überlegung ertappt, ob sich hinter den ominösen «Recherchen», die Polly hier angeblich durchführen wollte, nicht eher irgendeine schreckliche unheilbare Krankheit verbarg. Pollys sonst immer so beneidenswert glänzendes, vitales Haar hing ihr strähnig und stumpf ums Gesicht herum. Ihre braunen Augen waren dunkel umschattet, fast wie bei einem Totenkopf, aber ihr Blick funkelte trotzig, wie um sich jede Bemerkung zu ihrem Aussehen zu verbitten, die Clare auf der Zunge liegen mochte.

Doch als Polly dann auf ihre gewohnt blasierte, gönnerhafte Tour daherredete, hatte Clare gemerkt, dass der Eindruck von Krankheit täuschte und sie ganz die Alte war. Mitleid war also völlig fehl am Platz.

Nein, doch lieber den Rock, entschied sie und nahm ihn vom Kleiderbügel. Roxie feierte heute Abend ihren Geburtstag mit einem Umtrunk in Amberley, und verglichen mit Roxies hyperschlanken jungen Freundinnen, würde sie sich in ihrer Jeans vorkommen wie eine Presswurst, die auf jung machte. Ihre Beine konnten sich nach wie vor sehen lassen – wenn sie auch derzeit die Spuren eines fehlgeschlagenen Experiments mit Selbstbräuner zeigten –, da war ein Rock eindeutig die bessere Wahl.

Nachdem sie sich angekleidet hatte, schminkte sie sich rasch die Augen, trug Lippenstift auf und betupfte sich zum Schluss noch Hals und Handgelenke mit etwas Parfüm. In der Praxis war sie neulich auf einen Zeitschriftenartikel über Parfüm zum Selbermachen gestoßen, und sie hatte einige der Rezepte ausprobiert. Der Duft, den sie aufgetragen hatte, «1001 Nacht», eine betörende Mischung aus Orange, Wacholder, Koriander und Weihrauchölen, roch auf ihrer Haut angenehm frisch und exotisch, und sie erntete jedes Mal begeisterte Reaktionen, wenn sie ihn auftrug. Ein Fläschchen davon hatte sie für Roxie als Geschenk eingepackt, zusammen mit einer selbstgemachten Badekugel. Eines Tages könnte sie sich für ihre Freundinnen ebenso teure Geschenke leisten wie Polly immer, aber vorläufig mussten sie mit etwas preiswerteren Dingen vorliebnehmen.

Noch ein letzter Blick in den Spiegel. Sie schüttelte ihr schulterlanges braunes Haar noch einmal auf, überprüfte, ob ihre Wimperntusche auch nicht verschmiert war, und begutachtete ihre Zähne auf Lippenstiftflecken. Hätte sie doch bloß nicht so nervös gewirkt. Dann schaltete sie das Schlafzimmerlicht aus und lief eilig nach unten in die Küche, wo Alex und Leila ihrer Großmutter gerade eifrig berichteten, was es bei ihnen alles Neues gab.

Karen blickte auf, als Clare hereinkam. Sie saß am Tisch, flankiert von ihren beiden Enkeln, und Fred hatte ihr zutraulich den Kopf auf die Knie gelegt. «Hallo, Liebes», sagte sie. «Hübsch siehst du aus. Oh – und was für ein betörendes Parfüm.» Sie schnupperte genießerisch.

«Danke, Mama», sagte Clare. «Das habe ich selbst gemacht – wenn du magst, fülle ich dir gern ein Fläschchen davon ab.»

«Ja, sehr gern.» Ihre Mutter zwinkerte den Kindern zu. «Da wird Opa aber Augen machen, was, wenn ich nach Hause komme und dufte wie eine feine Dame!»

Clare lächelte. «Kinder, nun macht euch bettfertig, in fünf Minuten komme ich hoch und prüfe, ob ihr euch die Zähne geputzt habt.» Die beiden stürmten hinaus und die Treppe hoch, und sie setzte den Teekessel auf. «Na, wie läuft's denn so mit eurem Hausgast?», fragte sie und bemerkte mit einem Stirnrunzeln, wie müde ihre Mutter aussah. Hoffentlich scheuchte Polly sie nicht den ganzen Tag herum.

«Nun, es ist natürlich noch etwas ungewohnt», antwortete Karen diplomatisch, während sie Fred hinter den Ohren kraulte, «aber es ist schön, sie bei uns zu haben. Sie arbeitet bloß so viel. Ich traue mich gar nicht mehr, staubzusaugen oder mich mal vor den Fernseher zu setzen, weil sie den ganzen Tag am Schreibtisch hockt.» Sie schüttelte den Kopf und schnalzte betrübt mit der Zunge. «Ich finde ja, sie sollte sich erst mal etwas Ruhe gönnen, aber sie ist … Na ja, sie wirkt sehr angespannt. Ich und dein Vater schleichen nur auf Zehenspitzen um sie herum. Heute Nachmittag hat er sich nicht mal *Countdown* angesehen, das verpasst er doch sonst nie. Ist stattdessen raus in den Garten und hat den Rasen gemäht, obwohl das noch gar nicht nötig gewesen wäre. Und dann wurde Polly wegen des Lärms ganz kratzbürstig, also war das auch wieder nicht recht.»

«Hmmm.» Es missfiel Clare, dass ihre Eltern durch Polly zu solcher Rücksichtnahme gezwungen waren. «Kann sie nicht in ihrem Zimmer arbeiten? Ich meine, warum muss sie das Wohnzimmer mit Beschlag belegen? Kann doch nicht angehen, dass Papa nicht mal seine Ratesendung sehen kann.»

«So sieht er das auch», erwiderte Karen, die Fred jetzt unter dem Kinn kraulte. «Wir haben uns deswegen schon ein paarmal in die Wolle gekriegt. Du kennst ihn ja, den alten Sturkopf. Aber wir werden uns schon noch zusammenraufen mit ihr, ganz sicher», fügte sie versöhnlich hinzu. «Es ist bloß … ungewohnt.»

Clare kümmerte sich um den Tee und dachte kurz nach. Ihre Mutter, das wusste sie, war so froh darüber, Polly wieder um sich zu haben, dass sie vermutlich ängstlich bemüht war, jeden Konflikt zu vermeiden. Was ja verständlich war, nach all den Jahren, in denen Polly so gut wie von der Bildfläche verschwunden war. Aber dass ihre Schwester das ungeniert ausnutzte, widerstrebte ihr trotzdem. «Tja … Aber lass dich nicht von ihr herumschubsen, ja?», sagte sie schließlich. «Drohe ihr mit Taschengeldentzug, wenn sie sich nicht benimmt. Oder mit Stubenarrest!»

«Tja, das wird nichts fruchten», seufzte Karen. «Sie hat sich schon selbst Stubenarrest verordnet. Hat kein Interesse daran, mal mitzukommen und unsere Freunde kennenzulernen. Hat auch Jacky Garland einen Korb gegeben, obwohl Jacky sie eingeladen und gesagt hat, sie würde ein Treffen mit Kaffee und Kuchen organisieren, mit ein paar anderen von Pollys alten Schulfreundinnen, damit sie die nach all den Jahren mal wiedersehen kann.»

«Wie, und das hat sie abgelehnt?»

Karen nickte. «Ja, rundheraus, ohne Wenn und Aber. Was soll ich Jean jetzt erzählen? Es ist sehr unhöflich, zumal wo Jacky sich so viel Mühe machen wollte.» Sie zuckte mit den Schultern. «Im Vergleich zu London ist hier natürlich auch wenig los, denke ich mal. Bestimmt vermisst sie all ihre Freunde. Ich habe ihr schon zu entlocken versucht, ob es da vielleicht einen Mann in ihrem Leben gibt, aber sie hüllt sich in Schweigen.» Sie fuhr sich mit den Fingern an den Lippen entlang, als würde sie einen Reißverschluss schließen. «Na ja, nichts Neues bei Polly. Einen Hang zur Heimlichtuerei hat sie ja immer schon gehabt.»

«M-hm», machte Clare. Schon seltsam, überlegte sie, dass Pollys Privatleben für sie alle ein solches Buch mit sieben Siegeln war. Clare wusste nichts über etwaige Beziehungen ihrer Schwester, kannte keine Freunde von ihr, hatte nicht die leiseste Ahnung, was sie in ihrer Freizeit machte. Sie hätte auch bereits, von ihnen völlig unbemerkt, mehrere Ehen hinter sich haben können. Ihre Mutter hatte recht – Polly war auch früher schon verschlossen gewesen, hatte sich nie in die Karten schauen lassen, während Clare das genaue Gegenteil war. Ihr Mienenspiel verriet immer sofort, was sie gerade fühlte oder dachte, sie wäre eine miserable Pokerspielerin gewesen. Manchmal ärgerte es sie, dass sie so leicht zu durchschauen war, aber immerhin war sie aufrichtig. Wie das wohl war, so verschlossen zu sein und sich so radikal von anderen abzuschotten wie Polly? Wie hielt man so ein Leben bloß aus?

«Edith Lindley hat gesagt, sie hätte sie vorhin auf den Friedhof huschen sehen», sagte Karen und zog vielsagend die Augenbrauen hoch. «Ich mochte es kaum glauben, aber sie hat geschworen, dass es Polly war. Na ja, Sissy zumindest war es auf jeden Fall, und ich wüsste nicht, wer die sonst ins Dorf hätte ausführen sollen.»

«Wow», sagte Clare verblüfft. «Wie lange war sie da jetzt nicht mehr, seit –»

«Seit der Beerdigung nicht mehr», erwiderte Karen leise. Sie blickten sich an. «Ich habe noch nicht mit ihr darüber reden können. Hoffentlich hat sie es gut verdaut.»

Um diese Abendstunde dauerte die Fahrt nach Amberley nur zwanzig Minuten, und Clare stellte ihren zerbeulten kleinen Fiat auf dem Somerfield-Parkplatz ab. Da sie sich ein Taxi nicht leisten konnte und der Weg zu Fuß zu weit war, musste sie notgedrungen mit dem Wagen herkommen, was nicht ideal war, schließlich musste sie später auch wieder zurückfahren und konnte folglich nichts trinken. Das war sehr bedauerlich, denn an einem solchen Abend unter Leuten, von denen sie außer Roxie niemanden kannte, konnte es nicht schaden, sich ein wenig Mut anzutrinken. Aber dazu war ihr Budget ja ohnehin zu klein, sie musste also zusehen, wie sie sich ohne Alkohol behauptete.

Roxie feierte ihren Geburtstag im *Fox and Goose* an der Hauptstraße von Amberley. Es war eine schicke Edelpinte mit gedämpfter Beleuchtung, gemusterten Tapeten im Retro-Look und eleganten altmodischen Sofas, gruppiert um Tische aus poliertem Holz. Manche der Wände bestanden aus rohem, unverputztem Stein, andere wiederum waren mit knallig bunten Bildern, schmiedeeisernen Wandleuchtern mit dicken weißen Kerzen und, abstruserweise, einem schwarz-weißen Kuhfell geschmückt.

Als Clare das Lokal betrat, war es bereits ziemlich gut gefüllt, die Stimmung lebhaft-gelöst, passend zu einem Freitagabend. Sie hielt Ausschau nach ihrer Freundin und machte sich auf den Weg, vorbei an den Tischen mit edel gestylten Frauen und sportlich-schicken Männern, bemüht, sich nicht einschüchtern zu lassen. Das hier war schon etwas anderes als das *King's Arms* in Elderchurch, der einzige Pub im Dorf, ein gemütlicher Laden mit dunkler Holzvertäfelung und abgewetzten Samtbezügen auf den Bänken, in dem der Wirt und seine Frau, Stu und Erica, an den Zapfhähnen residierten wie jedermanns Lieblingsonkel und Lieblingstante.

Sie reckte den Kopf in die Höhe, um Roxie zwischen den Gästen ausfindig zu machen. Wo war sie denn nur?

«Clare, sind Sie es?»

Beim Klang der tiefen Stimme direkt hinter ihrem linken Ohr zuckte sie heftig zusammen und fuhr herum. Dann errötete sie. Es war Luke Brightside, der direkt neben ihr stand und zu ihr herablächelte. Er war groß mit dunklem, immer etwas zerzaustem Haar und grauen Augen, und … und er war viel zu jung und gut aussehend für jemanden wie sie, ermahnte Clare sich streng.

«Oh, fein», sagte er, «Sie sind es ja wirklich. Wie ich das hasse, so einen Laden allein betreten zu müssen. Wo mag die Geburtstagsprinzessin wohl stecken, was meinen Sie?»

Clare lächelte, froh, nicht mehr allein zu sein. Er duftete gut – frisch, nach Holz, männlich. Dann fiel ihr ein, dass er ja auf eine Antwort wartete. «Hm … keine Ahnung», druckste sie und spürte, wie ihr heiß das Blut ins Gesicht schoss. Himmel, ging es nicht noch auffälliger? Die alleinstehende Mutter mittleren Alters, die bei dem gutaussehenden jungen Arzt zu landen versuchte. Wie peinlich war sie bitte schön?

«Stürzen wir uns zusammen ins Getümmel, ja?», witzelte er.

«Jawohl», sagte Clare. «Und immer schön Ausschau nach dem Geburtstagskind halten.» Und um nicht länger durch seine körperliche Nähe in Verlegenheit gestürzt zu werden, ließ sie ihn abrupt stehen und ging mutig voran.

Nachdem sie in dem Gedränge um ein Haar einen fremden Gin Tonic verschüttet hätte und danach noch fast auf einen Fuß in einer edlen Riemchensandalette getreten wäre, entdeckte sie Roxie, die an einem Ecktisch ganz hinten Hof hielt. Sie trug ein knallig orangerotes, hautenges, rüschenbesetztes Kleid mit einem farblich passenden federbesetzten Haarreifen im lockigen weißblonden Haar, rosa Stöckelschuhe und etwa drei Kilo Wimperntusche. Für Clare wäre ein so schriller Aufzug niemals in Frage gekommen, aber die kesse Roxie sah damit einfach nur hinreißend aus.

«Clare! Luke! Oh, hallo!», quietschte sie. Sie saß an der

Wand, eingezwängt zwischen anderen jungen Frauen, die grellbunte Cocktails schlürften, krabbelte aber kurzerhand unter dem Tisch hindurch, um ihre neuen Gäste zu begrüßen.

Clare lachte, als Roxie unter dem Tisch zum Vorschein kam, sich rasch das Kleid sauber klopfte und sie dann nacheinander umarmte. «Danke, nett, dass ihr da seid», sagte sie freudestrahlend. «Seid ihr … zusammen gekommen?» Sie zog eine Augenbraue in die Höhe, als würde sie Klatsch wittern, und Clare schüttelte den Kopf.

«Wir sind uns eben an der Tür über den Weg gelaufen», sagte sie und drückte Roxie die Präsenttüte mit ihren Geschenken in die Hand. «Hier. Herzlichen Glückwunsch zum Geburtstag, Süße.»

Luke reichte ihr eine Glückwunschkarte. «Alles Gute zum Geburtstag, Roxie», sagte er. «Entschuldigung, für Geschenke habe ich wirklich kein Händchen, aber dafür würde ich Ihnen gerne einen Drink ausgeben.»

«Ach, das wäre doch nicht nötig, Luke», wehrte Roxie ab und klimperte mit dem Wimpern. «Aber immerhin habe ich ja Geburtstag, deshalb, nur zu, ich hätte gerne einen Kinky Pink, bitte schön.»

Luke lachte über ihren atemlosen Vortrag. «Einen Kinky … Pink. In Ordnung. Kann ich machen. Und Sie, Clare, was hätten Sie gern?»

Satinbettwäsche, frische Erdbeeren und dazu dich, nackt, wie Gott dich schuf, hätte sie gern geantwortet. Aber sie beherrschte sich. «Einen Limonensprudel, bitte.»

Er entfernte sich, und sie seufzte sehnsüchtig. Reiß dich zusammen, Clare. Nur gut, dass sie heute keinen Alkohol trank, so konnte sie zumindest nicht aus der Rolle fallen und sich bis auf die Knochen blamieren. Denn das wollte sie im Beisein von Dr. Brightside nun wirklich nicht.

«Och, als ihr beide eben zusammen aufgetaucht seid, dachte ich schon, es wäre etwas Aufregendes passiert», scherzte Roxie.

«Schön wär's.» Clare zog eine Schnute. «Und, amüsierst du dich gut?»

«Ja, auf jeden Fall», sagte Roxie. «Siehst du den Typen da drüben – starr nicht so hin! – in dem lavendelfarbenen Hemd, mit den kurzen Haaren? Auf den habe ich ein Auge geworfen. Möchte ihn später gern kidnappen und mit zu mir nehmen, mal sehen, ob er mich zu meinem Geburtstag ein bisschen verwöhnt.»

Clare sah unauffällig zu einem gutaussehenden jungen Mann Anfang zwanzig hinüber, der mit ein paar Freunden zusammensaß. Er trug ein knalliges Hemd (Clare hätte die Farbe eher als Violett bezeichnet, aber «lavendelfarben» klang wohl vornehmer), hatte ungewöhnlich strahlend grüne Augen – farbige Kontaktlinsen? – und einen dunklen Stoppelbart. Schon bei dem Anblick meinte Clare zu spüren, wie es beim Küssen kratzen würde, wenn dieses unrasierte Kinn einem übers Gesicht scheuerte, aber sie verkniff sich jeden Kommentar. «Nett», sagte sie. «Und, willst du mich nicht mit deinen Freundinnen bekannt machen?»

Roxie stellte ihr die Runde nacheinander vor, Davina, Maz, Coco, Jodie, Amelie, Izzy und … spätestens ab Izzy hatte Clare den Überblick verloren. Sie lächelte und fühlte sich ganz benommen, während ein bildhübsches junges Geschöpf nach dem anderen kurz zu plaudern aufhörte, um ihr hallo zu sagen. «Hallo zusammen», sagte sie mit einem albernen kleinen Winken. «Ähm … ist hier neben dir vielleicht noch frei, Coco?»

«Ich bin Jodie, macht nichts. Klar, setz dich ruhig.» Jodie warf schwungvoll ihre glänzende kastanienbraune Mähne zurück.

Ehe Clare in die Verlegenheit kam, mühsam ein Gespräch mit ihr anzubahnen, tauchte zum Glück Luke wieder auf und stellte ihr einen großen, grell pinkfarbenen Cocktail hin. «Tut mir leid», sagte er fröhlich, «mir war ganz entfallen, was Sie trinken wollten, deshalb habe ich Ihnen auch einen Kinky Pink besorgt. Roxie! Hier ist Ihr Drink.» Er setzte sich auf den Platz neben Clare und prostete ihr mit einem Bier zu. «Prost», sagte er. «Schön, Sie mal zur Abwechslung privat zu treffen. In der Praxis kommt man nie groß dazu, sich mal zu unterhalten, stimmt's?»

«Stimmt.» Clare beäugte misstrauisch ihren Cocktail, der gefährlich hochprozentig aussah. «Äh … wissen Sie vielleicht, was da alles drin ist? Ich bin nämlich mit dem Wagen da und muss ja noch zurückfahren.»

«O Gott, Entschuldigung», sagte er. «Ich habe ein miserables Gedächtnis. Leute erzählen mir was, und gleich darauf habe ich es schon wieder vergessen. Also, was hätten Sie gern? Ich gehe noch mal zur Bar, kein Problem.»

Clare zögerte. Sie hatte fünfundzwanzig Pfund dabei, die das Wochenende über reichen mussten. Ein Taxi, das locker fünfzehn Pfund kosten würde, wollte sie davon wirklich nicht bezahlen. Mit Promille Auto fahren kam zwar ebenso wenig in Frage, aber sie wollte das Luke jetzt nicht alles lang und breit erklären, damit er sie nicht für eine Angsthäsin oder, schlimmer noch, für geizig hielt.

«Schon gut», sagte sie. «Einen Cocktail kann ich wohl trinken. Und vielen Dank.»

«Sind Sie sicher?», fragte er. «Es macht mir nichts aus. Den hier können wir immer noch Roxie geben, die schlürft bestimmt auch beide gern.»

Clare rechnete kurz im Kopf. Sie wollte Roxie gern einen ausgeben, und nun auch Luke, nachdem er die erste Runde übernommen hatte. Machte um die zehn Pfund. Wenn sie diesen Kinky Pink extralangsam schlürfte und danach nur noch Leitungswasser trank, wäre sie aus dem Schneider. «Nein, ist in Ordnung.» Sie probierte ein Schlückchen. «Schmeckt toll, danke.»

Kurz saßen sie da und blickten schweigend umher. Dann fingen sie beide gleichzeitig an zu reden.

«Und, wissen Sie …?»

«Und, wo genau müssen Sie später …?»

Er lachte. «Nur zu, Sie zuerst.»

«Ich wollte bloß fragen, ob Sie wissen, ob heute Abend noch jemand aus der Praxis kommt?» Insgesamt arbeiteten dort fünf Ärzte: Angela Copper (über vierzig, verheiratet und Mutter von zwei halbwüchsigen Töchtern), Marcus Walter (klein, schmächtig, blond – das genaue Gegenteil des großen, sportlichen, dunkelhaarigen Luke –, aus Lancaster, schwul), Edward Arkwright (kurz vor der Pensionierung, grauhaarig und griesgrämig) und Hilary Manning (eine blasse Frau über fünfzig, die wie eine Bibliothekarin wirkte, vier Katzen ihr Eigen nannte und die sanfteste, freundlichste Stimme hatte, die Clare kannte). Eigentlich kam da bloß Marcus in Frage, aber Roxie war durchaus zuzutrauen, dass sie auch Dr. Arkwright auf ein paar flambierte Sambucas dazugebeten hatte.

«Da wissen Sie genauso viel wie ich», sagte er. «Marcus ist, glaube ich, dieses Wochenende in London, und Angela hat erwähnt, dass sie Freunde zum Abendessen erwartet. Was Hilary und Edward betrifft …» Er grinste. «Da habe ich eher meine Zweifel. Ohne den beiden zu nahe treten zu wollen natürlich.» Er wandte den Kopf ab, musterte kurz die um Roxie versammelten Freundinnen. «Was ist denn für heute noch alles geplant? Roxie hat dunkel angedeutet, dass es später noch in irgendeinen Club gehen soll, der sich ziemlich gruselig anhörte, gehen Sie da noch mit?» Er sah gequält drein. «Bitte sagen Sie nein. Ich halte es in diesen Läden nicht mehr aus. Da komme ich mir immer so uralt vor.»

Clare lachte prustend. Luke Brightside und alt, was für ein Witz. «Nun kommen Sie mir mal nicht so!», widersprach sie. «Ich wette, Sie sind jünger als ich. Und nein, ich gehe heute Abend in keinen Club mehr. Weil ich –» Sie wollte eben erklären, dass ihre Mutter zu Hause ihre Kinder hütete und sie versprochen hatte, um spätestens zwölf Uhr wieder zurück zu sein, wie das Aschenputtel von Elderchurch, aber etwas hielt sie davon ab. Sie wollte jetzt nicht die Mutti geben, die über Kinder und Babysitter redete. «Weil mir Pubs mittlerweile lieber sind als laute Clubs», erklärte sie stattdessen.

«Geht mir ganz genauso», erwiderte er. «Und ich bin vierunddreißig, also mindestens … na, mindestens zehn Jahre älter als Sie.»

Seine Augen funkelten vergnügt, er zog sie bloß ein wenig auf, aber es war nett. «Vierunddreißig?», wiederholte sie und gab sich bestürzt. «O Gott, na, dann nehme ich alles zurück, dann sind Sie tatsächlich schon uralt. Ich bin nämlich dreiunddreißig, also noch ein ganz junger Hüpfer im Vergleich.»

Sie lachten beide, und das fühlte sich so nett an, so vertraut, dass sie kurz – ganz kurz – eine gegenseitige Anziehung zwischen ihnen zu verspüren meinte.

«Clare.» Luke beugte sich etwas näher zu ihr.

«Ja?» Sie fröstelte geradezu vor Aufregung.

Ein unverwechselbares Summen und Trillern drang aus ihrer Handtasche. Sie hatte den Klingelton ihres Handys extra laut eingestellt, um es auch über die Musik hinweg auf jeden Fall zu hören. «Äh … ist das Ihr Handy?», fragte er.

Sie riss sich widerwillig von seinem Blick los und bückte sich nach ihrer Tasche. «Tut mir leid. Ich stelle es rasch ab.» Im Display stand die Anruferkennung *Mama*, und sie zögerte. Vermutlich wollte ihre Mutter bloß wissen, ob Fred die übriggebliebene Bratwurst fressen durfte oder etwas ähnlich Belangloses, aber … «Entschuldigung», sagte sie. «Ich muss kurz drangehen.» Sie drückte auf den grünen Knopf. «Hi, Mama, ist alles in Ordnung?»

«Oh, Gott sei Dank», hörte sie Karens aufgeregte Stimme. «Es ist Leila, du solltest wohl besser zurückkommen. Sie hat im Bett brechen müssen, und jetzt hat sie Fieber.»

Clare fühlte sich, als wäre ihr ein Kübel Eiswasser über den Kopf gekippt worden «Ich komme sofort, ich beeile mich», sagte sie und stand bereits vom Stuhl auf. «Tut mir leid, Luke, aber ich muss gehen, meine Tochter ist krank.» Sie sah sich suchend nach Roxie um, die aber, dem Kreischen ihres Publikums nach zu urteilen, offenbar gerade irgendeine besonders haarsträubende Geschichte zum Besten gab. «Richten Sie Roxie bitte aus, ich musste gehen, ja?»

Dann schnappte sie sich ihre Tasche, ohne seine Antwort abzuwarten, und verließ hastig das Lokal.

12

«Clare! Warten Sie!»

Sie rannte die Straße entlang durch die Abendluft, die sich an ihren vom Pub erhitzten Wangen kühl anfühlte, und nahm vor lauter Sorge um Leila nur ganz am Rande wahr, dass da jemand nach ihr rief. Typisch, gerade an dem Abend, an dem sie ausnahmsweise einmal ausging, musste ihre Tochter krank werden. An dem einen Abend, an dem sie nicht zu Hause war, um auf ihre Kleinen aufzupassen. Schlechte Mutter. Rabenmutter. Sie musste so schnell wie möglich nach Hause. Gott sei Dank hatte sie das Auto.

«CLARE! Warten Sie!»

Schritte kamen hinter ihr angespurtet, und dann tauchte Luke neben ihr auf. «Ich komme mit», bot er an, und seine Augen schimmerten im dämmrigen Abendlicht. «Wir können rasch meinen Arztkoffer aus der Praxis holen, dann sehe ich mir Ihre Tochter mal an. Natürlich nur, wenn es Ihnen recht ist?», fügte er etwas unsicher hinzu.

«Das würden Sie tun? O Gott, das wäre wunderbar, vielen Dank», keuchte sie. «Mein Auto steht da drüben.» Sie zeigte zu der Parkplatzeinfahrt rechts von ihnen. «Haben Sie vielen Dank.» Sie verlangsamte ihren Schritt, drückte sich eine Hand an die Brust. Sie war völlig aus der Puste, vermutlich hochrot angelaufen, aber was machte das schon. Das Einzige, was jetzt für sie zählte, war ihre Tochter.

So etwas passierte eben, wenn man nur einmal die Zügel schleifen ließ, dachte sie unglücklich. So etwas passierte eben, wenn man seine Pflichten vergaß und sich von lächerlichen pinkfarbenen Cocktails und lächerlich schnuckeligen Arztkollegen ablenken ließ. So etwas passierte eben, wenn man zu wichtigen Schwimmturnieren fuhr, darauf bestand, dass einen beide Eltern begleiteten und seinen kranken Bruder zu Hause zurückließ, der dann einfach so –

Ihr war, als würde ihr Herz von einer eisernen Klammer zusammengedrückt. *Daran darfst du nicht denken. Ihr passiert schon nichts.*

Clare schloss mit zitternden Fingern ihren Fiat auf. «Danke, Luke», sagte sie, als er sich neben ihr in das kleine Auto zwängte. «Das weiß ich wirklich zu schätzen. Kann sein, dass ich maßlos überreagiere, aber …» Sie lachte gezwungen und beschwor den Motor im Stillen, jetzt bitte beim ersten Mal anzuspringen. Immerhin, er tat ihr den Gefallen.

«… aber sie ist Ihre Tochter, und da wollen Sie kein Risiko eingehen», beendete Luke ihren Satz freundlich.

Sie schluckte. «Ja.» Sie schaltete das Licht an, löste die Handbremse und fuhr los, rasant und ohne Rücksicht auf Verluste. Gottlob hatte sie von dem Cocktail nur ein paar Schlückchen getrunken. Und welch ein Segen, dass Luke sie jetzt begleitete. Das war mit das Schlimmste an ihrem Dasein als alleinerziehende Mutter: dass sie auf eigene Faust medizinische Diagnosen treffen musste, wenn ihre Kinder krank waren oder sich verletzt hatten. Wie gerne hätte sie in solchen Situationen noch jemanden dabeigehabt, der sagte: «Ich glaube, ihm fehlt nichts, ist nur ein Kratzer», oder: «Bringen wir sie lieber in die Notaufnahme», damit sie die Last der Entscheidung nicht allein tragen musste. Schon beim kleinsten Ausschlag, bei Fieber oder Bauchschmerzen fühlte sich Clare wie gelähmt, während ihr Hunderte Möglichkeiten durch den Kopf schossen. War es Hirnhautentzündung? Lungenentzündung? Magen-Darm-Grippe?

Am schlimmsten war es, wenn eins der Kinder Kopfschmerzen hatte. Dann wich sie ihm nicht von der Seite, hatte ein wachsames Auge auf es, bis es ihm wieder besserging.

Sie wusste, dass das Aneurysma-Risiko erblich war. Sollte bei ihren Kindern derselbe genetische Code vorliegen wie bei Michael, könnte es –

Sie gab sich einen Ruck und konzentrierte sich wieder auf die Straße. Sie fuhr zu schnell. «Entschuldigung», sagte sie. «Mein Bruder ist nämlich jung gestorben», fügte sie erklärend hinzu. «Da werde ich jedes Mal unruhig, wenn die Kinder mal krank sind.»

«O nein, Clare, wirklich?», fragte Luke teilnahmsvoll. «Wie schrecklich. Was ist denn passiert?»

«Ein Hirnaneurysma», sagte sie knapp und brachte es zunächst nicht über sich, weiterzureden. Vor der Praxis machte sie halt und ließ den Motor laufen. «Und es war alles meine Schuld.»

Er blickte sie an und schüttelte den Kopf. «Nein, Clare», sagte er. «Nein. An einem Aneurysma kann niemand schuld sein. Niemals. Warten Sie hier, ich hole rasch etwas Ausrüstung, bin gleich wieder da.»

Sie blieb benommen im Wagen sitzen, mit immer noch tickendem Blinker, während er eilig ausstieg, die Tür der Praxis aufschloss und von Dunkelheit verschluckt wurde, als er hineintrat. Dann flammten die Lichter auf, sie sah, wie er die Alarmanlage abschaltete und dann in eins der Sprechzimmer hastete.

Nach weniger als zwei Minuten ließ er sich wieder auf den Beifahrersitz fallen, und sie fuhr los, während er sich noch anschnallte.

«Entschuldigung», seufzte sie erneut. «Das mit meinem Bruder hätte ich nicht erwähnen sollen. Es steht mir bloß jedes Mal vor Augen, wenn eins der Kinder mal krank wird.»

«Nun, ist ja ganz verständlich», beruhigte er sie. «Und den Vortrag darüber, warum Sie keine Schuld trifft, halte ich Ihnen ein anderes Mal. Jetzt erzählen Sie mir von Ihrer Tochter. Was wissen Sie genau?»

Clare berichtete, was ihre Mutter ihr am Telefon geschildert hatte, im Geist jedoch war sie längst wieder in jenem Hallenbad in Waterlooville. Wie damals stand sie da, im Badeanzug, mit weißer Bademütze und einer Schwimmbrille vor den Augen. Auf Bahn vier. Sie und die anderen Mädchen in ihrem Durchgang aus der Altersklasse unter vierzehn hatten mit gebeugten Knien am Beckenrand gestanden, bereit zum Sprung, und auf das Startsignal gewartet. Hundert Meter Schmetterling. Ihre Lieblingsdisziplin.

Sie bemühte sich, an nichts zu denken, wie ihr Trainer es ihr beigebracht hatte, sich ganz auf ihren Körper zu konzentrieren, ihr schlagendes Herz, ihre gebündelte Energie, die Kraft in ihren Armen und Beinen. Sie konnte es schaffen. Sie konnte die anderen schlagen. Und wenn sie dann noch ihre persönliche Bestzeit um eine Sekunde unterbot –

«Achtung, Achtung, Mr. und Mrs. Graham Johnson, bitte melden Sie sich am Empfang», drang unvermittelt eine Stimme aus dem Lautsprecher und riss Clare unsanft aus ihren Gedanken. «Ich wiederhole, Mr. und Mrs. Graham Johnson, bitte am Empfang melden.»

Dann gab der Starter das Kommando: «Auf die Plätze.»

Die anderen Mädchen gingen in die gebückte Startposition, den Kopf eingezogen, die Finger vorne an den Zehen. Clare tat es ihnen erst nach einer Schrecksekunde gleich, abgelenkt durch den Anblick ihrer Eltern, die sich gerade durch die Zuschauerreihen auf der Tribüne bewegten. Sie würden ihr Rennen verpassen. Was ging hier vor?

«Fertig …»

Fünf Körper spannten sich auf ihren Startblöcken an. Clare aber konnte sich nicht konzentrieren. Die Stimme hatte doch Mr. und Mrs. Graham Johnson gesagt, oder? Konnte es wirklich zwei Graham Johnsons in der Halle geben? War alles in Ordnung?

Da ertönte der Startpfiff.

Alle schnellten ins Wasser, auch Clare, die automatisch die Arme nach vorne riss, sich vom Startblock abstieß und sauber ins Wasser eintauchte. *Konzentrier dich, Clare, konzentrier dich.* Sie pflügte die Bahn entlang und war bemüht, nicht an ihre Eltern zu denken. *Denk jetzt nur an das hier. An dieses Rennen. An deine Arme und Beine, sonst nichts.*

Es nutzte nichts. Ihre Konzentration war dahin. Am Ende war sie Vierte geworden, volle fünf Sekunden schlechter als bei ihrer Bestzeit. Hinterher hatte sie sich aus dem Becken geschwungen und war losgelaufen, um jemanden zu suchen, der ihr sagen konnte, was los war, nur um dann die schlimmste, verheerendste Nachricht ihres Lebens zu erhalten: Michael ist tot.

Was auch immer Luke sagen mochte, dass Michael an jenem Abend starb, *war* ihre Schuld. Ihre Mutter hatte eigentlich zu Hause bleiben wollen, um sich um ihn zu kümmern, aber Clare hatte sich furchtbar aufgeregt, sogar mit dem Fuß aufgestampft, das seien doch die Bezirksmeisterschaften, ob ihre Mutter denn nicht wisse, wie wichtig dieses Turnier für sie sei?

Hätte sie doch bloß den Mund gehalten und sich damit zufriedengegeben, dass ihr Vater sie begleitete. Wäre sie doch bloß so einsichtig gewesen zu erkennen, dass ihre Mutter ihr Turnier natürlich nicht auf die leichte Schulter nahm, sich aber eben auch um Michael sorgte.

Für diese Einsichten aber war es nun zu spät.

«Da wären wir», verkündete sie aufatmend, als sie in Elderchurch in ihre Straße einbog. Auf einmal genierte sie sich bei dem Gedanken, dass Luke nun ihr armseliges kleines Haus zu sehen bekam. Als Arzt wohnte er vermutlich sehr viel komfortabler. Aber was spielte das für eine Rolle? All das war jetzt unwichtig. «Hier geht's rein.»

Stille empfing sie, als sie ins Haus traten. «Mama?», rief Clare mit gedämpfter Stimme.

«Hier sind wir», drang eine Stimme aus dem Wohnzimmer.

Sie folgten der Stimme und fanden Karen und Leila auf dem Sofa vor, Leila lang ausgestreckt mit dem Kopf auf dem Schoß ihrer Großmutter, während sie sich zusammen

Kung Fu Panda auf DVD ansahen; Fred ruhte zu ihren Füßen, als wollte er die junge Herrin vor weiteren Bazillen schützen. «Mama», krächzte Leila mit fiebrig glänzenden Augen. «Ich musste brechen.»

«Hallo, Schatz.» Clare eilte hinüber und legte ihrer Tochter die Hand an die schweißfeuchte Stirn. «Du Ärmste, Oma hat mir erzählt, dass es dir nicht so gutgeht. Doktor Brightside ist mitgekommen, er untersucht dich jetzt mal. Mama, kennst du Luke schon? Luke, das ist meine Mutter, Karen.» Die Worte kamen nur so aus ihr herausgesprudelt.

«Ja, wir sind uns schon begegnet», sagte Karen und sah ihn lächelnd an. Sie war ihrer Arthritis wegen schon ein paarmal in der Praxis gewesen, ließ sich aber extra immer nur Termine an Tagen geben, wenn Clare nicht dort war. Sie wollte sie nicht beunruhigen.

«Hallo», erwiderte Luke höflich, sah dabei allerdings bereits Leila an, vor der er gleich darauf niederkauerte. «Hallo, Leila. Kannst du dich für mich mal aufsetzen? Sehen wir mal, wie hoch dein Fieber ist.»

Er schob ihr das Thermometer in den Mund und tastete dann hinter ihren Ohren herum, um zu prüfen, ob die Drüsen angeschwollen waren. «Braves Mädchen.»

Clare setzte sich auf die Armlehne des Sofas und hielt Leilas heiße, klebrige Hand, während Luke ihren Bauch auf Flecken absuchte (keine – das war gut), die Temperatur vom Fieberthermometer ablas (38,3 °C – weniger gut) und ihr dann noch in Mund und Ohren spähte.

«Es gibt, glaube ich, keinen Grund zur Sorge», erklärte Luke nach einigen Minuten. «Ihr fehlt weiter nichts, das sieht mir eher nach einem Virus aus. Verabreichen Sie ihr

Ibuprofen, um das Fieber zu senken, und sorgen Sie dafür, dass sie genug trinkt.» Er lächelte Leila zu. «Jetzt gehörst du aber ins Bett, junge Dame. Schlaf dich schön aus, dann geht's dir morgen früh hoffentlich schon besser.»

Clare merkte, wie ihr Herzschlag sich langsam wieder normalisierte. «Danke», sagte sie, ganz benommen vor Erleichterung, und drückte Leila die Hand. «Ich bin Ihnen so dankbar. Ich bringe nur rasch Leila nach oben, dann fahre ich Sie zurück nach Amberley.»

«Ist nicht nötig, wirklich.» Er erhob sich. «Bleiben Sie mal hier, ich kann mir ein Taxi rufen.»

«Kommt nicht in Frage», schaltete sich Karen ein. «Das kostet um diese Uhrzeit ein Vermögen. Ich bringe Sie zurück, Luke, mein Wagen steht draußen vor der Tür. So kann Clare hier bei Leila bleiben.»

Luke sah verlegen drein. «Ganz sicher?», fragte er. «Ich möchte Ihnen nicht zur Last fallen.»

«Tun Sie nicht», widersprach sie fest. «Das ist das Mindeste, was wir Ihnen schuldig sind.»

Clares Erleichterung darüber, dass Leila weiter nichts fehlte, schlug nun in Verlegenheit um, weil sie Luke das Freitagabendvergnügen verdorben und ihn in ihr schäbiges kleines Haus entführt hatte, obwohl ihre Tochter gar nicht ernstlich krank war. Da stand er nun, groß, gutaussehend, in seinem schicken Ausgehhemd, nach Aftershave duftend, der selbstlose Arzt im Einsatz … und wofür? Einen läppischen Virus und eine überbesorgte alte Mutter, und deswegen war nun der ganze Abend verdorben.

«Tut mir leid, Luke», sagte sie kleinlaut. «Ich hätte Sie nicht herschleifen dürfen, ich habe den Kopf verloren. Jetzt bin ich Ihnen was schuldig, einverstanden? Ich … ich bringe Ihnen während der ganzen nächsten Woche immer Kaffee vorbei. Das war wirklich riesig nett von Ihnen.»

Er lächelte. «Hey, von Herschleifen kann nicht die Rede sein», stellte er klar. «Ich bin Ihnen ja gefolgt und habe mich selbst eingeladen. Aber was den Kaffee angeht, da nehme ich Sie gern beim Wort.» Lachfältchen zeigten sich um seine Augen, und er schien noch etwas hinzufügen zu wollen, aber da piepste sein Handy, und er warf einen Blick auf das Display. «Ah», sagte er.

«Alles in Ordnung?», fragte Clare.

Luke riss den Blick von seinem Handy. «Ja. Das war Corinne. Hat bei ihrer Schicht früher Schluss gemacht.»

«Corinne?», wiederholte Clare und spürte, wie sich ihr das Herz zusammenzog.

«Meine Freundin», erklärte er. «Sie ist Krankenschwester in Salisbury», fügte er ohne ersichtlichen Grund hinzu. «Ich sollte besser los.» Er wandte sich an Karen. «Macht es Ihnen auch wirklich nichts aus, mich zu fahren? Ganz sicher?»

«Nein, keine Sorge», sagte sie, stand auf und strich sich den Rock glatt. «Also, gehen wir. Gute Nacht, Clare. Gute Nacht, Schätzchen.»

«Mach's gut, Leila, hoffentlich schläfst du fein und fühlst dich morgen besser», sagte Luke und beugte sich noch einmal über sie. «Rufen Sie mich an, wenn es ihr bis Sonntag nicht bessergeht», fuhr er, zu Clare gewandt, fort. «Hier – ich gebe Ihnen meine Handynummer.»

Clare fühlte sich hundeelend, während er die Nummer auf einem Zettel notierte. Luke hatte eine Freundin. Corinne. Sicherlich ein richtig heißer Feger in Schwesterntracht. Verdammt. Verdammt! Sie verging innerlich vor

Scham bei dem Gedanken, wie sie ihm vorhin in der Pinte schöne Augen gemacht hatte. Peinlich, oder? Vermutlich würde er mit Corinne zusammen später herzlich darüber lachen. *Eine richtig verzweifelte Hausfrau,* würde er sagen. *Vollkommen übergeschnappt!*

Nein. Das würde er nicht sagen. Dazu war er zu nett. Aber trotzdem ... nur gut, dass sie diesen Cocktail nicht ganz ausgetrunken hatte. Nicht auszudenken, wenn sie ihm leicht angeheitert noch mehr um den Bart gegangen wäre.

«Danke», sagte sie abermals und bereute es, ihn in ihr chaotisches Leben verwickelt zu haben, obwohl er eindeutig Besseres zu tun hatte. «Ein schönes Wochenende noch. Bis Montag.»

Sie verabreichte Leila einige Tropfen Ibuprofen und brachte sie wieder zu Bett, schickte Roxie eine SMS, um sich für ihr plötzliches Verschwinden zu entschuldigen, und setzte sich dann vor den Fernseher, völlig fertig mit der Welt. Warum musste bloß alles bei ihr immer so schieflaufen?

Nichts zu danken, hatte Luke an der Tür abgewiegelt, als sie sich zum wiederholten Mal bei ihm bedankte. *Bei Kindern sollte man immer auf Nummer sicher gehen. Seien wir froh, dass ihr weiter nichts fehlt.*

Durch seine Freundlichkeit wurde irgendwie alles noch schlimmer. Ach, was soll's, dachte sie trübsinnig, ließ den Kopf auf die Sofalehne zurücksinken und schloss die Augen. Zumindest war damit nun ihre tragische kleine Schwärmerei im Keim erstickt worden, ehe sie sich noch schlimmer blamieren konnte. Zumindest wusste sie nun, woran sie war.

Am Morgen darauf schien es Leila schon viel besser zu gehen, wenn sie auch noch ein wenig blass und geschwächt wirkte. Clare entschied, dass ein ruhiger Tag zu Hause für sie alle das Beste wäre. Sie buk zusammen mit den Kindern Kekse, und während diese auf dem Rost auskühlten, brachten sie die jungen Erdbeerpflanzen, die Karen am Vorabend mitgebracht hatte, an geeigneten Stellen im Garten unter. Nach dem einen oder anderen Keks für jeden («nur zum Probieren») machte Clare sich ans Unkrautjäten, während Leila sich im Schatten in ein Artemis-Fowl-Buch vertiefte und Alex mit Fred zusammen einen Fußball herumkickte. Clare zog in ihrem Garten neuerdings auch Pflanzen, die sie für ihre Badezusätze gebrauchen konnte – Lavendel, Minze, Rosmarin, Kamille – und hegte daneben auch ein paar Gurkenpflänzchen, weil sie von einem Gurke-Zitronen-Shampoo gelesen hatte, das angeblich phantastisch war. Als sie so im Sonnenschein auf der Erde hockte und dabei an einem Minzblättchen herumknabberte, fühlte sie sich schon erheblich besser. Wem fehlte schon ein Mann im Haus? Sie und die Kinder kamen doch auch zu dritt prima klar.

Am Sonntag fanden sie sich zum Mittagessen bei Clares Eltern ein, wie jeden Sonntag in den letzten zehn Jahren. Heute allerdings mit dem Unterschied, dass Polly dabei war. Und durch diese eine Person zusätzlich am Küchentisch veränderte sich die gesamte Dynamik. Die Kinder wirkten wie eingeschüchtert, ihre Mutter geriet in Hektik wegen der Soße, und ihr Vater pfiff nicht vor sich hin wie sonst immer, während er das Hähnchen zerteilte. Sein Pfeifen war zwar eher tonlos und irgendwie auch nervtötend, aber immerhin ein Zeichen dafür, dass er guter Dinge war. Nun, heute pfiff er nicht.

Clare schenkte allen zu trinken ein und half dann beim Auftragen der Speisen, während ihre Schwester, Prinzessin Polly, am Tisch saß, ohne einen Finger zu rühren. Nicht mal mit ihrer Nichte und ihrem Neffen redete sie, die die Köpfe gesenkt hielten und verstohlen miteinander tuschelten.

«Haben wir alles? Dann bedient euch», sagte ihre Mutter und nahm mit ziemlich angespannter Miene am Tisch Platz.

Polly war nicht mehr ganz so spitz im Gesicht, fiel Clare auf, während sie ihren Kindern Erbsen, Möhren und grüne Bohnen auftat («Nicht so viele Erbsen», maulte Alex, aber sie beachtete ihn nicht) und sie über die Schüsseln mit Bratkartoffeln und Gemüse hinweg unauffällig musterte. Sogar ein wenig Farbe hatte sie bekommen, war nicht mehr so leichenblass wie noch vor Tagen. Ihr Blick aber hatte noch immer etwas Gehetztes, und auch an den dunklen Ringen unter ihren Augen hatte sich nichts geändert, als würde sie nicht gut schlafen.

«Wie läuft die Arbeit?», fragte Clare schließlich, sobald absehbar war, dass Polly selbst kein Gespräch in Gang bringen würde.

Polly blickte nicht von ihrem Teller auf. «Nicht übel», brummte sie, während sie an einem Stück Hähnchenbrust herumsäbelte. «Und bei dir?»

Herrgott, musste sie denn so kurz angebunden sein? So leicht würde sie sich nicht abspeisen lassen, entschied Clare. Merkte Polly denn nicht, wie unmöglich sie sich benahm? «Hast du schon viel geschafft, seit du hier bist?», ließ sie nicht locker. «Du bist ja wohl noch in der Vorbereitungsphase, richtig?»

«M-hm», gab Polly zurück, ohne sie anzusehen.

Kurz blieb es still. «Sie ist unheimlich fleißig, arbeitet pausenlos», warf Karen ein, während sie die Soße verteilte. «Stundenlang sitzt sie am Schreibtisch.»

«Sogar gestern, als ich mir Cricket im Fernsehen ansehen wollte.» Graham verdrehte die Augen, es sollte wohl liebevoll-nachsichtig wirken, doch seine Verärgerung war nicht zu übersehen. «Nicht dass es sonderlich schade drum gewesen wäre», setzte er noch halblaut hinzu. «England ist kläglich untergegangen.»

«Wow, samstags arbeiten», sagte Clare und behielt Polly genau im Auge. «Das nenne ich engagiert.» Sie zwinkerte ihrem Vater zu. «Das also haben wir all die Jahre falsch gemacht. Um ganz nach oben zu kommen, reicht es einfach nicht, nur fünf Tage die Woche zu arbeiten.»

Polly verzog unwillig das Gesicht, sagte aber nichts, was Clare irgendwie noch mehr aufbrachte, als wenn sie mit einer patzigen Antwort reagiert hätte. Sie hätte gerne weitergestichelt, um ihre Schwester doch noch aus der Reserve zu locken, aber da wechselte ihre Mutter das Thema.

«Hilf mir auf die Sprünge, Leila, wann habt ihr nächste Woche noch mal euren Projekttag in der Schule?»

«Donnerstag», antwortete Leila mit vollem Mund. «Das wird supercool – es geht um die Tudors, und wir haben all diese ekligen Sachen über Strafen in der Tudorzeit herausgefunden.»

Clare klinkte sich aus, während ihre Tochter in allen grausigen Einzelheiten von Daumenschrauben und Tauchstühlen berichtete. Beim Anblick Pollys jedoch, die beim Essen weiter stur den Kopf gesenkt hielt, hätte sie dem Einsatz von Daumenschrauben durchaus etwas abgewinnen können. *Zieh dich warm an,* dachte sie und kniff die Augen zusammen. *Ich weiß nicht, was du im Schilde führst, aber ich beobachte dich, verlass dich drauf.*

Prinzessin Polly blieb untätig sitzen, während Clare und ihre Mutter den Tisch abräumten, ließ sich ungerührt den Krümelkuchen mit Vanillesoße vorsetzen, den es zum Nachtisch gab, und machte auch danach keine Anstalten, die Teller mit abzuräumen. «Lässt sie sich denn nur bedienen?», ereiferte sich Clare später, als sie die Geschirrspülmaschine belud. «Wirklich, Mama, du musst mal mit ihr reden. Sie kann doch nicht so tun, als wäre sie hier bei euch in einem Hotel. Apropos, hat sie wenigstens angeboten, sich finanziell zu beteiligen, für ihre Beköstigung und alles aufzukommen, oder lässt sie sich von euch durchfüttern?»

«Nein, und ich würde von ihr auch nichts annehmen», stellte ihre Mutter klar. «Sie ist meine Tochter, Clare, ich werde doch von ihr für Kost und Logis kein Geld verlangen, noch dazu, wo sie uns all die Jahre nie zur Last gefallen ist. Ich bin ihre Mutter. Es soll ihr hier bei uns an nichts fehlen.»

Clare nickte und spitzte die Lippen. So gesehen, konnte sie den Standpunkt ihrer Mutter nachvollziehen. Wie Polly es aber für vertretbar halten konnte, sich von ihren Eltern dermaßen bedienen zu lassen, dafür brachte sie kein Verständnis auf. «Lass mal», sagte sie zu ihrer Mutter, die gerade Spülwasser für die Töpfe einlaufen ließ. «Das erledigen Polly und ich. POLLY!», rief sie laut, ehe Karen

Einspruch erheben konnte. «Hilf uns mal beim Abwasch, ja?»

«Dann werde ich wenigstens Kaffee kochen», bot Karen an, als Polly sichtlich verdrossen in die Küche geschlurft kam.

«Nein, tust du nicht», widersprach Clare. «Du hast schon den ganzen Vormittag für uns am Herd gestanden. Nun ruh dich mal ein bisschen aus, leg die Füße hoch, lies Zeitung. Um den Kaffee kümmern wir uns nach dem Abwasch.»

Karen schien unschlüssig. «Na los», drängte Clare. «Raus mit dir. Und mach die Tür hinter dir zu, danke.» *Polly und ich müssen uns mal unterhalten*, dachte sie grimmig, während sie Spülmittel ins Wasser spritzte.

Polly sah finster drein, als würde es ihr ganz und gar nicht passen, so herumkommandiert zu werden. Daran war sie offenbar nicht gewöhnt.

«Hör mal zu», fing Clare an, während sie die Töpfe ins schaumige Wasser räumte. «Ich finde es nicht richtig, wie du dich hier aufführst. Unsere Eltern sind nicht reich, weißt du. Ist dir schon mal der Gedanke gekommen, dass es sie finanziell belastet, eine Person zusätzlich durchzufüttern? Drei Monate lang? Hast du wenigstens angeboten, dich in Form von Kostgeld zu beteiligen?» Sie schrubbte aufgebracht an dem Dampfgarer herum. «Lass mich raten … nein.»

«Das geht dich nichts an», fauchte Polly.

«O doch, und ob», erwiderte Clare. «Es geht mich was an, wenn ich erleben muss, wie meine Eltern aus ihrem eigenen Heim verdrängt werden. Sie geben in allem klein bei, aus Rücksicht, um dich bloß nicht zu stören … was meinst du, warum sie nie zu Hause sind? Papa kommt nicht mal mehr dazu, sich seine Lieblingssendungen anzusehen, nach dem, was Mama erzählt. Nun, das geht so nicht. Es ist ihr Zuhause.»

«Meinst du, das weiß ich nicht?», brauste Polly auf. «Ist wirklich nicht nötig, mich daran zu erinnern!»

«Mir ist immer noch nicht ganz klar, was du eigentlich hier willst», gab Clare zurück und knallte den Dampfgarer in den Spülkorb. «Warum kannst du deine komischen Recherchen nicht bei dir zu Hause durchführen?»

«Weil ich mich da nicht konzentrieren kann», sagte Polly. «Ich musste mal aus London raus, um … um …» Sie wedelte unwillig mit dem Geschirrtuch. «Um den Kopf freizubekommen.»

Clare stutzte ein wenig über den gequälten Unterton, der in Pollys Stimme mitschwang. «Nun, warum hast du dich dann nicht in irgendeinem Nobelhotel eingemietet?», konterte sie gleich darauf. «Mit Zimmerservice, Pool und allem sonstigen Drum und Dran, das wäre doch für dich viel komfortabler gewesen. Wieso zieht es dich hierher zurück?»

«Weil … sag mal, was schert denn das dich überhaupt?», fragte Polly matt. Clare erschrak ein wenig, ihre sonst so selbstsichere Schwester auf einmal so kleinlaut zu erleben, doch zugleich wurde ihre Neugier geweckt.

«Was mich das schert? Eine ganze Menge, wenn davon das Leben meiner Eltern in Mitleidenschaft –» In diesem Moment kam Alex in die Küche. «Jetzt nicht, Schatz», wimmelte Clare ihn ab. «Ich rede gerade mit Tante Polly.»

«Nein, tust du nicht, du schreist», sagte er, während er

sie beide interessiert beäugte. «Kann ich einen Schokokeks haben?»

«Nein! Herrgott, Alex, du hast dich doch eben bei Tisch satt gegessen», fuhr Clare ihn an, unwirscher, als es sonst ihre Art war. «Nun lass uns bitte wieder allein», fuhr sie ruhiger fort. «Wir … klären gerade etwas.» *Und es wird gerade erst interessant*, dachte sie. «Schließ die Tür hinter dir, danke.»

Nachdem Alex die Tür zugeklinkt hatte, blieb es zunächst unbehaglich still. Clare machte sich mit Herzklopfen daran, den nächsten Topf zu reinigen. «Hör zu», begann sie ruhig, «ich werde das Gefühl nicht los, du verschweigst uns irgendwas. Heraus mit der Sprache, was ist los?»

Polly rieb verbissen mit dem Geschirrtuch an dem längst trockenen Dampfgarer herum und schwieg sich hartnäckig aus.

«Hast du dich von irgendwem getrennt, bist du deshalb aus London fort?», fragte Clare. Liebeskummer käme durchaus als Erklärung dafür in Betracht, überlegte sie, warum ihre Schwester so abgemagert und verschlossen war.

«Nein.» Polly konnte ein Seufzen nicht unterdrücken.

«Ja, was ist es dann? Was ist denn los, um Himmels willen? Bist du irgendwie krank?»

Die Tür öffnete sich, ehe Polly etwas erwidern konnte, und ihr Vater steckte den Kopf herein. «Alles in Ordnung hier bei euch beiden?»

«Alles bestens», sagten sie, fast wie aus einem Munde, ohne ihn anzusehen.

Achselzuckend zog er sich wieder zurück. Die Stimmung zwischen ihnen war mittlerweile so aufgeladen, dass Clare langsam Kopfweh bekam.

«Ich bin nicht krank», murmelte Polly, «ich …»

Sie verstummte. Clare schrubbte mit zusammengepressten Lippen an dem Bratblech herum, während nur das laute Ticken der Küchenuhr an der Wand hinter ihnen zu hören war. *Ich bekomme noch heraus, was los ist, und wenn ich die Wahrheit aus ihr herausschütteln muss,* dachte sie zornig. *Wusste ich's doch, dass da irgendwas nicht stimmt. Ich wusste es.*

«Wenn ich es dir erzähle», fuhr Polly endlich fort, mit gedämpfter Stimme und ungewöhnlich nervös, «musst du mir versprechen, Mama und Papa nichts davon zu verraten. Ganz ernsthaft. Das musst du mir schwören, bei deinem Leben.»

Clare riss erstaunt die Augen auf. Hier lag wohl etwas Ernsteres vor als ein kleiner Liebeskummer. Steckte Polly in Schwierigkeiten? Hatte sie sich irgendetwas zuschulden kommen lassen, war sie auf der Flucht? Clare blinzelte und nickte dann. «In Ordnung, ich schwöre.»

Pollys Mund verzog sich, als müsste sie gleich weinen. Sie schluckte mühsam, hob dann den Kopf und sah Clare direkt an. «Ich habe meinen Job verloren, Clare. Ich habe alles verloren.»

Clare starrte sie entgeistert an. «Du hast … deinen Job verloren?», wiederholte sie tonlos.

«Ja.»

Clare starrte ihre Schwester weiter an. «Aber … diese Arbeit, die du hier erledigen willst …» Sie runzelte verwirrt die Stirn.

«Ist eine faustdicke Lüge.» Polly zuckte die Achseln.

«Ich bemühe mich stattdessen um eine neue Stelle. Wollte Mama und Papa nichts davon erzählen.» Sie sah sie drohend an. «Und du sagst ihnen kein Sterbenswörtchen davon. Du hast es versprochen!»

«Ja, selbstverständlich … das heißt, nein, natürlich erfahren sie nichts von mir. Du lieber Himmel, Polly.» Clare biss sich auf die Unterlippe. Damit hatte sie nun wirklich nicht gerechnet, das musste sie erst noch verdauen. «Mist, tut mir leid, ich hatte ja keine Ahnung. Ich dachte –»

«Ja, ich weiß, was du dachtest», schnitt Polly ihr das Wort ab. «Das weiß ich sogar sehr genau.»

«Aber … o Gott. Und deine Wohnung hast du auch verloren?»

In Pollys dunklen Augen schimmerte es verdächtig, als wäre sie den Tränen nahe. Zum ersten Mal seit Jahren verspürte Clare den Impuls, den Arm um ihre Schwester zu legen. Ein merkwürdiges Gefühl.

Polly wandte schroff das Gesicht ab, wie um sich jedes Mitgefühl zu verbitten. «Ja. Ich habe sie zum Verkauf ausschreiben müssen», sagte sie mit brüchiger Stimme.

«Verdammt. Tut mir leid, das zu hören.»

«Ach, wirklich?» Pollys Stimme triefte vor Hohn.

«Selbstverständlich!», rief Clare ungehalten. «Mag sein, dass wir uns nicht immer optimal verstanden haben, aber ich bin auch kein Unmensch.»

Wieder senkte sich lastendes Schweigen herab. Clare machte der angeschlagene Zustand ihrer Schwester so verlegen, dass sie sich wieder dem Bratblech zuwandte. «Was hast du jetzt vor?», fragte sie kurz darauf.

«Mir eine neue Stelle suchen», murmelte Polly. «Was bleibt mir sonst übrig?»

«Wie, und bis auf weiteres willst du hierbleiben?», fragte Clare.

Polly mahlte mit den Zähnen. «Ich kann nirgendwo anders hin, Clare», stieß sie gereizt hervor. «Ich habe kein Geld mehr. Und, Scheiße, ich bemühe mich ja um einen neuen Job, aber das ist nicht so einfach, kapiert?»

«Wie sieht es denn mit Freunden aus – könntest du nicht bei irgendwem in London unterkommen? Oder …» Polly machte ein so finsteres Gesicht, dass Clare verlegen innehielt. «Schon gut, habe verstanden», murmelte sie.

Da fiel Polly der Stieltopf aus der Hand, den sie gerade abtrocknete, und landete scheppernd auf dem Boden. Als sie sich danach bückte, sah Clare mit Schrecken, wie knochig ihre Schultern waren. Auch ihr vergrämter Gesichtsausdruck fiel ihr auf, sie wirkte regelrecht gebrochen, sie, die jahrelang immer so aufgetrumpft hatte.

Ich bin kein Unmensch, hatte sie eben noch betont. Über die Jahre aber hatte sie sich Polly gegenüber verhärtet, das schon. Wofür es allerdings gewichtige Gründe gab. Bei ihrem Junggesellinnenabschied hatte Polly über ihre Freundinnen unverhohlen die Nase gerümpft und sich heimlich früher aus dem Nachtclub verdrückt. Zu Clares Trauung war sie erst mit Verspätung in der Kirche erschienen und hatte dann die ganze Zeit mit der Sonnenbrille auf der Nase dagesessen, sichtlich angeödet. Am tiefsten aber hatte es Clare verletzt, wie wenig Anteil sie an der Geburt ihrer Kinder genommen hatte. All das hatte eine tiefe Kluft zwischen ihnen aufgerissen.

Aber dessen ungeachtet … Polly war und blieb ihre Schwester.

Clare stellte das letzte Blech in den Abtropfkorb und

ließ dann das Spülwasser ab. Gemeinsam beobachteten sie, wie es nach und nach gurgelnd im Abfluss verschwand, dann atmete Clare tief durch. «Hör zu», fing sie an. «Mama und Papa fällt es, glaube ich, schwer, sich mit dir zu arrangieren.»

«*Ihnen* fällt es schwer? Für mich ist das hier auch kein Zuckerschlecken, glaub's mal!»

Clare knirschte insgeheim mit den Zähnen. Da wollte sie Polly eben ein Angebot unterbreiten und wurde von ihr prompt hochmütig vor den Kopf gestoßen. Sie war drauf und dran, es sich anders zu überlegen, aber da fiel ihr Blick auf Pollys heftig bebende Unterlippe, die nur zu deutlich verriet, wie es tatsächlich um sie bestellt war.

Oh, na los, Clare, raus damit. Vermutlich lehnt sie ohnehin ab, aber du kannst dann immerhin reinen Gewissens nach Hause gehen. Zumindest Michael war sie es schuldig, ihrer Schwester die Hand der Versöhnung zu reichen. Bei ihm hatte sie versagt, zu ihrem immerwährenden Bedauern; nun konnte sie nicht auch noch Polly in ihrer Notlage im Stich lassen, wie biestig sie sich gerade auch aufführen mochte.

Clare schluckte und bemühte sich um ein Lächeln. «Also, mein Vorschlag: Wie wäre es, wenn du stattdessen zu mir und den Kindern ziehst?»

Polly riss die Augen auf. «Ich …»

«Ich meine, du müsstest natürlich schon deinen Beitrag leisten, anders als hier, wo Mama dir jeden Handschlag abnimmt», setzte Clare eilig hinzu. So viel Nachsicht wie bei ihren Eltern durfte Polly von ihr nicht erwarten. «Dich nützlich machen, im Haushalt mit anpacken und so.» Bei Pollys Reaktion aber – sie schien wie betäubt, geradezu sprachlos vor Dankbarkeit – schlug sie wieder etwas sanftere Töne an. «Aber … ja. Du kannst zu uns ziehen. Den Kindern wird es nichts ausmachen, sich eine Weile ein Zimmer zu teilen, bis du wieder Fuß gefasst hast.»

«Aber …» Polly schien noch immer fassungslos. «Ist das irgendeine Art Finte?»

Clare blinzelte. Mit einer solchen Reaktion hatte sie nun nicht gerade gerechnet. *Danke, Clare, das weiß ich wirklich zu schätzen. Danke, Clare, das ist riesig nett von dir.* Ha. Wie war sie bloß darauf gekommen, ihrer Schwester Dankbarkeit zu unterstellen, ihre Miene hatte wohl eher Geringschätzung zum Ausdruck gebracht. Argwohn. Tja, dann musste sie eben sehen, wo sie blieb.

Clare verschränkte trotzig die Arme vor der Brust. Was fiel Polly ein, sie mit ihrem großzügigen Angebot derart auflaufen zu lassen? «Na ja, die Entscheidung liegt ganz bei dir», sagte sie kalt.

Polly zog einen Flunsch. Unhöfliche Kuh, dachte Clare, zunehmend aufgebracht. «Ich … ich werd's mir überlegen», murmelte sie schließlich.

13

Ja, klar, hatte Polly gedacht. Sie, bei Clare unterkriechen, um das gönnerhafte Mitleid ihrer kleinen Schwester über sich ergehen zu lassen? Niemals. Clare war immer neidisch auf sie gewesen, auf ihren Erfolg – offensichtlich konnte sie es kaum erwarten, ihr ihre hämische Freude über ihren tiefen Sturz tagtäglich unter die Nase zu reiben. Träum weiter, Clare. *Ich werd's mir überlegen*, das hatte sie nur gesagt, um Clare abzuwimmeln, tatsächlich wollte sie keinen Gedanken mehr daran verschwenden. Schon am folgenden Tag aber geschah etwas Schreckliches.

Sie arbeitete gerade im Wohnzimmer – gut, tatsächlich klickte sie immer wieder die Seite des Immobilienmaklers an, um sehnsüchtig die Fotos von ihrer Wohnung zu betrachten, während sie zum x-ten Mal die verschiedenen Stellenbörsen im Internet abklapperte –, als sie ein merkwürdiges Geräusch hörte. Einen leisen, sonderbar gedämpften Klagelaut. Sie erstarrte, horchte angestrengt. War das etwa der Köter, der irgendwo in einem Schrank festsaß? Ein Vogel, der in den Schornstein geraten war?

Sie saß reglos da und lauschte mit angehaltenem Atem. Da war es schon wieder.

Sie war allein im Haus – beim Frühstück waren ihre Eltern recht einsilbig gewesen, hatten kein Wort darüber verloren, was sie heute vorhatten, und Polly hatte sich auch nicht die Mühe gemacht nachzufragen. Vor etwa einer Stunde aber hatte sie gehört, wie sich die Haustür hinter ihnen schloss, und gleich darauf das Geräusch des davonfahrenden Autos. Wer also war für diese Laute verantwortlich?

Sie stand auf und ging auf die offene Wohnzimmertür zu, während eisige Furcht in ihr aufstieg. O Gott. Was, wenn sich nun tatsächlich ein Vogel irgendwie ins Haus verirrt hatte und jetzt hektisch im Zimmer umherflatterte, um irgendwie wieder ins Freie zu gelangen? Vögel mochte sie nicht besonders, mit ihren Knopfaugen, krallenbewehrten Füßen und prähistorisch wirkenden Schnäbeln. Alles würde voller Federn und Vogelkacke sein; um die Sauerei nicht beseitigen zu müssen, müsste sie notgedrungen das Haus verlassen und so tun, als hätte sie nichts mitbekommen.

Das Geräusch war jetzt besser zu hören, und Polly blieb vor Schreck kurz das Herz stehen. Es war kein Vogel. Da weinte jemand. Jemand, der sich stark nach ihrer Mutter anhörte. O nein. Was nun?

Hilflos hielt sie inne, unschlüssig, in dem Bewusstsein, dass Clare wahrscheinlich sofort zu ihrer Mutter ins Zimmer gestürzt wäre, der trostreiche Engel mit ausgestreckten Armen. Ein solcher Engel aber war Polly nicht, dazu war sie viel zu gehemmt und unbeholfen, und so stand sie kurz reglos da, wie gelähmt vor Ratlosigkeit.

Langsam ging sie auf die Tür zu, in der Hoffnung, dass das Weinen nachlassen würde. Zu ihrer Bestürzung aber wurde es eher lauter. Richtiges Schluchzen drang jetzt aus dem Schlafzimmer ihrer Eltern. O nein, Hilfe. Hätte sie sich doch nur draußen im Garten betätigt oder einen

Spaziergang mit dem Hund unternommen, dann wäre sie nicht in diese Situation geraten. Sie konnte das nicht, konnte ihre weinende Mutter nicht trösten, wusste gar nicht, wo sie da hätte anfangen sollen.

Untätig aber konnte sie auch nicht bleiben.

Sie klopfte zaghaft an die Schlafzimmertür. «Darf ich reinkommen?»

Sie erhielt keine Antwort. Was doch vermutlich «nein» bedeutete, oder? Weil ihre Mutter lieber in Ruhe gelassen werden wollte, wenn es ihr gerade mal nicht so gutging. Polly wollte sich schon aufatmend zurückziehen, als sie ein leises, verweintes «Ja, komm rein» hörte.

Verflixt.

Karen Johnson war eine warmherzige, fröhliche Frau, immer guter Dinge, immer mit einem Lächeln auf den Lippen. So war sie einfach, man kannte sie nicht anders. Heute aber saß sie zusammengesunken auf ihrem Bett, ein schluchzendes Häuflein Elend mit rotfleckigem, tränenüberströmtem Gesicht.

Polly setzte sich neben sie und legte ihr zaghaft eine Hand auf den heftig bebenden Rücken. «Mama, was ist denn?»

Zu ihrer Bestürzung geriet Karen über die Frage regelrecht in Rage. «Was ist denn», äffte sie sie mit schriller Stimme nach. «Das fragst du noch? Weißt du das wirklich nicht? Heute ist der dreizehnte Juni, Polly. Du hast doch wohl nicht vergessen, was heute für ein Tag ist?»

Kurz hatte sie das Gefühl, keine Luft mehr zu bekommen. Natürlich wusste sie, was der dreizehnte Juni für ein Tag war, natürlich hatte sie das nicht vergessen. Der dreizehnte Juni war Michaels Geburtstag. Bloß hatte sie kalendarisch ein wenig den Überblick verloren, seit sie hier war. «O Gott», sagte sie mit erstickter Stimme. «Mir war nicht klar, dass heute der dreizehnte ist.»

«Er wäre heute fünfunddreißig geworden», schluchzte Karen. «Fünfunddreißig Jahre alt, vielleicht verheiratet und mit Kindern. Aber das können wir nicht wissen.»

Sie legte sich die Hand vor die Augen, ihre Schultern zuckten, während weitere Tränen flossen, und erneut fühlte Polly sich wie gelähmt vor Schuldgefühlen und Hilflosigkeit. Das war entsetzlich. Hätte ihre Mutter doch endlich zu weinen aufgehört, jetzt sofort, oder hätten sie wenigstens gemeinsam weinen und ihre Trauer teilen können. Beides aber schien ausgeschlossen.

Sie tätschelte ihrer Mutter den Arm. «Ist ja gut», sagte sie hilflos. «Ist ja gut, Mama.»

Aber das war gelogen, nichts war gut, und das wussten sie beide.

Das Bild ihrer weinenden Mutter verfolgte Polly noch den ganzen Tag. Dass ihre Mutter noch immer so heftig um Michael trauerte, hatte sie nicht geahnt; sie war davon ausgegangen, dass auch alle anderen ihn mittlerweile aus ihrem Gedächtnis verdrängt hatten, so wie sie. Aber das war ein krasser Irrtum. Am Abend kam wieder Clare mit den Kindern zum Tee vorbei, und es gab eine Torte mit Kerzen, die feierlich entzündet wurden. Clare war still und nachdenklich, und selbst Graham hatte verdächtig rot geränderte Augen.

«Du fehlst uns, Michael», hatten sie im Chor beteuert und dann mit Wein angestoßen, auf eine Art, die klarmachte, dass sie dieses Ritual Jahr für Jahr begingen.

Pollys Wangen hatten vor Scham geglüht. Sie hatte sich immer bemüht, den dreizehnten Juni als einen Tag wie jeden anderen zu behandeln, der allerdings nie schnell genug herumgehen konnte. Hier in Elderchurch aber brannten an seinem Geburtstag nach wie vor Kerzen für Michael, und das seit zwanzig Jahren, ein Gedanke, bei dem sie sich innerlich seltsam hohl fühlte, als wäre sie ein schlechter Mensch.

Fünfunddreißig Jahre alt, hatte ihre Mutter geschluchzt. *Vielleicht verheiratet und mit Kindern.* Anders als seine große Schwester, die ihr Leben komplett verpfuscht hatte, dachte Polly an jenem Abend im Bett und fühlte sich hundeelend.

Am Morgen darauf aber schienen ihre Eltern wieder ganz die Alten, sie wirkten wie immer. Ihre Mutter umarmte sie, als sie zum Frühstück in die Küche kam, und entschuldigte sich für ihre Tränen vom Vortag. «An seinem Geburtstag erwischt es mich immer», sagte sie munter, «aber jetzt geht's mir wieder gut. Kaffee?»

Polly nahm dankend an. Zunächst traute sie dem Frieden nicht ganz, aber ihre Sorge war unbegründet. Ihre Mutter summte fröhlich vor sich hin, während sie ihren Toast mit Butter bestrich, und ihr Vater lachte über eine Sendung im Radio, als wäre die Trauer und die gedrückte Stimmung vom Vortag nur eine Fata Morgana gewesen.

Auf einmal taten sie ihr unendlich leid. War das also ihre Art, mit dem Verlust umzugehen? Indem sie den größten Teil des Jahres mühsam den Schein wahrten, während unter der Oberfläche immerzu dieser tiefe, bodenlose Kummer schwelte?

Vielleicht war es naiv von ihr gewesen anzunehmen, dass das Leben für sie all die Jahre ganz normal weitergegangen war. Warum hatte sie nie etwas bemerkt?

Sie kaute grimmig auf ihrem Toast herum. Die Antwort darauf kannte sie nur zu gut.

«Hallo, Clare, ich bin's, Polly.»

Es war Mittwochnachmittag, und Polly musste endgültig kapitulieren. Sie hielt es bei ihren Eltern nicht mehr aus, ertrug es nicht länger, morgens vom Gesang ihres Vaters unter der Dusche geweckt zu werden, den ganzen Tag ängstlich den Blick von Michaels Fotos auf dem Kaminsims abwenden zu müssen, gute Miene zum plörrigen Instantkaffee ihrer Mutter zu machen. Außerdem war sie die sterbensöden Fernsehserien aus BBC-Produktion leid, die ihre Eltern sich mit solcher Begeisterung ansahen. Und sie legte keinen Wert darauf, jemals das hochnotpeinliche Erlebnis eines «netten Pläuschchens» mit der biederen Langweilerin Jacky Garland und ihrer alten Schreckschraube von Mutter zu wiederholen, die Karen einmal – sie war nicht davon abzubringen gewesen – nachmittags zum Kaffee eingeladen hatte.

«Hi, Polly, wie geht's?», antwortete ihre Schwester.

Polly seufzte. «Ich drehe hier durch», gestand sie. Es war die reine Wahrheit. Inzwischen hasste sie sich bei jeder Lüge, die sie ihren Eltern über ihre «Arbeit» auftischte, ein bisschen mehr. Auch das Zusammenleben in dem kleinen Bungalow fiel ihr von Tag zu Tag schwerer. «Deshalb wollte ich mal fragen ...» Sie leckte sich über die Lippen, auf einmal unsicher. «Steht dein Angebot noch?»

«Dass du bei uns einziehst? Äh, ja. Klar», erwiderte

Clare. «Ich hatte dich ohnehin anrufen wollen. Ich habe einen Job für dich gefunden.»

«Einen Job?», platzte Polly heraus und dämpfte umgehend wieder ihre Stimme. «Was … was heißt das genau?»

«Ein sonderlicher Karrieresprung ist es leider nicht», antwortete Clare munter. «Aber immerhin könntest du damit ein wenig Geld verdienen, fürs Erste. Wenn du zu uns ziehst, musst du dich schon finanziell beteiligen, Polly, am Essen und allem Weiteren. Ich habe noch weniger Geld als Mama und Papa, ich kann dich leider nicht durchfüttern.»

«Gut.» Polly schluckte mühsam, um den riesigen Kloß loszuwerden, der sich in ihrem Hals gebildet hatte. Es sah ganz so aus, als hätte ihre Schwester sie in der Zange. «Und … was ist das für ein Job?»

«Erzähle ich dir später. Wann willst du vorbeikommen?»

«Heute Abend?», sagte Polly niedergeschlagen.

«Überschlag dich mal nicht vor Begeisterung, ja? Also, alles klar, heute Abend geht in Ordnung. Nicht dass ich sonst irgendwas zu tun hätte. Du, ich habe da gerade was im Ofen stehen, da müsste ich dringend mal nach sehen, also bis später dann, tschüs.»

Und damit war die Sache erledigt. Polly saß eine Weile auf dem Bett und überlegte, ob dieser Schritt wohl richtig war. Und was mochte das für ein «Job» sein, den ihre Schwester angeblich für sie gefunden hatte? Bestimmt nichts Tolles. Die Bezahlung würde vermutlich ungleich geringer sein als ihr früheres Gehalt, und dass Stellen im Finanz- oder Bankgewerbe in Elderchurch oder Amberley sonderlich dick gesät waren, schien ihr auch irgendwie fraglich. Es sei denn, Clare hatte für sie eine Gelegenheit an Land gezogen, freiberuflich für jemanden die Buchführung zu übernehmen, oder vielleicht sogar irgendeine Beratungstätigkeit …

Polly schnappte sich einen Koffer und fing an, Kleidung hineinzupacken. Soeben war ihr klar geworden, wie sehr ihr die Arbeit gefehlt hatte. Wie sehr sie sich danach sehnte, endlich wieder ihr Hirn gebrauchen zu können, Berechnungen anzustellen, Probleme zu lösen. Sogar das allmorgendliche Zurechtmachen in Bürokluft hatte ihr gefehlt, das sorgsame Schminkritual. Selbst wenn sie einen kleinen Abstieg auf der Karriereleiter in Kauf nehmen müsste, dieser Job, den Clare für sie gefunden hatte, könnte jetzt genau das Richtige für sie sein.

«Als Putzfrau? Als miese kleine PUTZE? Sag mir, dass das ein Scherz ist.»

Clare schüttelte den Kopf. Es war acht Uhr, die Kinder – die sich nun Leilas Zimmer teilten, was bei beiden zu einer gut vierzigminütigen Meuterei geführt hatte, bis Clare die Sache auf dem Wege der Bestechung regelte – waren im Bett, und sie hatte gerade den letzten Koffer ihrer Schwester nach oben in Alex' Zimmer geschleppt, das Polly von nun an (und auf jeden Fall nur vorübergehend) bewohnen würde. «Ich dachte, du würdest dich freuen», sagte sie nur.

Was nicht ganz der Wahrheit entsprach. Clare war sich durchaus darüber im Klaren gewesen, dass Polly von der Anregung, vorläufig im hiesigen Pub zu putzen, alles andere als begeistert sein würde, aber wenn man in Not war, so sah sie das, konnte man es sich schwerlich leisten, wählerisch zu sein. Zumal, wenn *man* im Begriff war, vorläufig bei einer lieben, geduldigen jüngeren Schwester Asyl zu nehmen, und Geld brauchte, um sich an den Kosten zu beteiligen.

«Ich soll mich freuen? Willst du mich verschaukeln?» Polly fühlte sich wie nach einer schallenden Ohrfeige. Was fiel ihrer Schwester ein, ihr, Polly Johnson, mit dem abstrusen Vorschlag zu kommen, eine so niedere, ekelhafte und vermutlich miserabel bezahlte Arbeit anzunehmen? Sie wusste nicht einmal, wie Putzen ging, und hatte auch nicht die Absicht, es jemals zu lernen. Putzen, dafür waren andere zuständig, und basta.

«Keineswegs», wehrte Clare ab. «Nun sei nicht so versnobt. Dass du für deine Kosten hier aufkommen musst, war nämlich kein Witz. Ich habe selber kein Geld, Polly, komme eben so über die Runden. Und wenn man pleite ist, kann man es sich nicht leisten, wählerisch zu sein.» Sie lehnte sich auf dem Sofa zurück. «Du musst den Job nicht annehmen. War nur so eine Idee, in Ordnung? Bloß eine Möglichkeit für dich, etwas Geld zu verdienen, solange du noch nichts Besseres gefunden hast. Wenn du dir aber zu fein dazu bist, ein Paar Putzhandschuhe überzustreifen, tja …»

Polly knirschte insgeheim mit den Zähnen. Zu fein, na aber hallo. Seit gerade einer halben Stunde war sie in der schäbigen kleinen Hütte ihrer Schwester, und schon fing Clare an, ihr das unter die Nase zu reiben. Das hatte ja nicht lange gedauert. «Ich suche mir selber einen Job, besten Dank», knurrte sie.

«Mach, was du willst.» Clare schwang die Beine aufs Sofa und wandte sich komplett von ihr ab. Ehe sich übellauniges Schweigen herabsenken konnte, schaltete Clare mit der Fernbedienung den Fernseher ein, worauf sich ihre Stimmung im Nu aufhellte. «Oh, genial, *Florida Mansions*. Schaust du dir das auch an?»

Polly wollte schon schnippisch erwidern, dass sie sich derartigen Schund selbstverständlich nicht ansah, aber in der depressiven Phase nach ihrer Entlassung hatte sie sich diese Serie tatsächlich ziemlich oft angesehen. «Hin und wieder», brummte sie und setzte sich neben ihre Schwester.

Immerhin könnte sie hier bei Clare ihrer Leidenschaft für Fernsehen aus der Trash-Ecke frönen, dachte sie, während sie es sich auf dem durchgesessenen alten Sofa bequem zu machen versuchte. Nicht nur die Sprungfedern konnte sie durch die Polster hindurch spüren, sondern auch den Holzkern der Rückenlehne hinter der dünnen Schaumstoffpolsterung – beides kein angenehmes Gefühl. Das Häuschen war nicht gerade ein Palast, mit den kleinen Zimmern und den niedrigen Decken, und auch Clares Einrichtung mochte an Komfort zu wünschen übrig lassen, aber zumindest *Florida Mansions* flimmerte jetzt über die Mattscheibe, eine so hirnlos schlechte Serie, dass der Begriff des schuldbewussten Vergnügens dazu passte wie die sprichwörtliche Faust aufs Auge. Sie lehnte sich mit einem Seufzen zurück und blickte zum Bildschirm, auf dem soeben der reißerische Vorspann lief.

«Was für ein Schwachkopf», prustete Clare und lachte vor Vergnügen, als eine Figur der Serie – Jed, ein einfältiger Schönling und Bodybuildertyp, dessen Muskeln wie aufgepumpt wirkten – in einem Gespräch mit der quirligen rothaarigen Marcella, die soeben in sein Apartmenthaus gezogen war, alles, was sie sagte, vollkommen falsch auffasste.

«Allerdings.» Polly konnte selbst ein belustigtes Schnauben nicht unterdrücken. «Ein totaler Blödmann.»

«Ja, nicht wahr? Hast du die Folge vor ein paar Wochen gesehen, als er den Job bei, wie heißt sie noch, ergattern wollte? Bei Tina, in dem Autohaus? War das kein Grund zum Fremdschämen?»

«O Gott, ja, das habe ich gesehen», sagte Polly. «Ich mochte kaum hinschauen. Tinas Gesicht!»

Clare prustete erneut. «Aber man muss ihn einfach lieben, besonders wenn er nicht spricht. Der dürfte bei mir sogar ungestraft das Bett mit Chips vollkrümeln, mal so gesagt.» Sie beugte sich vor, um die Fernbedienung auf den Couchtisch zu legen, und als ihr T-Shirt dabei hochrutschte, fiel Polly am Kreuz ihrer Schwester eine kleine Tätowierung ins Auge, ein kleiner Vogel. Himmel! Wann hatte Clare sich denn den stechen lassen? Wussten ihre Eltern davon?

«Und er ist absolut der Typ Mann, der im Bett Chips futtern würde», sagte Polly und wandte ihre Aufmerksamkeit wieder dem Fernseher zu, wo dem unbedarften Sonnyboy Jed gerade schockartig klar wurde, dass er bei Marcella voll ins Fettnäpfchen getreten war. «Aber, hast recht, darüber könnte man wohl hinwegsehen. Natürlich nur, solange er einem auch welche abgibt.»

«Ja, und hinterher die Tüte fein säuberlich im Mülleimer entsorgt», ergänzte Clare. «Das hat mich bei Steve immer auf die Palme gebracht ohne Ende. Der hat seinen Abfall einfach immer in der Gegend herumliegen lassen, wo er ging und stand, wie in der Annahme, dass nach ihm die Müllfee käme und hinter ihm aufräumen würde. Und zum Thema Schmutzwäsche … Gott. Mein Leben ist so viel besser, seit ich nicht mehr jeden Morgen seine benutzten Unterhosen und Käsesocken vom Boden im Schlafzimmer auflesen muss.»

«Iih.» Polly rümpfte die Nase. Sicher, mit der Hygiene hatte sie es in letzter Zeit selbst nicht allzu genau genommen, ihre Sachen auch nicht immer jeden Tag gewechselt, aber trotzdem. Getragene Männersocken und -unterhosen, da kam einem schon das Gruseln.

Unvermittelt flimmerte die Ankündigung einer Werbepause über den Bildschirm, und sie versanken kurz in Schweigen. Es war, als wäre die behagliche Seifenblase, die sie während der Serie umgeben hatte, jäh zerplatzt. «Fehlt er dir?», fragte Polly, als eben eine aufdringliche Pizzawerbung anfing. Sie war selbst erstaunt über ihre Frage – über private Dinge redeten sie und Clare sonst nie.

«Manchmal.» Clare nestelte an ihrem Armband herum. «Letztes Jahr an Weihnachten hat er mir gefehlt, und an den Geburtstagen der Kinder; bei Festen eben, die man sonst im Familienkreis begeht. Und wenn er bei Anlässen nicht dabei ist, die den Kindern wichtig sind, bei ihren Schulkonzerten etwa oder bei Sportfesten, und ich ihnen ansehen kann, wie sehr sie sich wünschen, er wäre da, das ist schrecklich. Dann fühle ich einen dumpfen Schmerz, als wäre etwas nicht in Ordnung. Alles in allem aber …» Sie reckte trotzig das Kinn. «Nein. Insgesamt kommen wir prima ohne ihn aus.»

Kurz blieb es still, während Polly fieberhaft überlegte, was sie darauf erwidern sollte, ohne gönnerhafte, leere Phrasen zu dreschen. Aber was wusste sie schon davon, wie es war, alleine mit zwei Kindern dazustehen? Rein gar nichts.

«Ich fand es immer unmöglich, wie er versucht hat, dich runterzumachen», platzte es spontan aus ihr heraus.

Clare verengte leicht die Augen. «Wie meinst du das?»

Schön vorsichtig jetzt, Polly. «Na, mir kam es so vor, als hätte es ihn jedes Mal geärgert, wenn dir etwas gelungen war und du damit Erfolg hattest», sagte sie. «Wie an dem einen Weihnachten, als du für Mama und Papa dieses tolle Mosaikbild gemacht hast und er sich diesen boshaften Kommentar nicht verkneifen konnte, von wegen nächstes Jahr würdest du ihnen dann ein ‹richtiges› Geschenk kaufen, wenn du mehr Geld hättest.»

Clare errötete. «Das hatte ich ganz vergessen», murmelte sie.

Polly erinnerte sich nur zu gut. Es war schmerzhaft gewesen, mit ansehen zu müssen, wie Clares stolzes, glückliches Lächeln in beschämte Verlegenheit umschlug, als Steve seine hämischen Bemerkungen machte. Ihre Eltern hatten sofort protestiert, davon geschwärmt, wie hübsch das Bild war und wie viel Mühe Clare hineingesteckt haben musste, und es war auch hübsch, das musste selbst Polly zugeben, die von selbstgebastelten Geschenken sonst nichts hielt. Die Freude jedenfalls, die Clare daran gehabt haben mochte, ihre Eltern mit diesem Bild zu beschenken, hatte Steve ihr gründlich verdorben.

«Und dann noch das andere Mal, auch an Weihnachten, als Leila noch ganz klein war und –»

«Schon gut, schon gut», fauchte Clare. «Ist nicht nötig, das jetzt alles wieder hervorzukramen.»

«Ich wollte ja nur –»

«Ja, schon klar. Aber lassen wir das alles jetzt mal ruhen, ja.»

Hoppla. Nun gut, der Ex war also noch nicht völlig zum Abschuss freigegeben. Glücklicherweise fielen Polly in dem Moment genau die richtigen Worte ein, um die Lage zu entschärfen. «Ach, ganz vergessen! Ich habe dir eine Flasche Wein mitgebracht, als kleines Dankeschön dafür, dass du mich aufnimmst. Soll ich sie aufmachen?»

«Ja», sagte Clare, hörbar erleichtert. «Gute Idee.»

Eine Flasche von E. & J. Gallos edelstem Tröpfchen später (das Weinsortiment im Dorfladen war nicht gerade berauschend) hatte Polly das Gefühl, dass sie und ihre Schwester kurz davor waren, Frieden zu schließen. Einen ersten Bund hatte *Florida Mansions* zwischen ihnen gestiftet. Danach hatten sie festgestellt, dass sie beide süchtig nach *Flying High* waren, der Serie über sexy Piloten, die kürzlich als Wiederholung gelaufen war. Und unter dem Einfluss des Gins aus Clares Notfallration, zu dem sie schließlich übergegangen waren, schlug dann die Stunde der gegenseitigen Geständnisse. Clare hatte gebeichtet, dass sie es war, die mit sechs Jahren die kostbare Porzellanpuppe ihrer Mutter zerbrochen hatte (seinerzeit war Michael die Schuld gegeben worden, obwohl er hitzig und hartnäckig seine Unschuld beteuerte), und Polly hatte gestanden, in der Kirche einmal fünfzig Pence vom Kollekteteller geklaut zu haben, als sie neun war und auf die heißersehnten Rollschuhe sparte.

Das Thema Geld schien Clares beduseltem Gedächtnis auf die Sprünge zu helfen, denn als Nächstes fragte sie: «Und, lässt du dir das mit dem Putzjob im Pub noch mal durch den Kopf gehen?»

Womit das neugefundene Vertrauen zwischen ihnen

mit einem Schlag wieder zertrümmert war. Polly wandte sich ihr umständlich auf dem unbequemen Sofa zu – ihr graute jetzt schon vor den Rückenschmerzen, die sie am nächsten Morgen haben würde – und blickte sie finster an. «Nein! Das habe ich doch schon gesagt! An so einer Arbeit …» Sie schlug mit der Faust auf die Armlehne des Sofas. «An so einer Arbeit bin ich nicht interessiert. Ich will wieder zurück nach London, auf keinen Fall will ich länger hier in diesem Dreckskaff versauern als unbedingt …»

Sie verstummte, ein wenig erschrocken über den Zorn, der auf einmal Clares Gesicht verdüsterte. Oh. Vielleicht hätte sie Elderchurch nicht ganz so unverblümt als «Dreckskaff» bezeichnen sollen.

«Tja, tut mir leid, wenn das hier nicht ganz deinen gewohnten Ansprüchen genügt», schnaubte Clare ungehalten, während sie sich etwas unsicher vom Sofa erhob. «Und es tut mir leid, dass du es nicht mal versuchen willst, obwohl dir hier praktisch ein Job auf dem Tablett serviert wird, an dem es nichts auszusetzen gibt. Dass du darüber die Nase rümpfen würdest, hätte ich mir vorher denken können; so, wie du immer schon die Nase über alles hier gerümpft hast, schon solange ich denken kann. Je eher du wieder nach London abdampfst, desto besser für uns alle.»

«Oh, nun reg dich wieder ab, ich wollte doch nicht –», setzte Polly zu einer Entschuldigung an, doch Clare war bereits aus dem Zimmer gestürmt. Gleich darauf polterten Schritte die Holztreppe hinauf, woraus Polly schloss, dass sie sich nun ins Bett verzog. Auch dir gute Nacht, Clare.

Polly lehnte sich zurück und stieß verärgert die Luft aus. Offene Feindseligkeit, nichts anderes führte ihre

Schwester doch im Schilde; sie wollte sie bewusst reizen und mit diesem miesen Putzjob erniedrigen.

Pah, davon würde sie sich nicht beeindrucken lassen. Die müffelnden Putzhandschuhe konnte Clare sich mal sonst wohin stecken, dachte Polly wütend und kippte ihren letzten Rest Gin hinunter. Und von jetzt an sollte sich ihre Schwester wirklich hüten, ihre vorwitzige Nase in Pollys Angelegenheiten zu stecken.

In jener Nacht fand Polly unter Alex' Bettdecke, deren Bezug mit Außerirdischen gemustert war, einfach keine Ruhe. Über ihr baumelten beunruhigend leuchtende Miniaturplaneten von der Decke, ein Wallace-und-Gromit-Wecker tickte laut, und von unter dem Bett her müffelte es unverkennbar nach Käsesocken. Das Ritz war das hier wirklich nicht. «Unterste Schublade eher», brummte sie und drehte sich zum x-ten Mal im Bett herum.

Je eher du wieder nach London abdampfst, desto besser für uns alle, hatte Clare gesagt. Jawohl, genau, dachte Polly. Besser hätte sie's auch nicht ausdrücken können. Nie wieder würde sie sich über das Großstadtleben beschweren, wenn sie endlich wieder dort war. Der Smog, der Verkehr, die grassierende Kriminalität – all das würde sie willkommen heißen wie liebe, lange vermisste Freunde. Was den Gedanken einer neuen, richtigen Stelle betraf, mit eigenem Schreibtisch, PC, Assistentin … Sie würde eine wahre Musterangestellte sein, nach der sich jeder Arbeitgeber die Finger leckte, das schwor sie sich.

Sofern man ihr nur die Chance dazu bot …

Wenn ich morgen aufwache, hat mir jemand eine E-Mail geschickt, um mich zu einem Gespräch einzuladen, redete sie sich ein. *Ab morgen wendet sich alles zum Guten; ich stoße auf eine neue Stellenanzeige, die genau meinem Jobprofil entspricht, ein Headhunter meldet sich bei mir, mein Handy klingelt, und dann fügt sich alles. Auf einen miesen Putzjob bin ich nicht angewiesen. Da kann ich schon mehr auf die Beine stellen. Und ich WERDE mehr auf die Beine stellen.*

«Wäre doch gelacht», brummte sie, boxte das «Fluch der Karibik»-Kopfkissen in eine bequemere Form und drehte sich erneut im Bett herum. Positives Denken, das war der Schlüssel zum Erfolg. Sie musste sich bloß immer wieder vor Augen halten, dass ihr Schicksal sich nun jeden Tag zum Besseren wenden konnte. Die Alternative war nämlich schlicht nicht auszudenken.

14

«Alex SCHNARCHT», beklagte sich Leila am nächsten Morgen am Frühstückstisch und verzog missmutig das Gesicht.

«Nein, tue ich nicht.»

«Doch, tust du wohl.»

«Nein, tue ich nicht.» Tritt.

«Doch, jawohl.» Knuff.

«Oh, Herrgott, hört auf zu streiten», fauchte Clare. Sie hatte dröhnende Kopfschmerzen (was hatte sie bloß geritten, den Gin für Notfälle anzubrechen?) und war beim Blick in den Badezimmerspiegel ganz schön erschrocken, wie zerknittert und mitgenommen sie aussah. Polly hatte es gut, die schlief ihren Rausch vermutlich noch aus. Sofern sie das lautstarke Gezänk ihrer Nichte und ihres Neffen jetzt nicht unsanft aus dem Schlaf gerissen hatte.

«Wie lange dauert es denn, bis ich wieder mein Zimmer zurückbekomme?», grummelte Alex und zog seiner Schwester eine Fratze.

«Nicht so lange, ein paar Monate», versuchte Clare ihn zu beschwichtigen. Verflucht, sie hatten kaum noch Kaffee, stellte sie fest, während sie im Schrank vergeblich nach einer neuen Packung kramte. «Wir helfen ihr nur eine Zeitlang aus, mehr nicht. Wie sich das in einer Familie gehört.» Bei diesen Worten schlich sich ein leicht sarkastischer Unterton in ihre Stimme, den sie nicht zu unterdrücken vermochte. Sie war nicht eben erfreut gewesen, als sie am Morgen ins Wohnzimmer kam und sah, dass die Ginflasche noch auf dem Couchtisch stand, unverschlossen, ebenso wie ihre beiden Gläser. In einem Glas befand sich sogar noch ein Fingerbreit Gin, wie sie mit wachsendem Unmut feststellte. Was, wenn nun eins der Kinder das Zeug für Wasser gehalten und getrunken hätte? War es Polly wirklich nicht in den Sinn gekommen, die Gläser und die Flasche noch rasch vom Tisch zu räumen, ehe sie zu Bett ging?

Offensichtlich nicht.

«Ein paar *Monate*?», jammerte Leila. «Oh, super. Das ist ja fast bis Weihnachten!»

«Nein, Leila», sagte Clare. «Es ist nur den Sommer über. Vielleicht noch nicht mal so lange.»

«Kann Alex nicht bei Babs und Marjorie schlafen? Oder in der Küche?»

«Nein, kann er nicht. Hör zu, Polly gehört zur Familie. Sie ist meine Schwester. Es ist schön, sie bei uns zu Besuch zu haben.» Was selbst in ihren Ohren wenig überzeugend klang. Ihr Gespräch am Vorabend war nicht gerade harmonisch ausgeklungen.

«Hm», brummte Leila. «Finde ich nicht. Das Einzige, was sie mit uns redet, ist ‹Wie läuft's in der Schule?›. Kennt sie keine anderen Themen? Sie ist eine schlechte Tante. Nicht mal Süßes kauft sie uns.»

«Ja», pflichtete Alex ihr bei. «Wenn ich mal groß bin, lasse ich Leila nicht bei mir wohnen. Schwestern stinken.»

«Aber lange nicht so schlimm wie Brüder mit Aa-Hosen», konterte Leila. «Und bei dir würde ich auch gar nicht wohnen wollen, keine Sorge.»

«Prima, denn du bist auch nicht eingeladen.» Alex streckte ihr die Zunge heraus. «NIEMALS.»

«Jetzt seid still und esst euer Frühstück», seufzte Clare, bestrich einen weiteren Toast mit Butter und stellte den Teller auf den Tisch. Sie hatte in der Nacht zu wenig geschlafen, um heute besonders viel Geduld aufbringen zu können. Der Abend hatte eigentlich überraschend lustig angefangen, nachdem sich Pollys anfängliche Aufregung wegen des Putzjobs im Pub erst gelegt hatte. Tatsächlich hatten sie viel zusammen gelacht, sogar festgestellt, dass sie für dieselben Schauspieler aus verschiedenen Fernsehserien schwärmten, und beim Wein ging ihnen das Gespräch gleich noch mal so locker von der Zunge.

Leider aber musste sie ja unbedingt noch mal den Putzjob aufs Tapet bringen, und daraufhin war alles schiefgelaufen. Schlimmer noch, sie hatte Polly ihrer negativen Einstellung wegen richtig die Leviten gelesen. Von Gin sollte sie wirklich besser die Finger lassen, das Zeug machte sie immer aggressiv.

Sie kaute nachdenklich ihren Toast. Vielleicht war sie ein wenig zu hart mit ihr ins Gericht gegangen. Den größten Teil des Abends über hatte Polly ganz handzahm gewirkt, viel weniger arrogant als in den letzten Jahren, als hätte ihr Selbstvertrauen durch die Entlassung einen empfindlichen Knacks erlitten. Clare musste irgendein Teufel geritten haben, dass sie sich diesen unnötigen Seitenhieb nicht hatte verkneifen können und damit das fragile Gleichgewicht wieder zerstörte, das sie eben erst gefunden hatten.

«Alex», schrie sie unvermittelt, als ihr auffiel, dass ihr Sohn den Hund unterm Tisch fütterte. «Der Toast ist für dich, nicht für Fred. Macht hin, ihr beiden, wir müssen in einer Viertelstunde los, und ihr seid noch nicht mal angezogen.»

Morgens vor der Schule herrschte bei ihnen in der Regel immer die gleiche Hektik. Anders ging es leider nicht als Alleinerziehende – sie hatte niemand anderen, der mit dafür sorgte, dass die Kinder morgens pünktlich fertig waren und aus dem Haus kamen. Sobald das Frühstück beendet und der Tisch abgeräumt war, mussten sie sich anziehen, die Zähne putzen, ihre Schultaschen packen, und dann kamen als Letztes die Schuhe an die Reihe, und Mäntel bei schlechtem Wetter, oder Sonnencreme und Sonnenhüte, wenn die Sonne sich ausnahmsweise mal zeigte.

Aus leidvoller Erfahrung wusste Clare, dass beim Ausfall auch nur eines einzigen Glieds in der Kette – wenn etwa die Haarbürste nicht sofort aufzufinden war oder einem der beiden in letzter Minute einfiel (was ärgerlich oft vorkam), dass sie, ach ja, heute als Figur aus einem Buch verkleidet in die Schule kommen sollten oder sonst etwas in der Art –, dass dann der gesamte Ablauf ins Stocken geraten konnte. Gnadenlos. Als sie also feststellte, dass ihre Schwester gerade das Badezimmer okkupierte, um ausgiebig zu duschen, und das, wo sie selbst dringend unter die Dusche wollte, ganz zu schweigen davon, dass sie sich alle noch die Zähne putzen mussten, begann ihr zu schwanen, dass der Morgen auf dem besten Wege war, in völligem Chaos zu enden.

Sie hämmerte ungeduldig gegen die Tür. «Dauert das noch lange bei dir?»

Sie erhielt keine Antwort, nur das Rauschen von Wasser war zu hören. «Ich muss mal Pipi», drängte Alex und trat von einem Fuß auf den anderen.

«Tja, du musst dich wohl leider gedulden oder in den Garten rausgehen», sagte Clare matt.

«Aber ich muss auch mal Groß.»

Clare atmete tief durch und hämmerte erneut gegen die Tür, lauter als beim ersten Mal. «BEEILUNG!», brüllte sie durch die geschlossene Tür und hätte am liebsten noch ihren Kopf dagegengeschlagen. Eins war sonnenklar, es mussten dringend feste Regeln her, was die Benutzung des Badezimmers betraf, und auch zum Herumstehenlassen offener Ginflaschen war ein Machtwort fällig.

Großartig. Darüber würde ihr neuer Logiergast sicherlich begeistert sein.

Donnerstags arbeitete Clare nicht, und als sie die Kinder (mit leider noch ungeputzten Zähnen) endlich zur Schule gebracht hatte (nachdem sie selbst sich mehr schlecht als recht an der Küchenspüle gewaschen hatte – prima), kehrte sie wieder nach Hause zurück und versuchte unterwegs ihre schlechte Laune loszuwerden, indem sie im Kopf all das durchging, was sie über den Tag zu erledigen hatte. Einen Einkauf im Supermarkt, Wäsche waschen, staubsaugen, Leilas verschüttgegangenen Turnschuh ausfindig machen (was hatte sie bloß damit angestellt?), einen längeren Spaziergang mit Fred, dazu das übliche Aufräumen und Putzen im Haus. Das würde erst mal reichen. Clare mochte diesen Tag, auch wenn er in der Regel hauptsächlich aus Pflichten im Haushalt bestand. Die Donnerstage empfand sie als Verschnaufpause, in der sie im Haus in

Ruhe aufräumen und für Ordnung sorgen konnte, ehe erneut das Chaos ausbrach.

Sie war noch aus anderen Gründen froh, heute nicht zur Arbeit zu müssen. Die ganze Woche über hatte sie sich Luke gegenüber für den Vorfall vom vergangenen Freitag geschämt. Je mehr sie darüber nachdachte, desto entsetzter war sie bei der Erinnerung daran, wie sie Luke der Hysterie nahe in ihr Auto bugsiert hatte und dann mit ihm wie eine Verrückte durch die Gegend geheizt war, während sie ihm ungefragt die Geschichte mit Michael aufdrängte. Mist. Was musste er jetzt von ihr denken? Sie hatte sich wirklich gründlich zum Narren gemacht. Er war zwar genauso nett und freundlich zu ihr wie immer, hatte sich nach Leilas Befinden erkundigt und nur abgewinkt, als Clare sich bei ihm entschuldigen wollte, aber sie wurde trotzdem jedes Mal rot, wenn sie ihn sah. Es war alles sehr unangenehm.

Zu Hause angelangt, öffnete sie die Tür des Hühnerstalls, und Babs und Marjorie, ihre gefiederten Schützlinge, kamen, wachsam um sich blickend, die Rampe herabstolziert. «Danke, meine Damen», sagte sie, während sie in den Stall griff und zwei noch warme Eier herausklaubte. «Wenigstens auf euch beide kann ich mich verlassen.»

Als sie, die Eier sorgsam in der Hand bergend, die Hintertür aufstieß, erblickte sie Polly, die am Tisch gerade eine Schale Cornflakes löffelte und einen tiefschwarzen Kaffee neben sich stehen hatte. Clare musterte die auf dem Tisch verschüttete Milch, den Zucker, der achtlos neben der Zuckerdose verstreut war, und zum Schluss noch Fred, der unter dem Tisch gerade gierig die Cornflakes vertilgte, die auf dem Boden gelandet waren, und merkte, wie sie prompt wieder schlechte Laune bekam. «Morgen», sagte sie knapp und setzte den Wasserkessel auf.

Polly zuckte überrascht zusammen. «Solltest du nicht bei der Arbeit sein?»

«Hab heute frei», erwiderte Clare. «Es gibt auch Eier, falls du eins magst», setzte sie hinzu, als sie die Morgengaben der Hühner in den Kühlschrank legte. Sie machte den Schrank auf, um den Kaffee herauszunehmen, und da erst fiel ihr Blick auf das leere Glas auf der Arbeitsfläche, um das herum Kaffeekörnchen verstreut waren. «Ah. Hast du den gesamten letzten Kaffee aufgebraucht?»

«Ja», bestätigte Polly. «Ich besorge später neuen. Die Milch ist, glaube ich, auch alle, es sei denn, es gibt noch einen Geheimkühlschrank, den ich noch nicht ausfindig gemacht habe.»

Clare lächelte schmal. «Nein. Einen Geheimkühlschrank haben wir nicht.»

«Übrigens, was war denn das für ein Getrommel heute früh?», fragte Polly, während sie sich frische Cornflakes in die Schale kippte. «Schlagen die Kinder morgens immer so einen Lärm?»

«Das war ich.» Clare merkte, wie sie sich versteifte. «Ich habe mit der Faust gegen die Badezimmertür geschlagen, weil wir uns die Zähne putzen mussten. Und Alex, der Ärmste, hätte sich auf dem Weg zur Schule fast in die Hose gemacht, weil er so dringend mal musste.» Sie verschränkte die Arme vor der Brust. «Ich wäre dir wirklich sehr verbunden, wenn du künftig davon absehen könntest, um diese Uhrzeit das Badezimmer mit Beschlag zu belegen. Wir sind so schon immer in Hetze, um pünktlich aus dem Haus zu kommen, ohne dass …»

Polly verdrehte theatralisch die Augen, und Clare hätte sie erwürgen können.

«Ist ja gut, ist ja gut, wusste ich eben nicht», sagte sie gereizt.

«Gut», erwiderte Clare und wandte sich zum Teekessel um, der soeben zu pfeifen begann – leider hatte das Wasser ja nun umsonst gekocht. «Na ja, ich werde mich jetzt mal in den Supermarkt aufmachen. Hast du irgendwelche speziellen Wünsche?»

«Richtigen Kaffee», antwortete Polly wie aus der Pistole geschossen. «Oh, und ein gutes Shampoo. Das von Salon Class nehme ich am liebsten, weißt du, in den silbernen Flaschen?»

Clare war vollauf im Bilde. Die teuerste Marke, die es in den Läden gab, klare Sache. Erwartete Polly etwa, dass sie ihr das Zeug zusammen mit ihrem bevorzugten Edelkaffee spendierte? Clares Augen verengten sich. Ja, von wegen. Ihre Schwester würde sich mit einem Shampoo der Supermarkt-Hausmarke begnügen müssen, basta. «Klar», sagte sie und wandte sich ab, damit Polly nicht mitbekam, wie verärgert sie war. Sie schnappte sich Handtasche und Autoschlüssel und schritt los in Richtung Tür, hilfsbereit begleitet von Fred, der hinter ihr hertrottete. «Nein, mein Freund, du bleibst hier, tut mir leid», sagte sie und streichelte ihn. «Ich gehe später mit dir raus. Es sei denn …» Sie blickte Polly fragend an. «Könntest du vielleicht mit Fred vor die Tür gehen, wenn du nichts Besseres zu tun hast?»

Polly schüttelte den Kopf. «Tut mir leid. Ich habe sehr viel zu tun.»

Clare musste an die Geschichte von der fleißigen kleinen roten Henne denken, die sie den Kindern vorgelesen hatte, als sie noch klein waren. «Tja, dann mache ich eben alles selber», brummte sie und knallte wütend die Haustür hinter sich zu.

«Hätte nie gedacht, dass ich das mal sagen würde, aber was freue ich mich, heute arbeiten zu dürfen», seufzte Clare am Morgen darauf, als sie sich auf ihren Stuhl am Empfang der Praxis sinken ließ.

Roxie riss die Augen auf. «Äh … wer sind Sie bitte? Sie sehen zwar aus wie Clare Berry, aber solche Töne bin ich von ihr sonst nicht gewohnt.»

Clare brachte ein Lächeln zustande. «Doch, ich bin es selbst. Ein Schatten meiner selbst. Mit den Nerven am Ende und heilfroh, meinem Hausgast heute entronnen zu sein.» Sie schüttelte den Kopf. «Sie treibt mich in den WAHNSINN.»

Roxie, die ihr Haar heute à la Prinzessin Leia aus *Krieg der Sterne* zu zwei Knödeln über den Ohren zusammengedreht hatte und zu ihrer limettengrünen kurzärmeligen Bluse mit herzförmigen Knöpfchen einen ausgefransten Minirock aus pinkfarbenem Denim trug, lächelte belustigt. «Was ist passiert? Sie hat doch wohl nicht spitzgekriegt, dass du ihre blöden Geschenke auf eBay vertickt hast, oder?»

«Nein, und das darfst du ihr auch nicht verraten, wenn du sie mal kennenlernst», sagte Clare. «Sie ist bloß einfach eine Katastrophe als Mitbewohnerin. Sie ist schlimmer als ein Mann! Sie räumt nie hinter sich auf, sie blockiert morgens stundenlang das Badezimmer, wenn wir uns für die Schule fertig machen müssen, sie rührt keinen Finger, um mal mit anzupacken, und sie hat praktisch die gesamte

Küche mit Beschlag belegt für ihre sogenannte ‹Arbeit›.» Sie deutete mit den Fingern in der Luft Anführungsstriche an und schnaubte. «Obwohl ich sie gestern Vormittag, als ich vom Einkaufen zurückkam, vor dem Fernseher ertappt habe, sie hat sich Jeremy Kyle angesehen. Von Totarbeiten kann bei ihr also nicht gerade die Rede sein.»

«Ich LIEBE Jeremy Kyle», hauchte Roxie, einigermaßen aus dem Zusammenhang gerissen.

«Der Scherz an der Sache ist ja», fuhr Clare fort, ohne auf ihren Einwurf einzugehen, «dass sie sich vor Mitgefühl fast überschlagen hat, als ich ihr vorgejammert habe, wie faul und schlampig Steve immer im Haus war – oh, wie schrecklich, was für ein Albtraum, all solche Sprüche. Und nun stellt sich heraus, dass sie selbst noch schlimmer ist, was ich niemals für menschenmöglich gehalten hätte!»

Ausgerechnet da kam Luke durch die Tür. «Morgen, Luke», flötete Roxie und klimperte mit ihren falschen Wimpern, die so lang und dicht waren, dass sie dabei einen kleinen Luftzug über den Empfangstresen fächelte.

«Morgen», murmelte auch Clare, beschämt darüber, bei einer so erregten Tirade erwischt worden zu sein.

Luke schien ganz in Gedanken. «Morgen», antwortete er flüchtig im Vorbeigehen.

Roxie fing an, demonstrativ «Always Look on the Bright Side of Life» zu pfeifen, aber er reagierte nicht und verschwand in seinem Sprechzimmer. «Was ist dem denn heute über die Leber gelaufen? Hat er Reißzwecken in der Unterhose oder so was?» Sie tätschelte Clare den Arm. «Na, Kopf hoch, Süße. Ich koche dir erst mal einen schönen Tee und erzähle dir dann meine aufregenden Neuigkeiten. Das muntert dich wieder auf.»

Clare lächelte matt und fragte sich unwillkürlich, was Roxie wohl für aufregende Neuigkeiten haben mochte, mal wieder eine frei erfundene heiße Liebesnacht vielleicht, mit Jake Gyllenhaal diesmal oder Orlando Bloom? Aber immerhin, es war nett, dass zur Abwechslung einmal jemand anderes ihr ein Getränk zubereitete. Polly weilte seit gerade einmal zwei Nächten bei ihr, doch sie kam sich jetzt schon vor, als würde sie eine Pension mit angegliedertem Café betreiben. «Danke», sagte sie, klickte die Liste mit den anstehenden Terminen des Tages an und ging ans Telefon, das soeben losklingelte. «Guten Morgen, Ärztehaus Amberley, was kann ich für Sie tun?»

«Also», fing Roxie einige Minuten später ohne Umschweife an, nachdem sie Clare einen Becher Tee hingestellt und sich wieder auf ihrem Drehstuhl niedergelassen hatte, «die aufregenden Neuigkeiten lauten wie folgt: Wenn alles gutgeht, habe ich für dich ein Geschäft an Land gezogen. Ich weiß, ich bin toll; ich bin die Beste, du liebst mich. Das brauchst du gar nicht auszusprechen, das versteht sich von selbst.»

«Wovon redest du genau?», fragte Clare, den Blick auf den Computerbildschirm gerichtet, während sie gerade einen neuen Termin eintrug.

«Ich rede davon, dass meine Tante Kate gestern Abend bei uns zu Besuch war», sagte Roxie und schwang auf ihrem Stuhl hin und her. «Habe ich dir schon mal von ihr erzählt?»

«Nein.» Clare fragte sich, wohin diese Geschichte wohl führen würde. Eine alte Dame mit tränenden Augen war gerade an den Tresen getreten. «Morgen, Mrs. Atkins, nehmen Sie doch im Wartezimmer Platz. Dr. Copper ist gleich für Sie da.» Clare wandte sich wieder Roxie zu. «Wer ist Tante Kate?»

«Sie ist Einkäuferin bei Langley's», fuhr Roxie fort. «Ist dir Langley's ein Begriff, diese flippige Hotelkette?»

«Nein», gestand Clare. «Ist lustigerweise schon etwas länger her, dass ich mal in einem Hotel war, ob flippig oder sonst wie.» Sie scrollte die Liste von Patienten hinunter, die diesen Vormittag zur Sprechstunde angemeldet waren. Heute, das war schon jetzt abzusehen, würde in der Praxis absoluter Hochbetrieb herrschen.

Roxie überhörte ihren Spott. «Nun, die sind ziemlich cool. Edel und exklusiv, aber zugleich flippig – so eine Mischung aus Klassik und Edelboheme, könnte man sagen. Jedenfalls eröffnen die demnächst ein neues kleines Nobelhotel nicht weit von hier, in Lovington. Das Konzept ist auch für sie ganz neu, hat Tante Kate erzählt, es firmiert unter ‹Das zweite Zuhause›. Der Gast soll sich nicht wie in einem beliebigen, langweiligen Kettenhotel fühlen, sondern so, als wäre er zu Besuch bei einem Freund, einem ein klein wenig exzentrischen Lebenskünstler.»

Da klingelte das Telefon, und Roxie nahm den Anruf an. Als sie eben auflegte, klingelte das andere Telefon, und Clare hob den Hörer ab und meldete sich. Dann trafen drei Patienten ein, gefolgt vom Briefträger mit der Post, die quittiert werden musste.

«Also, sprich weiter», drängte Clare, nachdem all das erledigt war. Worauf Roxie mit ihren Geschichten über Nobelhotels hinauswollte, war ihr schleierhaft, aber neugierig war sie jetzt doch. «Moment, lass mich raten», kam sie Roxie zuvor, «deine Tante Kate hat angeboten, meine Schwester eine Weile in einem dieser schicken Hotels unterzubringen, damit ich sie nicht länger am Hals habe. Nein – noch besser, sie will *mir* dort einen netten kleinen Ferienaufenthalt spendieren, bei dem ich so richtig nach Strich und Faden verwöhnt werde. Habe ich recht?»

«Nicht ganz», erwiderte Roxie. «Aber hör zu. Als, wie gesagt, Einkäuferin bei denen ist sie für die komplette Ausstattung des neuen Hotels zuständig. Möbel, Bettwäsche, Besteck … einfach alles. Kannst du dir das vorstellen? Von Berufs wegen nach Herzenslust einzukaufen und dafür auch noch bezahlt zu werden? Man könnte neidisch werden. Na ja, und weil es für Langley's ist, kauft sie da richtig nette, urige Sachen. Ganz unterschiedliches, gern auch etwas kitschiges Geschirr zum Beispiel, nicht so lieblose weiße Massenware von Ikea, und …» Endlich bemerkte sie Clares ungeduldigen Blick und kam eilig zum Kern der Sache. «Nun, sie benötigt jedenfalls auch Toilettenartikel für die Badezimmer des Hotels.» Sie grinste. «Und hier kommst du ins Spiel.»

Clare blinzelte. «Bitte?»

«Sie ist auf der Suche nach Toilettenartikeln speziell für das Hotel in Lovington», erläuterte Roxie geduldig. «Am liebsten von einem Hersteller hier aus der Gegend, hat sie gesagt, wenn möglich auf Naturbasis, qualitativ richtig hochwertig, aber ein bisschen abseits der gängigen Norm. Also habe ich zu ihr gesagt, ich kenne jemanden, der ihr genau das liefern kann. Du nämlich!»

«Ich?» Clare lachte herzlich über den Scherz, wurde aber wieder ernst, als ihr Roxies gekränkter Gesichtsausdruck auffiel. «Das ist doch nicht dein Ernst?»

«Also …! Logo ist das mein Ernst!» Roxies Augen unter dem schillernd aquamarinblauen Lidschatten funkelten vor Aufregung. «Deine Sachen sind toll. Ich habe ihr mein Parfüm gezeigt – die Badekugel, die du mir geschenkt hast, habe ich leider schon aufgebraucht –, und sie war, glaube ich, ganz schön beeindruckt. Du wärst perfekt für Langley's, meiner Ansicht nach – ich meine, deren Hotels sind zwar edel, aber nicht so steif und vornehm, dass Leute wie du und ich da Angst hätten, das falsche Messer oder die falsche Gabel zu benutzen und was nicht alles, eher originell und ungewöhnlich und … du weißt schon. Nett. Genau wie du.»

Oh, die Gute. Clare fand die Begeisterung ihrer Freundin zwar richtig rührend, schüttelte aber trotzdem bedächtig den Kopf. «Das ist echt lieb von dir, Roxie, aber meine Sachen stelle ich doch nur in Heimarbeit her, in meiner Küche, mehr so aus Spaß, für Angehörige und Freundinnen. Ich bin ja nun wahrlich keine professionelle Unternehmerin oder so …»

Das Telefon klingelte, und Roxie hob eilig den Hörer ab. «Ärztehaus Amberley, können Sie bitte kurz dranbleiben?» Sie legte die Hand über die Sprechmuschel und bedachte Clare mit einem strengen Blick. «Also, versuchen solltest du es mal, finde ich. Was hast du denn zu verlieren?» Und ehe Clare etwas erwidern konnte, nahm sie die Hand vom Hörer und wandte sich wieder dem Anrufer zu. «Entschuldigung. Was kann ich für Sie tun?»

Nach längerem Hin und Her ließ Clare sich schließlich dazu breitschlagen, die Sache in Erwägung zu ziehen. «Deine Tante wird meine Sachen niemals haben wollen», wehrte sie immer wieder hilflos ab, aber solchen Defätismus ließ Roxie nicht gelten.

«Woher willst du das wissen?», widersprach sie jedes Mal energisch. «Vielleicht nimmt sie sie ja doch! Stell dir das mal vor, wäre das nicht sagenhaft?»

«Ja, aber …»

«Hör zu, Clare. Das ist eine klasse Gelegenheit für dich, ein wenig zu expandieren. Nächste Woche ist sie wieder hier, sie hat Gesprächstermine mit anderen Firmen aus der Gegend vereinbart. Wenn du bis dahin eine Auswahl Proben vorbereiten könntest – sagen wir mal, ein Schaumbad, Shampoo und Seife –, zusammen mit einem Kostenvoranschlag, wird sie deiner Präsentation auf jeden Fall eine Chance geben.»

Kostenvoranschlag, Präsentation – schon bei diesen Begriffen wurde Clare ganz schwindelig. Sie schüttelte den Kopf. «Ich glaube wirklich nicht …»

«Du musst dich ja noch nicht jetzt entscheiden. Gib mir am Montag Bescheid.» Roxie stupste ihr den Ellbogen in die Seite. «Und sag ja nicht, ich würde nie etwas für dich tun.»

«Danke, Roxie, aber –»

Ehe Clare dazu kam, ihre Bedenken weiter auszuführen, ging Roxie wieder ans Telefon und streckte ihr dabei die Zunge heraus. «Ärztehaus Amberley, was kann ich für Sie tun?»

Um halb drei machte Clare Feierabend, stieg in ihr Auto und trat die Heimfahrt an. Unterwegs dachte sie gründlich nach und verwarf die Sache mehr oder weniger, die Idee erschien ihr denn doch zu hanebüchen. Roxie hatte es sicherlich lieb gemeint, aber der Gedanke, dass ihre selbstgemachten kleinen Toilettenartikel ernsthaft für ein teures, schickes Hotel in Frage kommen sollten, war doch wirklich lachhaft. Sie war keine Geschäftsfrau, Ende, aus. Das Ganze war ein Hirngespinst, reines Wunschdenken, dem man sich ein paar Minuten lang hingeben mochte, aber mehr auch nicht.

Zu Hause fand sie die Küche in wüster Unordnung vor: Auf dem Tisch lagen achtlos Unterlagen verstreut, dazwischen benutzte Kaffeetassen, ein Teller mit Sandwichkrümeln, die bräunlichen Überreste eines Apfels und eine leere Dose Cola light. Trotz der hohen Koffeinzufuhr hatte Polly offensichtlich nicht die Energie zum Aufräumen aufgebracht, dachte Clare säuerlich. Alles wie gehabt also. Sogar der Fußboden war mit Hühnerkacke gesprenkelt, igitt, wahrscheinlich hatte Polly die Hintertür sperrangelweit offen stehen gelassen. Babs und Marjorie kamen für ihr Leben gern ins Haus spaziert, wenn sich die Gelegenheit bot, und den Spuren nach zu urteilen, hatten sie es hier heute richtig krachen lassen. Entzückend.

Clare seufzte missmutig. Dass ihre Schwester in ihr eine Art Bedienstete sah, war nicht nur furchtbar lästig, sondern auch zutiefst kränkend. Immerhin war sie so freundlich gewesen, Polly uneigennützig zu sich einzuladen. Wie war sie bloß auf diese Schnapsidee gekommen? Hätte sie geahnt, dass Polly bei ihr ein solches Chaos verbreiten würde, hätte sie schön den Mund gehalten. Wieso konnte Polly nicht mal einen Hauch von Dankbarkeit dafür zeigen, dass Clare ihr gesamtes Familienleben auf den Kopf gestellt hatte, um Platz für sie zu schaffen?

Aber hatte sie denn tatsächlich etwas anderes erwartet? Ihre Schwester konnte ja nicht einmal den Verlust ihres Arbeitsplatzes still und leise über die Bühne bringen, wie die meisten Leute es taten: Nein, sie musste gleich spektakulär auf einen Schlag alles verlieren, damit die Sache auch ja in ein Riesentamtam ausartete. Und natürlich mussten ihr alle anderen sofort zu Diensten sein und sie umhätscheln und umtätscheln wie ein armes Opfer. Nun, dachte sie grimmig, mit dieser Liebedienerei war in diesem Haus von nun an Schluss. Jedenfalls solange ihre Schwester sich aufführte, als wäre sie hier in einem Hotel.

Da kam wie aufs Stichwort Polly herein, noch immer im Schlafanzug. Sie war ungeschminkt, sah ganz so aus, als hätte sie sich noch nicht mal die Haare gekämmt. «Oh, hallo», sagte sie, als wäre sie ganz erstaunt, Clare in ihrer eigenen Küche anzutreffen. «Wie war die Arbeit?»

«Ganz gut.» Clare pfiff nach Fred, der dösend unter dem Tisch lag. «Ich führe jetzt den Hund Gassi und hole die Kinder von der Schule ab», sagte sie. «Oder warst du heute schon mit ihm draußen?»

Polly senkte vielsagend den Blick auf ihren Schlafanzug. «Nein, war ich nicht. Hätte ich mit ihm rausgehen sollen?»

Clare knirschte mit den Zähnen. «Könnte ganz hilfreich sein, wenn du das ab und zu übernehmen würdest», sagte sie, so ruhig sie eben konnte. «Und noch hilfreicher wäre es, wenn du die Hintertür nicht offen lassen würdest, damit die Hühner nicht reinkommen können. Wäre schön, wenn die Sauerei beseitigt wäre, ehe Leila und Alex nach Hause kommen.»

Sie deutete auf die Hinterlassenschaften am Boden, und Polly verzog das Gesicht vor Ekel.

«Ach, und übrigens, ich gehe heute Abend aus», fuhr Clare fort. «Ich treffe mich mit ein paar von den Mädels im Pub. Hast du Lust mitzukommen?»

Pollys Miene sprach Bände. Lieber hätte sie sich selbst erdrosselt. «Danke, eher nicht», murmelte sie.

«Auch gut.» Clare zuckte die Achseln. Dass Polly es verschmähen würde, mit ihr und ihren Freundinnen auszugehen, war klar, das war schon früher immer so gewesen. «Nun, dann gebe ich Mama Bescheid, dass sie die Kinder heute nicht zu hüten braucht. Kann sie zu Hause bleiben, wenn du ja ohnehin hier bist. Also, bis später.»

Ehe Polly noch Protest einlegen konnte, war Clare schon behutsam über den Hühnermist hinweggestiegen und zur Tür hinaus, zusammen mit Fred, der hinter ihr hertrottete. Treffer, versenkt. Draußen in der warmen, wohlriechenden Luft musste Clare beim Gedanken an den bestürzten Ausdruck auf dem Gesicht ihrer Schwester breit grinsen. Ha. Je eher Polly endlich in der nüchternen Realität ankam, desto besser für alle.

An jenem Abend traf Clare sich mit Debbie, Tracey, Maria und Jane an ihrem gewohnten Tisch im *King's Arms*. Sie kannten sich alle noch von der Schule her, mit Ausnahme von Jane, die vor gerade mal zehn Jahren Marias Bruder Neil geheiratet hatte und die in Elderchurch dementsprechend noch immer ein wenig als Zugereiste galt. Was ihr aber in keiner Weise anzumerken war. Jane arbeitete bei der Post und war über alles und jeden im Ort bestens im Bilde. Sie hatte ein herzförmiges Gesicht, dunkles, lockiges Haar, immer ein Lachen auf den Lippen und das üppigste Dekolleté im Dorf. Obendrein verschenkte sie gerne Lollipops an Kinder, wenn sie auf der Post lange hatten anstehen müssen. Kein Wunder, dass sie bei allen so beliebt war.

Maria war das genaue Gegenteil der pummeligen, immer vergnügten Jane, nämlich dünn, blässlich und eher ernsthaft. Ihr Mann hatte sie kürzlich mit einer anderen betrogen, aber ihren drei Kindern zuliebe war sie entschlossen, die Dinge auf jeden Fall wieder ins Lot zu bringen, so angespannt die Lage bei ihnen zu Hause derzeit auch sein mochte. Sie war im Außendienst für einen Kaffeevertrieb tätig und verbrachte fast den ganzen Tag auf der Autobahn.

Schließlich war da noch Tracey, die einen schrägen, trockenen Humor pflegte, in dritter Ehe verheiratet war und von ihrer vierzehnjährigen Tochter und den einjährigen Zwillingssöhnen rund um die Uhr auf Trab gehalten wurde. «Ein Teenager und zwei zahnende Kleinkinder, habe ich nicht das ganz große Los gezogen?», sagte sie gern und verdrehte dabei die Augen.

Als Debbie gerade die zweite Flasche Pinot entkorkte (die erste war im Handumdrehen geleert worden), beugte sie sich zu Clare hinüber. «Oh, fast hätte ich's vergessen. Meine Mutter würde gern Schaumbad bei dir bestellen. Die Sorte mit dem Rosenduft, wenn du's einrichten kannst.»

Clare errötete vor Freude. Es machte sie jedes Mal stolz, wenn jemand eins ihrer Produkte nachbestellte. «Klar», sagte sie. «Ich bringe ihr eine Flasche vorbei. Aber lustig, dass du es erwähnst», fuhr sie im Überschwang fort, «weil …» Sie hielt inne und bereute ihr unbesonnenes Geplapper auf der Stelle. Der Wein hatte ihr die Zunge gelöst. Warum jetzt von der Sache mit Roxies Tante anfangen? Sie hatte die Angelegenheit doch so gut wie abgehakt.

«Oho!», sagte Jane und machte kugelrunde Augen. «Dramatische Kunstpause! Was ist los? Spann uns nicht auf die Folter!»

Clare lief knallrot an, während aller Blicke auf ihr ruhten. «Nichts. Nicht so wichtig.»

Debbie verschränkte die Arme vor der Brust. «Na los, raus damit», forderte sie. «Du darfst uns nicht so zappeln lassen. Was ist ‹nicht so wichtig›?»

«Diverse Drogeriemärkte haben angerufen, weil sie auf Clares Geheimrezepturen scharf sind», ulkte Tracey. «Rück sie nicht raus, Clare. Vorher müssen sie dir schon richtig viel Kohle bieten.»

Clare lachte. «Ja, schön wär's. Nein, es ist nichts dergleichen. Bloß …» Weil alle sie weiter so gespannt ansahen, schilderte sie mit stockender Stimme, was Roxie ihr vorgeschlagen hatte, hätte sich aber gleichzeitig dafür ohrfeigen können, die Sache überhaupt erwähnt zu haben.

«Wow, nicht schlecht», sagte Maria, als sie fertig war. «Die Hotels von Langley's sind supernett. Letztes Jahr hatten wir eine Konferenz im Langley's in Brighton – ein tolles Haus. Ein bisschen wie ein Schlösschen im Regency-Stil, mit Kronleuchtern und Chaiselongues, aber aufgepeppt mit viel moderner, bunter Kunst.» Sie beugte sich eifrig zu Clare vor. «Hast du denn schon einen Termin klargemacht? Ich helfe dir gerne, deine Präsentation vorzubereiten, brauchst nur Bescheid zu sagen.»

«Na ja …» Clare spielte verlegen mit einem Bierdeckel. «Deshalb wollte ich ja gar nicht erst davon anfangen. Weil ich längst entschieden habe, dass das für mich nicht in Frage kommt.»

«Wie bitte?», kreischte Tracey.

«So ein Quatsch», sagte Jane. «Eine solche Gelegenheit willst du dir entgehen lassen? Ausgeschlossen!»

«Warum?», fragte Debbie. «Ist doch nichts dabei, wenn du dich mal mit ihr triffst, du hast doch nichts zu verlieren?»

Clare hob ihr Weinglas an die Lippen, merkte aber dann, dass sie es bereits geleert hatte. Tracey war so aufmerksam, ihr umgehend nachzuschenken. «Na ja …», fing sie erneut an. Es war ihr unangenehm, so im Mittelpunkt zu stehen, in der Regel war ihr eine bescheidene Nebenrolle wesentlich lieber. «Na ja, ich weiß einfach, dass ihr meine paar läppischen Sachen nicht gut genug sein werden», sagte sie schließlich mit einem nervösen Lachen. «Mit Profis wie dem Body Shop oder so kann ich's ja wohl kaum aufnehmen, oder?»

«Klar, aber sie möchte ja jemanden hier aus der Gegend», wandte Maria ein. «Urig und originell. Und auch unter Marketing-Gesichtspunkten hast du eine tolle Geschichte zu bieten: Mutter vom Lande, die ihre Zutaten im eigenen Garten zieht und mit ihrer Firma ganz klein anfängt, bei sich zu Hause in der Küche … das klingt doch sagenhaft?»

«Finde ich auch», sagte Jane. «Total aufregend.»

«Du musst es versuchen», ergänzte Tracey mit Nachdruck. «Das könnte dein großer Durchbruch sein, Clare. Du könntest die nächste Anita Roddick werden!»

Clare lächelte matt. «Das glaube ich kaum. Wirklich, ich kann doch da nicht mit meinen laienhaft handbeschrifteten Fläschchen aufkreuzen und so tun, als wäre ich eine professionelle Geschäftsfrau. Das geht einfach nicht.»

Debbie bekam ganz glänzende Augen. «Dann brauchst du vielleicht eine Designerin», sagte sie. «Mich! Ich kann dir ein paar schöne Motive entwerfen und als Etikettenaufkleber ausdrucken, kein Problem. Was hältst du davon?»

«Ich …» Clare fühlte sich völlig überrumpelt. Ihre Freundinnen nahmen die Sache offenbar bitterernst. «Das Problem ist, da müsste ich auch über Kostenberechnungen und all so was reden …»

«Dafür kannst du doch deine Schwester einspannen», sagte Debbie. «Sie ist doch eine gewiefte Geschäftsfrau, oder? All das kann sie für dich erledigen.»

«Hör zu, Süße, wenn du jetzt nicht sofort einwilligst, es mal zu probieren, wird Team Clare zu anderen Maßnahmen greifen müssen», warnte Jane.

Team Clare. Wie reizend war das bitte schön? Vor Rührung schossen ihr Tränen in die Augen. Diese Frauen hatten ihr bei ihren Eheproblemen und bei der Scheidung beigestanden, waren durch dick und dünn mit ihr gegangen. Sie waren wie treue, zuverlässige Schwestern, während Polly sie in der Hinsicht komplett im Stich gelassen hatte. Beim Anblick ihrer aufmunternd lächelnden Gesichter schmolz ihr letzter Widerstand dahin. Sie hatten ja recht. Was hatte sie schon zu verlieren, wenn diese Frau von Langley's ihr einen Korb gab? Es wäre zwar ein Dämpfer für sie, aber durchaus zu verschmerzen. Einen Versuch also war es wert. «Na gut», sagte sie schließlich. «Warum eigentlich nicht? Ich probiere es mal.»

Und während ihre Freundinnen in Jubel ausbrachen und ihr auf die Schulter klopften, ihr Wein nachschenkten und eifrig anfingen, Pläne für ihre Präsentation zu schmieden, machte sich in Clare ein ungewohntes Gefühl breit. Zunächst wusste sie es nicht recht einzuordnen, aber dann ging ihr ein Licht auf: Es war Aufregung. Kribbelnde, freudige Aufregung!

15

Polly war alles andere als begeistert davon, dass sie an diesem Freitagabend die Kinder hüten musste. Frechheit! Was fiel Clare ein, selber feiern zu gehen und ihr das einfach so aufs Auge zu drücken? So schamlos Pollys Gutmütigkeit auszunutzen … es war der reinste Schlag ins Gesicht.

«Es steht dir natürlich frei, abends selbst auszugehen, wann immer du Lust dazu hast», hatte Clare bemerkt, als sie im Spiegel ein letztes Mal ihren Lippenstift begutachtete.

«Mit wem denn?», hatte Polly gegrollt. «Ich habe hier keine Freundinnen mehr.»

Clare hatte eine Augenbraue hochgezogen. «Hm. Woran das wohl liegen mag», hatte sie gespöttelt. Und ehe Polly ihr noch eine passende Antwort geben konnte, hatte sie allen (geradezu penetrant gut gelaunt) eine gute Nacht gewünscht und sich auf den Weg in den Pub gemacht.

Es war halb acht, und der Abend dehnte sich vor ihr aus wie ein Minenfeld. Verfluchter Mist. Sie hasste Kinder!

«Kannst du mir eine Geschichte vorlesen?», fragte Alex.

«Eine Geschichte? Kannst du die nicht selber lesen?», sagte Polly patzig. «Und überhaupt, müsst ihr nicht langsam ins Bett?»

«Ins Bett, jetzt schon?» Leila warf verächtlich die Haare zurück. Sie trug ein T-Shirt, auf dem ein Totenkopf über gekreuzten Knochen prangte, eine kurze Jeanshose über bunt geringelten Leggings und hatte dazu einen hellblauen Glitzerschal um den Hals gewickelt. Irgendwie gab sie in ihrem Aufzug eine lässigere Erscheinung ab, als es Polly je im Leben gelungen war. «Von wegen! Dauert noch Stunden, bis wir ins Bett müssen, Tante Polly. Am Wochenende lässt Mama uns immer bis neun aufbleiben.»

Polly verengte misstrauisch die Augen. «Davon hat sie mir aber nichts gesagt», widersprach sie. «Ist neun Uhr nicht ein bisschen spät für eine Neunjährige?»

Leila machte ein böses Gesicht und warf sich neben Polly aufs Sofa, dass die Sprungfedern nur so quietschten. «Ich bin ZEHN», stellte sie klar, verschränkte trotzig die Arme vor der Brust und sah aus wie eine Kleinausgabe von Clare.

«Und ich bin vierzehn», behauptete Alex und machte einen Handstand mitten im Zimmer. Polly zuckte zusammen, als er gleich darauf umkippte und seine Füße den Fernseher nur um wenige Zentimeter verfehlten.

«Ich mag ja eine klapprige alte Tante sein, aber dumm bin ich nicht», sagte Polly. «Du bist nicht vierzehn, nie und nimmer. Und bist du sicher, dass du hier im Zimmer Handstand machen darfst?»

«Immer und ständig», versicherte Alex und schwang bereits wieder die dünnen weißen Beine in die Höhe. Sein Schlafanzugoberteil rutschte ihm bis in die Achselhöhlen, und sein blasser Bauch kam zum Vorschein. «Aber wenn du mir eine Geschichte vorliest, höre ich auf.»

Diesmal kippte er gefährlich nahe beim Couchtisch um, und Polly stockte vor Schreck der Atem. Clare würde sie umbringen, wenn sie nach Hause kam und feststellte, dass ihr heißgeliebter Sohn sich unter der sogenannten Aufsicht seiner Tante die Beine bei unerlaubten Turnübungen gebrochen hatte. «Oh, also gut», gab sie seufzend klein bei. «Was für eine Geschichte soll ich dir denn vorlesen? *Klein Häschen und der böse Bubu* oder so was Schreckliches?»

«So ein Buch gibt's ja gar nicht», widersprach Leila von oben herab. «Das hast du dir bloß ausgedacht.»

«Und ich bin kein kleines Baby mehr», stellte Alex klar, während er sich mit geröteten Wangen vom Boden hochrappelte. «Solche Geschichten mag ich überhaupt nicht. Mama liest mir immer *Harry Potter* vor.»

Leila musterte ihre Fingernägel. «Oh, das wird Tante Polly nicht vorlesen können. Such lieber was anderes aus, Alex.»

«Was soll das heißen, ich kann das nicht vorlesen?» Polly war empört. «Na hör mal, als könnte ich nicht lesen!»

«Ja, aber Mama macht das ganz toll, sie verstellt für jede Figur anders die Stimme», erklärte Leila mit einem vernichtenden Seitenblick. «Sie macht es richtig.»

«Ich kann auch gut die Stimme verstellen!», ereiferte sich Polly gekränkt. «Das bekomme ich hin, kein Problem!»

Leila blickte zweifelnd drein, sagte aber nichts, als wäre sie zu höflich, deswegen Streit anzufangen.

«Na gut, versuchen wir's», sagte Alex und ließ Polly ein ungeheuer dickes Buch auf den Schoß plumpsen. «Wir sind beim siebenten Kapitel.»

Polly bekam mit, wie die beiden sich verstohlen zugrinsten und hatte das Gefühl, irgendwie hereingelegt worden zu sein. Das würde sicher der längste Abend ihres

Lebens werden. Nach einem müden Blick zur Uhr – leider immer noch erst zwanzig vor acht – fing sie an zu lesen.

Das letzte Mal laut etwas vorgelesen hatte sie im Februar, bei einer Präsentation auf einer Konferenz in Zürich. Dort hatte ihr Publikum aus gepflegten Damen und Herren bestanden, die interessiert zuhörten, sich Notizen machten und bei wichtigen Passagen zustimmend nickten. Nach ihrem Vortrag war ihr höflich applaudiert worden.

Jetzt dagegen saß sie auf dem wohl unbequemsten Sofa der Welt, eingezwängt zwischen zwei Kindern, die sich links und rechts an sie lehnten, und mit einem Buch über Zauberer auf den Knien. Wie tief konnte man sinken?

Zu ihrer Verblüffung jedoch stellte sie schon nach wenigen Seiten fest, dass sie sich beim Vorlesen gar nicht übel amüsierte. Die Geschichte war ziemlich gut, Polly stieg voll in die packende Handlung ein und las auch immer mit schaurig verstellter Stimme, wenn es erforderlich war. Am spannenden, offenen Ende des Kapitels angelangt, hielt sie inne, unschlüssig, ob sie weiterlesen sollte.

«Noch eins!», verlangte Alex. «Bitte, bitte?»

«Du machst das gar nicht so schlecht», sagte Leila anerkennend. «Dafür, dass du das Buch noch nicht kanntest. Liest du uns noch ein Kapitel vor? Bitte?»

Polly zögerte. Offen gesagt war sie selbst ziemlich gespannt darauf, wie es weiterging. «Ach, na schön», sagte sie. «Weil ich heute mal besonders nett bin.»

Das nächste Kapitel war sehr lustig, und Leila und Alex brachen an mehreren Stellen in prustendes Gelächter aus. Polly musste ebenfalls lachen, nicht zuletzt vor Freude über die fröhliche Reaktion der beiden, die als Publikum allemal angenehmer und leichter mitzureißen waren als die Zuhörer, vor denen sie in sterilen Konferenzräumen auf der ganzen Welt gesprochen hatte.

«Das ist ja richtig klasse», stellte sie am Ende des Kapitels fest. «Nicht zu fassen, dass ich bisher gar nicht wusste, wie gut diese *Harry-Potter*-Bücher sind.»

«Hast du davon noch nie was gelesen?», fragte Leila, sichtlich erschüttert über dieses Versäumnis ihrer Tante. «Wirklich nicht?»

«Nein.»

«Aber die Filme kennst du doch wohl», warf Alex ein. «Die hat ja wirklich jeder gesehen … Du nicht?», rief er aus, als Polly nur stumm den Kopf schüttelte. «Gibt's ja nicht. Ich dachte, die kennt jeder auf der Welt. Wir haben uns die schon oft angesehen.»

«Ich habe eine Idee!» Leila sprang vom Sofa auf und sah sie mit leuchtenden Augen an. «Sehen wir uns doch den ersten gleich mal an! Den haben wir auf DVD, Tante Polly. Können wir? Der wird dir gefallen. Auf jeden Fall, garantiert.»

«Na ja …» Polly sah auf die Uhr. Fünf vor acht. Wenn die beiden erst in einer Stunde ins Bett mussten, konnte sie wohl ebenso gut einen Film einlegen, um die Zeit zu überbrücken. Sie könnte die *Financial Times* auf ihrem Laptop studieren, während die beiden vor dem Fernseher saßen, und sie dann pünktlich um neun Uhr zu Bett schicken.

«Wir könnten dazu POPCORN essen! Ich weiß, wie man das zubereitet», sagte Alex. «Sag ja, Tante Polly. Wir können unsere Bettdecken von oben holen und den Film gemütlich im Liegen gucken, bei ausgeschaltetem Licht, so machen wir das an Kinoabenden immer.»

«Bitte, bitte!», bestürmten die beiden sie im Chor.

«Ja, ist gut.» Vor ihrer Begeisterung musste Polly die Waffen strecken. «Aber nur bis neun, hört ihr. Dann geht ihr brav schlafen, in Ordnung? So lautet die Bedingung, damit das klar ist.»

Um halb elf an jenem Abend trug Polly den schlummernden Alex die Treppe hinauf, während Leila neben ihr hertrottete. «Und vergiss nicht, du musst mir versprechen, eurer Mutter nicht zu verraten, wie lange ihr aufgeblieben seid», flüsterte Polly schuldbewusst. «Sonst versohlt sie mir den Hintern und streicht mir das Taschengeld.»

Leila kicherte. «Versprochen», sagte sie, hüpfte ins Badezimmer, zog sich unbefangen die Unterhose herunter und ließ sich vor Pollys Augen auf der Toilette nieder. «Moment, was ist mit Alex' Zähnen?»

Polly, die sich beim Anblick ihrer pinkelnden Nichte eilig abgewandt hatte, hielt kurz inne. «Nun … es wird ihm schon nicht schaden, mal mit ungeputzten Zähnen zu Bett zu gehen», entschied sie, ging leise mit ihm in Leilas dunkles Zimmer und trat auf etwas Hartes, Knubbeliges. Aua. Lieber Gott, wie konnte man denn Legosteine am Boden herumliegen lassen?

«Du solltest ihn aber mal Pipi machen lassen, glaube ich», rief Leila ihr nach. «Sonst macht er noch ins Bett. Du weißt doch, wie Jungen sind.»

Wieder hielt Polly inne. Wusste sie, wie Jungen waren? Eigentlich nicht. Nicht mehr so richtig. Tatsächlich hatte sie bis zu diesem Abend von Kindern allgemein kaum eine Ahnung gehabt, da sie ihnen seit vielen Jahren tunlichst aus dem Weg gegangen war. Sie sah auf ihren schlafenden Neffen hinab, der sich auf ihren Armen verblüffend schwer anfühlte, dafür, dass er so ein dünner kleiner Bursche war. Seine Lider mit den langen, dunklen Wimpern zuckten leicht, und sein Mund verzog sich zu einem kleinen Lächeln, als hätte er gerade einen wunderschönen Traum. Sie hatte ihn und Leila wirklich um neun zu Bett schicken wollen, Ehrenwort, aber dann war der Film so lustig gewesen, dass sie es irgendwie nicht über sich brachte, die DVD zu stoppen. Und dann war Alex vor dem Fernseher eingeschlafen, auf dem Lager aus Bettdecken zusammengerollt wie eine süße kleine Haselmaus.

«Ähm …», sagte sie in Richtung Leila und kehrte wieder auf den Treppenabsatz zurück. So süß und haselmausartig ihr Neffe auch sein mochte, «Pipi machen lassen», wie Leila es ausgedrückt hatte, wollte sie ihn eher nicht. Sie hatte keine Ahnung, wie das ging, und wollte es auch wirklich nicht herausfinden.

«Weck ihn einfach auf», empfahl Leila, betätigte die Toilettenspülung und wusch sich die Hände. Nachdem sie sie abgetrocknet hatte, kam sie aus dem Bad und beugte sich über ihren schlafenden Bruder. «Alex! Hey, Alex», zischte sie und stupste ihn mit einem Finger an. Dann hielt sie ihm kurzerhand die Nase zu. «Alex!»

Er schreckte strampelnd aus dem Schlaf auf, und Polly setzte ihn vorsichtig auf dem Boden ab. «Alles klar bei dir? Zeit fürs Bett, Alex. Geh bloß noch mal … rasch aufs Klo, dann komme ich und decke dich schön zu.»

Sie überließ ihm alles Weitere und ging nach unten, um ihre Bettdecken zu holen. Bei ihrer Rückkehr lagen die Kinder zum Glück schon in ihren Betten, und Alex war bereits wieder eingeschlafen. Sie deckte erst ihn und dann Leila zu und wollte sich schon zum Gehen wenden, als Leila ihr auf einmal die Arme um den Hals schlang und sie an sich drückte. «War ein lustiger Abend», sagte sie schläfrig.

Polly blinzelte verblüfft. Lustig? Anfangs hatte sie nur den Wunsch gehabt, die Kinder möglichst bald los zu sein, irgendwie aber entwickelte es sich dann auch für sie zu einem richtig spaßigen Abend. «Ja», erwiderte sie. «Kann man wohl so sagen. Gute Nacht.»

«Nacht», murmelte Leila, und dann fielen ihr auch schon die Augen zu.

Polly schaltete das Licht aus und blieb noch eine Weile in der Tür stehen. Während sie den Atemzügen der beiden lauschte, breitete sich ein sonderbares Gefühl in ihr aus – eine Art … *Wärme*.

Dann schüttelte sie sich energisch. Wärme, pah! Sie war übermüdet, mehr nicht. Ausgelaugt, weil sie den ganzen Abend auf diese Äffchen hatte aufpassen müssen. Eilig ging sie selbst zu Bett, in der Hoffnung, bald einzuschlafen. Ehe Clare nach Hause kam und Gelegenheit hatte, sie danach zu fragen, wie der Abend mit den Kindern so gelaufen war.

Tags darauf schien Clare seltsam gereizt und fuhrwerkte mit finsterer Miene in der Küche herum, obwohl es ein schöner, sonniger Samstagmorgen war. «Ist es zu viel verlangt», fuhr sie Polly an, sobald diese durch die Tür kam, «die Unordnung zu beseitigen, die du hier in der Küche veranstaltest?»

Ah. Es ging um die Popcorn-Pfanne, die sie auf dem

Herd hatte stehen lassen, und um die nicht abgewaschenen Kakaobecher, die sie in die Spüle gestellt hatte.

«Ich meine, schon klar, du bist es nicht gewohnt, hinter dir aufzuräumen; in London hattest du vermutlich eine Haushälterin oder eine Schar Dienstboten, die das für dich erledigt haben, aber –»

«Auch dir einen guten Morgen», sagte Polly kühl, während sie zum Teekessel hinüberging. «Hoffentlich hattest du einen amüsanten Abend im Pub, während ich deine Kinder gehütet habe.» Treffer. Wie du mir, so ich dir, du selbstgerechte Madame, dachte sie beim Anblick ihrer Schwester, der es sichtlich die Sprache verschlug.

Clare sackte leicht in sich zusammen. «Entschuldige», murmelte sie. «Hast recht. Und danke, dass du auf die Kinder aufgepasst hast. Waren sie brav so weit? Du hast mit ihnen *Harry Potter* geschaut, hat Leila erzählt?»

«Wir sind gut klargekommen», erwiderte Polly, bestrebt, nicht weiter auf den Film und damit den Umstand einzugehen, wie lange die beiden aufgeblieben waren. «Und bei dir? Schönen Abend gehabt?»

Clare wandte sich ab und fing an, den Tisch abzuwischen. «Ja», sagte sie schließlich. «Das Übliche eben – dieselben Mädels, mit denen ich mich immer treffe, aber –» Sie redete nicht weiter, und Polly sah neugierig zu ihr hinüber.

«Was?», hakte sie nach. «Du tust ja plötzlich so geheimnisvoll. Ist was passiert?»

Clare zog die Nase kraus. «Nein, nicht direkt.» Wieder verstummte sie, schüttelte dann den Kopf. «Nein, war nichts. Hab wohl etwas zu viel getrunken und mich deswegen heillos mitreißen lassen.»

Polly sah sie verwundert an und rätselte, was Clare ihr wohl verschwieg. Gab es da vielleicht einen Mann, von dem sie ihr nichts erzählen wollte? Irgendwelchen pikanten Dorfklatsch, den sie ihr vorenthielt? *Interessant.* Polly würde Augen und Ohren offen halten, um herauszufinden, was da los war. Denn irgendetwas war da im Busch, so viel stand fest.

«Wir haben massenhaft Interessenten seit der offenen Besichtigung, wenn auch die Leute sagen, dass der Preis schon ein bisschen happig ist. Aber seien Sie unbesorgt, Miss Johnson, es findet sich bald ein Käufer, davon bin ich überzeugt. Vertrauen Sie mir.»

Polly seufzte, nachdem sie das Telefonat mit dem Makler beendet hatte. Dem Typen vertrauen? Nur unter Vorbehalt. Jetzt redete er also davon, dass der Preis – den er selbst festgelegt hatte, wohlgemerkt – zu hoch war. Na sagenhaft. Sie schloss die Augen und überschlug die Kalkulation im Kopf. Bei einer geringfügigen Preisverringerung käme sie, ihrem Steuerberater zufolge, immer noch aus den roten Zahlen, aber andererseits, welcher Käufer zahlte schon je den ursprünglich veranschlagten Preis einer Immobilie? Allzu sehr konnte sie mit dem Preis nicht heruntergehen, sonst würden mit dem Ertrag nicht einmal ihre Schulden getilgt. Verdammter Mist. Sie lehnte sich auf dem Liegestuhl zurück und musste sich beherrschen, um nicht laut loszujammern.

Zumindest der Garten bot ihr ein wenig Trost, wenn Vince schon keine guten Neuigkeiten für sie hatte. Da Clare mit den Kindern beim Schwimmkurs war, konnte Polly sich ein Stündchen in Ruhe sonnen, mit Fred zu ihren Füßen und dem nächsten *Harry Potter*-Band als Lektüre (den Leila ihr beim Frühstück mit der Versicherung in die Hand gedrückt hatte, dass er ihr bestimmt gefallen würde). In einem Haus mit Garten zu wohnen, war gar nicht so übel, zugegeben, zumal wenn der Sommer so warm und sonnig war, wie er sich dieses Jahr anließ. Die Blumen dufteten herrlich, die Bienen summten geschäftig vor sich hin, und der babyblaue Himmel war noch morgendlich dunstverhangen. In London, fiel ihr auf, hatte sie niemals einfach so mit einem Buch im Freien gesessen und ihren Gedanken nachgehangen. Die letzten zwanzig Jahre über hatte sie sich eigentlich fast ausschließlich in klimatisierten Innenräumen aufgehalten und vom Wetter kaum etwas mitbekommen, geschweige denn vom Wechsel der Jahreszeiten.

Sie beobachtete einen gelblich weißen Schmetterling, der vor ihr in Schwüngen durch die Luft flatterte. Früher hatte sie Clare nie um irgendetwas beneidet, war mit keiner einzigen Lebensentscheidung ihrer Schwester einverstanden. Ihr Leben lang in Elderchurch bleiben? Niemals. Steve heiraten? Du hast sie doch nicht mehr alle. Aus Rücksicht auf die Kinder einen unfassbar öden Job annehmen? Im Leben nicht.

Um eines aber beneidete sie ihre Schwester doch, wie sie jetzt feststellte: um diesen Garten, in dem es sich wunderbar friedlich sitzen ließ. Die Hühner allerdings waren ein anderes Kapitel, überlegte sie, während sie beobachtete, wie die beiden Tiere umherstolzierten, wobei sie jedes Mal die Füße hoben, als würden sie im Stechschritt marschieren, und ab und an innehielten, um etwas vom Boden aufzupicken. Irgendwie ein gruseliger Anblick.

«Juu-hu!», riss eine Stimme sie unvermittelt aus ihren Gedanken. «Clare! Ich habe dir ein paar – oh. Sie sind ja gar nicht Clare.»

War wohl nichts mit Ruhe und Frieden. Polly starrte die alte Dame an, die soeben mit einem Büschel Möhren im Garten aufgetaucht war. «Hallo», sagte sie kühl.

«Aha! Sie dürften die Schwester sein, habe ich recht? Die große *femme de carrière*, wie unsere französischen Freunde sagen würden.» Sie tippte sich gegen die Nase, und ihre blassblauen Äuglein funkelten verschmitzt in ihrem runzligen, wettergegerbten Gesicht.

Polly hatte keine Ahnung, wer diese verrückte alte Schachtel war, die ihre Möhren an dem fiedrigen grünen Laub umherschwang wie einen Bio-Dreschflegel. «Ich bin Clares Schwester, genau.» *Und nun verzieh dich.*

«Nun, ganz reizend, Sie kennenzulernen, meine Liebe. Ich bin Agatha, Clares Nachbarin.»

«Von Ihnen hat sie noch nichts erzählt», gab Polly kurz angebunden zurück.

«Oh, Gott sei Dank! Dann hat sie Ihnen also taktvollerweise verschwiegen, dass ich mich ständig selbst aussperre, mit meinen Pflanzen rede und was nicht alles; da bin ich aber heilfroh. Na, wie dem auch sei. Achtung, Möhren. Bitte fangen!»

Und ehe Polly wusste, wie ihr geschah, hatte Agatha ihr das Büschel offenbar frisch geernteter Möhren mitten auf den Schoß geschleudert, dass die schwarze Erde nur so flog. Damit wandte sie sich ab und zog wieder von dannen, mit hoher Stimme vor sich hin summend.

Polly sah ihr entgeistert nach. «In diesem Dorf leben nur Verrückte», murmelte sie vor sich hin.

«Ja, ist das nicht herrlich?», rief Agatha, die ihr Gemurmel anscheinend gehört hatte, fröhlich über die Schulter zurück.

Babs – oder war es Marjorie? – eilte aufgeregt herbei, um Polly neugierig um die Beine herumzupicken, und Polly scheuchte sie wütend mit den Möhren fort. «Und du, Mistvieh, hau auch ab, ja», zischte sie. «Na los, husch!»

Später, als sie mit den Kindern wieder zurück war, hängte Clare die durchdringend nach Chlor riechenden Schwimmsachen und Badetücher zum Trocknen auf die Leine im Garten und verschwand dann in die Küche, nachdem sie etwas von einem Picknick gemurmelt hatte. Irgendetwas kam Polly befremdlich vor, doch sie kam nicht sofort darauf, was genau es war.

Leila tauchte in ihren lila Crocs und mit noch feuchtem Haar bei ihr auf. «Wie kommst du mit dem Buch voran, Tante Polly? Gefällt's dir?»

Polly sah sie lächelnd an. Ihre Nichte, das musste sie zugeben, war eigentlich ziemlich süß. «Es ist toll», sagte sie. «Sehr spannend. Wie war's beim Schwimmen?»

«Cool.» Leila machte schwungvoll einen Handstand. Heute trug sie ein rotes T-Shirt mit einem feuerspeienden Drachen als Motiv, eine khakigrüne Army-Hose und dazu ein Armband mit silbernen Totenkopfanhängern. «Wir haben heute mit Rettungsschwimmen angefangen. Wir mussten hinten ins tiefe Wasser springen und versuchen, diese lebensgroße Puppe an den Beckenrand zu ziehen. Die war vielleicht schwer! Hat von den anderen kaum einer geschafft, aber ich schon.»

«Gut gemacht», lobte Polly ihre Nichte, die gerade aus

dem Handstand geschmeidig in eine Brücke überwechselte. «Ganz wie deine Mama. Die konnte auch immer spitzenmäßig –» Da merkte sie, was ihr eben Rätsel aufgegeben hatte. Auf der Wäscheleine hingen nur Alex' Badehose und Leilas Badeanzug. «War deine Mutter heute nicht mit im Wasser?», fragte sie verblüfft.

Leila richtete sich aus der Brücke wieder auf. «Nein», sagte sie und kratzte sich an einem Mückenstich unten am Knöchel. «Sie kommt nie mit rein. Sie schwimmt, glaube ich, nicht so gern.»

Polly schob ihre Sonnenbrille hoch und sah ihre Nichte befremdet an. Sie schwamm nicht so gern? Clare? «Das ist ja seltsam», sagte sie. «Früher ist sie für ihr Leben gern geschwommen. Und sie war richtig gut, das weißt du ja wohl? Ist für den Schwimmverein und die Bezirksauswahl bei Wettbewerben angetreten, hat zig Siege errungen, und ...» Sie redete nicht weiter, weil Leila sie verständnislos anblickte. «Hat sie dir nie davon erzählt?»

Leila schüttelte den Kopf. «Nein.»

«Was wünscht ihr euch für Sandwiches?», ließ sich in dem Moment Clares Stimme aus dem Küchenfenster vernehmen, und Leila stürmte davon, um ihre Bestellung aufzugeben.

«Das ist wirklich seltsam», wiederholte Polly halblaut. Schwimmen war immer Clares Leidenschaft gewesen. Ein paar Jahre lang, als sie beide Teenager waren, war es sogar mit das Wichtigste in ihrem Leben. Polly hatte es genervt, dass es wegen Clares Schwimmfimmel in ihrem gemeinsamen Zimmer immer leicht nach Chlor miefte; es hatte sie auch aufgeregt, wenn Clare sich ganz frühmorgens den Wecker gestellt hatte, um vor der Schule bereits ihre Bahnen im Schwimmbad zu ziehen. Aber sie zog ihr Training mit eiserner Disziplin durch, war immer hoch motiviert – bewundernswert eigentlich, wie Polly im Rückblick auffiel. In aller Frühe, während der Rest der Familie noch im Bett lag, schwang sie sich morgens aufs Fahrrad, um nach Amberley zu radeln und dort eine Meile oder so zu schwimmen, radelte dann wieder zurück und machte sich für die Schule fertig.

Warum Clare das Schwimmen damals aufgegeben hatte, wusste Polly nicht mehr. Wegen der Pubertät vielleicht, weil sie angefangen hatte, sich für ihren sich verändernden Körper zu genieren? Oder weil sie sich nicht länger von ihren Freundinnen unterscheiden wollte. Oder waren ihr eventuell Jungen auf einmal wichtiger geworden?

Polly kam der Gedanke, dass sie sich vielleicht nützlich machen sollte – Sandwiches konnte sogar sie schmieren, ohne gleich die Bude in die Luft zu jagen. Sie stieß sich aus dem Liegestuhl hoch.

«Kann ich irgendwie helfen?», fragte sie, als sie in die dämmrige Küche kam und zunächst blinzeln musste, weil sie so lange in der prallen Sonne gesessen hatte.

Clare stutzte heftig und lachte dann glucksend.

«Was ist?», fragte Polly. «Was ist so lustig?»

«Nichts.» Clare reichte ihr eine Schale mit glitschig wirkenden hartgekochten Eiern und einem dicken Klecks Mayonnaise. «Hilfe ist mir sehr willkommen, mehr nicht. Das kannst du bitte verquirlen, danke.»

Nach einem zünftigen Mittagspicknick im Garten, bei dem Fred sich eifrig beteiligte, zogen am Himmel Wolken auf. Clare regte eben eine Radtour an, jetzt, wo es nicht mehr so warm war, als eine Frau mit peppig kurzem hennarotem Haar, einer ganzen Schar Kinder und zwei Labradoren im Garten auftauchte und auf der Stelle infernalischer Lärm ausbrach. Fred und die beiden anderen Hunde bellten wie verrückt, die Kinder schwärmten in alle Richtungen aus, und Polly wurde nahezu schwindelig von dem plötzlichen Aufruhr. Clares Leben war richtig laut, fiel ihr nebenher auf. Und es wimmelte immerzu von Leuten.

«Hallo, ich bin Debbie», stellte sich die Frau mit dem hennaroten Haar fröhlich vor, als sie Polly auf der Picknickdecke erblickte. «Ich bin Clares aufdringliche Freundin, die vorbeigekommen ist, um ihr schon wieder wegen Langley's in den Ohren zu liegen.»

Debbie, genau. Polly erinnerte sich an sie, von Clares Hochzeit. Erste Brautjungfer war sie gewesen, und das, obwohl doch allgemein bekannt war, dass eigentlich einer Schwester das göttliche Vorrecht zustand, erste Brautjungfer zu sein. Dass sie damals so schmählich übergangen worden war, schmerzte Polly noch jetzt.

Clare war rot angelaufen und sah Polly seltsam beklommen an, als hätte Debbie etwas Falsches gesagt. «Äh, ja ...»

«Und ich habe ein paar Entwürfe mitgebracht, die du dir mal ansehen kannst», fuhr Debbie munter fort, als würde sie Clares Unbehagen gar nicht wahrnehmen. «Ich fange mal gleich an, habe ich mir gedacht, dann kann ich dir sofort schon ein paar Ideen vorlegen. Also habe ich Will den Vormittag über mit den Kindern vor die Tür geschickt, meinen Mac angeworfen und ...» Sie verstummte und blickte verwirrt zwischen Clare und Polly hin und her. «Was ist? Warum siehst du mich so an? Passt es gerade nicht so gut?»

«Nein, nein», sagte Clare rasch. «Ich habe bloß … na ja, bei Tageslicht stellt sich halt vieles anders dar. Wir haben uns da gestern Abend, glaube ich, ein bisschen zu sehr in die Sache hineingesteigert. Inzwischen bin ich von der Idee nicht mehr so überzeugt.»

Debbie sah sie mit großen Augen an. «Du bist nicht mehr so überzeugt? Wir haben uns hineingesteigert? Oh, rede bitte keinen Unsinn, ja? Sag du es ihr, Polly. Langley's wird von ihr begeistert sein!»

Polly schaute erst Debbie an, dann Clare und wünschte sich, dass jemand ihr erklärte, was eigentlich los war. Den Namen Langley's verband sie nur mit einer Kette von kleinen Nobelhotels, aber um die konnte es ja wohl kaum gehen. Dass irgendjemand hier in Elderchurch von denen schon mal gehört hatte, bezweifelte sie. «Ich fürchte, ich kann nicht ganz folgen.» Sie lachte höflich.

Debbie blickte Clare streng an. «Du hast ihr also nichts davon erzählt, ja?», sagte sie in einem Tonfall, als würde sie ein Kind ausschelten. «Clare Berry, was stimmt nicht mit dir? Gut, dann kläre ich sie eben auf.» Damit ließ sie sich auf der Picknickdecke nieder und wandte sich Polly zu. «Deiner Schwester bietet sich eine Gelegenheit, mit ihren Badezusätzen richtig Schotter zu verdienen, und jetzt will sie kneifen. Darum geht es hier.»

«Ich kneife nicht, ich sehe die Dinge bloß realistisch», wehrte Clare ab, aber seltsam matt und halbherzig, als wäre sie sich ihrer Sache nicht mehr so sicher.

«Äh … ich steige immer noch nicht durch», warf Polly ein. Allmählich nervte sie dieses Hin und Her.

Nach einem weiteren mahnenden Blick in Clares Richtung legte Debbie ihr die Angelegenheit in kurzen Zügen dar. «Du bist doch Geschäftsfrau, Polly, oder? Da siehst du die Sache doch sicher genau wie ich und sagst deiner Schwester, dass es hirnverbrannt von ihr wäre, sich nicht um den Auftrag zu bewerben, oder?»

Polly kam aus dem Staunen nicht heraus. Clare wollte sich um einen Geschäftsauftrag bewerben? Hatte sie das richtig mitbekommen? Es schien unvorstellbar. Dann hatten also diese unbeschrifteten Flaschen voll Glibber im Badezimmer mit diesem Nebenerwerb ihrer Schwester zu tun? Polly hatte angenommen, es wären irgendwelche Sachen, die die Kinder angerührt hatten. «Äh ... ja», kam sie Debbies Bitte mit etwas Verzögerung nach. «Ja, selbstverständlich solltest du es versuchen, Clare. Langley's ist ein solides Unternehmen, sehr erfolgreich derzeit. Ich habe schon mal in einem ihrer Hotels übernachtet – in York, glaube ich. Etwas ungewöhnlich, auf keinen Fall nullachtfünfzehn, anders als typische Standard-Hotels, gelinde gesagt. Aber genau das macht offenbar ihre Stärke aus, soweit ich das überblicke.»

Debbie grinste Polly zu, als wären sie Verschworene. «Tja», kam sie Clare resolut zuvor, «damit bist du wohl überstimmt, würde ich sagen. Also dann. Entwürfe.» Sie hielt einen DIN-A4-Umschlag in die Höhe und zog einen Schwung Blätter heraus. «Ich habe mir einige Freiheit erlaubt, schon klar, weil ich ja weiß, dass du dich noch nicht für einen bestimmten Markennamen entschieden hast, aber ... was hältst du von Berry Botanicals?»

«Berry Botanicals», wiederholte Clare, wie um den Klang des Namens auszuprobieren. Dann nickte sie.

«Klingt gesund und fruchtig, und mein Name ist auch enthalten. Perfekt!» Sie blätterte Debbies Entwürfe durch und stieß einen kleinen Begeisterungsschrei aus. «Oh, wow. Die sind ja hinreißend, Debbie.»

Sie beugten sich gemeinsam über die Blätter. Debbie hatte ein Schattenrissmuster entworfen, das einem Weinstock ähnelte, mit verschiedenen Früchten und Blüten, die zwischen den Zweigen sprossen. In der Mitte des Musters hatte sie ein vertikales Oval ausgespart, versehen mit der Beschriftung «Berry Botanicals» und darunter, in kleineren Buchstaben, «Hagebuttenshampoo». In der unteren Ausbuchtung des Ovals schließlich stand, noch kleiner und in einer Type, die wie handgeschrieben wirkte: «Exklusiv für Langley's. Mit Liebe hergestellt». Sie hatte den Entwurf mit verschiedenen Farbanordnungen und Schrifttypen gestaltet, und es wirkte insgesamt sehr hübsch und ansprechend.

Polly war eine ganze Weile stumm geblieben. Sie konnte sich noch immer nicht ganz mit der verrückten Vorstellung anfreunden, dass ihre Schwester ernsthaft Langley's ihre selbstgemachten Badezusätze anbieten wollte. Langley's! Das war, unverblümt gesagt, lächerlich. Instinktiv hätte sie der Sache am liebsten einen nachhaltigen Dämpfer verpasst und Clare unzweideutig darauf hingewiesen, dass sie drauf und dran war, sich bis auf die Knochen zu blamieren. Etwas aber hielt sie davon ab.

«Wie findest du die Entwürfe, Polly?», fragte Clare.

Ah, war ihnen endlich eingefallen, dass jemand dabei war, der sich in der Geschäftswelt ein wenig auskannte! Sie tat so, als würde sie sich die Entwürfe ansehen. Ganz nett waren sie schon, das musste sie einräumen. «Vielleicht ein bisschen zu mädchenhaft?», sinnierte sie. «In solchen Hotels steigen oft Geschäftsleute ab, gestandene Männer. Ob etwa rosa Blümchen bei denen so gut ankommen, da bin ich mir nicht so sicher.»

«Guter Einwand», sagte Debbie. «Vielleicht sollten wir den Hintergrund mehr in dunklen Blau- und Grüntönen halten und dann mit der Schrift Akzente setzen, in leuchtendem Rot oder Türkis. Dann würde es eher geschlechtsneutral wirken.»

«Und wir könnten die Namen noch etwas aufpeppen», warf Clare ein. «Hagebuttenshampoo, Limetten-Schaumbad – klingt alles noch nicht so aufregend im Moment. Insgesamt aber werden die Etiketten ganz toll aussehen, glaube ich. Und du bist auch einfach nur toll», wandte sie sich mit leicht erstickter Stimme an Debbie. «Jetzt sehe ich meine Toilettenartikel schon richtig vor mir, so wie … na ja, richtige Toilettenartikel, die man in Geschäften sieht. Und mein Markenname, den du dir hast einfallen lassen, gefällt mir großartig.» Sie kicherte. «Nicht zu fassen, ich habe gerade ‹mein Markenname› gesagt. Ich, mit einer eigenen Marke!»

Trotz ihrer Skepsis – sie gab dem Projekt insgeheim keinerlei Chancen – musste Polly unwillkürlich lächeln. Ihre Schwester ging die Sache viel zu emotional an – so abgebrüht und knallhart wie Polly würde sie nie sein –, ihre naive Freude und Aufregung aber war schon irgendwie … rührend. Und sogar ansteckend. Immerhin, endlich tat sich hier zur Abwechslung mal etwas, das interessant zu werden versprach.

16

Clare drängte sich das Bild eines außer Kontrolle geratenen, führerlos dahinrasenden Zuges auf, der unaufhaltsam an Fahrt gewann, während Berry Botanicals langsam Gestalt annahm. Es ging alles so schnell! Im Lauf des Nachmittags trug sie mit Debbie ein paar originelle Namensideen für ihre Produkte zusammen, darunter Ingwer Ninja Schaumbad, Limelight Shampoo oder Vanilla Thriller für eine Seife, und später ließ sie sich von Polly erläutern, wie man eine Kostenkalkulation erstellte. Am Sonntag dann bereitete sie in ihrer Küche sorgfältig Proben für die Präsentation vor, wobei sie an der genauen Zusammensetzung der Zutaten unermüdlich feilte, bis sie mit dem Endergebnis hundertprozentig zufrieden war. Denn wenn sie die Sache schon ernsthaft anging, musste auch alles perfekt sein.

Am Abend, sobald die Kinder im Bett waren, war Polly ihr bei der Vorbereitung ihrer Präsentation behilflich. Da all das für Clare völliges Neuland darstellte, war sie heilfroh, auf die sachkundige Beratung ihrer Schwester zurückgreifen zu können.

«Sie wird sich vor allem für dein Preis-Leistungs-Verhältnis interessieren, dafür, wie flexibel du bist, wie schnell du ihre jeweiligen Lieferwünsche bedienen kannst», dozierte Polly. «Wobei die Kostenkalkulation, die wir gestern

Abend erstellt haben, aufgrund deiner geringen Betriebskosten insgesamt ziemlich positiv ausfällt, da kannst du also ganz zuversichtlich sein. Du bietest solide Qualitätsware zu vernünftigen Preisen an; du bist hier in der Gegend ansässig; und du verwendest so weit als möglich Zutaten aus eigenem Anbau – lauter Punkte, die ebenfalls für dich sprechen.»

Polly redete auf einmal ganz anders mit ihr, fiel Clare auf. Nicht mehr so von oben herab, so gönnerhaft-blasiert wie sonst immer, sondern auf einer Augenhöhe, als wären sie Kolleginnen, die gemeinsam auf dasselbe Ziel hinarbeiteten. Diese neue Dynamik als Verbesserung zu bezeichnen, wäre eine grobe Untertreibung gewesen. «Was soll ich ihr denn von mir erzählen, was meinst du?», fragte sie. «Als Unternehmerin habe ich ja nun leider überhaupt keine Erfahrung.»

«Du musst einfach das Positive betonen, das ist der Trick, alles so darstellen, dass es in einem günstigen Licht erscheint. Statt also zu sagen, dass du null Erfahrung hast, wählst du besser die Formulierung, dass du ganz neu am Markt bist und Langley's dein privilegierter Hauptabnehmer wäre – solche Exklusivität kommt immer gut an. Hervorheben kannst du außerdem deine Bereitschaft, dich mit Langley's flexibel abzustimmen, was ihre speziellen Wünsche betrifft; dass du bei deinen Produkten nicht starr festgelegt bist.» Polly tätschelte ihrer Schwester beruhigend die Hand. «Kopf hoch, wird schon schiefgehen. Fassen wir am besten noch mal die wichtigsten Stichpunkte in diesem Dokument zusammen …»

Sie saßen zusammen am Küchentisch vor Pollys Laptop, und mit einem Mal war Clare fast beschämt darüber, wie sehr ihre Schwester sich für sie ins Zeug legte. «Hab vielen Dank», sagte sie leise. «Ernsthaft, von diesen geschäftlichen Dingen hätte ich ohne dich null Ahnung. Null. Allein würde ich das nie hinbekommen.»

Polly, die gerade fleißig auf der Tastatur herumtippte, betätigte schwungvoll die Enter-Taste und wandte sich dann ihr zu. «Ist ja wohl das Mindeste, was ich tun kann.» Sie lachte verlegen. «Immerhin lässt du mich bei dir wohnen – oder duldest mich vielmehr unter deinem Dach –, und solange ich finanziell noch in der Luft hänge und dir kein Geld geben kann, bin ich froh, dir zumindest in Geschäftsdingen helfen zu können. Mehr als froh.»

«Nun, das weiß ich auch wirklich zu schätzen», sagte Clare.

Nach kurzem, befangenem Schweigen wechselte Polly unvermittelt das Thema. «Was ich dich schon länger fragen wollte: Habe ich da neulich ein Tattoo unten auf deinem Rücken gesehen?»

«Meinen kleinen Vogel? Ja», bestätigte Clare. «Haben ich und die Mädels zusammen machen lassen, als wir dreißig wurden. Die Idee stammte, glaube ich, von Tracey – aus Angst davor, alt und spießig zu werden.» Sie lachte. «Jetzt haben wir zwar alle dieses Tattoo, aber alt und spießig sind wir trotzdem, ich bin mir also nicht sicher, ob das wirklich was gebracht hat. Trotzdem, ich möchte es nicht missen. Weil es mir das Gefühl vermittelt, Teil eines verschworenen Teams zu sein, wenn du verstehst, was ich meine.»

Sie griff nach hinten und berührte den Vogel auf ihrem Rücken, während sie an den Tag zurückdachte, als sie alle zusammen nach Andover gefahren waren, um sich in das dortige Tätowierstudio zu wagen, kichernd wie Schulmädchen. Nachdem sie sich auf den Vogel als Motiv geeinigt hatten, weil er Glück und Freiheit symbolisierte, hatten sie sich der Reihe nach unter die Nadel des Tätowierers begeben und tapfer den Schmerz ertragen, während er ihnen das Motiv in die Haut stichelte. Hinterher hatten sie noch eine Weinbar ausfindig gemacht und sich mit kaltem Sauvignon blanc zugeprostet, ehe sie zurückfahren und die Kinder von der Schule abholen mussten, und sich unter Gelächter ausgemalt, wie die anderen Mütter reagieren würden, wenn sie in diesem Zustand, aufgekratzt, mit Weinfahne und frisch tätowiert, an der Schule auftauchten. *Mein Team*, dachte sie und lächelte bei der Erinnerung daran, wie begeistert sie ihr alle in der Sache mit Langley's den Rücken gestärkt hatten. Sie konnte sich wahrhaft glücklich schätzen, solche Freundinnen zu haben.

Polly schwieg, und Clare fragte sich unwillkürlich, ob ihr wohl ihre Freundinnen in London fehlten. Vielleicht war es unfair, ihr so von ihren Mädels vorzuschwärmen, während sie selbst Sehnsucht nach ihrer eigenen Clique hatte.

«Hast du auch ein Tattoo?», fragte sie. «Jede Wette, dass du eins hast. Na los, was ist es? Ein Pfund-Zeichen auf deinem Po oder so etwas?»

«Nein!», rief Polly. «So was würde ich bei mir niemals machen lassen. Könnte ich nicht. Dazu bin ich viel zu feige.»

«Du, feige? Das nehme ich dir nicht ab.» Clare prustete vor Belustigung. Polly war so ungefähr der selbstsicherste, willensstärkste Mensch, den sie kannte. Wie sie darauf kam, sich selbst als feige zu bezeichnen, war ihr schleierhaft.

Polly zog die Nase kraus, aber ihr Lächeln wirkte sonderbar unbeteiligt. Wieder einmal rätselte Clare, was genau ihrer Schwester gerade durch den Kopf gehen mochte.

Am Montag richtete Roxie zur Begrüßung nur ein einziges Wort an Clare: «Und?»

Clare grinste. «Ich bin dabei.»

«JAAA!», juchzte Roxie ausgelassen, verwundert beäugt von Luke, der gerade die Praxis betrat. Sie klatschte mit Clare ab und strahlte über das ganze Gesicht. «Klasse, Mensch! Oh, wie aufregend.»

«Wow.» Luke blieb stehen und sah sie beide der Reihe nach an. «Habe ich irgendwas verpasst? Bekommen wir alle eine Gehaltserhöhung oder so was?»

«Oh, mit dem Laden *hier* hat das nichts zu tun.» Roxie verdrehte die Augen, als wäre es absurd, von ihr solche Begeisterungsstürme zu erwarten, wenn es um die Praxis ging. «Clare wird jetzt Unternehmerin», verkündete sie großspurig.

Clare wurde ganz verlegen, als Luke sie fragend ansah. «So eine große Sache ist es auch nicht», wiegelte sie ab und spürte, wie sie rot anlief.

«Ach ja? Hört sich für mich aber anders an.» Luke wirkte ziemlich verwirrt. «Also, ich bin ganz Ohr. Um welche Art Unternehmen geht es denn? Weilt hier in Amberley der nächste Richard Branson unter uns?»

«So ein Quatsch», prustete Roxie. «Clare sieht ja wohl um Längen besser aus als der!»

«Ich glaube, so wörtlich war das auch nicht –», warf

Clare eilig ein, während Luke gleichzeitig sagte: «Na, als wenn ich *das* nicht wüsste», und ihr entwaffnend zuzwinkerte.

«Clare stellt bei sich zu Hause ganz tolle Schaumbäder und Parfüms her», erklärte Roxie im Tonfall einer stolzen Mutter. «Und wenn alles gutgeht, beliefert sie bald Langley's mit ihren Sachen, diese feine Hotelkette, kennen Sie die?»

«Ach was? Hui», sagte Luke. «Hört sich gut an, Clare.»

«Es steht ja noch gar nichts fest», murmelte Clare. Es war ihr unangenehm, dass Roxie solchen Wind um die Sache machte. Umso peinlicher würde es, wenn sie den Auftrag nicht bekam. Wie würde sie dann vor Luke und allen anderen dastehen, denen Roxie davon erzählt hatte? «Tatsächlich dürften meine Chancen gegen null tendieren, aber …»

«Wenn Sie es geschickt anstellen, Luke», fuhr Roxie in vertraulichem Tonfall fort, während sie unter ihren dick getuschten Wimpern (heute in auffallendem Violett) zu ihm hochsah, «überlässt sie Ihnen vielleicht sogar mal eine Gratis-Probe.»

Er lächelte. «Dann will ich mal lieber schön artig sein, nicht wahr, und mich an die Arbeit machen. Möchte ja nicht mit meinen Patienten ins Hintertreffen geraten, ehe ich überhaupt angefangen habe.»

Damit wandte er sich um und entfernte sich pfeifend. Roxie stupste Clare an. «Der steht auf dich, aber hallo.»

«Unsinn», widersprach Clare heftig. «Außerdem hat er eine Freundin; da sind andere Frauen für ihn tabu.»

Roxie schnaubte und schlug sich vor die Stirn. «Meine Güte, Clare Berry. Manchmal kann ich kaum glauben, dass du über zehn Jahre älter bist als ich, wenn du mir hier mit solchen Weisheiten kommst. Also, dann mal Klartext: Er ist ein Typ. Und damit wahrscheinlich ebenso schniedelgesteuert wie die meisten Männer.» Sie schüttelte fassungslos den Kopf. «Ehrlich, Frau, du musst wirklich mal –»

Da ließ sich eine abgehackte, hörbar verärgerte Stimme vernehmen. «Roxanne, Clare! Geht das hier bei Ihnen auch etwas leiser, bitte?»

Clare drehte sich schuldbewusst um und erblickte Dr. Copper, die mit aufgebrachter Miene am Empfangstresen stand.

«Im Wartebereich sitzen Kranke. Die wollen Ihr Gekicher und Gekreische bestimmt nicht hören», fuhr sie fort. «Ein Patient hat sich heute Morgen schon bei mir über den Radau beschwert, den Sie hier veranstalten. Noch einmal möchte ich mich für Ihr Benehmen nicht entschuldigen müssen, haben wir uns verstanden?»

«Entschuldigung.» Clare schlug betreten die Augen nieder.

«Ja, Miss», murmelte Roxie leise, wie eine gemaßregelte Schülerin. Sobald Dr. Copper wieder fort war, kramte sie ihr Handy heraus und fing an, routiniert auf den Tasten herumzutippen. «Ich schicke Tante Kate mal eben eine SMS. Dass sie dich anrufen und einen Termin mit dir vereinbaren soll.» Sie gluckste vergnügt vor sich hin. «Wenn ich die Sache mit dir erst unter Dach und Fach gebracht habe, wird Richard Branson *dich* um Tipps anhauen, wart's ab!»

Clare vereinbarte mit Roxies Tante Kate (die sie auf keinen Fall so nennen durfte, wie sie sich ständig einschärfte) ein Treffen für den kommenden Donnerstag, und zwar vor Ort in dem neuen Hotel. Als der große Tag gekommen war, putzte sie sich in dem einzigen Kostüm, das sie besaß, fein heraus und rundete ihren Aufzug mit einem Paar edler schwarzer Lacklederpumps von L. K. Bennett ab, die eigentlich Polly gehörten. Die Schuhe waren ihr zwar eine halbe Nummer zu groß, aber da sie selbst keine Pumps besaß, die auch nur annähernd so elegant waren, stopfte sie sie vorne an der Spitze mit Toilettenpapier aus, ein Notbehelf, mit dem sie schon über die Runden kommen würde. Dann verstaute sie ihre Unterlagen und Proben in einer schicken kleinen Aktentasche (ebenfalls eine Leihgabe von Polly) und ging vor dem Spiegel im Schlafzimmer im Geist ein letztes Mal den Text durch, den sie sich zurechtgelegt hatte. Sie sah furchtbar aus, ganz blass und angespannt, ähnelte mehr dem Opfer in einem Horrorfilm als einer selbstbewussten Unternehmerin.

«Na, bist du so weit?», fragte Polly. «Nur Mut, das klappt schon. Du ziehst die Sache knapp und professionell durch, stellst ihr deine Produkte und Zahlen vor, und damit ist die Sache schon geritzt.» Als Clare keine Antwort gab, klopfte sie ihr sanft gegen den Arm. «Möchtest du, dass ich mitkomme?»

Clare lächelte matt. «Das fände ich sogar ganz toll», erwiderte sie. «Am liebsten wäre es mir, wenn du die ganze Sache für mich übernehmen könntest, während ich mich im Wagen verstecke. Gleichzeitig aber möchte ich das selbst hinter mich bringen.»

«Selbstverständlich», sagte Polly. «Die Sache ist ja dein Baby, würde mir nicht anders gehen. Tja, dann viel Glück. Ruf mich an, wenn du da bist und noch mal etwas Ermutigung brauchst. Und sieh die Sache möglichst positiv, habe Spaß dran.»

Spaß sollte sie haben? Clare war speiübel, als sie den Motor ihres Fiats anließ und losfuhr. Sie hatte noch immer die leise Befürchtung, dass das Ganze eine einzige Zeitverschwendung für alle Beteiligten würde, aber … ach, Augen zu und durch. Wie hieß es so schön, wer nichts wagt, der nichts gewinnt. Und falls bei dem Treffen alles schiefgehen sollte, war es auch kein Beinbruch. Zumindest hätte sie dann bei ihrer Schwester endlich etwas Boden gewonnen, allein dadurch, dass sie immerhin so weit gekommen war. Es gab für alles ein erstes Mal.

Lovington lag im tiefsten ländlichen Hampshire, etwa eine halbe Autostunde entfernt. Clare kannte sich auf den Straßen der Gegend recht gut aus, das Hotel aber fand sie nicht auf Anhieb, weil es noch nicht ausgeschildert war. Nachdem sie sich einige Male verfahren hatte und fluchend zurücksetzen musste, rief sie in heller Panik bei Roxie an und fand das Hotel dann schließlich doch, am Ende einer Holperstrecke, die sie zunächst für einen Feldweg gehalten hatte. Die hubbelige, mit Schlaglöchern übersäte Zufahrtsstraße hatte einen neuen Belag wirklich dringend nötig, war dafür aber gesäumt von prächtigen Zedern, die mit ihrem Geäst eine Art grünes Gewölbe bildeten, durch das in flirrenden Sprenkeln das Sonnenlicht fiel. Nach etwa einer halben Meile bog sie um eine Ecke und sah vor sich das Hotel, ein Anblick, bei dem es ihr kurz buchstäblich den Atem verschlug.

Vor ihr stand ein imposantes altes Herrenhaus, erbaut aus warm leuchtendem roten Backstein, mit zwei Reihen großer Bogenfenster und an der Fassade überwuchert von einer üppigen Glyzinie. Oben auf den Dachfirsten erspähte Clare eine ganze Anzahl in sich verdrehter Schornsteine und darunter eine Reihe kleinerer Dachfenster, hinter denen man vermutlich einst das Gesinde untergebracht hatte. Vor dem Haus befand sich eine kreisförmige Auffahrt mit einem prachtvollen Brunnen aus Stein in der Mitte, und Clare konnte sich ohne weiteres vorstellen, wie dort in alter Zeit Kutschen vorgefahren waren, wie der Atem der Pferde in der kalten Morgenluft gedampft hatte, wie auf der Treppe vor dem Portal Diener und Hausmädchen aufgereiht standen …

Es war ein vornehmes Haus. Viel zu vornehm, dachte sie mit einem flauen Gefühl im Magen, für jemanden wie sie. Sie biss sich auf die Lippe, parkte ihren Fiat verschämt hinter dem Lieferwagen einer Baufirma und schaltete den Motor aus. Nun wurde es also ernst. Das abwegige Hirngespinst hatte greifbare Gestalt aus Backstein und Mörtel angenommen und stand direkt vor ihr.

Sie überflog ein letztes Mal ihr Angebot, trug vor dem Rückspiegel frischen Lippenstift auf und setzte probehalber ein zuversichtliches Lächeln auf. Du schaffst das, Clare.

Na gut. Dann mal auf in den Kampf. Zittrig, mit heftigem Herzklopfen und schweißnassen Händen stieg sie aus, wankte in den ungewohnten Pumps über die Auffahrt und schließlich die imposante Freitreppe hinauf.

In der Empfangshalle des Hotels waren umfangreiche Renovierungsarbeiten im Gange. Einige Männer tapezierten gerade die Wände mit stilvoller, nilgrün gestreifter Tapete, und von anderswoher hörte Clare das Fräsen einer

Säge sowie lautes Hämmern. Die breite, geschwungene Holztreppe, die links ins Obergeschoss führte, ließ ebenso wie der von der hohen Decke baumelnde prächtige alte Kronleuchter erahnen, wie hochherrschaftlich es in diesem Haus einst zugegangen sein musste. Clare konnte sich vorstellen, dass hier wundervolle Feste und Bälle stattgefunden hatten, meinte die glamourös herausgeputzten Gäste förmlich vor sich zu sehen, junge Damen in perlenbesticken Zwanziger-Jahre-Kleidern mit langen Zigarettenspitzen, die lachend mit ebenso eleganten jungen Herren die Champagnergläser klirren ließen, das Ganze untermalt von knisternder Grammophonmusik …

Einer der Bauarbeiter fing an, denkbar schief vor sich hin zu pfeifen, womit ihre Träumerei ein jähes Ende fand. Ach ja. Ihr geschäftliches Treffen. Also, wo musste sie denn hin?

Da näherte sich auch schon durch einen Flur das Geräusch energisch heranstöckelnder Schritte, und eine Frau tauchte auf, um die vierzig, mit halblangem, dunkel schimmerndem Haar. Sie trug einen schicken grauen Hosenanzug und eine knallig türkise Hemdbluse mit spitzem Kragen.

Clare schluckte. «Hi», sagte sie, setzte ein Lächeln auf und ging auf die Frau zu. «Sind Sie vielleicht Kate Hendricks? Ich bin Clare Berry.»

«Clare, hallo, perfektes Timing», erwiderte die Frau. «Ja, ich bin Kate. Bitte entschuldigen Sie», sie deutete um sich auf die halbrenovierte Halle, «aber hier ist alles noch im Fluss, wie Sie sehen. Kommen Sie mit, ziehen wir uns an einen stilleren Ort zurück, wo wir in Ruhe plaudern können.»

Clare folgte Kate durch einen holzgetäfelten Flur. «Das Gebäude ist ja wirklich ein Traum», sagte sie schüchtern, während sie unterwegs durch offene Türen lugte und hohe, stuckverzierte Decken erspähte, riesige, noch mit Kunststoff verhüllte Sofas und schwere, zusammengeraffte Samtvorhänge. «Wie alt ist es, wissen Sie das?»

«Erbaut wurde es im siebzehnten Jahrhundert», antwortete Kate. «Anscheinend war es über Generationen hinweg im Besitz ein und derselben Familie. Auch die Gärten nach hinten hinaus sind zauberhaft. Es wird phantastisch hier, wenn wir dem Haus erst unseren unverwechselbaren Langley's-Stempel aufgeprägt und den Betrieb aufgenommen haben.»

«Wann ist die Eröffnung?», fragte Clare.

«Hoffentlich im September», antwortete Kate. «Roxie dürfte Ihnen ja wohl erzählt haben, dass dieses Hotel das erste ist, das wir in dieser Region eröffnen, deshalb sind wir ja auch so erpicht darauf, möglichst hiesige Erzeugnisse zu verwenden. Neben der Nutzung als Hotel wollen wir hier auch einen Country Club etablieren, der Mitgliedern vielfältige Aktivitäten bietet.» Vor einer Tür auf der rechten Seite des Flurs blieb sie stehen und geleitete Clare in einen großen, hellen Raum mit taubenblauer Tapete an den Wänden, die ein Muster aus Kolibris zierte. An der hinteren Wand befand sich ein imposanter Kamin aus schwarzem Marmor, und durch die hohen, bleigefassten Fenster war ein Ziergarten zu sehen, in dem gerade eine Frau eine Hecke schnitt. Ein riesiges Sofa gab es auch, leuchtend pink und überhäuft mit Kissen – die Art Sofa, auf der man gemütlich den ganzen Tag zubringen konnte. Wuchtige, wohlbestückte Bücherregale, eine große moderne Vase mit Lilien und Schleierkraut sowie zwei an einem Tischchen aufgestellte geblümte Polstersessel rundeten das Bild ab. Die Kombination aus Alt und Modern ergab ein stimmiges, stilvolles Ganzes, der Raum insgesamt war einfach nur hinreißend schön.

«Wow», seufzte Clare, die sich inmitten all der Pracht und luxuriösen Einrichtung vorkam wie ein Eindringling. Das hier war nicht ihre Welt, damit musste sie sich vermutlich abfinden. Sie fühlte sich wie ein Kind, das von außen die Nase an das Schaufenster eines Süßwarenladens drückt.

«Zauberhaft, nicht wahr?», sagte Kate. «Das Einzige, was hier noch fehlt, sind Kunstwerke – ich bin schon in Kontakt mit hiesigen Malern, die daran interessiert sind, uns ihre Bilder zu überlassen –, aber ansonsten vermittelt dieser Raum einen guten Eindruck davon, wie am Ende die Ausstattung des gesamten Hotels aussehen wird.»

«Es ist ganz toll», sagte Clare. «Eine sehr ausgewogene Mischung aus altmodisch gediegen und … flippig.»

«Genau darauf zielen wir ab.» Kate klang erfreut. «Luxus mit dem gewissen Etwas. Klassische Eleganz, lässig-entspannt kombiniert mit moderner Edelboheme. Wir wollen, dass unsere Gäste sich bei uns ganz wie zu Hause fühlen.» Sie deutete auf die Sessel. «Nehmen Sie Platz. Mögen Sie vielleicht einen Tee oder Kaffee?»

«Ein Tee wäre wunderbar, vielen Dank.» Clare ließ sich zaghaft auf einem der Sessel nieder und verspürte einen kleinen Stich. Nun, da sie hier war und mit eigenen Augen gesehen hatte, wie schön dieses Hotel einmal sein würde, wünschte sie sich nichts sehnlicher, als bei diesem Projekt mitwirken zu dürfen.

Nachdem Kate über Telefon rasch die Getränke geordert hatte, nahm sie gegenüber von Clare Platz. «Also», fing sie lächelnd an. «Wollen wir uns dann zunächst mal Ihre Produkte ansehen?»

Clare war froh, dass Kate bei ihrer Unterredung Roxie mit keiner Silbe erwähnte. Vorab hatte sie nämlich die Sorge gehabt, dass sie nicht ganz ernst genommen würde, weil dieses Treffen auf so unüblichem Wege zustande gekommen war. Ihr graute davor, dass Kate bestrebt sein könnte, sie so rasch wie möglich loszuwerden, weil sie dieses Treffen als lästiges Ärgernis empfand, in das sie nur ihrer hartnäckigen Nichte zuliebe eingewilligt hatte. Daher hatte sie sogar schon ernsthaft erwogen, sich vorbeugend dafür zu entschuldigen, dass sie Kates Zeit in Anspruch nahm.

Polly aber hatte ihr mehrmals mit Nachdruck klargemacht, warum sie das besser unterlassen sollte. «Wenn du das nicht als ernsthaftes Verkaufsgespräch angehst, nimmt sie dich auch nicht für voll», hatte sie gesagt. «Hüte dich um Himmels willen davor, ihr wie ein armer, kleinlauter Sünder vor die Augen zu treten und dich selbst um Kopf und Kragen zu reden, ehe sie überhaupt Gelegenheit hatte, dein Angebot zu prüfen. Das hast du nun wirklich nicht nötig.»

Clare verkniff sich also jede übertrieben bescheidene Bemerkung. Stattdessen reihte sie ihre Probenfläschchen vor Kate auf dem Tisch auf und fing an, von den naturbelassenen Inhaltsstoffen zu sprechen und darüber, wie die einzelnen Rezepturen zustande gekommen waren. Zunächst sprach sie ein wenig stockend, in einem Tonfall, der ihr selbst angestrengt und künstlich vorkam, doch immerhin kannte sie sich mit dieser Materie, der Zusammensetzung und Herstellung ihrer Pflegeprodukte, bestens aus. Schon nach kurzer Zeit merkte sie, wie sie ruhiger wurde und ihr das Reden leichter fiel. «Mein Unternehmen ist sehr klein», räumte sie ein, «und sollten Sie mich als Lieferantin in Betracht ziehen, wäre das Hotel mein größter Abnehmer. Was aber natürlich auch bedeuten würde, dass ich Ihren Bedürfnissen flexibel entgegenkommen könnte. Mit Freuden etwa würde ich auch Düfte und Pflegemittel exklusiv für Sie herstellen, ganz nach Ihren Wünschen.»

Oh, das klang gut. Ganz so, wie sie es mit Polly eingeübt hatte! Und tatsächlich, Kate nickte anerkennend, wie Clare innerlich jubelnd feststellte. Nachdem sie mit so geringen Erwartungen hergekommen war, sich von der Sache kaum etwas versprochen hatte, schöpfte sie jetzt Hoffnung. Und auch ihre Entschlossenheit wuchs: Sie wollte diesen Auftrag unbedingt ergattern.

Kate nahm die Flasche mit dem Ingwer-Ninja-Schaumbad vom Tisch und schmunzelte, als ihr auf dem Etikett die Zeile «Exklusiv für Langley's. Mit Liebe hergestellt» ins Auge fiel. «Nette Idee», sagte sie. «Auch sehr hübsch gestaltet, frisch und originell.» Sie schraubte den Deckel auf und schnupperte am Inhalt. «Hmmm. Gefällt mir. Auch nicht zu feminin, das ist ein Pluspunkt. Gut, dann erst mal danke für Ihre Erläuterungen. Die Proben würde ich gerne behalten, wenn ich darf, zur Vorlage bei meinen Kollegen. Können wir uns nun dem Thema Kosten zuwenden?»

Später, nachdem auch dieser Aspekt geklärt war, begleitete Kate Clare zurück durch den Flur, vorbei an all den schönen Räumen, in die sie letzte, sehnsüchtige Blicke warf, und hinaus durch den Haupteingang. Über die bekieste Auffahrt näherte sich soeben knirschend ein anthrazitgrauer Audi, und als Clare sich von Kate verabschiedete, machte der Wagen vor dem Hotel halt, und zwei Frauen stiegen aus. Beide, perfekt frisiert und dezent gebräunt, sehr schick in dunklen Kostümen und schneeweißen Blusen, hatten edle Aktentaschen von Mulberry dabei und strahlten Souveränität und Selbstsicherheit aus, zusammen mit Wolken von teuerstem Parfüm.

War das die Konkurrenz? Clare merkte, wie ihr rapide der Mut sank. Mist. Dann war die Lage für sie hoffnungslos. Ganz und gar hoffnungslos.

«Ah, da sind ja schon meine nächsten Damen.» Kate ließ Clares Hand los. «Dann noch mal besten Dank, Clare. Ich melde mich bei Ihnen», sagte sie ein wenig zerstreut und wandte sich dann mit einem strahlenden Lächeln den Neuankömmlingen zu. «Hallo, meine Damen. Ich bin Kate Hendricks, kann ich Ihnen weiterhelfen?»

«Guten Morgen, Kate, ich bin Jacqueline Wade, und das ist Annabel Palmer-Thompson», hörte Clare. «Wir kommen von Brownes.»

Auf dem Weg die Treppe hinunter bemühte Clare sich um ein kühles, professionelles Lächeln, als sie an ihren Rivalinnen vorbeikam, doch ausgerechnet da knickte sie in den ungewohnt hohen, noch dazu etwas zu großen Pumps um, geriet heftig ins Straucheln und verlor das Gleichgewicht, mit der Folge, dass sie die restlichen Stufen hinabstürzte und schließlich auf Händen und Knien im Kies landete.

«Hoppla», hörte sie eine der feinen Damen sagen, gefolgt von einem gedämpften Kichern hinter einer manikürten Hand.

«Oh, du liebe Güte, Clare, alles in Ordnung bei Ihnen?», rief Kate, während sie zu ihr herabgeeilt kam. «Einige der Stufen sind etwas uneben, ich hätte Sie warnen sollen, Entschuldigung ...»

«Mir fehlt nichts, danke.» Clare rappelte sich eilig vom Boden auf, ehe Kate sich noch genötigt sah, ihr zu helfen. Ihre Strumpfhose war eingerissen, ihre Handteller brannten von dem schmerzhaften Kontakt mit den spitzen Steinchen, aber am schlimmsten schmerzte die Blamage. Alle starrten sie an, das spürte sie, die makellosen Frauen von Brownes, die vermutlich gerade ein hämisches Grinsen wechselten, und auch Kate, die sich womöglich gerade fragte, ob sie Alkoholikerin war. Verdammt! Was war sie für ein unbeholfener Trampel! Wie hatte ihr das bloß passieren können!

«Tut mir leid», murmelte sie, während sie mit hochrotem Kopf ihr Kostüm sauber klopfte und es tunlichst vermied, sich zu den anderen Frauen umzudrehen. Zu allem Unglück hing nun auch noch ein Stück knittriges Klopapier aus einem der Pumps heraus, das sie eilig mit dem Fuß wieder hineinzustopfen versuchte, ohne großen Erfolg jedoch. *Nicht weinen, nicht weinen.* Nach einem verlegenen «Vielen Dank noch mal» stakste sie hastig davon und betete im Stillen, dass ihr zittriger Knöchel bis zum Auto durchhielt. Diese dämlichen, verflixten hohen Absätze!

«Okay ...», ließ sich Kate ein wenig zweifelnd hinter ihr vernehmen. «Wiedersehen. Alles Gute.» Nach einer kurzen Pause fuhr sie ungleich lebhafter fort: «Also, wenn

Sie mich dann hineinbegleiten wollen, meine Damen? Ich bin schon ganz gespannt auf Ihre Produkte.»

Und damit verschwanden sie hinter den alten Eichentüren, einen intensiven Duft von Chanel hinterlassend.

Clare stöhnte auf. Mist. So ein verdammter, verfluchter Mist. Was war sie bloß für ein Hornochse, warum war sie nur so tolpatschig! Zumal doch die Unterredung ganz passabel gelaufen war, sie hatte tatsächlich in halbwegs flüssigen Sätzen gesprochen und nicht mal bei den Zahlen den Überblick verloren. Und dies dann alles zunichtezumachen, indem sie vornüber die Treppe hinuntersegelte, mit plump in die Höhe gerecktem Po und womöglich auch noch gut sichtbar unter ihrem Rock aufblitzendem Schlüpfer, und auf allen vieren im Kies landete wie der letzte Versager. Warum hatte sie sich bloß auf dieses aberwitzige Treffen eingelassen? Ihr kleiner Treppensturz hatte ihr vor Augen geführt, wo ihr Platz war – ganz unten, auf Händen und Knien im Staub, während die Profis dieser Welt, die richtigen Geschäftsfrauen, kalt lächelnd über sie hinwegstiegen und lukrative Verträge einheimsten.

Nur die Angst davor, von der eleganten Kate dabei erwischt zu werden, wie sie in ihrem klapprigen alten Fiat Rotz und Wasser heulte, verlieh ihr schließlich die Kraft, den Zündschlüssel zu drehen und den Motor zu starten.

17

Leider keine Einträge vorhanden, die Ihren Suchkriterien entsprechen.

Zurzeit leider keine Personalanfragen in Ihrem Schwerpunktsektor. Bitte versuchen Sie es bald wieder – der Datenbestand unserer Personalbörse wird regelmäßig aktualisiert.

Zum letzten Mal, hier gibt es keine Jobs für dich. Gib's einfach auf und sieh endlich ein, dass du ein Versager bist, ja?

Polly flimmerten bereits die Augen, weil sie schon so lange auf den Computerbildschirm starrte. Trotz der Behauptung, ihr Angebot regelmäßig zu aktualisieren, kamen ihr die diversen Stellenbörsen im Internet allmählich zermürbend vertraut vor, wenn sie sie morgens in Augenschein nahm, was furchtbar entmutigend war. Da war etwa der Job als Analyst/-in Marktrisiko, der so lange ganz reizvoll wirkte, bis man sich die angebotene Bezahlung ansah. Dann kam wieder einmal der altbekannte Posten als Projektmanager/-in, ebenfalls im Bereich Marktrisiko-Analyse, um den sie sich bereits beworben hatte (hier hieß es weiter Daumen drücken, obwohl die Firma anscheinend die Bewerbungsfrist verlängert hatte, was kein gutes Zeichen war). Verschiedene Jobs in Brüssel. Eine Stelle in Edinburgh. Eine Anzahl zeitlich befristeter Jobs, manche gar nur für eine Woche, die für sie aber nicht in Frage kamen, da sie nicht mehr in London wohnte. Und für eine Rückkehr benötigte sie etwas Solides, eine Festanstellung mit unbefristetem Vertrag, den sie Vermietern schöner Wohnungen in London vorlegen konnte …

O Gott, wie sehnte sie sich nach ihrer Wohnung. Danach, allein leben zu können. Hier bei Clare war es … nun, es war nicht ganz so schlimm wie befürchtet, zugegeben, doch an modernem Komfort fehlte es in ihrem Häuschen vollkommen, es gab keine atemberaubende Aussicht, von der pulsierenden Energie der Hauptstadt ganz zu schweigen. Auch kam sie hier kaum zu geordneter Tätigkeit, da laufend ihre Eltern auf einen Kaffee und einen Schwatz vorbeischauten, ebenso wie die spinnerte Agatha, die des Öfteren auftauchte und jedes Mal neues Wurzelgemüse mitbrachte, frisch geerntet und voller Erde.

Seufzend wandte sie ihre Aufmerksamkeit wieder dem Bildschirm des Laptops zu. Sieh den Tatsachen ins Auge, dachte sie, es gibt derzeit einfach keine passenden Jobs für dich. Nichts. Selbst Clares berufliche Aussichten schienen momentan rosiger als ihre – wenn sie auch von dem Treffen in Sachen Langley's vergangene Woche mit so gedrückter Miene heimgekehrt war, dass ein Erfolg in dieser Angelegenheit eher ausgeschlossen schien. Aber dennoch, bei Clare ging es in gewisser Weise vorwärts, sie hatte immerhin Hoffnung. Polly dagegen trat vollkommen auf der Stelle. Wenn es so weiterging, würde sie nie mehr einen neuen Job finden; sie könnte nie wieder nach London zurück und müsste für alle Zeit hier in Elderchurch versauern, bis sie irgendwann als verbitterte, verschrobene alte Schachtel das Zeitliche segnete.

Da riss sie das Klingeln ihres Handys aus ihren trüben Gedanken. Auf dem Display war die Nummer des Immobilienmaklers zu sehen, und sie drückte eilig auf den Knopf, um das Gespräch anzunehmen.

«Hallo?»

«Miss Johnson? Hier Vince. Na, wie geht's uns heute?»

Sie verzog genervt das Gesicht. «Sehr gut geht's uns, danke. Wie läuft's bei Ihnen?»

«Gut, gut. Es gibt Neuigkeiten, deshalb rufe ich an. Wir haben ein Gebot für die Wohnung bekommen – ein sehr nettes Paar, Direktkontakt, die beiden sind so gut wie startklar. Sie bieten allerdings eine ganze Ecke weniger, als wir uns ursprünglich vorgestellt hatten.»

«Wie viel weniger?»

Er legte eine dramatische Pause ein. Allein dafür hätte sie ihm eine reingehauen, wenn er jetzt hier bei ihr im Zimmer gewesen wäre. «Vierzigtausend weniger.»

«*Vierzigtausend?* Ausgeschlossen. Die können mich mal kreuzweise.» Sie ließ sich im Stuhl zurücksinken, wie vor den Kopf geschlagen vor Enttäuschung.

Vince gluckste albern, als hätte sie einen Witz gemacht. Großer Irrtum. «In Ordnung, Miss Johnson, Sie haben Ihre Ansicht dazu sehr deutlich gemacht. Dann werde ich es den beiden mal schonend beibringen.»

Nachdem sie das Telefonat beendet hatte, verzog sie das Gesicht und fragte sich, ob sie womöglich einen Fehler begangen hatte. Ach was, diese Leute erlaubten sich doch einen miesen Scherz mit ihrem Gebot. Sie musste Geduld haben, abwarten, darauf hoffen, dass sie ihr Gebot erhöhten. «O bitte, bitte, erhöht euer Gebot», jammerte sie laut. Fred, der unter dem Tisch lag und döste, stellte die Ohren auf und winselte leise, wie vor Mitgefühl.

Polly wandte sich wieder ihrem Laptop zu, aber es war sinnlos, ihre Konzentration war dahin. Sie schaltete ihn aus, schob scharrend den Stuhl zurück und stand auf. «Für heute langt's, Fred», sagte sie. «Gehen wir ein bisschen an die frische Luft, oder? Machen wir einen feinen Spaziergang, du und ich?»

Fred erhob sich sofort und kam schwanzwedelnd unter dem Tisch hervor, und Polly hockte sich hin, um ihn zu umarmen. Langsam wuchs ihr Fred richtig ans Herz, obwohl er meistens ganz fürchterlich roch. Es war schön, jemanden zu haben, und sei es nur ein Vierbeiner, der sich immer freute, sie zu sehen, und bereitwillig mit ihr kuschelte, wenn es ihr wieder mal nicht so gutging. «Also, dann los.» Sie hakte die Leine an sein Halsband. «Vertreten wir uns mal richtig ausgiebig die Beine.»

Polly setzte ihre große Sonnenbrille auf und verließ mit Fred das Haus, der mit einem breiten Hundelächeln hechelnd neben ihr hertrottete. Bereits nach wenigen Minuten lag das Dorf hinter ihnen, dann musste nur noch ein hölzerner Zaunübertritt überklettert werden, und schon befand sie sich auf einer saftig grünen, mit Butterblumen und Margeriten übersäten Wiese, die in der Ferne von großen, rauschenden Eichen und Kastanien gesäumt wurde.

Sie lächelte. All die langweiligen Familienspaziergänge, die sie als Kind über sich hatte ergehen lassen müssen und bei denen ihr Vater die Namen sämtlicher Bäume, Pflanzen und Vögel heruntergespult hatte, denen sie unterwegs begegneten, waren wohl doch nicht ganz spurlos an ihr vorübergegangen. Noch immer vermochte sie die meisten Bäume mit derselben Sicherheit zu identifizieren wie ihre eigenen Körperteile. Wobei sie, zugegeben, von diesem botanischen Wissen in London eher selten Gebrauch gemacht hatte.

Das hohe Gras raschelte an ihrer Jeans, während sie die Wiese überquerte. Als Kinder hatten sie, Clare und Michael meist den halben Sommer hier verbracht, sie planschten in dem kalten Bach, kletterten auf Bäume und schaukelten an den Ästen, zelteten mit Freunden, hielten Picknicks ab, spielten Kricket …

«Ja, das war einmal, Fred», sagte sie, hakte die Leine los und streichelte dem Tier noch ein paarmal über das dichte braune Fell, ehe es davontrabte. Glückliche Zeiten. Sie versuchte sich zu entsinnen, von welchem Baum genau Michael damals in die Tiefe gestürzt war und sich den Arm gebrochen hatte – von jener mächtigen Rosskastanie womöglich, die vor weißen, kerzenähnlichen Blüten nur so strotzte. Bis heute erinnerte sie sich genau an den spitzen Schrei, mit dem er auf die Erde geprallt war, an den bestürzenden Knick in seinem Arm, bei dem ihr förmlich übel wurde. Clare war zum nächstgelegenen Haus geschickt worden (zu Mrs. Warren, wie ihr wieder einfiel), um ihre Eltern anzurufen, während Polly bei Michael zurückblieb und seine unversehrte Hand hielt, ganz erschrocken darüber, wie dunkel die Sommersprossen auf seinem kreidebleichen Gesicht wirkten und wie sehr ihr selbst vor Angst das Herz raste, während er immer wieder leise wimmerte wie ein verletztes Tier.

Ach, Michael. Könnte sie doch bloß noch einmal seine Hand halten und ihm beteuern, wie sehr sie sich wünschte, dass er nie gestorben wäre. Wie leid ihr alles tat, wie unendlich leid.

«Na, wen haben wir denn da? *Du* hier, das gibt's ja nicht.»

Sie fuhr erschrocken herum. Vor ihr stand ein Mann mit schwarzem Haar. Er hatte ein belustigtes Funkeln in den dunklen Augen, als er sie angrinste. O du lieber Himmel. Das durfte doch wohl nicht wahr sein. Wo war *er* denn so plötzlich hergekommen?

«Ich habe gehört, dass du wieder in Elderchurch bist, Poll.» Sein Lächeln erstarb, und er sah sie geradezu beleidigt an. «Jetzt sag nicht, du erinnerst dich nicht an mich?»

Was für eine Frage! Selbstverständlich erinnerte sie sich an ihn. Und daran, wie sie es mit ihm auf dem Sofa ihrer Eltern getrieben hatte, an jenem Abend, als ihr Leben in Scherben ging. «Hallo, Jay», sagte sie, und ihr Mund fühlte sich plötzlich wie ausgedörrt an. «Ich ... lange nicht gesehen.»

«Sehr lange. Seit inzwischen ... zwanzig Jahren nicht mehr, kommt das hin?»

«So in etwa.»

Betretenes Schweigen senkte sich herab. Auf einmal fühlte sich die Sonne an Pollys Gesicht unangenehm heiß an. Nur gut, dass sie die große Sonnenbrille trug, die ihre Augen verbarg und auch den Umstand, dass sie vollkommen ungeschminkt war. Ihr nachlässiger Pferdeschwanz aber war leider nicht zu verbergen, ebenso wenig wie die alte Jeans und das verwaschene rosa T-Shirt, in denen sie heute aus dem Haus gegangen war.

«Tja …», fing sie an. «Und, was hast du so getrieben in den letzten zwanzig Jahren?» Jedenfalls hatte er sich in der Zeit nicht groß um sein Äußeres gekümmert, so viel war klar. Seinem Stoppelbart nach zu urteilen, hatte er sich schon seit Tagen nicht mehr rasiert, auch ein neuer Haarschnitt schien überfällig, er trug eine zerfetzte Jeans und alte Turnschuhe. Wie ein Penner sah er aus.

Er zuckte die Achseln. «Och, so dies und das. Bin eine Weile in der Welt umhergereist. War eine Zeitlang in Australien, hab da mit ein paar Freunden gearbeitet.»

Damit hatte sie nicht gerechnet. «Oh, nett. In Sydney?»

«In Perth. Nichts Aufregendes – hauptsächlich Hilfsarbeiterjobs, auf Baustellen und so, aber mir hat's da super gefallen. Dann haben Rachel und ich geheiratet …»

«Die hast du *geheiratet*? Die Lewis mit den dicken Möpsen?» Rachel Lewis war ihre Nachfolgerin gewesen, nachdem sie sich von Jay getrennt hatte. Sie hatte deutlich mehr Oberweite als Polly, und ihre Eltern nannten eine Villa in Südfrankreich ihr Eigen. Was Jay allerdings an ihr gefunden hatte, war Polly ein Rätsel.

«Ja, ich habe sie geheiratet, die Lewis mit den dicken Möpsen», erwiderte Jay trocken. «Hat aber nicht lange gehalten, die Ehe; sie ist mit einem anderen Typen auf und davon. Ist aber längst gegessen, die Sache. Kinder hatten wir keine. Und du?»

«Ich arbeite im Finanzsektor.» Sie richtete sich auf, um in ihren alten Flip-Flops etwas größer zu wirken. «Ich war überall auf der Welt tätig, die letzten zwölf Jahre aber nur in London. In der City, wo's knallhart zur Sache geht und wo man richtig gut Kohle scheffelt, du weißt schon …» Sie lachte kurz auf. Natürlich hatte er von der Welt, über die sie da redete, keinen Schimmer, aber es war ihr einfach ein Bedürfnis, es ihm tüchtig unter die Nase zu reiben. *Ohne dich geht's mir besser, Kumpel.*

Er schüttelte den Kopf. «Clare hat mich auf dem Laufenden gehalten», sagte er. «Hab also schon gehört, dass du so eine geschniegelte Yuppiebraut bist, die sich an den Börsen tummelt.» Bildete Polly sich das nur ein, oder musterte er bei diesen Worten grinsend ihren eher nachlässigen Aufzug? «Klingt ziemlich stressig, finde ich.»

Polly warf den Kopf zurück. «Gar nicht. Mir persönlich liegt das sehr, die Geschäftswelt – hier dagegen, in der Einöde, langweile ich mich halb zu Tode. Ich kann's kaum erwarten, wieder ins Großstadtleben einzutauchen.» Sie reckte die Nase in die Luft und hielt Ausschau nach Fred, der in einiger Entfernung mit einem anderen schwanzwedelnden Mischlingsköter herumtollte. Jays Köter, vermutlich, eine ebenso ungepflegte, reizlose Erscheinung wie sein Herrchen. «Fred! Bei Fuß, Junge!», rief sie, nur leider völlig vergebens, da Fred ihr keinerlei Beachtung schenkte.

«Einöde, ja?», gluckste Jay, sehr zu ihrer Verärgerung. «Tja, also dann. Man sieht sich.» Er steckte zwei Finger in den Mund und stieß einen ohrenbetäubend lauten Pfiff aus. Beide Hunde wandten sich sofort um und kamen über die Wiese gerannt. «Braves Mädchen», lobte er und bückte sich, um seine Hündin zu streicheln, der ein halber Kuhfladen an den Pfoten zu haften schien. «Na komm, auf geht's.»

Ohne ein weiteres Wort wandte er sich um und marschierte davon, liebevoll beäugt von seiner Hündin, die neben ihm hertrottete.

Polly starrte ihm nach, innerlich brodelnd vor Zorn. Nicht zu fassen! Was für ein Depp. Was für ein Vollidiot! Was hatte sie je in ihm gesehen? Der hatte Nerven, sie so beiläufig abzufertigen. Verächtlich geradezu.

Nun, ein Beweis mehr, wie richtig es gewesen war, ihm nach Michaels Tod den Laufpass zu geben. Kein Verlust, aber hallo.

Als sie sich nun selbst in Bewegung setzte, ging ihr das soeben geführte Gespräch allerdings immer wieder durch den Kopf, wie eine kaputte Schallplatte. Mensch, warum hatte sie bloß so mit ihrer Karriere angeben müssen? Wen scherte es schon, was er dachte? Sie errötete beim Gedanken an die spöttischen Worte, mit denen er ihre Tätigkeit umschrieben hatte, *geschniegelte Yuppiebraut, die sich an den Börsen tummelt*, oder so. Das zeugte von sehr schlechten Manieren, und Neid obendrein, keine Frage, weil er mit seinem Leben nichts Rechtes angestellt hatte. Als ob es ihr einfallen würde, ihn für seine berufliche Laufbahn zu kritisieren – als Hilfsarbeiter in Perth und was nicht alles –, obwohl sie dazu jedes Recht gehabt hätte! Nein. Sie hatte Benimm. Sie wusste, was sich gehörte. Im Gegensatz zu ihm, diesem … Wichser.

Verfluchter Jay Holmes. Und verfluchtes Leben auf dem Lande! Sehnsüchtiger denn je dachte sie an die Anonymität in den Straßen Londons, wo man nicht damit rechnen musste, irgendwelchen Exfreunden in die Arme zu laufen. Wobei sie in der Hinsicht wenig zu befürchten hatte, denn Männer waren in ihrem Leben ohnehin eher Mangelware. Auch dies war eine Folge des Abends, an dem Michael gestorben war. Wie konnte sie eine Beziehung mit Jay oder sonst wem führen, nachdem sie den Tod ihres eigenen Bruders verschuldet hatte? Das stand ihr einfach nicht zu, und damit basta.

Am anderen Ende der Wiese angelangt, lehnte sie sich im wohltuenden Schatten des dichten Laubs an den Stamm einer Kastanie, dankbar für den Halt, den der Baum ihr gab. Wäre Jay doch bloß nicht so aus heiterem Himmel aufgetaucht, dann wäre das Gespräch vielleicht weniger unglücklich verlaufen. Aber nein. Sie war so verwirrt gewesen, ihn plötzlich vor sich stehen zu sehen, dass sie unbedacht in Angeberei verfallen war, vor ihm die Karrierefrau heraushängen ließ, worauf er mit bissigem Spott reagierte … Warum hatten sie derart aneinander vorbeigeredet? Und warum bereute sie das jetzt so sehr, warum ging ihr *seine* Reaktion so nahe? Seit Jahren schon hatte sie nicht mehr an ihn gedacht, und es lag ihr fern, jetzt uralte Geschichten und ebenso alten Liebeskummer wieder auszugraben.

Pah, dachte sie, während sie mit dem Hund den Heimweg antrat. Lieber würde sie einen Job in Brüssel annehmen, als sich länger als unbedingt nötig in seinem Dunstkreis aufzuhalten.

Vor Clares Tür angelangt, hörte sie im Haus das Telefon klingeln, und sie schloss hektisch auf, um noch drangehen zu können. Weil der Handyempfang hier draußen auf dem Land nicht immer optimal war, hatte sie bei diversen Bewerbungen der letzten Zeit in ihren Kontaktdaten Clares Festnetznummer angegeben und entsprechend darauf gelauert, immer sofort ans Telefon zu gehen, wenn es klingelte.

«Hallo?», meldete sie sich, ganz außer Atem und aufgeregt obendrein. War das vielleicht noch mal Vince, mit einem besseren Gebot für ihre Wohnung? Oder, besser noch, ein Headhunter, der ihr einen Posten anbot, der für sie wie maßgeschneidert war? Vielleicht war dieser Anruf das erste Glied in einer Ereigniskette, die sie am Ende wieder zurück ins gute alte London beförderte. Ha, dann könnte Jay Holmes ihr mal gepflegt den Buckel herunterrutschen!

«Hi, spreche ich mit Clare?»

Herbe Enttäuschung machte sich in ihr breit. «Nein, hier ist Polly», erwiderte sie, sobald sie ihre Sprache wiedergefunden hatte, «Clare …» Sie blickte hoch zur Küchenuhr: zwanzig vor drei. «Clare befindet sich gerade auf dem Heimweg von der Arbeit, sie müsste in ein paar Minuten hier sein. Soll ich ihr irgendetwas ausrichten?»

«Gerne», sagte die Frau am anderen Ende der Leitung. «Hier ist Kate Hendricks von Langley's. Sie möchte mich bitte zurückrufen, ich gebe Ihnen rasch meine Telefonnummer.»

Oh, ein Anruf von Langley's. Polly war kurz so verdattert, dass sie nicht gleich Papier und Stift zur Hand hatte und die Frau bitten musste, ihre Nummer noch einmal zu wiederholen. Das war doch sicher ein gutes Zeichen? Würde sie sich tatsächlich die Mühe einer telefonischen Absage machen, wenn Clare mit ihrer Präsentation durchgefallen war? Zu gerne hätte sie gefragt, ob sie sonst noch etwas ausrichten sollte, um auf diese Weise vielleicht noch Näheres in Erfahrung zu bringen, aber sie hielt sich zurück. Nein. Diese Neuigkeit ging nur Clare etwas an. Da durfte sie den Geschehnissen nicht vorgreifen.

«Gut, ich richte aus, dass sie Sie zurückrufen soll.» Sie legte auf und starrte kurz das Telefon an, während ihr allerlei Fragen durch den Kopf schossen. Nun, das könnte ja noch interessant werden.

Clare war letzte Woche völlig aufgelöst von dem Treffen nach Hause gekommen und hatte wahre Horrorgeschichten erzählt, von einem Sturz eine Treppe hinunter, Klopapier, das aus einem ihrer Schuhe heraushing, und hämisch kichernden Barbiepuppen von der Konkurrenz. Polly hatte sie so gut wie möglich getröstet und aufgemuntert, vor ihrem geistigen Auge jedoch blinkte in Neonlettern das Fazit: DURCHGEFALLEN. Nach diesem Missgeschick tendierten Clares Chancen, objektiv betrachtet, gen null.

Wenn aber die Präsentation selbst nun gar nicht so schlecht gelaufen war, wie Clare düster geunkt hatte? Polly schluckte. Nicht auszudenken, falls es ihrer Schwester wider Erwarten tatsächlich gelungen war, den Auftrag zu ergattern!

Nein. Ausgeschlossen. Diese Kate bat wahrscheinlich nur deswegen um Rückruf, weil sie die Tante von Clares Freundin Roxanne war. Schlichte Höflichkeit ihrer Nichte zuliebe, um Clare ein wenig konstruktives Feedback zu liefern. Vielen Dank, aber Ihre Sachen kommen für uns eher nicht in Frage; wir haben uns für ein Unternehmen entschieden, das diese Artikel gewerbsmäßig herstellt, also professionell. Nichts für ungut, aber hängen Sie Ihren normalen Beruf lieber nicht an den Nagel.

Polly setzte sich an den Küchentisch und schaltete ihren Laptop an, um zu prüfen, was für neue E-Mails oder auch Benachrichtigungen über neugeschaltete Stellenanzeigen für sie eingetroffen waren, doch sie war nicht ganz bei der Sache, weil sie laufend aus dem Fenster sah und Ausschau nach Clares Auto hielt. Zunehmend resigniert ging sie die eingegangenen E-Mails durch: eine Absage, eine Bestätigung über den Erhalt ihrer Bewerbung, ihr neues Passwort für eine weitere Personalbörse speziell für Finanzdienstleister, noch eine Absage und ein Newsletter von Waterman's, der ihr weiter unaufgefordert zugesandt wurde. Rein gar nichts, was ihr mit der Botschaft GUTE NEUIGKEITEN, POLLY! ins Auge sprang.

Wann würde überhaupt einmal jemand diesen Satz zu ihr sagen, «Gute Neuigkeiten, Polly»? So lange schon hatte sie das nicht mehr gehört.

Da endlich war das vertraute Tuckern von Clares alter Klapperkiste zu hören, als sie in die Auffahrt einbog. Polly sprang sofort auf und eilte ihr durch die Hintertür entgegen. «Sie hat eben angerufen. Die Dame von Langley's. Du sollst sie dringend zurückrufen.»

Clare riss ungläubig die Augen auf und schlug vor Schreck eine Hand vor den Mund. «Mensch, das gibt's ja nicht. Wie hat sie geklungen? Hat sie sonst noch irgendwas gesagt?»

Polly schüttelte den Kopf. «Nein. Bloß, dass sie um Rückruf bittet. Ich habe ihre Nummer für dich notiert.»

«Gott», sagte Clare mit einem nervösen Auflachen, als sie ins Haus gingen. «Ich habe auf einmal ganz weiche Knie. Dass sie sich telefonisch meldet, damit hätte ich ja nie gerechnet. Eher mit einer unpersönlichen Absage per Post: Besten Dank und so weiter, aber wir möchten nicht mit Leuten zusammenarbeiten, die sich Klopapier in die Schuhe stopfen.»

«Na ja, klar, so was Ähnliches ist mir auch schon –»,

fing Polly an und verstummte rasch, ehe sie sich um Kopf und Kragen reden konnte. «Ruf sie einfach an, dann hörst du ja, was Sache ist.»

Clare legte die Hand aufs Telefon. «Wahrscheinlich wird sie mir absagen, oder? Ich sollte es einfach hinter mich bringen.»

«Na los.»

Clare tippte die Nummer ein, und Polly lehnte sich mit verschränkten Armen gegen die Küchenanrichte. Beim Tuten des Klingeltons bekam nun auch sie vor Nervosität weiche Knie.

«Hi», sagte Clare, während ihr die Röte in die Wangen schoss. «Clare Berry hier. Kate Hendricks hatte mich um Rückruf gebeten.» Sie zog eine Grimasse und verdrehte die Augen in Richtung Polly. «Oh, Kate, hi. Sie hatten bei mir angerufen?»

Polly hielt den Atem an.

«Verstehe. M-hm … In Ordnung.» Dann zuckte Clare auf einmal zusammen, sie schnappte erschrocken nach Luft. «Das haben Ihre Kollegen gesagt? Und Sie sehen das auch so? Oh, wow! Das ist ja wundervoll!»

O mein Gott, dachte Polly. Sie hat es also tatsächlich geschafft. Sie hat den Auftrag.

Clare riss vor Staunen immer wieder den Mund auf, ihre Augen leuchteten. «Ja, selbstverständlich», sagte sie, während sie hastig einige Zahlen notierte. «Und bis wann bräuchten Sie das alles?»

Holla. Polly traute ihren Ohren kaum. Nicht zu fassen! Ihre kleine Schwester – eine der Lieferantinnen des neuen Langley's-Hotels? Ihre kleine Schwester erhielt einen Auftrag von einer angesehenen Hotelkette, während sie, Polly, aussortiert war, im Niemandsland gestrandet? Vor Neid und Eifersucht wurde ihr ganz übel. Oh … verdammt. Wie unfair das alles war.

«Okay, prima», stammelte Clare. «Selbstverständlich. Ich melde mich. Ich freue mich schon, Kate. Vielen Dank noch mal, auf Wiederhören.»

Sie legte auf und stieß einen Freudenschrei aus. «Sie findet die Produkte toll, sie würden fabelhaft zur Marke Langley's passen, hat sie gesagt. Ich habe den Auftrag, JA!»

Polly verdrängte ihre Eifersucht mit aller Macht und fiel ihrer Schwester um den Hals. Unter Aufbietung all ihrer Willenskraft rang sie sich sogar dazu durch, sich großmütig mit ihr zu freuen. «Ist ja PHANTASTISCH, Clare!», rief sie. «Mensch, toll gemacht. Du hast es geschafft!»

Clare lachte erst und weinte dann, beides durcheinander. «Nicht zu fassen, das ist Wahnsinn», sagte sie. «Der helle Wahnsinn. Das habe ich mir jetzt nicht nur eingebildet, oder? Sie hat wirklich gerade angerufen? Wahnsinn!» Sie hob bestürzt die Hände an den Kopf. «Und jetzt muss ich eine Lieferung für drei Monate im Voraus vorbereiten, und nächste Woche will sie sich noch mal mit mir zusammensetzen, um weitere Optionen zu besprechen.» Sie machte ein beklommenes Gesicht. «Worauf habe ich mich da gerade eingelassen? Das schaffe ich doch nie!»

«Was, eine Lieferung für drei Monate – also Hunderte von Seifen und Schaumbädern?», fragte Polly entgeistert. Mit einem solchen Auftragsvolumen hatten sie bei ihrer Planung nicht im Entferntesten gerechnet. «Und du hast gesagt, du könntest das liefern? Aber hallo!»

«Ich weiß.» Clare nagte verzagt an ihrer Unterlippe. «Das schaffe ich nie, oder?»

Nein, vermutlich nicht, dachte Polly. Aber dann erwachte ihr Führungsinstinkt zum Leben. «Doch, das schaffst du», widersprach sie mit Nachdruck. «Und ich helfe dir dabei. Jetzt setz dich hin und erzähle mir haarklein, was sie alles gesagt hat. Danach entwerfen wir einen Schlachtplan.»

Polly fühlte sich seltsam benommen und nachdenklich, als sie am Morgen darauf erwachte. Am Vorabend hatte Clare ihre Eltern und ihre Freundinnen bei sich zusammengetrommelt und alle dringend um Mithilfe gebeten. Offensichtlich wurde ihr langsam klar, was sie sich mit ihrer Zusage waghalsig aufgebürdet hatte, vor allem als Polly darauf hinwies, dass sie ihre Lieferanten im Voraus würde bezahlen müssen und sich daraus ein Liquiditätsproblem ergeben könnte. Das eine oder andere Zweiglein Lavendel im eigenen Garten abzuschnippeln, wenn sie für Freundinnen ein paar Döschen Handcreme herstellte, war schön und gut, aber wenn es auf einmal darum ging, *neunhundert* Minifläschchen Shampoo und Schaumbad sowie neunhundert Stück Seife zu produzieren … Tja, da leuchtete unmittelbar ein, dass sich die benötigten Grundstoffe zu einer ziemlich langen Einkaufsliste zusammmenläpperten. Und noch dazu einiges kosten würden.

Diese Kostenfrage hatte Clare einigermaßen ernüchtert, das war nicht zu übersehen. Tatsächlich hatte sie ziemlich eilig das Thema gewechselt, wie Polly auffiel, als scheute sie davor zurück, sich mit den Einzelheiten allzu eingehend auseinanderzusetzen. Das Problem war, für Einkäufe hatte sie schlicht kein Geld. Clare war pleite, sie jammerte immerzu über die Unterhaltszahlungen, die Steve ihr noch schuldig war, wenn sie sich nicht gerade den Kopf darüber zerbrach, wo sie das Geld hernehmen sollte, um den Kindern neue Schuhe zu ihrer Schuluniform zu finanzieren oder die Gasrechnung zu begleichen.

Trotz ihrer etwas zwiespältigen Gefühle, was Clares unvermuteten Erfolg betraf, bereute Polly es nun aufrichtig, ihr nicht finanziell unter die Arme greifen zu können. Beim Gedanken an die Unsummen von Geld, die sie in den letzten Jahren verpulvert hatte – für lauter dummes, unnützes Zeug, das ihr jetzt rein gar nichts mehr bedeutete –, hätte sie sich ohrfeigen können. Warum war sie bloß so leichtfertig gewesen, nichts für schlechte Zeiten auf die hohe Kante zu legen? Wie oft hatte sie nicht Geld für sogenannte Freunde aus dem Fenster geworfen (sogenannte Freunde, von denen sie seit ihrem Wegzug aus London übrigens keinen Mucks mehr gehört hatte) – *Oh, das geht auf mich. Diese Runde übernehme ich! – Nein, ich* bestehe *darauf!* Mit der Folge, dass sie jetzt selbst auf dem Trockenen saß und ihrer bettelarmen Schwester nicht aus der Klemme helfen konnte. Selbst gesetzt den Fall, dass Vince sich später an diesem Tag mit der Freudenbotschaft meldete, dass sich ein Käufer gefunden hatte, der bereit war, den vollen geforderten Preis für ihre Wohnung zu zahlen, würde es noch Wochen dauern, bis sie das Geld bekam, weil so ein Immobilienverkauf schließlich mit allerlei formellem und juristischem Brimborium verbunden war.

Im Stillen hatte sie sich richtig geschämt, all die Jahre so oberflächlich dahingelebt zu haben. Und oh, diese Peinlichkeit, die Erwartungen aller auf sich lasten zu spüren, als am Vorabend das Thema Geld zur Sprache kam. Ihre Eltern hatten sie beide angesehen, offenbar in der Annahme, dass sie sich nun bereit erklärte, Clare das Geld für ihre Kosten vorzuschießen, kein Problem. Aber genau diese Erwartungen musste sie enttäuschen, was ihr selbst die schlimmsten Qualen bereitete. Später, nachdem alle sich verabschiedet hatten, glühten ihr die Ohren vor Scham bei der Vorstellung, wie ihre Eltern und Clares Freundinnen sich draußen auf der Straße über ihren Geiz empörten, ihre Knauserigkeit.

Wie kann sie nur ihre eigene Schwester so hängenlassen, unmöglich!

Dabei schwimmt sie doch geradezu im Geld, dachte ich.

Ja, immer dasselbe. Die, die am meisten haben, sind die schlimmsten Geizhälse, nicht wahr? Typisch!

Es nutzte alles nichts. Irgendeinen Beitrag musste sie leisten, damit dieses Projekt ihrer Schwester für Langley's umgesetzt werden konnte. Denn wenn sie untätig blieb, würde sie von Clares erzürnten Freundinnen mit Schimpf und Schande und brennenden Fackeln aus dem Dorf verjagt, keine Frage.

Und so machte Polly sich an jenem Vormittag schweren Herzens und äußerst widerwillig auf den Weg, in dem schmerzlichen Bewusstsein, dass sie dabei war, einen neuen, beispiellosen Tiefpunkt in ihrer Karriere zu erreichen. Sie hatte Vince angerufen, in der Hoffnung, dass ihm ein neues, besseres Gebot für die Wohnung vorlag, aber leider: Fehlanzeige. Sie hatte die Kurse ihrer Aktien und Wertpapiere geprüft, nur für den Fall, dass sie auf wundersame Weise wieder gestiegen waren und sie einiges gewinnbringend abstoßen konnte, aber nein: Momentan waren sie durchgehend so gut wie wertlos. Noch eine ungeheure Geldverschwendung. Noch eine lachhafte Pleite in Polly Johnsons persönlicher Finanzplanung. Dafür, dass sie eine vermeintliche Risiko-Expertin war, hatten sich die Risiken, die sie mit ihrem eigenen Vermögen eingegangen war, nicht gerade ausgezahlt.

Einfach niederschmetternd, in was für einer Lage sie sich mittlerweile befand. Was vor einem halben Jahr noch jenseits ihrer Vorstellungskraft gelegen hätte, nun war es bittere Realität: Es war elf Uhr vormittags, und sie war unterwegs zum *King's Arms*. Fest entschlossen, ihren Stolz herunterzuschlucken und dort wegen des Putzjobs nachzufragen. Als sie jedoch ins schummrige Halbdunkel des Pubs trat, geriet ihr Mut kurz ins Wanken, und sie überlegte, ob sie nicht lieber ein großes Glas Chardonnay bestellen sollte.

Um sich Mut anzutrinken. Das hatte sie jetzt nötiger denn je.

Der Wirt blickte verwundert auf, als sie um Punkt elf Uhr in den Schankraum kam. Er hatte eben erst aufgesperrt und war jetzt in den Sportteil der *Daily Mail* vertieft, die er vor sich an die Zapfanlage gelehnt hatte, mit einer Tasse dampfendem Kaffee neben sich. Sie hatte das Gefühl, ihn bei etwas Wichtigem zu stören.

«Hi.» Sie räusperte sich verlegen. «Sind Sie der Wirt hier?»

«Das will ich meinen», erwiderte er, während er sie eingehend musterte. Er war ein stämmiger Mensch mit kurzem, gedrungenem Hals und sah mit seiner gebrochenen Nase und den kräftigen Armen aus wie ein ehemaliger Rugby-Spieler. Er blätterte die Zeitung um, ohne sie aus den Augen zu lassen. «Warum fragen Sie?»

Sie schluckte schwer. Brachte sie das wirklich fertig? War sie tatsächlich schon so tief gesunken?

Dann kamen ihr die befremdeten Blicke in den Sinn, die Clares Freundinnen am Vorabend gewechselt hatten, die halb verwunderten, halb enttäuschten Gesichter ihrer Eltern, als sie keinerlei Bereitschaft signalisierte, ihrer Schwester das bitter benötigte Geld vorzustrecken. «Ähm … ich bin Polly Johnson. Clare Berrys Schwester. Die Tochter von Karen und Graham.»

«Ah.» Er richtete sich ein wenig auf, wandte ihr seine ungeteilte Aufmerksamkeit zu. «Die Karrierefrau, die sich mal wieder bei uns im Dorf blicken lässt.»

Sie zögerte. *Die Karrierefrau, die eine Bruchlandung hingelegt und alles verloren hat, wohl eher.* «Äh … so in der Art», sagte sie. «Es ist nur so … na ja …» Lieber Himmel, war das qualvoll. «Können Sie ein Geheimnis für sich behalten?»

Er beugte sich vor und tippte sich seitlich an die Nase. «Ein Gastwirt hütet viele Geheimnisse», versicherte er ihr.

Sie musterte ihn kurz. Doch, vertrauenswürdig wirkte er schon, entschied sie. Ein anständiger Kerl. Sie müsste es darauf ankommen lassen. Wieder ein Risiko, das sie eingehen musste.

«Gut», sagte sie. «Sie versprechen mir aber, meinen Eltern kein Sterbenswörtchen zu verraten, ja? Und auch sonst niemandem. Ernsthaft. Ich stecke nämlich zurzeit ein bisschen … in einem finanziellen Engpass.» Sie schluckte erneut. So ungefähr musste sich eine Beichte anfühlen. «Und da wollte ich fragen, ob Sie immer noch eine Reinigungskraft suchen.»

18

In den folgenden Wochen bemühte sich Clare, ihr kleines Unternehmen in Gang zu bringen. Karen und Graham borgten ihr fünfhundert Pfund, damit sie zumindest schon einmal einen Grundstock an Inhaltsstoffen ordern konnte, und auch bei der Bank wurde sie vorstellig, um mit schweißnassen Händen und insgeheim schlotternd vor Angst einen Kredit von weiteren zweitausend Pfund aufzunehmen. Polly hatte alles durchgerechnet und ihr versichert, dass sie das Darlehen zuzüglich Zinsen auf einen Schlag würde tilgen können, sobald sie Langley's ihre erste Bestellung geliefert hätte. (Natürlich nur, sofern ihre Ware den Qualitätstest bestand und angenommen wurde. Den gegenteiligen Fall wagte Clare sich kaum auszumalen.) Sie war noch einmal mit Kate im Hotel zusammengetroffen und hatte zittrig einen Bestellvertrag unterzeichnet, der sie zur Lieferung eines Warenkontingents für drei Monate bis Ende August verpflichtete – bis dahin waren es noch acht Wochen. Sofern das Hotel und die Gäste mit den Produkten zufrieden waren, erklärte Kate, würde Langley's den Vertrag verlängern, wobei für beide Seiten die Möglichkeit bestand, neue Bedingungen auszuhandeln.

«Wir sind so stolz auf dich», hatte Karen unter Tränen gesagt, als Clare ihr den Vertrag einige Tage nach dem Treffen zeigte. Wie jeden Sonntag war sie mit Polly und den Kindern bei ihren Eltern zu Gast, diesmal zum Grillen, und zur Feier des Tages hatte Karen Prosecco für die Erwachsenen und Limonade für die Kinder besorgt.

Ihr Vater, der am Grill stand und fröhlich die Würstchen verbrutzeln ließ, hob triumphierend die Grillzange in ihre Richtung. «Zwei Geschäftsfrauen in einer Familie», hatte er gerufen. «Was für ein Glück, dass ihr beide den Grips von eurem alten Vater geerbt habt, was?»

Selbst Polly schien Clare ihren Erfolg nicht zu missgönnen. Im Gegenteil. «Das lässt sich großartig an, Clare», hatte sie mit einem Anflug echter Wärme in der Stimme gesagt. «Gut gemacht. Und wenn alles nach Plan läuft, verdienst du bald viel Geld. Dann kannst du mit den Kindern toll in Urlaub fahren, wenn sich die erste Aufregung gelegt hat.»

Wenn alles nach Plan lief. Denn von diesem kleinen Wörtchen «wenn» hing alles ab. Clare war noch immer nicht ganz klar, wie sie diesen Auftrag konkret bewältigen sollte, was ihr manch schlaflose Nacht bescherte. Der Gedanke einer tollen Urlaubsreise allerdings war überaus reizvoll. Ihr einwöchiger Zelturlaub mit Alex und Leila vergangenes Jahr in Dorset war buchstäblich ins Wasser gefallen, es hatte in einem fort geregnet. Statt für Sonnencreme oder Eis waren sie ihr Geld hauptsächlich im Waschsalon des Campingplatzes losgeworden, um ihre Kleidung und die Schlafsäcke zu trocknen. Von toll konnte bei diesem Urlaub nun wirklich nicht die Rede sein.

Die Vorstellung allerdings, irgendwohin ans Mittelmeer zu fliegen, um dort am Strand zu liegen und wieder einmal die heiße Sonne auf ihrer Haut zu spüren … Nun, das war durchaus ein Anreiz, der sie motivierte.

Langsam pendelte sich eine Routine ein. Tagsüber ging sie ihrer gewohnten Arbeit in der Praxis nach, kochte zu Hause für die Kinder zu Abend und kümmerte sich um ihre Belange, und wenn sie dann um acht im Bett waren, machte sie sich in der Küche, unterstützt von Polly, erneut an die Arbeit. Die Fläschchen und Seifenformen, die sie bestellt hatte, waren eingetroffen, und wenn sie sich richtig ins Zeug legten, schafften sie an einem Abend ausreichend Schaumbad, um fünfzig Fläschchen zu füllen, und maximal zwanzig Seifen, die über Nacht aushärten mussten. Lydia, Debbies Älteste, die gerade ihr Abitur hinter sich hatte, kam zum Helfen vorbei, sooft sie es einrichten konnte, und erwies sich als wahres Naturtalent im Herstellungsprozess. «Mit der Bezahlung muss ich dich leider vertrösten, bis ich selbst mein Geld von Langley's bekommen habe», hatte Clare ihr verlegen erklärt, aber Lydia nahm die Sache zum Glück locker. «Halb so wild», hatte sie abgewunken. «Das Geld will ich ohnehin sparen, fürs Studium. So kann ich's immerhin nicht ausgeben, ehe ich von zu Hause ausgezogen bin.»

Es waren natürlich lange, anstrengende Tage, aber es machte Clare unendlich stolz zu sehen, wie sich ein Karton nach dem anderen mit fertigen Fläschchen füllte. Roxie und Luke erkundigten sich regelmäßig danach, wie es vorwärtsging, und ihre Eltern und Freundinnen sprangen mit ein, wo sie konnten. Was hatte sie für ein Glück, dachte sie oft, dass alle ihr so selbstlos halfen. Auf «Team Clare», wie Tracey es genannt hatte, war wirklich Verlass.

Doch bis sie die gesamte Lieferung beisammenhatte, lag noch ein weiter, steiniger Weg vor ihr. Obendrein standen die Sommerferien vor der Tür, und damit sechs

Wochen, die ihr als berufstätiger Mutter alljährlich einen kniffligen Balanceakt abverlangten. Sie hatte Leila und Alex zu einwöchigen Theater- und Fußballkursen in Amberley angemeldet, und ihre Eltern und Freundinnen hatten sich ebenfalls bereit erklärt, sich tageweise um sie zu kümmern. Außerdem hatte sie sich mit Roxie arbeitstechnisch so weit abgestimmt, dass sie im August zwei Wochen Urlaub nehmen konnte, in denen sie mit den Kindern, so ihre inständige Hoffnung, das eine oder andere Schöne unternehmen könnte. Ungewöhnlich aber, das stand jetzt schon fest, würde dieser Sommer auf jeden Fall.

An diesem Wochenende war wieder einmal Steve damit an der Reihe, die Kinder zu sich zu nehmen. Normalerweise fühlte Clare sich immer furchtbar hilflos, wenn er vorbeikam, um die beiden abzuholen, aber das war heute anders, was, wie sie überlegte, womöglich damit zusammenhing, dass sie diesmal nicht allein zurückblieb, sondern in Gesellschaft von Polly, ihrer neuen Verbündeten. Clare war nicht blind: Sie hatte durchaus mitbekommen, wie Polly zusammengezuckt war, als Kate Hendricks ihr telefonisch die Zusage erteilte. Es lag auf der Hand, dass ihre Schwester sie um diesen Erfolg beneidete, und sie hatte schon befürchtet, dass Polly sich deswegen in den Schmollwinkel zurückziehen oder versuchen könnte, die Sache kleinzureden. Aber es war ganz anders gekommen, Polly hatte die Ärmel hochgekrempelt und war ihr wirklich tatkräftig zur Hand gegangen, nicht anders als die anderen. Die Spannung, die anfänglich zwischen ihnen geherrscht hatte, löste sich zunehmend, und zu Clares freudiger Überraschung schien Polly sich nun auch ihrem Team angeschlossen zu haben. Wer hätte das gedacht?

Steve schien nicht gerade entzückt, Polly so unerwartet wiederzusehen. Schon früher waren sie nicht miteinander warmgeworden: Sie hatte ihn von oben herab behandelt, und er hielt sie für arrogant und hochnäsig. «Die Gletscherspalte» hatte er sie immer hinter ihrem Rücken genannt. Sehr witzig, Steve, dachte Clare jetzt bei der Erinnerung daran; einer Frau Frigidität zu unterstellen, wenn du dich durch sie eingeschüchtert fühlst. Was hatte sie in diesem Typen bloß je gesehen? Das begriff sie von Tag zu Tag weniger.

«Morgen», hatte Polly kühl gesagt, als er in die Küche kam. Sie bereitete gerade Kaffee zu, unterließ es aber, ihm auch eine Tasse anzubieten.

Er schnupperte, denn in der Küche duftete es nicht nur verlockend nach frischem Kaffee, sondern auch nach Ingwer, Vanille und Limone. Gleichzeitig sah er sich interessiert um, musterte die in einer Ecke aufgestapelten Kartons voller Fläschchen, die Vorratsbehälter mit Seifenflocken und flüssigem Glyzerin. «Was geht denn hier vor?», fragte er.

«Hier wird gearbeitet», beschied Clare ihm kurz angebunden. «Und ich muss auch weitermachen, wenn du nichts dagegen hast.»

«Was soll das heißen, hier wird gearbeitet? Und was ist das überhaupt für Kram, der hier überall herumsteht?» Er verzog auf seine typische Art abfällig die Oberlippe, was ihr bei ihm schon immer zuwider war. Es sollte ja ach so überlegen wirken. Weil sie keine Lust darauf hatte, sich ihr Projekt von ihm madig machen zu lassen, überhörte sie seine Fragen kurzerhand.

«Leila, Alex! Papa ist da, beeilt euch!», rief sie. «Bis

Sonntag dann», setzte sie an ihn gewandt betont kühl hinzu und verließ dann die Küche.

Zehn Minuten später, nachdem sich die Haustür hinter ihm und den Kindern geschlossen hatte, atmete Clare tief durch, in Erwartung der üblichen Niedergeschlagenheit, die sie dabei sonst immer überfiel. Die ersten paar Wochenenden, an denen Steve die beiden gemäß seinem «Umgangsrecht», wie es in der Sorgerechtsregelung genannt wurde, abgeholt hatte, waren furchtbar für sie gewesen. Ganz allein im Haus, hatte sie das Gefühl gehabt, als wäre ihr das Herz herausgerissen worden. Bis heute, über ein Jahr nach der Scheidung, hatte sie sich nicht an die tiefe, leblose Stille im Haus gewöhnt, wenn die beiden übers Wochenende bei Steve waren.

Dieses Wochenende war sie zumindest nicht allein und hatte außerdem mehr als genug zu tun. Also, Clare, sieh's positiv.

«Alles klar bei dir?» Sie spürte, wie Polly sie zaghaft am Rücken berührte.

«Ja, ja. Also, legen wir los», sagte sie betont munter.

«Ist der immer so, wenn er die Kinder abholen kommt?», fragte Polly, während sie sich eine Schürze umband. Dann öffnete sie die Fenster, und mit der warmen Brise zog der sommerlich schwere Duft von Geißblatt herein, das derzeit an der rückwärtigen Hauswand besonders üppig wucherte, umsummt und umbrummt von Hummeln und voll zarter rosa-weißer Blüten, die sich der Sommersonne entgegenreckten wie kleine Mäuler.

«So unausstehlich, meinst du?», erwiderte Clare. «Ja, leider. Ich sehe ihn heute an und kann's kaum fassen, dass ich ihn mal attraktiv fand und sogar richtig in ihn verliebt war.» Sie schüttelte den Kopf. «Schon seltsam, oder, wie das so läuft. Dass man einen Menschen gern hat und über lange Zeit mit ihm so intim vertraut ist … und dann ein halbes Jahr später nichts mehr mit ihm zu tun haben will.»

Polly sah sie ausdruckslos an. «Äh … schon möglich», sagte sie, öffnete den Kühlschrank und holte die Tabletts mit Seife heraus, die sie am Vorabend hergestellt hatten. Sie pikste ein Stück vorsichtig an. «Die sind, glaube ich, fertig.»

Clare musterte sie neugierig. Warum gab Polly sich denn so zugeknöpft? «Schon möglich, was soll das heißen?», fragte sie. «Klar, du hast um dein Privatleben immer ein großes Geheimnis gemacht, aber du hast doch sicher auch Exfreunde, an die du ungern zurückdenkst, oder?»

«Nicht direkt.» Polly hielt konzentriert den Kopf gesenkt, während sie die kleinen Seifen vorsichtig aus ihren Mulden herausdrückte. Clare konnte das süße Vanillearoma riechen, als sie auf den Tisch kullerten.

«Also, ich bitte dich.» Sie wollte Polly unbedingt aus der Reserve locken. Es war, als würde sie an einem Wundgrind herumknibbeln, der sich einfach nicht ablösen lassen wollte, aber Clare kam nicht gegen ihre Neugier an. «Jemanden muss es doch gegeben haben, den du mal geliebt hast. Jemanden, dem du wirklich nahe warst. Etwa nicht?»

Ganz kurz meinte Clare eine Art Wehmut in Pollys Augen zu sehen, eine gewisse Unsicherheit, die ihr übers Gesicht huschte. Dann hatte sie sich wieder unter Kontrolle und schüttelte den Kopf. «Nein», sagte sie betont unbefangen. «Ich hatte immer zu viel zu tun, da war für Beziehungen kein Platz in meinem Leben.»

Zu viel zu tun. Was für eine lahme Ausrede. Seit wann schloss ein anspruchsvoller Job jede Art von Privatleben aus? Es konnte doch nicht nur an äußeren Zwängen liegen, wenn Polly vor Beziehungen derart zurückgescheut war. Vorausgesetzt natürlich, dass sie die Wahrheit sagte. Clare jedenfalls glaubte ihr kein Wort.

«Ach so», sagte sie diplomatisch.

«Ich meine, Männerbekanntschaften hatte ich natürlich schon, nicht wenige, und ich war auch mit Männern im Bett», präzisierte Polly. «Als prüde alte Jungfer würde ich mich nicht gerade bezeichnen. Aber es waren eben bloß flüchtige Bekanntschaften. Und es war bloß Sex. Näher kennenlernen wollte ich eigentlich keinen von denen. So viel hat mir das nie bedeutet.»

«Oh», sagte Clare, ein wenig ratlos. Was für ein trauriges, deprimierendes Eingeständnis. Und wie unbeteiligt Polly darüber redete, als wäre es ihr ganz egal, dass sie nie jemanden wirklich geliebt hatte. Eine solche Einstellung konnte Clare nicht nachvollziehen, beim besten Willen nicht. Dann schon lieber – ihrer eigenen Erfahrung nach – die Liebe und damit auch den Verlust riskieren, auch wenn das bedeutet hatte, Steve zu heiraten.

«Bin eben nie so der sesshafte Typ gewesen», sagte Polly, drückte das letzte Stück Seife aus der Form und trug die Tabletts dann zur Spüle hinüber, um sie dort energisch in Seifenwasser zu reinigen.

Und mehr, dachte Clare, würde ihre Schwester sich zu diesem Thema wohl nicht entlocken lassen. Sie wusste nicht recht, ob sie Polly bemitleiden oder bewundern sollte. Für sie jedenfalls wäre so ein Leben nie in Betracht gekommen.

Dann fingen sie mit der eigentlichen Arbeit an. Clare legte Musik auf und fing an, Seifenflocken einzuschmelzen, während sie sich mit der Aussicht auf ein kinderloses Wochenende langsam anfreundete. Natürlich würden Leila und Alex ihr fehlen – wie immer, wenn sie nicht da waren –, aber dies war das erste Wochenende überhaupt, an dem sie nicht sofort, nachdem sie das Haus verlassen hatten, nach oben gegangen war, um in der trostlosen Stille ihrer verwaisten Zimmer zu sitzen und sich trübsinnig den Kopf darüber zu zerbrechen, was sie jetzt ohne sie alles unternahmen. Mit was für Leckereien und Extratouren verwöhnten Steve und Denise sie diesmal? Ob Alex auf der Heimfahrt wieder mal übel werden würde? Ob Leila bei ihrer Heimkehr wie schon so oft euphorisch von Ponyreiten, Gokartfahren und all den anderen tollen Sachen schwärmen würde, die Steve ihnen spendiert hatte?

Jedes Mal, wenn sie wieder zurück waren, musste Clare sich beherrschen, sie nicht danach auszufragen, wie genau sich das häusliche Zusammenleben von Steve und Denise in Basingstoke gestaltete, obwohl sie zu gern mehr darüber erfahren hätte. «Denise ist schon morgens beim Frühstück geschminkt», hatte Leila einmal berichtet (mit leisem Naserümpfen, zu Clares Genugtuung), aber schon diese eher belanglose Information hatte ihr eine schlaflose Nacht beschert, in der sie sich unruhig im Bett wälzte, während ihr ständig die strahlende Denise in ihrem dünnen seidenen Morgenrock vor Augen stand, bereits am Frühstückstisch perfekt gepudert und geschminkt.

Da summte ihr Handy, und sie sah auf dem Display, dass soeben eine SMS von Steve eingetroffen war: *Wohlbehalten zu Hause angekommen. Rufe später noch mal an. S.*

Als überbesorgte Mutter, die sie nun einmal war, hatte sie ihn von Anfang an gebeten, ihr Bescheid zu geben, wenn sie an diesen Wochenenden bei ihm zu Hause ankamen, damit sie sich deswegen nicht verrückt zu machen brauchte. Aber warum wollte er später noch mal anrufen? Sonst rief er sie nie an. Hatte er irgendwelche wichtigen Neuigkeiten, die er ihr aus Feigheit nicht persönlich mitgeteilt hatte, als er die Kinder am Morgen abholte?

Einige Monate zuvor hatte Alex bei der Heimkehr erwähnt, dass Denise sich übers Wochenende zweimal hatte erbrechen müssen, und seine Schadenfreude dabei war nicht zu überhören gewesen. «Es war widerlich. Man konnte richtig hören, wie die Kotze in der Kloschüssel gelandet ist, so …» Und während er sehr überzeugende Würg- und Röchelgeräusche von sich gab, war in Clare die kalte Furcht aufgestiegen, dass Denise schwanger sein könnte; was dazu führte, dass sie in ihrer Phantasie den neuen Berry-Spross bereits leibhaftig vor sich zu sehen meinte, ein umpäppeltes, umhätscheltes kleines Ding in lächerlichen Baby-Klamotten von Dior, weil Denise doch eine solche Markenfetischistin war. Ein Baby vor allem, das Steve mehr lieben würde als Leila und Alex …

Von einer Schwangerschaft aber hatte Steve noch nichts erzählt, und auch die Kinder hatten seither nichts mehr in der Art berichtet, weder dass Denise ein Bäuchlein hatte noch dass sie ihnen Ultraschallbilder gezeigt hätte. Vielleicht hatte Denise sich also bloß den Magen verdorben, oder sie war noch in einer so frühen Phase der Schwangerschaft, dass sie niemandem etwas davon gesagt hatte. Steve hatte indes nie einen Zweifel daran gelassen, dass sie vorhatten, eine Familie zu gründen. Genau so hatte er es ausgedrückt: *eine Familie gründen*. Als ob er nicht schon längst eine hätte.

Eins jedenfalls stand fest, sie würde schon vorab daran arbeiten müssen, möglichst erfreut zu klingen, wenn Steve ihr die frohe Kunde mitteilte. Auf keinen Fall durfte er ihrer Stimme anhören, wie sehr ihr vor dieser Nachricht im Stillen gegraut hatte.

Als Steve sie später anrief, ging es allerdings nicht um künftige Vaterfreuden. Vielmehr kam er, gänzlich unerwartet, auf ihre Nachlässigkeit als Mutter zu sprechen.

«Ich habe jetzt mit den Kindern gesprochen, und ich bin absolut entsetzt darüber, was bei euch vorgeht», fing er ohne Umschweife an. «So geht das nicht, Clare. So geht das einfach nicht.»

Es kam ihr vor, als würde er in Rätseln sprechen, sie konnte ihm absolut nicht folgen. Nachdem sie den Sinn seiner Worte entschlüsselt hatte, begriff sie immer noch nicht, was er von ihr wollte. «Was?», fragte sie entgeistert. «Wovon redest du?»

«Ich rede davon, dass du *unsere* Küche in eine Art Fabrik für dein *Unternehmen*», er spie das Wort aus, als würde es ihn geradezu anekeln, «umfunktioniert hast. Und damit unsere *Kinder* gefährlichen *Chemikalien* aussetzt. Das ist völlig daneben, Clare. Das ist absolut unannehmbar.»

Ihr klappte vor Staunen der Mund auf, während sie seine abstrusen Vorwürfe zunächst im Geist rekapitulierte. «Jetzt mal langsam», begann sie aufgebracht. «Es ist nicht länger ‹deine› Küche, und es geht dich auch rein gar nichts an, was ich dort tue oder lasse.» Sie zitterte vor Zorn. Was fiel ihm ein, sie derart zu kritisieren? Wenn hier einer «völlig daneben» war, dann er, sonst niemand.

«Da muss ich dich berichtigen», sagte er. «Wenn meine Kinder in Mitleidenschaft gezogen werden, geht mich das sehr wohl etwas an.»

Bei seinem scheinheiligen Tonfall ging ihr schier die Galle über. Wie bitte, auf einmal waren es *seine* Kinder? Nicht zu fassen. Und das von ihm, einem Mann, der daran erinnert werden musste, wann *seine* Kinder Geburtstag hatten! «Sie werden nicht in Mitleidenschaft gezogen, in keiner Weise», stellte sie klar, so ruhig sie nur konnte. «Weil von gefährlichen Chemikalien nicht die Rede sein kann. Und vernachlässigt werden sie schon gar nicht, vielen Dank auch. Wofür hältst du mich?»

«Hat deine Schwester dich dazu angestiftet?», überging er ihre Worte kurzerhand. «Zu diesem Unternehmens-Quatsch? Nun, ich bin nicht sehr glücklich darüber, Clare. Ganz und gar nicht.»

«Nicht sehr glücklich? Was redest du denn da? Weil ich zur Abwechslung mal etwas Geld verdiene, für *unsere* Kinder? Ich hätte eher gedacht, das freut dich. Weil du doch immer so ungern Unterhaltsgeld herausrückst. Weil du mich doch schon so lange dermaßen hängenlässt, verdammt, dass ich immer am Rande der Pleite entlangschramme.»

«Ach, verstehe, jetzt bin ich auch noch der Buhmann», höhnte er. «Ich habe dich praktisch zu der Sache gezwungen – ja, nee, ist klar. Du solltest dich mal reden hören, Clare, du laberst nur Müll. Und gleich Montag früh, merk dir das, werde ich mich in der Sache mit meinem Anwalt in Verbindung setzen.»

Sie ließ sich schwer auf die Armlehne des Sofas sacken. Ihr war, als hätte er ihr einen Schlag in die Magengrube versetzt. «Mit deinem Anwalt? Warum bitte schön willst du mit deinem Anwalt reden?»

«Weil ich es nicht für richtig halte, dass du in der Küche, die meine Kinder bewohnen, ein Unternehmen betreibst und dort diese Artikel herstellst, die die Luft mit Staub und giftigen Dünsten und weiß der Himmel was sonst noch verpesten», blaffte er.

«Aber es schadet ihnen doch überhaupt nicht!», schrie sie. Sie zitterte inzwischen, vor Zorn, aber auch vor Angst davor, wo das hinführen konnte. «Es gibt keinen Staub, keine Dünste, für sie besteht nicht die geringste Gefahr. Kapierst du denn nicht, du blöder Idiot, dass –»

Klick. Er hatte aufgelegt.

Sie drückte sich die Hand an die Brust, hatte kurz Mühe, Luft zu holen. Warum erhob er diese haltlosen Vorwürfe? Und warum musste er sich so mies aufführen?

«Was ist denn los?», fragte Polly, die soeben mit einem Handtuchturban auf dem Kopf ins Zimmer kam, und sah sie mit großen Augen an. «Wieso hast du so geschrien? Ich habe dich bis unter die Dusche gehört.»

Tränen brannten in Clares Augen, und sie musste erst schlucken, ehe sie sprechen konnte. «Steve», presste sie hervor, während sie beide Hände krampfhaft zu Fäusten ballte. «Meine Arbeit sei angeblich gesundheitsschädlich für die Kinder, deswegen macht er jetzt Stunk. Als würde ich sie je irgendeiner Gefahr aussetzen!»

«Wie bitte?» Polly riss ungläubig die Augen auf. «Was fällt dem denn ein? Er weiß doch, wie viel sie dir bedeuten. Wie kann er so einen Quatsch behaupten?»

«Ja, sicher, aber am Montag will er darüber mit seinem Anwalt reden, hat er gedroht», sagte Clare mit rauer Stimme und barg den Kopf in den Händen. «Und was dann? Gar nicht auszudenken, was das für uns bedeuten könnte.»

«Ach, ist doch nur Blabla, was er da von sich gibt.» Polly setzte sich neben Clare und legte ihr den Arm um die Schultern. «Gib nichts drauf. Vermutlich fühlt er sich in seinem männlichen Stolz verletzt, weil ihm schwant, dass du mit deinem Unternehmen Erfolg haben könntest. Das macht ihm wohl Angst. Ignoriere ihn einfach.»

Clare aber hatte die stille Sorge, dass sie ihn, mochten seine Anschuldigungen noch so haltlos sein, nicht würde ignorieren können. Zitternd und wie betäubt saß sie da und bereute es heftig, ihm die Kinder am Morgen mitgegeben zu haben. Ein wenig Trost bot ihr nur die Gesellschaft ihrer Schwester, die ihr immer wieder versicherte, dass schon alles gut werden würde. Obwohl es Clare schwerfiel, ihre Zuversicht zu teilen.

19

Während Clares Stern am Karrierehimmel gerade steil aufging, schien Pollys Stern schmählich abgestürzt und zu einem traurigen Häuflein Asche verglüht zu sein. Seit drei Wochen arbeitete sie nun als Putzfrau im *King's Arms*. Tiefer konnte sie nicht mehr sinken.

An dem Morgen, als sie sich zum ersten Mal zu ihrer neuen Arbeit aufgemacht hatte, ganz krank vor Beschämung über diese neueste Erniedrigung, stand ihr unwillkürlich ihr letzter Arbeitstag bei Waterman's vor Augen, als sie wie aus dem Ei gepellt ins Büro gekommen war, elegant in Hosenanzug, edlen Stöckelschuhen und mit Aktentasche in der Hand. Heute hatte sie mit dieser dynamischen Karrierefrau kaum noch etwas gemein: Sie trug Jeans und ein altes T-Shirt, ihr Haar war zu einem schlichten Pferdeschwanz gebunden.

Doch es hatte auch sein Gutes, fiel ihr auf, so frühmorgens im noch stillen Elderchurch unterwegs zu sein. Es war gerade zehn vor sieben, aber bereits strahlend hell, und der wolkenlos blassblaue Himmel und die frische, klare Luft ließen erkennen, dass ein weiterer prachtvoller Sommertag bevorstand. Schon lustig, wie viel bewusster man das Wetter hier auf dem Land wahrnahm. Als sie zu den Feldern jenseits des Dorfes hinübersah, wurde sie durch den Anblick eines Raubvogels belohnt – ein Sperber? Ein Turmfalke? Ihr Vater hätte es ihr mit Sicherheit sagen können –, der majestätisch hoch oben am Himmel kreiste, ohne einen Flügelschlag auf der Luftströmung dahingleitend. Wunderschön. In London sah man so etwas jedenfalls nicht, morgens auf dem Weg zur Arbeit.

Im Pub wurde sie von Erica, der Wirtin, in Empfang genommen und in ihre Aufgaben eingewiesen, die erschreckend umfangreich waren. Von Polly wurde nicht nur erwartet, im gesamten Lokal inklusive Speisebereich staubzusaugen, sie musste auch den Kachelboden hinterm Tresen wischen, widerlich riechende Abtropfbehälter leeren und ausschrubben, die Messingarmaturen auf Hochglanz bringen, die Tische sauber wischen und die leeren Flaschen auf einer Schubkarre in den rückwärtigen Hof befördern. Sie wagte es nicht, der fröhlichen, rundlichen Erica zu verraten, dass sie noch nie im Leben einen Staubsauger bedient hatte; stattdessen nickte sie immer wieder eifrig und bemühte sich, die ungewohnten Aufgaben so gut wie möglich zu erfüllen. Am Ende der Schicht roch sie durchdringend nach Bleichmittel und fühlte sich dem Zusammenbruch nahe, aber immerhin hatte sie erstmals seit Monaten wieder Geld verdient. Es konnte nur noch aufwärtsgehen.

Und so stand Polly fortan tagein, tagaus in aller Frühe auf, um sich auf den Weg zum Pub zu machen. Mittlerweile beherrschte sie ihre Arbeit aus dem Effeff und war auch mit dem Staubsauger und seinen Macken wohlvertraut. Routiniert wienerte sie die Messingarmaturen der Zapfanlage auf Hochglanz, erspähte auf dem Boden gelandete Knabberkrusten aus zwanzig Metern Entfernung und hatte sich sogar an den üblen Geruch der Abtropfschalen gewöhnt. Tatsächlich hatte sie inzwischen sogar Gefallen an der körperlichen Betätigung gefunden, die ihr in gewisser Weise lieber war, als stundenlang am Computer zu sitzen und wie eine Maschine zu klicken und zu tippen. Wie befriedigend war es dagegen allmorgendlich, wieder einmal Ordnung ins Chaos gebracht zu haben, mit eigenen Augen zu sehen, was sie mit ihrer Hände Arbeit bewirkt hatte …

Sie musste über sich selbst lachen. Nun redete sie sich schon ihre Putzstelle schön, als könnte sie sich Gott weiß was darauf einbilden. Ja, sicher. Wenn Magda sie jetzt sehen könnte, ihre Putzfrau aus London!

Es war kein angenehmer Gedanke. Seit Polly im Pub putzte, erschien Magda ihr in einem ganz neuen Licht, und sie bekam jedes Mal ein schlechtes Gewissen, wenn sie daran zurückdachte, wie unfair und schäbig sie mit der jungen Polin umgesprungen war. Magda war ihr gegenüber stets die Güte in Person gewesen – wie mitfühlend hatte sie etwa reagiert, als Polly vor Verzweiflung in Tränen ausgebrochen war; auch hatte sie keine zudringlichen Fragen gestellt und all die Zeit klaglos ihre Arbeit bei ihr verrichtet, ohne je ein Wort des Dankes zu erhalten. Und wie hatte Polly es ihr gelohnt? Mit einem Anruf bei ihrer Agentur, um sich über sie zu beschweren und damit indirekt ihre Entlassung zu fordern. Wie hatte sie nur so niederträchtig sein können, so herzlos, noch dazu, wo sie über Magdas eigene finanzielle Notlage Bescheid wusste?

Könnte Magda mich jetzt sehen, würde sie mir ins Gesicht spucken, dachte Polly düster, als sie an jenem Morgen den Staubsauger aus der Besenkammer holte und einstöpselte. Wahrscheinlich würde sie sich halb totlachen. Sieh an, sieh an, wer hoch steigt, kann auch tief fallen!

Immerhin – das war ein kleiner Trost – hatte sie seither dazugelernt; heute würde sie niemanden mehr derart in die Pfanne hauen, der lediglich versucht hatte, einem anderen Menschen in Not beizustehen. Und sie würde auch nie wieder, so viel stand fest, hochnäsig auf Putzfrauen oder andere Leute hinabsehen, die niedere Arbeiten verrichteten. Weil sie inzwischen wusste, was Putzen für eine Plackerei war und wie schlecht man dafür bezahlt wurde.

«She works hard for her money», stimmte sie den alten Gassenhauer von Donna Summer an, während sie sich mit dem lärmenden Staubsauger energisch unter den Tischen und in den Ecken zu schaffen machte. *«So ha-a-a-ard for the money ...»*

Dann schrie sie vor Schreck auf, als sie sich umwandte und einen Mann vor sich erblickte. Sie drückte sich eine Hand an die Brust, schaltete den Staubsauger aus und wäre dann am liebsten im Erdboden versunken, als sie erkannte, wer da vor ihr stand. O nein. Warum ausgerechnet *er*.

«Sing ruhig weiter, lass dich von mir nicht stören.» Er grinste breit.

«Jay», sagte sie entgeistert. «Mensch, hast du mir einen Schrecken eingejagt. Was tust du hier?»

Er lachte. «Was *ich* hier tue?», gluckste er. «Dasselbe könnte ich dich auch fragen. Verdienst du dir noch was dazu, neben deinen Finanztransaktionen in Millionenhöhe?»

Verdammt, verdammt, verdammt. Nun, damit war ihr Märchen von der Beurlaubung wohl endgültig aufgeflogen. Sie seufzte unwillig und hätte ihn für sein Grinsen erschlagen können. Oh, das machte ihm Spaß, nicht wahr? Vermutlich konnte er es kaum erwarten, sie umgehend im ganzen Dorf bloßzustellen. *Halt dich fest, da kommst du nie drauf …*

«Ist eine lange Geschichte», brach sie schließlich ihr verlegenes Schweigen. «Aber letzten Endes …»

Sie verstummte und verzog gequält das Gesicht. Sie hätte ihn so gerne mit einer weiteren Notlüge abgespeist, um sich irgendwie aus der Affäre zu ziehen, aber sein Blick hatte etwas Entwaffnendes. Er würde ihr ohnehin nicht glauben.

Ihre Schultern sackten mutlos nach unten. «Das willst du gar nicht wissen.»

«Oh, und ob ich es wissen will.» Das war klar. Um sich danach so recht an ihrem Scheitern zu ergötzen. «Jetzt bin ich nämlich neugierig. Mir hast du neulich noch erzählt, du scheffelst Kohle in der City, und nun schwingst du hier den Staubsauger …?» Er lehnte sich an die Theke, noch immer mit diesem aufreizenden Grinsen. «Na komm, schieß los. Ich bin ganz Ohr.»

Sie funkelte ihn erbost an. «Keine Zeit. Ich muss hier wirklich weitermachen.» Mit dieser knappen Bemerkung ließ sie erneut den Staubsauger aufheulen. *Wenn ich ihn nicht beachte,* dachte sie, *haut er von allein wieder ab. Verzieht sich. Und dann können wir beide so tun, als hätte diese Begegnung nie stattgefunden.*

Sie wandte sich ab, fuhrwerkte verbissen mit der Staubsaugerdüse über den Teppich, um die überall verstreuten Chipskrümel zu beseitigen, und bückte sich zwischendurch, um ein leeres Krabbenflips-Tütchen aufzulesen. *Er ist gar nicht da. Blende ihn einfach aus. Denk nicht länger an ihn.*

Da aber ließ der Staubsauger eine Art klagendes Aufjaulen vernehmen und verstummte dann. Sie schnellte herum und sah, dass Jay den Stecker aus der Wand gezogen hatte und nun dabei war, zwei Barhocker an einen Stehtisch zu schieben, und zwar bedenklich dicht nebeneinander. «Setz dich», sagte er. «Und erzähle mir alles.»

Sie sah sich nervös um, in der Sorge, dass Stuart oder Erica hereinkommen und sie beim Nichtstun ertappen könnte. «Geht leider nicht», sagte sie. «Hör zu, auch wenn du das wahnsinnig komisch findest, ich arbeite tatsächlich hier und habe noch sehr viel zu tun.»

Er lachte bloß. «Du steigst immer noch nicht durch, oder?», sagte er. «Wusstest du das nicht? Ich arbeite auch hier. Na ja, für die Brauerei jedenfalls. Ich bin der zuständige Gebietsverkaufsleiter, technisch gesehen bin ich also dein Chef. Und ich fordere dich hiermit auf, dich zu mir zu setzen.»

Polly sah ihn kurz verdattert an, bis sie den Sinn seiner Worte voll erfasste. O Gott. Sein Vater, fiel ihr auf einmal siedendheiß ein, war damals in leitender Position bei der Brauerei tätig gewesen. Und Jay war offenbar in seine Fußstapfen getreten und jetzt also Gebietsverkaufsleiter … Aargh. Monströs. Jay Holmes war also ihr Vorgesetzter, mehr oder weniger? Blieb ihr denn gar nichts erspart? «Oh», sagte sie leise, mehr brachte sie nicht heraus.

Er klopfte auffordernd mit der Hand auf den Barhocker neben sich. «Also. Was ist passiert?»

Er war nun wirklich der Letzte, dem sie von ihrem schmerzhaften Absturz erzählen wollte, aber es schien kein

Weg daran vorbeizuführen. Also setzte sie sich neben ihn und stützte mit einem müden Seufzen die Ellbogen auf den Tisch. «Ich hab's total vermasselt», fing sie unverblümt an. «Habe meinen Job verloren, meine Wohnung, ich stehe praktisch vor dem Nichts. Okay? Zufrieden? Also, nun weißt du es, bravo. Du hast gewonnen. Hoffentlich macht es dir Freude, das nun im ganzen Dorf herumzutratschen.»

Sie sah ihn nicht an, um sich nicht seinem schadenfrohen Grinsen aussetzen zu müssen. «Dumme Sache», sagte er leise, und sie spürte, wie hysterischer Lachreiz in ihr aufstieg.

«Mehr fällt dir dazu nicht ein? *Dumme Sache?*», brach es heftig aus ihr heraus. «Verstehst du denn nicht: Ich habe alles verloren. Ich war richtig erfolgreich – ich war in meinem Beruf ganz oben! Ich hatte ein eigenes Büro! Ich hatte diese tolle Wohnung mit Aussicht auf die Themse! Ich … ich hatte einen silbernen Sportwagen von Mercedes!»

Trotzig sah sie ihn an, herausfordernd geradezu. Er zuckte die Achseln. «Ja, ich habe gehört, dass du Karriere gemacht hast.» Er schwieg kurz. «Und, das alles hat dich glücklich gemacht, ja? Dein eigenes Büro, deine tolle Wohnung und dein silberner Sportwagen von Mercedes?»

Es fuchste sie, ihre Worte noch einmal als Echo aus seinem Mund zu hören. «Na, selbstverständlich war ich glücklich», erwiderte sie, bemerkte aber selbst, wie hohl sich diese Beteuerung anhörte.

War sie tatsächlich glücklich gewesen in ihrem alten Leben? Die Frage war nicht leicht zu beantworten. Die Arbeit hatte sie geliebt – das schon. Es war enorm befriedigend, etwas zu leisten und dafür die Anerkennung der

Kollegen zu genießen. Der Lebensstil als solcher aber: die sogenannten Freunde, die sie nach ihrer Entlassung wie eine heiße Kartoffel hatten fallen lassen; der erbarmungslose Konkurrenzdruck in der Branche, die ewige Furcht vor Widersachern, die einem bereits im Nacken saßen … Das war weniger schön gewesen. Und nun fiel ihr auch wieder ein, wie einsam sie sich oft in ihrer großen Wohnung gefühlt hatte und in all den anonymen Hotelzimmern bei ihren Geschäftsreisen rund um die Welt. Mit einem Mal kam ihr geliebtes Einzelbüro ihr nicht mehr ganz so wertvoll und begehrenswert vor wie früher.

«Na ja, du weißt schon», fuhr sie nach kurzem Schweigen fort. «Was man eben so glücklich nennt.» Dann stieg Unwillen in ihr auf. Was ging es denn bitte schön Jay Holmes überhaupt an, ob sie glücklich war oder nicht? «Und *du* bist also glücklich, ja?», ging sie zum Gegenangriff über. «Als Gebietsverkaufsleiter, ganz wie Papa früher; da bist du ja fein raus, richtig?»

Er zuckte mit den Schultern. «Ja, aber ich war schon ein bisschen ein Spätzünder, beruflich gesehen», sagte er. «Habe mich jahrelang treiben lassen, hab's in Jobs nie sehr lange ausgehalten, war immer auf der Suche nach neuen, spannenden Erlebnissen, verstehst du?»

Sie nickte. Sie selbst hatte sich in ihrem Leben nie treiben lassen (von den letzten paar Monaten mal abgesehen), fand aber den Grundantrieb für Jays Verhalten nachvollziehbar: sich nie mit etwas zufriedenzugeben. Genau das hatte auch sie motiviert, rastlos nach immer mehr zu streben, mehr Macht, mehr Ansehen, mehr Geld.

«Dann bin ich wieder heimgekehrt nach Elderchurch und zu all meinen alten Freunden von früher. Habe einen zweiten Anlauf bei der Brauerei gewagt und mich richtig reingekniet, zum ersten Mal seit Jahren, um beruflich etwas zu erreichen. Ob du's glaubst oder nicht, eine Zeitlang war ich selbst auch in dieses Karriere-Hamsterrad geraten.»

Polly schnaubte. Jay in Anzug und Krawatte? Sie konnte sich nicht mal vorstellen, dass er sich für ein Geschäftstreffen diesen Stoppelbart abrasierte, und Manschettenknöpfe und glänzende Schuhe wollten erst recht nicht zu ihm passen. Jetzt gerade trug er abgewetzte Jeans, ein moosgrünes T-Shirt und gammelige Turnschuhe von Converse. Nicht direkt ein Aufzug, wie man ihn bei einem leitenden Angestellten erwartete.

«Ich weiß – unvorstellbar, nicht wahr? Und es hat einige Jahre gedauert, bis ich begriff, dass ich mich aus den ganz falschen Gründen so reinhängte. Mein Vater hat in der Brauerei immer sehr viel gearbeitet, und ich habe auf diese Weise versucht, ihn zu übertreffen. Dann wurde ich zum Gebietsverkaufsleiter befördert, höher, als er es je geschafft hatte, und verlor praktisch über Nacht die Lust an der Sache, einfach so. Ich habe massenhaft Überstunden gemacht, war jeden Tag nur mit dem Auto unterwegs, musste mich mit Papierkram ohne Ende herumschlagen … lustig war das nicht.»

«Und, wie ging es weiter?»

«Tja, eines Tages ging mir dann ein Licht auf. Wo war der Sinn darin, mich halb totzuarbeiten, wenn ich niemals Zeit dazu hatte, mich mit meinen Kumpels zu treffen, mal richtig lange mit dem Hund spazieren zu gehen oder einfach nur dazusitzen und Gitarre zu spielen? Genau diese Dinge aber machten mich glücklich, und vor lauter Arbeiten bin ich buchstäblich nie dazu gekommen. Also habe ich gekündigt.»

«Gekündigt? Dann bist du also jetzt gar nicht mehr Gebietsverkaufsleiter?»

«Na gut, ich *wollte* kündigen, aber die Geschäftsführung wollte mich nicht ziehen lassen», präzisierte er. «Also haben wir uns darauf geeinigt, dass ich meinen Posten zwar behalte, aber nur noch vier Tage die Woche arbeite. Passt mir ausgezeichnet. Vier Tage die Woche frone ich als armer Angestellter, ansonsten bin ich mein eigener Herr.»

«Aha.» Polly verstand nicht recht, warum er ihr all das erzählte. Um vor ihr anzugeben? «Und heute fronst du also … als armer Angestellter?» Sie musterte zweifelnd seinen lässigen Aufzug.

Er lachte. «Siehst du das denn nicht?», scherzte er. «Stehen aber keine wichtigen Treffen an, heute überprüfe ich nur, ob die Fahrer alles ordnungsgemäß ausliefern und schaue mal wieder auf einen Plausch bei einigen Wirten vorbei. Und dafür muss ich mich nicht schick in Schale werfen.»

«Tja, schön für dich.» Sie stieg unvermittelt von ihrem Barhocker herunter. «Aber jetzt muss ich wirklich weiter staubsaugen.»

«Schau, das alles habe ich dir nicht erzählt, um damit anzugeben», sagte er, während er selbst aufstand. «Und dein Geheimnis behalte ich für mich, in Ordnung, Polly?»

«M-hm», brummte sie und griff wieder nach dem Staubsauger. Meinetwegen, hätte Leila wohl gesagt.

Jay schob die Hände in die Hosentaschen und stand kurz unschlüssig da. «Ich muss mir bloß noch diese Lieferung quittieren lassen und mit Stuart die Abrechnungen durchgehen», sagte er, «aber danach … Was machst du später noch?»

Sie verengte die Augen. Wieso wollte er das wissen? «Ich helfe Clare bei einem Projekt aus, mit dem sie derzeit viel zu tun hat», antwortete sie. «Und Bewerbungen werde ich wohl auch fleißig schreiben.»

«Und heute Abend?»

«Äh, nichts», sagte sie vorsichtig.

«Hast du Lust, was trinken zu gehen? Dann könnten wir uns richtig unterhalten, in Ruhe.»

Sie riss die Augen auf. Sollte das ein Witz sein? Sie hatte ihm schließlich soeben gebeichtet, dass sie alles verloren hatte und sah denkbar ungepflegt aus, ungeschminkt, in alten Klamotten und mit einer Baseballmütze auf dem strähnigen Haar. Und dennoch wollte er mit ihr etwas trinken gehen? Sie musterte ihn argwöhnisch, aber er grinste nicht, und seine braunen Augen wirkten aufrichtig interessiert.

Seit Wochen war sie jetzt abends nicht mehr aus gewesen. Tatsächlich wäre es toll, zur Abwechslung mal aus dem Haus zu kommen, und sei es mit ihm. «Gut, in Ordnung», sagte sie achselzuckend. «Aber nicht hier, wenn's dir recht ist.»

«Klar», sagte er. «Also, um acht hole ich dich ab. Dann unternehmen wir eine kleine Tour, auf der wir ausgiebig in alten Erinnerungen schwelgen können.»

In Erinnerungen schwelgen? Das lag Polly eigentlich gar nicht, und dann auch noch mit ihm? Am liebsten hätte sie ihre Zusage rückgängig gemacht, behauptet, dass sie, wie ihr eben erst einfalle, am Abend leider doch verhindert sei, aber er war bereits pfeifend aus dem Pub hinausspaziert.

Himmel. Worauf hatte sie sich da gerade eingelassen?

Auf dem Nachhauseweg klingelte ihr Handy. Vince. «Guten Morgen!», rief er munter. «Heute habe ich sehr gute Neuigkeiten für Sie, Polly. Ein weiteres Gebot!»

Sie blieb wie angewurzelt stehen. «Ja?», fragte sie, ein wenig misstrauisch, weil sie in letzter Zeit eher an Hiobsbotschaften gewöhnt war. *Bitte mach, dass es ein gutes Angebot ist*, betete sie im Stillen. *Bitte, Vince, enttäuschen Sie mich nicht.*

«O ja», bekräftigte er. «Zehntausend unter dem Angebotspreis. Und jetzt kommt's: Die wollen sogar bar bezahlen, cash auf die Hand!»

«Wow», sagte sie. Das war zumindest erheblich besser als das letzte Gebot. Hinzu kam, bei Barzahlung würde sich der gesamte Vorgang beschleunigen. Gewaltsam verdrängte sie den Gedanken an die herrliche Aussicht, die sie nun nie wieder würde genießen können. «Einverstanden», sagte sie leise.

«Heißt das, Sie akzeptieren das Gebot?» Sie konnte sich lebhaft vorstellen, wie ihm beim Sprechen gerade vor Stolz die Brust schwoll.

«Ja», bestätigte sie. «Ich akzeptiere das Gebot.»

«Spitze! Dann gebe ich das doch gleich mal so an die Interessenten weiter. Ihnen noch einen schönen Tag.»

«Wünsche ich Ihnen auch», sagte sie und beendete das Telefonat. Damit waren die Würfel also gefallen, der Verkauf ihrer Wohnung war beschlossene Sache. Als Nächstes müssten ihre Anwälte die Verträge ausarbeiten. Endlich drehte sich das Rad. Nun gibt es kein Zurück mehr, Polly.

Sie seufzte und setzte sich wieder in Bewegung.

Als sie wieder bei Clare war, suchte Polly die Nummer der Reinigungsagentur heraus, die sie früher beschäftigt hatte, und tippte sie in ihr Handy ein. Höchste Zeit, einiges wiedergutzumachen. «Ja, schönen guten Tag, ich wollte mal nachfragen, ob bei Ihnen noch eine Putzfrau namens Magda arbeitet», sagte sie, während sie sich auf den Küchentisch setzte. «Eine Polin?»

«Dürfte ich fragen, ob Sie Kundin bei uns sind?», gab die Rezeptionistin in arrogantem Tonfall zurück.

«Äh, inzwischen nicht mehr», sagte Polly. «Aber ich war jahrelang Kundin bei Ihnen ... Wie dem auch sei. Darum geht es jetzt nicht. Ich wollte bloß wissen, ob Magda noch bei Ihnen arbeitet, weil ich ihr gern etwas schicken wollte. Kann aber sein, dass sie ... öhm ... vor einiger Zeit entlassen worden ist, deshalb wollte ich erst nachfragen, um sicherzugehen.»

Kurz blieb es still. «Dazu kann ich telefonisch leider keine Auskunft geben, wenn Sie keine Kundin sind», lautete die blasierte Antwort. «Datenschutz, Sie verstehen. Es sind viele Damen bei uns beschäftigt, und wir müssen ihre Privatsphäre schützen.»

«Ich möchte ihr ja bloß einen Brief schicken, um mich bei ihr für die gute Arbeit zu bedanken.» Polly schwang vor Ärger die Beine unter dem Tisch hin und her.

«Bedaure, da kann ich Ihnen nicht weiterhelfen», sagte die Pedantin am anderen Ende ohne jeden Anflug von Bedauern.

«Ja, schönen Dank, Sie mich auch!» Polly drückte wütend auf den roten Knopf an ihrem Handy, um das Gespräch abrupt zu beenden. Also wirklich! Sie wollte doch bloß freundlich sein. Warum gab es so viele Idioten auf der Welt?

Da öffnete sich die Hintertür, und Clare kam herein. «So, die Kinder sind glücklich in die Schule gebracht, und nun … Was ist?», fragte sie, als ihr Pollys finstere Miene auffiel.

«Die Welt hat sich gegen mich verschworen, mehr nicht.» Polly pfefferte zornig ihr Handy auf den Tisch. «Ich wollte mich bei jemandem entschuldigen, den ich früher nicht gerade nett behandelt habe, aber da bin ich gerade an so eine hochnäsige, arrogante kleine …»

«Tu dir keinen Zwang an.»

«… *Tussi* geraten, die mich eiskalt abgewimmelt hat.»

«Was, hat sie einfach aufgelegt? Wie unfreundlich. Wenn ich am Telefon jemanden loswerden will, behaupte ich immer, ich hätte was im Ofen stehen», gestand Clare. «Klingt etwas höflicher.»

Polly lachte. «Das hast du doch neulich zu mir auch gesagt», rief sie. «Als ich angerufen habe, um zu fragen, ob ich zu euch ziehen darf. Da hast du gesagt, du müsstest Schluss machen, du hättest was im Ofen stehen.»

Clare schlug sich verlegen die Hand vor den Mund. «Auweia, tatsächlich? Tut mir leid. Nichts für ungut.»

Einige Wochen zuvor hätte Polly auf die Erkenntnis, dass ihre Schwester sie am Telefon mit einer glatten Lüge abgewimmelt hatte, vermutlich noch beleidigt reagiert, aber seither hatte sich einiges verändert. Jetzt sah sie das eher von der komischen Seite. «Halb so wild», winkte sie ab und zog dann die Nase kraus. «Außerdem habe *ich* den Hörer aufgelegt, bei dieser dummen Gans. Hat zwar gutgetan, aber damit habe ich mir wohl leider jede Chance verbaut, mit der … betreffenden Person in Kontakt zu treten.» Polly glitt vom Tisch herunter und kramte den Umschlag mit ihrem Lohn aus der Hosentasche. «Ach, übrigens, das ist für dich.»

«Was ist das?»

«Geld vom Pub. Ich weiß, es ist nicht viel, aber … nimm es. Außerdem habe ich vorhin ein Gebot für die Wohnung akzeptiert, wenn alles gutgeht, bin ich also bald wieder richtig flüssig.»

«Oh, toll – du hast einen Käufer für deine Wohnung? Das sind doch gute Neuigkeiten – oder?»

Polly zuckte mit den Schultern. «Wie man's nimmt. Doch, klar», verbesserte sie sich, um nicht so negativ zu klingen. «Zumindest habe ich dann die Leute von der Hypothekenbank vom Hals. Aber eigenartig fühlt es sich schon an. Wieder eine Brücke hinter mir, die unwiderruflich abgebrochen ist.»

Clare nickte. «Kann ich verstehen, dass du da gemischte Gefühle hast.» Sie drückte Polly sanft den Arm. «Aber das heißt ja nicht, dass du nie mehr nach London zurückkannst. Da gibt's doch noch viele andere Wohnungen.»

Polly rang sich ein Lächeln ab, froh über den Zuspruch. «Ja.»

Clare öffnete den Umschlag, zog das Geld heraus und gab Polly die Hälfte der Scheine dann zurück. «Danke», sagte sie, «aber machen wir halbe-halbe. Du kannst mir nicht alles geben, wenn du selbst nichts hast. Kauf dir irgendwas Schönes davon, keine Ahnung, vielleicht dieses teure Shampoo, das du so gern magst. Tob dich mal so richtig bei den Haarpflegemitteln aus.»

Damit hatte Polly nicht gerechnet. Sie hatte sich darauf gefreut, Clare endlich etwas Geld abgeben zu können; es war ihr unendlich peinlich, dass sie dazu bisher nicht in der Lage gewesen war. Clares Großzügigkeit jetzt beschämte sie, und sie wollte schon Protest einlegen, aber da kam ihr das Gespräch mit Jay in den Sinn. Ach ja. Ohne einen Pfennig Geld konnte sie wohl schlecht mit ihm ausgehen. Was würde denn das für einen Eindruck machen? «Stimmt, du hast recht», sagte sie und nickte. «Etwas davon werde ich später brauchen.»

«Später?»

«Ich …» Polly genierte sich ein wenig, ihrer Schwester die Wahrheit zu beichten. «Ich gehe aus.»

«Ach was? Mit wem denn?»

«Mit Jay, tatsächlich.» Warum sie dieses «Tatsächlich» noch angefügt hatte, war ihr nicht ganz klar, es klang so verschämt und defensiv. «Nun guck nicht so!», rief sie, als Clare die Augenbrauen hochzog. «Wir gehen nur was trinken und plaudern ein wenig. Er hat mich heute im Pub erwischt, und am Ende habe ich ihm alles erzählt, dass ich momentan obdach- und arbeitslos bin. Wahrscheinlich hat er Mitleid bekommen, jedenfalls hat er vorgeschlagen, dass wir was trinken gehen. Und ich Hirni habe auch noch ja gesagt.»

«Oha, oha!» Clare grinste breit, ihre Augen funkelten vor Belustigung.

«Lass das freche Grinsen, ja?», warnte Polly, musste sich aber selbst ein Kichern verkneifen. «Wie gesagt, wir gehen bloß was trinken. Wahrscheinlich streiten wir uns die ganze Zeit. Würde mich nicht wundern, wenn das nur eine Finte von ihm ist, um sich richtig über mich lustig zu machen.»

Clare schüttelte den Kopf. «Nein. Ich habe den Eindruck, dass er nie aufgehört hat, dich im Stillen zu verehren.»

«Niemals.»

«Doch, auf jeden Fall. Er hat sich über die Jahre oft nach dir erkundigt. Vergessen jedenfalls hat er dich nicht.»

Polly wand sich innerlich. «Kann ich mir nicht vorstellen», schnaubte sie und wandte sich ab, um ihren Laptop anzuschalten. «Er hat es vermutlich immer noch nicht verwunden, dass ich damals mit ihm Schluss gemacht habe. Seither brennt er sicherlich darauf, mir das heimzuzahlen.» Falls das zutraf, war ihm heute ja bereits eine erste Genugtuung widerfahren, als er sie beim Putzen im *King's Arms* überraschte. Was musste es ihm für eine hämische Freude bereitet haben zu erfahren, in was für einen Scherbenhaufen sich ihr Leben verwandelt hatte!

Aber darüber wollte sie sich jetzt nicht länger den Kopf zerbrechen. Sie öffnete den Browser und rief eine Liste von Personalagenturen auf. «Ach, übrigens, ich will demnächst mal einen Tag nach London fahren», wechselte sie beiläufig das Thema, weil das Gerede über Jay und stille Verehrung sie in zu große Verlegenheit stürzte. «Um mal wieder persönlich bei diversen Personalvermittlern vorstellig zu werden, vielleicht bringt sie das ja auf Trab.» Sie biss sich auf die Lippe. «Hör zu, ich weiß, dass ich für dich und die Kinder eine Belastung bin. Die haben es bestimmt satt, sich Leilas Zimmer teilen zu müssen, und mir ist klar, dass ich euch nur im Weg bin, daher …»

«Ist schon gut», sagte Clare. «Wirklich. Zumal du mir doch hier so toll bei der Arbeit hilfst.» Sie band sich eine Schürze um und wuchtete den schweren Beutel Seifenflocken auf den Tisch. «Du kannst gern den ganzen Sommer bleiben. Ehrlich. Ernsthaft. Glaub also bitte nicht, dass ich dich loswerden will.»

«Lieb von dir, vielen Dank», erwiderte Polly. «Na schön, dann rufe ich jetzt rasch bei ein paar Agenturen an, um Termine klarzumachen, aber danach stehe ich ganz zu deiner Verfügung.»

«Polly.» Clare blickte sie merkwürdig an. «Diese Person, bei der du dich entschuldigen wolltest – verrätst du mir, wer das war?»

Polly lächelte ein wenig angestrengt. «Ach … ist nicht so wichtig», sagte sie. «Da fällt mir schon was ein.»

Abends, als es an der Zeit war, sich für ihre Verabredung zurechtzumachen, bereute Polly im Stillen, dass sie mit Jay kein festes Lokal vereinbart hatte. Seine Ankündigung einer Tour, um in Erinnerungen zu schwelgen, erschien ihr immer ominöser. Hoffentlich waren damit nicht die grässlichen Kneipen gemeint, die sie als Teenager immer frequentiert hatten: das *Green Man*, das *Dog and Duck*, das *Chequers*. In diesen Kaschemmen hatten sie so manchen Abend in dunklen Ecken herumgeknutscht, vor sich ihr halbes Pint Bier und mit gefälschten Ausweisen in der Tasche, nur für den Fall der Fälle.

Was sollte sie anziehen? Der Großteil ihrer Garderobe befand sich bei ihren Eltern, in Kartons in der Garage aufgestapelt, ein paar schicke Sachen aber hatte sie zu Clare mitgebracht, mehr auf Verdacht, eventuell ergab sich ja mal eine Gelegenheit. Ihr rotes Paillettenkleid von Karen Millen vielleicht? Nein. Für die hiesigen Breiten dann doch etwas zu extravagant. Das letzte Mal hatte sie es vergangenes Jahr bei der Weihnachtsfeier im Büro getragen, bei der sie sich mit Tequilas restlos betrunken hatte.

Wie wäre es dann mit dem pfauenblauen Kleid im Retro-Stil mit bauschigem Fünfziger-Jahre-Rock? Sie hatte ein Paar Pumps mit Pfennigabsätzen, die ideal dazu passten, aber auch dieser Aufzug war wahrscheinlich einen Tick zu mondän. Was, wenn Jay in demselben Gammellook auftauchte wie bei ihren beiden bisherigen Treffen? Sie würde sich hoffnungslos overdressed fühlen.

Sie wühlte weiter. Was hatte sie denn noch alles? Es war so lange her, dass sie mal etwas Hübsches getragen hatte, dass ihre Sachen ihr schon richtig fremd vorkamen. Da war das bodenlange altrosa Trägerkleid von Jigsaw, das sie vergangenes Jahr beim Sommerball getragen hatte … Nein, es war ein wenig zu lang, und gerade heute Abend wollte sie nur ungern über ihren Saum stolpern, schönen Dank.

Da hörte sie eine Stimme hinter sich: «Wow, gehören die alle dir, Tante Polly?» Leila stand in der offenen Tür und bestaunte mit großen Augen die vielen schicken, bunten Kleidungsstücke ihrer Tante.

«Ja. Ich versuche gerade zu entscheiden, was ich heute Abend anziehen soll», erwiderte Polly. «Komm und hilf mir.»

Leila bahnte sich vorsichtig einen Weg in Alex' Zimmer, das kaum wiederzuerkennen war. Mit der Fülle edler Designerklamotten, die auf dem Bett und überall auf dem abgewetzten Teppichboden verstreut lagen, erinnerte es eher an eine Schatzhöhle voller Abendgarderobe. «Ui, die Farbe gefällt mir.» Sie hob eine dunkelviolette Seidenbluse mit einer großen Schleife am Ausschnitt auf. «Aber diese komische Schleife, na, ich weiß ja nicht. Zu mädchenhaft. Nein.» Sie fing an, einen Stapel Kleider durchzusehen. «Hast du keine Hosen?», fragte sie. «Oder kurze Hosen?»

«Doch, schon», antwortete Polly gedehnt. «Aber ich habe mir gedacht, ein Kleid oder Rock wäre schon schicker.» Sie sah ihre Nichte prüfend an, die diese Antwort offenbar nicht zufriedenstellte. «Feinere Kleidung magst du nicht so gerne, habe ich recht? Sag die Wahrheit.»

«Ääh!», sagte Leila. «Ich hasse Kleider und Röcke. In Röcken kann man nicht turnen, weil da jeder sofort die Unterhose sieht.» Dann sah sie leicht gequält drein, als wäre ihr gerade etwas eingefallen. «Na ja, ich meine … manchmal haben mir Leute richtig schöne Kleider und so zum Geburtstag geschickt …»

Aha. «Leila», sagte Polly, «hilf mir auf die Sprünge: Habe *ich* dir zu deinem letzten Geburtstag ein Kleid geschickt?»

Leila nickte und hielt den Blick gesenkt, als würde sie befürchten, gerade voll ins Fettnäpfchen getreten zu sein.

«War es sehr grauenhaft?», fragte Polly. «Sei ruhig ehrlich, das macht mir nichts aus.»

Leila sah ihre Tante an, bemerkte ihren amüsierten Blick und nickte erneut. «Es war voller *Rüschen*», antwortete sie und schüttelte sich leicht. Damit war alles gesagt.

Polly bekam ein schlechtes Gewissen. Jahr für Jahr hatte sie es ihrem früheren Assistenten Jake überlassen, ihrer Nichte zum Geburtstag irgendeinen teuren, rüschigen Fummel zu bestellen, ohne auch nur einen Gedanken daran zu verschwenden, ob sie solche Kleider überhaupt mochte. Wie armselig war das bitte schön? Sie hatte rein gar nichts über Leila gewusst, ebenso wenig wie über Clare, Alex und sogar ihre Eltern. Sie war jedem Kontakt mit ihnen aus dem Weg gegangen, und das, obwohl alle so lieb und nett waren, wie sie nun festgestellt hatte. All die Jahre, die sie nur auf ihrem eigenen Planeten verbracht hatte, kamen ihr auf einmal entsetzlich vergeudet vor. «Ich werde dir nie wieder so ein blödes Rüschenkleid kaufen, versprochen», gelobte sie und musste sich heftig räuspern. «Es sei denn, du wünschst dir eins.»

«Tja, das wird nie passieren», stellte Leila klar und grinste dann spitzbübisch. «Aber einen Hamster, den hätte ich schon sehr gerne ...»

Polly lachte und drückte sie kurz an sich. «So, so. Was du nicht sagst.» Dann ging sie in die Hocke, musterte noch einmal kritisch die Berge von Kleidung um sich herum und fischte schließlich von ganz unten aus einem der Koffer ein verknittertes Etuikleid aus mintgrüner Seide heraus, an dem noch das Preisschild baumelte. Zweihundert Pfund hatte es seinerzeit bei Selfridges gekostet – und das war schon der herabgesetzte Preis. Wenn sie sich vor Augen hielt, wie hart sie diese Woche im Pub hatte schuften müssen, um kümmerliche sechzig Pfund zu verdienen, hätte sie sich für ihre frühere Verschwendungssucht ohrfeigen können.

«Hm, die Farbe gefällt mir», entschied Leila großmütig. «Aber mit Jeans kann man es nicht zusammen tragen, oder?»

«Nein, mit Jeans zusammen kann man es nicht tragen», pflichtete Polly ihr bei. «Aber weißt du was?», fuhr sie fort.

«In letzter Zeit habe ich nur Jeans getragen. Jeans hängen mir zum Hals heraus. Deshalb wird dieses Kleid für heute Abend genau richtig sein.» Sie erhob sich vom Boden und merkte, wie kribbelnde Aufregung in ihr aufstieg. «Ans Bügelbrett also, aber avanti!»

Als es um acht Uhr an der Haustür klopfte, geriet Polly vor Nervosität in helle Aufregung. Sie hatte geduscht und sich die Beine rasiert. Sie hatte das Kleid sorgfältig gebügelt und dann angezogen. Sie hatte eine schlichte silberne Halskette und hochhackige Sandaletten herausgesucht und sich schließlich prüfend vor dem Spiegel hin- und hergedreht, während Leila und Clare ihr versicherten, dass ihr Aufzug perfekt war, auch ohne Jeans. Dann hatte sie sich die Haare geföhnt, sich geschminkt und zum Schluss etwas von Clares Parfüm aufgesprüht. Sie fühlte sich *großartig*.

«Hi», nahm sie Jay an der Tür in Empfang. «Ich muss nur rasch meine Tasche holen.»

Auch er sah ziemlich präsentabel aus, das musste man ihm lassen. Der Jay, der vor ihr stand, war frisch rasiert, und statt seines Gammellooks trug er dunkle Jeans und ein kurzärmeliges rotes Hemd. Beim Anblick seiner muskulösen, braun gebrannten Arme mit der feinen dunklen Behaarung bekam sie unwillkürlich eine Gänsehaut. Die Aussicht, mit ihm in alten Erinnerungen zu schwelgen, erschien immer verlockender.

«Oh», ließ sich in dem Moment Leilas enttäuschte Stimme hinter ihr vernehmen. «Tante Polly, du gehst doch wohl nicht mit *dem* aus, oder?»

«Auf ihn ist Mama gar nicht gut zu sprechen», ergänzte

Alex vorwitzig. Er und Leila saßen in Schlafanzügen auf der Treppe und schienen förmlich darauf zu lauern, jetzt eine Szene wie aus einer Seifenoper geboten zu bekommen. «Sie hat gesagt …»

«Ja, schon gut, ihr beiden», sagte Clare, die beim Klang ihrer Stimmen durch den Flur geeilt kam. «Das ist Schnee von gestern. Jay und ich haben das schon längst geklärt, also fangt jetzt nicht davon an.»

«Aber du hast gesagt, du wolltest ihn umbringen», beharrte Alex.

«Und Carly liegt mir in der Schule *immer noch* deswegen in den Ohren.» Leila verschränkte trotzig die Arme vor der Brust.

Polly blickte zwischen ihren strengen, missbilligenden Gesichtern und dem verlegen blickenden Jay hin und her und hatte das Gefühl, irgendetwas verpasst zu haben.

«Ich kann alles erklären», betonte er. Dann wandte er sich an die Kinder. «Hat eure Mama wirklich gesagt, sie will mich umbringen?»

«Ja, allerdings», bestätigte Clare. «Aber, Schwamm drüber. Lasst euch nicht aufhalten. Also, Kinder, dann mal hopp nach oben, Zähne putzen. Viel Spaß, Polly, aber lass dir von diesem Kerl um Gottes willen nicht irgendwelche Ware aus zweiter Hand andrehen. Tschüs!»

20

Polly sah ihnen mit offenem Mund nach, bis sie die Treppe hinauf verschwunden waren. Dann wandte sie sich zu Jay um. «Was war denn das jetzt, bitte schön?»

Jay hob abwehrend die Hände. «Ein ganz verzeihliches Missverständnis», beteuerte er. «Ich schwöre! Komm, hauen wir schnell hier ab, ehe die Verstärkung eintrifft; im Auto erkläre ich dir alles. Toll siehst du übrigens aus.»

«Danke. Du siehst auch nicht übel aus. Richtige Schuhe und alles – ich fühle mich geschmeichelt.» Sie schnappte sich ihre Handtasche und schloss die Haustür hinter sich, ganz zittrig vor Aufregung. Wir gehen doch nur was trinken, beruhigte sie sich. Trinken was und quatschen ein bisschen, mehr nicht. Aber trotzdem, dass sie und Jay wieder mal abends ausgingen? Wer hätte das vorherzusagen gewagt?

Ihr Handy piepste, und sie warf verstohlen einen Blick auf die SMS, während sie durch den Vorgarten ging. *Viel Spass + bis morgen. Ich bleibe nicht auf! C x*

Was sollte das heißen, sie blieb nicht auf? Herrgott noch mal, sie gingen doch nur was trinken!

Ha-ha, schrieb sie hastig zurück. *Wohl eher bis 9 wieder da, nach handfestem Krach x*

«Na, alles klar?», fragte Jay, der sie schon an einem dick mit Schlamm bespritzten, verbeulten alten Land Rover erwartete. Aschenputtels goldene Kutsche jedenfalls sah anders aus.

«Ja, ja.» Sie sah ihn an und zog eine Augenbraue in die Höhe. «Hast du den von einem der Bauern geborgt?»

Er legte schützend eine Hand auf die Kühlerhaube. «He, Vorsicht, ja. Das ist ein Klassiker, wenn ich bitten darf.»

Eher ein altes Wrack, hätte sie gern erwidert, biss sich aber dann auf die Zunge, weil er wirklich gekränkt aussah. Hoppla. «Ja, sieht gut aus», sagte sie stattdessen.

Er lachte. «Du findest ihn schrecklich, nicht wahr? Ganz und gar nicht dein Stil. Vielleicht hätte ich dir zuliebe mit dem Firmen-BMW herkommen sollen. Aber andererseits, mit dem möchte ich ungern angetrunken in eine Hecke rasen.»

Sie schlug sich die Hand vor den Mund, denn sie erinnerte sich daran, dass ihm genau das damals mit dem Toyota seines Vaters passiert war, drei Tage nach bestandener Führerscheinprüfung. «Du liebe Güte, das hatte ich ja ganz vergessen! Schlimmer, schlimmer Junge. Hattest du danach nicht ungefähr ein Jahr Stubenarrest?»

«So lang hat es sich jedenfalls angefühlt damals.» Er schloss ihr die Beifahrertür auf und ging dann um den Wagen herum, um sich ans Steuer zu setzen. «Inzwischen hat er mir das halbwegs verziehen.»

Sie stieg ein und schnallte sich etwas fahrig an, weil ihr auf einmal stark bewusst war, auf wie engem Raum sie jetzt beisammensaßen. Sie nahm deutlich sein würziges Rasierwasser wahr, wie auch den unverkennbaren Geruch nach nassem Hund, der von einer alten roten Decke hinten im Wagen ausging. «Ich will doch mal hoffen, dass deine Fahrkünste sich seither verbessert haben», scherzte sie. Es war ihr lieber, ein wenig mit ihm herumzualbern, als über ernste Themen zu reden.

«Nö, ich fahre immer noch miserabel», sagte er, während er den Motor startete. «Du setzt jetzt buchstäblich dein Leben aufs Spiel, weißt du. Bist du damit einverstanden?»

«Nun, mit Risiken hatte ich bei der Arbeit jahrelang zu tun», entgegnete sie trocken. «Da war mein Motto auch immer: Wer nicht wagt, der nicht gewinnt.»

«Das trifft sich ja gut», sagte er, während er losfuhr. «Weil dieser Abend sich irgendwie anfühlt, als könnte heute noch alles passieren.»

Sie wusste nicht recht, wie sie diese Aussage einordnen sollte. «Ach ja?», flötete sie. «Hätte ich doch zur Vorsicht bloß die Gummistiefel angezogen.»

«Im Kofferraum liegt noch eine zweite Taucherausrüstung», sagte er. «Und ich war so frei, ein Zelt einzupacken.»

Sie lachte. Langsam geriet sie in geradezu aufgekratzte Stimmung. «Wo fahren wir denn hin?», fragte sie. «Sag jetzt nicht, ins *Green Man* in Amberley, sonst muss ich nämlich eine Notbremsung einleiten und mich aus dieser Klapperkiste in Sicherheit bringen. Aus deinem extrem schönen Auto, meine ich natürlich.»

«Verflucht», sagte er. «Dann will ich mal rasch anrufen und sagen, dass wir nicht kommen, ich hatte nämlich extra einen Tisch für zwei da bestellt, neben der Kegelbahn …» Er warf ihr einen Blick zu und sah dann wieder nach vorn. «Nein, stimmt nicht. Aber Pubs liegen mir ohnehin nicht so, wenn du verstehst, was ich meine. Ich muss beruflich so oft von Pub zu Pub fahren, da kann ich abends sehr gut auf so ein Ambiente verzichten.»

«Ja, das leuchtet ein», sagte sie. «Und …?»

«Und deswegen habe ich mir was Besseres einfallen lassen», erklärte er geheimnisvoll. «Als wir uns neulich auf der Wiese über den Weg gelaufen sind, schienst du irgendwie gar nicht begeistert, wieder hier draußen auf dem Land zu sein. Deshalb möchte ich dir gerne mal wieder zeigen, wie wunderschön es hier bei uns in Hampshire ist.»

Oh. Was mochte das bedeuten? Wollte er mit ihr eine Art Nachtwanderung unternehmen? Polly sah ihre Schuhe an und seufzte. Ihre zauberhaften hochhackigen Sandaletten, die für Wanderungen, egal welcher Art, leider überhaupt nicht geeignet waren. «Äh … hätte ich tatsächlich Gummistiefel anziehen sollen?», fragte sie.

Er lächelte. «Keine Sorge, du wirst schon klarkommen», sagte er, als sie aus dem Dorf herausfuhren.

In den nächsten zwanzig Minuten plauderten sie über dies und das. Auch darüber, was es mit Leilas Reaktion auf Jay auf sich hatte, wurde Polly endlich aufgeklärt. «Ich wusste nicht, dass das Fahrrad gestohlen war, das schwöre ich bei meinem Leben!» Er hieb zur Bekräftigung mit der Hand aufs Lenkrad. «Ehrenwort! Ich hab's vom Bruder eines Kumpels. Ein ehrlicher, anständiger Typ, habe ich gedacht, so hat er auf mich gewirkt. Es war mir so peinlich, als Clare mir deswegen am nächsten Tag aufs Dach gestiegen ist. Und auch noch mitten auf der Straße, vor aller Augen.»

«Oje.» Polly musste das Lachen zurückhalten. «Sie kann ganz schön aufdrehen, nicht wahr, wenn sie mal richtig sauer ist?»

«Das kannst du aber laut sagen.» Er stöhnte. «Ihre Tochter – Leila heißt sie doch, oder? Die wird mir das nie vergessen, oder?»

«Niemals», bestätigte Polly mit Nachdruck.

Jay setzte den Blinker, um von der Landstraße auf einen unbefestigten Waldweg abzubiegen. «Jetzt sind wir bald da.»

Polly sah sich um und versuchte, sich zu orientieren. Sie fuhren durch ein Wäldchen, direkt auf einen breiten, gedrungen wirkenden Hügel zu. «Ich meine, hier war ich schon einmal», sagte sie, während sie angestrengt ihr Gedächtnis durchforstete.

«O ja», erwiderte er, ehe er das Tempo drosselte und auf einen kleinen, verlassenen Parkplatz einbog. «Weißt du nicht mehr?» Er schaltete den Motor ab, und in der anschließenden Stille konnte Polly hören, wie der Wind ringsherum durch die Bäume rauschte.

«Hm …», machte sie, um Zeit zu schinden. Insgeheim wurde ihr ein wenig mulmig zumute, hier draußen im Nirgendwo, ganz allein mit diesem Mann. Als könnte heute noch alles passieren, hatte er gesagt. Das hier war doch nicht etwa so ein schmieriger Treffpunkt für Leute, die es gerne im Freien trieben? Sie schob verstohlen die Hand in die Tasche und tastete nach ihrem Handy, um es notfalls sofort griffbereit zu haben.

«Die Whistledown-Baumpflanz-Aktion?», versuchte er ihrem Gedächtnis auf die Sprünge zu helfen. «Na komm, das wirst du doch wohl nicht vergessen haben?»

«Whistledown … Ach! Ist der Hügel da der Whistledown Hill?»

«Ja, ganz richtig. Ich dachte mir, wir könnten uns mal

unseren Baum anschauen und hinterher noch den Hügel hochspazieren, um den Sonnenuntergang zu bewundern.»

Unseren Baum. Warum hob er das so hervor? Es war doch nur ein Baum, ein schmächtiger junger Schössling, den sie vor all den Jahren im Rahmen einer langweiligen kommunalen Initiative gepflanzt hatten. Jetzt entsann sie sich auch wieder, ganz deutlich. Sie waren sechzehn, siebzehn damals, und die komplette Oberstufe war eines Nachmittags per Bus hergekarrt und anschließend in Grüppchen aufgeteilt worden. Sie und Jay waren mit Pollys damaliger bester Freundin, Carolyn Dawson, und ihrem Freund eingeteilt worden, sie kam nicht mehr auf den Namen …

«Mit wem war Carolyn damals zusammen, weißt du das noch?», fragte sie, während sie aus dem Land Rover stieg.

«Mit Donno», sagte er wie aus der Pistole geschossen. «Ian Donnelly, erinnerst du dich?» Er sah sie an, als hoffe er auf eine etwas positivere Reaktion auf seine Idee, diesen Ausflug zu unternehmen.

«Donno Donnelly, richtig. Wie ewig lange das alles her ist.»

«Zwanzig Jahre.» Er schwang sich einen kleinen Rucksack auf den Rücken. «Proviant», erklärte er, als er ihren Blick bemerkte. «Also komm, ich zeige ihn dir.»

Sie überquerten zusammen den Parkplatz, und Polly kam sich vor wie auf einer Reise in die Vergangenheit. Halb rechnete sie damit, sich selbst als Sechzehnjährige mit schwingendem Pferdeschwanz zwischen den Bäumen umherhuschen zu sehen, sorglos und unbekümmert.

Nachdem sie einen kurzen Weg auf einem gepflasterten Pfad zurückgelegt hatten, gelangten sie an einen Ort, der

Polly noch als offenes Feld in Erinnerung war. «Oh», sagte sie leise und sah sich blinzelnd um.

Das Feld, auf das man sie vor all den Jahren mit ihren Spaten und Kompostbeuteln und kümmerlichen kleinen Bäumchen losgeschickt hatte, war nicht wiederzuerkennen. Polly und Jay standen am Saum eines dichten Wäldchens, bestehend aus kräftigen Eichen und Eschen, deren Kronen ein hohes Dach aus Laub bildeten, und kleineren Bäumen dazwischen, die man später angepflanzt hatte, um noch eine zweite Schicht aus Licht und Schatten zu erschaffen. Das Licht der Abendsonne fiel warm und golden durch das Grün der Baumkronen, in dem Wäldchen herrschte eine friedliche, beinahe verwunschene Stimmung.

«Wow», sagte sie, während sie sich umblickte. «Da ist ja in zwanzig Jahren eine Menge passiert.» Sie erinnerte sich gut an das zarte Bäumchen, das sie damals gepflanzt hatten, mit der Plastikröhre, die seinen jungen, verletzlichen Stamm schützte. Und heute … «Wir haben eine Eiche gepflanzt, oder?», sagte sie, während ihr die typischen Eichenblätter des Bäumchens wieder vor Augen standen. «Welche hier mag wohl unsere sein?»

«Komm mit, ich zeig sie dir», sagte Jay und nahm ihre Hand. «Unsere steht ganz hinten am äußersten Ende, weißt du nicht mehr? Haben wir doch absichtlich gemacht, um ungestört eine rauchen zu können, weit weg von Mrs. Morris.»

Richtig, stimmte ja, aber sie war ganz abgelenkt durch das Gefühl von Jays warmer, starker Hand, die die ihre umfasst hielt. Sie hatte Herzklopfen, während sie zwischen den Bäumen dahinschlenderten, und auf einmal beschlichen sie Zweifel, ob sie noch tiefer in diesen Wald der Erinnerung vordringen sollten. Schließlich hatte sie die Vergangenheit nicht ohne Grund hinter sich gelassen.

Sie kamen an stachligen Weißdornbüschen und hübschen Haselsträuchern vorbei, und dann blieb Jay vor einer großen, kräftigen Eiche stehen, die sie beide turmhoch überragte. «Das ist sie», verkündete er mit einem leichten Schlag gegen den Stamm.

Polly legte eine Hand an die Borke und blickte staunend zu den Ästen empor, die wie die Speichen eines Rades hoch über ihr in alle Richtungen abzweigten. Dass die Eiche, die sie seinerzeit so lustlos-amateurhaft angepflanzt hatten, all die Jahre hier gestanden hatte und zu diesem prächtigen Baum herangewachsen war, erschien ihr wie ein Wunder. Sie hatte sich damals gar nicht richtig beteiligt, fiel ihr wieder ein, sondern mit ihrer Sonnenbrille auf der Nase im Gras gelegen, um möglichst cool zu wirken, und Jay dabei zugesehen, wie er für den Schössling ein Loch in der Erde aushob. Und dennoch konnte das Ergebnis sich sehen lassen. Unser Baum.

«Wow», sagte sie abermals. Die plötzliche Erinnerung an ihre gemeinsame Jugend ging ihr doch ziemlich nahe, und um das zu überspielen, flüchtete sie sich in Gewitzel. «Na ja, man sieht sofort, dass diese Eiche von Meisterhand gepflanzt wurde. Wir hatten gärtnerisch eben richtig was drauf, damals.»

Jay sagte nichts darauf, lächelte nur. Auch er hatte eine Hand an die raue Baumrinde gelegt und blickte sie an, mit einem Ausdruck in den Augen, der in seiner Intensität schon fast etwas Beunruhigendes hatte.

Ein Schauer überrieselte sie – hatte er vor, sie zu küssen? –, und sie trat eilig einen Schritt von dem Baum weg und rieb sich über die Arme, weil sie eine heftige Gänsehaut bekommen hatte. «Ist ein bisschen kühl hier im Schatten, oder?», stellte sie fest. «Wie sieht's aus, wollen wir jetzt was trinken gehen?»

Damit war der Bann gebrochen. «Klar», antwortete er nach kurzem Zögern. «Machen wir einen Spaziergang den Whistledown hoch.»

Der Whistledown Hill war ein beliebtes Ausflugsziel und weithin berühmt dafür, dass man von seinem Gipfel aus die gesamte Grafschaft überblicken konnte. Als Kind war Polly mit ihren Geschwistern manchen Sonntagnachmittag von ihren Eltern hierherverfrachtet worden, wobei sie meist vor sich hin gemault hatte, wie langweilig Spaziergänge seien und wie viel lieber sie zu Hause geblieben wäre, doch das war viele Jahre her, und seither war sie nicht mehr hier gewesen. Wieso hatte sie damals nie bemerkt, wie schön es hier war? Ihre Eltern hatten immer von der herrlichen Landschaft geschwärmt und betont, wie glücklich sie sich schätzen konnten, im Tal unweit dieses Hügels zu leben, aber Polly war blind für die Reize der Umgebung gewesen. Stattdessen hatte sie unentwegt nach Eis verlangt und sich einen Spaß daraus gemacht, ihre Geschwister ins Farnkraut zu schubsen.

«Zauberhaft», seufzte sie, während sie den steilen, grasbewachsenen Hang hinaufgingen. Die Wiese ringsum war gesprenkelt mit Gänseblümchen, deren Blüten jetzt am Abend im Begriff waren, sich zu schließen. Doch es war noch hell, und man konnte ringsum meilenweit in die Ferne sehen, bis hinüber nach Andover und zur Salisbury Plain, über eine Landschaft mit sanft gewellten Hügeln, steingemauerten alten Kirchen und weiten grünen Ackerflächen. «Das ist so das richtig typische ländliche England, oder?», fügte sie hinzu und geriet dann ins Straucheln, als sie in ein Kaninchenloch trat.

Jay griff nach ihrem Arm, um sie aufzufangen, und sie taumelte seitwärts gegen ihn.

«Hoppla», sagte sie, ganz verlegen über ihre körperliche Nähe. «Entschuldige.»

«Das ist das typische Kaninchenloch», flachste er, während er sie stützte. «Die sind in London eher Mangelware, oder? Aber dafür bekommt man dort auch nirgends so eine Aussicht geboten.»

«Nein», sagte sie und streifte ihre Sandaletten ab. Das Gras war zwar recht kühl unter ihren Füßen, aber so fühlte sie sich sicherer. «Diesen Ort hatte ich ganz vergessen. Es ist wunderschön hier.» Die Worte erschienen ihr irgendwie unzulänglich. Es war traumhaft schön. Auf einmal kam es ihr vor, als hätte sie die Welt seit Jahren nicht mehr richtig angesehen. Wann hatte sie das letzte Mal innegehalten, wie jetzt, und sich an einem so herrlichen Panoramablick über freie, unverbaute Natur erfreut? Bei dem Anblick beschlich sie das ungute, mulmige Gefühl, dass sie in ihrem Leben vielleicht doch die falschen Prioritäten gesetzt hatte. Vielleicht war der Weg, den sie eingeschlagen hatte, doch nicht so optimal gewesen.

Der Gedanke behagte ihr nicht, und sie verscheuchte ihn entschlossen. Was geschehen war, war geschehen. Solche Selbstzweifel waren nur etwas für Versager, richtig?

Jay deutete auf eine Bank, bei der sie inzwischen angelangt waren. «Wollen wir?», sagte er und nahm, ohne ihre Antwort abzuwarten, den Rucksack ab, stellte ihn auf die verwitterte Holzbank und öffnete ihn. «Ich habe Wein», erklärte er, während er eine in Kühlfolie gewickelte Flasche herauszog. «Ich habe Gläser – gottlob heilgeblieben –, und ich habe Himbeeren, die nur ein bisschen zerdrückt sind.»

Polly lächelte ihm benommen zu. Allmählich kam ihr der Abend geradezu unwirklich vor. Sie verspürte eine Art inneres Flattern und fühlte sich wie ein Flugdrachen, der von seiner Schnur losgeschnitten worden war und nun frei und ungebunden hinauf in die Lüfte segelte, einem unbekannten Ziel entgegen. All dies hatte er für sie vorbereitet. Wann hatte je ein Mann etwas so Liebes für sie getan? Warum war er so nett zu ihr? «Klingt wunderbar», sagte sie und setzte sich neben ihn. Neben der Bank wuchs ein Büschel verblühter Löwenzahn mit kugelrunden, wolligen Dolden, und sie fuhr mit ihrem nackten Fuß darin umher, sodass sich die zarten, fiedrigen Samen von den Stielen lösten und in der Abendluft davonstoben wie Wünsche, die dem Wind anvertraut wurden.

Jay entkorkte den Wein, brachte dann zwei Weingläser aus einem Geschirrhandtuch zum Vorschein und schenkte sie voll. «Prost.» Er reichte ihr ein Glas. «Schön, dass du wieder da bist, Polly.»

«Prost», sagte sie und stieß mit ihm an. «Ist auch schön, wieder hier zu sein.» Doch schon während sie das sagte, kamen ihr insgeheim Bedenken. Wo führt das noch hin?, fragte sie sich, auf einmal beunruhigt. Im *Green Man* wäre es womöglich doch sicherer gewesen. Hier mit ihm auf einer Bank im Nirgendwo zu sitzen, Wein zu trinken und Himbeeren zu essen, an ihrem ersten gemeinsamen Abend seit zwanzig Jahren, fühlte sich irgendwie verfrüht und viel zu intim an. Und intime Situationen wie diese scheute Polly schon seit sehr, sehr langer Zeit. Weil sie ihr nackte Angst einjagten. Wenn man in solchen Situationen nur einmal kurz nicht aufpasste, konnte man alles verlieren.

Beim Gedanken an Michael wandte sie sich schroff von ihm ab. Ihr eigener Bruder war gestorben, als sie und Jay das letzte Mal so nah beisammen gewesen waren, und bei der Vorstellung, dass ihre Geschichte sich wiederholen könnte, fühlte sie sich auf einmal wie eine Verräterin, als hätte sie aus ihren Fehlern nichts gelernt. «Na ja, fürs Erste jedenfalls ist es schön, wieder hier zu sein», präzisierte sie eilig, rückte ein wenig von ihm ab und zupfte ihr Kleid über ihren Beinen zurecht. «Nur, bis ich wieder in unsere herrliche Hauptstadt mit der unvergleichlichen Luftverschmutzung und der um sich greifenden Kriminalität zurückkann, natürlich.»

Er sah sie kurz fragend an, hatte sich aber im Nu wieder im Griff. «Natürlich», sagte er. «Und, hast du Sehnsucht nach London?»

«Ob ich Sehnsucht habe? Himmel, die ganze Zeit.» Sie nippte an dem Wein, ohne ihn wirklich zu schmecken. Mit jäher Wehmut dachte sie an ihre Wohnung, deren Bild auf der Webseite des Maklers nun mit dem Vermerk VERKAUFT versehen war. «Seit ich nicht mehr dort bin, fühle ich mich, als wäre mir ein Körperteil amputiert worden. Ich kann's gar nicht erwarten, wieder nach London zurückzukehren.»

Sie konnte weiter seinen Blick spüren, brachte es aber nicht über sich, ihn anzusehen. «Muss schwierig sein», sagte er nach einer Weile.

Und dann, teils aus schlechtem Gewissen über ihr kühles Benehmen, obwohl er sich doch so um sie bemühte, teils aus völliger Ratlosigkeit, was sie eigentlich wollte, verlegte sie sich intuitiv aufs Flirten. «Na ja, es hat fraglos auch seine guten Seiten, hier zu sein.» Sie legte den Kopf schräg und sah ihn kokett an.

Er schien verwirrt und trank einen Schluck Wein, und sie kam sich vor wie die schlimmste Blenderin aller Zeiten.

Der Abend, an dem sie und Jay Schluss gemacht hatten, stand ihr so unvergesslich vor Augen, als wäre es erst vergangene Woche passiert. Völlig aufgewühlt vor Schuldgefühlen und Kummer nach Michaels Tod, hatte sie ihn von sich weggestoßen und ihm entgegengeschleudert, sie hasse ihn und wolle ihn nie wiedersehen.

Hilflos hatte er sie angeblickt, während sie unter Tränen der Wut und völlig außer sich auf ihn einschrie, ihm immer wieder die Schuld gab und wie von Sinnen mit den Fäusten auf seine Brust trommelte.

«Ich weiß ja, dass du durcheinander bist wegen Michael …», sagte er immer wieder und packte sie schließlich an den Handgelenken.

«Durcheinander? DURCHEINANDER?», hatte sie gekreischt, während sie sich von ihm loszumachen versuchte. «Du hast ja keine Ahnung, wie …» Und dann war ihre Wut mit einem Mal verraucht, wie eine Flamme, die jäh erlischt, und sie war in hemmungsloses Schluchzen ausgebrochen.

«Oh, Polly», hatte er gesagt, während er ihr über den Rücken streichelte, zaghaft, wie vor Sorge, dass sie gleich wieder lostoben könnte. «Es wird schon alles wieder gut.»

«Es wird nie wieder gut», hatte sie zornig erwidert. «Verstehst du denn nicht? Kapierst du das denn nicht? Genau deshalb müssen wir Schluss machen. Weil nichts je wieder gut werden wird.»

Nun, zumindest in der Hinsicht sollte sie Recht behalten. Sie hatten sich getrennt, waren ihrer eigenen Wege gegangen, hatten den Rest des gemeinsamen Schuljahres bis zum Abitur kein einziges Wort mehr miteinander gewechselt. Er hatte sich zwei Wochen später mit der verflixten Rachel Lewis zusammengetan, und sie stand die letzten Schulwochen mit finsterer Miene und zusammengebissenen Zähnen durch. Je eher sie aus Elderchurch wegkonnte und ihn und diese Tussi ein für alle Mal hinter sich ließ, desto besser.

Und sie dachte, sie hätte es geschafft, dachte, sie hätte ihn tatsächlich für alle Zeit hinter sich gelassen. Aber das stimmte nicht ganz, wie sie im Lauf des Abends merkte, während sie bei Wein und Himbeeren mit ihm über alte Erinnerungen plauschte. Denn dabei wurde zunehmend klar, dass sie eben doch noch starke Gefühle für ihn hegte, ganz dicht unter der Oberfläche, die sie in die unbeschwerte, glückliche Zeit vor zwanzig Jahren zurückversetzten, ehe alles so katastrophal endete. Vielleicht hatte sie ihn ja doch nicht so endgültig hinter sich gelassen, wie sie immer gedacht hatte.

Als Jay später mit dem Wagen vor Clares Haus haltmachte, spannte Polly sich unwillkürlich an. Was jetzt? Ein Kuss, eine Umarmung? Ein schmachtender Blick, während er sich zu ihr lehnte und ihre Hand nahm?

Als er die Handbremse anzog, blieb ihr kurz das Herz

stehen, aber er lächelte bloß. «Da wären wir», sagte er höflich. Es war noch nicht mal zehn Uhr.

Sie schluckte. «Jay, was damals vorgefallen ist …», begann sie mit stockender Stimme. «Es tut mir leid, wie alles … du weißt schon. Wie alles zwischen uns zu Ende gegangen ist. Was ich dir alles an den Kopf geworfen habe.» Sie hatte einen Kloß im Hals, und das Sprechen fiel ihr nicht leicht. «Ich war bloß … völlig durcheinander. Nicht ganz bei Sinnen, fürchte ich.»

Sein Blick wurde weich. «Mach dir keine Sorgen darüber», sagte er sanft. «Wirklich. Ich weiß ja, wie furchtbar diese Zeit für dich und deine Familie war. Und …» Jetzt schlug er betreten die Augen nieder. «Falls das ein Trost ist, mir tut es auch leid. Ich war unsensibel, ich war ein Egoist, ich wusste nicht, wie ich dich trösten sollte. Ich konnte mit der Situation auch nicht umgehen.»

Sie nickte und presste fest die Lippen zusammen, während sie mit aller Gewalt die Tränen zurückhielt.

Er tätschelte ihr den Arm. «Nichts für ungut, ja?», sagte er.

«Nichts für ungut», wiederholte sie mit heiserer Stimme und lächelte mühsam.

Gott ja, als Erwachsener hatte man es schon nicht leicht, dachte Polly, als sie an jenem Abend im Bett lag. Warum musste alles so kompliziert sein?

Ihr Leben lang hatte sie sich bemüht, das Richtige zu tun, jemand zu sein, auf den ihre Familie stolz sein konnte. Und lange Zeit war sie sich ihrer Sache absolut sicher gewesen und felsenfest davon überzeugt, dass in ihrem Leben alles goldrichtig lief. Seit ihrer Rückkehr nach Elderchurch aber waren all diese Gewissheiten ins Wanken geraten, ihr ganzes Leben stand auf einmal zur Disposition. Wider Erwarten hatte sie späte Reue darüber gepackt, jahrelang so radikal jede Verbindung zu den Menschen, die sie lieb hatte, abgebrochen zu haben, und das nur aus heftigen Schuldgefühlen und der Überzeugung heraus, dass sie, im Grunde ihres Herzens, ein schlechter Mensch war, der nichts Besseres verdient hatte. Was sich aber nun, im Nachhinein, immer mehr als krasse Fehlentscheidung entpuppte.

Von nun an würde sie versuchen, alles wiedergutzumachen, was in der Vergangenheit schiefgelaufen war, beschloss sie, drehte sich im Bett herum und schlang die Arme um sich. Sie würde damit anfangen, die Brücken wiederaufzubauen, die sie vor all den Jahren hinter sich abgebrochen hatte, sich darum bemühen, eine bessere Tochter und Schwester zu sein, eine liebenswürdigere Freundin, um so weit wie möglich Abbitte für frühere Fehler zu leisten. Und vielleicht würde es ihr ja sogar gelingen, am Ende zu einer Frau zu werden, in die sich ein Mann wie Jay von neuem verlieben konnte …

21

Seit seinem bizarren Anruf am vergangenen Wochenende hatte Clare von Steve nichts mehr gehört. Sie hatte den Kindern nach ihrer Heimkehr auf den Zahn gefühlt, um herauszufinden, was sie gesagt haben könnten, das er nun gegen sie verwenden könnte, aber beide hatten sie ratlos angesehen.

«Das Problem ist, Papa hat sich anscheinend in den Kopf gesetzt, dass die Seifen und Schaumbäder, die ich in der Küche herstelle, gesundheitsgefährdend sind», sagte Clare, so unbefangen es eben ging. «Und da frage ich mich, wie um alles in der Welt er darauf kommen mag. Habt ihr vielleicht irgendwas gesagt, woraus er diesen Eindruck gewonnen haben könnte?»

Leila biss sich auf die Unterlippe. «Ich glaube, ich habe erwähnt, dass ich von den Düften niesen muss», gestand sie kleinlaut. «Aber mehr nicht.» Sie sah ihren Bruder an. «Ach, und er hat auch gefragt, was mit Alex' Bein ist …»

Alex' Bein? Clare verstand nicht ganz, bis sie den Blick auf das betreffende Körperteil senkte und den dicken blauen Fleck sah, den ihr Sohn direkt über dem Knie hatte. «Wie ist denn das passiert?», fragte sie.

«Ich habe mit Leila Fangen gespielt und bin über einen Karton mit Zeug in der Küche gestolpert. Halb so wild», sagte er. «Aber Papa hat sich ewig darüber aufgeregt.»

Mit Sicherheit, dachte Clare düster. «Schön», seufzte sie und verdrehte die Augen. «Tja, hört sich für mich eher nach einem Sturm im Wasserglas an, aber na gut. Danke, dass ihr mir alles erzählt habt.»

Alex flitzte nach draußen in den Garten, um auf den Apfelbaum zu klettern und sich übermütig von einem Ast baumeln zu lassen, aber Leila schien nachdenklich. «Ist Papa … irgendwie sauer auf dich?», fragte sie.

«Ich glaube schon», erwiderte Clare. «Aber dazu hat er keinen Grund. Ich habe nichts verbrochen.»

Leila senkte beschämt den Kopf. «Tut mir leid, dass ich ihm das mit dem Niesen erzählt habe. Ich wollte dich nicht in Schwierigkeiten bringen.»

Clare umarmte sie. «Ich bin nicht in Schwierigkeiten, Schatz», sagte sie und kreuzte hinter dem Rücken ihrer Tochter die Finger. «Papa hat da einfach einiges in den falschen Hals bekommen, mehr nicht.»

Tröstende Worte, voller Hoffnung ausgesprochen. In der Woche darauf aber platzte die Bombe in Form eines Briefs von Steves Anwalt, der eines Morgens auf der Fußmatte landete. Das edle Papier mit dem Briefkopf und die förmliche Sprache des Schreibens waren bloß der Samthandschuh, in dem sich eine eiserne Faust verbarg: *Namens und im Auftrag meines Mandanten bringe ich Ihnen hiermit seine ernste Besorgnis über das unzuträgliche Wohnumfeld der Kinder zur Kenntnis … möchte nicht, dass das Zuhause der Kinder zu einer Art «Fabrik» zweckentfremdet wird … Ist der Kommune bekannt, dass der Privathaushalt zu gewerblichen Zwecken genutzt wird? … Mein Mandant hofft, dass der Situation zeitnah abgeholfen werden kann … sieht sich anderenfalls gezwungen, den Sozialdienst und das*

Amt für Einwohnerwesen zu kontaktieren, um die Sache weiterzuverfolgen …

Nach der ersten Lektüre las sie das Schreiben noch ein weiteres Mal, um den Inhalt gedanklich voll zu erfassen. Dieser Dreckskerl, dachte sie entgeistert. Dieser miese, gehässige, boshafte, kleinliche Dreckskerl droht mir. Aber warum?

«Also wirklich, was für ein armseliger Wicht», sagte Polly, während sie den Brief überflog, den Clare ihr schweigend über den Frühstückstisch gereicht hatte. «Gar nicht beachten. Das ist nur lauter heiße Luft. Er versucht bloß, dir Angst einzujagen, der Kretin.»

«Wer ist ein Kretin?», wollte Leila vom Fußboden her wissen, wo sie Fred gerade beizubringen versuchte, sich tot zu stellen.

«*Was* ist ein Kretin?», fragte Alex interessiert, der gerade mit noch vom Schlafen zerzaustem Haar und nur mit Pyjamahose bekleidet in die Küche kam.

Dein Vater, hätte Clare gern erwidert, biss aber stattdessen die Zähne zusammen und sagte knapp: «Niemand», um dann den Brief in den Abfalleimer zu stopfen, wo er hingehörte.

«Na los, Fred, du Kretin, roll dich auf die Seite», sagte Leila zu dem Hund und legte sich neben ihm auf den Boden. «Schau her, so!»

Der zottige Kretin wedelte freudig mit dem Schwanz, rührte sich aber ansonsten nicht vom Fleck. Ein andermal hätte Clare vielleicht darüber gelacht, wie Leila daraufhin anfing, an ihm herumzuschubsen, damit er ihr gehorchte, aber nach Lachen war ihr jetzt wirklich nicht zumute. Sie wusste zwar nicht, was Steve genau für Absichten verfolgte, aber sie hatte ein sehr schlechtes Gefühl bei der Sache.

So zog der Sommer ins Land. Einem heißen, sonnigen Juli folgte ein schwüler, gewittriger August, und Steve schoss weiter quer. Bei der nächsten Gelegenheit, als er die Kinder übers Wochenende abholen kam, war er demonstrativ wortlos in die Küche gepoltert, wie bei einer Hausdurchsuchung. Clare musste stark an sich halten, während er langsam eine Runde durch ihre Küche drehte, auf der Suche nach greifbaren Belegen für ihre «Fabrik» wahrscheinlich. Tja, er konnte ja nicht ahnen, dass sie ihre Materialien vorübergehend in den Schuppen im Garten ausgelagert hatte, damit es so aussah, als hätte sie seine dreisten Forderungen beherzigt und in die Tat umgesetzt.

Wobei er natürlich in keiner Weise befugt war, ihr irgendwelche Vorschriften zu machen. Mitunter aber musste man leider über gewisse Stöckchen springen, wenn man seine Ruhe haben wollte.

Er hatte übertrieben geschnuppert – fraglos in der Hoffnung, hochgefährliche Vanille- oder Zitronendünste dingfest zu machen oder selbst einen Niesanfall zu erleiden: Beweis! –, doch sie hatte vorgesorgt und schon Stunden im Voraus alle Fenster und die Hintertür aufgerissen, um in der Küche gründlich durchzulüften. Der einzige Geruch, den er wahrnehmen konnte, war das am Morgen frischgemähte Gras draußen im Garten.

Also, Pech gehabt, Steve.

«Gut», sagte er nach einem Weilchen, als wäre die Inspektion zu seiner Zufriedenheit verlaufen, und sie musste sich beherrschen, um ihm dafür nicht den Schädel mit der Nudelrolle einzuschlagen. Selbstgerechter Schwachkopf.

Die Hoffnung aber, dass er sie nun nicht weiter behelligen würde, erwies sich als verfrüht. Am Morgen darauf rief er an, um ihr mitzuteilen, dass er beschlossen hatte, die Kinder einen Tag länger bei sich zu behalten, da sie ja am Montag nicht zur Schule müssten.

Er hatte das beschlossen. Einfach so.

«Da wir uns das Sorgerecht teilen, stehen sie mir natürlich auch die Hälfte der Zeit zu», hatte er sie selbstgefällig belehrt, «und genau so werden wir es folglich auch halten. Morgen bringe ich sie wieder zurück.»

«Aber –», fing sie an, obwohl er da bereits aufgelegt hatte.

Sie stand mit dem brummenden Telefon am Ohr im Wohnzimmer und war wütend über sein kindisches Benehmen. Dass er Leila und Alex so als Faustpfand benutzte, um ihr eins auszuwischen, war doch das Letzte. *Sie stehen mir zu*, hatte er gesagt, als ob sie Gegenstände wären, die man nach Belieben abholen oder fortbringen konnte, Gegenstände, über die man eine Art gottgegebenes Eigentumsrecht hatte. Es widerte sie an. Hätte er die Güte gehabt, sie zu Wort kommen zu lassen, hätte sie ihm erklären können, dass Leila am kommenden Morgen mit einer Freundin zum Ponyreiten verabredet war. Jetzt natürlich nicht mehr. Jetzt müsste Clare dort anrufen und alles umdisponieren. Recht herzlichen Dank, Steve.

Dabei, das war am schlimmsten, waren ihr auch noch die Hände gebunden. Weil er gemäß Sorgerechtsregelung tatsächlich Anspruch darauf hatte, sich die Hälfte der Zeit um sie zu kümmern. Sie hatte auch keinen Einfluss darauf, wann er die Kinder jeweils abholen durfte.

Bislang war sie stolz darauf gewesen, wie vernünftig sie und Steve die Scheidung über die Bühne gebracht hatten, vor allem mit größtmöglicher Rücksichtnahme auf die Kinder, auch darauf, dass sie weiterhin halbwegs gesittet miteinander umgingen, und das, obwohl er sie für Denise verlassen hatte und sie ihm anfangs am liebsten die Augen ausgestochen hätte. Jetzt aber führte er sich langsam auf wie ein bockiges Kind, das nicht mehr gerecht teilen wollte. Und obwohl auch sie durchaus andere Saiten aufziehen konnte, wollte sie sich auf sein niedriges Niveau nicht hinabbegeben. Noch nicht, zumindest.

Bei dieser Sachlage und auch in Anbetracht ihrer Arbeitsbelastung war es nicht verwunderlich, dass ihre Albträume wieder zurückgekehrt waren. Mehrmals in der Nacht schreckte sie mit Herzrasen aus dem Schlaf hoch. Dann lag sie wach und ängstigte sich, dass sie tagsüber zu müde zum Arbeiten sein würde, dass sie es niemals schaffen würde, die Waren für Langley's fristgerecht fertigzustellen, dass sie eine schlechte Mutter war, weil sie nicht genug Zeit mit den Kindern verbrachte. Auch finanziell sah es düster aus, das Geld von ihrem Kredit war bereits restlos aufgebraucht, und sie saß wieder völlig auf dem Trockenen, in der bitteren Gewissheit, dass die Situation sich frühestens im September wieder entspannen würde.

Also wirklich! Der Sommer sollte doch eigentlich eine schöne, erholsame Zeit sein, eine Abfolge unbeschwerter Tage und fröhlicher Unternehmungen mit ihren Kindern, und nicht durch albtraumhafte Streitereien mit ihrem Ex überschattet werden oder zu einem Marathon ausarten, bei dem sie Abend für Abend über einem Kessel voll duftender Seifenmasse schwitzte. Normalerweise schaffte Clare es eigentlich immer, positiv zu denken und das Beste aus schwierigen Situationen zu machen, jetzt aber hatte sie zunehmend das Gefühl, dem Druck nicht mehr gewachsen zu sein. Am Ende würde sie noch einen Nervenzusammenbruch erleiden.

Irgendwann fühlte sie sich vor Schlafmangel so zermürbt, dass sie an ihrem arbeitsfreien Tag eine Sprechstunde bei Dr. Copper vereinbarte, in der Hoffnung, dass Angela ihr Schlaftabletten verschreiben würde, mit denen sie sich abends ins Reich der Träume befördern könnte. Sicherlich käme sie dann mit ihren Belastungen besser klar und wäre auch tagsüber nicht mehr so furchtbar gereizt.

Doch als sie in die Praxis kam, winkte Roxie sie zu sich. «Angela hat sich heute krankgemeldet, deshalb übernimmt Luke ihre Patienten», sagte sie. «Geht das in Ordnung?»

«Oh.» Clare hätte am liebsten laut aufgestöhnt. O nein. Der freundlichen, sachlichen Dr. Copper hätte sie ohne weiteres ihr Herz ausgeschüttet, um sie um Schlaftabletten zu bitten, sich aber mit ihren Sorgen an Luke wenden zu müssen, das war etwas ganz anderes. Ja, natürlich unterlag er der ärztlichen Schweigepflicht, aber dennoch. Es wäre ihr entsetzlich peinlich, ihr Problem überhaupt vor ihm ausbreiten zu müssen.

Sie war schon drauf und dran, den Termin abzusagen und wieder heimzufahren, aber die Vorstellung einer weiteren schlaflosen Nacht hielt sie davon ab. Sie hielt das einfach nicht länger aus. Sie brauchte irgendein Schlafmittel, noch heute, sonst würde sie wirklich durchdrehen.

Es half nichts, sie würde ihren Stolz überwinden und es hinter sich bringen müssen. «Ja, ist in Ordnung», sagte sie niedergeschlagen und setzte sich in den Wartebereich, weit weg von Roxie, damit ihre Freundin keine unangenehmen Fragen nach dem Grund ihres Termins stellen konnte.

Falls Luke überrascht war, sie in seinem Sprechzimmer zu erblicken, überspielte er das jedenfalls hervorragend. «Hallo, Clare», sagte er und bedeutete ihr, gegenüber von ihm Platz zu nehmen. «Was kann ich für Sie tun?»

Sie atmete tief durch. «Ich kann nachts nicht schlafen», sagte sie. «Deshalb wollte ich fragen, ob Sie mir irgendein Schlafmittel verschreiben können.»

Er runzelte leicht die Stirn, kein sehr vielversprechender Anfang. «Gibt es irgendwelche äußeren Ursachen, die Sie vom Schlafen abhalten?», fragte er, als hätte er es nicht sonderlich eilig, ihr eine Verschreibung auszustellen. «Lärm etwa, oder werden Sie vielleicht frühmorgens von der Sonne geweckt?»

Sie schüttelte den Kopf. «Nein, nein, bloß Sorgen, die mich wach halten, ganz altmodisch», sagte sie leichthin und wollte um keinen Preis weitere Einzelheiten preisgeben. «Das Leben im Allgemeinen, wissen Sie.»

Er maß ihren Blutdruck und gab die Werte in seinen Computer ein. «Er ist ein bisschen niedrig, wenn überhaupt», sagte er. «Fühlen Sie sich schlapp in letzter Zeit?»

Wenn das nicht die Untertreibung des Jahres war. «Ja», seufzte sie. «Ich bin total erschöpft. Das ist ja das Ärgerliche. Obwohl ich todmüde bin, liege ich jede Nacht wach und kann einfach nicht einschlafen.»

«Verstehe», erwiderte er. «Nun, Schlaflosigkeit ist ein weitverbreitetes Problem, aber statt gleich zu Tabletten zu greifen, könnten Sie es erst mit anderen Mitteln versuchen.»

Sie unterdrückte ein Seufzen. Da sie schon etliche Zeitschriftenartikel zu dem Thema gelesen hatte, wusste sie, dass er ihr jetzt wahrscheinlich beruhigende Lavendelbäder und warme Milch mit Honig vorschlagen würde. Sie wollte aber weder das eine noch das andere, sondern einfach nur eine kleine weiße Tablette, die sie abends einnehmen konnte, um all ihre Ängste und Sorgen auszublenden und in tiefen Schlaf zu versinken. «Aha», sagte sie mutlos.

«Wie viel Sport treiben Sie derzeit?»

«Sport? Öhm … gar keinen», gestand sie kleinlaut. Na toll. Jetzt würde er sie für faul und träge halten. «Ich gehe mit dem Hund spazieren, falls das auch zählt, aber in letzter Zeit habe ich so viel zu tun, dass selbst das ein wenig zu kurz kommt.» Armer Fred. Selbst Polly kümmerte sich derzeit mehr um ihn als sie.

«Hmmm», brummte er. «Nun, Sie könnten es auf jeden Fall mit etwas mehr regelmäßiger Bewegung versuchen. Körperliche Erschöpfung hilft in der Regel beim Einschlafen. Eine halbe Stunde täglich könnte da schon viel bewirken – Spaziergänge mit dem Hund sind in Ordnung, aber Sie sollten durchaus auch Laufen oder Schwimmen in Betracht ziehen.»

Beim Wort «Schwimmen» zuckte sie unwillkürlich zusammen, worauf er innehielt und sie fragend ansah.

Sie spürte, wie sie rot anlief. Frag lieber nicht nach, Luke. «Das geht nicht», sagte sie hilflos.

«Können Sie nicht schwimmen? Ist doch kein Grund, sich zu schämen. Im Hallenbad in Amberley kann man auch als Erwachsener noch Schwimmen lernen, die haben vorzügliche Kurse für Anfänger im Angebot», fuhr er fort, und bei seinem freundlichen, hilfsbereiten Blick musste sie unwillkürlich lächeln, aber ohne jede Freude. Wenn der wüsste.

«Ich kann schwimmen», unterbrach sie ihn, «das ist nicht das Problem. Das Problem ist …» Sie brach ab und war sich nur zu peinlich bewusst, dass er sie abwartend ansah. O Gott. Fang jetzt nicht mit *dieser* Geschichte an, Clare. «Ist nicht so wichtig», log sie hastig.

Wieder Stille. Er wartete spürbar darauf, dass sie ihn aufklärte, aber sie schwieg hartnäckig. «Wo drückt denn der Schuh, kann ich irgendwie helfen?», fragte er schließlich.

«Nein», erwiderte sie kurz angebunden, fast schon schroff. «Danke», setzte sie leise hinzu.

Wieder blieb es kurz still, ehe er weiterredete. «Na gut», sagte er. «Dann würde ich Ihnen eine gesunde Ernährung mit viel Obst und Gemüse empfehlen, möglichst wenig Koffein und Alkohol, sowie frische Luft und ausreichend körperliche Bewegung. Und versuchen Sie es abends zur Entspannung mal mit einem Bad und einer warmen Milch … Was ist? Habe ich irgendwas Komisches gesagt?»

«Nein, nein.» Sie lächelte matt. «Vielen Dank.»

«Wenn es in zwei Wochen nicht besser geworden ist, kommen Sie wieder, dann können wir etwas anderes versuchen», fügte er noch hinzu. «Und wenn Sie Sorgen haben, können Sie mich jederzeit auch als Freund ins Vertrauen ziehen, nicht nur als Arzt, in Ordnung?» Er zögerte, als läge ihm noch etwas auf der Zunge, aber sie stand bereits auf. «Alles Gute», sagte er.

«Danke», murmelte sie abermals und verließ eilig sein Sprechzimmer. Was für ein Ärgernis, ihre Zeit für nichts und wieder nichts vergeudet zu haben.

Doch es gab auch einen kleinen Grund zum Feiern: Da sie inzwischen drei Viertel der georderten Waren für Langley's fertiggestellt hatten, gewährte Clare sich und Polly einen freien Abend und öffnete eine Flasche Wein. Welch ein Balsam für die Seele, dachte sie dankbar, mit einem Glas Wein in der Hand barfuß in den Garten hinauszuschlendern. In letzter Zeit war sie vor Arbeit kaum dazu gekommen, sich mal dort aufzuhalten, hatte nur morgens eilig die Hühner aus dem Stall gelassen und sie abends wieder hineingescheucht, das war's. Jetzt fiel ihr auf, wie dschungelhaft die Pflanzen im Lauf des Sommers herangewuchert waren, alles schien auf einmal doppelt so groß wie zuvor, war saftig grün oder stand in voller Blüte, wie etwa die duftenden Rosen mit den samtig weichen, sahneweißen Blütenblättern und die freundlich leuchtenden goldgelben Sonnenblumen. Auch der Rasen hatte sich prächtig gemacht, es war eine Wohltat, barfuß über das dichte, saftige Gras zu laufen.

Nachdem sie Marjorie und Babs, die beide schon ganz schläfrig waren, in ihren Stall gescheucht und eingesperrt hatte, holte sie aus dem Schuppen zwei Liegestühle aus Holz, bürstete die Spinnweben herunter und klappte sie beide auf. Dann ließ sie sich vorsichtig auf einem Stuhl nieder und trank ein Schlückchen kalten Wein. Er schmeckte köstlich, das reinste Wunderelixier für ihren Seelenfrieden. Sie schloss kurz die Augen, um den Geschmack und die angenehm abkühlende Abendluft um sich herum zu genießen. Genau das hatte sie gebraucht. Wie sehr, das merkte sie erst jetzt.

Wenig später ließ Polly sich in dem Stuhl neben ihr nieder, und eine Weile saßen sie einträchtig schweigend da und genossen die letzten Strahlen der Abendsonne. Polly war inzwischen ein wesentlich angenehmerer Hausgast als noch zu Anfang, keine Frage. Sie bestand darauf, jeden zweiten Abend zu kochen und den Abwasch zu erledigen. Sicher, ihr Hackbraten und die Fischfrikadellen waren anfangs ziemlich verkohlt gewesen, aber Clare hatte trotzdem alles dankbar verspeist. Polly war überhaupt viel aufmerksamer und hilfsbereiter – sie erledigte den Einkauf im Supermarkt, putzte regelmäßig das Bad und schwang den Staubsauger, las den Kindern abends vor oder spielte stundenlang mit ihnen. Und am Vortag erst hatte Karen angerufen und Clare erstaunt berichtet, dass Polly unangekündigt mit Blumen für sie vor der Tür gestanden hatte, «einfach nur so», und den Nachmittag über Graham im Garten geholfen hatte, wo sie mit ihm Unkraut im Gemüsebeet jätete und ihn in ein Gespräch über Raubvögel verwickelte, ausgerechnet. «Sogar die alten Fotoalben musste ich heraussuchen, weil sie sich unsere Urlaubsbilder von früher ansehen wollte», hatte Karen erzählt. «Es war zauberhaft, Clare. Ganz zauberhaft.»

Manches aber hatte sich nicht geändert. Was ihr Privatleben betraf, hielt Polly sich zu Clares Enttäuschung weiter bedeckt. Vor ein paar Wochen erst hatte sie diesen Anruf getätigt, um sich bei jemandem zu entschuldigen – bestimmt irgendein Typ, tippte Clare –, aber hatte Polly seither auch nur ein Wort darüber verloren, worum es dabei genau ging? Nein. Schlimmer noch, auch zu ihrem

Rendezvous mit Jay hatte Clare kein Wort aus ihr herausbekommen. Nichts, keine Silbe!

«Na, wie war's heute bei deiner Ärztin?», fragte Polly beiläufig. «Hast du ein paar schöne starke Pillen bekommen?»

Clare zuckte zusammen und deutete nach oben zu dem Fenster über ihnen. Dem offenen Fenster von Leilas Zimmer, wo beide Kinder vermutlich noch hellwach waren, da sie eben erst zu Bett gegangen waren, maulend und jammernd allerdings, weil es doch noch hell war, und warum mussten sie denn überhaupt schon schlafen gehen?

«Nicht so laut», zischte sie. «Das fehlt mir noch, dass sie Steve irgendwas von Pillen erzählen, die ich neuerdings nehme. Das wäre doch eine Steilvorlage für den Blödmann, da würde er sich wieder sonst was zusammenreimen.» Mit einem Schaudern malte sie sich die möglichen Folgen aus, den Brief, der als Nächstes von Steves Anwalt eintrudeln würde: *Ernste Besorgnis über den psychischen Zustand der Mutter … die Kinder offenbar beunruhigt über ihren Pillenkonsum … Mein Mandant hielte es für verantwortungsvoller, die beiden dauerhaft zu sich zu nehmen …*

«Entschuldigung», sagte Polly mit gedämpfter Stimme. «Aber was hat die Ärztin denn gesagt? Hat sie dir einen Zaubertrank verschrieben, der alle Leiden heilt?»

Clare verdrehte die Augen. «Nein», sagte sie. «Angela, die Ärztin, zu der ich eigentlich wollte, war nicht da. Stattdessen musste ich mit Luke vorliebnehmen.» Sie spürte, wie sie rot anlief. «Er hat mir Entspannungsbäder und körperliche Bewegung empfohlen, das war's. Verschrieben hat er mir nichts. Hat mir außerdem geraten, schwimmen zu gehen – na, das wird nie passieren.»

Die Worte waren ihr unbedacht herausgerutscht, und Polly beugte sich prompt interessiert vor. «Warum denn nicht? Das wollte ich ohnehin schon länger fragen, warum schwimmst du nicht mit den Kindern? Macht es dir keinen Spaß mehr?»

«Könnte man so sagen», brummte Clare ausweichend, die keine Lust hatte, das Thema zu vertiefen.

Polly behielt sie aufmerksam im Auge. «Du magst ihn, diesen Luke, nicht wahr.» Es war eher eine Feststellung als eine Frage. «Wie ist er so?»

Clare errötete noch mehr. «Oh, er ist reizend», sagte sie und erschrak sogleich über ihre Offenheit. Daran war sicher nur der Wein schuld! «Er ist einfach … ein richtig feiner Kerl. Nett, freundlich, lustig, hilfsbereit …»

«Sieht er gut aus? Ist er sexy? Jetzt sag bitte nicht, dass er schon über fünfzig ist und sich das Haar über die Glatze kämmt.»

«Nein, gottlob nicht.» Clare lachte. «Aber …»

«Was, aber?», hakte Polly nach.

Clare zuckte die Achseln. «Wo soll ich da anfangen? *Aber* er hat eine Freundin, mit der er zusammenwohnt. *Aber* er ist für mich unerreichbar. Aber … ach, keine Ahnung, da gibt es Millionen Gründe. Ich bin bloß ein bisschen verknallt in ihn, mehr nicht. Daraus wird nie was werden.» Weil ihr das Thema nicht behagte, drehte sie den Spieß eilig um. «Wie sieht's denn überhaupt bei dir aus? Wann erzählst du mir endlich, wie der Abend mit Jay war und was da jetzt zwischen euch läuft? Bisher hast du dir nämlich nicht in die Karten schauen lassen.»

Jetzt war es an Polly, seufzend die Augen zu verdrehen. «Weil ich selbst noch nicht weiß, was ich überhaupt für ein

Blatt habe», jammerte sie. «Und ich weiß ja nicht mal, wie das Spiel genau geht, das ist das Dumme. Das letzte Mal, dass ich eine Beziehung hatte, die länger als zwei Wochen gehalten hat, war …» Ihr Blick wirkte auf einmal seltsam unstet, und sie setzte eilig wieder ihre Sonnenbrille auf, um ihre Augen zu verbergen.

«War …?»

«Na ja, das war, als ich mit ihm zusammen war, mit Jay, als Teenager. Wie armselig ist das bitte schön?»

Clare war kurz sprachlos. Holla. Ernsthaft? Sie fuhr sich mit der Zunge über die Lippen, wusste nicht recht, wie sie reagieren sollte. «Tja …»

«Schon gut, du brauchst nicht so zu tun, als wäre das irgendwie normal», sagte Polly hastig. «Ich weiß selbst, wie absonderlich das ist. Als wäre ich irgendwie … gestört und unfähig dazu, Bindungen einzugehen.» Sie zog eine Augenbraue in die Höhe. «Das klassische Verhaltensmuster, das man auch Psychopathen nachsagt, anscheinend.»

«Du bist doch keine Psychopathin –»

«Ja, schon klar, aber normal ist es trotzdem nicht, das musst du zugeben.» Sie seufzte und wirkte in dem Liegestuhl auf einmal ganz klein und verloren.

«Woran liegt es denn, dafür muss es doch Gründe geben?», fragte Clare vorsichtig, bemüht, ihrer Schwester nicht zu nahe zu treten. «Ich meine, was hat dich davon abgehalten, dich unsterblich in jemanden zu verlieben?»

Polly zuckte erneut die Achseln. «Ich glaube, ich habe einfach … Angst», gestand sie, den Blick wie abwesend in die Ferne gerichtet. Sie trank einen Schluck Wein und runzelte die Stirn. «Angst ist sonst eher ein Fremdwort für mich», sagte sie mit einem nervösen Lachen, «aber sich jemand anderem gegenüber zu öffnen – davor habe ich eine Heidenangst. Was, wenn man sich jemandem ausliefert, sozusagen, zu ihm sagt, hier bin ich, so und so bin ich, und … der andere einen dann zurückweist?»

Clare traute ihren Ohren kaum. So hatte sie Polly ja noch nie erlebt: so unsicher und verzagt. «Tja, dann ist derjenige eben ein Mistkerl und hat einen nicht verdient», erwiderte sie. «Und dann zieht man erst mal bei Freundinnen über den Typen vom Leder, und man reißt sich zusammen und macht weiter, und man dankt dem Himmel dafür, dass dieser Kelch noch einmal an einem vorübergegangen ist und nicht alle Menschen so einen Schaden haben.»

In der sich anschließenden Stille merkte Clare, wie ihr Gesicht vor Hitze prickelte. Weil sie nämlich, was das Thema Beziehungen betraf, nicht einmal annähernd so selbstsicher und unbekümmert war, wie sie es gerade dargestellt hatte.

«Ich war zwar noch ein Teenager, klar, aber als Jay und ich damals Schluss gemacht haben, war das ein so kolossaler Einschnitt, dass ich mich danach wie … ausgelöscht gefühlt habe», sagte Polly schließlich. «Als würde ich mich davon nie mehr erholen. Und so ist es auch gekommen.»

«Oh, Polly», sagte Clare hilflos.

«Und danach habe ich mehr oder weniger niemanden mehr an mich herangelassen», fuhr Polly seltsam in sich gekehrt fort. «Habe mir gedacht: Okay! Nie wieder! Dann bleibe ich lieber frei und ungebunden – so unglücklich macht mich nie wieder ein Mann.» Sie schniefte. «Und hinzu kam natürlich noch, dass Michael gestorben war.

Ich habe mir deswegen die schlimmsten Vorwürfe gemacht, mir die Schuld daran gegeben, und …»

Clare sah sie wie vom Donner gerührt an. Hatte sie da gerade richtig gehört? Polly war sichtlich blass geworden und nagte verlegen an der Unterlippe. «Du hast dir die Schuld gegeben?», fragte sie. «Wieso?»

Polly stürzte ihren restlichen Wein auf einen Zug herunter. Erst nach einer Weile setzte sie dem lastenden Schweigen ein Ende. «Ehe wir darüber reden», sagte sie mit zittriger Stimme, «brauche ich, glaube ich, noch ein Glas Wein.»

22

Polly ging mit den Gläsern in die Küche, um ihnen beiden Wein nachzuschenken, und dabei konnte sie förmlich spüren, wie ihr das Adrenalin durch die Adern pumpte. O Gott. Warum hatte sie das ausgeplaudert? Jetzt musste sie Farbe bekennen, Clare alles über ihr schreckliches Versagen damals beichten, und Clare würde sie dafür hassen. Sie würde alles ihren Eltern erzählen, die sich daraufhin ebenfalls von ihr abwenden würden. Binnen wenigen Stunden würde Polly mit Schimpf und Schande aus dem Dorf gejagt – oder vielmehr von ihrer Familie verstoßen.

Nein. Sie konnte nicht darüber sprechen. Wieso hatte sie überhaupt angefangen, so redselig daherzuplaudern? All die schonungslos offenen Worte über ihre Schwierigkeiten mit Männern und ihre nicht existenten Beziehungen. Wie peinlich war das bitte schön? Clare lachte sich vermutlich gerade darüber ins Fäustchen und konnte es kaum erwarten, es per SMS an ihre Freundinnen weiterzutratschen oder auf Facebook zu veröffentlichen. *Meine große Schwester hat mir gerade ihr Herz ausgeschüttet: Sie hat im Leben bisher nur einen einzigen festen Freund gehabt. Mit siebenunddreißig! Ist das nicht armselig???*

Nein, so etwas würde sie nicht tun. Solche Bosheit und Häme war Clare nicht zuzutrauen, dazu war sie viel zu lieb und mitfühlend. Wenn sie aber erfuhr, dass ihre Schwester für den viel zu frühen Tod ihres Bruders verantwortlich war, würde garantiert auch ihre Geduld an Grenzen stoßen.

Verfluchter Mist. In was für einen Schlamassel war sie da geraten, aus eigener Schuld noch dazu, weil sie unbedacht ihr dunkelstes, bestgehütetes Geheimnis ausgeplaudert hatte. Damit würde alles zunichtegemacht werden, was sich an Vertrauen und knospender Freundschaft zwischen ihr und Clare in letzter Zeit entwickelt hatte, und zwar im Handumdrehen.

«Trampelst du dadrinnen die Trauben erst noch selbst oder was?», wurde vom Garten her gerufen. «Wo bleibst du denn?!»

«Komme schon», rief Polly zurück und nahm ein wenig schwankend die vollen Gläser von der Anrichte. Tja, das war's dann also.

War nett, dich kennenzulernen, Küche, dachte sie, während sie wehmütig den vertrauten Krimskrams ringsumher musterte. Wie es aussieht, werde ich wohl in Kürze hochkant hier rausfliegen, dann sehe ich dich niemals wieder. Aber danke für alles. Es war angenehm, die letzten Wochen hier an deinem Tisch zu sitzen und keinen Job zu finden.

Sie verzog unwillig das Gesicht. Redete sie jetzt tatsächlich schon mit der Küche? Polly, nun reiß dich aber mal zusammen.

Beklommen kehrte sie zu ihrer Schwester in den Garten zurück. «Bitte schön», sagte sie, reichte Clare ihr Glas und setzte sich wieder. *Also, wo waren wir stehen geblieben? Ach ja. Ich war gerade dabei, alles zwischen uns unwiderruflich kaputtzumachen, nicht wahr?*

«Wie war das eben gemeint, als du gesagt hast, du gibst dir die Schuld an Michaels Tod?», fragte Clare, kaum dass sie wieder Platz genommen hatte.

Polly stöhnte innerlich auf. Verdammt. Es gab also kein Entrinnen. Ihre Schwester hatte ihr nicht den Gefallen getan, in den letzten beiden Minuten alles zu vergessen.

«Weil, es ist so … Na ja, ich habe mir nämlich auch immer die Schuld gegeben», fuhr Clare fort.

Polly sah sie entgeistert an. «Wie denn das? Du warst doch nicht mal zu Hause!»

«Nein.» Clare sah aus, als müsste sie gerade die Tränen zurückhalten. «Aber ich hatte doch an dem Abend so einen furchtbaren Wutausbruch – weißt du das nicht mehr? –, weil ich unbedingt wollte, dass Mama und Papa beide zu dem Schwimmturnier mitkamen. An dem ich teilnahm», setzte sie überflüssigerweise hinzu. Sie presste die Lippen zusammen und klammerte sich förmlich an ihrem Weinglas fest. «Mir war klar, dass es Michael nicht gutging», fuhr sie fort, «aber aus purer Selbstsucht habe ich Mama praktisch dazu erpresst, auch mitzukommen. Und das bloß, damit sie mir beide beim Schwimmen zusahen. Wenn ich das nicht –»

Polly ließ sich schwer gegen das Segeltuch des Liegestuhls sinken. «Nein, da irrst du dich», sagte sie. Sie schluckte schwer und senkte verlegen den Blick. Also, Augen zu und durch. «Ich habe mir noch Schlimmeres zuschulden kommen lassen, Clare. Ich war ja zu Hause und sollte ein Auge auf ihn haben. Stattdessen war Jay da, und wir haben's auf dem Sofa miteinander getrieben. Ich habe Michael sogar noch von oben rufen hören und bin nicht zu ihm gegangen. Ich habe ihn einfach ignoriert.

Und er … er ist gestorben. Weil ich gerade Sex mit Jay hatte.»

So. Nun war es heraus. Sie hatte es tatsächlich erzählt.

«O Gott», sagte Clare mit einem Aufschluchzen.

«Ja, genau.» Polly spürte, wie ihr Gesicht vor Scham glühte. «Das habe ich mir nie verzeihen können. Ich mache mir solche Vorwürfe deswegen. Wenn ich die Uhr irgendwie zurückdrehen und alles ungeschehen machen könnte, glaub's mir, ich würde es tun. Sofort. Auf der Stelle.» Sie ließ den Kopf sinken. «Es tut mir so unendlich leid.»

Danach blieb es still. Polly machte sich mit Herzklopfen darauf gefasst, dass Clare nun voller Ekel von ihr abrückte und sie mit heftigen Vorwürfen überhäufte. So, wie sie es ja auch verdient hatte.

Stattdessen streckte Clare von ihrem Stuhl den Arm zu ihr aus und nahm ihre Hand. «Es braucht dir nicht leidzutun», sagte sie. «Weil dich keine Schuld trifft.»

Polly meinte sich kurz verhört zu haben. Aber Clare hielt tatsächlich ihre Hand umfasst und sah sie voll Mitgefühl an. Polly drückte ihrer Schwester fest die Hand und brachte vor Rührung zunächst kein Wort heraus. «Aber dich trifft auch keine Schuld», sagte sie schließlich.

So saßen sie einige Minuten lang da. Es war, als wäre dadurch, dass sie einander ihre Schuldgefühle gebeichtet und anschließend verziehen hatten, endlich ein Bann gebrochen. Polly fühlte sich wie befreit von der Last ihres schlechten Gewissens. Die giftige schwarze Galle, die sie so lange am Grunde ihrer Seele mit sich herumgeschleppt hatte, schien sich nach und nach zu verflüchtigen, als hätte Clare ihr endlich die Erlaubnis dazu erteilt. Was für ein Gedanke, dass sie sich beide, jede für sich, so lange mit ähnlichen Schuldgefühlen und Selbstvorwürfen herumgequält hatten; dass es so viele Jahre gedauert hatte, bis sie endlich dieses so wichtige Gespräch führen konnten, das ihnen buchstäblich die Augen öffnete. Was für eine Zeitverschwendung.

«Meine Güte», sagte sie schließlich, um die ernste Stimmung aufzulockern. «Warum haben wir darüber noch nie gesprochen?»

«Du hast recht», sagte Clare. «Und deswegen habe ich dem Schwimmen für alle Zeit abgeschworen, und du hast dir verboten, jemals wieder jemanden zu lieben. Wir beide wären schon ein gefundenes Fressen für einen Psychiater.» Sie tat so, als würde sie eine Telefonnummer wählen. «Hallo, stellen Sie bitte Dr. Freud zu mir durch, auf Leitung eins ...»

«Du hast deswegen ... Ach, deshalb gehst du nicht mehr schwimmen!»

«Ja. Ich weiß, wenn man es laut ausspricht, klingt es richtig irre.» Clare zog die Nase kraus. «Es ist auch irre. Eine irrationale innere Blockade, die mich schon viel zu lange hemmt.» Sie trank einen Schluck Wein. «Aber jetzt sollte ich die wohl langsam mal überwinden, oder?»

«Unbedingt», sagte Polly. «Auf jeden Fall.» Sie lächelte ein wenig. «Mein Gott. Ganz schön hart, dieses Gespräch, das wir heute Abend führen, was? Mit belanglosem Geplauder geben wir uns nicht ab. Es muss gleich um Liebe und Tod gehen, die volle Packung.»

«Ja, schon. Aber: Reden verbindet», griff Clare einen Werbespruch von British Telecom aus den Neunzigern auf, worauf sie beide in etwas zu lautes, zu übermütiges Gelächter ausbrachen. «Aber ernsthaft», fuhr sie dann fort, «ich kann ja verstehen, warum du dich mit Jay irgendwie schwertust. Aber weißt du was? Manchmal muss man einfach mal etwas wagen. Sich öffnen und auch Verletzungen riskieren. Das Schlimmste, was passieren kann, ist ja schließlich schon passiert. Also, warum siehst du es nicht einfach als Ferienromanze, als Flirt, den du dir gönnst, solange du den Sommer über hier bist?»

«Du meinst nicht, dass das irgendwie ein … Verrat an Michael wäre?»

Clare schüttelte den Kopf. «Nein. Auf keinen Fall. Michael würde bestimmt nicht wollen, dass du dir die Chance auf ein Erlebnis verbaust, das dich glücklich machen könnte. Nachtragend war er ja schließlich nie, oder?»

Polly schüttelte den Kopf. Michael war in der Tat der Typ Mensch gewesen, der Kränkungen und Missstimmungen von jetzt auf gleich abschütteln konnte, statt tagelang darüber zu grollen und zu schmollen. Und, ganz offen gesagt, sie hätte gern wieder einmal erlebt, wie es war, eine Beziehung zu einem attraktiven, humorvollen, interessanten Mann zu knüpfen, ohne gleich die Flucht zu ergreifen. Unter der Voraussetzung natürlich, dass sie Jay noch nicht verprellt hatte. Seit dem Abend am Whistledown hatte er nämlich nichts mehr von sich hören lassen. «In Ordnung», sagte sie langsam. «Ich bin dabei, wenn du auch dabei bist.»

«Wie? Ich soll mit Jay ausgehen? Danke für das Angebot, aber –»

«Nein, ich meine, dass du auch etwas wagen und ein Risiko eingehen solltest. Mit Luke.»

«Ach so.» Clares Lächeln erstarb unvermittelt. «Nun, das ist etwas anderes. Er ist ja in festen Händen. Außerdem gehe ich doch bereits ein Wagnis ein, mit meinem Unternehmen. Ein Risiko genügt mir vollauf, lass mal.»

«Hmmm.» Polly war eigentlich nicht gewillt, sich mit diesen Ausreden ihrer Schwester zufriedenzugeben. «Na, schauen wir mal.»

Am Montag darauf hatte Polly sich im Pub freigenommen, stand aber trotzdem so früh auf wie jeden Tag. Statt ihre gewohnte Arbeitskluft anzulegen, eine abgeschnittene Jeans und ein altes T-Shirt voller Bleichmittelflecken, machte sie sich schick zurecht, in einer frischgebügelten weißen Bluse mit kurzen Ärmeln und einer elegant geschnittenen grauen Hose mit Nadelstreifen. Sie steckte ihr Haar zu einem Knoten zusammen und schminkte sich sorgfältig. Dann griff sie nach ihrer Jacke und überprüfte noch einmal den Inhalt ihrer rubinroten Lieblingshandtasche von Mulberry: Lippenstift, Ministadtplan, Handy, Portemonnaie, Taschenspiegel und Papiertaschentücher.

«London, ich komme», sagte sie zu ihrem Spiegelbild und strich sich eine lose Haarsträhne hinters Ohr. Sie sah ganz so aus wie in alten Zeiten, wenn sie sich morgens für die Arbeit zurechtgemacht hatte. Mit dem einen oder anderen Unterschied allerdings: Nach den vielen Stunden, die sie in Clares Garten verbracht hatte, war sie hübsch gebräunt und voller Sommersprossen, und ihre Augen strahlten so klar wie seit Jahren nicht mehr. Auch die dunklen Augenringe und Sorgenfältchen waren verschwunden, und da es jeden Abend Hausmannskost gab, waren ihre Wangen nicht mehr so eingefallen.

Vielleicht war ja etwas dran an der Redensart, die da lautete: Abwechslung tut Wunder. Frischer und ausgeruhter sah sie mittlerweile allemal aus, und seit der offenen, ehrlichen Aussprache mit Clare schlief sie nachts so gut wie seit Jahren nicht mehr. Clare kannte ihr Geheimnis und hielt trotzdem weiter zu ihr: Das kam ihr vor wie das schönste Geschenk, das sie je erhalten hatte.

Nachdem sie diesem Tag schon das ganze Wochenende entgegengefiebert hatte, konnte sie es jetzt kaum erwarten, London endlich wiederzusehen. Nach Wochen im Exil war sie nun mehr als bereit, den Personalvermittlern dort einmal tüchtig Dampf zu machen. Auf keinen Fall, gelobte sie sich, würde sie mit leeren Händen nach Elderchurch zurückkehren, irgendeinen Erfolg musste sie am Ende vorzuweisen haben, sei es ein Termin für ein Vorstellungsgespräch, eine persönliche Empfehlung oder auch nur ein Tipp, wo sich demnächst eine Gelegenheit ergeben könnte.

In den letzten Wochen hatte sie ihre Jobsuche etwas schleifen lassen; weil sie sich an den geruhsamen Alltag im Dorf gewöhnt hatte und natürlich auch Clare bei der Arbeit fleißig zur Hand gegangen war. Jetzt war es an der Zeit, sich wieder mehr auf ihr Fortkommen zu konzentrieren, aktiv zu werden. Wenn es denn gar nicht anders ging, würde sie notfalls auch nicht davor zurückschrecken, Personalberatern hinter ihrem Schreibtisch auf die Pelle zu rücken, um selbst einen Blick in ihren Datenbestand zu werfen. Schließlich drängte die Zeit. Schon in wenigen Wochen würde der Sommer allmählich in den Herbst übergehen, und um das Märchen von der Beurlaubung aufrechtzuerhalten, das sie ihren Eltern aufgetischt hatte, musste sie eine neue Beschäftigung finden, und zwar dringend.

Clare und die Kinder schliefen noch, als sie leise das Haus verließ. Sie fuhr mit dem Bus von Elderchurch nach Amberley und legte dort zu Fuß den kurzen Weg zu dem Bahnhof aus rotem Backstein zurück, der noch aus viktorianischer Zeit stammte und seither offenbar nicht modernisiert worden war. Alles dort wirkte rührend altmodisch, von dem kleinen Lädchen mit den verstaubten Fenstern in der Bahnhofshalle, in dem es Tee und Zeitungen zu kaufen gab, bis hin zu den Wartehäuschen auf dem Bahnsteig, die mit schnörkeligen Verstrebungen aus Gusseisen verziert waren. Im Zweiten Weltkrieg waren Kinder nach Amberley und in die ländliche Umgebung evakuiert worden, und Polly konnte sich die Ankunft der schnaufenden Dampflokomotiven damals hier am Bahnhof lebhaft vorstellen; sah die Horden Londoner Großstadtkinder mit rußfleckigen Gesichtern förmlich vor sich, die mit ihren kleinen Koffern in den Händen aus den Zügen auf die Bahnsteige strömten und staunend in die Sonne blinzelten.

Nur gut, dass sie heute in die andere Richtung fuhr und in die pulsierende Metropole zurückkehrte, die sie so sehr liebte und wo die Straßen mit Gold gepflastert waren. Sie jedenfalls war bereit!

Als der Zug neunzig Minuten später in die Waterloo Station einfuhr, wäre Polly der Stadt am liebsten mit offenen Armen entgegengestürmt. Hallo, ihr hektisch auf der Straße telefonierenden Anzugträger mit Laptops und Frappuccinos zum Mitnehmen. Hallo, ihr schamlos überteuerten Geschäfte und Imbissbuden. Hallo, ihr Gauner und Kleinkriminellen; hallo, ihr coolen, abgebrühten

Teenager mit euren halb den Hintern runterhängenden Jeans; hallo, ihr überforderten Touristen aus aller Welt mit den Stadtplänen vor der Nase. Himmel, wie hatte sie all das vermisst.

Sie kaufte sich eine *Financial Times*, um sich während der U-Bahn-Fahrt zum Piccadilly Circus auf den neusten Stand der Dinge zu bringen. Das Pfund hatte gegenüber dem Dollar aufgewertet, und die Märkte schienen sich langsam aus der Erstarrung der letzten Zeit zu lösen, was durchaus eine gute Neuigkeit war. Sie warf rasch noch einen Blick in die Börsenanzeigen – die Firmen, in die sie investiert hatte, lagen großteils leider weiter am Boden, wobei aber immerhin Merton's, das Software-Unternehmen im Nordosten Englands, endlich einen ersten Aufwärtstrend erkennen ließ –, und dann musste sie auch schon aussteigen.

Als sie hinaustrat auf die hektische, laute Shaftesbury Avenue, lächelte sie beim Anblick der guten alten Londoner Busse, der schwarzen Taxis und waghalsigen Motorradkuriere, die an ihr vorüberströmten. Soho mit seinen Erotikboutiquen und italienischen Espressobars lag vor ihr; hinter ihr befanden sich Fortnum & Mason und Mayfair und die Royal Academy … Ach, London, wie habe ich mich nach dir gesehnt, dachte sie mit einem innigen Glücksgefühl und machte sich frohgemut auf den Weg zu ihrer ersten Anlaufstelle.

Okay. Hier war sie richtig, Finance Professionals UK. Denen würde sie sich von ihrer besten Seite präsentieren, koste es, was es wolle. «Gebt mir Deckung, ich gehe jetzt rein», murmelte sie vor sich hin und stieß die Tür auf.

Der Tag war ein einziger Marathon. Sie hatte insgesamt fünf Termine – zwei im West End, einen an der Chancery Lane und zwei weitere unweit der Liverpool Street –, sodass kaum Zeit blieb, zwischendurch mal zu verschnaufen, geschweige denn durch die Geschäfte zu bummeln oder irgendwo einen vernünftigen Kaffee zu trinken. Trotzdem hatte sich der Tag gelohnt, auf alle Fälle. Und es war eine Wohltat, zur Abwechslung wieder mal in Büroräumlichkeiten zu sitzen und im Fachjargon der Banken- und Finanzwelt zu plaudern, eine zweite Muttersprache, die ihr weiter so geläufig war, als hätte sie diese Welt nie verlassen.

Polly wusste um die Stärken, mit denen sie im Gespräch punkten konnte – sie war intelligent und redegewandt, sie kannte sich in ihrer Materie bestens aus, und sie verfügte über ein sicheres, souveränes Auftreten. Der einzige heikle Punkt war die Lücke, die seit einigen Monaten in ihrem Lebenslauf klaffte. Sämtliche Gesprächspartner hatten natürlich wissen wollen, was sie in der Zeit seit ihrer Entlassung getrieben hatte, aber für diese Frage hatte sie sich vorab eine wohlklingende Antwort zurechtgelegt.

«Die Entlassung war schon ein Schock für mich», räumte sie leichthin ein, «aber ich bin nicht der Typ, der sich so leicht unterkriegen lässt. Die letzte Zeit habe ich dazu genutzt, mich produktiv im Unternehmen meiner Familie einzubringen – mit meiner Finanzexpertise beispielsweise –, und obendrein habe ich mich ein wenig in das Gebiet der Bankengesetzgebung eingearbeitet, eine Materie, die mich seit jeher fasziniert.»

Die Putzstelle im Pub ließ sie wohlweislich unerwähnt, ebenso wie ihre neuen Fertigkeiten bei der Herstellung von Seifen und Schaumbädern und die langen, deprimierenden Nachmittage vor ihrem Laptop, wenn sie die Jobbörsen im Internet durchging und wieder einmal keine einzige freie Stelle entdecken konnte, während ihr nur die kauzige Agatha und die beiden verrückten Hühner Gesellschaft leisteten.

Ihre Erklärung aber schien gottlob widerspruchslos akzeptiert zu werden. Die Mitarbeiterin bei Finance Professionals hatte sofort zwei offene Stellen parat und sagte zu, sie mit ihren Referenzen bei den betreffenden Firmen ins Gespräch zu bringen; die Frau bei Compass hatte ihr von einer demnächst bei Arthur Andersen anfallenden Mutterschaftsvertretung erzählt, mit guten Aussichten für eine künftige Festanstellung; und bei den drei übrigen Agenturen hatte man von einer neuen Belebung auf dem Arbeitsmarkt gesprochen und sich zuversichtlich gezeigt, ihr in den kommenden Wochen etwas vermitteln zu können. Womit wieder einmal der Nachweis erbracht war, wie sehr es darauf ankam, zur richtigen Zeit am richtigen Ort zu sein. Ob diese Stellenangebote überhaupt auf den Webseiten veröffentlicht würden? Sie bezweifelte es.

Inzwischen war es fast fünf Uhr, und damit rückte die Happy Hour näher, mit der in London so gern der Feierabend eingeläutet wurde. Computer würden heruntergefahren, und die Arbeitsameisen würden in hellen Scharen ins Freie strömen, um in Bars und Restaurants einzufallen oder sich in Busse und U-Bahnen zu zwängen. Schon jetzt lag ein Summen in der Luft, denn erste Glückspilze, die ihren Arbeitsplatz schon früher hatten verlassen können, waren bereits in den Straßen unterwegs, um jetzt irgendwo ein entspannendes Schlückchen zu trinken.

Pollys Tag jedoch war noch nicht zu Ende. Einen Ort musste sie noch aufsuchen. Sie stürzte sich wieder in die schwitzigen Tiefen der U-Bahn, um zu der Adresse in der Umgebung des Bahnhofs London Bridge zu fahren, die sie sich notiert hatte. Hoffentlich war sie noch nicht zu spät dran.

Der Name der Firma, *Domestic Angels*, weckte Hoffnungen auf ein himmlisches Ambiente mit dorischen Säulen, harfespielenden Engelchen und fluffigen weißen Wölkchen, doch die Wirklichkeit war ernüchternd: Es handelte sich um ein schäbiges kleines Bürogebäude mit getönten Fenstern und einem Empfangsbereich mit nikotinvergilbter Decke, in dem ein durchgesessenes beigefarbenes Sofa stand. Als Polly den Laden endlich ausfindig gemacht hatte, ging es bereits auf sechs Uhr zu, und sie hatte einen so langen Weg hinter sich, dass ihr mittlerweile die Füße in den hochhackigen Schuhen brannten und schmerzten.

«Hi», wandte sie sich an die käsebleiche junge Frau am Empfang, die gerade in ihre Facebook-Seite vertieft war und dabei gelangweilt kleine rosa Kaugummiblasen platzen ließ. «Habe ich Magda verpasst? Ich sollte sie nämlich um halb sechs hier treffen, bin aber im Verkehr aufgehalten worden. Wir wollen in diese neue Weinbar, und da würde ich lieber hier auf sie warten, wenn sie noch nicht weg ist.» Sie zog eine Grimasse. «Finde ich schrecklich, solche Läden allein betreten zu müssen, Sie nicht? Da habe ich immer das Gefühl, alle starren mich an.»

Die Rezeptionistin mit allerlei Unsinn zuzuschwallen, das war die Taktik, die Polly sich zurechtgelegt hatte, um an die gewünschte Auskunft zu gelangen. Sicher, der

Erfolg war ungewiss, aber mit der höflichen Anfrage per Telefon hatte sie schließlich bereits auf Granit gebissen.

Die Rezeptionistin blinzelte verdattert und parkte ihr Kaugummi seitlich in der Wange. «Magda? Die ist noch bei dem Job in der Kipling Street», sagte sie.

«Oh, mein Fehler», spielte Polly die Vergessliche. «Gut, dass ich nachgefragt habe. Dann komme ich später noch mal her. Wiedersehen.»

«Wie heißen Sie denn, damit ich ihr sagen kann, wer nach ihr gefragt hat?», rief ihr die Rezeptionistin nach, aber Polly überhörte die Frage einfach und huschte eilig durch die Tür nach draußen.

Dort blieb sie kurz mit Herzklopfen stehen. Ihr kleines Manöver hatte sich tatsächlich ausgezahlt. Magda war weiter bei der Agentur beschäftigt und befand sich jetzt gerade irgendwo in der Kipling Street. Polly suchte die Straße auf ihrem Stadtplan heraus und machte sich dann auf den Weg.

Glücklicherweise entpuppte die Kipling Street sich als eher kurze Seitenstraße. Polly setzte sich auf eine Mauer, von der aus sie die gesamte Straße überblicken konnte, und wartete. Zwanzig Minuten später erblickte sie Magda, die aus einem Reihenhaus heraustrat. Ja, sie war es, keine Frage, eine zierliche Person mit auffallend gerader Haltung und kinnlangem Haar, die einen gelben Eimer mit Putzmaterial dabeihatte. «Magda», rief Polly, sprang von der Mauer und winkte ihr zu. «Magda!»

Die Frau blieb stehen und starrte sie an, überrascht zunächst und dann voll Misstrauen. «Miss Johnson», sagte sie kalt, während Polly auf sie zugelaufen kam. Sie hatte ihre katzenartigen Augen verengt, und ihre Haltung signalisierte Abwehr. «Was Sie denn machen hier?»

Polly schluckte. «Ich wollte Sie um Entschuldigung bitten», sagte sie. Sie standen sich im Abstand weniger Meter auf dem Gehweg gegenüber, und ihr war unangenehm warm. Obendrein war ihr bewusst, dass sich ihre Hochsteckfrisur in Auflösung befand, dass ihre Bluse unter den Achseln und hinten am Rücken ganz durchgeschwitzt war und ihre Füße in den Pumps rot und geschwollen waren. «Es tut mir wirklich leid. Ich habe mich idiotisch benommen. Hoffentlich haben Sie meinetwegen keinen Ärger bekommen.»

Magda stieß langsam die Luft aus, ohne eine Miene zu verziehen. «Ich Ärger bekommen habe, ja», sagte sie und stellte den Eimer am Boden ab. «Schlimmen Ärger. Sie mich wollten rauswerfen, ich musste …» Hier ließ ihr Wortschatz sie im Stich, und sie faltete die Hände in einer bittenden Gebärde.

«Sie mussten betteln, damit man Sie bleiben ließ», half Polly ihr auf die Sprünge. «Das tut mir leid. Aber Sie haben Ihren Job doch immerhin behalten – nicht wahr?»

Magda verschränkte die Arme vor der Brust. «Ich aber verloren beste Kunden», sagte sie. «Sie mir haben gesagt, ich bin … nicht zu vertrauen. Sie mir dafür geben nur noch miese Jobs.»

Polly biss sich auf die Lippe. «Es tut mir aufrichtig leid», beteuerte sie abermals. Und dann fragte sie sich auf einmal, warum sie eigentlich hergekommen war. Wo war der Sinn? Sie hatte dieser Frau vor Monaten böses Unrecht getan, einfach nur so, aus Gehässigkeit, wie konnte sie das jetzt konkret wiedergutmachen? «Ich habe neulich schon bei der Agentur angerufen, um Sie irgendwie zu erreichen, aber die wollten mir nicht helfen», sagte sie hilflos.

Magda stand schweigend vor ihr. *Na toll*, signalisierte ihr Blick. *Und weiter?*

«Wissen Sie, ich arbeite nämlich jetzt auch als Putzfrau», fing Polly an, «und ...»

Magda schien völlig entgeistert. «Sie? Sie putzen?»

Polly nickte. «Ich putze», bestätigte sie. «Und das ist wirklich harte Arbeit. Ich hatte ja keine Ahnung.»

«Ja. Ist harte Arbeit.» Magda schnaubte unvermittelt und sah sie belustigt an. «Sie wirklich putzen? Sie?»

«Ja. Ich weiß, es klingt unglaublich», erwiderte Polly. «Und ich weiß inzwischen, wie hart Sie all die Wochen für mich gearbeitet haben.»

«Monate.»

«All die Monate», berichtigte Polly sich und schlug beschämt die Augen nieder. «Jedenfalls, ich wollte mich bloß entschuldigen, deshalb bin ich hergekommen. Wenn Sie wollen, schreibe ich der Geschäftsführung der Agentur einen Brief und kläre alles auf. Dass ich mich geirrt habe.»

Magda nickte. «Ja. Sie alles aufklären. Sie schreiben, dass ich gute Putzfrau, Sie sich irren.»

«Ich schreibe denen, dass ich Ihnen Unrecht getan habe und dass Sie die miesen Jobs nicht verdient haben.»

«Ist richtig.»

«Und dass sie Ihnen das Gehalt erhöhen und mehr als ein paar Tage Extraurlaub spendieren sollen.»

Immerhin lächelte Magda mittlerweile. «Ist richtig», wiederholte sie und boxte Polly dann leicht gegen den Arm. «Ist in Ordnung. Danke sehr.»

«Nein, ich muss mich bei Ihnen bedanken», sagte Polly

und lächelte zurück. «Sie waren so freundlich zu mir, als mir alles über den Kopf gewachsen ist. Damals wusste ich das nicht zu schätzen, aber … Sie sind eine wirklich gute Seele. Ich hatte das gar nicht verdient.»

«Ist richtig», sagte Magda erneut. «Alles richtig.» Und dann lachten sie beide, und Magda umarmte Polly spontan und klopfte ihr sacht auf den Rücken, als würde sie ein Kind trösten. «Sie jetzt haben neuen Job?», fragte sie, nachdem sie sich wieder voneinander gelöst hatten.

Polly schüttelte den Kopf. «Noch nicht. Aber ich bemühe mich darum.»

«Ich Ihnen wünsche viel Glück», sagte Magda. «*Dobre szczęście*, wie wir sagen in Polen.»

«Danke», sagte Polly. «Vielen, vielen Dank, und Ihnen auch alles Gute. Es war nett, Sie mal wiederzusehen, Magda. Machen Sie's gut.»

«Sie auch», erwiderte Magda. «Sie heute anders sind, finde ich. Gut anders.» Sie hob die Hand. «Auf Wiedersehen.»

Dann griff sie nach ihrem Eimer mit Sprühreiniger und anderen Putzmitteln (gar nicht so anders als Pollys eigener weißer Eimer mit Bleich- und Desinfektionsmitteln, den sie im Pub benutzte) und ging die Straße hinunter davon.

Sie heute anders sind, finde ich, hatte sie gesagt. *Gut anders*. Polly stand weiter auf dem Gehweg und ertappte sich dabei, wie sie heftig mit dem Kopf nickte. Sie war auch anders, sie *hatte* sich verändert, seit ihrem abscheulichen Benehmen damals. Und Magda, noch besser, war diese Veränderung sogar aufgefallen.

Mission ausgeführt, dachte Polly zufrieden, während sie sich auf den Weg zur U-Bahn machte. Mit etwas Glück würde sie noch den Zug um 18 Uhr 57 zurück nach Amberley erwischen und dann bis neun Uhr wieder zu Hause sein. Ein langer, anstrengender Tag lag hinter ihr, aber ihre Beine fühlten sich plötzlich gar nicht mehr so schwer an. Weil sie jetzt endlich auch die Sache mit Magda bereinigen könnte: Sie würde brieflich klarstellen, dass sie sich immer korrekt benommen hatte – warum war ihr diese Lösung nicht schon längst eingefallen? –, und damit würde sich für sie alles wieder einrenken.

Da fing ihr Handy an zu klingeln. Im Display war eine ihr unbekannte Londoner Nummer zu sehen. Ihr Herz tat einen Sprung. «Hallo?», meldete sie sich eilig.

«Spreche ich mit Polly Johnson? Hier Anne-Marie von Finance Professionals. Hi. Ich wollte nur Bescheid geben, dass ich Ihre Unterlagen an die Walkley Group geschickt habe, für die Stelle als Risikomanager, und ich habe bereits eine positive Rückmeldung erhalten, man möchte Sie gern kennenlernen. Wie sieht es bei Ihnen nächste Woche aus?»

Polly riss vor Staunen den Mund auf und blieb mitten auf der Straße stehen. «Heißt das … ich habe ein Vorstellungsgespräch?»

«Ja, ganz recht. Mein Gesprächspartner klang sehr interessiert – Sie seien genau das, was man bei Walkley suche, hat er gesagt.»

Sie hätte am liebsten laut losgelacht. All die vielen Stunden und Wochen vergeblicher Suche, in denen sie immer wieder dieselben Webseiten sowie die Stellenanzeigen in Zeitungen durchforstet hatte, all die vielen Anläufe, bei denen sie ihre Bewerbung samt Lebenslauf per E-Mail verschickt hatte, jedes Mal um Zuversicht bemüht, die jedes Mal aufs Neue enttäuscht wurde. Mitunter hatte sie sich gar so weit erniedrigt, dass sie um eine Chance geradezu flehte und bettelte. Und jetzt stellte sich heraus, dass ihr nur Magdas Segen gefehlt hatte, ihr «Viel Glück», und schon kam der Anruf, nur wenige Minuten später, auf den sie so lange so sehnlich gewartet hatte. Es kam ihr vor, als würde ihr der Kosmos eine zweite Chance geben.

«Klingt wunderbar», erwiderte sie, während unbändige Freude in ihr aufstieg. «Oh, das sind ja tolle Neuigkeiten, Anne-Marie. Und für ein Gespräch stehe ich jederzeit zur Verfügung. Jederzeit.»

23

Im Zug, der sie zurück nach Amberley brachte, genehmigte Polly sich zur Feier ihres erfolgreichen Tages in London Gin Tonic aus der Dose. Da klingelte wieder ihr Handy: diesmal war es Jay. Sie bekam spontan eine Gänsehaut und musste an das Gespräch denken, das sie mit Clare geführt hatte. Geh ein Risiko ein, ermahnte sie sich. Sei offen für alles. Und hab vor allem keine Angst!

«Hallo», meldete sie sich fröhlich, ließ die Eiswürfel am Boden ihres Plastikbechers umherkreisen und stürzte dann den letzten Rest des Getränks herunter. «Wie geht's?»

«Nicht schlecht, danke. Wo bist du? Ist ja so laut bei dir.»

«Ich sitze im Zug nach Hause, war heute den Tag über in London», sagte sie und blickte aus dem Fenster, während sie über die Gleise ratterten. Die dicht mit Reihenhäusern bebauten Straßen und bedrückenden Hochhaussiedlungen lagen bereits hinter ihnen, und sie fuhren nun durch die Vororte: Esher und Hersham, wo die Straßen merklich grüner und auch die Gärten der Häuser größer waren. *Mach's gut, London. Bis nächste Woche dann. Ich freue mich schon.*

«Ach ja? Hast du Geschäfte gemacht?»

Sie zögerte kurz. «Nein. Habe mich bloß mal wieder

mit ein paar alten Freunden getroffen», sagte sie dann. Was für eine Lüge. Alte Freunde im engeren Sinne hatte sie ja gar keine. Dennoch, irgendetwas hatte sie davon abgehalten, ihm reinen Wein einzuschenken. Die irrationale Furcht womöglich, ihre neue Glückssträhne zu durchkreuzen, wenn sie ihm jetzt schon voreilig von dem Vorstellungsgespräch erzählte.

«Klingt gut. Um wie viel Uhr bist du zurück?»

«Öhm ...» Der Gin Tonic entfaltete bereits eine überaus angenehm benebelnde Wirkung; sie sah stirnrunzelnd auf die Uhr und musste sich erst sortieren, bis ihr die Ankunftszeit wieder einfiel. «Gegen halb acht, glaube ich. Wieso?»

«Weil ich dich dann abhole. Wir könnten irgendwo was trinken gehen.»

«Ja, klingt großartig. Obwohl ...» Erst verspätet war ihr eingefallen, dass sie nach dem langen Tag, der hinter ihr lag, nicht gerade mehr taufrisch aussah. Ihre Sachen waren verschwitzt, der Schmutz der Großstadt haftete ihr in den Poren, und zerzaust war sie obendrein.

«Obwohl ...?», hakte er nach.

«Na ja, ich bin etwas zerzaust und schmutzig», gestand sie und bereute ihre Wortwahl umgehend. Die Formulierung, dass sie «etwas schmutzig» war, lud schließlich zu allerlei zweideutigen Missverständnissen ein. Verflixter Gin Tonic, der leider so köstlich war, dass sie nicht nur eine, sondern gleich zwei Dosen davon heruntergekippt hatte.

Er lachte leise. «Umso besser», sagte er. Und ehe ihr darauf noch eine schlagfertige Erwiderung eingefallen war, fügte er hinzu: «Also, bis später dann», und legte auf.

Hm. Dann sollte sie wohl besser mal die Zugtoilette aufsuchen und ihr Möglichstes tun, um sich halbwegs wieder herzurichten, ehe sie die Grenze nach Hampshire passierten. Zu hoffen war obendrein, dass Jay sich nicht darüber wundern würde, dass sie sich so schick in Schale geworfen hatte, um sich mit ihren imaginären «alten Freunden» zu treffen. Trotzdem lächelte sie, während sie sich einen Weg durch den ruckelnden Zug bahnte. Weil die Sache mit Jay ihr dank der Aussicht auf das Vorstellungsgespräch irgendwie nicht mehr ganz so wichtig erschien. Ehe sie sichs versah, könnte sie Elderchurch ohnehin wieder Lebewohl sagen; weshalb also sollte sie sich seinetwegen groß Gedanken machen? Etwas Spaß könnten sie ja zusammen haben, aber ganz unverbindlich, ohne unnötigen emotionalen Ballast.

Nach langer Durststrecke schien sich für sie endlich alles zum Guten zu wenden. Ja!

Bei ihrem Anblick stieß Jay ein lautes, anerkennendes Pfeifen aus. Was völlig übertrieben war, denn vollauf zufrieden war sie nicht mit dem Ergebnis ihrer Bemühungen, sich auf der Zugtoilette wieder herzurichten; ihr Haar ließ sich nicht mehr so perfekt frisieren wie noch am Morgen, und auch ihre Kleidung war nach dem langen Tag in der Hauptstadt merklich angeschmuddelt. Immerhin aber hatte sie sich in der winzigen Kabine waschen können, sodass sie zumindest sauber duftete. Außerdem hatte sie sich ganz frisch geschminkt, mit Lippenstift, Wimperntusche und allem Pipapo.

Bei Jays anerkennendem Blick aber hatte sie das Gefühl, dass ihre Mühen sich gelohnt hatten. Tatsächlich hätte sie sein Pfeifen beinahe erwidert, denn in seinem weißen Hemd und der dunklen Jeans, glatt rasiert und braun gebrannt, sah er selbst ziemlich appetitlich aus.

«'n Abend», sagte sie und lächelte scheu. «Wie geht's?»

«Jetzt noch besser, wo ich dich wiedersehe», antwortete er und zog sie kurz an sich. Beim angenehm frischen Limonenduft seines Rasierwassers lief ihr eine Gänsehaut über die Arme, und sie spürte, wie sie weiche Knie bekam. Himmel, hätte sie bloß diesen zweiten Gin Tonic nicht mehr getrunken; ihre Stimmung jetzt war nun doch eine Spur zu gelöst. Reiß dich zusammen, Polly, beschwor sie sich im Stillen.

«Hast du was gegessen?», fragte er, nachdem er sie wieder losgelassen hatte.

«Äh …» Sie hatte tatsächlich Hunger, merkte sie jetzt. Das Angebot im Speisewagen war alles andere als verlockend gewesen, und seit dem Mittag hatte sie nur ein Tütchen Chips zu sich genommen. Kein Wunder, dass ihr der Alkohol so zu Kopf gestiegen war. «Nicht direkt», räumte sie ein. «Ehe wir was trinken gehen, sollte ich wohl rasch in der Pommesbude an der High Street was essen, falls es die noch gibt.»

«Oh, da fällt mir aber was Besseres ein», sagte er. «Wie wär's, wollen wir zu mir fahren? Dann koche ich dir was.»

Zu ihm? Holla, holla. «Klingt perfekt», sagte sie betont beiläufig. «Wobei ich doch sehr hoffe, dass du besser kochen kannst als Auto fahren.»

«Nun, umgebracht habe ich noch niemanden», erwiderte er. «Obwohl, wie heißt es so schön, es gibt für alles ein erstes Mal. Der Wagen steht gleich um die Ecke.»

Als Jay neben ihr den Land Rover anließ, fiel ihr auf,

dass sie nicht die leiseste Ahnung hatte, wo er wohnte oder wie er sich eingerichtet haben mochte. Seine Familie hatte damals unweit der Grundschule gewohnt, in einem der modernen Doppelhäuser mit dem obligatorischen Stück Rasen davor, wo aber mochte der erwachsene Jay sich niedergelassen haben? Sie stellte ihn sich kurz in einem Bungalow wie dem ihrer Eltern vor, aber das passte irgendwie nicht zu ihm. Ob er sich für eins der Häuser in der Neubausiedlung etwas außerhalb des Dorfes entschieden hatte? Betreten hatte Polly noch keins dieser Häuser, doch sie erinnerte sich, dass ihre Eltern sich bei einem ihrer Weihnachtsbesuche vor Jahren über die Siedlung beklagt hatten, die einfach nur hässlich sei und das ganze Dorf verschandele. Wie mochte er wohl eingerichtet sein, sie war richtig gespannt darauf. Was, wenn er eine typische geschmacklose Junggesellenbude bewohnte, mit viel Schwarz und Chrom und Ledersofas mit Leopardenfellüberwürfen, nach Art der Behausungen neureicher Fußballspieler, wie man sie aus der Klatschpresse kannte? Bei der Vorstellung musste sie ein Lachen unterdrücken, und Jay sah sie fragend an.

«Was ist?»

«Nichts», wehrte sie ab. «Ich schicke Clare mal rasch eine SMS, damit sie weiß, wo ich bin», setzte sie hinzu, während sie auch schon ihr Handy aus der Tasche kramte. «Möchte ja nicht, dass sie meinetwegen aufbleibt und sich Sorgen macht.»

Huhu, tippte sie. *Na, alles klar bei dir? Toller Tag – naechste Woche Vorstellungsgespraech! Gerade unterwegs zu Jay, wir trinken ein Glas zusammen. Bis spaeter.*

Schon wenig später traf eine Antwort ein. *GUT GE-*

MACHT! PS: Vergiss nicht unsere Abmachung, ja? RISKIER MAL WAS. KUESS IHN, VERDAMMT.

Sie prustete belustigt und steckte das Handy zurück in die Tasche.

«Was ist jetzt schon wieder?», fragte Jay. «Du kannst nicht die ganze Zeit vor dich hin kichern, das macht einen als Mann ganz nervös.»

Sie musste wieder lachen, denn dass der extrem gelassene Jay wegen irgendetwas nervös werden könnte, war schon eine absurde Vorstellung. «Entschuldige», schnaufte sie. «Beachte mich gar nicht.»

Er zog die Augenbrauen hoch. «Als hätte ich *das* jemals fertiggebracht.»

Natürlich scherzte er nur, aber sie merkte trotzdem, wie ihr schlagartig warm wurde. «Jay Holmes, du flirtest doch wohl nicht etwa mit mir, oder?», fragte sie streng.

Er sah sie an und zwinkerte ihr zu. «Das hältst du schon für Flirten? Ich habe ja noch gar nicht angefangen», sagte er, während er am Ortseingangsschild von Elderchurch das Tempo drosselte.

«Ah, so ist das», gab sie betont lässig zurück. «Nun, dann hoffe ich doch mal, dass du der Aufgabe gewachsen bist. Ich sehe erwachsene Männer so ungerne weinen.»

«Du kennst mich, Herausforderungen haben mich schon immer gereizt», erwiderte er und bog dann in ein von hohem, dichtem Gras und üppigem Wiesenkerbel gesäumtes schmales Sträßchen ein. «Nun sind wir bald da», sagte er.

«Hier wohnst du – in der Mill Lane?», fragte Polly erstaunt. Damit hatte sie nun wirklich nicht gerechnet. Die Mill Lane bildete den historischen Kern des Dorfes, hier hatte sich einst, in direkter Nachbarschaft zu einem Bauernhof, die Mühle befunden. Der Bauernhof war schon vor langer Zeit verkauft worden, und das Mühlengebäude, erinnerte sie sich nun dunkel, war in ein uriges Wohnhaus mit fünf Zimmern umgewandelt worden. Ein exzentrischer Geschäftsmann hatte es seinerzeit erworben und die Einheimischen gegen sich aufgebracht, weil er mit einem Luftgewehr die gesamte Krähenkolonie abgeschossen hatte, die hinten in seinem Garten nistete. «Die verfluchten Biester haben mich jeden Morgen aus dem Schlaf gerissen», hatte er zu seiner Verteidigung vorgebracht, als hätte das seine Untat auch nur annähernd gerechtfertigt.

«Ja», antwortete Jay. «Aber freue dich nicht zu früh, in der Mühle wohne ich nicht. Ich habe eins der Außengebäude des Gehöfts gekauft und in ein Wohnhaus umgewandelt.»

«Mit anderen Worten, du wohnst in einem Stall?»

«Ja, ich wohne in einem Stall», bestätigte er und verlangsamte auf Schritttempo, während sie über die gewölbte alte Brücke fuhren, die über den Mühlbach führte. «In dem Stall da drüben.»

Er machte in der kiesbestreuten Auffahrt vor seinem «Stall» Halt, und Polly verschlug es kurz die Sprache. Von einem Stall konnte nicht die Rede sein, vielmehr war es eine wunderschöne umgebaute, schneeweiß gekalkte Scheune mit einer vorderen Veranda aus dicken Eichenbohlen und einem schiefergedeckten Dach. Links und rechts der Tür standen Terrakottatöpfe mit silberblättrigen Olivenbäumchen, und ein Stück daneben war eine Clematis mit kleinen weißen Blüten angepflanzt worden.

Aus dem Inneren des Gebäudes hörte sie das aufgeregte Gebell seiner Hündin, die wohl das Auto ihres Herrn erkannt hatte. *Dies ist das Haus, das Jay sich erbaut hat.* Es war einfach umwerfend.

«Oh, wow», sagte Polly, während sie es weiter bestaunte. «Sieht ja spitze aus. Und ich dachte schon, du wohnst in so einer kitschigen, geschmacklosen Junggesellenbude.»

«Freche Gans», parierte er, während er ausstieg. «Also, dann komm. Von innen ist es noch schöner.»

Er hatte nicht zu viel versprochen. Hinter der Tür verbarg sich ein weitläufiger, langgezogener Wohnraum mit riesigen Fenstern, die eine Aussicht auf die umliegenden Felder und Hügel in der Ferne boten. In der Wand links befand sich ein offener Kamin mit einer Umrandung aus Backsteinen, und die Einrichtung war ebenso schlicht wie rustikal: ein großes rotes Sofa, ein klobiger Couchtisch aus Holz, ein betagter Fußschemel aus schwarzem Leder und ein solide wirkendes Bücherregal voller Taschenbücher, nicht zu vergessen seine geliebte Gitarre, die in einer Ecke lehnte. Überragt wurde der Raum hoch oben durch die alten Dachbalken, dicke, massive Streben, die schräg ansteigend aufeinander zuliefen. Der Raum wirkte wunderbar luftig und großzügig, doch sie konnte sich auch gut vorstellen, wie behaglich es hier war, wenn im Winter im Kamin ein Feuer brannte. Wobei sie sich davon natürlich nie würde persönlich überzeugen können.

«Zur Küche geht's hier entlang.» Er streifte die Schuhe ab und machte sich auf den Weg zum anderen Ende des Hauses, begleitet von seiner Hündin, die schwanzwedelnd hinter ihm hertrottete. Polly schlüpfte ebenfalls aus ihren Pumps, ließ ihre Tasche fallen und folgte ihm.

Die Küche war schlicht, aber stilvoll eingerichtet. Es gab einen ziegelsteinummauerten Holzofen, und die Arbeitsfläche aus massivem Holz ruhte auf schlichten weißen Küchenschränken. «Zauberhaft», stellte Polly fest, während sie sich, an die Arbeitsfläche gelehnt, umsah und den Blick über die vielen Kupfertöpfe schweifen ließ, die an einem Gestell an der Wand hingen. Auch das Regal mit den Gewürzbehältern fiel ihr ins Auge, die offenbar nicht bloß zur Zierde dienten, sondern sichtlich auch benutzt wurden.

Jay lächelte und schlug mit der flachen Hand auf die Arbeitsfläche. «Kommt dir die irgendwie bekannt vor?»

Polly schüttelte den Kopf. «Nein, woher?»

«Die stammt aus einem der Laborräume in unserer alten Schule», erklärte er. «Der naturwissenschaftliche Trakt ist komplett erneuert worden, und jemand hat mir den Tipp gegeben, dass sämtliche alten Werkbänke rausgeworfen würden. Ich habe einige aus einem Container gerettet und habe diese Werkbank hier abgeschmirgelt. Nun kommt das Teakholz wieder schön zur Geltung – hätte neu ein Vermögen gekostet.»

«Wirklich sehr hübsch.» Polly fuhr mit der Hand über die glatte Holzoberfläche und lächelte dann. «Lustig, wenn man sich all die Bunsenbrenner und Dreifüße vorstellt, die über die Jahre hier drauf gestanden haben dürften.»

«Ja, und wir als abscheuliche Teenager, die davorsaßen und auch noch Graffiti hineinkerbten», ergänzte er. «Aber ich natürlich nicht, dazu war ich viel zu brav. Für solche Schandtaten war ich nicht zu haben.»

Sie grinste. «Nein, natürlich nicht.»

«Na, wie dem auch sei – Essen! Bist du mit Pasta und

Salat einverstanden?», fragte er. «Im Kühlschrank da drüben steht eine Flasche Weißwein, wenn du uns beiden ein Glas einschenken magst.»

«Klingt genial, gerne.» Sie öffnete die Kühlschranktür und spähte neugierig hinein: Eier. Ein Paket Schinkenspeck. Ein paar Hühnerbrüstchen. Salat. Als sie nach der Weinflasche griff, kam ihr gleich zweierlei schockartig zu Bewusstsein.

Erstens: Wenn er jetzt anfing zu trinken, könnte er sie später nicht mehr nach Hause fahren. Klar, theoretisch könnte sie später auch zu Fuß zu Clare zurückkehren, auch wenn es vermutlich ein Albtraum würde, in ihren hohen Schuhen die dunkle kleine Straße entlangzustöckeln. Ebenso denkbar aber schien es, dass er ihr vorschlagen würde, über Nacht zu bleiben. Worauf sie erwidern würde … Tja, wie würde sie darauf reagieren? Sie hatte nicht die leiseste Ahnung.

Zweitens: Sie hatte einen langen, anstrengenden Tag in London hinter sich und war vom Gin Tonic bereits so angeschickert, dass schon ein Glas Wein ihr vermutlich den Rest geben würde. Danach würde sie endgültig alle Hemmungen verlieren. Und mit den anfeuernden Worten im Hinterkopf, die Clare ihr vorhin geschickt hatte – KUESS IHN, VERDAMMT! –, gäbe es für sie vielleicht kein Halten mehr. O Gott … Die Aussicht jagte ihr Angst ein – hatte aber zugleich auch etwas Prickelndes.

Sie goss ihnen zwei große Weingläser voll ein und hob ihr Glas an die Lippen. «Prost», sagte sie scheu. Wie sich der Abend noch entwickeln mochte, war völlig offen, aber sie hatte trotzdem das Gefühl, dass sie ihren Spaß haben würde.

Später, nachdem sie sich Nudeln in Sahnesoße mit Knoblauch und gewürfeltem Schinken sowie einen opulenten grünen Salat hatten schmecken lassen, nahm der Himmel allmählich eine samtig violette Färbung an. Sie saßen draußen hinter dem Haus, an einem kleinen Terrassentisch aus Eisen, und es war so still, dass es Polly vorkam, als wären sie beide die einzigen Menschen weit und breit.

«Das war köstlich», erklärte sie und schob ihren Teller von sich. Ganz nüchtern war sie nicht mehr. «Und wie geht es jetzt weiter? Kommt jetzt der Teil, wo du mir ein Ständchen zur Gitarre bringst?»

«Ja, träum weiter», erwiderte er. «Nein. Ich habe mir etwas anderes überlegt … das hier.» Und dann, ehe sie wusste, wie ihr geschah, beugte er sich auch schon über den Tisch und küsste sie mitten auf den Mund. Vor Schreck blieb ihr fast das Herz stehen, sie war drauf und dran, sich diese Zudringlichkeit mit scharfen Worten zu verbitten, aber seine Lippen fühlten sich an den ihren so weich an, und er hielt sie so zärtlich umfasst, dass dieser Impuls sich im Nu verflüchtigte. Sie spürte, wie ihr das Blut erst heiß in den Kopf schoss und dann noch in andere, empfindsame Regionen ihres Körpers.

Du lieber Himmel. Ihre Nervenenden kribbelten. Ich küsse gerade Jay, dachte sie benommen, und das ist in Ordnung. Es ist sogar mehr als in Ordnung, es gefällt mir großartig. Ich möchte gar nicht mehr aufhören, ihn zu küssen.

«Mmm.» Sie drängte sich ihm entgegen und konnte durch den Ärmel seinen kräftigen Bizeps spüren, während sie ihm über den Arm streichelte. «Gibt's noch mehr?», flüsterte sie, ein wenig außer Atem.

«Vielleicht noch … das», raunte er und fing an, ihr die Bluse aufzuknöpfen. Bei dem Gefühl seiner Finger an ihrer Haut stockte ihr der Atem, auf einmal schien ihr ganzer Körper zum Leben zu erwachen. Es fühlte sich sagenhaft an. Behalte die Kontrolle, Polly, zirpte ein leises Stimmchen in ihr, aber sie überhörte es. Oh, vergiss die Kontrolle, dachte sie voll jäher, heftiger Begierde. Und vergiss auch die Angst.

«Möchtest du mir nicht dein Schlafzimmer zeigen?», fragte sie, völlig außer Atem.

«Ich dachte schon, du fragst nie.» Er zwinkerte ihr zu.

Es war fraglos der schönste Sex, den sie jemals gehabt hatte, die gemächlichste, zärtlichste, sinnlichste Erfahrung ihres Lebens. Heute sah er nackt womöglich sogar noch besser aus als mit achtzehn, mit seinem harten, durchtrainierten Bauch, den er vor zwanzig Jahren jedenfalls noch nicht gehabt hatte, ebenso wenig wie die Narbe, die sie an einem Arm ertastete, oder das schon ältere, schnörkelige keltische Tattoo an der einen Schulter. Es war alles so anders und doch wunderbar vertraut. Es fühlte sich an, als wäre sie heimgekommen.

Seit ihrer Trennung von Jay hatte sie eigentlich nur Enttäuschungen im Bett erlebt; all diese schrecklichen, unbefriedigenden Erfahrungen mit völlig ungeeigneten Männern, mit denen sie sich nur aus Einsamkeit und Hunger nach Zärtlichkeit eingelassen hatte. Der letzte war ein rotbackiger, etwas dicklicher Typ gewesen, den sie bei der langweiligen Konferenz über die Zukunft des Mobile-Banking im Frühjahr kennengelernt hatte – ein Patrick Soundso. Er hatte feuchtklamme Hände, mit denen er ungeschickt an ihrem BH herumfummelte, als hätte er zum ersten Mal mit einem solchen Kleidungsstück zu tun, beim Küssen war er ebenfalls alles andere als eine Offenbarung, und was den Akt selbst betraf, hatte er sich kaum das Kondom übergestreift, als er auch schon, schnaufend und keuchend wie ein gestrandeter Wal, zum Erguss kam.

Jay dagegen … Er vermittelte ihr das Gefühl, schön zu sein. Aus seinen Augen sprach echtes, tiefempfundenes Verlangen. Er hatte sie im Arm gehalten, zärtlich berührt, voll Bewunderung betrachtet. Und sie hatte keine Angst gehabt, keinen Moment lang.

Erst hinterher, als sie nebeneinander dalagen, kehrten die Zweifel zurück, die Ängste. O Gott, dachte sie, während ihr Puls sich wieder beruhigte und die Hitze zwischen ihnen allmählich nachließ. Und nun? Wessen Leben hatte sie diesmal verwirkt?

Er streichelte ihr übers Haar, und sie merkte, wie sie langsam in Panik geriet. Das hätte sie nicht tun dürfen. Sie und Jay, das war keine gute Idee. Sosehr sie ihn auch in jenem verrückten betrunkenen Augenblick begehrt hatte, so gern sie auch mit ihm geschlafen hatte, jetzt musste sie die Reißleine ziehen, ehe alles zu kompliziert wurde. Der Sache ein Ende setzen, solange es noch ging. Weil sie einfach nicht der Typ für Beziehungen war, Punkt. Und mit ihm – nun, beim ersten Anlauf war die Sache auch nicht eben glücklich ausgegangen, oder?

«Ich bin gerade dabei, mich in dich zu verlieben», sagte Jay in dem Moment, und es war, als würde eine Nadel mit grässlichem Misston über eine Schallplatte kratzen.

Sie erstarrte, rückte ruckartig von ihm ab. «Sag das nicht.» *Sag es nicht, sag es nicht, sag es nicht.* Das konnte doch nicht sein Ernst sein. Konnten sie es nicht einfach beim Sex belassen? Mit allem, was darüber hinausging, fühlte sie sich schlicht überfordert.

«Warum nicht? Es ist die Wahrheit. Ich habe so oft über dich nachgedacht, mich gefragt, wie unser Leben verlaufen wäre, wenn wir zusammengeblieben wären, und …»

Sie konnte es nicht ertragen. «Tja, aber wir haben uns eben getrennt, nicht wahr?»

Er richtete sich auf und stützte sich auf den Ellbogen, um sie anzusehen, und sie zog eilig das Laken über sich, weil sie sich auf einmal wegen ihrer Nacktheit und kleinen körperlichen Unvollkommenheiten genierte. «Was ist?», fragte er mit einem Stirnrunzeln.

Sie drehte sich vom ihm weg auf den Bauch und fing an, methodisch den Kopfkissenbezug zwischen ihren Fingern zusammenzufälteln. «Ich glaube nicht, dass es sinnvoll ist, von Liebe zu reden, wo ich …» Sie zuckte die Achseln. «Na ja, ich bin ja nur den Sommer über hier, nicht wahr?»

«Tatsächlich?»

«Ja. Ich dachte, das wüsstest du?»

Diesmal wandte er den Blick ab. «Tja, aber ich hatte wohl gehofft …»

«Nein.»

«Was?»

«Es wird nicht eintreten. Egal was du dir erhofft hast.»

Unbehagliches Schweigen senkte sich herab, und dann hörte Polly aus der Ferne ein dumpfes Donnergrollen. Draußen braute sich gerade ein Gewitter zusammen, nicht anders als hier im Schlafzimmer. «Wie kannst du da so sicher sein?», fragte er dann. «Woher willst du das wissen?»

Er strich ihr sanft mit den Fingern am Rücken entlang, und das lenkte sie ab. Ich darf mich nicht ablenken lassen. Sie schluckte. «Hör zu, in ein paar Wochen bin ich wieder hier weg», sagte sie und wandte sich zu ihm um. «Messen wir der Sache lieber keine überzogene Bedeutung zu.»

Es klang hart, das war ihr klar, aber es war für sie beide am besten, wenn sie Klartext redete. Dieses Intermezzo konnte zu nichts führen – wie sollte eine Beziehung denn auch funktionieren, wenn sie schon so bald wieder nach London zurückkehrte? Wo war der Sinn, diesen Umstand einfach auszuklammern?

Er sah so verletzt aus, als hätte sie ihn geohrfeigt; die Kränkung in seinen Augen war nicht zu übersehen. «Tja … okay», sagte er nach einer Weile. «Du wirst wohl recht haben. Aber danke für die nette Nummer. Lieb von dir, dass du mir wenigstens das gegeben hast.»

«Nun sei nicht so», seufzte sie. «Es war ein wunderbarer Abend. Ich habe dich wirklich gern, und es war toll, dich wieder etwas näher kennenzulernen. Aber …»

«Was, *aber*? Warum muss es unbedingt ein ‹Aber› geben?»

«Du weißt, warum. Weil du du bist, und ich bin ich. Wir haben ganz unterschiedliche Wünsche – wir haben nichts gemeinsam.»

Er starrte unglücklich zur Decke hinauf und sagte nichts.

«Schau, es liegt nicht an dir –», fing sie an.

«Stopp», fiel er ihr unwillig ins Wort. «Sprich nicht weiter. Wenn du jetzt mit diesem ‹Es liegt nicht an dir, es liegt an mir›-Mist anfängst, muss ich am Ende noch …

keine Ahnung, splitterfasernackt aus dem Haus rennen und draußen im Dunkeln herumbrüllen, um mich abzureagieren.»

Sie lachte. Nervös allerdings. «Entschuldige», sagte sie. «Aber es liegt wirklich an mir. Liebe und all das liegt mir einfach nicht. Wenn mir jemand damit kommt, würde ich am liebsten schreiend Reißaus nehmen.»

Er wedelte lässig mit der Hand. «Bitte, dann geh. Reisende soll man nicht aufhalten.»

O nein, jetzt hatte sie es wirklich vermasselt. Aber *er* hatte ja angefangen, plötzlich von Liebe zu reden, und bei diesem Wort, sie konnte nichts dafür, schrillten bei ihr nun einmal alle Alarmglocken.

Sie fühlte sich ernüchtert, beschämt, müde. Und wenn er sie schon so beiläufig zum Gehen aufforderte, gab es in der Tat keinen Grund, noch länger hierzubleiben.

Sie setzte sich auf und angelte nach ihrer Kleidung. Als sie eben anfing, sich anzuziehen, öffneten sich draußen alle Schleusen, und heftiger Regen prasselte auf das Oberlicht über ihnen.

«Was hast du denn jetzt vor?», fragte er gereizt. Es war wirklich höchste Zeit abzuhauen.

«Wonach sieht es denn aus? Ich gehe nach Hause, zu Clare.»

«Oh, Herrgott, nun mach doch nicht so ein Theater. Wie stellst du dir das vor? Wir haben beide getrunken und können nicht mehr fahren, und ein Taxi wirst du hier weit und breit nicht auftreiben.»

Sie funkelte ihn aufgebracht an. «Ich gehe zu Fuß.»

«In der Dunkelheit? Im strömenden Regen? Mensch, Polly.» Er schlug sich mit der flachen Hand vor die Stirn.

«Bleib doch einfach. Ich schlafe auf dem Sofa, wenn du es nicht ertragen kannst, mit mir das Bett zu teilen.»

Sie ließ ihr Gesicht in die Hände sinken und wünschte sich inständig, sie könnte den Abend noch einmal zum Anfang zurückspulen. «Warte», sagte sie matt, aber er stürmte bereits hellauf erzürnt aus dem Zimmer.

Na, das war ja glänzend gelaufen, dachte sie und ließ sich ernüchtert aufs Bett zurücksinken. Clare und ihre verflixte SMS. *Riskier mal was! Küss ihn!* Ja, genau das hatte sie getan, und mit welchem Ergebnis – es hatte alles zwischen ihnen verdorben, und er hasste sie jetzt.

Großartig. Sie boxte das Kissen in Form und lauschte dem Rauschen des Regens, während ihr allerlei konfuse Gedanken durch den Kopf gingen. Warum mussten andere Menschen bloß so kompliziert sein?

24

Als Clare am Morgen darauf in der Praxis ihren Computer anschaltete, um einen Blick auf die Termine des Vormittags zu werfen, war sie bereits in Urlaubsstimmung, denn heute war ihr letzter Arbeitstag, ehe sie zwei Wochen frei hätte. Und nach der Dauerbelastung der letzten Zeit hatte sie etwas Erholung auch bitter nötig. Sie würde mit den Kindern eine kostengünstige Woche in Bournemouth verbringen, in dem Wohnwagen, den Debbies Eltern dort stehen hatten und den sie ihr freundlicherweise gratis zur Verfügung stellten. Am kommenden Montag wollte Clare mit den beiden losfahren, nachdem sie in einer letzten Kraftanstrengung die Bestellung für Langley's komplettiert hatte. Mit etwas Glück könnte sie die Waren vorzeitig anliefern und dann mit gutem Gewissen in die Ferien fahren. Hurra! Für die kommende Woche war gutes Wetter angekündigt, und Clare freute sich jetzt schon auf sonnige, unbeschwerte Tage am Strand. Sogar einen neuen Badeanzug hatte sie sich gekauft, um vielleicht zum ersten Mal seit Jahren wieder zu schwimmen. Vielleicht würde sie auch nur ein wenig im Meer planschen, mal sehen. Eine schöne Zeit aber würde sie auf jeden Fall haben.

Aber immer eins nach dem anderen: Den heutigen Tag musste sie noch hinter sich bringen. Und ehe sie an Arbeit auch nur denken konnte, musste sie unbedingt herausfinden, was sich bei ihrer Schwester tat. Sie hatte am Vorabend regelrecht mitgefiebert, während Stunde um Stunde verstrich, ohne dass Polly nach Hause kam. Und heute Morgen dann hatte Clare festgestellt, dass sie über Nacht nicht in ihrem Bett geschlafen hatte, was nur eines bedeuten konnte. Ja! Clare war immer schon der Ansicht gewesen, dass Polly und Jay wie füreinander bestimmt waren. Und nun deutete alles darauf hin, als hätten auch sie das endlich begriffen.

He, du Rumtreiberin, hast du mal auf die Uhr geschaut?, tippte sie in ihr Handy. *Ruf mich an, sobald du kannst. Ich will ALLES wissen.*

«Morgen», flötete Roxie in diesem Augenblick, pfefferte ihre erbsengrüne Tasche unter den Schreibtisch und schob sich die Sonnenbrille hoch. Heute trug sie einen Sommer-Overall aus Jeansstoff und darunter ein lila Hemdchen mit Lochstickerei. Ihr Haar, das derzeit zur Abwechslung leuchtend kupferrot gefärbt war, war seitlich mit einer rosaroten, gepunkteten Hello-Kitty-Haarspange sowie einer strassbesetzten Haarklammer festgesteckt. «Entschuldige, bin etwas spät dran», sagte sie. «George wollte sich einfach nicht abwimmeln lassen und hat auf einen letzten Quickie auf dem Küchentisch bestanden, ehe er mich gehen ließ.»

Clare kicherte. «George?»

«Clooney», ergänzte Roxie beiläufig, während sie ihren Computer anschaltete. «Du weißt ja, wie er ist.»

«Ist der nicht ein bisschen zu alt für Sie, Roxie?» Sie drehten sich beide um und sahen Luke am Tresen stehen, mit leicht irritiertem Gesichtsausdruck.

Roxie warf ihr Haar zurück. «Ich teile ihn mir ja mit

meiner Mutter», behauptete sie, als wäre die Klippe damit sauber umschifft. «Mir steht er montags, mittwochs und freitags zur Verfügung, sie hat ihn an den übrigen Tagen. Sonntags hat er frei, um sich in einem Nobelhotel gründlich auszuschlafen und wieder zu Kräften zu kommen.»

«Aha», sagte Luke feierlich. «Selbstverständlich.»

«Apropos Nobelhotels», fuhr Roxie fort und hielt dann inne, als würde sie Luke erst jetzt richtig zur Kenntnis nehmen. «Entschuldigung, wollten Sie irgendetwas?»

«Ich kann meine Unterlagen zu Mrs. Ellington nicht finden», sagte er. «Sie kommt heute vorbei, und ich weiß, dass wir vom Krankenhaus kürzlich einen Brief über sie bekommen haben, aber der scheint nicht im System zu sein.»

«Oh», sagte Clare schuldbewusst und deutete auf den Ablagekasten vor ihr, der voller Unterlagen war. «Tut mir leid. Die wollte ich längst schon mal eingescannt haben, der Brief ist vermutlich auch dabei. Einen Moment bitte.» Sie machte sich daran, die Papiere durchzusehen, während sie weiter mit halbem Ohr Roxie zuhörte.

«Also, wie gesagt, Nobelhotels. Nun, Tante Kate war gestern zum Tee da und hat erzählt, dass das neue Hotel kurz vor der Eröffnung steht. Sie ist mit uns hingefahren und hat uns vorab mal herumgeführt: Aber hallo, Clare, warte, bis du das gesehen hast. Die Zimmer sind alle so zauberhaft schön. Und der Pool erst – o mein Gott, der ist der Hammer. Er ist mit einem Wasserfall versehen, und es gibt einen Whirlpool-Bereich, und das Beste ist –»

«Da ist er ja.» Clare zog den Brief zwischen den übrigen Unterlagen heraus und reichte ihn Luke. Dabei berührten sich kurz ihre Finger, und sie merkte, wie sie heftig errötete. Sicherlich sah sie aus wie der sprichwörtliche Feuermelder, na spitze.

«Danke», sagte er.

«Clare, hörst du mir überhaupt zu?» Roxie stemmte die Hände in die Hüften und sah sie vorwurfsvoll an. «Ich will dir hier gerade etwas Wichtiges erzählen.»

«Ja», erwiderte sie, ein klein wenig genervt. «Ich höre dir zu, Roxie, aber so sehr ist das für mich ja nicht von Belang, oder? Schließlich werde ich in dem Hotel ja nie zu Gast sein, sondern es nur beliefern, so jammerschade das auch ist.»

Roxie zog eine Schnute. «Schön», sagte sie. «Nun, dann bekommt eben *Luke* einen meiner Gratisgutscheine, nicht wahr? Vielleicht möchte er ja mit seiner Freundin ein romantisches Wochenende dort verbringen, wenn *du* kein Interesse hast, Clare.»

Bei der Erwähnung von Gratisgutscheinen schnellte Clare herum und bereute ihre abweisende Reaktion. «Ich wollte doch nicht –», fing sie an, aber Luke hatte bereits abwehrend die Hände gehoben.

«Lassen Sie mich bitte aus dem Spiel», sagte er. «Außerdem gibt es auch keine Freundin mehr, deshalb …» Er zuckte die Achseln und ging mit dem Brief in der Hand davon.

Roxie sah Clare an, zog eine Augenbraue hoch und deutete mit dem Kopf in seine Richtung. Sie fuhr sich vielsagend mit der Zunge über die Lippen. «In-te-ressant», schnurrte sie.

«Sei still, Roxie», sagte Clare, die schon wieder rot anlief. «Ich will nichts davon hören.»

Roxie fuhr sich über die Lippen, als würde sie einen

Reißverschluss zuziehen, und drehte dann noch einen imaginären Schlüssel im Mundwinkel herum, den sie sich über die Schulter warf. Dann fing sie beflissen an, wie eine Musterangestellte auf ihrer Tastatur herumzuklappern, doch als Clare einen Blick über ihre Schulter warf, sah es eher so aus, als würde sie sich gerade auf der Webseite von Lonely Planet tummeln, statt tatsächlich irgendwelche Arbeit zu erledigen.

Clare musste unwillkürlich lachen. «Danke für den Gutschein», sagte sie. «Ich habe ja leider niemanden, aber meine Schwester wird gegen ein romantisches Wochenende im Hotel mit ihrem neuen Typen sicher nichts einzuwenden haben.»

«Keine Ursache», erwiderte Roxie gutmütig, ohne den Blick von der Peru-Karte abzuwenden, die sie gerade auf ihrem Bildschirm studierte.

Clare nahm die Unterlagen aus dem Ablagekasten und ging zum Scanner hinüber. Während sie den Stapel methodisch abarbeitete, hing sie ein wenig bedrückt ihren Gedanken nach. Zum ersten Mal seit ihrer Trennung von Steve sehnte sie sich schmerzlich danach, jemanden zu haben, mit dem sie einen solchen Hotelgutschein einlösen könnte. Jemanden, für den sie sich schick zurechtmachen, mit dem sie abends bei Tisch Händchen halten könnte. Würde es so jemanden in ihrem Leben jemals wieder geben?

Polly ließ den ganzen Vormittag nichts von sich hören. Eigenartig. Vielleicht schlief sie ja noch, ermattet nach einer langen Liebesnacht. Vielleicht lagen sie und Jay sich schon wieder in den Armen. Vielleicht war sie bereits dabei, ihre

Sachen in sein Haus zu schaffen, und … Nein. Nun mal langsam, Clare.

In ihrer Teepause, die sie in dem sonnigen, begrünten Innenhof der Praxis verbrachte, klingelte endlich ihr Handy. Sie kramte es begierig aus der Tasche und hielt dann inne. Es war Steve. Was wollte er denn?

«Hallo?», meldete sie sich argwöhnisch.

«Hi. Ich bin's, Steve.»

«Hi. Alles in Ordnung bei dir?»

«Ja. Ich rufe nur an, weil ich nächste Woche Urlaub genommen habe, und da habe ich mir überlegt, ein paar Tage mit den Kindern wegzufahren.»

Sie fuhr sich mit der Hand durchs Haar und merkte, wie das Gespräch sie schon jetzt ermüdete. «Ah. Nun, das könnte schwierig werden, weil ich nämlich schon –»

«Dachte mir, wir fahren mal mit dem Eurostar nach Paris, besichtigen die Sehenswürdigkeiten. Und Disneyland ist ja ganz in der Nähe, da würden sie bestimmt auch gern mal hin.»

«Aber, Steve –»

«Ich hole sie also am Donnerstag ab und –»

«Steve, hör mir zu!», fiel sie ihm ins Wort. «Nächste Woche sind die Kinder nicht da. Ich fahre mit ihnen nach Bournemouth.»

Eine ganze Weile blieb es still. «Das hast du aber nicht mit mir abgeklärt», sagte er dann.

Aufgeblasener Wichtigtuer! «Was soll das heißen, das habe ich nicht mit dir abgeklärt? Da gibt es nichts abzuklären. Ich bin ihre Mutter, und ich fahre mit ihnen in die Ferien.»

«Ja, aber dieses Wochenende sind sie ja ohnehin bei mir.

Und da ich ein paar Tage frei habe und sie mir von Rechts wegen die halbe Woche zustehen, wüsste ich nicht –»

Clare sah ihre Felle bereits davonschwimmen, was die Ferien in Bournemouth betraf. «Kannst du sie nicht in der Woche darauf nehmen?», fragte sie, mühsam die Beherrschung wahrend. «Bitte verstehe mich nicht falsch, sie würden bestimmt gern mit dir nach Paris, aber –»

«Nein, da kann ich nicht.»

«Aber ich habe das alles schon fest geplant. Wir fahren am Montag.»

«Tja, das hättest du aber erst mit mir klären sollen. Du missachtest hier meine Rechte als Vater, wenn du –»

«Moment mal, Steve, das ist doch lächerlich», fiel sie ihm aufgebracht ins Wort. «Warum setzt du mich jetzt so unter Druck? Wieso können wir die Sache nicht ruhig und vernünftig klären?»

«Weil du dich nicht an die Spielregeln hältst, deswegen. Und –»

«*Ich* halte mich nicht an die Spielregeln?» Frechheit, wie er alles auf den Kopf stellte! «Hör zu, ich bin bei der Arbeit, deshalb will ich mich jetzt nicht mit dir herumstreiten. Telefonieren wir später noch mal, dann klären wir alles, einverstanden?»

«Mensch, Clare, nun tu doch nicht so scheinheilig! Was werden wohl die Kinder dazu sagen, wenn ich ihnen erzähle, dass du mich daran gehindert hast, mit ihnen nach Disneyland zu fahren? Wie wird ihnen dabei wohl zumute sein?»

Ihr klappte der Mund auf. Nur aus Rücksicht auf Hilary Manning, die soeben mit einer Tasse Kaffee herausgekommen war und sich auf der Bank ganz in ihrer Nähe niedergelassen hatte, riss sie sich mühsam zusammen. «Ich möchte dieses Gespräch mit dir jetzt nicht fortsetzen», knirschte sie, während ohnmächtige Wut in ihr aufstieg. «Wir unterhalten uns später.» Ehe er etwas erwidern konnte, beendete sie das Telefonat per Knopfdruck und atmete tief durch, hochrot im Gesicht vor Zorn.

«Alles in Ordnung, Clare?», fragte Hilary und musterte sie über ihre Lesebrille hinweg.

Clare mahlte mit den Zähnen. «Männer», sagte sie nur, während sie sich auf den Weg zurück ins Gebäude machte. «Verflixte Männer.»

Als sie sich wieder an ihren Schreibtisch setzte, fiel ihr auf, dass soeben eine SMS von Polly eingetroffen war. *Totale Katastrophe, habe alles verdorben, Jay hasst mich. MAENNER.*☹

Anscheinend war die Sache ansteckend.

Als Clare später mit den Kindern nach Hause kam, saß Polly am Küchentisch und tippte mit finsterer Miene auf ihrem Laptop herum. «Hi», sagte sie, während sie einen Blick in den Kühlschrank warf und überlegte, was sie später kochen sollte. «Na, alles klar bei dir?»

«Ja», gab Polly kurz angebunden, beinahe schroff zurück. «Jetzt bereite ich mich gerade auf mein Vorstellungsgespräch vor, nächste Woche.»

«Ach ja, hast du ja in deiner SMS erwähnt gestern. Prima Sache.» Sie zögerte kurz. «Und … Jay?»

«Ist nie passiert.»

«Aha. Nun, wenn du später darüber sprechen möchtest –»

«Nein.»

«Auch gut.» Aha. So toll also war es gelaufen. Clare schloss seufzend den Kühlschrank wieder, weil der Inhalt sie nicht inspiriert hatte. Auf der Anrichte lag ein Häuflein frisch geerntete Rote Bete (die neueste Liebesgabe von Agatha vermutlich), die sie aber leider ebenfalls nicht inspirierte.

«Bohnen auf Toast, in Ordnung, Kinder?», rief sie und stellte bereits einen Topf auf den Herd, ohne ihre Antwort abzuwarten. Bohnen auf Toast stießen zum Glück immer auf Gegenliebe. Dann sah sie wieder zu Polly, die weiter verbissen auf ihrer Tastatur herumklapperte. «Und, was ist das für ein Job?»

Endlich hellte sich Pollys verdrießliche Miene auf, sie lächelte. «Oh, ein richtiger Traumjob, Clare», schwärmte sie. «Ganz ähnlich wie das, was ich früher gemacht habe, aber mit mehr Verantwortung. Und sogar noch besser bezahlt.» Ihre Augen leuchteten. «Besser geht's eigentlich nicht. Und deshalb» – sie deutete auf ihren Laptop – «will ich das beste Vorstellungsgespräch aller Zeiten abliefern. Um sie davon zu überzeugen, dass es für den Posten niemand Besseren gibt als mich.»

«Klingt toll», sagte Clare. «Gut gemacht. Das hast du dir wirklich verdient, nach all deinen Bemühungen.» Gleich darauf versetzte es ihr bei dem Gedanken, dass Polly wieder nach London entschwinden würde, einen kleinen Stich. Sie mochte sie nicht schon wieder verlieren, diese kluge, loyale Schwester, die sie eben erst gefunden hatte. «Aber du würdest mir fehlen», fuhr sie fort. «Versprich mir, dass wir uns nicht wieder aus den Augen verlieren, dass wir uns auch mal am Wochenende sehen und öfter telefonieren …»

«Auf jeden Fall.» Sie wechselten einen langen Blick, und Polly lächelte. «Auf jeden Fall», bekräftigte sie. «Lass mich das hier noch rasch abspeichern, dann gehe ich dir beim Abendessen zur Hand. Bei Bohnen auf Toast kann selbst ich nichts falsch machen.»

Später am Abend machte Clare sich auf einen weiteren Streit gefasst, atmete mehrere Male tief durch und griff dann zum Telefon, um Steve anzurufen. Sie kam jedoch nicht dazu, denn als sie eben die ersten beiden Ziffern der Rufnummer eingegeben hatte, hörte sie Schritte, und dann steckte Alex den Kopf zur Tür herein.

«Was ist denn?», fragte sie. Dass er im Sommer, wenn es abends noch hell war, Probleme beim Einschlafen hatte, wusste sie, in letzter Zeit aber hatte er sich die Unart angewöhnt, fast jeden Abend nach dem Zubettgehen noch einmal unter dem einen oder anderen Vorwand bei ihr im Erdgeschoss aufzutauchen.

«Ich kann nicht schlafen», sagte er.

Sie streckte ihm die Arme entgegen, und er kam zu ihr und setzte sich auf ihren Schoß. «Du hast es doch noch kaum versucht.» Sie drückte ihn an sich. «Na komm, geh wieder hoch, leg dich ins Bett und mach die Augen zu. Und komm nicht noch einmal runter, in Ordnung?»

Er glitt widerstrebend von ihren Knien herunter. «Und was ist, wenn mein Zahn rausfällt?»

«Na ja, wenn dein Zahn rausfällt, kannst du natürlich runterkommen.»

«Und wenn mir übel wird?»

«Dir wird nicht übel, aber falls doch, dann rufst du mich.»

«Und wenn das Fenster zerbricht?»

«Es zerbricht nicht. Jetzt ab mit dir in die Falle.»

«Was, wenn ich schlecht träume?»

«Dann denkst du einfach an was Lustiges und schläfst wieder ein.»

«Und was, wenn –?»

«Jetzt geh einfach, Alex, ja? Es wird nichts passieren. Geh und träum was Schönes von unseren Ferien nächste Woche.»

Er blieb weiter am Türrahmen stehen. «Aber was, wenn jetzt ein Einbrecher kommt?»

Clare verdrehte die Augen. «Alex …»

«Keine Bange, den macht Fred schon unschädlich», sagte Polly, die eben ins Zimmer kam und seine Frage gehört hatte. «Und ich haue ihm mit dem Nudelholz auf die Rübe, bis er nach seiner Mama schreit.»

Alex blickte zu Fred, der ausgestreckt auf dem Teppich lag und ungefähr so bedrohlich wirkte wie eine Banane. Dann grinste er. «Okay. Gute Nacht.» Und damit trollte er sich.

Clare und Polly sahen sich an und lachten. «Aha, ein kleiner makaberer Scherz, mehr war also gar nicht nötig», sagte Clare, während sie ihn die Treppe hochstapfen hörten. «Jungs!»

«Ach, er ist einfach entzückend», sagte Polly, setzte sich und schlug ein Buch aus der Leihbücherei mit dem Titel *Vorstellungsgespräche erfolgreich führen für Dummies* auf. «Sind sie beide. Was für süße, lustige, liebenswerte Kinder – und ich dumme, blinde Gans stelle das erst nach so vielen Jahren fest, nicht zu fassen.»

Clare bekam vor Rührung einen Kloß im Hals, und

kurz verschwamm ihr auch alles vor den Augen. Es hatte ihr jedes Mal von neuem weh getan, wenn Polly, ihre eigene Schwester, wieder einmal völliges Desinteresse an Leila und Alex gezeigt hatte. Wie gut, dass diese Zeiten vorbei waren. «Danke schön», sagte sie. «Bezaubernd sind sie allerdings.» Sie warf einen Blick aufs Telefon und seufzte. «Und deshalb muss ich jetzt auch mit ihrem miesen Vater Tacheles reden, ehe mich der Mut verlässt.»

«Na dann, auf ihn mit Gebrüll», sagte Polly. «Und drohe ihm mit dem Nudelholz, wenn er sich nicht bald benimmt. Wir beide könnten ihm damit abwechselnd auf die Rübe hauen.»

«Oder es ihm wohin schieben, das schmerzt noch mehr», brummte Clare grimmig. Sie atmete noch einmal tief durch und wählte dann. Bei seiner Mobilnummer landete sie sofort auf der Mailbox, also versuchte sie es mit der Festnetznummer. Es klingelte und klingelte, und sie wollte schon auflegen, als sich endlich Denise meldete, völlig außer Atem. «Hallo?»

«Hi, Denise, Clare hier. Ist Steve da? Ich müsste mal mit ihm sprechen.»

Denise zögerte kurz. «Äh … er duscht gerade», sagte sie. «Du, hör mal, Clare», fuhr sie nach einer kurzen Pause seltsam hastig fort. «Ich weiß, es geht mich nichts an, aber er ist in letzter Zeit sehr durcheinander. Ich möchte mich wirklich nicht einmischen, aber er ist so bedrückt deswegen, das kann ich nicht mehr mit ansehen. Besteht nicht eventuell doch die Möglichkeit, dass du es dir noch mal anders überlegst wegen … du weißt schon.»

Clare verstand nur Bahnhof. «Wegen Disneyland?», hakte sie versuchsweise nach.

Kurz blieb es still. «Nein», erwiderte Denise, hörbar befremdet. «Wegen dem Umgangsrecht mit den Kindern, das du ihm verweigern willst, falls wir umziehen.»

Wie bitte?, dachte Clare, die überhaupt nichts begriff. Doch ehe sie irgendetwas sagen konnte, ließ sich wieder Denise vernehmen, ein wenig panisch: «Oh! Da ist er ja, er ist nicht mehr im Bad. Ist für dich, Hasi, entschuldige, ich wusste nicht, dass du nach unten kommen würdest.»

Clare war noch immer so perplex über das, was Denise da gerade gesagt hatte, dass sie sogar das schmalzige «Hasi» ganz überhörte. «Hi», sagte sie, sobald Steve am Apparat war. «Was erzählt Denise denn da? Wie kommt sie darauf, dass ich dir das Umgangsrecht mit den Kindern verweigern könnte? Und was hat es mit dem Umziehen auf sich, wo wollt ihr denn hinziehen?»

Er stöhnte auf, und dann legte er offenbar die Hand über die Sprechmuschel. «Den, was hast du erzählt?», hörte Clare ganz gedämpft seine aufgebrachte Stimme. «Ich habe dir doch gesagt, du sollst dich da raushalten!»

«Was ist los?», zischte Polly ihr von der anderen Seite des Zimmers aus zu.

«Keine Ahnung», sagte Clare, während sie Fred mit dem Fuß streichelte. Das alles war schon ungeheuer mysteriös. «Steve? Steve, bist du noch dran?»

«Entschuldige», meldete er sich wieder. «Äh ... es hat da, glaube ich, ein kleines ... äh ... Missverständnis gegeben.»

«Was für ein Missverständnis? Tut mir leid, ich kann dir nicht folgen. Zieht ihr um?»

Wieder hörte sie dieses halb unterdrückte, seltsam gepeinigte Stöhnen. «Am Telefon kann ich das nicht erklären. Darf ich vorbeikommen? Wir müssen uns unterhalten.»

Sie warf Polly einen gequälten Blick zu. «Von mir aus», sagte sie. Dann fiel ihr ein, dass in der Küche ja ihre Arbeitsmaterialien herumstanden, und entschied, dass sie keine Lust hatte, jetzt wieder alles hinauszuräumen, um den Schein zu wahren. Und bei der eigenartigen Stimmung, in der er sich befand, war es vielleicht ohnehin ratsamer, sich auf neutralem Boden zu sehen. «Was hältst du davon, wenn wir uns irgendwo auf halbem Weg treffen?»

Wieder seufzte er. Langsam fing sie an, sich Sorgen um ihn zu machen. «Steve, du bist doch nicht irgendwie krank, oder?», fragte sie, weil er weiter nichts sagte.

Im Hintergrund ließ sich weiter Denise vernehmen, die sich hörbar bestürzt zu rechtfertigen versuchte. «Was? Moment, gleich», blaffte Steve barsch und wandte sich dann wesentlich ruhiger Clare zu: «Ja, einverstanden. Treffen wir uns im *Red Lion* in Nettleside. Ich bin in einer Stunde da.»

Ehe sie sich verabschieden konnte, hatte er auch schon aufgelegt.

Nettleside befand sich östlich von Elderchurch, etwa zwanzig Autominuten entfernt, und der *Red Lion* war ein gemütlicher Pub unweit der Hauptstraße, mit einem großen Biergarten und einer umfangreichen Speisekarte. Als Pärchen waren sie oft zum Abendessen hergekommen, weil Steve eine besondere Schwäche für die reichhaltige Rindfleisch-und-Bier-Pastete mit dem knusprigen Blätterteigmantel hatte, die es hier gab; dieses Gericht hatte er sich hier immer bestellt und am Schluss sogar noch mit dem Finger die Form ausgewischt, um sich auch ja keinen Tropfen der Soße entgehen zu lassen. Lustig, was für alberne Kleinigkeiten einem in Erinnerung blieben, dachte Clare, während sie ihren Wagen parkte.

Die gesamte Fahrt über hatte sie sich voll Unruhe den Kopf darüber zerbrochen, was Steve ihr wohl zu sagen hätte. Seinem merkwürdigen Benehmen in den letzten Wochen nach zu urteilen, schien er einiges auf dem Herzen zu haben. Gottlob hatte Denise nicht ihren Mund halten können und ihr am Telefon einen Fingerzeig geliefert, sonst wäre sie weiter völlig im Unklaren geblieben, bis Steve sich endlich ein Herz gefasst und ihr selbst reinen Wein eingeschenkt hätte. Anscheinend ging es um einen Umzug der beiden, so viel war klar. Warum aber erzählte er Denise die Lüge, sie hätte vor, ihm das Umgangsrecht für die Kinder zu entziehen? Als würde sie so etwas je tun, um Himmels willen!

Sein BMW stand bereits auf dem Parkplatz, fiel ihr auf dem Weg zum Eingang des Pubs auf. Er hatte ziemlich schief geparkt – ein absolutes Novum bei ihm, der so viel auf seine Fahrkünste hielt. Diesmal aber war nicht zu übersehen, dass er in Hast und Ungeduld eingeparkt hatte, die Vorderreifen zeigten schief zur Seite, und allein das gab Clare Anlass zur Sorge. Weil er sonst ein solcher Pedant war, was sein geliebtes Auto anging.

Steve saß an einem Tisch in der Ecke des Pubs. Er hatte ein Glas Rotwein vor sich stehen und brütete sichtlich trübsinnig vor sich hin. Sie besorgte sich eine Cola light am Tresen und atmete tief durch, ehe sie sich aufmachte in die Höhle des Löwen.

«'n Abend», sagte sie kühl, während sie gegenüber von

ihm Platz nahm. Als Kavalier alter Schule hatte er es sich in dem behaglichen Polstersessel bequem gemacht, während sie sich mit einem nicht ganz sauber wirkenden Stuhl begnügen musste. Sie faltete bloß die Hände vor sich auf dem Tisch, ohne das weiter zu kommentieren, und sah ihn gespannt an.

«Hi», sagte er. Du je, sah er schlecht aus. War er etwa doch krank? Seine Augen waren dick verquollen, er schien sich seit Tagen nicht rasiert zu haben, sein T-Shirt war völlig verknittert, kurzum, er wirkte fast schon verwahrlost. «Hör zu, es tut mir leid», fing er an, unruhig im Sessel hin und her rutschend. «Ich habe eine etwas schwierige Zeit hinter mir.»

Clare trank einen Schluck Cola. «Was ist denn los?», fragte sie, nachdem sie vergeblich darauf gewartet hatte, dass er weiterredete.

«Na ja, bei der Arbeit gibt's … Probleme», sagte er, ohne sie dabei anzusehen. Stattdessen hielt er den Blick in sein Weinglas gesenkt, das er nervös umherschwenkte.

Also los, rede!, dachte sie. Wie lange wollte er ihre Geduld denn noch auf die Probe stellen?

«Die Geschäftsleitung hat letztes Jahr entschieden, dass wir einen Haufen Geld sparen könnten, wenn wir den Standort wechseln», fuhr er endlich fort, «aber das hat bei den meisten Mitarbeitern wenig Begeisterung ausgelöst. Bei mir zum Beispiel.»

Ein Standortwechsel. Ach so. Steve arbeitete in der Buchhaltung einer großen Versicherung, die ihren Sitz in Reading hatte, nur einen Katzensprung über die A 33 von Basingstoke entfernt. «Wohin soll der Sitz denn verlegt werden?»

Er seufzte. «Nach Liverpool», sagte er dumpf, in einem Tonfall, als würde er sein eigenes Todesurteil verlesen. «Meilenweit weg von hier und von den Kindern.» Er ließ den Kopf in die Hände sinken. «Ich weiß nicht mehr ein noch aus.»

«Was sagt Denise dazu?»

«Oh, die ist entzückt von der Idee. Ihre halbe Familie lebt in Stockport, sie hätte also nicht das Geringste dagegen, hoch in den Norden zu ziehen. Aber …» Er zuckte mit den Schultern.

«Aber du willst nicht fortziehen», beendete Clare den Satz für ihn. Sie lehnte sich auf ihrem Stuhl zurück und verengte leicht die Augen. «Und, wie weiter? Du hast ihr also weisgemacht, dass ich dir das Umgangsrecht für die Kinder verweigern würde, wenn ihr umzieht? War das dein Plan?»

«Es tut mir leid», sagte er. «Ich wusste nicht, was ich sonst tun sollte.»

«Äh, du hättest ihr zum Beispiel die Wahrheit sagen können?», konterte sie ungehalten. «Dass du von Leila und Alex nicht Hunderte Meilen weit wegziehen möchtest?»

Das schlechte Gewissen stand ihm ins Gesicht geschrieben. «Das habe ich ja versucht», brummte er.

Aber nur sehr halbherzig offenbar, dachte Clare. «Das ergibt doch keinen Sinn», sagte sie. «Selbst wenn Denise deine Behauptung geschluckt und gesagt hätte: ‹Na schön, wenn Clare auf stur schaltet und dir die Kinder vorenthalten will, kommt ein Umzug natürlich nicht in Frage›, was hättest du dann getan? Der Punkt ist doch wohl, dass ihr an einen anderen Standort wechselt? Dass du also umziehen *musst*?»

«Das muss ich eben nicht», sagte er, während er an seinem Bierdeckel herumzupfte und kleine Stückchen davon abriss. «Wer freiwillig ausscheidet, erhält eine Abfindung, daher …»

Sie sah ihn entgeistert an. «Was, du würdest lieber deinen Job opfern, als wegzuziehen?» Damit hatte sie nicht gerechnet. Steve liebte seine Arbeit: liebte den Alltag im Büro und die Umsatzziele, liebte es, sich jeden Tag mit Anzug und Krawatte in Schale zu werfen, liebte seinen Laptop und sein Smartphone, die ihm das Gefühl vermittelten, eine ganz große Nummer zu sein.

Er zuckte abermals mit den Schultern. «Es ist keine leichte Entscheidung. Eins aber steht für mich fest, ich möchte nicht den Kontakt zu meinen Kindern verlieren.»

Er gab ein so klägliches Bild ab, wie er vor ihr saß, aschfahl und übernächtigt, dass Clare ihn unwillkürlich bedauerte. Nur ganz kurz allerdings, bis ihr wieder all die Gemeinheiten einfielen, mit denen er ihr das Leben schwergemacht hatte. «Aber Moment mal», fing sie an. «Was sollte all der Mist mit deinem Anwalt – dieser hochtrabende, einschüchternde Brief? Und dann noch diese Sache mit Disneyland, diese emotionale Erpressung, von wegen ‹Was werden denn die Kinder denken, wenn ich ihnen erzähle, dass du sie nicht dorthin lassen willst?›. Was wolltest du bitte schön damit bezwecken?»

Er ließ beschämt den Kopf hängen. «Ich … ich habe mich eben stark unter Druck gefühlt», sagte er heiser.

War das alles? Mehr hatte er zu seiner Rechtfertigung nicht vorzubringen? «Ja, das klingt schlüssig», erwiderte sie spöttisch. «Und da hast du dich eben an mir abreagiert, nicht wahr. Hast ein bisschen deine Macht spielen lassen, damit es dir besserging?!» Auf einmal fiel ihr ein, was Polly damals zu ihr gesagt hatte, an jenem Abend, als sie gerade zu ihr gezogen war: *Ich fand es immer unmöglich, wie er versucht hat, dich runterzumachen. Mir kam es so vor, als hätte es ihn jedes Mal geärgert, wenn dir etwas gelungen war und du damit Erfolg hattest.* Seinerzeit fand sie Pollys Bemerkung völlig unangebracht; mit welchem Recht kritisierte ihre Schwester Steve, obwohl sie nie sonderliches Interesse an ihm gezeigt hatte? Mit ihrer Einschätzung aber hatte sie womöglich gar nicht so danebengelegen.

«Es tut mir leid», beteuerte er abermals. «Leila hat etwas von diesem Unternehmen erzählt, dass du gerade aufziehst, und …» Er knetete hilflos die Hände. «Das traf mich eben wie ein Schlag ins Gesicht: dass bei dir alles so gut lief, während ich gerade so schlimm in der Klemme saß.»

Was für ein armseliger Wicht. «Ach so», sagte sie kalt. «Da hast du dir gedacht, du versuchst mal eben, mir Knüppel zwischen die Beine zu werfen, ja? Mich in die Schranken zu weisen? Wie erwachsen von dir, Steve. Wie großzügig.»

«So war das nicht, ich –»

«Wie war es dann? Erklär's mir, ich bin ganz Ohr.» Sie hatte nicht schlecht Lust, ihn zu erdrosseln, für seine kleinliche Quertreiberei.

«Es tut mir leid», wiederholte er noch einmal. «Ich habe mich wie ein Idiot benommen. Ich dachte, wenn wir am Ende doch nach Liverpool umziehen, dass ich dann … die Kinder vielleicht mitnehmen könnte.»

Vor Schreck blieb ihr kurz das Herz stehen. «Wie bitte?» Dass er so tief sinken könnte, hätte sie ihm nie und nimmer zugetraut. «Was hattest du denn vor: Wolltest du irgendwie nachweisen, dass ich als Mutter ungeeignet bin und mir die Kinder deshalb entzogen gehören?»

Sein Schweigen sprach Bände. Ja. Genau das also war sein Plan gewesen. Sie schlang ihre Arme um sich und hätte sie am liebsten zugleich schützend um Leila und Alex gelegt. «Nur über meine Leiche. Das lasse ich nicht zu, niemals», stellte sie laut und deutlich klar. Schade eigentlich, dass Blicke nicht wirklich töten oder zumindest schmerzhafte Wunden schlagen konnten. «Hast du das verstanden?»

«Ja.»

«Untersteh dich, so etwas je wieder zu versuchen.» Sie funkelte ihn warnend an. «Es ist mein bitterer Ernst. Das gehört sich nicht, Steve. Das ist einfach … unanständig.»

«Es tut mir leid», beteuerte er abermals, diesmal aber zutiefst kleinlaut und geknickt. Und dann fing er zu ihrer Bestürzung an, sich mit den Fäusten an den blutunterlaufenen Augen herumzureiben, weil ihm die Tränen kamen. «Wie gesagt, es war alles nicht so einfach in letzter Zeit.»

«Ja, ja», erwiderte sie wegwerfend und stand dann auf. Jetzt wollte sie nur noch nach Hause, zu ihren schlafenden Kindern und zu ihrer Schwester, um sich dort etwas Stärkeres zu genehmigen als läppische Cola light. «Also, gib mir Bescheid, wie du dich entscheidest», sagte sie kalt. «Und dies noch, Steve: Auch wenn du umziehst, käme ich niemals auf die Idee, dir den Umgang mit den Kindern zu untersagen», fügte sie noch hinzu. «Da würden wir schon irgendeine Lösung finden, in Ordnung? Aber versuche nie wieder, mich dabei so schäbig auszutricksen. Hörst du: nie wieder.»

Ehe er irgendetwas erwidern konnte, wandte sie sich um und verließ den Pub. Nach dieser Unterredung, so viel stand fest, fühlte sie sich urlaubsreifer denn je.

Nach der Aussprache mit Steve war Clare zwar einerseits ernüchtert, hatte aber zugleich das Gefühl, dass ihr seither eine Art neue Kraft zugewachsen war. Sie wusste nun, dass sie ihm nicht mehr hundert Prozent vertrauen konnte, eine Erkenntnis, die sie nicht etwa in Depressionen stürzte, sondern eher etwas Befreiendes für sie hatte. Weil jetzt klar war, dass es ganz bei ihr lag, dafür zu sorgen, dass sie und die Kinder ein glückliches Leben führten; und genau darauf würde sie mit aller Kraft hinarbeiten, dazu war sie fest entschlossen.

Derart beflügelt, arbeitete sie die restliche Woche über von früh bis spät, sodass sie am Samstagnachmittag mit einem inneren Hochgefühl die bestellte Ware komplett im Hotel anliefern konnte. Als der letzte Karton Seife aus ihrem Kofferraum ausgehändigt und per Unterschrift quittiert worden war, fühlte sie sich schlagartig unendlich leicht und frei und trat beschwingt die Heimfahrt an, am Steuer lauthals vor sich hin singend, wobei sie unterwegs nur einen kurzen Zwischenstopp einlegte, um eine Flasche Prosecco zu besorgen, die sie zur Feier des Tages am Abend mit Polly köpfen würde. Sie hatte es geschafft! Oder vielmehr sie alle hatten es geschafft, sie und das ganze wunderbare Team Clare, bestehend aus Freundinnen und Familie.

Ich bin jetzt Geschäftsfrau, dachte sie beim Fahren in einem fort und konnte gar nicht mehr aufhören zu lächeln. *Ich habe meinen Vertrag erfüllt und eine tolle Hotelkette für gehobene Ansprüche soeben mit fabelhaften handgemachten Produkten beliefert.* Mehr noch, ihr war bewusst, dass sie all das, wäre sie weiter mit Steve verheiratet gewesen, nie erreicht hätte.

Später am Abend, noch immer beflügelt von ihrem Erfolg und ein wenig beschwipst vom Prosecco, kam sie zu dem Entschluss, dass es für sie als emanzipierte Geschäftsfrau des einundzwanzigsten Jahrhunderts, die sich nun endgültig von ihrem Exmann abgenabelt hatte, eine weitere Herausforderung gab, der sie sich stellen musste. Hatte sie nicht unlängst erst Polly dazu gedrängt, in Liebesdingen etwas zu riskieren? Nun, es war höchste Zeit, dass sie ihren Ratschlag selbst beherzigte.

«Luke? Hi, ich bin's, Clare», sagte sie, als er sich am Telefon meldete. «Hören Sie, ich habe nachgedacht. Wenn ich wieder aus dem Urlaub zurück bin, hätten Sie da Lust, mal einen Abend mit mir was trinken zu gehen?»

Sie hielt den Atem an. Polly, die mit gedrückten Daumen ein Stück weiter weg stand, folgte ihrem Beispiel.

«Ja, wirklich?» Clare strahlte über das ganze Gesicht und musste ein Lachen unterdrücken, weil Polly soeben wilde Freudensprünge vollführte wie ein verrücktes Känguru. «Super. Also, wann würde es am besten passen?»

25

Nachdem Clare am Montag darauf nach viel Trara und großem Brimborium mit Leila, Alex und Fred in Richtung Bournemouth aufgebrochen war, senkte sich mit einem Mal Stille über das Haus.

Die folgenden Tage gestaltete Polly sich recht angenehm. Nachdem sie morgens im Pub geputzt hatte, bereitete sie sich im Garten anhand der Notizen, die sie zu Papier gebracht hatte, in Ruhe auf ihr Vorstellungsgespräch vor, traf sich einmal mittags mit ihren Eltern zum Essen, unternahm lange Spaziergänge durch die Wiesen und Wälder und streckte sich abends auf dem durchgesessenen alten Sofa aus, um sich nach Herzenslust von allerlei Fernsehschund berieseln zu lassen. (Wenn sie erst wieder richtig Geld verdiente, würde sie als Allererstes ihrer Schwester ein vernünftiges Sofa spendieren, bei dem nicht überall die Sprungfedern zu spüren waren.) Ihre stille Hoffnung, während ihrer ausgedehnten Spaziergänge einmal Jay über den Weg zu laufen – tatsächlich wählte sie jeden Tag intuitiv eine Route, die ziemlich dicht an seinem Haus vorbeiführte –, erfüllte sich leider nicht; jedes Mal war er offenbar gerade bei der Arbeit oder hatte irgendwo anders zu tun. Die Fronten in dem kalten Krieg zwischen ihnen blieben also nach wie vor verhärtet.

Bessere Nachrichten gab es am Mittwoch, als die Verträge zum Verkauf ihrer Wohnung per Post eintrafen. Sie setzte schwungvoll ihre Unterschrift darunter und bemühte sich, nicht allzu traurig zu sein, als sie sie umgehend zur Post brachte, um sie an Vince zurückzuschicken. So. Damit war die letzte Verbindung zu ihrem früheren Leben gekappt. Jetzt war es an der Zeit, zu neuen Ufern aufzubrechen.

Am Donnerstag hatte Polly das Gefühl, in jeder Hinsicht bestens auf ihr Vorstellungsgespräch vorbereitet zu sein. Aufgeregt und voller Vorfreude stieg sie morgens in den Zug nach London, wie aus dem Ei gepellt in ihrem elegantesten Sommerhosenanzug und mit glänzenden Edelpumps an den Füßen. Sie kannte ihre Antworten in- und auswendig, wusste alles, was es über die Firma und ihre Geschichte zu wissen gab, und war auch auf die kniffligsten Fragen eingestellt. Falls es gut lief – und es würde gut laufen, so wahr sie Polly Anne Johnson hieß –, hatte sie sich bereits vorgenommen, sich mit einem Abstecher zu der Jo-Malone-Filiale an der Bond Street zu belohnen, um sich dort ein neues Fläschchen *Pomegranate Noir* zu besorgen, ihr Lieblingsparfüm. Sogar ein spätes Mittagessen bei Carluccio's könnte drin sein, mit einem guten Glas Vino zur Entspannung. Es kann losgehen, ich bin bereit, dachte sie gut gelaunt, als der Zug über die Waterloo Bridge ratterte und dann in den Bahnhof einfuhr.

Als sie zwei Stunden darauf das Sitzungszimmer verließ, schwebte sie wie auf Wolken. Ein sechsköpfiges Gremium hatte sie nach allen Regeln der Kunst auf Herz und Nieren geprüft, aber sie hatte alle Fragen mit Bravour pariert. Sie ließ sich in keiner Weise aus der Ruhe bringen, konnte auf gewisse technische Fragen hin umgehend einen Wust von Daten herunterrattern und hatte ihren Gesprächspartnern das eine oder andere Mal sogar ein zustimmendes Lachen entlockt. Nur die Frage nach ihren persönlichen Interessen beantwortete sie auf eine Weise, die sie selbst überraschte. Früher hatte sie auf diese Frage hin meist eine Reihe frei erfundener, möglichst anspruchsvoller Hobbys aufgezählt, um Eindruck zu schinden – hatte zum Beispiel betont, wie gern sie ins Theater ging (obwohl sie in all den Jahren in London nur eine einzige Aufführung besucht hatte, das Abba-Musical *Mamma Mia* nämlich, im Rahmen eines Betriebsausflugs), in die Oper (kannte sie nur vom Hörensagen), und sie hatte auch immer behauptet, sich lebhaft für Politik und Zeitgeschehen zu interessieren, obwohl sie in Zeitungen in der Regel nur den Wirtschafts- und Finanzteil studierte. Auch für heute hatte sie wieder eine ähnliche Antwort einstudiert, gab aber dann spontan eine ganz andere Auskunft.

«Meine Familie und ich, wir stehen uns sehr nahe, und ich verbringe gern Zeit mit meinen Angehörigen», hatte sie gesagt. «Ich habe eine tolle Nichte und einen süßen Neffen, die mir Inlineskaten beigebracht haben – wenn auch nur mit mäßigem Erfolg, zugegeben» (dies wurde mit einem Schmunzeln aufgenommen). «Und Trampolinspringen. Außerdem haben sie mich mit ihrer Begeisterung für Harry Potter angesteckt. Ich unternehme gern lange Spaziergänge durch Wald und Flur mit meinen Eltern und freue mich immer, wenn ich mit ihnen über Gott und die Welt diskutieren kann. Oh, und meiner Schwester habe ich kürzlich auch helfen können, als sie ein kleines Unternehmen auf die Beine gestellt hat – da hat die ganze Familie mit angepackt!»

«Klingt reizend.» Die einzige Dame in dem Gremium, Typ grauhaarige Matriarchin, nickte Polly freundlich zu.

Das war das einzige Mal, dass Polly kurz in Verlegenheit geriet. Weil sie bei eher mütterlichen Frauen früher nie sonderlich gut angekommen war. «Ursprünglich wollte ich Ihre Frage ganz anders beantworten», räumte sie freimütig ein. «Wollte Ihnen von den kulturellen und sonstigen Interessen erzählen, die ich auch pflege. Aber seit ich meine Arbeit verloren habe, habe ich gemerkt, wie wertvoll es ist, eine Familie zu haben, auf die man sich verlassen kann. Und wie heißt es doch so schön: Ehrlich währt am längsten.»

Das war hervorragend angekommen, daran ließ die mimische Reaktion ihrer Gesprächspartner keinen Zweifel. «Sehr angenehm, Sie kennenzulernen», hatte die Matriarchin gesagt, als sie ihr zum Abschied die Hand gab. «Wir werden der Agentur unsere Entscheidung in Kürze mitteilen – vielleicht sogar noch heute.»

Konkreter legte sie sich nicht fest, aber Polly spürte einfach, dass sie bei der Frau jede Menge Sympathiepunkte gesammelt hatte. Die Frage war nur, ob das ausreichte, um ihr den Job zu verschaffen, oder war noch ein besserer Kandidat in die engere Auswahl gekommen?

Aber, einerlei. Zu Jo Malone würde sie trotzdem gehen. Und auch das köstliche Mittagessen beim Edelitaliener würde sie sich gönnen. Manchmal musste man einfach optimistisch sein und die Dinge in Ruhe auf sich zukommen lassen, oder?

Als sie das Bürogebäude verließ und auf die Liverpool

Street hinaustrat, wäre sie um ein Haar mit zwei schicken Frauen in Bleistiftröcken und Pumps zusammengestoßen, die beide Laptop-Taschen an sich drückten. «Polly? Bist du es?», fragte die eine und nahm vor Schreck zwei hastige Züge von ihrer Zigarette. O nein. Es war die blonde Sophie; diese falsche Person, die sich so hämisch über Pollys Missgeschick gefreut und sie wie die sprichwörtliche heiße Kartoffel hatte fallen lassen, nachdem sie arbeitslos geworden war. Erst jetzt fiel Polly siedendheiß wieder ein, dass sie ja auch bei der Walkley Group arbeitete. «Gibt's ja nicht. Was machst du denn hier?»

Ihr Tonfall war alles andere als freundlich, aber ihre Augen funkelten, und sie hatte eine Braue in die Höhe gezogen; offenbar kam sie halb um vor Neugierde, was Polly hierherverschlagen hatte.

«Sabrina!», verwechselte Polly ganz bewusst ihren Namen. «Nein, wie schön, was für eine Überraschung.»

«Sophie heiße ich», versetzte sie schnippisch und musterte Polly mit neu erwachtem Interesse, registrierte ihr von der Sonne goldgesträhntes Haar, ihre gesunde Bräune und die Sommersprossen auf ihrer Nase, die sie auch mit ihrem letzten Make-up von Clinique nicht ganz hatte überdecken können. «Du siehst irgendwie verändert aus. Hast du was machen lassen?»

Polly lachte. «Ich *habe* mich auch verändert!», sagte sie. «Gott sei Dank. Also, man sieht sich.» Sie lächelte ihr noch einmal zu und stolzierte dann hocherhobenen Hauptes davon. Aber der Schreck über diese Begegnung war ihr nachhaltig in die Knochen gefahren. Seit sie die weiß Gott nicht einfachen letzten Monate überstanden hatte und nach den Jahren der Entfremdung wieder in den Schoß ihrer Familie zurückgekehrt war, fühlte sie sich stärker denn je, erfüllt von neuem Lebensmut, neuer Zuversicht. Warum also brach ihr nun bei der Vorstellung, demnächst möglicherweise in Sophies unmittelbarem Dunstkreis arbeiten zu müssen, der kalte Schweiß aus?

Jetzt brauchte sie wirklich etwas zu trinken, entschied sie. Ein Glas kalten, süffigen Wein am besten, bei dem sie in aller Ruhe nachdenken könnte.

Bei ihrer Rückkehr nach Elderchurch stieß Polly, als sie durch die Haustür trat, auf einen roten an sie adressierten Briefumschlag, den der Postbote in ihrer Abwesenheit vorbeigebracht hatte. Sie erkannte sofort Clares Handschrift und riss den Umschlag auf, während sie aufatmend ihre Pumps abstreifte. Dass sie solche hochhackigen Schuhe jahrelang tagein, tagaus getragen hatte, schien ihr heute fast schon unvorstellbar. Inzwischen waren diese Stöckel so ungewohnt für sie, dass sie sich heute mehrere Blasen gelaufen hatte.

In dem Umschlag befand sich eine Karte mit einer bunten, poppigen Aufschrift: *Viel Glück*! Sie klappte die Karte auf: sie enthielt Botschaften von Clare, Leila und Alex.

Liebe Polly, viel Glück und Erfolg am Donnerstag. Das hast Du mehr verdient als jeder andere, und die könnten sich glücklich schätzen, wenn Du bei ihnen anfängst! Alles Liebe, Clare

Liebe Tante Polly, Du bist DIE BESTE, viel Glück, liebste Grüße, Deine Leila xxx

Liebe Tante Polly, bitte, bitte bekomme diesen Job, damit ich endlich wieder in mein Zimmer ziehen kann. Liebe Grüße, Alex. PS: Keine Sorge, war nur Spaß

Darunter hatte jemand – Leila vermutlich – den Abdruck einer Hundepfote gezeichnet und *WUFF, VIEL GLÜCK von Fred* dazugeschrieben. Sie lächelte und drückte sich die Karte kurz an die Brust, ganz aufgewühlt vor Rührung. Und dann klingelte das Telefon.

«Hi, Mama. Hast du kurz Zeit?»

Karen strahlte, als sie ihre Tochter an der Tür vor sich stehen sah, und schob die aufgeregt kläffende Sissy wieder ins Haus zurück. «Selbstverständlich! Komm rein, ich habe gerade frische Ingwermuffins aus dem Backofen geholt; da kannst du gleich einen für mich probieren.»

«Danke.» Polly trat vorsichtig über die noch immer wild kläffende kleine Terrier-Dame hinweg. Seit dem Anruf hatte sie das dringende Bedürfnis, mit jemandem zu sprechen, um sich Rat zu holen, was sie nun tun sollte. Dass Clare aber auch ausgerechnet jetzt fort sein musste!

«Hallo, Liebes», sagte Graham, der eben mit einem gutgefüllten Beutel aus dem Garten hereinkam, als sie in die warme, nach Ingwer duftende Küche traten. «Ich habe gerade Tomaten gepflückt; ich hätte später noch welche für dich und Clare vorbeigebracht und mal nachgesehen, wie es ihren Erdbeeren so geht. Hast du die auch schön gegossen? Es ist doch so trocken in letzter Zeit.»

«Danke, Papa.» Polly sah ihn lächelnd an. «Ja, die Erdbeeren habe ich fleißig gegossen. Und auch die Himbeeren. Und die schwarzen Johannisbeeren.»

«Bisher haben sie richtig Glück mit dem Wetter gehabt, nicht wahr?», bemerkte Karen, während sie den Teekessel am Wasserhahn füllte. «Clare und die Kinder, meine ich. Muss herrlich sein am Strand diese Woche.»

«Sie hat mir gestern eine SMS geschickt, dass sie viel Spaß haben», erwiderte Polly, während sie unaufgefordert drei Becher aus dem Schrank nahm. «Ach, und es kommt noch besser. Sie hat auch geschrieben, dass sie zum ersten Mal seit Jahren wieder geschwommen ist, im Meer!»

Karen fuhr ruckartig herum. «Oh, wirklich? Das sind ja gute Nachrichten», hauchte sie mit plötzlich verdächtig feucht schimmernden Augen. Sie und Polly wechselten einen langen, vielsagenden Blick. Karen wusste offenbar auch, wie bedeutsam dieses Ereignis war.

Polly atmete tief durch. «Hört mal, ihr Lieben, ich muss euch etwas beichten», fing sie ohne Umschweife an. «Ich bin nicht ganz ehrlich zu euch gewesen.»

«Aha, jetzt kommt's. Die geheimgehaltene Familie in London: diese drei Kinder der Liebe, die du vor uns und der Welt in einem entlegenen Nobelinternat versteckt hast», flachste ihr Vater, der eben auf die Spüle zuging und dort seine Frau mit dem Ellbogen beiseitestieß. «Mach mal Platz, ja, damit ich mir die Hände waschen kann.»

«Nein, Papa, es geht um –»

«Ah, dann geht es also um die fünf Exehemänner, die du uns all die Jahre verheimlicht hast …»

«Nein, ich –»

«Herrgott, Graham, nun lass das Mädchen doch mal zu Wort kommen», rügte Karen, hieb ihm ihrerseits unwillig den Ellbogen in die Seite und schlug mit einem Geschirrtuch nach ihm. Dann wandte sie sich wieder Polly zu. «Sprich weiter, Liebes. Ich bin ganz Ohr.»

«Ich habe doch behauptet, ich wäre beurlaubt worden und würde deshalb nach Elderchurch kommen», fing Polly mit stockender Stimme an. «Das stimmte nicht. Tatsächlich bin ich entlassen worden.»

Ihre Eltern wechselten einen Blick, sagten aber nichts.

«Ich war zu stolz, euch das zu beichten, aber neben meinem Job habe ich auch all mein Geld verloren und musste am Ende sogar meine Wohnung verkaufen. Deshalb brauchte ich dringend ein Dach über dem Kopf.» Sie schluckte und hielt den Blick zu Boden gesenkt, um nicht die Enttäuschung in ihren Augen sehen zu müssen, die Kränkung darüber, dass sie sie so hinters Licht geführt hatte. «Ich hätte nicht lügen dürfen, und es tut mir aufrichtig leid. Aber ich wollte nicht, dass ihr mich bedauert.»

«Also, Polly», sagte ihre Mutter, kam zu ihr und nahm sie in den Arm. «Hast du wirklich gedacht, das hätten wir noch nicht erraten?»

Polly erstarrte leicht in der warmen Umarmung ihrer Mutter. «Ihr … wusstet es?»

Ihre Mutter drückte sie. «Natürlich wussten wir es. Du hast uns doch noch nie aus freien Stücken besucht, außer an Weihnachten, da wussten wir gleich, dass du in irgendeiner Verlegenheit steckst. Und dann hat Stuart versehentlich ausgeplaudert, dass du bei ihm im Pub arbeitest, und …»

«O Gott.» Polly verbarg das Gesicht an der Schulter ihrer Mutter, während gleichzeitig der Teekessel zu pfeifen begann. Dieser verflixte Stuart hatte also doch nicht den Mund halten können!

«Aber du warst ja immer so gereizt und einsilbig, wir wussten also, dass du es vor uns verheimlichen wolltest.» Ihre Mutter ließ sie los und sah sie direkt an. «Polly ... du bist unsere Tochter. Unsere kluge, begabte, wunderhübsche Tochter. Egal was du tust, wir werden immer stolz auf dich sein. Aber du hättest uns ruhig erzählen können, dass man dich entlassen hat. Wir hätten dich deswegen gewiss nicht verurteilt oder weniger große Stücke auf dich gehalten. Wir wünschen uns nur, dass du glücklich bist.»

Ihr Vater räusperte sich. «Da hat sie mal recht, ausnahmsweise», brummte er. «Und wenn man entlassen wird, ist das kein Grund, sich zu schämen. Das ist letzten Monat auch Mike Jacks passiert, aus meinem Golfclub. Ein richtig netter Kerl. Kenne niemanden, der besser einlochen kann als er.»

«Setz dich, lass mich den Tee machen», sagte ihre Mutter und klopfte Polly sachte auf die Schulter. «Und dann erzähle uns alles in Ruhe, wenn du magst.»

«Tja, genau das ist es ja», sagte Polly, während sie sich an den Tisch setzte. «Ich habe gerade eine neue Stelle angeboten bekommen.»

Ihre Mutter quietschte vor Freude und warf die Arme in die Luft. «Ach wirklich? Oh, gut gemacht! Und als was?»

«Verrat's uns nicht – Stuart hat dich zur Geschäftsführerin befördert», ulkte ihr Vater und kippte die Tomaten in ein Gemüsesieb, um sie unter dem Wasserhahn zu waschen.

«Nein», sagte sie und zog ihm eine Grimasse. «Die Firma hat ihren Sitz in London. Die Stelle ist so ähnlich wie mein alter Job. Aber besser.»

«Oh, das ist doch fabelhaft.» Ihre Mutter goss den Tee ein und setzte Polly einen noch warmen, klebrig aussehenden Ingwermuffin vor. «Ich gratuliere dir. Und, wann fängst du an?»

«Im September», erwiderte Polly. «Bloß …» Sie verzog das Gesicht und scheute sich ein wenig, zum Kern der Sache zu kommen. «Na ja, ich weiß noch nicht, ob ich zusagen soll, offen gesagt. Weil ich nicht weiß, ob ich tatsächlich nach London zurückwill.»

Ihre Eltern sahen sie beide erstaunt an. «Du willst nicht zurück?», hakte ihr Vater nach, wie um sicherzugehen, dass er sich nicht verhört hatte.

Polly biss ein Stück von dem Muffin ab. Das half. «Ich dachte, ich wollte zurück», antwortete sie mit vollem Mund, während sie den herrlich würzigen Geschmack genoss, «aber jetzt bin ich mir nicht mehr so sicher.»

«Ist es die Arbeit, auf die du nicht so scharf bist, oder die Vorstellung, wieder nach London zu ziehen?», fragte ihre Mutter. «Weil nämlich viele hier aus der Gegend von Amberley aus per Zug zur Arbeit nach London pendeln. Und von Basingstoke aus fährt sogar ein Schnellzug.»

«Oder du suchst dir hier in der Umgebung eine Stelle», ergänzte ihr Vater. «Ist natürlich nicht so schick und fein wie in London, aber Leute mit Grips finden überall Arbeit, sofern du flexibel bist und auch was mit Buchhaltung machen würdest, oder, keine Ahnung, mit … Computern.»

Polly hatte noch immer nicht ganz verdaut, dass sie ihr Geheimnis schon so lange kannten und es ihr trotzdem nicht übel genommen hatten. «Die Stelle in London klingt schon super, daran liegt's nicht», sagte sie. «Aber in den letzten Monaten hier bei euch ist mir klar geworden, dass ich in meinem alten Leben nicht besonders glücklich war.» Sie kaute versonnen und überlegte, wie sie ihre Empfindungen am besten in Worte fasste. «Ich bin einfach wahnsinnig gerne hier. Ich weiß, anfangs bin ich euch ganz schön auf die Nerven gefallen …»

«Nein, nein! Niemals!», flachste ihr Vater.

«Aber ihr seid alle so lieb zu mir, ich fühle mich einfach wohl bei euch. Es hat mir so gut gefallen, endlich mal Zeit mit euch beiden zu verbringen, und mit Clare und den Kindern. Und auch die ländliche Umgebung gefällt mir großartig.» Sie seufzte. «In meinem alten Job hatte ich immer bis abends zu tun, ich habe praktisch nur noch für die Arbeit gelebt. So ein Leben möchte ich nicht mehr. Ach, ich weiß gar nicht mehr, was ich überhaupt will!»

Ihre Mutter umfasste ihre Hand. «Das findest du schon noch heraus», sagte sie. «Schlafe erst mal drüber. Nun hast du all diese Monate darauf gewartet, eine neue Stelle zu finden. Da kommt es auf ein paar Stunden mehr auch nicht an, ehe du irgendeine Entscheidung triffst. Und egal wofür du dich entscheidest, wir stehen hinter dir. Immer und jederzeit.»

Bei Pollys Rückkehr blinkte Clares Anrufbeantworter, und sie hörte die Nachricht ab. «Hi, hier ist Kate Hendricks, ich wollte mit Clare Berry sprechen. Ich wollte Ihnen bloß mitteilen, Clare, dass wir von den Produkten, mit denen Sie uns beliefert haben, alle restlos begeistert sind und uns gern noch einmal mit Ihnen zusammensetzen würden, um eine Vertragsverlängerung zu erörtern. Rufen Sie mich doch bitte zurück. Und vielen Dank noch mal.»

Polly grinste breit. Auch wenn sie selbst gerade etwas in der Zwickmühle saß, was ihre berufliche Zukunft betraf, waren das doch eindeutig sagenhafte Neuigkeiten für ihre Schwester. Clares Freudenschrei, wenn sie davon erfuhr, konnte sie sich lebhaft vorstellen. «Gratuliere, Clare», sagte sie in die Stille der Küche hinein. «Das gönne ich dir.» Sie versuchte, sie anzurufen, landete aber umgehend auf der Mailbox. Clare hatte sie vorab gewarnt, dass der Empfang auf dem Campingplatz eher bescheiden war, also schickte Polly ihr eine SMS und hoffte, dass ihre Schwester die frohe Kunde möglichst bald erfahren würde.

Den restlichen Nachmittag trödelte sie im Haus herum. Sie gab allen Pflanzen im Garten Wasser und zupfte ein wenig Unkraut aus dem Gemüsebeet (zumindest hoffte sie, dass es Unkraut war). Sie fütterte Marjorie und Babs und scheuchte sie dann für die Nacht in den Stall zurück, den sie sodann sorgsam verschloss. Sie stocherte eine Weile lustlos in einer Portion Couscous und Salat mit Pfeffermakrele herum, bis sie es schließlich aufgab und alles auf den Kompost kippte. Vor lauter Unschlüssigkeit hatte es ihr sogar den Appetit verschlagen. Oh, Clare! Warum konnte sie jetzt nicht hier sein und die Sache mit ihr durchsprechen. Erst ihre Abwesenheit hatte Polly so richtig vor Augen geführt, was für ein enges Verhältnis sich im Lauf des Sommers zwischen ihnen entwickelt hatte; Clare war mittlerweile ihre erste Ansprechpartnerin und Vertraute, die immer ein offenes Ohr für sie hatte und ihr mit Rat und Tat zur Seite stand.

Sollte sie diesen Job annehmen oder nicht? Eine solche Entscheidung konnte sie doch unmöglich allein treffen!

Nur die Ruhe, Polly, ermahnte sie sich. Jetzt heißt es,

ganz nüchtern abzuwägen: Was spricht dafür, was spricht dagegen.

Falls sie zusagte und nach London zurückkehrte, könnte sie endlich wieder ihren Kopf gebrauchen. Sie würde den ganzen Tag lang interessante, wichtige Entscheidungen treffen, ein Team von Mitarbeitern führen und motivieren, Kunden bei Transaktionen beraten, bei denen es um Millionensummen ging. Hinzu kam die stattliche Entlohnung und alle damit einhergehenden Annehmlichkeiten: Sie könnte endlich wieder eine eigene Wohnung beziehen, sich nach Herzenslust mit neuen Schuhen und neuer Garderobe eindecken. Und auch die Schreckensvision, bis ans Ende ihrer Tage Putzhandschuhe überstreifen und Pub-Toiletten schrubben zu müssen, wäre damit – hoffentlich – für alle Zeit gebannt. Lauter Argumente, die sich schon mal verflixt gut anhörten.

Auf die unvermeidlichen Begleitumstände allerdings war sie weniger erpicht. Die Rückkehr in den Asphaltdschungel, die Aussicht, sich von früh bis spät in einem Büro aufzuhalten, in dem nur das Surren der Klimaanlage darauf hindeutete, dass draußen gerade Sommer war. Dazu das Machogehabe der Kollegen, die ewigen Klüngeleien, die oberflächliche Unverbindlichkeit der geselligen Zusammenkünfte und eine zwar vielleicht luxuriöse, aber leere, unbelebte Wohnung, die sie allabendlich erwartete. Und Jay, das kam hinzu, würde sie wahrscheinlich auch nie wiedersehen.

Sie setzte sich auf die Schaukel im Garten, stieß sich sacht vom Boden ab und fing an zu schaukeln, wobei sie bei jedem Vorwärtsschwung weit die Füße vorstreckte, um noch höher zu schwingen. Aber sie hatte nun so lange auf eine solche Gelegenheit gewartet. Da konnte sie den Job doch unmöglich ausschlagen?

Sie lehnte sich auf der Schaukel zurück und ließ den Kopf zurückhängen, sodass die Welt auf einmal kopfstand. Der Himmel wirbelte schwindelerregend über ihr, der Boden sauste bedrohlich auf ihr Gesicht zu. Was sollte sie bloß tun?

«Ach! *Sie* sitzen da auf der Schaukel, Polly», ließ sich plötzlich eine Stimme vernehmen. «Ich habe das Quietschen gehört und dachte, die Kinder wären wieder da.» Es war Agatha, die wie üblich ihre nicht zueinander passenden Gartenhandschuhe trug und über den Zaun winkte. «Alles in Ordnung bei Ihnen, Liebes?»

Polly richtete sich eilig auf und verspürte kurz Schwindel, als die Welt so unvermittelt in ihre gewohnte Ordnung zurückschwang. «Danke, mir fehlt nichts», sagte sie. «Ich versuche bloß gerade, eine Entscheidung zu treffen.»

Agatha spitzte die Lippen. «Wenn es um Geld, Sex oder Gin geht, sollte man immer ja sagen», empfahl sie. «Alles andere lehnt man besser ab. Viel Glück!»

Polly musste herzlich lachen. Lebenshilfe von Agatha – was kam als Nächstes? «Moment noch», rief sie der alten Dame nach, die sich mit ihrer Rosenschere in der Hand bereits wieder summend abgewandt hatte. «Und wenn es um Liebe geht, Agatha? Wie lautet da Ihr Ratschlag?»

Agatha hielt inne und wandte sich wieder zu Polly um. Sie strahlte über das ganze Gesicht. «Liebe? Oh, da gibt es gar kein Vertun, Liebe geht immer über alles», erklärte sie mit einem verschmitzten Funkeln in den blauen Äuglein. «Zu der sagt man natürlich ja. Ja zur Liebe!»

Polly lächelte. «Danke», erwiderte sie. «Vielen Dank.

Sie haben mir wirklich weitergeholfen.» Sie ließ die Füße über den Boden schleifen, um die Schaukel abzubremsen, sprang dann ab und verabschiedete sich mit einem kleinen Winken.

«Ich werde wohl mit ihm reden müssen, nicht wahr?», brummte sie vor sich hin, während sie aufs Haus zuging.

«O ja», rief Agatha munter, die sie offenbar gehört hatte. «Sie *müssen* mit ihm reden, Liebes, auf jeden Fall. Danach können Sie zum Sex übergehen. Und zum Gin!»

Polly winkte ihr noch einmal zu und ging dann ins Haus. Verflixt. Jetzt musste sie wohl tatsächlich mit ihm reden, und sei es nur, um sich Agatha vom Hals zu halten.

Ehe sie es sich anders überlegen konnte, verließ sie eilig das Haus und machte sich auf den Weg.

26

«Hi.»

«Hi.»

Nun, wenigstens war er zu Hause, auch wenn sie zunächst nicht sicher war, ob er sie auch hereinbitten würde. Selbst seine Hündin schien sie feindselig anzustarren, als würde sie gerade überlegen, ob sie nach ihren Knöcheln schnappen sollte oder nicht. Erst nach kurzem Zaudern gab er sich einen Ruck und ließ die Tür ganz aufschwingen. «Komm rein.»

Sie folgte ihm in den Wohnbereich und hörte die leiernde Stimme eines Sportreporters aus dem Fernseher dringen, auf dem gerade ein Kricket-Match übertragen wurde. Hoffentlich nahm er ihr die Störung nicht übel, dachte sie, während er zur Fernbedienung griff und den Ausschaltknopf betätigte. Tiefe Stille senkte sich herab. Irgendwo tickte eine Uhr und zählte die Sekunden, die sie benötigte, um endlich das Wort zu ergreifen.

Tick, tick, tick. Sie wusste nicht, wo sie anfangen sollte.

«Bitte, nimm Platz», sagte er höflich und deutete aufs Sofa. Dann ließ er sich auf dem Lederkubus nieder und sah sie gespannt an. O Gott, es war ja, als wären sie Fremde, als wäre nie etwas zwischen ihnen vorgefallen.

Tick, tick, tick.

«Entschuldige wegen neulich Abend», brach es schließlich aus ihr heraus. «Es tut mir aufrichtig leid. Ich habe total überreagiert; ich war einfach in Panik und habe völlig den Kopf verloren. Ich bin eine Idiotin.»

«Ach was, nein», sagte er, aber seltsam halbherzig.

«O doch», widersprach sie. «Ich war jahrelang eine solche Egomanin, dass ich den Wald vor lauter Bäumen nicht gesehen habe; das ist mir jetzt erst klar geworden.»

Das entlockte ihm ein Lächeln. Ein Lächeln, das ihm ganz flüchtig über die Lippen huschte und dann wieder erlosch.

Sie schlug die Beine übereinander und hatte das Gefühl, auf dem Sofa meilenweit von ihm entfernt zu sein. «Mir ist heute eine neue Stelle angeboten worden», sagte sie.

Seine Miene veränderte sich kurz, ehe er sich wieder im Griff hatte. «Wieder in London?»

«Ja.»

«Gratuliere», sagte er ruhig. «Genau das, was du dir gewünscht hast.»

Sie schüttelte den Kopf. «Eben nicht. Ich habe gemerkt, dass ich mir das doch nicht wünsche.»

Tick, tick, tick. Er starrte sie an, als würde er sie nicht wiedererkennen. «Was soll das heißen?»

«Dass ich die Stelle ablehnen werde.» Peng. Damit hatte sie es ausgesprochen. Bis zu diesem Augenblick hatte sie noch innerlich geschwankt. Nun aber, nachdem sie die Worte gesagt hatte, empfand sie ungeheure Erleichterung. Ja. Das war die richtige Entscheidung.

«Wie bitte? Du willst ablehnen? Warum?»

«Weil …» Eine Vielzahl verschiedener Gründe schoss ihr durch den Kopf. Weil sie für ihr Leben gern auf eine Tasse Tee und einen Ingwermuffin bei ihren Eltern vorbeischaute. Weil sie seit Jahren nicht mehr so viel gelacht hatte wie beim Herumalbern mit den Kindern. Weil sie den Gesang der Vögel nicht mehr missen mochte, die blühende grüne Natur. Weil sie gerne mit ihrer Schwester zusammen war. Und weil … «Weil ich es gerne noch einmal mit dir probieren würde», erklärte sie schlicht.

Er sah sie mit offenem Mund an. Tja, damit hatte er wohl nicht gerechnet. «Das heißt aber doch nicht, dass du eine neue Stelle ablehnen musst», sagte er gedehnt.

Tick, tick, tick. Sie blickten einander an, und es war, als würde die Zeit stillstehen.

«Ich möchte es auch noch einmal mit dir probieren», erklärte er schließlich, während er sie mit seinen dunklen Augen eindringlich ansah. «Wirklich. Freut mich wahnsinnig, dass du heute Abend noch mal vorbeigekommen bist.»

Hoffnung keimte in ihr auf; es fühlte sich an wie eine Belohnung für ihre Tapferkeit. «Tatsächlich? Ernsthaft?»

Er grinste. «Ja. Tatsächlich. Ernsthaft.»

Polly lachte. Und dann sprang sie auf und stürzte auf ihn zu, und er tat dasselbe. Sie trafen sich auf halbem Weg und fielen sich in die Arme. Sie konnte sein Herz durch sein Hemd hindurch schlagen spüren, hörte das Geräusch seines Atems dicht an ihrem Ohr.

«Es tut mir leid», flüsterte sie abermals und drückte ihn, so fest sie nur konnte.

«Alles vergeben und vergessen», murmelte er, streichelte ihr übers Haar und drückte sie einen wundervollen Moment lang ebenso fest zurück. Dann löste er sich aus ihren Armen. «Ich mache eine Flasche Wein auf», verkündete er. «Wenn eine so entzückende Egomanin wie du endlich zur Besinnung kommt, ist das ja wohl ein Grund zum Feiern.»

«Darauf trinke ich.» Eine wilde, übermütige Fröhlichkeit stieg in ihr auf. «Auf dass ich nie wieder den Blick für das Wesentliche verliere.»

«Und danach», er nahm sie an der Hand und ging mit ihr auf die Küche zu, «möchte ich gern, dass du mir alles von dieser neuen Stelle erzählst und wie du darauf kommst, sie ablehnen zu wollen. Und danach …» Er sah sich nach ihr um und zwinkerte ihr zu. Nicht sonderlich originell vielleicht, aber sie fand es hinreißend. «Nun, danach fällt uns schon irgendetwas ein.»

Sie errötete. «Kein schlechter Plan, würde ich sagen.»

Irgendwie lief dann doch alles anders ab. Sie waren kaum in der Küche, als sie auch schon anfingen, sich zu küssen. Zögerlich zunächst, behutsam, ein wenig tastend, dann aber immer inniger und mit mehr Leidenschaft, bis sie einander schließlich in blinder Hast nach und nach die Klamotten vom Leib streiften und achtlos zu Boden fallen ließen.

Gerade als Polly schon dachte, sie würden es jetzt an Ort und Stelle tun, auf dem Küchentisch – und warum auch nicht, was sprach eigentlich dagegen –, geleitete er sie ins Schlafzimmer, wo sie sich engumschlungen und schwer atmend auf sein Bett fallen ließen. Es war anders als beim letzten Mal, wilder, heftiger, leidenschaftlicher, und dennoch war es voller Liebe. So, genau so fühlte sich körperliche Liebe an.

Körperliche Liebe. Was für ein schöner, romantischer Ausdruck, dachte Polly benommen, während ihr die Worte in den Sinn kamen. Als er das letzte Mal von Liebe gesprochen hatte, waren bei ihr alle Sicherungen durchgebrannt, aber seither hatte sie gründlich nachdenken können. Der Gedanke an Liebe und Intimität schreckte sie nicht mehr gar so sehr. Im Gegenteil, inzwischen stimmte dieser Gedanke sie sogar … froh und glücklich.

Hinterher hatte sie das Gefühl, ähnlich wie auf der Schaukel, als wäre die Welt mit einem Mal wieder vom Kopf auf die Füße gestellt, so, wie es sich gehörte. Polly war sich sicherer denn je, dass sie die richtige Entscheidung getroffen hatte.

«Wie ich eben schon sagte, ehe ich so unhöflich unterbrochen wurde», fing er an, worauf sie beide in wildes Kichern ausbrachen.

Sie lag an seine Brust geschmiegt da und fühlte sich einfach nur wohl. «So unhöflich darfst du mich jederzeit unterbrechen», brummte sie und strich ihm mit einem Finger über die Haut. «Apropos, meinst du, du könntest deinem Hund beibringen, uns jetzt bitte den Wein zu kredenzen? Weil ich nämlich keine Lust habe, mich je wieder von diesem Bett zu erheben.»

«Das mit dem Wein erledige ich.» Er machte sich sanft von ihr los. «Und dann kannst du mir alles von dieser neuen Stelle erzählen. Ich begreife immer noch nicht ganz, warum du die ablehnen willst. Es sei denn natürlich, du müsstest dafür in die äußere Mongolei umsiedeln oder so.»

Sie betrachtete versonnen seinen prächtigen Hintern, während er das Zimmer verließ. Bei ihrer derzeitigen Unlust, jemals wieder in London zu leben, sah sie da zur äußeren Mongolei kaum einen Unterschied.

Nachdem er mit dem Wein und zwei Gläsern zurückgekehrt war und sich daranmachte, ihnen einzuschenken, erklärte sie ihm genauer, warum sie die Stelle ausschlagen würde.

Er runzelte die Stirn. «Nö. Das leuchtet mir immer noch nicht ein», sagte er und reichte ihr ein Glas Merlot mit leicht rauchiger Note. «Und weißt du, ich bin nicht von vorgestern. Ich würde ja nicht erwarten, dass du hier das Heimchen am Herd spielst, das mich allabendlich bekocht und mir die Pantoffeln bringt. Warum nimmst du die Stelle nicht an, und wir sehen uns immer am Wochenende?»

«So würde das nicht funktionieren.» Sie zog die Nase kraus. «Diese Art Job frisst einen auf, da bleibt jede Art von Privatleben auf der Strecke. Das kenne ich noch von meinem letzten Job, ich weiß also, wovon ich spreche. Wir würden uns kaum sehen.»

«Trotzdem, es klingt so extrem», erwiderte er. «Könntest du nicht pendeln? Oder anfragen, ob sie die Stelle nicht aufteilen und dich in Teilzeit beschäftigen können?»

Sie lachte schallend. «Nein. Es *ist* extrem, das ist Teil der Abmachung. Man muss diesen Leuten seine Seele verkaufen. Und das will ich einfach nicht mehr.»

Eine Weile saßen sie schweigend da, behaglich an die Kopfkissen gelehnt.

«Also, was schwebt dir denn stattdessen vor?», fragte er schließlich. «Neben deiner Tätigkeit als Heimchen am Herd, meine ich, das mich abends bekocht und mir die Pantoffeln bringt. Kleiner Scherz!», setzte er eilig hinzu, als sie ihn gegen den Arm boxte.

«Was mir vorschwebt? Tja, das ist die große Frage»,

seufzte sie. «Ich habe wirklich keine Ahnung. Ich weiß nur, dass ich mir eine neue Bleibe suchen muss, ehe Clare mich hochkant rauswirft. Und …»

«Wie wär's, warum ziehst du nicht zu mir?»

Sie hätte sich beinahe an ihrem Wein verschluckt.

«Ist mein Ernst», bekräftigte er. «Warum nicht? Hier ist reichlich Platz für zwei.»

Sie schluckte schwer. Das ging alles ein wenig schnell. «Ich … danke», sagte sie. «Aber lass uns mal nichts überstürzen, ja? Ich habe mir überlegt, Stu und Erica zu fragen, ob ich vorläufig ein Zimmer über dem Pub anmieten kann.»

Er sah sie strahlend an. «Du willst also wirklich hier in Elderchurch bleiben, ja? Ganz ernsthaft?»

Sie nickte. «Absolut.» Und tatsächlich wurde ihr in diesem Moment klar, dass das ihr größter Herzenswunsch war: hier im Dorf wohnen zu bleiben. Um im Herbst hier zu sein, wenn Alex Geburtstag hatte, um dabei zuzusehen, wie sich das Laub der Bäume allmählich rot und braun färbte, um im Winter mit den Kindern am Whistledown Hill Schlitten zu fahren, wenn Schnee fiel, um sonntags bei ihren Eltern zum Essen zu Gast zu sein. Um sich mit ihren Erinnerungen an Michael auszusöhnen, statt immerzu vor ihnen davonzulaufen. Und um fortan lange, glückliche Tage und Nächte mit Jay Holmes zu verbringen. Ja, genau das wünschte sie sich.

Er zog sie an sich und bedeckte ihr Haar, ihren Hals, ihre Schultern mit einem Regen von Küssen. «Genial», sagte er. «Das sind die besten Neuigkeiten, die ich seit langer Zeit bekommen habe.»

Sie hob das Gesicht, um ihn zärtlich zurückzuküssen.

Einen derart hochdotierten Job in London auszuschlagen … Leute wie Sophie würden sie deswegen wahrscheinlich für verrückt erklären. Nun, vielleicht ja zu Recht – vielleicht würde sie diesen Entschluss noch bitter bereuen, wenn es ihr auch bis Weihnachten nicht gelungen war, irgendeinen vernünftigen Broterwerb zu finden. Jetzt aber, in diesem Augenblick, fühlte sie sich geistig klarer und glücklicher als jemals zuvor.

Die Zukunft sah rosig aus.

Epilog

«War's das dann?» Graham erwartete sie am Lieferwagen, die Hand bereits an der Heckklappe.

Polly nickte. «Das war's dann.»

Es war ein Samstag, sechs Wochen später, und der Sommer war unzweifelhaft vorbei. Die Bäume am Whistledown Hill verfärbten sich zunehmend in herbstlich leuchtendes Rot-Gold, die Blumen im Garten der Erinnerung waren braun verwelkt und ließen die Köpfe hängen, und landauf, landab kramten Frauen Strumpfhosen heraus, die sie seit Monaten nicht mehr getragen hatten, und entschieden, dass sie auf jeden Fall neue Stiefel benötigten, und einen neuen Mantel noch dazu, warum nicht. Und Polly zog wieder einmal um.

Ihr Vater schloss schwungvoll die Hecktüren des Lieferwagens. «Dann sollten wir mal besser los», sagte er.

Lange hatte sie zwar nicht dort gewohnt, aber Polly war trotzdem ein bisschen traurig, wieder aus dem möblierten Zimmer über dem *King's Arms* auszuziehen, das sie in den vergangenen Wochen gemietet hatte. Jay war häufig dort bei ihr über Nacht zu Gast gewesen, es hatte sich zu einem richtigen kleinen Liebesnest entwickelt. Erst hier, wo sie so oft mit ihm das Doppelbett geteilt hatte, wo sie bis in die Nacht hinein geredet und gelacht hatten, hatte sie sich ganz neu in ihn verliebt. Sie sah zum Fenster des Zimmers hoch, das sie mit so angenehmen Erinnerungen verband, und lächelte. Es war ein ganz besonderer Ort, den sie niemals vergessen würde.

«Also, dann mal los», sagte sie und stieg auf der Beifahrerseite ein.

War es tatsächlich erst sechs Monate her, seit sie London verlassen hatte? Es kam ihr viel länger vor, denn sie fühlte sich in Elderchurch längst ganz und gar heimisch und wunderbar geborgen; es war ein Ort, an dem sie ganz sie selbst sein konnte und dafür auch noch geliebt wurde. Sie war heilfroh darüber, der Walkley Group seinerzeit eine Absage erteilt zu haben, obwohl ihr vor dem entscheidenden Telefonat vor Aufregung speiübel gewesen war. Aber sie hatte es hinter sich gebracht und stattdessen Stu und Erica gefragt, ob sie ein paar Stunden zusätzlich im Pub aushelfen könnte. Ach, und das Zimmer im Obergeschoss, für das sich kein Abnehmer fand: Würden sie ihr das vielleicht vermieten?

Clare und ihren Eltern gab ihr Verhalten offenkundig Rätsel auf: Wie konnte sie bloß ein so gutes Stellenangebot ablehnen und mitsamt ihrer Habe in ein beengtes, dumpf nach Bier müffelndes Zimmer über dem Pub an der Hauptstraße ziehen? Was war denn nur in sie gefahren? Und bei allem Verständnis dafür, warum sie den Job ausgeschlagen hatte, mochte Jay doch beim besten Willen nicht einsehen, warum sie nicht zu ihm ziehen wollte, in sein Haus, das doch so viel schöner war. Polly jedoch hielt an ihrem Vorhaben unbeirrbar fest. Weil sie ihrer noch so jungen Beziehung nicht die Flügel stutzen wollte, ehe sie überhaupt flügge geworden war. Diesmal wollte sie die Sache gemächlicher angehen, um alles richtig zu machen.

Und sie musste einfach das Risiko eingehen und darauf vertrauen, dass sich noch ein besserer Job für sie finden würde – ein Job, der zu dem Leben passte, das sie künftig führen wollte. Keine Kompromisse mehr.

Schon eine Woche darauf wurde ihr tatsächlich ein besserer Job angeboten. «Es entspricht leider nicht ganz dem, wonach Sie suchen», hatte die Mitarbeiterin der Personalvermittlung einschränkend angemerkt, als sie ihr das Angebot telefonisch unterbreitete. «Sie wollten ja eigentlich wieder nach London zurück, aber hier würden Sie hauptsächlich vom Home-Office aus arbeiten, mit vielleicht zwei Reisetagen in der Woche. Trotzdem habe ich den Job mal markiert, nur für den Fall, dass Sie Interesse haben.»

Polly, die gerade benutzte Gläser im Pub einsammelte, als der Anruf sie erreichte, ließ sich umgehend mit Herzklopfen an einem der Tische nieder. «Erzählen Sie mir mehr», sagte sie.

Der beschriebene Job klang völlig anders als das, was sie bisher gemacht hatte. Es ging um eine Tätigkeit für eine Finanzaufsichtsbehörde, die Banken und Finanzdienstleister überwachte und regulierte, sie würde also weiterhin in ihrer gewohnten Branche arbeiten, aber sozusagen in einer Außenseiterrolle. Einem Wilderer gleich, der die Seiten gewechselt und auf Wildhüter umgeschult hat, würde sie bei ihren ehemaligen Kollegen und Geschäftspartnern nach dem Rechten sehen, auf die Einhaltung sauberer Geschäftspraktiken pochen und in aller Ruhe Unterlagen sichten, um zu prüfen, ob auch alles seine Ordnung hatte. Während die Personalvermittlerin ihr all das darlegte, hätte sie beinahe laut aufgelacht. Denn über die Leichen, die so mancher Kollege von früher im Keller hatte, wusste sie bestens Bescheid, aber hallo.

Auch diesmal hatte sie beim Vorstellungsgespräch voll überzeugen können, sie hatte den Zuschlag für die Stelle erhalten und umgehend zugesagt. Sie war nun seit drei Wochen dabei und mehr als zufrieden mit ihrer neuen Tätigkeit, bei der all ihr Fachwissen gefordert war, das sie sich über Jahre erworben hatte, aber auch detektivischer Spürsinn, ohne dass ihr gesamtes Leben davon bestimmt wurde. Es gefiel ihr großartig, jede Woche nach London fahren zu können und doch die meiste Zeit daheim in Elderchurch zu verbringen. Das absolute Sahnehäubchen aber war, dass sie in den kommenden Monaten eine Bilanzprüfung bei Waterman's durchführen würde. Sie konnte es kaum erwarten, die Gesichter ihrer lieben Exkollegen zu sehen, wenn sie in ihrer neuen Funktion dort hereinspaziert kam. Rache würde so unendlich süß sein …

Einen guten Vorsatz aber hatte sie getroffen: Fortan würde sie darauf achten, nie wieder in eine so bedrohliche finanzielle Schieflage zu geraten. Ihre Wertpapiere und Aktien hatten sich glücklicherweise endlich etwas erholt, und sie war fest entschlossen, von leichtsinnigen Spekulationen fortan die Finger zu lassen und außerdem jeden Monat etwas Geld zu sparen. In der Liebe etwas zu riskieren, das war noch zu vertreten, doch was Geldangelegenheiten betraf, hatte Polly sich vorgenommen, fortan extragroße Vorsicht walten zu lassen. In dieser Hinsicht jedenfalls hatte sie aus früheren Fehlern gründlich gelernt.

Graham startete den Motor und steuerte den Lieferwagen die Hauptstraße entlang. Polly winkte, als sie draußen

Debbie entdeckte, die gerade auf die Post zustrebte – vermutlich, um ihr einhundertstes Fresspaket an Lydia abzuschicken, die seit Anfang des Semesters in Bristol studierte. Clare zufolge hatte auch Debbie sich zu einem Studium entschlossen: Angespornt durch den Erfolg der Etiketten, die sie für Berry Botanicals gestaltet hatte, hatte sie sich an der Fachhochschule in Amberley im Bereich Graphik-Design eingeschrieben und war bislang restlos begeistert.

Graham schnaubte belustigt, als sie draußen noch eine andere Person den Gehweg entlanglaufen sahen, eifrig winkend und über das ganze Gesicht strahlend. «Na, was führt denn das verrückte alte Huhn jetzt schon wieder im Schilde?», brummte er liebevoll, als er am Straßenrand haltmachte.

Polly kurbelte ihr Fenster herunter. «Stimmt was nicht?»

«Habt ihr noch Platz für mich? Ich habe dir einen Kuchen gebacken.» Karen hatte einen Einkaufsbeutel dabei, in dem sich eine runde Blechdose abzeichnete, und Polly erspähte außerdem einen Farn in einem Blumentopf. Das war mal wieder typisch ihre Mutter.

«Natürlich ist noch Platz», sagte sie, gurtete sich los und rückte auf der Sitzbank beiseite. «Du hättest doch keinen Kuchen zu backen brauchen, Mama. Wir werden uns doch weiter die ganze Zeit sehen.»

«Ich weiß, aber … Na ja, du weißt schon.»

Sobald ihre Mutter zu ihnen eingestiegen war, legte Polly ihr den Arm um die Schulter und drückte sie leicht. Ja, eins wusste sie endlich, das stimmte. Nämlich dass sie die liebsten, besten Eltern der Welt hatte. Für diese Erkenntnis war sie unendlich dankbar.

«Aber verstreu jetzt hier nicht lauter Blumenerde, hörst du», ermahnte Graham seine Frau. «Den Wagen habe ich von Mike geliehen; der wird mir was erzählen, wenn hier alles voller Dreck ist, wenn ich ihn zurückbringe.»

«Ach, sei still, alter Brummbär», sagte Karen, sah Polly an und verdrehte die Augen. «Nun fahr schon los, in Gottes Namen.»

Graham stieß ein langgezogenes Seufzen aus und fuhr wieder los. «Ist mir ein Rätsel, warum du nicht einfach zu Fuß hingehen konntest, Karen, so weit ist es ja nun wirklich nicht», brummte er.

Polly lächelte. Lustig, dass er gerade diese Worte gebrauchte. Weit war es nicht bis zu Jays Haus, das nicht, aber sie empfand diese kurze Fahrt gerade als ausgesprochen denkwürdig. Dass sie nun zu ihm zog, nach all den Jahren der Trennung, kaum zu glauben. Und ja, dieser Schritt erfolgte nun doch früher, als sie es ursprünglich geplant hatte, doch sie konnte einfach nicht länger widerstehen. Jay konnte man eben nur sehr schwer etwas abschlagen. Und wenn sie an die kommenden dunklen Wintermonate dachte, und dann noch an das Weihnachtsfest Ende des Jahres, wusste sie ganz sicher, dass sie nirgendwo lieber ihre Nächte verbringen wollte.

Und Clare hatte schon ganz recht: Manchmal musste man auch einfach mal etwas wagen.

Am anderen Ende des Dorfes versuchte Clare zur selben Zeit, Leila und Alex zur Eile anzutreiben, konnte es sich aber nicht verkneifen, immer mal wieder einen wohlgefälligen Blick in den Flurspiegel zu werfen, während sie auf die beiden wartete. In der Vorwoche war sie nämlich beim

Friseur gewesen, zum ersten Mal seit langer Zeit, denn seit Jahren schon schnitt sie ihre Haare mehr schlecht als recht selbst, und jetzt hatte sie einen richtig hübschen Fassonschnitt, der fiedrig abgestuft ihr Gesicht umrahmte. Auch zu etwas Farbe hatte sie sich von Alison, ihrer Friseuse, überreden lassen, und durch das leuchtende Kupferrot, in dem sie ihr Haar getönt hatte, kamen die grünen Flecken in Clares Augen irgendwie viel stärker zur Geltung. Ach, es war schon ein gutes Gefühl, sich zur Abwechslung mal ein wenig zu pflegen. Was sie sich aber auch redlich verdient hatte.

Es war ein sagenhaftes Gefühl gewesen, noch im Sommer einen neuen Vertrag über eine Laufzeit von zwölf Monaten mit Langley's abzuschließen. Noch sagenhafter war es, als der Scheck für die erste Lieferung ins Haus flatterte. Nachdem sie als Erstes Debbie und Lydia für ihre tätige Mithilfe entlohnt hatte, hatte sie als kleines Dankeschön ihre Eltern und Freundinnen zu einem Curry-Essen in der *Bombay Brasserie* in Amberley eingeladen. Noch nie war sie so stolz gewesen wie bei diesem Anlass, bei dem sie in der Lage war, all den Menschen, die ihr auf der Welt lieb und teuer waren, mit ihrem selbstverdienten Geld eine Freude zu machen. Sie, die jetzt eine Geschäftsfrau war. Selten zuvor hatte sie den Kopf so hoch getragen wie an diesem Abend.

Polly hatte es abgelehnt, Geld von ihr anzunehmen. «Ich bitte dich, du hast mich so lange bei euch wohnen lassen, wir sind quitt», hatte sie gesagt und ihr den Scheck wieder zurückgegeben. «Nimm das Geld für dich, Clare. Steck es in den Urlaub, von dem du geredet hast.»

«Kommt nicht in Frage», hatte Clare widersprochen

und versucht, ihrer Schwester den Scheck wieder in die Hand zu drücken. «Du hast all die vielen Abende für mich geschuftet. Bitte, nimm ihn, tu mir den Gefallen.»

Nach langem Hin und Her hatte Polly den Scheck schließlich doch angenommen, die Summe aber dann dazu verwendet, ihrer Schwester das schönste, gemütlichste Sofa zu bestellen, auf dem Clare, Leila und Alex in ihrem Leben jemals gesessen hatten. Wie es sich traf, hatte Clare am Ende noch genug Geld übrig, um einen einwöchigen Urlaub für sich und die Kinder auf Fuerteventura zu buchen. In den demnächst anstehenden Herbstferien würde es losgehen, und Alex und Leila freuten sich schon wie verrückt darauf.

Da endlich tauchte Alex im Flur auf, noch auf Socken allerdings und ganz vertieft in seine neue Spielkonsole von Nintendo, die sie ihm zum Geburtstag geschenkt hatte.

«Alex, also wirklich, du solltest längst gestiefelt und gespornt sein», schimpfte Clare. «Polly wird sich bestimmt schon wundern, wo wir so lange bleiben. Leila, wo steckst du denn? Nun komm endlich!»

Sie begutachtete sich ein weiteres Mal im Spiegel und freute sich darüber, wie viel frischer und rosiger ihre Haut aussah, seit sie nachts endlich wieder durchschlafen konnte. Obendrein wirkte ihr Gesicht merklich schmaler, was wohl darauf zurückzuführen war, dass sie in letzter Zeit wieder regelmäßig schwimmen ging, im Hallenbad in Amberley, wo sie sich einem Schwimmverein für Frauen ihrer Altersklasse angeschlossen hatte. Um Bestzeiten und die Jagd nach Pokalen ging es natürlich nicht mehr, aber sie hatte wieder ganz neu die Freuden des Tauchens entdeckt, liebte es, wie einst im Schmetterlingsstil durchs

Wasser zu pflügen und sich am Ende mit einem inneren Hochgefühl aus dem Schwimmbecken zu hieven, nachdem sie wieder einmal diszipliniert ihre Bahnen gezogen hatte. Und Michael, das wusste sie, hätte dagegen sicher nichts einzuwenden gehabt. Im Gegenteil, er hätte ihr diese Freuden von Herzen gegönnt.

«Fertig!», rief Leila, die endlich mit einer bunten, selbstbemalten Karte in den Flur kam. «Meinst du, die gefällt ihr?»

Auf der Karte prangte die Zeichnung eines kleinen Nagetiers. «Ist das ein Meerschweinchen?», fragte Clare.

«Nein! Ein Hamster natürlich», sagte Leila, während sie in ihre glitzernden Lieblingsturnschuhe schlüpfte.

«Und warum genau willst du Tante Polly zum Umzug eine Karte mit einem Hamster vorne drauf schenken?»

Leila grinste. «Das versteht sie schon. Es soll sie bloß an etwas erinnern. Also, gehen wir nun?»

«Ja.» Clare nahm ihrem Sohn die Spielkonsole aus der Hand und steckte sie in ihre Umhängetasche. «Zieh nicht so ein Gesicht, wenn wir dort sind, kannst du ja weiterspielen. Also, auf geht's!»

Sie griff nach dem Beutel Kartoffeln, die Agatha für Polly vorbeigebracht hatte, und brach dann mit ihren Kindern zu Polly und Jay auf. Die von nun an unter einem Dach zusammenwohnten! Clare war absolut begeistert darüber, dass ihre Schwester beschlossen hatte, sich dauerhaft in Elderchurch niederzulassen. Wer hätte das zu Beginn des Sommers vorherzusagen gewagt?

Während sie dahinmarschierten, piepste ihr Handy, weil soeben eine SMS eingetroffen war. *Bleibt es bei heute Abend? Ich hole Dich um 8 ab. L x*

Wärme durchströmte sie, während sie die kurzen Sätze überflog. *Auf jeden Fall*, schrieb sie zurück. Seit ihrer ersten Verabredung, bei der Clare vor Aufregung regelrecht Herzflattern spürte, hatten sie und Luke sich noch öfter abends getroffen. Vergangenen Samstag hatte er sogar mit ihr und den Kindern eine ausgedehnte Radtour durch die wunderbar herbstliche Natur unternommen. Clares bange Sorge, dass Alex und Leila ihn womöglich nicht leiden könnten oder gar bissige Bemerkungen darüber machen würden, wie toll und wundervoll ihr Vater doch war, erwies sich als unbegründet, und es wurde ein fröhlicher, rundum gelungener Tag. Heute Abend gingen sie zusammen zu Roxies Abschiedsfeier im *Fox and Goose* – es war ihr letztes Wochenende in England, ehe sie mit ihren Freundinnen zu einer längeren Rundreise durch Südamerika aufbrach. Ohne die spritzige, immer lustige Roxie würde der Praxis etwas fehlen, aber sie hatte Clare versprochen, ihr fleißig Ansichtskarten zu schicken. «Und wenn du Glück hast, sogar ein Paar Sombreros für sie und ihn.»

«Ja, dann freue ich mich jetzt schon auf die Hüte», hatte Clare grinsend erwidert. «Denn Glück habe ich ja zurzeit. So viel Glück wie schon lange nicht mehr.»

Sie lächelte und zog ihre Jacke enger um sich, während sie mit ihren Kindern gemeinsam die Dorfstraße entlangging. Es war schon ein bemerkenswerter Sommer gewesen. Ein Sommer, in dem sie sich mit ihrer Schwester ausgesöhnt hatte, sich auf unternehmerisches Neuland gewagt und sogar wieder erste zarte Liebesbande geknüpft hatte; ein Sommer, in dem sie sich endlich den Gespenstern der Vergangenheit gestellt und ihre lähmenden Schuldgefühle abgeschüttelt hatte. Und mit ihrer Familie um sich herum und jetzt auch noch Luke in ihrem Leben hatte sie das Gefühl, dass es in der Zukunft sogar noch aufwärtsgehen konnte.

Lucy Diamonds Sommercocktails

Ein kalter, köstlicher Cocktail ist die ideale Erfrischung für Sommerpartys, ob man ihn nun mit einer Schwester zusammen trinkt oder nicht. Hier ein paar Anregungen:

Pimm's mit Limonade

(für 6 Personen)

250 ml Pimm's No. 1
1 Liter Limonade
1 halbe Salatgurke, in Scheiben geschnitten
1 Apfel, entkernt und zerkleinert
1 Orange, geschält und zerkleinert
3 Erdbeeren, zerkleinert
1 Handvoll frische Pfefferminzblätter

Alle Zutaten in einen großen Krug geben und gut umrühren. Gut gekühlt oder mit Eiswürfeln servieren.

Mint Julep

70 ml Bourbon-Whiskey
4 Zweige frische Pfefferminze
1 Teelöffel Puderzucker
2 Teelöffel Wasser

Die Minzblättchen und den Zucker mit dem Wasser in einem Glas vermengen. Das Glas mit zerstoßenem Eis auffüllen und dann den Bourbon hinzufügen. Anschließend weitere Eiswürfel hinzugeben und mit einem Zweig Minze garnieren. Sollte mit einem Strohhalm serviert werden.

Himbeer-Sekt-Cocktail

(für 8 Personen)

3 Esslöffel Crème de Cassis
1 Flasche Sekt, gekühlt
Einige Himbeeren

Den Crème de Cassis auf 8 Sektflöten verteilen. Vorsichtig den Sekt hinzugießen. Vor dem Servieren jeweils noch ein paar Himbeeren hinzufügen.

Zitrus-Pfirsich-Cocktail (alkoholfrei)

(für 8 Personen)

2 Zitronen
2 Limonen
1 Zitrone, in dünne Scheiben geschnitten
1 Limone, in dünne Scheiben geschnitten
Pfirsichsaft (oder Pfirsichnektar)
trübe Zitronenlimonade
3 Erdbeeren, zerkleinert
Mineralwasser
frische Pfefferminze

Die Zitronen und Limonen auspressen und den Saft in einen großen Krug geben. Die Zitronen- und Limonenscheiben sowie eine Handvoll Eiswürfel hinzufügen. Pfirsichsaft hinzugeben, bis der Krug zu etwa einem Drittel gefüllt ist, dann mit Limonade auffüllen, bis der Krug zu zwei Dritteln gefüllt ist. Nun die zerkleinerten Erdbeeren dazugeben und mit Mineralwasser auffüllen. Mit frischer Minze garnieren.

Lucy Diamonds Schönheitsprodukte zum Selbermachen

Um mich besser in Clare einfühlen zu können, habe ich selbst ausgiebig mit der Herstellung von Schönheitsprodukten «Marke Eigenbau» experimentiert. Hier einige Rezepte zum Selberausprobieren:

Badezusatz mit Rosenblüten

1 Tasse Rosenblüten, kleingezupft
½ Tasse Rosenwasser (erhältlich z. B. in Bioläden)
½ Tasse Kokosnussmilch

Das Rosenwasser mit der Kokosnussmilch verrühren und in das einlaufende Badewasser geben. Für zusätzlichen Wohlgeruch noch die Rosenblütenblätter hinzufügen.

Gesichtsmaske mit Avocado, Möhre und Crème double

1 Avocado, püriert
1 Möhre, gekocht und püriert
250 ml Crème double (doppelfette süße Sahne bzw. Mascarpone)
1 Ei, geschlagen
3 Esslöffel Honig

Zutaten zu einer glatten Paste verrühren. Auf Gesicht und Hals verteilen und 10–15 Minuten einwirken lassen. Mit kaltem Wasser abspülen und die Haut trocken tupfen.

Dank ihrem hohen Vitamin-E-Gehalt eignen sich Avocados auch hervorragend als Pflegepackung bei trockenem Haar. Hierzu einfach eine Avocado pürieren, nach der Haarwäsche im handtuchfeuchten Haar verteilen und nach zwanzigminütiger Einwirkzeit wieder ausspülen.

Naturshampoo

25 ml Olivenöl
1 Ei
1 Esslöffel Zitronensaft
1 Teelöffel Apfelessig

Alle Zutaten gründlich miteinander verrühren. Wie normales Shampoo anwenden und gut ausspülen. (Reste entsorgen, eignen sich nicht zur Aufbewahrung!)

Pflegender Fußbalsam

1 Esslöffel Mandelöl
1 Esslöffel Olivenöl
1 Teelöffel Weizenkeimöl
12 Tropfen Eukalyptusöl

Die Öle in ein Fläschchen geben und gründlich schütteln. Füße und Fersen abends vor dem Schlafengehen mit dem Balsam einreiben, um raue, trockene Füße wieder glatt und geschmeidig zu pflegen.

Danksagung

Danke an Nicky Adams und Simon Trewin, die wichtige Ideen zur Konzeption dieses Romans beigesteuert haben; an Kate Harrison für ihre Freundschaft, ihr Feedback und ihre klugen Ratschläge; und an Victoria Walker, die immer ein offenes Ohr für mich hatte, wenn während der Niederschrift Probleme im Handlungsverlauf zu klären waren. Danke auch an Martin und Andy Powell für das ausführliche Gespräch darüber, was für Autos meine Figuren jeweils fahren sollten. (Tut mir leid, dass ich keinen Jensen Interceptor unterbringen konnte – der Flitzer ist ein andermal an der Reihe!)

Zu besonderem Dank bin ich meiner Lektorin Jenny Geras und meiner Agentin Lizzy Kremer verpflichtet, deren ebenso großartiges wie einfühlsames Feedback ich um nichts in der Welt hätte missen mögen. Großes Dankeschön. Ihr habt beide dazu beigetragen, dass nun ein ungleich besseres Buch herausgekommen ist, als ich es ursprünglich geplant hatte. Auch der übrigen Mannschaft bei Pan Macmillan sei hiermit herzlich gedankt – insbesondere Chloe Healy, Ellen Wood und Michelle Kirk, nicht nur für ihren unermüdlichen Einsatz, sondern auch dafür, dass es riesigen Spaß macht, mit ihnen Cocktails zu schlürfen. Da bleiben für eine Autorin keine Wünsche offen!

Danke an Hannah, Tom und Holly (die coolsten Kinder, die man sich nur vorstellen kann); an meine Eltern, die mir zuliebe inzwischen jeden einzelnen Buchhändler in den Midlands umgarnt haben; und an Phil, Saba, Ellie, Ian und Fiona für ihre fleißige Mundpropaganda und tolle, zuverlässige Unterstützung. Und ohne meinen Mann Martin und seinen Zuspruch, seine immer sprudelnden Ideen und Einfälle und seine Ermunterung ganz allgemein könnte ich diese Bücher niemals schreiben. Hab ganz lieben, herzlichen Dank.

Zum Schluss noch ein dickes Dankeschön an alle Leser, die eins meiner Bücher gekauft und sich die Zeit genommen haben, mir per E-Mail oder auf dem Postweg ihre Gedanken dazu mitzuteilen; das bedeutet mir wirklich sehr viel. Ich hoffe, dass Ihnen auch dieser Roman gefällt.

MIX
Papier aus verantwortungsvollen Quellen
FSC® C019821
FSC
www.fsc.org

Das für dieses Buch verwendete FSC®-zertifizierte Papier *Holmen Book Cream* liefert Holmen, Schweden.